朱寿桐　主编

国际汉语新文学史

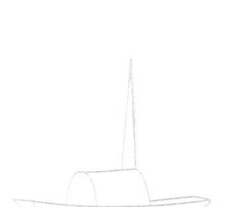

南京师范大学出版社

图书在版编目(CIP)数据

国际汉语新文学史 / 朱寿桐主编. --南京：南京师范大学出版社，2023.12
ISBN 978-7-5651-5194-1

Ⅰ.①国… Ⅱ.①朱… Ⅲ.①华文文学－文学研究－世界 Ⅳ.①I106

中国版本图书馆CIP数据核字(2022)第035212号

书　　名	国际汉语新文学史
主　　编	朱寿桐
策划编辑	丁亚芳
责任编辑	李丛竹
出版发行	南京师范大学出版社
地　　址	江苏省南京市玄武区后宰门西村9号(邮编:210016)
电　　话	(025)83598919(总编办)　83598412(营销部)　83371351(编辑部)
网　　址	http://press.njnu.edu.cn
电子信箱	nspzbb@njnu.edu.cn
照　　排	南京开卷文化传媒有限公司
印　　刷	江苏凤凰数码印务有限公司
开　　本	710毫米×1000毫米　1/16
印　　张	30.5
插　　页	4
字　　数	500千
版　　次	2023年12月第1版
印　　次	2023年12月第1次印刷
书　　号	ISBN 978-7-5651-5194-1
定　　价	189.00元

出版人　张　鹏

南京师大版图书若有印装问题请与销售商调换

版权所有　侵权必究

本书编撰

陈瑞琳
（北美卷）

计红芳
（欧洲卷）

庄伟杰
（大洋洲卷）

金　进
（东南亚卷）

林　祁
（东亚卷·日本编）

吴　敏
（东亚卷·韩国编）

朱寿桐
（主编）

目 录

绪　论 | 001

北美卷
"离散""超越""回归"

第一章　百年长河:北美汉语文学"卷起千堆雪" | 031

第二章　"花果飘零""我是谁":北美"留学生文学"的巨波大澜 | 047

第三章　移植异国的经验表达:北美"草根文学"的独特存在 | 062

第四章　他乡望月:北美"新移民文学"的历史性启航 | 069

第五章　"离散"与"回归":北美新移民女作家创作的汉语成就 | 079

第六章　"探秘"与"发现":北美新移民男作家创作的汉语成就 | 111

第七章　汉语的异域写真:北美汉语文学之花持续绽放 | 150

欧洲卷
繁花满树的另一番风景

第一章　历史的梯级:欧洲汉语文学的发展节奏 | 155

第二章　边缘流动与多元交汇:欧洲汉语文学的主要特征 | 170

第三章　多彩人生的汉语呈现:欧洲汉语新文学的基本格局 | 186

大洋洲卷
"中国心"与"澳洲情结"

第一章　"沙漠"上响起希望的驼铃:澳大利亚汉语文学的历史进程　|　213

第二章　风情与类型:多元语境中澳华作家的文化板块　|　219

第三章　乡愁、性爱、死亡:澳华作家文本世界的三大母题　|　224

第四章　异乡的忧郁:澳大利亚"留学生文学"的群体焦虑　|　235

第五章　边缘拓殖和发展:澳华诗歌的当代性解说　|　243

第六章　海殇与白桦林以及澳大利亚汉语文学发展的另一种可能　|　260

东南亚卷
"家乡心"与"侨乡心"的碰撞

第一章　华人对华文的坚持:东南亚汉语新文学的历史进程　|　272

第二章　正义与拟态:东南亚汉语新文学运行的现象分析　|　280

第三章　狮城透视:新加坡华人国族意识建构历史的文学考察　|　323

第四章　诗苑中的蕉叶:泰国汉语新诗与《小诗磨坊》　|　336

第五章　结语:东南亚对汉语新文学世界的贡献　|　349

东亚卷
经验与意念的情感抒叙

日本编
在"风骨"与"物哀"之间

第一章　日本新华侨华人文学三十年　|　353

第二章　越境的文学与文学的越境(1985—1995)　|　365

第三章　"跨"世纪的日本性体验(1995—2005)　|　385

第四章　"放题"于中日之间的文学(2005—2016)　|　410

第五章　结语：第三空间文化　|　446

韩国编
国际化、多元化的汉语新文学

第一章　韩国汉语新文学的发展脉络　|　450

第二章　韩国汉语新文学的创作和运行　|　466

第三章　韩国汉语新文学的历史地位　|　474

后　记　|　480

绪　论

在中国人被外国人看不起的时代,汉语和汉字的尊严从没有真正倒下。目不识丁的外国人即便再浅薄,也无法否认与五千年象形文字紧密联系在一起的汉字的悠久与神秘,繁难与优美。至于到了中国人已经有了相当的国际地位和国际影响力之后,至少在西方的知识精英那里,汉语和汉字已成为一种须持普遍的敬畏之心对待的语言文字了。2001年冬天,在"9·11"的愁云惨雾尚未完全褪去的一个微雪的早晨,我应约去访问住在哈佛校园近边的丹尼尔·贝尔教授,这位影响全世界的政治学、社会学家,堪称美国民主党"文胆"的智者,一点也不掩饰他对中国和中国文化的无知,不过他说这完全是知识和语言的限制,丝毫没有对中国文化的轻慢。正好相反,他说他真的不敢触碰历史悠久、深不可测的中国文化,就像当年的欧文·白璧德一样。"一个连所写的字都可以成为纯艺术的文化,是无法让外人近亵的。"他说,用的英文是 near profanity,嗣后查字典才真正懂得他的意思。他所指的当然是中国书法。韩国汉语文学家许世旭对汉语的认知非常准确:"汉字是中华文化的结晶,也是世界文明的标志。所以当作书面文字者,取其保留记忆之作用,又所以当作艺术文字者,取其绘画性、整齐性、和谐性、简洁性等。"[①]因此,他从他所擅长的写诗的角度这样来评价汉语("华文"):"华文是宜于写诗、宜于抒写东方情怀的工具……东方的仁爱的、无为的、伦理的、耕读的情怀,便宜于形象的、含糊的、客观的、内向的、单独的,又是短小的、不抽象的、往往是不很逻辑的,不很系统的方法。当然这种情怀与方法,是以华文为主,而且是传统诗歌为主,但她的范围,也可以应用到韩日等儒家文化圈,

---

[①] 许世旭:《华文是宜于抒写东方情怀的方法》,《亚洲华文作家》1995年第46期。

以及华文现代诗。最后笔者希望世界上各个角落的诗人,包括非华人,不妨试试用华文写诗,尤其是汉字文化圈的诗人。"①

外人这么敬重汉字、汉语,华人更不在话下。海外华文文学家,也就是我们所称的国际汉语文学家,尽管都是"五四之子",尽管都以反对旧文化、倡导新文化作为其基本的文化价值观,但他们栖居海外,栖居异乡,天然的文化情感决定了他们对中华文化的坚定认同,使得他们对中华文化——这时的中华文化已经是一种相对于外国文化特别是外国语言文化的整体性呈现——已经是无问传统与现代,不论国粹与新知,都一概视为自己的文化故乡甚至是精神寄托之所,这就是中华文化自信在海外汉语文学家乃至在整个华人世界呈现的一种文化逻辑和文化形态。

正因如此,必须重视海外华文文学的研究,特别是重视海外华文文学家的文化心理的研究,这是中华文化自信的一个重要方面的体现。由于他们直接面对外国文化特别是西方文化的强势,直接面对世界思想文化舞台最复杂多变的情势,直接面对东西方文化和中外文化对垒的局势,体现在国际汉语文学写作和运作中的中华文化自信便显得特别深刻,特别典型,且特别有力。

一、汉语文学的国际创作体现汉语运作的文化惯性

尽管五四时代就屡有对中国文化的深刻检讨,甚至时常出现"废灭汉字"之论,但中国人无论在哪里,也无论在哪个时代,都还是习惯于写汉字、说汉语,用汉文进行写作以表达自己的中国情怀,抒写自己的中国文化体验。这是一种难以磨灭的文化记忆,是一种难以改变的文化习惯,是一种难以克服的文化情结。如果说一个人做梦的时候都会说自己从小最熟悉的母语甚至方言,那么,每个中国人无论走多远都会在实现自己的文学梦的时候操弄并亲近自己的母语——汉语。因此,在海外的文化环境中,华人和与中华历史文化休戚相关的其他人用汉语进行文学写作,是一种文化记忆、文化习惯和文化情结的体现,并不是单纯来自理念上的中华文化自信;而恰恰是这样的文化记忆、文化习惯和文化情结体现

---

① 许世旭:《华文是宜于抒写东方情怀的方法》,《亚洲华文作家》1995年第46期。

着深层的中华文化自信。

国际汉语文学创作的主体力量是因各种原因流散于海外的中国文人和酷爱汉语的国际人士。由于中国特殊的国情以及中国与国际社会特殊的关系,由中国流散到国际社会的人士,除了特定的年代如美加修筑太平洋铁路的"金山时期",一般都以文化人和知识分子居多,而这样的人群都习惯于用他们熟悉并依赖的汉语表现他们漂流在外的"胸臆"。于是,汉语文学创作者无论在欧洲、北美、大洋洲(主要集中于澳大利亚),还是在东南亚和东亚地区,都显得特别密集,每一个时代也都会呈现出人才辈出、群星璀璨的局面,每一个地区都会出现汉语文学社团纷起、刊物频出的景象,在世界任何一个移民社会,唯有华人移民会如此热衷于本民族语言文字的书写与交流。其他民族在异国他乡也每每形成一定规模的移民社群,但很少像国际华人这样体现出对本民族语言文学如此浓厚的创作激情和运作热忱。这是华人知识分子的文化习惯,更是他们对汉语文学和汉语文化的一种依赖、一种自信的体现。

长期旅居加拿大的老作家痖弦,于21世纪初来到美国,考察了美国汉语文学发展的盛大局面,响亮地提出构建世界上最大华文文坛的倡议。他认为,进入21世纪,世界华文文学的重大使命就是要努力建构华文文学在世界文坛之应有地位——以华文文学参与人口之多、中文及汉学出版之广泛,以及中文在世界上的交流热烈激荡等现象来看,华文文坛大有机会在不久将来成为全世界质量最大最可观的文坛。[①] 这是一位在汉语文学创作方面长期耕耘并卓有收获,同时对汉语文学特别有感情的汉语文学家的觉醒,是一位长期旅居海外的汉语文字工作者充满文化自信的呼吁,其中有文化的体验,有精神的品咂,有情感的回味。

的确,汉语作为目前全世界母语使用人数最多的语言,有约14亿母语使用者,是排列第二位的拥有6亿母语使用者的印地—乌尔都语的两倍还要多。随着中国国力的提升,中国文化影响力的加大,汉语已经成为除英语外世界上最重要的语言。在这样的意义上,汉语的文化自信在所有汉语使用者那里都能得到充分的体现。澳大利亚虽然是以英语为主的国度,但中文与德、希(腊)、法、日等语言也一同被列入该国的第二语言教育,而中文使用更为普遍,这同样也调动起

[①] 痖弦2010年休斯敦演讲稿,见《中国艺术报》2011年3月3日。

了旅澳华人的文学热忱。进入21世纪之后,澳大利亚华人总数已超200万人,加上海外"汉语热"的不断升温,华文教育的力度不断加强,多数中文报刊长期坚守阵地,各种中文网站相继建立,手机微信平台广泛普及,澳华文学的空间得到了充分的开拓和扩展,澳华汉语诗人作家约在两三百位,经常有作品问世的活跃分子不下数十位,其中涌现出了何与怀、汪应果、庄伟杰等杰出的作家、诗人。与澳大利亚其他"少数族裔"相比较,汉语使用者中的"文学人口"无疑最为密集。

对于东南亚地区来说,汉语文学一直是该地区最主要的文学形态。这一多民族地区虽然官方语言大多不以汉语为主,有些地方有些时候还对汉语进行有意识的打压,但在这一地区华人无疑是最有文化也最热衷于文化与书写的族群,汉语文学在这里一直是最活跃也最有成就的文字形态。这里的汉语文学通过大量"南来"作家以及"途经"文人,与中国本土的现代文学建立了最紧密的联系。当年飞机还不能成为中国文人国际交通的基本工具,出亚如欧赴美皆须乘风破浪假道太平洋,于是途经马六甲海峡然后东巡西航,或者通过马六甲海峡回归祖国,成为大多数出访西方的中国文学家的基本路径,这就有了大量文学家途经或逗留东南亚的足迹与史迹。在这样的意义上,徐志摩、刘半农、老舍、巴金、洪灵菲、艾芜、聂绀弩、钱锺书等都在东南亚汉语文学书写上留下了各自的印记,而秦牧、陈残云等在新加坡驻留过相当长的时间,更有郁达夫、胡愈之等"高调南来"的作家,他们在东南亚各地都为汉语文学的积累与开拓做出了难以磨灭的贡献。根据郭惠芬的收集和统计,中国现代文学家"南来"东南亚的至少有159位。[①]

又由于地理地缘和一定时代政治地缘相近的关系,相当一段时间内东南亚的文学期刊与中国的台湾、香港文坛关系至为密切。在东南亚最重要的汉语文学刊物《蕉风》上,来自台湾地区的作家或学者的评论与作品畅行无阻。诗人有覃子豪、罗门、夏菁、痖弦、余光中、林泠、杨牧、戴天、张错、杨平等,小说家则有朱西甯、司马中原、陈映真、郭良蕙、林海音、高阳、苏雪林、王文兴、张系国、黄春明、袁琼琼、李昂、廖辉英、陈若曦、苏伟贞等,包括梁实秋、琦君、罗兰、柏杨等重要的当代散文家也在这个刊物上频频现身。可以说东南亚文学刊物几乎囊括了台湾地区那个时期最重要的汉语文学写作者,在一定意义上它已与台湾文学界融为

---

① 郭惠芬:《中国南来作者与新马华文文学》,厦门:厦门大学出版社1999年版,第6页。

一体。正因如此,敏感的马来西亚汉语文坛才提出与中国文学"断奶"的问题,不过提出这个问题的时候,已经到了20世纪末。[①] 其实"断奶"论者使用的仍然是纯熟的汉语,甚至,他们都摆脱不了中华文化的影响,诚如理性的批判者所说,马来西亚的汉语文学是传承中华文化的:"既然马华文学是在传承中华文化,又以华文作为表达方式,它如何能变呢?马华文学是很难脱离民族性和文化性的渊源关系。因此中华文化对马华文学存在滋养关系,是自然之事。如果我们把其他东西方文学当作学习对象,又为何要放弃已经和马华文学拥有历史、血缘和文化关系的中国文学呢?"[②]

欧洲汉语文学以运作悠久、社团众多为特征。欧洲华文作家协会创会会长赵淑侠曾做过这样的概括:"半世纪来,欧洲华文文坛,已从荒凉的沙漠变成绿洲,郁郁成林,繁花满树,别具一番风景。"[③]在欧洲汉语文学的发展中,成立过欧洲华文作家协会、欧洲华文文学会(简称欧华文学会,前身为荷比卢华人写作协会)、中欧跨文化作家协会(前身为中欧跨文化交流协会)、荷兰彩虹中西文化交流中心、捷克华文作家协会、斯洛伐克华文作家协会、匈牙利华文作家协会、欧洲华文诗歌会、奥地利华文笔会、西班牙伊比利亚诗社、瑞士零零诗社等,其中影响最大的要数欧洲华文作家协会(简称欧华作协),最富有生气的则是梦娜主持的欧洲新移民华文作家协会。至于以美国、加拿大为主的北美汉语文坛,从来就是海外汉语文学的盛产地。20世纪50年代,胡适就曾将周策纵等创建的白马文学社以及他们的汉语文学运作称为中国文学的"第三个中心"。进入20世纪后期中国改革开放之后,一方面是因为愈来愈多的留学生走进了"新移民"文学的行列,另一方面有不少来自国内的专业性作家开始旅居海外,北美汉语文学甚至对整个国际汉语文坛的蓬勃发展产生了"强心效应"。代表性作家作品有曹桂林的《北京人在纽约》、周励的《曼哈顿的中国女人》、严歌苓的《少女小渔》、张翎的《上海姑娘》、少君的《人生自白》、张慈的《浪迹美国》、卢新华的《细节》、薛海翔的《早安,美利坚》、宋晓亮的《涌进新大陆》。还有纪实文学的推涌,如老作家赵浩

---

① 林建国:《大中华我族中心的心理作祟》,《星洲日报·尊重民意》1998年3月1日。
② 陈雪风:《华文书写和中国文学的渊源》,《星洲日报·尊重民意》1998年3月1日。
③ 《赵淑侠序言》,见高关中《写在旅居欧洲时——三十位欧华作家的生命历程》,台北:秀威资讯科技股份有限公司2014年版,第7页。

生的《中国学人在美国》系列作品,沈宁的《美国十五年》、钱宁的《留学美国》、阙维杭的《美国写真》、张敬民的《美国孤旅》、穆京虹的《在美国屏风上》等佳作,其他尚有严力、冰凌、林燕妮、李舫舫、程宝林等作家的作品,以及陈瑞琳的文学评论,这些都对整个汉语文学的世界性发展起到了推波助澜的作用。

在全世界范围内,具有各种离散或者流散身份的华人以如此巨大的热忱,如此长久的毅力和如此全面的成就,投入到自己母语文学的创作和运作之中,从而真正形成了痖弦所构想的"全世界质量最大最可观的文坛",这是汉语文化全球视野中的一个奇迹。其他民族在一定历史时期和一定别国区域也会有人群的聚集,如犹太人在世界各地,白俄人俄国革命之后在中国上海、哈尔滨等地的漂流,甚至今天东亚各地麇集的欧洲种群,以及越来越多在中国求学或谋生的非洲裔族群,都没有产生有一定质量和有一定规模的本民族语言文学创作与运作"文坛",更不用说形成一种文化传统和文学史现象了。而国际汉语文学不仅自20世纪下半叶起的确在全世界形成了"质量最大最可观的文坛",而且自20世纪初期在北美,甚至可以追溯到19世纪后期在欧洲,以及世界上其他区块,都形成了具有一定内涵的历史,甚至形成了自身的传统。敏感的汉语文学研究者已经开始关注并总结各国各地汉语文学的历史与传统,陆续出版了这方面的著作,较有代表性的有方修所著的《马华新文学简史》[1],吴奕锜、赵顺宏合著的《菲律宾华文文学史稿》[2],尹晓煌所著的《美国华裔文学史》[3],张国培所著的《20世纪泰国华文文学史》[4]等。梁丽芳、马佳的《中外文学交流史(中国—加拿大卷)》[5]则由更加宽阔的角度总结了加拿大汉语文学的历史与传统。这样的学术总结还在不断进行中,《国际汉语新文学史》一书应该是对全球汉语文学的历史和传统进行全覆盖研究的成果。

将通常称为"海外华文文学"的国际汉语文学视为一种具有特别质量和"最可观"的特别"文坛",这应该是世界"文坛"的一个重要景观;"海外华文文学"与中国大陆(内地)以及台湾、香港、澳门等地的中国当代文学相整合,所构成的"汉

---

[1] 方修:《马华新文学简史》,吉隆坡:马来西亚华校董事联合会总会1986年版。
[2] 吴奕锜、赵顺宏:《菲律宾华文文学史稿》,北京:中国文联出版社2000年版。
[3] 尹晓煌:《美国华裔文学史》,天津:南开大学出版社2006年版。
[4] 张国培:《20世纪泰国华文文学史》,汕头:汕头大学出版社2007年版。
[5] 梁丽芳、马佳:《中外文学交流史(中国—加拿大卷)》,济南:山东教育出版社2014年版。

语文学"应该是世界文坛最具"质量"、最大规模和最为活跃的区块。这是一种以汉字文化为基本思想内涵,以汉民族文化思维为基本精神特性,以汉语为基本承载机制的文学形态。这种文学形态是整体的,在世界文学格局中体现着汉语文化和魅力、风采与成就,因而不应以国家、地域做人为的区隔、割裂,故而应被统一称作汉语文学。

就国际汉语文学而言,以某一国度某一地区的"华文文学"命名和概括的可能性越来越薄弱,这是因为随着"地球村"效应的形成,跨国度旅行和移民的现象越来越普遍,也越来越便捷,被杨炼称为"世界性漂流"的族群越来越庞大,以一个国家或地区定位这些"漂流"文学家早已不切实际。例如当代杰出的小说家白先勇,原籍中国大陆,在台湾接受教育并开始从事文学创作,后在美国读书任教,创作事业得到辉煌发展,但他的主要作品却是在台湾和中国大陆产生影响,他自己后来也将主要精力和时间投放在中国大陆和台湾的文坛,虽然他仍然是美籍华人。这个将当代汉语小说艺术发展到一个新境界的文学家,何以能用某一国度和地域进行界定?他实际上就是一个汉语文学家。类似的"世界性漂流者"还有著名汉语小说家严歌苓,还有在中国内地(大陆)和港澳台地区自由"漂流"的著名汉语诗人傅天虹等。杨炼出生于瑞士,在中国成名后流徙于新西兰、美国、德国、英国等地,后主要居住在德国。北岛于20世纪80年代后期在北欧各国流动,后到美国,最后选择定居香港。多多20世纪80年代旅居荷兰,十几年后返回中国大陆。欧华作协创会会长赵淑侠在瑞士成名,21世纪才移居美国继续创作。欧华作协创会元老吕大明来自台湾,长期在英国、法国旅居,又曾旅居德国、瑞士。曾是湖北作协副主席的祖慰旅居法国多年,后又回到了中国。女作家虹影出生于四川,20世纪90年代初移居英国,后又长期居住于北京。如此等等,无论是流浪还是定居,超国界、超地域的人生状态使得他们脱离了某一国界或者地区的文学定位,而成为国际汉语文学的操盘者。他们通过自己的"漂流"进行相对自由的文学生产,同时也通过汉语文学创作和运作践行自身的文学理念,实现自身的文化价值。他们的文学创作与文学运作所构成的汉语文学的国际生产,不仅在空间概念上拓展了汉语文学的"疆域",而且与中国内地(大陆)和澳港台几个重要的汉语文化区域一起为世界文学和世界文化贡献了光辉灿烂、活力四射的汉语文学空间板块和质量板块。

如果说"中国应当对于人类有较大的贡献",那么在思想人文方面的当代作为就应推汉语文学。汉语文学在当代世界思想文化史上的能见度和美誉度显然超越其他方面,汉语承载的哲学思想、人文学术、音美艺术等,其贡献和影响力都不及汉语文学。汉语文学的贡献不仅仅在于向汉语世界以及非汉语世界奉献出了一批杰出的文学作品,包括鲁迅、金庸、白先勇、莫言、余光中、洛夫等所奉献的世纪性、经典性创作,也在于它富有生气与活力的运作,在于它芳草天涯、生生不息的滋长、繁衍、蔓延以及富有文化质地与文化内蕴的运作。汉语文学对于世界文坛既做出了具有"质量"的创作性贡献,又做出了具有体量和板块意义的运作性贡献。

国际汉语文学体现着漂流和离散海外的汉语文化主体集群对于母语文化的充分自信,虽然这种自信并不意味着过度依赖。在德国已经成功融入当地社会并成为地方议员的谢盛友这样理解国际汉语文学家的文化关系:首先,要通过阅读逐渐了解所在国文化,"同时,作为一个中国人,对自己传统的中国文化,最起码要保持自信,有时要具备一定程度的优越感"。而保持文化自信甚至秉持母语文化的某种优越感最直接的方法便是进行母语写作。无论在什么国家,一个从事自己母语写作的人总是能赢得普遍尊重,如果在这样的写作中再较多地传达母语文化的深厚内涵,这样的作者无论在同族人的心目中还是在外族人的评价中,都具有明显的文化优势。这其实也就是谢盛友所说的"优越感"。

二、国际汉语文学对汉语文化真诚、坚定的守护

国际汉语文学家出于自己的文化自信以及一定意义上的文化优越感从事汉语文学创作和运作,即便是在远离故土的海外也依然保持相应的热忱与激情;由此形成的各个时期、各个地域的汉语文学热潮,构成了世界文坛的一个重要景观。如果说将这样的汉语文学创作和运作的总体成就,与中国本土及周边汉语文化辐射圈的汉语文学传统和崭新活力整合起来,则可以整体呈现出汉语文学的巨大质量和巨大影响力。与中国本土的汉语文学创作者和运作者一样,国际汉语文学家通过汉语文学的创作和运作,也在努力地反哺中华文化,真诚地捍卫中华文化,有效地光大中华文化。

如果说久住中国本土的文学家对于中华文化常常采取弘扬与批判、坚守与反思相结合的态度,那么,流散在海外的汉语文学家则会更多地选择弘扬、坚守的态度,因为在异国他乡的异质文化的包围中,自我肯定必先依赖于对己身所属的母语文化的肯定,自我的文化自信必须依赖于对自己的母语文化的坚守。这就解释了这样的文化现象——为什么有些汉语文学家在国内可能是坚决的传统文化批判者,可到了国外以后就变得特别"国粹"。

闻一多的《洗衣歌》表现海外华侨遭受种种歧视以及因此造成的情感的伤害与精神的痛苦,这是早期华工在美国、加拿大做苦力的特殊记忆,这样的情感体验使得闻一多在那段时间对东方文明和故国精神产生了由衷的向往,正像他在《太阳吟》中所抒发的那样。同样以早期华工为题材进行汉语文学写作的黄运基的作品,也很容易令人联想起闻一多的诗歌。黄运基通过他小说中的人物说道:"你是不能明白华侨是海外孤儿的那种切身体会的……无依无靠,不用说,就更受凌辱了。"正是这种"孤儿心态",激发起海外华侨强烈的爱国情怀,以及对故国文化传统的热爱与尊崇。

旅居海外或者流散外国的文人才会有高度敏感的母体文化依恋症,当这种症结诉诸文学表现的时候,常常会以夸张的态势化成一种心理郁积,一种淤积的文化情结。白先勇写《台北人》系列作品的时候表达的是身在中国台北的青年对本土文化的厌腻甚至反叛,同时对西方文化的盲目艳羡或者憧憬,而在写《纽约客》系列作品的时候则多表达身处异国他乡的青年对中华文化的依恋甚至痴迷,以及对西方文化的恐惧或者焦虑。小说《上摩天楼去》写得较为隐晦,但寓意相当明确。小妹玫宝在家的时候得到大姐玫伦无微不至的呵护,甚至洗头梳头都是大姐帮她,姊妹俩沉浸在东方式的温情脉脉、手足情深的传统气氛中。然而当玫宝来到美国,到姐姐面前的时候,姐姐已经沉溺于西方式的生活,几乎毁坏了所有东方式的温馨。玫宝失望地登上了皇家大厦的观景台,湍急的雪片厚重地聚积在摩天楼的顶部,宛如给大楼戴上了一顶大白帽,这帽子是冰冷的,它所护罩着的也是冰冷的西式生活,对于玫宝来说,没有温度,更没有温馨。在西式生活的包围中,身处异邦的中国人非常珍惜母族文化的温馨。于是,在《芝加哥之死》中,白先勇干脆给那个在西式生活氛围中彻底绝望的留学生起了一个"吴汉魂"的名字,离开了汉文化的精神,失去了汉语文化的庇护,忧郁的青年不可能再有任何希望。当他站在芝加哥的街头时,他感到的是"茫然不知何去何从",立足繁华的美国都市,他却觉得在地球表面"竟难找到寸土之地可以落脚",最后,他选择了寒冷的密歇根湖作为自己的最终归宿。找不到"我是谁",构成了在美华人无法解脱的心灵痛苦。类似的心态在平路的《玉米田之死》中得到了类似的体现,小说人物陈溪山与吴汉魂选择了不同的路径,他选择了玉米田,但都是选择了用死亡填充自己的文化苦闷和心理绝望。死在玉米田,可被看作是一种特殊的精神回归方式——既然在现实中难以找到心灵的家园,那么在留下美好记忆的玉米田中走向死亡,未必不是一种最好的精神选择和终极认同。澳大利亚汉语文学家欧阳昱贡献的《愤怒的吴自立》中,与吴汉魂相类似,"吴自立"其实就是"无自立"或者"我自立",主人公本身潜在的厌世情结,严重的叛逆意识,对死亡的冥想,在无定、无根、无希望的氛围中让自己通向"我只有彻底毁灭自己,才能整个儿毁灭世界"的极端危机之中。

国际汉语文学表现身处异国他乡的游子经常遇到的身份设定与文化认同问题,充满着疏离文化之根的困惑和茫然。於梨华《又见棕榈,又见棕榈》与上述两部小说同样深刻地表现留学海外的茫然与痛苦,其中的人物牟天磊所强烈感受到的是"大陆不能回去,台湾局面太小,美国又不是自己的家",他不知道自己该属于哪块土地。不知己身所属实际上就是对于疏离文化之根的恐慌与焦虑。与此有着一定精神联系的还有白先勇的《我们看菊花去》等作品,作家代小说中的人物诉说着离开故土、离开本体文化以后的遭遇,不仅是失落、迷茫、绝望,还有癫狂、疯魔与死亡。

在澳大利亚的汉语新诗作家心水,在异国他乡游览了一段时间以后,毫不掩饰自己对中华文化及其优雅传统的向往,游达令港,观谊园,情不自禁,将《雪梨(悉尼)谊园》一诗写成了当代汉语文学家的"不如归去":这里的"翠竹掩映、细碎鸟语",在"呼唤我","四壁挥毫的题诗",在"引诱我"作"小桥流水配搭的图画",这些都是中国传统文人优雅的生活写作方式,于是梦想着"在垂柳微风里""享受中国古人的雅趣":"曲径通幽,山石含笑恭迎";"鸳鸯戏水,圈圈涟漪旋舞"。都是故国风情,都是中华传统文化的景象和韵致,只是,"茶居,无缘拜见杜甫","书房也难觅李白","异乡人徜徉在谊园的亭阁楼台上/沾满一身中国山水的乡愁"。这不仅仅是文化乡愁的书写,更是母语文化皈依的意识宣示。

汉语文学家笔下的人物可以通过各种积极和消极的方式化解远离民族文化母体的精神危机,而文学家本人则无法也无须做出如此极端的选择。他们选择了汉语文学写作和汉语文学运作,以此实现自己的文化慰藉或者文化寄托。旅德汉语文学家倪娜充分感受到移居异国的过程是一个痛苦、惶惑、迷茫却又冒险、新奇、创新的过程,面临着必须适应但事实上却难以适应异国他乡自然地理和人文环境的痛苦,承受着迷失母体文化的风险,感受着孤独、彷徨、迷茫的情绪,这些都足以构成边缘化的文化焦虑。为了寻求现实和精神的栖居家园,汉语写作就成了摆脱困境的精神之路。正如旅居匈牙利的汉语文学家余泽民所说:"写作并不是通常意义的文学创作,而是在异乡最孤独无助的日子里与自己进行情感对话的方式。"[①]是的,这是一种情感方式,是一种用文学进行情感慰藉的文化生活方式。

旅居海外的汉语文学家一度对疏离母语文化也就是中华文化产生一种恐慌感,带着这种恐慌的文化选择往往先是像辜鸿铭一样,以一种放大了优势看取传统文化,以一种国粹的观念对待中国文化。近些年,有学者主张将中国新文学的起点追溯到清末民初的驻法外交官陈季同,特别是他著于1890年的《黄衫客传奇》,这一观点遭到了一定的质疑。把陈季同创作于海外也影响于海外的作品拿来算是中国新文学的滥觞,的确有些勉强,但如果算作国际汉语新文学的早期作品,则有相当的道理。陈季同还著有《中国人的自画像》《吾国》《英勇的爱》等重要作品,曾用法文写了8部与中国有关的著作,实际上开启了林语堂向西方世界展示中国文化的先机。"他的写作发挥平和、谦恭、宽容的中华传统,使中庸主义哲学成为文化交流极佳的精神状态,超越了国家、民族之间一时剑拔弩张的对峙,进入久远而开阔的文化对话,其平和、从容的海外写作经验拉开了欧华文学的序幕。"[②]陈季同精通中国传统文化,擅长文言体诗词,他曾有诗集《学贾吟》行世。他对中国文化有时候都显露出某种嗜痂之癖,甚至赞同"三从四德"的伦理道德。在轻喜剧《英勇的爱》中,他塑造了一个自觉维护未婚守节的传统女性形象,在表现中华传统道德的同时又体现出对不幸的个人命运的同情与关注。

[①] 周晓枫:《旅鸟之翼——对话余泽民》,《文学界》2006年第4期。
[②] 黄万华:《序幕是这样拉开的——晚清陈季同旅欧创作中的中华文化传播》,《南国学术》2019年第1期。

赵淑侠曾经这样解说陈季同开创的欧洲汉语文学的写作传统：中国儒家思想和西方基督教文明的差异性，使得"两种文化互容互谅，截长补短，去芜存菁，产生一种新的精神的可能性更大。这种新的精神，正是我们这些居住在欧洲的华文作家们写作灵感和题材的泉源"①。欧华作家本身边缘性的处境和主动离散的心态使得他们具有更广阔的视角，他们一般不会以孤立的方式来看事情，他们往往具有祖籍国和居住国文化的双重视角。正是这种特有的双重疏离与边缘化，欧洲汉语文学作家才能更深刻地辨析两种文化的利弊，更透彻地观照人性真实。

其实，国际汉语文学写作和运作并不一定一直纠结着身处海外疏离中国文化的恐慌，特别是国际化潮流冲击全球之后，文学家即便长期旅居海外，对中华文化也不会产生强烈的疏离感，更不会有明显的焦虑，而会有更多的优势以"他山之石"攻母语文化之玉，从而持续地保持对中华文化的自信。旅美散文家、学者刘再复曾经在改革开放的潮汛中凯歌高奏，以"性格组合论""文学的主体性"等重要的理论开创成为那个时代的理论翘楚和文学弄潮儿。不过不久他被另一波时代潮汛卷入漩涡的中心，幸好没有被强大的涡流吸进海床的深谷而溺毙，反而是被一股巨大的离心力甩出了危谷，然后进入另一个星球的轨道，并不孤独地享受着从容的自由。他潇洒地走万里路，酣畅地读万卷书，频繁地写万字文，终于沉浸在"学问、思想、文采三者融合的人生"，尽享其中的豪迈、精彩、华美与芬芳，表达自己的欢欣、快乐、甜美与法悦。十几年工夫他走遍了美国并游历了近三十个国家，真正读到并且读懂了"世界"这部大书。作为国际汉语文学作家，他陆续出版了十几部散文、随笔集，如《漂流手记》、《远游岁月》、《西寻故乡》、《独语天涯》、《漫步高原》、《共悟人间》（与刘剑梅合作）、《阅读美国》、《沧桑百感》、《面壁沉思录》、《大观心得》、《人论二十五种》等等，都产生了相当广泛的文学影响。

他的创作和研究不属于任何一个国家和地区，而是属于汉语文学世界的当代建树。他是那样专注地摹写世界的艺术、思想、文学的辉煌结晶：在巴黎卢浮宫两万件艺术珍品面前，在达·芬奇、米开朗基罗、拉斐尔的辉煌艺术面前，在牛顿、达尔文、狄更斯、莎士比亚等伟大灵魂安厝的教堂，他所想到的仍然是吾国吾

---

① 赵淑侠：《一棵小树》，《亚洲华文作家》1991年第29期。

民的精神空间,仍然是自己所属的汉语新文化所承载的思想的来路与源头。走路读书与思想并行,人生的旅者与游历的诗魂相伴,他终于能够沉浸在精神的深谷之中,在此与古今中外的伟大灵魂相逢,与他们进行哲学、文学、历史的对话。由此"我更深地理解了中国和西方的许多文化、文学经典,也逐步打通两者的血脉"①。打通中西文化的血脉其实是为中华文化寻证卓越的触点与共性的价值,这正是深通中国文化和文化传统的刘再复先生所擅长的:"就在回归故国精神本源而与老子、慧能、贾宝玉等伟大灵魂的相逢中,我发现他们也有和基督一样的身影和血液。……伟大灵魂的深渊,流淌着同样清澈的泉水,其灵犀本就相通。"②这不是做学术,无关乎考据或者"影响研究",这是在进行伟大灵魂的解读,穿越时空跨越国境的文化心灵的解读,得出的结论可能是宗教家或者考据家所怀疑的,但从中国传统文化的密室穿行到西方文化的深渊,然后再折返,自由地进出一种文学的境界,文化的境界,思想的境界,精神的境界,不需要签证,不需要安检,只需要支付热忱和悟性,还有胆识与智慧。

刘再复像卡冈都亚所鼓励的那样,畅饮知识,畅饮情感,畅饮诗与美,畅饮思与真,徜徉于美洲与欧洲,东亚与南亚,港台与内地(大陆)之间,浸淫于文学与思想,古典与今典,创作与学术之间,漫步于图书馆与博物馆,画廊与教堂,讲台与礼堂之间,他迎来了文学生命的一个真正的高峰期,无论是研究还是创作,无论是思想还是批评,产出是那样的惊人,涉及的领域是那样的宽广,思想的质地是那样的严密,创造的热情是那样的高涨,井喷式的力量是那样的强劲而持久,而且,以文学,以思想,以学术与包括故国在内的汉语文化界进行对话并相互影响的势头从未消减,包括"告别革命""思想者""原罪忏悔"等关键词已经成为汉语文化界的共享话题甚至是批评母题。

曾经,他在文学上影响了一个理论时代,他已经拥有了时间上的"占领"。现在,他在创作与学术上影响了国际汉语文学,他与白先勇对话,与高行健对话,与李泽厚对话,与国际汉语文学界的几乎所有重要文学家对话,有理由说他实际上实现了国际汉语文学空间上的"占位"。他的所有底蕴都来自他对于中华文化真诚的热爱,痛彻的反思和守护、更新的愿望。

---

① 刘再复、吴小攀:《走向人生深处》,北京:中信出版社2011年版,第43—44页。
② 同上书,第149页。

国际汉语文学的创作和运作中，始终都活跃着中华文化守护者的力量，周励所刻画的董鼎山更属于这样的代表。周励天生属于那种能将散文写出小说的笔致和小说的魅力的作家，这也是她的《曼哈顿的中国女人》最引人入胜的地方。这位才华横溢的散文家在《曼哈顿的中国女人》之后继续不倦地贡献她的散文文字，包括她近期推出的《亲吻世界》，每一部新书每一篇新作都在向喜爱她、熟稔她、知道她的读者以及不怎么知道她的网友奉献出值得欣喜的阅读体验与收获，但对于她的老读者而言，她通过散文，通过记载着她生命历程、情感历程甚至冒险历程的铁一般、土一般、血一般、泪一般真实的文句，意气飞扬地展示小说的笔致和魅力的周励文路，周励文风，依然如故，宛如春燕翻飞于江村三月的晴空，又如月华朗照于夜半时分的旷宇。

　　她所写的《星辰大海五年祭：寻找董鼎山的骨灰》亦复如是。文章标题分两部分，前半部分无疑属于散文，后半部分则显然展示着小说的笔致。文章的体格也是这样的组合。即使在三亚面朝大海，仰望星空，记载的毕竟还是恩师的音容笑貌，回想的毕竟还是故人的谈笑风生，描摹的毕竟还是哲人的妙言隽语。

　　散文通篇围绕着董鼎山先生的仙逝以及仙逝以后扑朔迷离的遗骨下落之谜展开，充满着令人着迷、令人扼腕甚至令人揪心的故事性叙述，不乏跌宕起伏、峰回路转的曲折性情节，书写出情节小说才有的回环笔致。而不时地构想出与董鼎山先生亡魂的对话，频繁地幻化出师生间、文友间灵魂交流的心语，使得文章在心灵书写层面充满着小说家言的风致。散文惟妙惟肖地刻画董鼎山先生的绰然大家风采，以及他与亡妻伉俪情深的情致，特别是对董鼎山先生在妻子弥留之际服药以便随她而去的惊人之笔，其所显露的小说才致，即便与职业的小说大家和经典的小说作品相比也不遑多让。让我们感受最深也动心最烈的，还是颇有云遮雾罩意味的董鼎山先生与他女儿的情感关系，其中透溢出一般散文和小说都难得的思想与情感的韵致，像一个谜，像一束来自陌生地方和不知何种季节开放的不知名的花朵，让我们疑惑，让我们伤感，让我们回味无穷，让我们浮想联翩。

　　文中的董鼎山先生非常担心自己一生的心血会被不懂其价值的女儿扔到一条河里，因而他宁愿将自己的身后遗物托付给文友兼学生的周励——朱莉娅；有一天他竟对着友人伏肩而哭，感到他的女儿不需要他。事实上他的担心不是多余，他亡故以后骨灰的藏匿与不明不白的处理正是一个佐证。然而他感觉女儿和孙辈不需要他又不是事实，她们爱他，她们需要他！特别是当董鼎山吃药自尽的时候，女儿毅然抢救回了他的生命，那份对他"任性自杀"让她上不了班的埋怨本身就是一种对父亲不放弃的责任与情感的自然流露。

但董鼎山为什么有不被需要，会被随意处置的感觉？那是因为他对女儿以及女儿一家对自己的价值认知的怀疑与没有信心。女儿和两个孙女不懂中文，当然也就不懂得董先生的中文写作成就与价值，同样也就无法理解董先生的价值。董先生以及他的著述，他一生的功业，需要懂得中国文化的人士去认知，去肯定，去理解，于是董先生的身后所托、遗产所托，实际上他的灵魂所寄、精神所寄，都不在自己的女儿身上，而是在周励等这批年轻的文友身上。董鼎山先生曾羡慕地对周励等人表示，他要是有这样的女儿就好了。难道他不爱自己的女儿？不是，就像他的女儿非常爱他一样。问题是彼此深深相爱的父女却缺少文化上的相处理解与爱重，正像董鼎山先生其实并不能真正理解和信任女儿和外孙女们的文化情感一样，他的女儿等人更是不能理解他以及他所系念、所崇敬甚至所代表的中华文化和汉语文化。这种文化的隔膜使得父女之间的爱得不到价值的支撑，得不到爱重（深入骨髓的敬重）的升华，于是这种爱无论在董鼎山先生还是在她亲爱的女儿那里都显得有些迷茫，有些游离，有些惆怅，有些失重。

这个将文化视为生命的老人，这个一辈子从事文化工作并在文化建设上建立了殊勋的老人，显然更在乎、更看重、更上心的便是这种文化情感，他其实非常盼望亲人之间的亲情应该更多地黏附上这样的文化情感，从而化合成一种文化亲情。

这是一种很深刻的情感认知，是一种掩藏在浓郁情感背后的与文化人类学等各种新潮学术密切相连的理性，是一种较大的思想深度和意识到的历史内容的丰富发掘和展现。这样的情感认知，这种文化亲情的揭示，以及对于文化巨人来说文化亲情远胜于自然亲情的深刻理性的呈现与探讨，不仅很难见诸一般散文，而且置于一部卷帙浩繁的长篇小说中也仍然显得浓烈而厚重，不至于漫漶而疏澹。这篇散文完成了一部小说所难以完成的思想探索和情感探析。至于优秀的散文所应该体现的情绪浓度和情感烈度，则一点也不见消散。

三、国际汉语文学对中华文化建设与升华的反哺意义

国际汉语新文学的创作并不是简单意义上的中华文化输出的结果，更是中华文化借助汉语文学家的海外经验和体验，借助他们的海外视角与视野，从主题和题材等方面开拓了汉语文学的疆域，对中华文化、汉语文化起到了实质性的反哺作用。这是国际汉语文学最重要的贡献，也体现着国际汉语文学之于中华文化建设的重要意义。

汉语文学和汉语文化有着悠久的历史、灿烂的传统，还应有着与这伟大的历史和传统相匹配的丰富、多元的构成。中国历史、中国传说、中国智慧、中国故事和中国经验固然是汉语文学和汉语文化承载和体现的主题内容，而中国人在异国他乡，在山陬海澨，在地角天涯，其所经验的与在故国故地所司空见惯的事物、情节、场景、环境明显不同，将这样的特别故事、特别经验，连同与之相连的事物呈现、场景描写、环境叙事反映在汉语文学之中，无疑会大大拓展汉语文学的表现范围，充实和丰富汉语文学的元素，从而对汉语文化和中华文化起到一种反哺作用。这是国际汉语文学的优势与贡献。

通过国际汉语文学作品，读者能够知悉百多年来中国人流落海外或旅居国外所经历的风风雨雨，所见识的山川草木，所体验的喜怒哀乐，所吟咏的悲欢离合，这其中包含着故国本土难以特别体会的人生沧桑和世事凉薄，从而构成了汉语文学宝贵的财富与资源，构成了汉语文化的一道非常鲜艳与亮丽的景观。如果不是被"卖猪仔"的太平洋铁路华工通过汉语吟咏的悲苦歌吟，如果不是闻一多《洗衣歌》喊出的不平之声，我们很难了解早期华工移民的人生苦况和悲凉情感。在美国汉语文学历史上首开"草根文学"风气之先的黄运基，通过长篇小说"异乡三部曲"——《奔流》《狂潮》《巨浪》等作品，史诗般地呈现了20世纪华人在美奋斗的历史，以血泪和沉痛的文字记载着"美国梦"在华人社会代代相传的艰辛脚步。加拿大汉语文学作家张翎的长篇巨作《金山》，同样是一部关于19世纪末加拿大中国劳工悲壮家族史的小说，其实也是一部中国人的海外秘史，早期华工的海外心灵史。对于中国人后来的海外生活，也有一大批重要作品进行诗性的或故事性的传述，如周励的《曼哈顿的中国女人》、曹桂林的《北京人在纽约》，

严歌苓的《海那边》《无出路咖啡馆》等等,都深刻地反映出不同时期来美奋斗的中国人心中的酸甜苦辣,同时抒写出文化身份难以确定的苦闷与烦恼。在《中国人在美国》一书中,华裔学者李玫瑰提出了"边缘人"的概念,描述的就是中国人在美国的困窘近况。他们夹在两种文化、两个世界之间,受到双重甚至多重的文化冲击,因而产生认同的焦虑,成为非此非彼的边缘人。正是在这样的精神背景下,强烈的家国意识与乡愁情感是海外华人保持中国认同的内在原因,如德国哲学家赫德所言,移居者(流亡者)的乡愁是"最高贵的痛苦",这样的痛苦的深彻性显然超过了任何"乡愁"情感。

旅居加拿大的汉语文学作家张翎,当然也接触到并深刻地意识到海外汉语文学家必然会不期而遇"乡愁"问题,不过她同样赋予了"乡愁"更深刻的文化意味。她的感受代表了几乎所有涉及文化乡愁和文化身份恍惚的写作者:"我在国外已经生活多年,失去了国内作家那种深深扎在土地里,在一口深井里汲取文化营养的扎实感觉。虽然我每年都会回国很多次,但我只是过客,我对当下的生活已经失去了深切的体验。但是距离也不完全是坏事,有时距离会产生一个理性的审美空间,营造一种尘埃落定的整体感。隔着一个大洋回头看故土,故土一定和身在其间时的感觉不太一样。"[1]这样的表述实际上揭示了旅居海外的汉语文学家必然带有的不同于故土作家的感受与体验。在张翎的笔下,从《望月》里的上海金家大小姐走进多伦多的油腻中餐厅,到《交错的彼岸》中那源于温州城里说不清道不明的爱恨情仇,再到《邮购新娘》里那一曲波澜跌宕的"乱世佳人",其中的缘起缘灭、情生情绝,张翎把一个时代风雨的异域故事写得如此辽远沉静。

曹桂林的小说《北京人在纽约》被拍成电视剧以后迅速受到观众的热捧,中国人在国外的境遇、遭际以及曲折的故事、生活的真相满足了观众的好奇心,更重要的是博得了各种去国者和在国者的共鸣与理解,于是,其他国度的汉语写作者也纷纷拿起了笔,写作自己在其他国家和地区的感受与见闻,其中有樊祥达的《上海人在东京》,甜姐儿的《南京人在悉尼》,还有电视剧如《广州人在洛杉矶》《温州人在巴黎》等。这种题名结构固化了的现象,宣告了这种题材的普及性以

---

[1] 徐学勤:《张翎:游走的移民作家 斩不断的文化根脉》,《新京报》2017年10月14日。

及同类创作的通俗性,至少可以说明这是一种能够满足观众对海外中国人生活实情进行关怀与窥望的心理。于是,这样的写作迅速进入了市场文学的领域,单是"温州人在××"这样的"温州人系列",便有《温州人在意大利》《温州人在纽约》等作品。至于超越了国内城市限定,以"一个人在××"或者径作"人在××"为题名模式的作品,如《一个人在首尔》《人在温哥华》等,则已经成为相当普遍的创作现象了。

处身于海外的汉语文学家不仅能够生动地表现海外经验并与自身的故国情怀以及相应的文化萃思相联系,而且还能够以海外视角甚至是世界性的开阔体验处理中国经验或中国故事,以便使得中国经验和中国故事在这样的文化处理中产生某种增值效应,从而开阔了汉语文学读者的视野。莫言曾这样评论张翎的作品:"能够把中国的故事和外国的故事天衣无缝地辍连在一起。"[①]的确如此,她的《劳燕》便是这样的典型作品,小说的叙事将惨烈而英勇的抗日战争放在世界性宽度体验的巨大背景中展开,其中有中国江南女子阿燕和她的恋人刘兆虎以及众多乡亲、同胞的抗日故事,也有异国牧师比利、美国士兵伊恩的故事,在与比利的交集中,阿燕是美丽的斯塔拉,在与伊恩的交往中,阿燕又是温馨的温德。故事的场景也广泛联系着杏花春雨的中国江南以及异国宁静而陌生的土地。这种世界性的宽度体验,也可以称为跨文化体验,为国际汉语文学的创作带来的并不仅仅是单纯的空间转换与价值观差异,而是由现实距离所带来的对母体文化重新审视的目光。严歌苓新世纪十年的小说几乎都与中国的红色历史有关,即使写抗日战争、土地革命、反右斗争,她都会从一种新的视角切入到历史,看到历史的另一方面。旅匈汉语文学家余泽民的小说《纸鱼缸》,叙写的是两个人、两个国家在两种文化包裹下的两段沉重的历史,作者通过两个不同国家的青年佐兰和司徒霁青的微妙的亲密友情与各自复杂的个体的爱情故事,牵扯出二战期间匈牙利纳粹对犹太人迫害的历史、冷战时期秘密警察当道时告密者盛行的特殊历史,同时又与中国特定年代政治动乱的历史交织在一起。两国青年在不同枷锁下演示徒劳的青春之舞,在历史的挣扎中显现人性的吊诡,传递出现代社会中人的孤独、流浪的存在状态和人性救赎的主题。[②] 旅比作家谢凌洁的《双

[①] 莫言:《写作就是回故乡》,见张翎《交错的彼岸》序,上海:华东师范大学出版社 2009 年版。
[②] 计红芳:《论余泽民小说〈纸鱼缸〉的创新艺术》,《华文文学》2017 年第 4 期。

榇船》同样表现二战题材,也与《纸鱼缸》相类似,主要表现两位青年的成长故事,也是通过小说中人物不同寻常的经历,对人类各种灾难特别是战乱进行历史的反省,从而展开对战争、正义、和平、历史、政权、人性、命运、身份等的哲学思考,最后抵达人类灵魂深处的忏悔、宽恕、救赎的宗教层面,体现出世界性宽度体验的较大维度。

带着世界性宽度体验进行汉语文学耕耘的女作家周励,以极大的热情关注第二次世界大战中的许多被历史遗忘了的纪念地、人物和故事,她将这些非常有纪念意义的历史地标、战争景点和相关情节通过非虚构方式进行文学传述,收集在她2020年出版的作品集《亲吻世界》中,特别是她在"帕劳贝里琉(太平洋战争)激战现场"遗址找到了一块不见史书记载的"尼米兹石碑",其意义便非同寻常。尽管这块碑记载的是作为历史"反派"角色的日军官兵顽强拼死的情形,但也同样传达出战争的残酷与人性的尊严等严肃的人类主题,体现出一个汉语文学家世界性的宽度体验的心得与视点。

旅加汉语文学家陈河则采用非虚构与虚构叙事相结合的文学策略表现他的世界性宽度体验,而且是围绕着人们难以忘怀的惨痛的第二次世界大战。他的《沙捞越战事》《米罗山营地》围绕着马来亚战场书写华人抗战史,特别是后一部作品,他历时两年,实地寻访"136秘密部队"珍贵档案,对二战时期马来亚战场华人抗日的历史真迹进行了真实记录,同时也切实关注马来亚本地人士的抗日事迹,包括鲜为国人所知的卡迪卡素夫人冒死救助华人游击队员的故事。这里表现的当然是一个国际汉语文学家的世界性宽度体验。

世界性的宽度体验很容易通向普遍性的人性关怀和人类关怀,这样的写作对于汉语文化而言,还可能通向更深刻的人性反思的深度体验。日本汉语文学作家孟庆华《告别丰岛园》以另类日本人——战争遗孤返回日本生活为题材,通过一个日本华侨女性的视角,叙述战争遗孤从中国回到日本却生活在日本政治文化的边缘,成了本国的"他者"的种种故事。这些被遗弃在中国的日本孤儿,在中国养父母的哺育下长大成人,具有中国文化的认同性;一旦回到日本,却成了异邦人(另类)。在生存的焦虑中,在文化的夹缝中,在记忆与现实的混杂中,在灵与肉的搏斗中,他们生活得相当艰难。这些人物的出身印刻着日本侵略中国的罪恶印记,但他们自己无力也不该代他们的父母承受相应的罪愆,更无力也不该代那些战争的发动者和凶残的刽子手承担罪恶的责任,他们是无辜的,他们也是受害者。而且他们承受的罪与罚比中日两国的其他战争受害者更加深刻,因为他们的文化情感处在中日文化的倾轧之中,他们的文化认同游走于双重文化伦理的夹缝之中。这种陷入于文化认同的夹缝之中的尴尬,是作家超越国界的人道关怀、灵魂关怀的思想体现,是世界性宽度体验通向人性挑战和文化认同困境的深度体验的文学呈现。

体现世界性宽度体验和文化、人性深度体验相结合的作品,也常常是中华文化笼罩下的本土很难化育、壮大的创作类型,这样的作品往往更需要国际汉语文学家的努力,需要借助于他们的人生体验的宽度与文化体验的深度,更需要借助他们对特殊题材进行勇敢开掘的力度与可能性。从这一意义上说,白先勇卓越的文学开拓具有特别重要的意义。白先勇是当代著名汉语作家中最在意同性恋题材表现的一位,早期的作品如《寂寞的十七岁》《玉卿嫂》《月梦》《青春》等对此都有跃跃欲试的涉及,直到他于1977年推出了长篇小说《孽子》,这部充满人性忧郁、情绪压抑的小说畅快淋漓地表现了同性恋青年的孤寂、彷徨、痛苦与绝望,这时他向传统的中国社会宣告了自己的"孽子"身份,也给中华文化带来了充满现代生活气息,以及困扰于"情"的苦闷与"孽"的焦虑之间的深度体验。可以设想,如果白先勇不具有海外汉语文学家的身份,而是深锁在中华文化的环境之中,他是否有可能如此执着、如此坦率、如此直接地表达同性恋者的深痛的呼告?较长时间旅居国外,浸身于欧风美雨的现代、开放的社会气氛之中,无疑促使了他可能并敢于带着这种别致的人生体验的宽度以及文化体验的深度走进中国场域,走进传统的故国社会,充满真诚同时也具有一定冒险性地以另一种文化视观和文化参照给母语文化带来陌生因素。如果这是一种文化责任和文化任务,那么也许,这样的责任只能由旅居异国者承担,这样的任务只能由身处异质文化的国际汉语文学家来完成。这种独特而带有某种冒险意味的经验表达和体验书写,确实给传统的故土文化带来了一种新异的富有挑战性的陌生因素,于是,1977年起在台湾地区的报刊上连载,迎来的只是陌生的打量和世故的观望,常有质疑的声音,更多是沉默的对待,直到20世纪80年代后期,小说在海外出版,才有一时之间反响强烈之效。

尽管中国传统文学中也有类似的题材表现,但对于这种特殊的情感状态能够理解甚至接受的主要是在西方文化场域。西方体验、世界体验的宽度通过《孽子》的接受过程得以生动体现。这样的宽度还在同样敏感的一些题材,如乱伦描写中得到反映。在美国的汉语文学创作中,属于"另类"情感的乱伦心理甚至乱伦行为描写时或有之,这是汉语文学家在西方体验或世界性体验尺度增宽的结果。欧阳子的《近黄昏时》是美国华文文学中较早涉及乱伦的作品,小说中的儿子吉威对母亲丽芬产生了某种乱伦情愫,这种情愫在现实中自然难以实现,便将同学余彬当作自己的替身,让他接近母亲。当余彬想摆脱与丽芬的关系时,吉威不能自已,竟将余彬捅伤。同样的畸形情感在欧阳子的《秋叶》中又有更为惊心动魄的表现。旅日汉语文学家对日本文化中本来就相对浓烈的性文化自有相当的体验,这方面的日本体验也常常体现出较宽的尺度。黑孩的《樱花情人》将"我"作为女人的感受释放出来,充满私小说的特点。旅欧作家林湄的《天外》将郝忻这样一个当代语境下有着浓厚中国文化色彩的学人变异成浮士德影像,他一方面认为性爱是生命的本质,因而无法抑制性诱惑,与自己的学生苒苒发生性关系,另一方面又唯恐妻子知晓而内疚痛苦。

这类较宽尺度的情爱描摹,一向为中华文化的正统力量和伦理情感所警惕甚至排斥,是海外汉语文学家从世界性的宽度体验将这些内容带进了汉语文学,从而丰富了汉语文学的内涵。这些"另类"的书写,都体现着或者通向一种人性批判、生命反思的深度。思想与情感的深度体验,这是任何一个民族的现代文化都无法逃避的精神内涵,在这方面,国际汉语文学界应理解为对母语文化做出了贡献,至少让世界了解到,在汉语文化的精神世界,一点也不缺少对现代人类所必然面临的在传统意义上往往被视为情感畸形的人性现象的关注能力。

世界性的宽度体验通向深度的历史萃思和人生思考,这样的特别体验,带着汉语新文学家在海外特别的特别经验,不但能够拓宽中华文化的覆盖面,而且也能够有效地深化中华文化的思想内涵。卢新华是当代文学的重要现象——伤痕文学的缔造者,旅居美国以后,亲身体验到旅美华人的辛酸与快慰、悲凉与喜欢、尴尬与巧智,连同对异国他乡其他各路人物的观察和思考,同时反思故国的人生与社会,连续创作了小说《紫禁女》《伤魂》,以及随笔集《财富如水》《三本书主义》。这些作品生动地呈现出一个汉语文学家的世界性体验和西方体验,并用这样的体验反顾中国人的人生,中国文化的优势与劣根性,以及人性的善美与痼疾,体现出以他山之石攻本民族文化之玉的真诚情感和深刻理性,其中所包含的对于民族文化的诚挚的讴歌、深彻的反思、痛切的批判,是从世界性的宽度体验,对故国社会文化的功利性考量有了一定的疏离,才表现出如此新异的情感和如此精深的哲思。显然,包括国内文坛在内的汉语文化圈的读者对卢新华的国际写作和新奉献是欢迎的,《论"三本书主义"》一文还入选2017年浙江省高考语文试题,一时之间汉语文学家卢新华再度进入千千万万学子的视野,在《伤痕》风行文坛40年之际,卢新华因此圆满地演示了一番文学阅读领域的"王者归来"。可以想象,如果没有这么多年的域外经验,没有世界范畴的人生宽度体验,卢新华就不可能对走万里路的"无字之书"有那么深切的领悟;如果没有在洛杉矶赌场发牌的经验与观察,也就不可能产生"财富如水"的联想与憬悟。

四、国际汉语文学在世界文学格局中的奇异风采

国际汉语文学当然就是约定俗成的华文文学,只不过这样的概念更加体现出与中国文学一体化的可能性。在世界文学范畴内,国际汉语文学与中国本土汉语文学可以经过学术整合和文化整合,整合为统一的汉语文学,从而可以在整体上向世界显示汉语文学的风采、成就与魅力。当然,这样的显示还需要借助于汉语文学必然承载的汉语文化内涵。将汉语文化引入汉语文学的审视与把握,在汉语文化的整一格局下理解世界文学范畴中的汉语文学,可以将"华文文学"研究中的一些难以涉及的对象加以涵盖,从而在更加开阔的视野和更加完整的理念中把握世界汉语文学与汉语文化的现象,厘清汉语文学和文化在世界文学文化中的格局与风采。

传统的华文文学研究指向非常明确,就是"华文"文学创作,而且这里的"华文"只是指"汉语",并不包括"华文"中的其他民族语言文字。"汉语文学"本来也有"汉语""汉文"的指涉意义,但正如我们已经认定的那样,它还是指"世界文学"范畴中的"汉语文学"格局,因而与它赖以产生和发展的基础——"汉语文化"紧密相连,也就是说,"汉语文学"的总体格局承载着、代表着并体现着"汉语文化"

也就是"中华文化"主体部分的基本品质和影响力,所有"汉语文化"的文学表述,无论是否以汉语承载,都是"汉语文学"的基本形态和当然内容。这就解决了"华文文学"研究面临的一个长期解不开的难题:如何将海外华人的其他语言的写作,如哈金、汤婷婷等人的英语写作,纳入我们的研究范围?

既然所有以"汉语文化"为承载、表现内容的文学创作和文学运作都是"汉语文学"的应有之义,则世界文学范畴内的汉语文学便应该包含那些传载、体现汉语文化的外籍华人的其他语种的创作成果,应该将这样的创作从总体上纳入汉语文学和汉语文化的世界性贡献。

中华文化哺育了百多年来数代国际汉语文学家,他们对中华文化的接受程度和批判热忱不可能完全一致,但是,以身处异国的文化敏感和各持己见的文化反哺意味对待故国文化和母语文化,则是他们最重要的文学创作和文学运作动力。在这个文化集群中,有从现代文明的理念出发,对中国传统文化进行反思、批判和创造性改造的一类,然而他们实际上仍然表现出对故国文化和母语文化的珍惜、爱护之意。这体现着国际汉语文学家的独特优势,当然也是他们对中华文化进行反哺的重要贡献。著名作家凌叔华所写的英文小说《古韵》,以同情的笔调塑造了中国家庭文化中的姨太太形象,体现出一定的文化反思和文化批判意味。对此,熊式一并不满意这部作品将中国文化中不甚健康的一面呈现在外人面前,决意写一本以历史事实为本、以社会运作为重的小说,全面反映中国社会变革之中经济、政治、文化、宗教等方面的尖锐矛盾和冲突,这便是他在1943年于伦敦出版的英文小说《天桥》。小说甫一出版便大获成功,还得到了英国桂冠诗人曼殊斐儿的赞赏,并被译成多国文字,一时之间与林语堂的《京华烟云》齐名。此前,善于进行中英双语创作的著名作家熊式一,通过英文戏剧作品《王宝川》,英译本《西厢记》、戏剧作品《大学教授》、英语小说《天桥》等为人所知。熊式一在英国不忘传播中华传统文化,他改编著名的传统戏曲《王宝川》,把原先"一夫二妻"封建社会的大结局改编成具有现代感的患难夫妻愈见忠贞,让薛平贵与西凉公主以兄妹相称,不仅去除了传统戏曲的糟粕性成分,同时也让薛平贵与王宝钏的感情更加坚贞。除此之外,根据英语翻译的需要,把"钏"改成"川"。这虽然是英文再创作,但立足于弘扬、反思、修正中华文化,让外国读者和观众感受到中华传统文化的无穷魅力,由此产生较大的国际影响。1935年熊式一还翻译出版了元曲《西厢记》，受到英国著名剧作家萧伯纳的盛赞，称它为能"和英国古代最佳舞台诗剧并驾齐驱"[①]的剧作。此后，《西厢记》成为欧美各大学中文系与亚洲研究所的教材。熊式一在海外的文学创作和文学运作，可以令人联想到同样身处海外时的林语堂勉力向外国人介绍中国文化，对外国人讲论苏东坡等中国历史文化名人的往事，以及辜鸿铭虽身处故国，文化写作却聚焦海外，向世界文坛努力推介并讴歌中国文化极其古老的传统，还有白先勇与陈毓贤合作撰写书名为 A Companion to The Story of the Stone：A Chapter-by-Chapter Guide（《〈石头记〉逐回导读》）的专书，由哥伦比亚大学出版社隆重推出。所有的这些文学和文化创作、译介、推送，其实都是国际汉语文学家对汉语文学的文化加持，当然也是对汉语文化国际化做出的一种卓越的努力。

  世界文坛需要各种各样的文化组合成丰富多彩的百花园，作为世界上使用人口最多、历史最悠久、影响最大的汉语及其所承载的文化，当然是这一世界文化百花园中不可或缺的重要单元，其地位举足轻重。汉语文学以自身丰厚的文化底蕴、独特的文化内涵、富有拓展性和开放性的文化品质，成为世界文学格局中具有独特魅力和高密度质量的组成部分。国际汉语文学不仅向世界文坛提供了内涵卓越的中国经验，提供了中国人在世界各地的世界性宽度体验以及人类性的深度体验，还为人类文明历史的审视、为当代人类理性乃至世界和平做出了自己的贡献。

  旅居加拿大的汉语作家陈河的《甲骨时光》非常值得关注，这部风格卓异的小说虽然写的是中国故事，但思考和呈现的却是对人类起源的追问以及对文明滥觞的关怀与深思，是一部典型的世界性和历史性相结合的作品。作家通过虚构人物——甲骨文专家杨鸣条，与历史上的真实人物傅斯年之间的托付关系，以河南安阳的殷墟文物考古为基本线索，在层层历史雾障中解读古老的谜团和现实的神奇现象，在甲骨文字重见天日之际收获古老文明的胜利与欣喜。世界性的体验和历史性叩问是这部小说的鲜明的题材特色，小说中有骑着白马的加拿大牧师明义士，还有算计精审的日本人青木，甲骨文的命运其实是牵动着世界神经的文明符码。陈河的这部力作让读者看到了具有世界性

[①] 熊式一：《王宝川》（中文版），北京：商务印书馆 2006 年版，第 3 页。

体验背景的汉语文学家在审视人类文明史的时候所具有的独特视野和理性穿透力。也正是这样的视野与穿透力,使得周励的《亲吻世界》和张翎的《劳燕》都有了特别的价值。

周励、张翎对第二次世界大战的世界性关注,体现着人类视野,间接地、曲折地同时也是坚定地为人类和平发出痛切的呼吁和真诚的讴歌。这方面还应该提到近些年旅澳的汉语文学家汪应果。他的长篇小说《海殇》是非常罕见的表现中国海军建设的重大题材,涉及中国海权特别是南海战略的历史关怀。南海争持与海权聚讼是近数十年的重要国际事件,是中国涉入世界所面临的重大课题。《海殇》从历史的角度切入这一严肃的国际课题,体现出作者高度的敏感和强烈的民族正义感。要之,这部小说并不是旨在张扬狭隘的民族主义,而是在紧张地思考海洋的利用与人类命运的关系,是以海军建设保障海上和平的战略思路的生动表达,因而也是带有世界性体验和人类文明体验的作品。

在以世界性体验讲述中国故事方面,必须重视严歌苓的贡献,因为她反复讲述的中国故事或中国场域的故事都是关于边缘人的生活和边缘身份焦虑的情感。如此执着、如此集中又如此有力地展示边缘人生并且为边缘人身份焦虑呐喊的作家,严歌苓是非常突出的一个。而只有生活在并敏感于边缘状态的离乡人和异乡人、流散者或离散者,才可能做出如此鲜明的贡献。严歌苓的早期海外创作,就已经突出地体现出对海外"边缘人"隐秘内心世界的窥望。进入 21 世纪以来,严歌苓频繁游走在东西方,穿梭在"海外"与"本土"之间,边缘意识和边缘情怀更加浓重,轰动文坛的《第九个寡妇》即是她在"回望乡土"之际对边缘情结的发现与展演,而《第九个寡妇》《小姨多鹤》更是在深切地发掘边缘人心理的沉重甚至怪异。其他如《补玉山居》《舞男》《芳华》《妈阁是座城》等作品,无不在边缘的游走及相应的歌哭中展示并显耀自己的叙说能力。由此甚至可以联想到她影响最大的作品《陆犯焉识》,那种被政治中心甩出轨道以后的一家人,在社会的边缘、人生的边缘甚至是情感的边缘像走钢丝一般痛苦地、艰难地、冒险地当然又有一定刺激性地行走着,那里所有的怪诞与荒唐都匍匐在边缘命运的狭窄通道上。

如果没有异国他乡人生的长时间的体验和反思,严歌苓不会那么密集地从边缘人和边缘情结的角度反映人生,构筑故事。很多边缘人生都有跨国经验。其中蕴含的丰富、生动甚至奇异的情节性,会产生令人震撼的阅读效果,这是她成功的奥秘,这使她的作品可能成为世界性接受和阅读的对象。

在过去的20世纪,中国是人类历史发展的重要参与者,但从不曾占据过这个世界的中心位置,这就意味着在中国场域所展演的一切故事,肯定为中国人所关注,甚至是揪心裂肺式的感念,但很难为世界文坛所瞩目、所聚焦,因此,中国故事,中国人的哪怕世界性体验和历史性体验,要想进入国际阅读的中心领域,就必须充分挖掘中国故事的神秘性和吸引力,充分开发中国场域的文化内涵和人类性意义。在这些方面,沈宁以他的历史纪实性创作建立了功勋。《唢呐烟尘》以国民党著名人物陶希圣的活动线索为背景,以其女陶琴薰的坎坷一生为主线,展开了波澜壮阔的历史图画,曲折多变地表现了中国20世纪政治风云,具有强烈的情节性、命运感和吸引力。其后有《刀口上的家族》和《百世门风》,是在更广阔、更纵深的历史背景上描绘沈氏家族的百世兴衰,渲染了一个古老而根深叶茂的家族所蕴含的精神深处的正气血脉,为陌生的读者认知中国近现代社会风云的历史风貌,提供了饶有兴味的文本。

为陌生读者甚至是文化背景殊异的读者所关注、瞩目或聚焦的前提条件便是故事情节的曲折、丰富、生动,同时蕴蓄着深刻的思想内涵和感人的艺术力量,这是科学的文艺论中关于莎士比亚化经典论述的核心内容:较大的思想深度和意识到的历史内容,同莎士比亚剧作的情节的生动性和丰富性的完美的融合。只有丰富的情节和生动的人物及其关系所组成的故事场景,结合以思想的内涵和精神的意义,才可能对陌生的读者,或者是文化背景不同的读者产生强烈的吸引力。汉语作家沈宁,以及其他通过丰富复杂的故事吸引陌生读者眼球和注意力的作家,他们别致的创作表明他们在这方面有一定的自觉与成就。

国际汉语新文学的成就和影响力表明,它虽然是汉语文学世界的游离板块,虽然无论相对于祖国还是相对于所在国都处在边缘地带,但它的发展和建树绝不是完成了对于汉语文学的补充意义,实现了对于汉语文学的附属价值。俗称为海外华文文学的国际汉语文学以汉语文字和文化的活力与魅力,讲述着中国以外中国人的世界故事,表述着身处海外的中国经验,书写着海外视角的中国历史及其与世界文明史的关系,并抒发着中华儿女的海外感兴与时代情绪,它的价值对于汉语文学世界的整体而言,是关键板块,是价值的有机构成部分,不仅不可或缺,而且长期绽放着历史的、思想的、美学的风采。从这一意义上说,国际汉语新文学是汉语文学的生力军,在与其他语种文学相对应的时候,国际汉语文学还是整个汉语文学阵容的排头兵和马前卒。

北美卷

"离散""超越""回归"

North America

在国际汉语文学写作最为遥远的国度，一开始汉语文学的歌吟也最为艰难。最先为中国人认知的那个地方充满着淘金的诱惑，但当我们的华工不远万里背井离乡来到这个充满神奇想象的淘金之地的时候，这里漫山遍野的黄金早已退化为"旧金山"，展现在中国人面前的是无垠的焦枯的黄石和干燥的沙砾。为了修筑太平洋铁路，数万华工被征用，他们吃苦耐劳的工作精神不但没有得到相当的报偿与表彰，而且还屡遭不同时代美国排华法案的蹂躏、摧残。在世界上，在国外，因为勤勉而遭到来自当地官方惩罚和民间嫉恨的民族恐怕唯我中华民族，这样的不公通过水平不高的诗表达出来，这便是汉语文学在美洲最初的不平之鸣。

　　这也奠定了美国汉语文学的基调：并不是热衷于表达苦难，而是醉心于宣泄不平，从民族自尊到劳动正义和人格平等的角度向形形色色的社会形态声言用汉字书写的"我抗议"。听听闻一多的《洗衣歌》，就是这种抗议的声音。看看白先勇笔下的吴汉魂，同样是这种抗议的声音，只不过这种抗议声被一种文化失魂的迷茫淹滞了，遮蔽了。完成这种淹滞与遮蔽动作的还有精英知识分子所习惯也常常所迷失的文化反思。这正是在经济强势、文化强势、政治强势的美国，贯穿汉语文学写作100多年的思想主流，那就是对于不平之气的抒发，以及用文化反思人为地淹滞、遮蔽这种质直的不平之鸣的种种文学的表述。然而无论如何，这种淹滞和遮蔽永远不会通向窒息。声音还是终究要发出，虽然单纯听这声音多少会感觉到粗暴、粗浅、粗犷，然而文化的修饰、思想的装饰早已成了传统，它会给汉语文学的读者带来精致、精美、精蓄的享受。

第一章
百年长河:北美汉语文学"卷起千堆雪"

2010年3月21日,旅居在加拿大的中国台湾老作家痖弦先生来到美国南部休斯敦,首次发表他关于世界华文文学的期待与展望,第一次提到他关于构建世界上最大华文文坛的倡议主张。他认为,进入21世纪,世界华文文学的重大使命就是要努力建构华文文学在世界文坛之应有地位。他在演讲中表示:以华文文学参与人口之多、中文及汉学出版之广泛,以及中文在世界上的交流热烈激荡等现象来看,华文文坛大有机会在不久将来成为全世界最大最可观的文坛。①

毫无疑问,现代汉语作为目前全世界母语使用人数最多的语言,有近14亿母语使用者,远多于第二位的6亿母语使用者的印地—乌尔都语,第三位到五位分别是英语、阿拉伯语、西班牙语。与此同时,随着中国国力的提升,汉语也正在成为除英语外世界上最重要的语言。

在北美,汉语文学创作已超过百年历史,成为北美华人移民历史经验的产物,百年长河中所掀起的一次次文学浪潮,因为具有跨越国界的特征,影响的不仅仅是北美地区的移民文学,而且在世界范围内对汉语文学的未来前景产生着深远的意义。

需要注意的是,北美的华人文学,主要由两大部分组成,一为用英文创作的作品,一为用汉语创作的作品。由于英文和汉语的巨大差异,它们实际上分属于两种不同的语种文学,前者是北美华人文学中的英文文学,后者是北美华人文学中的汉语文学。前者的研究与收集在20世纪60年代就已经在北美学界展开,

---
① 痖弦2010年休斯敦演讲稿,见《中国艺术报》2011年3月3日。

但关于后者的研究与整理主要是从 20 世纪的 80 年代开始,在中国大陆(内地)及台港背景的学者倡导下投入研究,从而在一定意义上改变了海外华人文学中的汉语文学是"少数族裔作家"用"少数族裔语言(这里指汉语)"创作的文学这样一个被扭曲的历史定位。

不过,关于北美汉语文学的研究也面临诸多复杂的局面。例如许多作家国籍在北美,但居住地经常变化,还有他们用汉语写作,但发表地却主要在中国大陆(内地)或台湾、香港等地区,读者亦然。于是,他们的作品也就成了发表地的重要文学构成,这使得海外的汉语文学创作存在着作家"身份"的多重性。很多的北美作家常常出现在台湾文学史、香港文学史以及世界华文文学史的相关著作中,比如白先勇,他既是美国作家,又是台湾地区作家,当然也是中国作家。由此可见,海外汉语文学作为一门独立学科的艰巨性和复杂性。

作为一种从本土移植海外的文学,北美作家的汉语文学作品常常以跨越国度的方式存在,作家们一方面与汉语文学的传统血脉相连,同时又开拓了"文化冲突"这一核心主题。学界普遍认为:中、西文学传统的融汇是北美汉语文学中最有成就的部分。

一、北美汉语文学的历史脉络

北美汉语文学浪潮的兴起,有它深刻的历史背景。倾听来自历史的钟声,就能看到那清晰可辨的血脉源流。

1. 北美汉语文学的早期萌芽

回首中国人走向海外的道路,不仅艰难而曲折,更伴有耻辱的血泪。追溯汉语移民文学的源头,在北美最早有书面文字记载的是 19 世纪中叶的诗歌和民谣,代表作为张维屏的《金山篇》(1848—1852)和黄遵宪的《逐客篇》(1882—1885)。前者描述了早期华人美好的美国梦,后者表达的却是美国梦在现实中的幻灭。再后来,出现有关海外华工的文字记录是 1905 年由上海集成图书公司出版、作者化名为溯石生写的《苦生活》,被称为是"旅美之人述旅美之事"。另一部晚清域外题材的小说《黄金世界》1907 年刊登在《小说林》杂志上,描写的是旅美女工的惨状。再后来,便有吴趼人的《劫余灰》,写到男主人公被"卖猪仔"到国外又历尽艰辛回到家乡的惨痛经历。以后人们在美国"天使岛"的牢房墙上发现了许多用中文写下的诗文,奠定了北美一度兴起的"草根文学"的情感基调。

  位于美国西岸的旧金山海湾的天使岛(Angel Island),世人却知之甚少或甚至一无所知。随着岁月的飘零与美国移民法案的变迁,天使岛过去地狱般的移民血泪史以及他们给世人所留下的心声,逐渐被世人所淡忘。翻开尘封的美国移民史册档案,从一九一〇年至一九四〇年的三十年间,天使岛作为许多跨越太平洋移民的第一站,美国政府在此间设立了违反人权与人道的移民拘留所。此处曾经拘留了数十万从世界各地特别是来自中国的新移民。他们在被拘留的岛上,留下了充满心酸的血泪史。[①]

  美国华文文学由生活在美国的以华裔为主要构成的作家群和他们用华文(主要是汉语)为书写载体所创作出来的作品所构成。这一文学的最早源头也可追溯到19世纪70年代赴美任教的戈鲲化(1838—1882,1879年赴哈佛大学教授中文),他的《赠哈佛特书院罗马文掌教刘恩》(1881)和《赠耶而书院华文掌教前驻中国使臣卫廉士(三畏)》(1881)很可能是在美国最早出现的华文创作。到了20世纪的上半叶,"拘禁在天使岛的华人有十八万之众,时间前后长达三十年。应该说这些华人,绝大多数是青壮年,最多的是十四岁到十八岁的年青人。他们中间有些人在家乡上过学(甚至私塾或小学,极少上过中学),初识中国的古文,有的也学过书法。但从一些水平较高的诗歌看,作者年龄应该偏大,知识水平较高,有一定的中国古典文学修养。天使岛的诗歌,绝大部分是无名氏,作者已不可考"[②]。他们在居住的木屋板墙上,书写了大量的诗词,这些诗词经过发掘、整理,于20世纪80年代结集《埃仑诗集》出版——这些创作构成了美国华文文学的早期形态。可以说,伴随着华人移民来到美国,美国华文文学的早期形态主要是以诗歌的方式呈现出来。

  关于最早的"北美留学生文学",可追溯到20世纪初中国第一位旅美小留学

[①] 王性初:《诗的灵魂在地狱中永生——美国天使岛华文遗诗新考》,《华文文学》2005年第1期。
[②] 同上。

生容闳用中英文撰写的《西学东渐记》。容闳(1828年11月17日—1912年4月21日),广东香山人,中国近代史上首位留学美国的学生,亦为首名于耶鲁学院就读之中国人,后又创设幼童留美计划,世人称他为中国留学生的先驱。1876年,美国耶鲁大学授予容闳荣誉法学博士学位,以表扬他对于中国和美国之间文化交流的重大贡献。

《西学东渐记》先用英文写作,题为 *My Life in China and America*,于1909年在美国出版。全书共二十二章,从1828年容闳出生于广东香山县开始,内容详述了这位"中国第一位留学生"的求学经历,讲到他如何进入南京,曾与太平天国的洪仁玕讨论如何将西方科学引进中国,又叙述他如何在自强运动中得到曾国藩与李鸿章的支持,终能以公费选送幼童赴美留学。只是容闳书中所记载的多是他个人与家庭师友的琐事见闻,真正的域外感受浮光掠影,但我们从他的文字中还是可以了解到20世纪初的中国人对外面的世界的陌生和抗拒,从而留下了那个时代一个小小的侧影。

在林涧教授所主编的《华人的美国梦》①一书中,署名关宇所著的《漂洋过海》一书中的《艳妇阿彩》,故事相当精彩,生动地记载了19世纪中叶唐人街的名妓阿彩与白人警官的一段姻缘,冲破了白人与华人之间男女之情的禁忌,既有相当的文学价值,又是宝贵的社会学及历史学史料。故事中的主人公阿彩,是当年来到旧金山的第二名中国女子,她有自己独立的身份,在淘金热的时代,她开设妓馆,却让白种女子出卖色相,还经常上当地的报纸,并能以自己的影响摆平华埠各类纷争而成为法院的常客,堪称那个时代的华裔奇女子。

另外一位值得关注的人物是华裔短篇小说家爱迪斯·莫德·伊顿(Edith Maude Eaton),中文笔名苏新发(Sui Sin Far),以描述华裔美国移民生活的短篇小说而闻名于世。伊顿从事记者工作,作品甚多,其代表性的文学作品为出版于1912年的《春香夫人》(*Mrs. Spring Fragrance*)短篇故事集。1882年5月6日,美国国会通过"排华法案"(The Chinese Exclusion Act),正式明令限制华裔移民进入美国,认为华裔移工剥夺本土劳工经济命脉,对华裔移民采取更加强烈的隔离检查措施,排华风气弥漫全美,而具一半华人血统的伊顿,以写作华裔移民相

---

① 见《南开21世纪华人文学丛书》第六册,天津:南开大学出版社2007年版。

关作品的方式,挺身为华裔移民发声,因而被视为美国文学华裔小说的启蒙之母。伊顿为家中长女,出生于英国麦克尔斯菲尔德(Macclesfield),父亲爱德华·伊顿(Edward Eaton)为一位英国丝绸商,而母亲葛瑞斯·特瑞福瑟斯(Grace Trefusis)则是由白人牧师抚养长大的华人女性。伊顿在英国接受童年时期教育,七岁时随父母移民到纽约,最后定居在加拿大魁北克的蒙特娄(Montreal)。因家境之故,伊顿十岁辍学,开始工作帮忙家计,工作之余则在家中自修。她先后从事速记员及记者的工作,同时也踏入了写作的领域。伊顿在1888—1890年间担任《蒙特利尔星报》(*Montreal Star*)记者,陆续以爱迪斯·伊顿(Edith Eaton)为笔名在《领地画报》(*Dominion Illustrated*)杂志发表作品,如《马车上的旅行》(*A Trip in a Horse Car*)、《误解:一位年轻人的故事》(*Misunderstood: The Story of a Young Man*)、《罗宾》(*Robin*)等等。这些早期作品与华裔移民美国经验无关,皆着重于英裔或法裔加拿大移民生活。伊顿正式的短篇小说生涯始于1896年,同年,她到了纽约的中国城,并以"苏新发"为笔名开始发表一系列关于中国城生活故事,如描述因赌博所引起的暴力事件的《赌徒》(*The Gambler*),有关认同错置悲剧的《古云》(*Ku Yum*)或是抵抗主流美国文化而付出悲惨代价的《艾索的故事》(*The Story of Iso*)等等。伊顿早期多数的作品皆描绘华裔移民女性悲惨的生活。例如,《艾索的故事》是有关一位勇于反抗权威的中国女性,拒绝接受家庭安排的结婚对象,不顾令家族蒙羞,跟着一个外国人远渡重洋来到美国,却被抛弃而客死异乡。她的创作具有特殊价值,但一直被学界忽视,很少被提及。

2. 北美汉语文学的雁过留声

在五四运动后,即在民国时期中国第一次出现大规模的"海外留学潮",与此同时,大量知识分子投身创作,开创新时代的中国现代文学,他们的作品虽然不是真正意义上的"移民文学",如巴金、老舍、郁达夫、闻一多等,但这些涉及域外题材的优秀作品问世,带给了文坛重大的影响。除了当年留学欧洲、日本的作家外,"留美"的作家阵容相当可观,如胡适、林语堂、梁实秋、冰心、曹禺、闻一多等,胡适从美国拿来"实证主义"的新文化,正感应着"五四"时代"民主"与"科学"的呼唤,还有冰心所倡导的"爱的哲学"等,都深刻地影响了中国现代文坛。很多年来,学界倾力研究现代作家,但忽略了这些作家的海外经历以及由此带来的创作风潮才是讨论中国现代文学精神源头的重要起点。考虑到这些作家的域外题材创作在根本上归属于中国现代文学的范畴,这里不再展开叙述。

3. 北美汉语文学的初试啼声

真正意义上的北美汉语文学,是在20世纪中叶才开始具有自己的规模和自己的声音。其主要组成部分是20世纪四五十年代的一批从中国出来的留学生,他们学有专长却家国如梦,笔力雄健且思虑沉重。当时在林太乙主编的《天风》杂志上发表留学人的作品,主题多徘徊在"去"和"留"之间的挣扎,可认为是海外"留学生文学"的初试啼声。

1949年之后,很多知识精英到北美栖身,如胡适、张爱玲等,也有一些回不去的学者和留学生,如赵元任、鹿桥等。当时出现"两不通""三不管",他们深感自己是"失去的一代"。这个时期出现了一位重要的华人作家黎锦扬,他创作的《花鼓歌》一举登上1957年《纽约时报》畅销书榜。《花鼓歌》的特点是中国风情加美式幽默,凸显了中西文化的鸿沟,也迎合了二战后美国人对亚洲人的好奇。黎锦扬后来又创作了《堂门》,写的是中国城的华工血泪,影响不如《花鼓歌》,但为美国华人挺进英语文坛踩出了一条路。黎锦扬的第二本多少带自传性的小说《天涯沦落人》(*Lover's Point*),写一个教中文的失意华人和美国军官竞恋一个日本女招待的故事,题材很严肃,文字也很感人,却没有受到美国读者的注意,非常可惜。

在这个时期值得关注的汉语作家则是鹿桥。鹿桥,原名吴讷孙,1919年6月9日生于北京,先后就学于燕京大学、西南联合大学及耶鲁大学,1954年在耶鲁大学取得美术史博士学位,此后在旧金山大学、耶鲁大学、圣路易斯华盛顿大学执教。2002年3月19日鹿桥病逝于波士顿,享年83岁。鹿桥说自己是"右手写论文,左手创作",他"左手"留下的作品有《未央歌》《人子》《忏情录》《世尘居》等,他在美国用汉字写的书里面竟没有一个英文字。

鹿桥的代表作《未央歌》于1945年完成,直到1967年才在台湾由商务印书馆发行。《未央歌》是以抗战时期的国立西南联合大学和昆明的风光民俗为小说背景,故事的主角是一群年轻天真的大学生,他们彼此引为挚友、畏友,有爱有怨、有笑有泪,交织发展出一段属于青春和校园的爱情故事。此书因为深得海内外青年学子喜爱,风靡港台、海外,被誉为20世纪中国最经典、最唯美的校园小说,在台湾地区销量超过百万。在某种意义上,《未央歌》的故事虽然不属于严格的"台湾留学生文学",但在当时却是起到了非常重要的引领作用。

此外,还需要特别提到中国现代语言学先驱赵元任,他被誉为"中国现代语言学之父",同时也是中国现代音乐学之先驱,"中国科学社"的创始人之一。赵元任在语言学方面的代表作有《现代吴语的研究》《中国话的文法》《国语留声片课本》《季姬击鸡记》,在翻译方面的代表作有《阿丽思梦游奇境记》(现通译名为《爱丽丝梦游仙境》)。据美国文史专家张凤的介绍:"赵元任兴趣广泛,在音乐方面,创作了《上山》《海韵》《教我如何不想他》等百余首歌曲,对文坛亦影响深远。"[1]

无论如何,在20世纪前半叶的时间里,美国的汉语文学基本上是处于一种微弱暗哑的状态。北美汉语文学的陡然兴起和大量出现是在20世纪的五六十年代,在这一时期,大量来自台湾和香港地区的中国留学生赴美国留学,他们中的许多人或者在出国之前就有创作的经历,或者在来到美国后开始自己的创作历程,是他们的努力,使得真正的汉语文学开始以一种绚烂丰富、成就卓然的姿态出现在北美大陆。

4. 北美汉语文学的"台湾留学生文学"浪潮

20世纪的50年代到60年代,台湾地区掀起大规模的"留学潮",并涌现出一批年轻而成熟的作家。以於梨华、白先勇、欧阳子等为代表的"纽约客系列",其作品充分表现出"台湾留学生文学"所具有的基本特质,即在"无根"的精神痛苦中,在"接受与抗拒"的文化冲突中寻找自己的位置,同时在事业、国家、爱情、婚姻的漩涡中走进了"移民文学"的前沿。

到了70年代,海外"保钓运动"的风起,再加上台湾地区的思想解冻,大大推动了海外华文文学的创作。据美国著名学者王德威教授评列,此时的代表作家计有刘大任、李渝、李黎、郭松棻、张系国、陈若曦等人,他们所创作的"台湾留学生文学"已超越了个人情感的倾诉,多了一层政治的关怀,由此共同缔造了北美汉语文学的第一个高峰。

---

[1] 张凤:《哈佛问学录》,重庆:重庆出版社2015年版,第13—21页。

5. 北美汉语文学的"草根文学"流派

20世纪中叶,以旧金山"天使岛诗文"为发轫而形成波澜的"草根文学"也逐渐成为美华文学的重要一支,其特质是表现海外华人特别是底层的华人在美国几代拼搏中所经历的血泪悲欢。比较一下以黄运基为代表的"金山作家群"的创作,与60年代勃兴的"台湾留学生文学"浪潮中所描写的中国知识分子漂流异域的那种"离根的乡愁"显然有精神内涵上的不同,也与后来80年代兴起的新一代移民文学中甘于"自我放逐"的文化挑战迥然有异,但"草根文学"的特殊成就不容忽视。

纵观北美华人的历史,正是由早期的"草根族"一步步演变为今天的科技"新移民",由黄运基时代的"海外孤儿"到"台湾留学生文学"的"失根"之痛,再到今天"一代飞鸿"的慨然移植,既是历史发展的必然进程,也是文学变迁的内在轨迹。

6. 北美汉语文学的"新移民文学"浪潮

从20世纪70年代末开始,随着中国大陆的"改革开放","海外新移民文学"逐渐成长壮大,尤以北美文坛阵容最为强大,被誉为是"美华文学的新浪潮"。他们带着自己纷繁各异的自身经历以及沧桑深厚的文化印痕扑入到全新的国都,比诸上一代"台湾留学生作家",在汹涌而来的西方文化面前,他们显得更敏感,更热情,同时又不失自我。很明显,北美的新移民作家减却了漫长的痛苦蜕变过程,增进了先天的适应力与平衡感,他们浓缩了两种文化的隔膜期与对抗期,在东方文明的坚守中潇洒地融入了西方文明的健康因子,很快就涌现出一批有实力、有创建的写作人。

还需要指出的是,20世纪的70至80年代,北美的汉语创作进入到一个百川汇流的年代。一方面是由于台港中文报业到北美扩展,《世界日报》《中报》《中国时报》《星岛日报》《明报》等都纷纷扩大副刊,另一方面又恰逢各路作家云集,尤其是大陆留学生汹涌进军北美,被裹挟进"思想解放"的浪潮,遂造成海外创作园地空前的热闹,虽说流派不一,声音各异,但呈现出各阶层移民生活"战国争雄"的局面。

进入90年代后,北美汉语文学更是获得大丰收,各家报刊园地稿源丰富,中长篇层出不穷,再加网络文学的兴起,两岸出版界同时密切关注海外创作,遂造成华人作家创作的空前热潮。引人瞩目的现象是两岸作家以及新老移民在创作视点上的差距逐渐缩小,历史造就的悲情已经淡化,共同关怀的民族以及社会的焦点甚至表现出题材选择、艺术风格上的融合之势。1989年,陈若曦创办海外华文女作家协会,1991年北美华文作家协会成立,并吸收大量"新移民作家",让文坛呈现"四世同堂"的繁荣局面,从而使北美的汉语文学成为世界华文文学中最富实绩的部分。

据史料显示,在中国大陆,"新时期文学"中较早发表留学生文学的阵地首推上海的《小说界》,从80年代中期,《小说界》先后发表了查建英的《留美故事》系列和中篇《红蚂蚁》,易丹的中篇《天路历程——一个留美的故事》,并在1988年正式开辟"留学生文学"专栏,一时间作品云集,所谓"大陆留学生文学"的小浪潮,在20世纪80年代末90年代初的中国文坛形成了一道特别的景观。在国内出版的第一部大陆留学生小说集是1988年由北京十月文艺出版社出版的《远行人》(作者苏炜,笔名阿苍),其作品多表现个体在海外的艰难奋斗及生存状况。

到了90年代,由于北美大陆留学生群体的迅速崛起,一代人共同的内心焦虑和情感失落以及社会文化的根本冲突逐渐浮现出来,作家的笔下更多的是冷静代替了倾诉,审美的意象代替了纪实的故事,在此期间以由加拿大返国的阎真所创作的《白雪红尘》为"大陆留学生文学"向"新移民文学"转型的优秀之作,这部小说所表现的"留学新移民"在生存环境中的挣扎与扭曲,其深刻的震撼性至今仍在北美回响。

90年代的北美汉语文坛,一来是因为愈来愈多的留学生走进了"新移民"的行列,二来是不少来自国内的专业性作家开始旅居海外,创作起点升高,对汉语文坛的蓬勃发展有强心效应。代表性作家作品有曹桂林的《北京人在纽约》、周励的《曼哈顿的中国女人》、严歌苓的《少女小渔》、张翎的《上海姑娘》、少君的《人生自白》、张慈的《浪迹美国》、卢新华的《细节》、薛海翔的《早安,美利坚》、宋晓亮的《涌进新大陆》以及严力、冰凌、林燕妮、李舫舫、程宝林等各地作家的作品。

与此同时,北美的纪实文学也大放光彩,除了老作家赵浩生的《中国学人在美国》系列作品外,也涌现出沈宁的《美国十五年》、钱宁的《留学美国》、阙维杭的《美国写真》、张敬民的《美国孤旅》、穆京虹的《在美国屏风上》等佳作。在散文创作领域,有宗鹰的《异国他乡月明时》、刘荒田的"假洋鬼子"系列等。在诗歌领域,有移居的"今天"诗派、旅居夏威夷的黄河浪以及《中外论坛》的主编王性初等,他们的创作成绩都蔚为可观。

北美"新移民文学"的快速发展,还要归功于方兴未艾、如火如荼的网络文坛,它是融作家最广泛、创作题材最快捷、读者最众的一个文学园地。在北美,开拓者首推《华夏文摘》,最有成绩者为早期的《新语丝》和《枫华园》,后期为"文心社"和"文学城"。以新移民作家为主的文心社 2000 年在新泽西州成立,2004 年,国际新移民作家笔会在南昌成立,这两个标志性事件意味着北美新移民文学时代的到来。

归纳北美"新移民文学"的发展轨迹,发端于 20 纪的 80 年代,滥觞于 90 年代,成熟于 21 世纪初。数以百计的新移民作家犹如割断了母亲脐带的孩子,虽然先有阵痛,还会营养不良,但是他们很快就成长起来,并且学会了发出自己的声音。在经历了近四十年的磨砺之后,从早期的"海外伤痕文学"描写个人沉沦、奋斗、发迹的传奇故事,逐渐走向对一代人历史命运的反思,以及对中国百年精神之路的追寻,进而在中西文化的大背景下展开了对生命本身价值的探讨。

关于"留学生文学"和"新移民文学"的基本特征比较,主要表现在他们接触异域文化时所存在的认同感和参与感。后者是积极参与异域文化,乐于学习当地风俗并做出重大转变和适应;前者是某种程度的冷漠和退缩,即对参与异域文化感到失望,甚至是抗拒,坚持自己对祖国的认同感,不愿改变。这些情感认同的方式在北美汉语文学的发展中都得到了充分的描写。

7. 北美汉语作家向主流进军

在北美"新移民文学"蓬勃发展的同时,一方面来自祖国母体的文学生力军正在日益壮大,呈现出风景这边独好的创作态势,另一方面不少汉语作家开始向美国英文文坛进军。例如出生于辽宁的作家哈金以他的英文小说《等待》脱颖而出,先是摘下美国国家书卷奖荣冠,然后又一举获得"福克纳小说奖"这项文坛大奖。另一位初试啼声的新手陈达所创作的回忆"文革"童年成长岁月的小说《山色》甫一出版就一鸣惊人。据《纽约时报》消息,在20世纪的最后十年,美国主流文坛出现了几十部华裔创作的移民小说和回忆录,描绘出新移民在新世界的生命历程。这些作家大都根据自身的经验,表现新移民在复杂多变的时空转换中如何追求和建立自我意识的完整。例如李健孙(Gus Lee)1991年的《中国小子》(*China Boy*)、雷祖威(David Wong Louie)1991年的《爱的痛苦》(*Pangs of Love*)、李彦1996年的《红浮萍》、严君玲1997年的《叶落归根》等。华裔作家任璧莲(Gish Jen)1991年所创作的长篇小说《典型的美国人》(*Typical American*)影响很大,充分展示了新移民无法摆脱旧有的族裔身份的复杂心态,作品思考的则是在逐渐美国化的过程中究竟应做出多大的牺牲这样的新主题。同类的作品早期还有1976年出版的汤婷婷的《女战士》、1981年出版的包柏漪的《春月》、1988年出版的谭恩美的《喜福会》等。最新一代的还有闵安祺、蒋吉丽等在英语书界勇创奇迹,作品一经出版即受瞩目,使美国文坛充分体认华裔作家的创作能力。

8. 小结

纵观北美汉语文坛的百年长河,可谓是从"花果飘零"到"落地生根",鲜明地刻印着从"留学生文学"到"移民文学"的发展轨迹。毫无疑问,20世纪六七十年代中国台湾作家在北美创作的留学生作品依然是迄今最为成熟的"留学生文学",之后也转入移民文学的涓涓汇流。而在80年代中国大陆留学生所创作的"新留学生文学",很快即转换为落地生根的新移民文学形态,由此构成了北美华文文坛的老侨作家、"台湾留学生作家"及大陆新移民作家的三层创作阵营。

放眼回首,20世纪60年代由台湾地区赴美的"留学生作家",其特点是学贯中西,创作中心还是忠守中华传统文化的血脉相承。他们这一批"留学生作家",后来大都演变成了美国各大学院的中国文化研究者,从而以学者的形象取代了早期创作上的激情。美华文坛的第二大创作群体是老一代华侨作家,他们出身各异,教育水准不同,但都历经世事沧变,备尝人生艰辛,提笔创作或记述自己的生命故事,或寄情言志,作品有浓郁的生活底蕴和异域风情。这批作家主要活跃在华人集中的大都市,为推动文化交流不遗余力,已然成为继承与传播中华文化的一道特别风景线。美华文坛的第三大创作群体就是正在日益壮大的大陆新移民作家群,他们的特点是年轻气旺,视野开阔,目光敏锐,出手快速,表现出相当高的文化素质和文学素养,多数作家在出国前即有笔耕的修炼。这一特定作家群普遍被认为是北美文坛的后起之秀,也代表着北美汉语文坛的未来。

再横看世界文学的发展格局,由于全球化时代的人口迁移,移民文学的重要性越来越显现。尤其是以汉语创作的移民文学,几千年文化传统的骄傲,战乱流离的心理承受,生命苦难的习惯忍耐,再加上不惜血汗的奋发图强,使得海外的移民一步步创立了自己的他乡家园,与此同时,也为移民文学的蓬勃发展提供了无限张力的创造空间。

二、北美汉语文学的突出贡献

回首美华文学的百年耕耘,正是由早期的"草根"劳工族一步步演变为今天的科技"新移民",由旧金山作家黄运基时代的"海外孤儿"到台湾白先勇等留学生文学的"失根"之痛,再到今天以严歌苓为代表的"一代飞鸿"的广袤移植,这既是历史发展的必然进程,又是文学变迁的内在轨迹。

总结北美汉语文学的突出贡献,有极其丰富的层面,一个最鲜明的特征是"越界",时空上的跨越疆界,语言文化的跨界,创作形式的跨越等,因此构成了北美汉语文学的"多重属性"。具体表现在:

1."离散"的自由表达

北美汉语文学的创作成就,首先是来自心灵自由的个性表达,作家们因为不受海内和海外官方话语、意识形态和文学传统的各种束缚,从而具有了一种在"离散"中表达的空间。著名学者饶芃子教授认为:"海外华文创作的主要特征就是心灵自由和想象力的释放。这种心灵自由和超凡的想象力,使他们的体验可以深入到历史和人性的深处。"[①]这显然是海外汉语文学创作的一个重要精神特征。

在20世纪六七十年代,由台湾赴美留学的一批"留学生作家",在他们的表达中,一方面是自我放逐后的焦虑和迷茫,另一方面是对台湾现实和美国现实的

[①] 饶芃子:《"歌者"之歌》,见陈瑞琳《横看成岭侧成峰——北美新移民文学散论》代序,成都:成都时代出版社2006年版。

反思和批判，都是在"离散"精神主导下的自由抒写，如白先勇的《芝加哥之死》、聂华苓的《桑青与桃红》，表现的主题正是在"离散"母国后的"身份"不确定，以及海外中国人的心灵无所归依。

在美华文文学长河中开"草根文学"风气之先的黄运基，他的三部长篇巨作既是20世纪华人奋斗的历史，也是一部海外"孤儿"的漂流史，同时也体现着实现"美国梦"代代相传的艰辛脚步。

新移民文学的代表作家严歌苓，早期的创作也是表达身体和精神的离散、分裂以及大陆中国人在异国的处境，如《海那边》《无出路咖啡馆》，一直在苦苦追寻人的价值和文化身份的重建。

北美重要的汉语作家，无论写历史视角，还是女性视角，还是心理视角和文化视角，都首先闪现着自由书写的特质。

2."乡愁"意象的扩展与演变

汉语新文学在海外的开花结果，首先是来自"乡愁"主题的浓烈表达和共鸣。北美的汉语文学总体上反映的是美国第一代华人关于自我、历史、身份、文化、命运的思考，作家们是在向"自己人"诉说自己的美国经验以及在此过程中面临的困境和苦恼，是写给"自家人"看的，所以每个作家的初期创作几乎都带有"乡愁"的印记。

在《中国人在美国》一书中，华裔学者李玫瑰提出了"边缘人"的概念，描述的就是中国人在美国的困窘近况。他们夹在两种文化两个世界之间，受到双重甚至多重的文化冲击，因此而产生认同的焦虑，成为非此非彼的边缘人。正是在这样的精神背景下，强烈的家国意识与乡愁情感是海外华人保持中国认同的内在原因，如德国哲学家赫德所言，移居者（流亡者）的乡愁是"最高贵的痛苦"。

从1910年美国华工刻写在加州天使岛木壁上的华语诗歌，到林语堂等以东西创作技法的集合来展现不同文化之间的交融，再到大批"台湾留学生"独处异乡的孤独与文化冲突，及至大陆新移民作家急切的拓展与超越，浓烈的"乡愁"既是海外作家创作的出发点，也是他们渴望前行的巨大动力。

评论家贺绍俊曾认为乡愁是中国文学传统中的一个基本主题，中国的农耕文化决定了中国文化传统的故土情结，它作为一种文化基因会自觉不自觉地在中国人的文化表述中透露出来。如今,全球化背景下交通与信息技术日益发达,乡愁这一情感已经被渐渐弱化,但海外华人的离乡不是一般的离乡,他们是离开了族群,到了另一个族群中,像"散播的种子"。

北美作家陈少聪则提出了"乡愁"有三个层次:一是古典的乡愁,游子思念故乡,因空间的隔离而产生;二是时光的乡愁,即对过去时光的追怀,包括对历史的喟叹;第三层乡愁则是"寻根"的乡愁,普遍存在于海外华人心中,不全是对故土的眷恋,还有对历史文化的向往和牵挂。

加拿大作家张翎在谈到"乡愁"对其创作的影响时这样说:"我在国外已经生活多年,失去了国内作家那种深深扎在土地里,在一口深井里汲取文化营养的扎实感觉。虽然我每年都会回国很多次,但我只是过客,我对当下的生活已经失去了深切的体验。但是距离也不完全是坏事,有时距离会产生一个理性的审美空间,营造一种尘埃落定的整体感。隔着一个大洋回头看故土,故土一定和身在其间时的感觉不太一样。"①

美国作家陈谦认为,对一个决定离家去看世界的人而言,"乡愁"的淡化应该是积极的事情,它说明人们开始融入新环境,有了更多的心灵空间去发现新的美。

3. 跨文化的"边缘书写"

在北美的汉语文学创作中,虽然各代作家都有着自己独特的文化内涵,但同时都具有"寻找文化身份"的总体特征,都经历着从华侨到华人再到华裔的历史演变过程。他们一方面以所在国的异乡文化重新辨识和书写着自己的华族文化;另一方面,他们也在以自己的母文化坚持进行着失语的抵抗,防御着异乡文化的压迫与销蚀。这种多元文化的精神架构,决定了他们展开海内海外双重经验的书写时,必然会产生边缘空间的"离散"美学追求。

正是这种"边缘书写"的特质,导致了北美的汉语作家一方面在剖析异质文化的内涵冲突,另一方面在深刻地阐释家园记忆的原乡想象和故国书写。这种因距离而建构的二元文化重新审视的视角,为北美的汉语文学创作带来了新的

---

① 徐学勤:《张翎:游走的移民作家 斩不断的文化根脉》,《新京报》2017年10月14日。

叙述方式和思想元素,也预示着海外的汉语作家正在向"世界主义的作家"观念转变。

在张翎创作的系列长篇小说中,力图超越文化冲突、寻找思想共性的文学意蕴表现得相当突出,莫言评论说她"能够把中国的故事和外国的故事天衣无缝地缀连在一起"①。张翎认为:"新移民对环境突变而产生的激越控诉情绪和一些较为肤浅的观察和反映,都已经在10年的沉淀中变成了理性的、心平气和的叙述。所谓的文化碰撞文化冲突的话题,在这时已经成为相对的过去时。"那么,对新移民作家而言,"现在时"则意味着"忽略物质生活层面的差异,感受精神上的和谐飞翔,关注超越种族文化肤色地域等概念的人类共性"。

特别值得强调的是,这种跨文化体验为海外华文文学的创作带来的并不仅仅是单纯的空间转换与价值观差异,而是由现实距离所带来的对母体文化重新审视的目光。例如严歌苓新世纪十年的小说几乎都与中国的红色历史有关,即使写抗日战争、土地革命、反"右"斗争,她都会从一种新的视角切入历史,看到历史的另一方面。

4. 艺术上与国际接轨

北美的汉语文学,一直在艺术形式上努力向西方学习,许多作品都具有探索性、实践性的特点,例如淡化"故事性""情节性"的传统手段,更注重表现人物内心的感受和体验,尤其是许多的"台湾留学生作家",常常被认作现代主义的代表人物,如白先勇、聂华苓、欧阳子等,他们对西方文学技巧的借鉴和输入,正符合了海内外读者希望文学"现代化"的阅读期待。

著名学者欧文·豪说过:"许多作家需要终其一生刻意追求的那些东西是独特的声音、稳妥的节奏、鲜明的主题。"这正是北美"70后"小说家张惠雯追求的目标,她善于写人物在特殊情境下的心理反应,充满了"人性诗意"的独特发现。正如她自己所说:"我们的心弦被拨动,而拨动它的常常正是诗意这个微妙的东西。"在张惠雯的笔下,既有乔伊斯式的漫不经心的语境,也有艾丽丝·门罗的那种细节享受,还有人认为她具有雷蒙德·卡佛之风。她喜欢写人物内心意识的

---

① 莫言:《写作就是回故乡》,见张翎《交错的彼岸》序,上海:华东师范大学出版社2009年版。

流动,文字含蓄而平静,因此也有人称她的风格是"心理现实主义",其代表作品是小说集《一瞬的光线、色彩和阴影》《两次相遇》《在南方》等,这些以海外背景创作的系列小说,可说是"张惠雯风格"的突出代表。

5. 小结

很显然,北美的汉语文学发展,对外是在东西方文化的"交战""交融"状态中递进式成长,对内则是继承了"五四"新文化所开创的面向世界的精神源流。海外汉语文学的可贵,首先在于解放了心灵,卸下了传统意识形态的重负,从而坦然地面对外部世界,并能冷静地回首母语的历史。这些汉语作家,不仅仅是"乡愁文学"的代言者,他们更是对"个体生存方式"进行了理想探求。正因为此,蔚然可观的"美华文学"正在为当代中国的文学大潮造就着一个双向刺激、双向互补的可喜局面,海内海外共同奏响着汉语新文学登临国际舞台的交响乐。

面对着当今世界的特殊文化环境,当代汉语作家如何冲出中国本土当代文学的精神困境?显然,这需要一个"世界性"的参照语境,更需要来自"内部"和"外部"的突破性力量。这个"内部"力量的蕴积,就包括当代民间日渐壮大的"网络文学",而那种"外部"的力量,正指向近年来在海外异军突起的"新华人文学"。这些聚合的力量,或许为中国的当代文坛带来精神气质的改变,并将深刻地影响着中国文学的未来。

百年沧桑,百年耕耘;百年孤独,百年收获。作为一个变革时代的文学思潮,海外移民文学的路途还十分坎坷漫长。但是,呈现在我们眼前的朵朵奇异而清澈的长河浪花,毫无疑问地正在为博大辽阔的世界汉语文学提供着新时代的湍水激流。

当然,在美国的汉语作家中,几乎都是"第一代"的华人移民,北美汉语文学的发展跟随着创作主体的生活境遇和全球化文化语境的变化而历经嬗变,随着第二代、第三代移民作家融入居住国文化,非母语写作者的数量必然增加。

无论如何,在21世纪,世界的汉语文坛正在出现"新世纪文学"的多重交响。即传统作家与民间作家对峙,年轻一代与文坛宿将较量,市场文学与严肃文学并存,尤其是海内与海外的激励互补,共同创造着前所未有的多元性文学局面。

第二章
"花果飘零""我是谁":
北美"留学生文学"的巨波大澜

一、"留学生文学"的渊源和背景

中国人留学海外的历史已逾百年,晚清和民国都有"留学生写作",但那些留学人写的海外生活,并不属于真正的"留学生文学"的特定范畴,作家们的立足重点是在国内,着眼表现的只是"过客"的情怀。

直到20世纪五六十年代,中国台湾地区出现了中国近现代以来大规模的"留学潮"和"移民潮",其时代背景是冷战期间由于中国台湾与美国之间的特殊关系,台湾地区普遍盛行崇美意识,美国政府修改了早年的移民政策,取消了旧的移民配额制度,这种种因素导致了美国成为中国台湾民众出境的首选目标。据资料显示,从20世纪60年代到80年代中期,就有将近15万名台湾学生来美国攻读研究生学位,仅台湾大学的理科学生赴美留学比例就高达70%~80%。

初期的"台湾留学生"以生于大陆并随父母来台的第二代学生青年为主,在他们身上,既饱含着中国几千年文化传统的骄傲,又有战乱流离的心理承受,再加上负笈远游、踏上不归路的悲凉与悲壮,这些时代特质使得从台湾到北美地区的"留学人"在提笔创作的时候就有了很高的起点。他们是站在中国历史的大裂变点上来寻找中西文化冲突以及自身存在的意义,从而将海外"留学生文学"的创作本质,推到了一个全新的思想与艺术高峰,被誉为迄今最为成熟的汉语"留学生文学"。

纵向来看,"台湾留学生作家"不少人自身或父辈都有着从大陆到台湾的经历,所以对祖国的命运保持着深切关注;横向来看,这批作家也将台湾地区当时流行的现代派文学叙事的乡愁理念和荒诞意识延伸到了北美新大陆。这就决定了他们的创作一方面有历史的悲情体验,一方面又有艺术创新。

关于台湾"留学生文学"的成就,白先勇先生曾经指出,"五十年代到七十年代台湾旅美文群的重要特征:他们虽然旅居海外,但台湾和中国大陆的政治潮流和历史变动对他们有着极其重要的影响,所以他们的作品必然热切关注中华民族的文化前途和命运。也因为他们置身海外,所以能够对海峡两岸采取独立批评的态度,其创作对台湾和大陆的文艺思潮都产生了一定的贡献和影响"①。

在这批年轻而成熟的留学生作家创作中,出现了白先勇的《纽约客》系列,於梨华的《又见棕榈,又见棕榈》《傅家的女儿们》,丛甦的《盲猎》,欧阳子的《考验》等作品,充分地表现出"留学生文学"所具有的"离散"特质,作品中的人物都是在"无根"的精神痛苦中,在"接受与抗拒"的文化冲突中寻找自己的位置,在"花果飘零"的悲叹中追问着"我是谁""我到底是谁"。

特别值得注意的是,在60年代,中国台湾出现左翼思潮,年轻人开始读"禁书",开始接触五四作家作品及左派思想,美国大学校园成立左派读书会,很多留学生满怀理想,甚至回归大陆报效祖国,如陈若曦,她后来写出了《尹县长》《远见》《纸婚》等小说,成为"台湾留学生文学"中的独特风景。

在70年代初期,北美的中国留学生群体共同发起了保卫钓鱼岛的爱国运动,很多"台湾留学生"投入其中。这场"保钓运动"的风起,再加上台湾的思想解冻,左右两派激烈交锋,深刻地影响了留学生文学的创作,涌现出刘大任、郭松棻、张系国、李黎、李渝、平路等代表作家,在张系国的《昨日之怒》以及刘大任后来出版的《远处有风雷》、平路的《玉米田之死》等作品中,都充满了强烈的民族意识和介入精神,同时也留下了"保钓运动"的珍贵历史记录。

本时期的北美汉语新文学作家,开始意识到应该超越早期"留学生文学"的悲情和抗拒,在题材和创作方法上有了更进一步的拓展和转变。在作品的深度上,开始突破个人情感的囹圄,深挖异国飘零的表层生活,进一步思考和探索了文化差异、身份认同、民族主义、历史演变等更为广阔的文学命题,从而

---

① 1996年6月白先勇在北美华文作协学术研讨会上的演讲。

使北美"留学生文学"多了一层现实政治的关怀。

"留学生文学"的基本创作特征,也是它深刻而普遍的主题便是"我是谁",一种敏感而富有韧性的身份认同危机的表达。

北美的"留学生文学",首先表达的都是离开母文化土壤后的"乡愁",这种"乡愁"又因为"无根"而更加飘零,更加惨烈;他们是无根的"飘族",身体的飘零与内心的乡愁情结构成了他们生命的基本矛盾。

以出版年代顺序来看,白先勇的《纽约客》系列创作始于1963—1964年,欧阳子的《魔女》出版于1967年,於梨华的《又见棕榈,又见棕榈》出版于1968年,张系国的《游子魂》组曲出版于1973—1983年,刘大任的《浮游群落》出版于1975年,聂华苓的《桑青与桃红》出版于1976年。

概括起来,这些作品所反映的内容主要有下面几个方面:现实生活的困境,以於梨华的作品为代表;对中华民族历史的反思,以白先勇、聂华苓的作品为主;中西文化的冲突,以白先勇、欧阳子的作品为主;海外"保钓运动",以张系国、刘大任的作品为主。其中最重要的主题就是离散后的身份认同,即"我是谁"。

在丛甦的作品中,一直都在挖掘海外华人的认同主题。於梨华的小说主人公多是始终没着落的飘零孤魂。白先勇笔下的人物都是他乡做客,施叔青的感受是处处无家处处家,陈若曦说"我从来不想住在美国",张让说自己"两面不是人,既非美国人,也非中国人,既非台湾人,也非大陆人"。张系国的作品时空常常在台湾,人物却身在北美,科幻长篇《翻转的城市》就是以台湾为原型。他虽每年回台湾,但也发出如此叹息:"大陆说你不是我们,台湾说你不爱台。"

"身份"(identity)在英文中与"认同"同义,对于"认同",加拿大学者查尔斯·泰勒(Charles Taylor)在《自我的根源——现代认同的形成》一书中这样写道:对于认同问题,"经常由人们以下列方式自发地提问:我是谁?但是这并不必然能通过给予名称和家世而得到回答。对我们来说,回答这个问题就是理解什么对我们具有关键的重要性。知道我是谁,就是知道我站在何处。我的认同是由提供框架或视界的承诺(commitment)和身份(identification)规定的,在这种框架和视界内我能够尝试在不同的情况下决定什么是好的或有价值的,或者什么应当做,或者我应赞同或反对什么。换句话说,这是我能够在其中采取一种立场的视界"。

北美"留学生文学"首先遇到的问题就是身处美国的华人在确定自己文化身份时的困惑和茫然。比如《又见棕榈,又见棕榈》中的牟天磊所强烈感受到的"大陆不能回去,台湾局面太小,美国又不是自己的家",他不知道自己该属于哪块土地。在《桑青与桃红》中,桑青与桃红的一而为二、二而为一的分裂,既是一种心理分裂,也是一种身份的分裂。《玉米田之死》中的陈溪山选择在玉米田中死亡,可被看作是一种特殊的精神回归方式——既然在现实中难以找到心灵的家园,那么在留下美好记忆的玉米田中走向死亡,未必不是一种最好的精神选择和终极认同。在《芝加哥之死》中,同样的死亡发生在了吴汉魂的身上——他的名字就是他失魂落魄状态的绝好说明。当他站在芝加哥的街头时,他感到的是"茫然不知何去何从",立足繁华的美国都市,他却觉得在地球表面"竟难找到寸土之地可以落脚",最后,他选择了寒冷的密歇根湖作为自己的最终归宿。因为找不到"我是谁",构成了在美华人无法解脱的心灵痛苦。

二、"留学生文学"代表作家论

1. 白先勇:内心凄凉的高蹈作家

他是中国国民党高级将领白崇禧之子,毕业于台湾大学、美国爱荷华大学,曾任教加州大学圣塔芭芭拉分校,教授中国语文及文学,1994 年退休。著有短篇小说集《台北人》《寂寞的十七岁》《纽约客》等,长篇小说《孽子》,散文集《蓦然回首》《第六只手指》《树犹如此》等,以及舞台剧《游园惊梦》等。

白先勇为旷世奇才,内心苍凉,作品悲悯。从 1960 年在台湾创刊《现代文学》起,白先勇接连发表《玉卿嫂》《寂寞的十七岁》《芝加哥之死》《永远的尹雪艳》《谪仙记》《游园惊梦》等一系列悲剧色彩的小说。

作为一个具有深重历史悲剧感的作家,白先勇的作品,不仅反映了一个特定历史时期的整体悲剧,还在历史的兴衰变化中,表现了个体人物的悲剧命运。同时,他将中国古典文学传统创作手法与西方现代派创作技巧相结合,开创了台湾地区文学及北美地区汉语文学的新局面。

白先勇说:"我写作,是因为我希望把人类心灵中无言的痛楚转换成文字。"

在他后来结集出版的小说集《纽约客》中,那个戴着太阳眼镜走在时代广场人潮中的白先勇,感觉自己让人家推着走,抬起头看见那些摩天大楼,一排排在往后退。《纽约客》中有一段这样的话:"纽约是一个道道地地的移民大都会,全世界各色人等都汇聚于此,羼杂在这个人种大熔炉内,很容易便消失了自我,因为纽约是一个无限大、无限深,是一个太上无情的大千世界,个人的悲欢离合,飘浮其中,如沧海一粟,翻转便被淹没了。"在白先勇看来,人是多么渺小,在宇宙的苍凉之中,人又算得了什么呢!

白先勇更关注的是那些心灵放逐的漂泊者,悲悯着那些异乡人的愁苦,他笔下的"流浪的中国人"常被寂寞、孤独纠缠,极端的甚至走向疯狂和死亡之绝路,触目惊心地诠释着冷战时期离散华人的认同困境和精神悲剧。他的北美书写始终未曾摆脱近现代中国的历史性视野,同时深深的民间佛教情怀为他的作品笼罩上了一层悲悯和宿命色彩。在白先勇身上,延续着郁达夫、鲁迅、闻一多那一代知识分子的域外创伤体验,他笔下的吴汉魂、李彤之死,与郁达夫《沉沦》主人公的跳海自沉,显然有着惊人的内在一致性和连续性,流泻着20世纪流散华人难以解构的悲情。

白先勇的短篇小说主要收集在《谪仙记》《台北人》《纽约客》以及《寂寞的十七岁》等短篇小说集当中。内容包括对往日大陆生活的怀念,对现实台湾人情的思考,也有对旅居海外生活的感悟。

白先勇创作的《芝加哥之死》被认为是北美"留学生文学"的重要代表,小说揭示的是中国人到了美国之后从精神、情感到现实生活均无所归依的困境。作为一个在美国苦读六年才完成学业获得博士学位的中国留学生,小说主人公吴汉魂在美国的生活其实一直在两个国度(中国和美国)、两个城市(台北和芝加哥)、两种文化(母亲代表的中国文化和西方文学所代表的西方文化)、两个女人(秦颖芬和罗娜)之间摆荡。他来美国学习西方文学,似乎是在主动、自觉地追求西方文化,可是在他的心里,中国文化却如影随形,既难以摆脱也难以忘怀。得到博士学位在某种意义上讲意味着他完成了对美国(西方)文化的追求,但恰恰在此时,"吴汉魂立在梦露街与克拉克的十字路口,茫然不知何去何从,他失去了方向观念,他失去了定心力,好像骤然间被推进一所巨大的舞场,他感觉到芝加哥在他脚底下以一种澎湃的韵律颤抖着,他却蹒跚颠簸,跟不上它的节拍","芝加哥对他竟陌生得变成了一个纯粹的地理名词"。他和罗娜的一夜风流似乎很"西化",最终却导致了他的死亡——在骨子里他还是一个拒绝这种"西化",在精神、情感和肉体上都不属于芝加哥、美国乃至西方的中国人。

在白先勇的另外一篇小说《安乐乡的一日》中,主人公依萍,在女儿的语言面前一再败退:

> 宝莉六岁以前,依萍坚持要宝莉讲中文。可是才进小学两年,宝莉已经不肯讲中文了。……依萍费尽了心机,宝莉连父母的中国名字都记不住。

对女儿使用何种语言的难以控制,实际表明中文在美国这样一个英语国家的弱势地位和边缘处境,作为英语的"他者",中文在英语的比照下,显得是那样的无力和无助——而语言的无力和无助背后潜隐着的是中国人和东方文化在美国和西方文化面前的无力和无助。

白先勇的《台北人》,更是他人生观与宇宙观的集中体现和艺术代表。每一篇故事都充满了今昔之感,其中的主人公都出生在中国大陆,随着国民党撤退来到台湾。也许当初他们还是意气风发的年轻人,然而现在却已是暮气沉沉的年龄,不论你是叱咤风云的将军,或是未受教育的男工,不论你是风华绝代的仕女,或是下流社会的女娼,到头来都是一样,任时间将青春腐蚀,终于化成历史的一堆骨灰。

欧阳子说,"《台北人》一书只有两个主角,一个是'过去',一个是'现在'。统而言之,此间的'过去'代表青春、纯洁、敏锐、秩序、传统、精神、爱情、灵魂、成功、荣耀、希望、美、理想与生命。而'现在',代表年衰、腐朽、麻木、混乱、西化、物质、色欲、肉体、失败、猥琐、绝望、丑、现实与死亡"[①]。确实,《台北人》的主人公都有一段难忘的"过去",背负着一段沉重的、斩不断的往事,而这"过去"之重负,又直接影响着他们现在的生活。他们不但"不能"摆脱过去,更令人怜悯的,他们"不肯"放弃过去,他们死命地想抓住"现在仍是过去"的幻觉,企图在"抓回了过去"的自欺中,寻得生活的意义。

[①] 欧阳子:《白先勇的小说世界》,见白先勇《台北人》,上海:上海文艺出版社1999年版,第4页。

贯穿《台北人》各篇的今昔对比之主题或潜流于这十四篇中的撼人心魂之失落感,主要源于作者对国家兴衰、社会剧变之感慨,对面临危机的传统中国文化之乡愁,而最基本的,是作者对人类生命之"有限",对人类无法永葆青春,停止时间激流的万古怅恨。

2. 聂华苓:开拓者和守护者

聂华苓,1925年出生于武汉,1948年毕业于中央大学外文系,1964年旅居美国,在爱荷华大学教书,创办国际作家写作室。截至2018年,有150多个国家和地区的1400多名作家和诗人受邀参与"国际写作计划",包括中国内地作家50多人。1976年,世界各国300多名作家联合提名安格尔和聂华苓夫妇为诺贝尔和平奖候选人。

聂华苓代表作有短篇小说《翡翠猫》《一朵小白花》《台湾轶事》,长篇小说《失去的金铃子》《千山外、水长流》《桑青与桃红》,散文集《梦谷集》《三十年后》,翻译集《百花文集》等。

用汉语表现中国留学生在美国的"西方"处境,聂华苓的《桑青与桃红》正是对20世纪中国人"何处是归程"的深刻探讨。小说中的桑青在大陆被历史抛弃,到了台湾又不见容于国民党,于是她来到美国,成为一个"流浪的中国人"。

聂华苓笔下的桑青,是从一个困境向另一个困境不断迁徙(困于长江三峡、困于围城北平、困于台北阁楼),正代表了近代以来中国人的苦难历史,而这种苦难历史的根源则在于外族的入侵、政治力量的纷争和独裁统治的恐怖。桑青在"凤凰涅槃"后化作桃红来到了美国,表面上摆脱了曾有过的困境,来到了一片自由的土地,但美国移民局官员对她身份一再调查和盘问,昭示出桑青(桃红)在逃到美国之后陷入了另一种困境,她究竟是谁?她来美国的身份为何?同时也象征了中国人"流离失所"(失去了祖国,也失去了自己曾有的身份)的悲惨现实。桑青的一生无论怎样逃离,即便是逃到了新的国度,她都难逃出自己与"历史"的联系和悲剧性的结局。所以,聂华苓的小说主题是写出了20世纪的中国人在各种"困境"中苦苦寻找,却最终找不到"出路"的历史宿命。

3. 於梨华:"留学生文学"第一人

於梨华 1931 年生于上海,1946 年赴台湾,1949 年考入台湾大学,1953 年进入美国加州大学新闻系,1965 年起在纽约州立大学奥尔巴巴分校讲授中国文学课程,2020 年 5 月 1 日在美国马里兰州逝世。

於梨华被称为"留学生文学的鼻祖""无根一代的代言人",她专写留美华人的恋爱和生活,成就斐然。她把自己的写作分为三个阶段,第一阶段是写留学生生活,第二阶段是女性主义思考,第三阶段随心所欲思考。

在於梨华的留学生题材小说中,从最初的《归》(1963)、《也是秋天》(1964),到她的代表作《又见棕榈,又见棕榈》(1967),再到后期的《考验》(1974)、《傅家的儿女们》(1978),贯穿始终的是这些作品中的主人公们,或在留学生涯中为求生存艰苦挣扎却不免遭受凌辱(《小琳达》中的燕心),或为事业上的成功而心力交瘁却终遭失败(《考验》中的钟乐平),或满怀希望来到美国希冀实现自己的理想换来的却是梦的破灭(《又见棕榈,又见棕榈》中的黄佳利),或在爱情上丢失了曾有的幸福而在美国碰得头破血流(《傅家的儿女们》中的傅如曼)——更多的是这几种不幸兼而有之(以《又见棕榈,又见棕榈》中的牟天磊最为典型),可以说,留学生们在生活、事业、理想、爱情上的一次又一次受挫,成为於梨华特别关注、反复表现的"主题"。

《又见棕榈,又见棕榈》是於梨华的代表作,这部小说出版后,"没有根的一代"才成为一个流行的名词。但这个"没有根的一代"和海明威他们"失落的一代"在本质上不同,"失落的一代"可说是和传统道德绝缘、自甘堕落的一代,所表达的精神是对美国商业文明的反抗。牟天磊的"没有根",是因为离开大陆,台湾局面太小,美国又不是自己的国家。於梨华有意通过牟天磊对美国贫富结构的观察和分析,来表达一种自我嘲讽的否定,实际上也在解构台湾地区部分民众心中"美国想象"的盲目性和虚构性。小说更深的含义是牟天磊返台后却发现人也都是寂寞的,这样的结局更令人感伤。

夏志清教授 1966 年在为《又见棕榈,又见棕榈》所写的推荐序中说:"旅美的作家中最有毅力、潜心求自己艺术进步,想为当今文坛留下几篇值得给后世诵读的作品的,我知道的有两位:於梨华和白先勇。"

4. 欧阳子:"与众不同"的奇葩

欧阳子,台湾南投县人,本名洪智惠,1939年生于日本广岛,台湾大学外文系毕业,1960年与同学白先勇、王文兴、陈若曦、李欧梵、刘绍铭等人创办《现代文学》,开始以"欧阳子"的笔名在《现代文学》上写小说。毕业后前往美国留学,专事写作。著有散文集《移植的樱花》,小说集《那长头发的女孩》(1967)、《秋叶》(1971)。1988年创作长篇小说《一个离奇的法律案件》,写了40万余字的手稿后发现结构失败,乃撕毁手稿。

白先勇说:"欧阳子的小说有两种中国小说传统罕有的特质,一种是古典主义的艺术形式之控制,一种是成熟精微的人心理之分析。前者表诸她写作的技巧,后者决定她题材的选择。……欧阳子最成功的几篇小说,例如《网》《觉醒》《浪子》《花瓶》《最后一节课》《魔女》等,在小说形式之控制上,可以说做到了尽善尽美的程度。"

欧阳子表示:"文学贵在表现人的复杂性与多面性,道德判断是相当困难的。我这样说,并非想要暗示我小说人物的趋向消极的心理活动,也是'道德'。相反地,我总是在揭露他们自己都不敢面对的内心的罪,以及他们被迫面对真相以后的心灵创伤。对于他们的这种创伤,我是怀着悲悯之心的。"

欧阳子的小说极具反叛性格和挑战精神,她的作品不是讲述常态下的婚姻爱情故事,而是以冷静、客观的心理写实方法和越轨的笔致,去描写各种非常态下的情爱困境,意在发掘人生故事背后复杂的性心理和潜意识。从这种角度剖析爱情婚姻与人性欲望的悲剧,大胆突破了文化及社会的禁忌,使欧阳子有着"心灵外科医生"的成功,也遭遇着毁誉参半的风险。

在美国华文文学中,对于非同寻常的感情的书写占有相当大的比重,如乱伦之爱、同性之爱等。这类情感与通常的亲情、友情和爱情比起来,显然属于"另类"。欧阳子的《近黄昏时》是美国华文文学中较早涉及乱伦之爱的作品,小说中的儿子吉威对母亲丽芬的那种乱伦情愫,由于在现实中难以外显,只有通过同学余彬加以实现——以余彬做自己的替身。当余彬想摆脱与丽芬的关系时,吉威难以自持,将余彬捅伤。作品中吉威内心因难以言说的爱而引致的痛苦,令人窒息。同样的情感描写在欧阳子的《秋叶》中有着更加惊心动魄的表现,假使说《伪春》中苏霏雯和钟磊之间的"母子关系"尚不直接的话,那么《秋叶》中的宜芬却是敏生实实在在的母亲(继母),发生在他们"母子"之间的那种惊世骇俗的爱情,无疑难容于世俗的社会道德,因此这一爱情就只能是以敏生的逃离为结局。这些发生在一般道德伦常框架之外"特殊爱情",这些在美丽爱情中包裹着乱伦内核的沉重故事,构成了美国华文文学中非同寻常的感情书写的重要部分。

5. 丛甦:社会存在的"探索者"

丛甦,原名丛掖滋,山东文登人,1949年随家人到台湾。台湾大学外文系毕业,早年在夏济安主编的《文学杂志》发表第一篇小说《伊莎白拉的蜜月》,后来常在《文学杂志》《现代文学》等期刊发表小说和散文,作品多写旅美华人及留学生的生活和心理,风格上受西方现代主义影响。出版有《白色的网》《秋雾》《想飞》《中国人》《君王与跳蚤》《净土沙鸥》《兽与魔》等,擅长描写落魄异乡的中国人。

在《中国人》序中,丛甦写道:"正如那古希腊神话中的巨人'安太以斯'一样,离开了母土的流浪人是脆弱,无根,无着落的。"无论是《想飞》里的知识分子沈聪、《窄街》里的刘小荃,或是《自由人》里的古言泉,都是离开故土在异乡漂泊的人,他们内心的矛盾与纠葛,挣扎与无奈,透过丛甦的描绘,鲜活逼真,令人感慨。在丛甦看来,所谓的自由其实不应该称为自由,而应该称为一种无根无梢的流浪与放逐。这一代的中国人有多少是处在这种浪漫主义化的自我放逐的灰色黯云里,又自怨自艾,感叹无家可归。

20世纪六七十年代,许多"台湾留学生"背景的文学作品在挖掘海外华人认同主题的方面成绩相当突出,丛甦是其中的佼佼者。她把存在主义的人生哲学作为自己塑造人物演绎主题时常常运用的思想资源,她在小说《盲猎》中就在探讨人类的基本存在困境,以寓言形式写出了现代人的焦虑和惶恐;还有《在乐园外》,也是受存在主义影响,主人公无法适应美国都市的动荡不安和激烈竞争,最后选择自杀。她总是兼容现实主义和象征主义,直面现实中的丑恶与残酷。

70年代后的丛甦,往往以华人为叙述视角,敏锐观察美国社会多元民族的生活百态,如社会治安问题,女性、老人、同性恋、少数族裔等弱势群体的生存状态,华人族群的边缘地位和民族意识问题,都进入她小说的叙述视野之中。她的小说题材比一般留学生文学有了较大拓展,但华人的生存境界和精神困惑仍是丛甦非常关切的方面。

丛甦的小说,由于大量描述了20世纪六七十年代"台湾留学生"在学习、工作、人际交往、社会活动等方面的边缘弱势境遇,分析了他们中的一些人坚持将民族感情当作精神寄托的社会原因,不断地铭刻富有象征性和神话性的族性记忆,并希望摆脱华人知识分子柔弱消极的乡愁梦呓,从而赋予了海外华人更为坚强的力量。

三、"台湾留学生文学"的代际演变

在20世纪的80年代之后,北美的"台湾留学生"虽然开始减少,但台湾作家在北美文坛的耕耘依然旺盛,具有大家气派的优秀作家时有横空出世,成就赫然。

1. 王鼎钧:海纳百川的大家

旅居纽约的王鼎钧,是山东临沂兰陵人,1925年出生,1949年到台湾,1978年应新泽西州西东大学之聘来美国,任双语教程中心高级研究员,编写美国双语教育所用中文教材。1990年退休后定居纽约,主要作品多在此时段完成。他的作品以散文为主,突破文体的局限,创作出小说化的散文,诗化的散文。主题偏重乡愁和流离,用小说技巧处理回忆与乡情,有大量的对话和内心独白。代表作有《山里山外》《左心房漩涡》《文学种子》《看不透的城市》《两岸书声》《有诗》《海水天涯中国人》《随缘破密》《沧海几颗珠》《千手补蝶》等。

在散文创作领域,王鼎钧不断突破自己。论时代,他历经了抗战、国共内战、台北时期和纽约时期;论文学潮流,眼见写实主义、现代主义到后现代。

在台湾文学界,王鼎钧是公认的散文大家,蔡倩茹在《王鼎钧论》里描写道:"王鼎钧以他的生命历程创造了一种可能性,纵然生命的年轮里,有太多时代的辙痕,在他作品中,却能将根须吸收的人生经验加以升华,复能在文路上日益精进,无论是理性的哲思,或是抒情的时代刻画,都给人宽厚的温暖、清明的指引、心灵的飨宴,仿佛那浓浓的树荫。"①他的散文呈现"潦水尽而寒潭清"和"豪华落尽见真淳"的景观,多次获海内外大奖。

台湾散文家张晓风说:"他以肉掌劈凿嵬岩,泻下千尺飞瀑,他引流入川,回狂澜于千里烟波。他秉一枝巨笔,横烈处如血涌热腔,幽柔时如风动翠帘,怎能不叫人'一生低首'。"②

《左心房漩涡》是王鼎钧的散文代表作之一,1988年出版之后,好评如潮。全书以中国为主旨,描述他40年来离乡漂泊,种种人生际遇的酸楚。以小我的个人经验,反映了全体中华儿女的情境,那份自始至终心怀中国的民族情怀,以及透露出的时代委屈,让每一个中国人读了为之凄然动容。王鼎钧说,他的乡愁是浪漫而略近颓废的,带着像感冒一样的温柔。但他又是世界公民,是人类的良心,是破碎世界的修复者。

评论界认为,他的作品,可以看到中国人的眼泪和痛苦,也看到中国人的微笑和希望。在艺术境界上,正可谓"走尽天涯,洗尽铅华,拣尽寒枝,歌尽桃花"③。

王鼎钧在散文审美变革中的贡献突出地体现在对人的研究上,特别是从审美的角度,把人放在历史风云激荡的漩涡里加以表现。例如他的散文金句:"婚姻,使诗人变商人,商人变诗人;使悲观者乐观,乐观者悲观。""能征服,谓之坚强。能顺应,也是坚强。""有人得意,看背影就可以知道;有人失意,听脚步声就可以知道。""人是一个月亮,每天尽心竭力想画成一个圆,无奈天不由人,立即又缺了一个边儿。""人最难心中宁静。真正的宁静中既没有日历,也没有报纸。只有你,只有我,而且并没有你的皱纹,我的白发。""人生在世,中年以前不要怕,中年以后不要悔。""故乡是什么?故乡是祖先流浪的最后一站。""乡愁是美学,不是经济学。"

所谓文坛大师的标准,包括创作的历史长度,创作的文化内涵,创作的宇宙境界,创作的美学经典,王鼎钧都具备了。他的散文,海纳百川,将散文的汪

---

① 蔡倩茹:《王鼎钧论》,台北:尔雅出版社2002年版。
② 见王鼎钧《书滋味》名家推荐语,南京:江苏文艺出版社2015年版。
③ 王鼎钧《文学江湖》自序:"我写文章尽心、尽力、尽兴、尽意,我追求尽人之性、尽物之性、尽己之性。走尽天涯,洗尽铅华,拣尽寒枝,歌尽桃花。漏声有尽,我言有穷而意无尽。"

洋恣肆和温柔敦厚推进到了一个新的阶段。他"用异乡的眼"来审视"故乡的心",他的笔"不在庐山此山中",是时空的距离,让王鼎钧获得了超越性的思想高度。

2. 喻丽清:走出乡愁,飞越千山之外

喻丽清祖籍浙江杭州,1945年生于浙江金华,3岁随家人迁居台湾。17岁发表作品,以高中生身份获得《皇冠》杂志文学奖,22岁出版第一本散文集《千山之外》,大学就读台北医学大学药学系,在校园创立"北极星"诗社,毕业后赴美。1974年在纽约州立大学教授中文,1978年迁居加州柏克莱市,任职于柏克莱加州大学脊椎动物学博物馆。

20世纪70年代起,喻丽清在《北美世界日报·副刊》发表专栏文章,包括《水牛城随笔》《柏克莱随笔》《舍不得》等,50年的写作资历,在台湾出版42本书,大陆出版18本书,曾被列为70年代"古典派"的代表,也被誉为"文坛一棵不老常青树"。

喻丽清善以作诗的功力写散文,散文之中又见小说的布局。正如齐邦媛教授在《蝴蝶树》的序文中所言"喻丽清从恬澹清新写到成熟深刻的情境"。在论及中国近代史上留学生文学的源流和走向之际,齐教授指出,构成台湾20世纪70年代"有自信和积极留学生新貌的诗和散文的数量很大",她列举了6位作家,喻丽清居其一。

喻丽清1967年随着"台湾留学潮"出境,与众多海外游子一样,漂泊无根的感受始终萦绕心中,乡愁一直是她书写的重要题材。《青色花》书写她在夏威夷求学、打工的生活艰辛,以及夏威夷的美好风光及人情;《牛城随笔》《春天的意思》《流浪的岁月》《阑干拍遍》《无情不似多情苦》是定居于水牛城、旧金山的作品,多书写童年忆旧、佳节思亲、文化冲突或对国事的关心与悲愤,这些题材都说明了故乡始终在她的心中,从未远离。喻丽清的乡愁不仅来自台湾,也来自大陆,基于中华民族"血浓于水"的共同情感,凡是文学、历史、文化、人文景观等属于中国的点点滴滴都是她的乡愁所在。这些书写不同于虚构的留学生小说,散文体裁真实记载了喻丽清的离愁别绪,读者便能由小观大,窥看海外华人离乡背井的真实心境,贴近他们的所知所感。

20世纪80年代后,许多"台湾留学生"已不是学生,成为美籍华人,由"无处是家"转向"处处是家"。齐邦媛教授认为海外学子既然学而不归,定居又是自我的选择,此时期若再写初期的苦闷与彷徨,不免令人厌倦,也不够诚实。喻丽清的想法也是如此,她认为流离既然已成新的秩序,漂泊也不再是浪漫,既然已是无以挽回的定局,实在没必要重复以往的愁绪。她开始写居住地旧金山的清幽生活,笔下的旧金山是富有气质、趣味与美丽的城市,欢畅愉悦之情溢于字里行间,《蝴蝶树》《寻找雨树》《带只杯子出门》《把花戴在头上》等书都记录了她异国生活的点点滴滴。阅历的深入、眼界的开阔,使她的作品逐渐脱离了年少的轻愁,走出了文艺的抒情腔调,呈现出理情并重的风貌。

作家庄因认为喻丽清的散文很"厚道",所谓"厚道"来自理与情达到和谐的境界,可以说,喻丽清的创作历程,是从抒情走向理情并重,从单纯的抒情框架中跳出,渐渐地塑造了自我知性、感性与悟性三者兼具的散文风貌。尽管60年代在台湾流行的存在主义也深深地影响了她,但她不主张人生是虚无的,也扬弃颓废与不安,她接受了存在主义积极的一面,认为人是自我的主宰,真善美是她的追求及信仰。

进入21世纪后,喻丽清除了由丰富、宽广的生活经验撷取创作素材,也有意识地以喜爱的考古、艺术品为焦点题材,她认为艺术能唤起人对美的感受,且不受民族主义的限制,也能借此突破自我写作局限。1990年后她开始介绍艺术品及艺术家给孩子们,陆续出版的11本童书代表了她向儿童文学跨界的斐然成果。[1]

四、小结

蓦然回首,20世纪六七十年代中国台湾作家在北美创作的"留学生文学"是从"花果飘零"的悲叹,到"我是谁"的苦苦追问,再到后来的大陆新移民作家所表现的"落地生根"的自信,以及"我就是我"的坚定与坚守,恰好是北美的"留学生文学"发展到"新移民文学"历史进程的重要分水岭。

---

[1] 曾惠茹:《喻丽清散文研究》第六章,台湾政治大学"国文"硕专班硕士论文,2013年6月。

从20世纪七八十年代起,北美的汉语文学开始由"台湾留学生文学"的创作主体转换为大陆留洋的新学子。这种转换是渐进的,也是交叉并进的。早期的大陆留学生创作不乏打工屈辱、前途迷惘、陪读冲突、奋斗艰辛的简单生活图景,但很快就出现了越来越成熟的具有"大陆特色"的"留学生文学"作品,从而诞生了能够与於梨华代表作《又见棕榈,又见棕榈》相媲美的长篇小说《白雪红尘》等。

第三章
移植异国的经验表达：
北美"草根文学"的独特存在

据有关史籍记载，早在1785年就有华人来到了美国，当时美国独立仅9年。到了1849年美国加州发现金矿，1852年消息传到中国，人们幻想那儿遍地黄金，遂把三藩市叫作"金山"，当年就有两万多名华人签订了"定期卖身契约"，被当作"猪仔"运往旧金山的苦力市场。1862年美加开始修建横贯美洲的"太平洋铁路"，美国又雇用了上万名华工，至少有上千名中国人葬身于加州到内华达州的崇山峻岭当中。

200多年来，从早期"猪仔式"的劳工移民，到20世纪后期的各类新移民，华人在美国的待遇与地位正在发生巨大的变化。如何以文学的形式来表现这200多年的华人移民沧桑史，这正是北美一代"草根文学"作家所努力承担的历史与文学的双重使命。

一、草根文学的代表作家

真正的"草根文学"应该是像"天使岛诗文"那样，植根于最底层的移民的血泪悲叹之中，不过在不同的历史时期，来美的"草根"社会还是涌现出一些代表性的作家与诗人。其中，黄运基和刘荒田最值得关注。

1. 黄运基："草根文学"的集大成者

在美华文学的百年长河中，以唐人街及劳工阶层为描写对象的"草根文学"，一直是一个独特的存在。北美"草根文学"的集大成者是旧金山作家黄运基,是他将"草根文学"的创作提升到承前启后的历史地位。黄运基小说的价值,正来自他对海外移民生活史诗真切而逼真的描绘,不但为华人移民美国的坎坷之路留下了历史的深刻足印,而且为"草根文学"的批判现实主义跨向"新移民文学"的文化融合奠定了重要的跨代桥梁。

黄运基1932年生于广东省中山县斗门镇(今属珠海市),1948年随父亲移民来美国,1972年创办《时代报》,1995年创办《美华文化人报》,1998年改为《美华文学》杂志。早年他为了寻"自由"之梦,刚刚踏上美国就失去了"自由"。之后他又历经了20世纪50年代的美国排华"反共"浪潮,受尽麦卡锡主义的迫害。当年的他曾顶着巨大压力,为中美两国建交而奔走,亲自报道尼克松总统的访华之旅,三次访问邓小平,在里根总统访华时,他作为美国记者团的成员一起随行采访。1974年应中国外交部邀请,黄运基率领一个美国代表团到北京参加中华人民共和国成立25周年庆典。1979年1月1日,他在美国华文报纸中首先独家报道:美中两国正式建立外交关系。鉴于黄运基先生在新闻、出版、翻译、创作,以及长期致力美中友好和文化交流方面的卓越贡献,美国旧金山市长威利布朗代表旧金山市县议会宣布:1998年2月1日为旧金山"黄运基和美华文化人报日"。与早期华人所受到的歧视、虐待和欺辱相比较,这在美国华人移民史上是一个具有历史性意义的事件。2012年12月,黄运基去世。

从报人到作家,历经50年文学理想的追求,黄运基所创作的《异乡三部曲》,从《奔流》(沈阳出版社1996年版)、《狂潮》(沈阳出版社2003年版),到《巨浪》(花城出版社2012年版),不仅再现了他一生所经历的时代风云,还为文坛留下了一部20世纪波澜壮阔的海外华人奋斗的史诗长卷。

在黄运基看来,美国的华人历史可划分为四个阶段。第一个阶段,从1848年开始,直至"天使岛时期"。那时的华工,都是廉价的劳动力。第二个阶段,20世纪20年代到二战时期,华人抗争,迫使美国政府撤销排华法案。第三时期,从二战到1979年,美国少数族裔民权运动时期,华人有更多的机会进入美国各行各业中去。1979年至今,中美关系正常化,华人争取到了不少平等权利,在全球化、多元化的世界潮流中,华人正在创造着美国的新的历史。黄运基的《异乡三部曲》,主要展示的是后两个阶段的"美国华侨生活的历史画卷"。

学者程国君认为,黄运基小说的叙事特征具有特别重大的开拓性意义:"长篇小说《巨浪》就显示了它的超卓品格:1) 在社会历史文化的视野下看待移民议题,把移民的个人生命命运与移民国的社会历史结合起来表现,显示小说鲜明的政治思想品格;2) 弘扬中华文化优良精神,描述华人对西方文化的取舍认同,展现了'华侨文化'非同寻常的文明品格;3) 对比'叶落归根'与'落地生根'的移民心态史,否定了'叶落归根'的怀乡与乡愁心理,对于新移民'落地生根'的现代性出路作了精心描述,扭转了移民叙事的批判诉苦和盲目颂歌格局,展现出新移民叙事的全新面貌。""小说的题目《巨浪》,也是一个富有象征性意义的意象。它极其恰切地隐喻着现代世界移民潮的巨浪,也隐喻着这个世界全球化的巨浪。这个巨浪,太平洋的巨浪,波涛滚滚,一往无前,永无止息,澎湃而前。这个巨浪意象,连同它的前两个'奔流'和'狂潮'意象,共同象征了现代世界全球化的浪潮,现代世界融合发展的广阔波浪。宏大意象表现小说叙事的宏大主题。《巨浪》为新移民叙事,确立了全新的范式。"①

在黄运基的作品中,很容易联想起"五四"时代郁达夫的小说和闻一多的诗歌。他们虽然属于完全不同的时代,但都有一个共同的精神脉络,那就是盼望着自己祖国的强大。黄运基在他的小说中,借着余荣祖的口道:"你是不能明白华侨是海外孤儿的那种切身体会的。在祖国当孤儿,只不过无父无母,或者同父母各自分隔东西罢了。但是,海外华侨,无父无母的含义是既无家,亦无国。国势弱就受人欺负嘛。既是海外孤儿,无依无靠,不用说,就更受凌辱了。"这种悲凉的心态,正是凝聚了几代华侨的切身感受。也正是这种"孤儿心态",激发起海外华侨强烈的爱国情怀。在长篇小说《奔流》中,黄运基以其浓郁的文学情感,通过中国本土历史、美国历史、华裔移民历史的三重线索,艺术地再现了几代华人的生命历程和美华社会的历史形态。他通过自己的作品,喊出了海外华人的时代最强音:"国家要富强""世界要和平"。

作为早年从大陆赴美的华侨,黄运基是劳工族华人移民文学的开创者和耕耘者,同时他的创作也是后起新移民文学继往开来的转折点。他的三部长篇巨制既是一部贯穿着20世纪华人奋斗的历史,同时也体现着实现"美国梦"代代相

---

① 程国君《全球化与新移民叙事——〈美华文学〉与北美新移民文学研究》,北京:科学出版社 2017 年版,第 52 页。

传的艰辛脚步。黄运基以他半个世纪的践血前行,从华文传媒的开创到移民文学的奠基,再到"美华文学"的搭桥铺路,正可谓是用自己的血肉之躯铸造了一座通向美华文学未来的丰碑。

2. 刘荒田:打造海外"清明上河图"

在黄运基身后,另一位"金山派"扛鼎作家刘荒田横空出世,成功地将"草根文学"的历史内涵与"新移民文学"的文化诉求完美地结合为新时代"金山"作家的典范,具有跨时代飞越的双重意义。如果说黄运基的小说偏重于对老一代华侨精神奋斗历程的真实写照,那么刘荒田则是以他丰硕的随笔散文表达了海外华人在"落地生根"过程中所经历的种种文化挣扎,成为海外华人努力走出"草根"世界并渴望寻找精神家园的心理写照。

刘荒田,1948 年出生于广东台山,早年当过知青、教师、公务员,1980 年移民美国,数十年专心创作散文,重点表现海外新旧移民在中西方文化夹缝中的生存状况,心路历程。早期作品有"唐人街系列":《唐人街的桃花》《唐人街的婚宴》《旧金山浮生》《纽约闻笛》《纽约的魅力》《旧金山小品》。之后他创作"假洋鬼子系列":《假洋鬼子的悲欢歌哭》《假洋鬼子的想入非非》《假洋鬼子的东张西望》《美国世故》《"仿真洋鬼子"的胡思乱想》《星条旗下的日常生活》《中年对海》等。近年来出版"美国系列":《刘荒田美国笔记》《刘荒田美国小品》《刘荒田美国闲话》,刘荒田自选集《这个午后和历史无关》等。

纵观刘荒田近 40 年来的海外创作轨迹,从异乡客好奇的"东张西望",到铁胆柔肠的"歌哭悲欢",再到出奇制胜的"胡思乱想"。如今,在"假洋鬼子"的灵魂蝉蜕中完成了对"生命乡愁"的超越。作为凌跨国界的移民作家,他几乎写尽了来自东方的异乡客辗转在西域红尘的诸多层面,以散文的形式为海外中国人刻画了一幅栩栩如生的"清明上河图",留下"移民时代"斑驳惊心的真实面影。

刘荒田早期散文的突出成就,来自对海外"底层生活"的深刻体验,他所关注和描写的,是挣扎在情与欲的漩涡,处于文化冲突前沿的芸芸众生。但是,他不迷恋于人生伤痕的浅层书写,他在旧金山四季温润的阳光下,努力将散落人间的苦难化作带调侃的内省、释放和升华。原生态百相,成为取之不尽的富矿,他如同早年沙加缅度山谷里的淘金者,一路笑眯着双眼,洞察人生,表现自我,以自嘲,以幽默,以诗意的感兴。脚下即便是泥土瓦砾,他也能开采闪闪发光的人性宝藏。

刘荒田的散文魅力,首先是来自人间浓浓的烟火气。正如耶鲁大学学者苏炜先生评说的:是"那种选材命题的随兴自然,那种热辣辣、泼刺刺的泥土气、烟火味和草根感的好!"与此同时,在经历了多年的写作磨砺,以及实打实的底层体验后,刘荒田在《美国笔记》《美国小品》《美国闲话》等代表作中,展现出浴火重生的飞扬才情,精粹的文字不仅充满睿智的哲思,在体察入微的同时,也呈现出高屋建瓴的大气,还有人生豁达的开阔。

刘荒田自选集《这个午后和历史无关》,被认为是作者30年海外生活的精神总结,也是记忆宝库的浓缩。其风格,犀利却不偏激,深邃却不颓废,具有诗意的轻灵,同时哲思充盈。他的"真境界"正在于:以融汇东西的视角,华洋贯通的情思,在尺幅之间,构建有深情感悟和明达智慧的个性世界。比如他对"乡愁美学"的解读,既不渲染游子归家的欣喜,也不沉溺于"爱恨交加"的挣扎,而着力在纯文化意义上拥抱,凝聚广义的母土人文精华。刘荒田以悠然之笔,刻画出生命与社会结构的互动,在过去与未来之间,在形而上和形而下之间,在此岸和彼岸之间,他找到了一种秋水蓝天般的和谐。

在刘荒田的散文作品中,除了他有关中西文化的真知灼见,还有真情感人的生命哲学。他在《一起老去是如此美妙》一文中写道:"人生最大的幸运,莫过于此:70岁午夜梦回,摸摸身边,还是结发之妻的温暖身子;80岁的生日,为我整理好领带,披好衬衫,好清清爽爽地接受儿孙的祝福的,是我的原配。如果牵手到90岁,我想起一个笑话:在麦当劳快餐店,一对老人相对而坐,老先生津津有味地蘸番茄酱,吃法国炸薯条。老太太没吃,只是津津有味地盯着丈夫,瘪下去的腮帮蠕动,表明她有的是食欲。这情景,引起旁座的好奇,过来向老夫妇打听一个人吃,一个看的缘由。老先生微笑不答,张口卸下整副假牙,递给太太,说:'轮到你了。'那才是幸运到极致的举案齐眉。然后——如果还有然后,谁先去了,是谁的幸运。剩下来的一位,将以思念填满不多的余年。"这情爱,是"执子之手,与子偕老"的古典信念,也是西方"爱的艺术"的最高礼赞。

刘荒田散文的艺术力量,首在其"真"。"真"得如同从生活的三千弱水中自然淌出,"真"得如同肺腑的呼吸。然而"真"并非"直白",它透着从原生态提炼的老辣。他的文字没有故作姿态的"宏大叙事",却是植根于故国泥土与北美草根民间深层的世态观察和人情剖析。王鼎钧先生称他的散文为"华人散文中的巴尔扎克",指的是他以人生百态组装一面历史与现实的多棱镜,映像生动而真切,深邃而繁复。从《我的格利大道》《叩问篝火》《不期而遇的诗意》《唐人街的女乡亲》到《老屋檐下》《我的臼齿,我的父亲》,从《看女人》《太太属何种"体裁"》到《论不"睁开了眼看"》,刘荒田写社会、写历史、写家族、写家庭,尤其是写出男人和女人,更写出华洋观念的微观比较和品味,作者正是站在两种文化的联结处,从冷静坦然的观照,做出豁然开朗的人生立论。

关于刘荒田散文的语言个性,有人喜欢他的平实拙朴、坦诚亲和,有人称道他的诙谐幽默、机锋四伏,有人着迷于他的藏典借古、尽兴发挥,有人激赏他的亦庄亦谐、大俗大雅。他的冷热幽默,让人想起林语堂"脚踩中西文化、一心评宇宙文章"的气度。除了文化立场上的传承,如梁实秋等的理性幽默调侃,也在刘荒田的语言中打下烙印。不同于梁实秋们多以讥诮的雅士之"冷眼",刘荒田在喜感讽喻的背后,则是谦卑温煦的"俗人"情怀。在刘荒田的小品文创作中,"五四"文化正得到血脉的延续。巨大的时空变迁,东西文化在新时代的碰撞与调和,更加上作家心灵上的空前自由,如同不废的江河,为散文这种高贵的文体造就出一片丰饶的绿洲。

二、"金山派"与"草根群"

源远流长的美华文坛,"旧金山作家群"曾经是北美"草根作家群"的卓越代表。"草根作家群",顾名思义,就是书写底层华人及其生活为主的作家群,该作家群主要围绕在《美华文学》[①]杂志周围,1994年成立美国华文文艺界协会,会员逾200人,出版书籍、画集、书法集和摄影集等,联合举办各种论坛、作品研讨会、展览会等。

在北美汉语文学的发展中,《美华文学》杂志具有举足轻重的作用。正是黄运基先生创办的《美华文学》杂志,促成了北美新移民作家与"金山作家群"的融

[①] 《美华文学》创办于1995年,初名为《美华文化人报》,1998年改名为《美华文学》。创刊20余年,对于海外华文文学发展贡献甚大。

合及发展。在黄运基先生的引领和影响下，刘荒田、王性初、郑其贤、老南、刘子毅、沙石、吕红、曾宁、程宝林等一代新移民文学的主力军成长起来，推动着北美汉语文学的繁荣发展。

在"金山派"作家中，特别要提到的还有伍可娉女士所创作的长篇小说系列《金山伯的女人》，这部描写台山女性命运的长卷被认为填写了华侨文学史的空白。在刘荒田先生的评价中，"这本具开拓意义和历史价值的巨作，真实地描绘了侨乡妇女感情与欲望世界，展现了侨乡社会的立体全景，同时集侨乡风俗之大成。可谓是为著名侨乡万千有血有肉的'望夫石'立传"，同时也成为"金山派"作家中"草根文学"的重大收获。

以"金山派"作家群发轫并形成浪潮的美华"草根文学"，如果与20世纪60年代在北美勃兴的"台湾留学生文学"相比，前者的特质主要是表现海外华人特别是底层的华人在美国几代拼搏中所经历的血泪悲欢，后者所描写的是中国知识分子漂流异域的那种"失根的乡愁"，在精神内涵上有很大的不同。与此同时，作为承前启后的"草根文学"，也与20世纪80年代后的新一代移民文学中"自我离散"的文化挑战迥然有异。

纵观北美华人的历史，正是由早期的"草根"族一步步演变为今天的科技"新移民"，由黄运基时代的"海外孤儿"到"台湾留学生文学"的"失根"之痛，再到今天"一代飞鸿"的广袤移植，这既是历史发展的必然进程，又是文学变迁的内在轨迹。

在美华文学的发展长河中，今天的"新移民作家群"则是在中国崛起的全球背景下移民美国，他们继承着"草根文学"自强不息的精神波澜，从"花果飘零"的时代走进了昂然自信的"落地生根"。他们的创作主题除了表达"生命移植"过程中的苦乐悲欢之外，更多的是具有寻求文化融合的努力。他们在文化依归上所表现出的怀疑和反思，正代表着他们渴望在"超越乡愁"的高度上寻找自己新的人生目标。

第四章
他乡望月:北美"新移民文学"的历史性启航

1978年12月26日,一个被历史记住的日子。在经历了"文革"之后,有50位中国公派公费留学生第一次走出了国门,赴美留学。随后的两年,留学的人数也仅仅百人。直到1981年1月,国务院颁布《关于自费出国留学的暂行规定》,留学大军激增,1982年之后就数以万计,直到形成百万大军。

据统计,仅仅从1978年到2007年底,中国大陆各类出国留学人员总数约达121.17万人,其中在北美大陆的留学生人数约占到总人数的80%。在整个美国的华人人口中,大陆"新移民"的比例已占到三分之一,可谓百万大军乘桴于海,移植到异国他乡。正是随着中国改革开放后的留学浪潮,"海外新移民文学"开始发生和发展,尤以北美文坛阵容最为强大。这批来自中国大陆的"新移民",带着自己纷繁各异的自身经历,沧桑深厚的文化印痕扑入到全新的国度,其感觉之敏锐,情绪之激荡,出手之迅速,很快造就了一代新的文学浪潮。

与老几辈华侨血和泪的移民史有所不同,"新移民"虽然也充满生活的辛酸和奋斗的艰难,但他们可以有休闲与享乐,更多是收获与荣耀,他们可以在奋斗的间隙欣赏外国的月亮,这就是陈瑞琳《他乡望月》所描绘的情景。

1983年12月,苏炜在美国发表了他的第一篇"新移民"小说作品《荷里活第8号汽车旅馆》[①],之后的1984年,苏炜先后在《北京文学》第5期、第7期发表小说《墓园》和《老夫当年勇》。1984年上海《小说界》第1期发表了查建英的《留美故事》,她后来出版了《丛林下的冰河》,由此代表着"新移民文学"在发轫阶段的

---

① 1983年12月首发于《美洲华侨日报》,1988年3月收入北京十月文艺出版社出版的苏炜短篇小说集《远行人》。

重要成果。

进入 90 年代,相当一批"新移民作家"开始"全面爆发"。1990 年 11 月 14 日,宋晓亮的纪实长篇小说《无言的呐喊》连载于台湾"中央日报"副刊,1991 年 4 月,少君在大陆留学生创办的全球第一家中文电子刊物《华夏文摘》上发表了第一篇小说《奋斗与平等》。1992 年,由北京出版社率先出版了周励的长篇小说《曼哈顿的中国女人》,轰动文坛。1993 年中央电视台热播由曹桂林同名小说改编拍摄的电视连续剧《北京人在纽约》,风靡全国。1995 年严歌苓的《少女小渔》由张艾嘉改编为同名电影。

从 90 年代中期开始,北美文坛涌现出严歌苓的《海那边》、少君的《人生自白》、张翎的《望月》、沈宁的《美国十五年》、孙博的《茶花泪》、陈燕妮的《告诉你一个真美国》、程宝林的《美国戏台》、刘荒田的《美国红尘》、张慈的《浪迹美国》、严力的《与纽约共枕》、薛海翔的《早安,美利坚》、宋晓亮的《涌进新大陆》、雷辛的《美国梦里》、李舫舫的《我俩——一九九三》、陈谦的《爱在无爱的硅谷》及融融的《素素的美国恋情》等作品。他们开始将文学的目光从个人的命运改变伸展到对一代人命运的思考,并开始探讨在中西方文化夹缝里挣扎求存的新移民心态的表现。

到了 21 世纪初,海外"新移民文学"更以凌厉之势向纵深发展,无论是生活积累的广度和深度上,还是表现在文学精神的觉醒与升华上,海外新移民文学都达到了令人瞩目的新高度。他们的作品摆脱了以往移民文学那种过于苦难、沉重的成分和对落叶归根的渴望,更多着墨于新一代移民群体在精神上寻求文化融合的渴望,以传统文化和异域文化嫁接而孕育出的一系列有别于中国本土文学的佳作,形成了海外华文文学的亮丽风景线。

所谓"新移民文学",是一个时代的概念,它是一种阶段性、过渡性文学浪潮的简单概括。"新移民文学"的概念首先是以作者的身份来确定的,是特指 20 世纪七八十年代以来,从中国大陆新移居或侨居到海外各国的作家及文学爱好者的文学创作和文学活动。其身份特点包括:都有着深厚的母国记忆和烙印;多属第一代移民;作品除了在海外发表外,更多在中国大陆出版发表。所以,海外"新移民作家"一方面被誉为世界华文文学的生力军,另一方面也成为中国当代文学的一支重要的"海外兵团"。

目前的学界倾向于称在北美的大陆"新移民作家"的创作为"新移民文学",在日本的自称为"新华侨文学",在澳大利亚的则自称"新华人文学"。所在国不同,称谓不同,但最终都可归属于"华人移民文学"这一总体概念。

陕西师范大学的程国君教授认为:"北美新移民文学的发生,源于国人对于现代化的追求这种社会历史文化思潮和个体自由发展的需要的新移民现象的出现。移民成了现代人类世界一个极其重要的社会文化现象。移民是个动态的人类运动,这个动态的人类迁徙行为,它使固化的世界活起来了,也使世界混杂化,人类混杂化,混杂使世界活了起来,引起来变动,具有了生命力,尤其是国别、性别、族群、文化的主题也因为移民而得到深化。"他还特别指出:"世界华文文学直接参与并推进着全球化进程,尤其是新移民文学,对全球化的反映可谓是无所不在。现代意义上的移民,是追求的聚集,是自愿的移植,是'落地生根',是走向新世界。正是在这个意义上,全球化这个全球文化和社会学的理论话语,比之用流行的离散诗学理论解释新移民文学,更为合理,也更有普适性。"①

一、"新移民文学"发展历程中的历史线索

北美新移民文学先始于纽约,繁荣于旧金山、多伦多,拓展在洛杉矶、温哥华等地,在其发展历程中,有以下标志性的历史事件,可以看到"新移民文学"这个概念的产生和确立。

1987年,以"中国文化学社"为依托的综合性期刊《北美行》杂志在美国休斯敦创刊。这是一份以中国大陆留美学人为主体的杂志,以诗词、小说、散文、杂谈乃至政论等各种文体形式,细腻而深刻地表现了中国留美学人的心路历程,成为北美地区最早的新移民心迹实录。

1988年12月,上海的《小说界》杂志率先感受到了来自海外的文学清流,在小范围内组织了留学生文学座谈,并发表了《留学生文学座谈会纪要》。《小说界》是中国大陆新时期较早发表留学生文学的阵地,在80年代中期,《小说界》就先后发表了查建英的《留美故事》系列和中篇小说《红蚂蚁》,易丹的中篇小说《天

---

① 程国君:《全球化与新移民叙事》,北京:科学出版社2017年版,第104、116页。

路历程——一个留美的故事》等。1988年正式开辟"留学生文学"专栏,一时间作品云集,可谓在推动"留学生文学"方面功不可没。与此同时,中国内地各家主要杂志也开始纷纷刊登留学生题材的作品,成为20世纪80年代末90年代初中国文坛的一道特别景观。

1990年1月,《四海——港台海外华文文学》双月刊正式面世,由中国文联主管、中国文联出版公司主办,成为当年中国大陆(内地)专门介绍台湾、香港、澳门与海外华文文学原创作品的一本重要杂志,后改名为《世界华文文学》。主编白舒荣因为看到了海外新移民作家的崛起,于1994年第2期特别设立《新移民作品》专辑,由此"新移民文学"的称号开始传播和确立。

位于美国西海岸的洛杉矶作家协会在1992年成立,致力于推动和凝聚新移民作家,在新移民文学创作领域取得了瞩目的成绩。该协会从2007年开始,创刊了《洛城文苑》文学专刊,此后又创刊《洛城小说》。

位于旧金山的美国华文文艺界协会于1994年成立。1995年,协会创办了《美华文学》,初名为《美华文化人报》,1998年改名为《美华文学》。创刊20余年来,该杂志对海外华文文学发展,尤其是北美新移民文学的发展贡献甚大。

1995年,《北美行》杂志首次举行有关"新移民"生活的有奖征文比赛,公开征集"描写大陆来美的留学生、新移民的生活",内容包括求学、打工、经商、婚姻、爱情、子女教育等等。[①]

1995年7月2日,加中笔会正式成立于多伦多大学,以旅加大陆作家和学者为主要成员。笔会出版有《西方月亮——加拿大华人作家短篇小说精选集》《叛逆玫瑰——加拿大华人作家中篇小说精选集》《枫情万种——加拿大华人作家散文精选集》《旋转的硬币——加中笔会会员作品选》《走遍天下》等文集,形成强大的社会效应,在北美华文文坛展现出新移民创作的独特风景。

1997年,魁北克华人作家协会成立,举办加拿大华文文学奖活动,出版纪念册,会员创作成果丰硕。

1998年1月24日,创刊逾10年的《北美行》编辑部在海外举办首次有关"新移民文学"的座谈会,议题包括新移民文学的定义,以及新移民文学的表现对

---

① 见《北美行》第23期(1995年11月号)。

象,尤其是确认了新移民文学是当年留学生文学的延续和发展,并相信新移民文学的繁荣时代很快就会到来。

1998年9月28日—10月8日,由中国作协外联部组织,福建华侨大学承办,在泉州举办了北美作家作品研讨会,邀请大量新移民作家出席。会后由中国作家协会编译中心编辑,金坚范主编,中国友谊出版公司1998年出版《美国华文作家作品百人集》。

2000年11月,文心社在美国新泽西州成立,社员大部分是旅居北美、在网络上和平面媒体上进行写作的汉语文学爱好者,文心社的建立极大地促进了海内外文友的热烈交流,并将海外新移民文学推向了一个新的发展阶段。文心社现有世界各国成员2000多人,各地分社近90个。

2001年,《彼岸》杂志在纽约创刊,每期推出一系列的优秀作家作品,为新移民文学的成长推波助澜。

2002年10月,中国世界华文文学学会在上海主办"第十二届世界华文文学研讨会",将目光投向台港之外,第一次邀请在北美耕耘的新移民作家与会,成员包括少君、张翎、陈瑞琳、王性初、沈宁等。

2002年11月,由柏克莱加大亚美研究系主任王灵智教授担任主席,在旧金山举办盛大的海外华人文学国际研讨会,命名为"开花结果在海外",广邀散居在世界各地的近200位华人作家、评论家、历史学家、学者齐聚旧金山,交流及研讨海外华人作家的使命及面临的现状。

2003年美国《侨报》副刊开辟"新移民作家扫描"专栏,作者陈瑞琳前后采写介绍了数十位新移民作家的创作,大大推动了北美新移民文学的创作热潮。

2004年,国际新移民华文作家笔会(The Chinese Immigration Writers Association)在美国亚利桑那州凤凰城注册。同年9月,由中国南昌大学、江西省当代文学学会、《文艺报》联合主办的首届国际新移民作家笔会在中国江西南昌隆重举行,与此同时,国际新移民作家笔会正式宣告成立。

2005年,由旅美作家融融和陈瑞琳共同主编的《一代飞鸿:北美中国大陆新移民作家短篇小说精选述评》一书在美国轻舟出版社隆重出版,并于2005年10月在纽约举行了盛大的新书发布会暨移民文学研讨会。这是北美第一次出版大陆新移民作家的小说精选,共收入46位目前活跃在北美华文坛的作家作品,入选作者包括:北岛、严歌苓、哈金、苏炜、刘荒田、卢新华、张翎、王瑞芸、黄运基、陈瑞琳、融融、曾晓文、李彦、沙石、施雨、邵丹、瞎子、马兰、张天润、沈宁、少君、吕红、老摇、邵丹、弈秦、鲁鸣、曾宁、黄俊雄、宋晓亮、孙博、陈谦、巫一毛、程宝林、范迁、黄鹤峰、沈漓、刘慧琴、宣树铮、王正军、晓鲁、凌波、孟悟、诺克、力扬、宇秀等。

2006年7月,"第二届国际新移民华文作家(成都)笔会"在成都隆重举行,40多位来自海内外的代表出席。会间出版了由少君和段英主编的"北美经典五重奏"丛书:严歌苓的《吴川是个黄女孩》、张翎的《雁过藻溪》、陈瑞琳的《横看成岭侧成峰——北美新移民文学散论》、沈宁的《泪血尘烟》、少君的《怀念母亲》。

2007年成都时代出版社再次推出由少君、段英策划主编的《海外新移民文学大系》的"文学社团卷"7本书。海内外学术界评价此套丛书是为海外新移民文学的整体浮出水面做出了重要的贡献,不但开辟了海外华文文学研究的新疆土,而且为海外华文文学的研究留下了弥足珍贵的历史资料。

2009年9月11日—13日,第三届国际新移民华文作家笔会在中国西安隆重举行。来自美国、加拿大、新加坡、日本、法国以及中国台湾等地的30多位代表共同出席了此届笔会。

2009年,海外文轩创立,是一个由海外华人文学原创者和文学爱好者组成的写作圈,成员主要来自美国、加拿大,文章涵盖小说、诗歌、散文、游记、纪实、随笔等各种文体,内容包括子女教育、婚姻家庭、时政评论和美食等,其中作者多属于新移民作家。2011年,海外文轩网站创立,注册的作者近2 000人。

2011年12月,第四届国际新移民华文作家(闽都)笔会在福州举行,海内外60余名作家及专家、学者参加了大会。笔会内容包括"新移民文学高端论坛""海内外华文作家恳谈会"及闽都文化考察采风等。

2012年12月,加拿大华人文学学会与加拿大《世界日报》副刊共同创办纯文学作品专版《华章》,主编痖弦,旨在大力推动世界华文文学创作,尤其是对北美文坛的影响甚大。该刊每期推出经典作家,特别为新移民作家的独具特质和富有个性的美学价值喝彩,为拓展新移民文学做出了重要贡献。

2014年11月,国际新移民华文作家笔会成立10周年之际,"首届中国新移民文学研讨会"暨庆典活动在南昌大学隆重举行,同时举办了海外新移民文学30年成果展及颁奖典礼,这是30年来海外新移民文学在国内的首次集中展示。

来自海内外的100多位著名学者和作家汇聚一堂,就新移民文学30年来的发展历程、创作成就和理论建设等方面的问题展开了广泛而深入的热烈研讨。

2015年5月,旧金山、洛杉矶分别举办华文文学交流大会,海内外学者云集,新移民文学成为讨论焦点。

2016年5月,哈佛中国文化工作坊举办"北美新移民作家书展演讲会",由哈佛文史学者张凤策划主持,在哈佛燕京图书馆举行,北美新移民作家受到广泛瞩目。

2016年10月,北美中文作家协会在纽约正式成立,协会在《侨报》作家俱乐部的基础上成立,服务于北美中文作家,促进作家之间的交流,打造移民文学大家庭,为繁荣中文文学创作,传播中华文化而努力。

2016年11月,复旦大学与上海作协联手举办"新移民作家上海论坛",为"沪系"海外作家镌刻丰碑。

2017年4月,国际新移民华文作家笔会在江苏徐州举行。此届大会的主题为研讨华文文学书写与中华文化在世界各地的传播、影响与认同问题,尤其是研究新移民文学的历史发展及未来走向。

2019年11月,由国际新移民华文作家笔会、中国中外语言文化比较学会与中国浙江越秀外国语学院共同举办、中国世界华文文学学会协办的第六届国际新移民华文作家笔会(绍兴)暨"新移民文学研究"国际学术研讨会在中国浙江越秀外国语学院召开,内容包括新移民文学作家创作谈与新移民文学研究讨论,会议取得了丰硕的成果。

二、关于"新移民文学"的历史贡献

2013年7月12日,《人民日报海外版》刊登了一篇重要文章,题目是《海外华文文学成为中国文学新力量》。文中有这样两段话:

> 近年来,旅居或移民海外的华人作家在国内文坛受到越来越多关注,如严歌苓、张翎、虹影、陈河、陈谦、王瑞芸、袁劲梅、张惠雯、苏炜、邵丹、于晓丹等。以这些作家为代表的"新移民文学"源自上世纪80年代新一轮华人出国热潮,这一股写作力量在文化素养、生存状态等诸多方面与早期海外华人

有所差异,携带着母体文化的深刻影响与异域体验的激荡与碰撞,丰富了海外华文文学的创作维度。

············

经历了空间转换与文化冲突的海外华人作家通常在创作中表现出边缘感与离散感,因距离而建构出对文化重新审视的视角,从而为华语文学的创作带来新的叙述方式与思想元素。可以说,海外华文文学的发展历程既有华人移民进程的独特时代印记,也因作家不同的创作风格而被赋予更多元与丰富的活力。

很显然,"新移民文学"的价值体现定位在"超越乡愁"的文化人格的重建,"新移民作家"首先取得的成功不在于审美意象的成熟完成,而在于对"家""国""族"文化传统的反思和突破,他们在异质文化的分裂对峙中寻找"个体人"的"生存自由",他们有意在"边缘"状态的卓然独立中重建自己的文化身份,在"超越"的高度上寻找新的文化认同。

多年研究海外华文文学的著名学者黄万华教授指出:"以马华文坛为代表的东南亚地区的新生代华人作家,他们出生于本土,却身处在文化的'边缘',诗文里所跋涉的全然是民族的、家族的、自我的三种历史叠加交错的视野,是在这样一个寻求母体文化依归的层面上重写久被淹没的南洋华人的历史。而在欧美崛起的海外新移民作家,他们有意识保持了'边缘'与'中心'的心理距离,从而构成了一个极有张力的空间,他们迅疾地消解着'原乡'的概念,以一种文化自信的实力企图寻找自己新的精神依托。这批作家,大多具有'学院派'背景,这使得他们在'原乡'和'异乡'的文化切换中更为自觉,因而在创作中展现出有容乃大的视野和气魄。"[①]

黄万华教授更深入的结论是:"在'边缘'与'中心'的关系上,东南亚新生代作家较多地关注'边缘'的历史,他们从华人不断迁徙、漂泊,从而面对多个中心的历史中开掘'边缘'孕蓄的力量,尤其是多个中心交叉于'边缘'形成的力量;欧美新移民作家则较多关注'边缘'的现状,自信于从'边缘'构建跟'中心'的对话,

---

[①] 黄万华:《他们渴求对话,也执着发出自己的声音——看华人新生代作家和新华侨华人作家的创作》,《文艺报》2003 年 10 月 28 日。

从容于'我'和'他者'的互动中推动'我'的自立。"①在这里,所谓的"我"的自立实际上就是建立一种新的文化人格的努力,而这里的"中心",应该有两个层面的对话含义,一个是面对自己"母文化"的"中心",一个是面对异国"主流文化"的"中心"。更让人敬佩的是,黄教授特别指出:在这些作家心中,"边缘"都不再是一种流放,一种无奈的困境,而可能是一种独异的文化财富,一种有价值的生命归宿。

"移民"是人类历史上最引人瞩目的一个文化现象,美国学者斯蒂芬·桑德鲁普在他关于"移民文学"的研究中写道:"移民作为一种社会现象,展示出一系列复杂的分裂化的忠诚、等级制度以及参考系等问题。对于移民者本身来说,各种各样的边缘化是一种极其复杂而且通常令人困惑不已的体验。一方面,移民在新的文化环境中体会到了不同程度的疏离感:陌生的风俗、习惯、法律与语言产生了一股将其甩向社会边际或边缘的强大的离心力;另一方面,移民也体会到了一种对于家国文化的疏离感。那些导致移民他乡——远离自己所熟悉的、鱼水般融洽、优游自如的环境——的各种因素,会更为清晰与痛苦地一起涌来。"②斯蒂芬先生的真知灼见更体现在他精妙的结论:"移民他乡的游子们至少会较为典型地体验到在新的文化环境中的某种程度的边缘化,但更为通常的是,他们将会变得越来越疏离那不断变化的本土文化。"在这里,我们所要思考的是,只有"移民"所特有的这种"疏离体验",才是更深刻地辨析与割舍庞大根深之母文化的最"典型"状态。

"移民",本质上就是一种生命的"移植"。"移植"的痛苦首先是来自"根"与"土壤"的冲突。在"新的土壤"中,深埋的"根"才会敏感地裸露,移民作家才能真正地走出"庐山"重雾,重新审视自己的文化命脉。与此同时,在时空的切换中,"根"的自然伸展也必须对"新鲜的土壤"吐故纳新。这个时候,生长在海外的"新移民文学",就有了她独异存在的生命。

在海外,几乎所有的新移民作家,其创作的首先冲动就是源自"生命移植"的文化撞击。例如严歌苓,她正是以"生命移植"的激情勃发,以她在"异质文化"中

---

① 黄万华:《他们渴求对话,也执着发出自己的声音——看华人新生代作家和新华侨华人作家的创作》,《文艺报》2003年10月28日。
② 乐黛云、张辉:《文化传递与文学形象》序言,北京:北京大学出版社1999年版。

的强烈冲击,以她对"边缘人生"悲情体验的心理诉求,一举成为北美新移民文学的典范。她的创作,不仅仅是"窥探人性之深,文字历练之成熟",而是为源远流长的中国文学注入了簇新的文化因子。严歌苓说:"移民,这是个最脆弱、敏感的生命形式,它能对残酷的环境做出最逼真的反应。"[①]这种边缘状态恰恰给作家提供了滋生文学经典的土地与温床。

---

① 严歌苓:《主流与边缘(代序)》,见《扶桑》,上海:上海文艺出版社2002年版,第4页。

第五章
"离散"与"回归"：
北美新移民女作家创作的汉语成就

当代北美汉语文学，如野火燎原，尤以女性作家创作为盛，形成一股与中国内地（大陆）、香港、台湾及东南亚华文文学迥然有别的文学景观。

在国际文坛上，男性写作群体一直如同他们的社会处境，呈现为强势，仅以诺贝尔文学奖为例，男作家一直占绝对多数。但是，在北美的汉语文坛，女性的写作却呈现出远比男性强势的特征。不仅仅是作家作品的数量，汉语女作家写作的题材和内容更包含了宏观历史的表述，并涉及移民与人类的现代演变、中国近现代变迁以及风云变幻的各类都市成长故事，这是一个值得研究的现象。

追溯北美文坛何以女作家为多，一来女人生性敏感多情，二来女人的命运在海外更多诡变，三来"爬在格子上"的女人往往是有了一份经济的保障。于是，春江水暖的季节总是女人先"知"，也由此，一代"文学女人"最先应运而生。

仔细辨析女作家们与男性作家在创作气质上的差别，就会发现女作家们首先是更看重"人"的本源意义，即"人"在这个世界所承担的各种角色。她们的笔墨，最善于在纷纭复杂的情感世界中，再现"人"的冲突与力量。特别需要指出的是，这种向"内"看的情感创作特征，并非意味着女作家们轻视了外部世界的表达，她们的创作特别展现出跨国界、跨族群、跨文化的大视野。

北美的新移民女作家，她们多属第一代移民，学养背景比较深厚，有深入血脉的母国记忆，也有面对世界新思潮的敏感性和吸收能力。在她们的创作中，一个突出的特点是有意识地保持了自己所处的"边缘地带"的心理距离，携带着母体文化的深刻影响与异域体验的激荡与碰撞，从而构建了一个独特的写作空间。

她们的创作,除了在中西文化的大背景下展开生命旅程的探讨,同时也为世界华文文学的发展前景寻找着与世界文坛接轨的表现方式和创作技巧。

仅以北美新移民女性小说家论,代表性的作家包括:最早表现大陆留学生海外遭遇心理挣扎的查建英(《丛林下的冰河》),反思一代人传奇命运的周励(《曼哈顿的中国女人》),解剖人性的严歌苓(《少女小渔》),游走在双城记里的张翎的(《望月》),塑造女性人格的陈谦(《覆水》),沉浸在家族故事里的施玮(《柔若无骨》)。此外还有王周生的《陪读夫人》,张慈的《浪迹美国》,李彦的《嫁得西风》,袁劲梅的《老康的哲学》,施雨的《纽约情人》,吕红的《美国情人》,融融的《夫妻笔记》,宋晓亮的《切割痛苦》,曾晓文的《梦断德克萨斯》,虔谦的《万家灯火》,王琰的《落日天涯》,江岚的《故事中的女人》,孟悟的《拐点》,黄鹤峰的《西雅图酋长的谶语》,枫雨的《套在指上的环》,海云的《冰雹》,刘加蓉的《洛杉矶的中国女人》,汪洋的《洋嫁》,洪梅的《梦在海那边》,梅菁的《纽约绮梦》,伍可娉的《金山伯的女人》,岑岚的《那天边的彩虹》,艾米的《山楂树之恋》,秋尘的《时差》,文章的《失贞》,董晶的《七瓣丁香》,张惠雯的《两次相遇》等,都从不同的人生角度,展开了移民世界的文化挑战。

概括地说,北美新移民女作家的特别贡献,主要表现在:一是正面书写异域生活的文化冲突;二是站在海外的新角度,进行独特的中国书写。前者为"离散"的经验,后者为"回归"的反思。

一、正面书写异域生活的文化冲突

"离散",已成为当今世界最引人注目的一个文化命题。美国著名批评家萨义德在《流亡的反思》一文中指出:"离散是强加于个人与故乡以及自我与其真正的家园之间的不可弥合的裂痕,离散存在于一个中间位置,它既不完全在新的系统一边也没有完全摆脱旧的系统,离散者是一位在更广阔的领域里的穿梭者。"[1]以此观照"离散"意义的作家,他们身处本土与异质文化矛盾的巨大漩涡中心,难以割舍的母体文化精神脐带覆盖在他们心灵最隐秘的深处,双重的离散

---

[1] 萨义德:《流亡的反思及其他论文》(*Reflections on Exile and Other Essays*),波士顿:哈佛大学出版社2000年版。

空间,双重的经验书写,使他们产生出巨大的思考能量,从而在创作中形成更为广阔的艺术张力。而这正是当今海外新移民作家所呈现的最为宝贵的精神特征。

"离"是一种主动的"离",是一种距离的放弃;"散"则是一种甘居在"边缘化"的超然心态。北美崛起的海外新移民女作家,也如黄万华教授所形容的那样,有意识保持了"边缘"与"中心"的心理距离,从而构成了一个极有张力的空间;迅疾地消解着"原乡"的概念,以一种文化自信的实力企图寻找自己新的精神依托。这使得她们在"原乡"和"异乡"的文化切换中更为自觉,因而在创作中展现出有容乃大的视野和气魄,从而在"离"的独立冷静中思考,在"散"的自由状态下重新发掘新的文化母体的"依归"。

1. 查建英:"边缘化"后的"离心力"

查建英是北美新移民作家中正面书写异域生活文化冲突的先驱。这位毕业于北京大学一九七七级的才女,曾在美国的南卡罗来纳大学、哥伦比亚大学留学,其英文作品《中国波普》(China Pop)影响甚大,但笔名"小楂"的她广为人知的还是小说集《到美国去,到美国去》《丛林下的冰河》《留美故事》等。她的创作,最早表现了大陆留学生在海外遭遇的心理挣扎,并直面两种文化的激烈冲突,从而开创了留学生文学和海外新移民文学的双重先河。

学者张颐武在为查建英小说所写的序中认为:"查建英在自己的文学本文中进行了一种跨文化的探究。……她把'中国'及其文化的困境,以一种个人经历的方式凸现了出来。她留下了一个紧张的文化上的夹缝,她把第一世界/第三世界间的对峙戏剧化了。"她的小说"突出了一种全球性的后现代的处境","在对以往的理想主义的感伤和凭吊之外,留下的是一种'随俗'的无奈和欣快"。[1]

中篇小说《到美国去,到美国去》,黄子平说"它是巴尔扎克的拉斯蒂涅或德莱塞的《嘉莉妹妹》的中国版"。[2] 小说讲述一个外省女知青到了美国,如何为了物质上的成功而艰苦奋斗的故事。

《丛林下的冰河》里一大半故事发生在一个几乎没几个中国人的美国南方小

---

[1] 江少川:《海山苍苍——海外华裔作家访谈录》,北京:九州出版社2014年版,第133页。
[2] 同上。

城,是自传色彩比较浓的小说,是在整理自己整个出国的心路历程,把看到的、获得的和失去的,把心底很多困惑和感情写出来。这样,那些有关冒险、探寻、爱情,有关来自不同文化的人之间的互相迷恋和互相误会,有关不同种族之间的疑虑、隔阂与相通,有关人在成长、走向成熟当中如何安放青春理想,有关他乡与故乡的关系……种种场景、人物和思绪,很自然就全都涌现出来、以不同方式进入小说里了。

查建英在访谈中说:"只有在国外作为一个个体……住下来,你才有可能沉静下来感受和思考,看到一些表层以下的东西。……你会先看到'异'与'隔',再看到'同'与'通',然后看到更微妙曲折的东西,你的观察会逐渐变得更有质感、更丰富。也许它会给你带来更多的疑问,而不是结论。也许最终你会有一种谦卑的达观。即使你没有变成一个世界主义者,至少你应该不再是一个狭隘的、自卑而又自大的民族主义者。外国生活改变的不仅仅是你对外国的看法,或许改变更深的是你对祖国的看法。一个一辈子没有出过国的人,就像一个一辈子没有照过镜子的人,我不觉得他/她能真正看清自己或自己的国家长得是什么模样。"[1]

2. 周励:"浴火"后的"重生"

周励,是北美新移民文学的重要先驱者。海外移民文学的一个重要主题就是在"浴火"后"重生",所谓新移民文学与海外留学生文学最大的区别点就是新移民文学更多着眼在如何在一个陌生的土壤里扎根发芽,而不仅仅是让自己从生养的土壤里被拔出来。正是在这个分水岭上,周励的小说具有了特别的意义。

早期的北美新移民小说,先是对海外"花花世界"的猎奇描绘,继后出现了一批以聪明勤奋的中国人在海外顽强拼搏、艰苦创业为题材的传记性文学,其中不乏生死挣扎、悲欢离合、心灵创伤、酸甜苦辣等等,所以早期的"新移民文学"带有强烈的自传性个人色彩。难能可贵的是,作者们将生活的原汁进行了重新的酿造,在纪实的土壤上走向了诗意的虚构和想象,从而在文学的高度上完成了对时代风云的把握。

---

[1] 江少川:《海山苍苍——海外华裔作家访谈录》,北京:九州出版社2014年版,第140页。

关于周励,在20世纪90年代的中国,曾有数百万人受到了她的影响,在那个特定的时代,一部《曼哈顿的中国女人》,给了多少年轻的学子实现新梦想的勇气,也为海外的中国人,尤其是来自中国大陆的新移民,开辟了一条走向新世界的精神之路。该小说的思想精髓,除了浴火重生的胆量和智慧外,还在于书中引用的尼克松先生的那句话:"自由的精髓在于我们每一个人都参加决定了自己的命运!"

长篇小说《曼哈顿的中国女人》,作者以其饱满的激情和豪情,描述了自己在大时代所经历的丰富人生,表现了来自中国大陆的一代"新移民"不畏艰难勇敢进取的人生故事。作品的主人公经历过"文革"的风暴,经历过"北大荒"的磨炼,又经历了改革开放的脱胎换骨,戏剧性的曲折经历成为一代人的真实写照,一时间成为轰动文坛的"留学宝典"。

几乎与此同时,在1993年,中央电视台播出了一部描写另一番出国创业情景的电视连续剧《北京人在纽约》,剧中反复吟唱着:美国是天堂,又是地狱!这部以曹桂林同名小说为蓝本的电视剧,一方面让一批批渴望出国的中国人感受到了彷徨,另一方面也领略到了移民生涯的困苦和艰辛。但无论是《曼哈顿的中国女人》的激情,还是曹桂林的《北京人在纽约》的嗟叹,都是海外新移民对异域生活的文学表现,所表现的中国大陆新移民早期人生的斑驳画面,共同为海外的新移民文学贡献了最初的典范和历史文献。

进入21世纪,周励创作了大量地球探险纪实文学,出版了《曼哈顿情商》《亲吻世界——曼哈顿手记》等,其中包括《探索生命》《南极旅行记——寻找探险先驱斯科特、阿蒙森和沙克尔顿的足迹》等篇章,为中国南极考察队留下了极其珍贵的记录,被认为填补了当代纪实文学的多项空白。

北美的"新移民小说",从向往、新奇到亲临的失落幻灭,再到对西方文化的重新认识,对自我的重新寻找,新一代的移民作家正是在文化洗礼的"生命移植"中跃然前行。

3. 严歌苓:脱胎换骨与生命爆发

在海外,大多新移民作家创作的首先冲动就是源自"生命移植"的文化撞击,在"生命移植"之后爆发了前所未有的创造力。严歌苓就把自己的创作成就归功于自己的艺术观念受到了重新洗牌。

作为北美最具实力的新移民小说家,她曾这样表白:"到了一块新国土,每天接触的东西都是新鲜的,都是刺激。即便遥想当年,因为有了地理、时间,以及文化语言的距离,许多往事也显得新鲜奇异,有了一种发人省思的意义。侥幸我有这样远离故土的机会,像一个生命的移植——将自己连根拔起,再往一片新土上栽植,而在新土上扎根之前,这个生命的全部根须是裸露的,像是裸露着的全部神经,因此我自然是惊人地敏感。伤痛也好,慰藉也好,都在这种敏感中夸张了,都在夸张中形成强烈的形象和故事。于是便出来一个又一个小说。"①

严歌苓的创作也有她自己的分水岭,前期作品偏重于表达文化冲突,后期作品"回归"到中国书写。分水岭前期的作品是短篇集《少女小渔》《海那边》《倒淌河》《白蛇·橙血》,长篇《人寰》《扶桑》《无出路咖啡馆》等。后期作品包括《一个女人的史诗》《第九个寡妇》《小姨多鹤》《陆犯焉识》《寄居者》《赴宴者》《密语者》《金陵十三钗》等。她出手快,又刁钻奇绝,一次次震惊中外华语文坛,如同是深根的枝忽然嫁接在饱满新奇的土壤,蓦然间开放出再生的奇葩。

异域生活的切换和重塑,全面地激发了严歌苓潜在的创作才情。她的系列作品,总是散发着与本土作家迥然不同的奇异芳泽,闪烁着一种"自由作家"所独有的精神特质。究其原因,正是因为她在心灵上的脱胎换骨。2005 年,严歌苓说:"我在美国住了十五年。这十五年,让我的观念都重新洗牌了。"②

严歌苓的早期海外创作,突出成就是她对海外"边缘人"隐秘内心世界的精细展现,即"在异质文化"碰撞中的人性所面临的各种心灵冲突,尤其是在"移民情结"中如何对抗异化、重温旧梦。而她最醉心表现的则是人性中最柔弱的一面,从而给读者展示出现代社会痛苦既无奈、冷酷又无声的心理画卷。"我是一个来自中国大陆的年轻女人",这一身份意味着"我"将挣扎于西方、父权、资本主义的多重话语霸权之下,在"后殖民社会"里的西方人眼中,女人是今日世界最后一块"殖民地"。

进入 21 世纪以来,严歌苓频繁游走在东西方,穿梭在"海外"与"本土"之间。走过美国、非洲,离开中国多年,严歌苓的创作之心渴望在多年的"离散"与"放

---

① 严歌苓:《少女小渔·后记》,台北:尔雅出版社1993年版。
② 严歌苓:《十年一觉美国梦》,《华文文学》2005年第3期。

逐"后"回归"。轰动文坛的《第九个寡妇》即是严歌苓"回望乡土"、重新"抒写历史"的"一声号角"。正当人们正在为《第九个寡妇》的神奇惊心动魄的时候,严歌苓又推出了更为震撼的《小姨多鹤》。这部长篇小说讲的故事不仅仅是跨"历史",更是跨"国籍",俨然是一曲"刀尖上的舞蹈"。严歌苓在这些作品中要表现的是一种"个体"生命的存在形式,她要突出的是人,而不是时代,她是在"人性与环境的深度对立"中,展现出了"文学对历史的胜利"。

解读严歌苓的小说,鲜明的艺术特征就是客观、冷漠,暧昧而充满歧义,她很少表现人生的"柳暗花明",她的笔下虽然也呈现"风情万种",但终极的归宿依然是忧伤深重,只是这"忧伤"冷静、博大且凄艳美丽。这种艺术个性的形成,除了早年时代的熏染外,更重要是来自她个人独特的生命体验,包括她对生命的苦难意识和对情爱世界的悲观体验。严歌苓笔下的爱情,多是两性相隔的绝望,在一种"不可能"中展示人性所具有的强烈张力。在严歌苓看来,"女人只有通过自我牺牲后才能得到爱情",所以,在"情"与"欲"的挣扎中,女人只能是具有悲剧的色彩。这种鲜明的立场强烈地反映在她后来创作的长篇小说《老师好美》《补玉山居》《床畔》《舞男》《芳华》《妈阁是座城》等作品中。

像许多移民作家一样,严歌苓也经历了对自我身份的迷惘、文化冲突的压力、价值观念的失落到重新定位自我、寻找自身价值、寻求文化沟通的再觉醒的过程。在小说中,她特别建构了一种"弱质生存"的理念。她所提出的出路——"东方的宽容",是弱质文化如何在文化霸权下求得生存的一种实践。严歌苓试图以东方特有的慷慨、温顺、谦卑、包容的"地母"形象来征服西方,征服男人,达到与西方强势中心文化、与父权男性中心主义的和谐共存。虽然这种"宽容"只能是主观上的一厢情愿,但严歌苓思考的是面对异质文化的交流与融合,这样的思考正是她创作《扶桑》的出发点。

特别需要提到的是,北美的新移民作家,由于"异质文化"的强烈冲击,在创作的视点上都多多少少发生了"价值观"的突变,即在不同程度上浸染了西方社会的文化取向,诸如表现在对古老中国的重新反思,对"人性"内涵的高度礼赞,对"种族"及"性别"的特别关怀等等,这些新的视点都大大影响了他们的创作,从而形成了"新移民作家"特有的文化人格的精神风貌。严歌苓,正是他们当中最杰出的一个代表。

4. 张翎:历史的疼痛与心理医治

张翎的创作大量出现在 20 世纪 90 年代的中后期,代表作有《望月》《交错的彼岸》《邮购新娘》《余震》《金山》《阵痛》《流年物语》《劳燕》等。其被誉为是"能够自觉地从家国之外的空间出发,在历史与当下,中国与北美之间书写离散移民群体的情感历程与身份认同,开创独具特色的'中国想象'的作家"①。

如果说严歌苓是重新洗牌后的爆发,从"离散"走向"回归",张翎则一直是在交错的彼岸中飞旋,时而在故土深入腹地,时而在海外登上峰峦。她的人物,既属于温州,又属于加拿大,既不属于江南的柔婉温情,又不属于北美大陆的圆通世故。他们穿越在两个大陆之间,在时空交错的生命场中谱写着寻找与回归的乐章。在张翎的笔下,既是双向的"突围",又是双向的"依归",洋溢着处在多种文化交界中的移民气息。正如小说《交错的彼岸》中的一句话:"我只有避开那个世界,才能展开对那个世界的思索。"

张翎小说的魅力,因为时空的交错而凸显出美学的距离。从《望月》里的上海金家大小姐走进多伦多的油腻中餐厅,到《交错的彼岸》中那源于温州城里说不清道不明的爱恨情仇,再到《邮购新娘》里那一曲波澜跌宕的"乱世佳人",其中的缘起缘灭、情生情绝,张翎把个时代风雨的异域故事写得如此辽远沉静。

张翎写春秋,用的是女儿家温婉的曲笔,她把悲伤的故事推远,把人性剥离成碎片,她从不控诉,更无显山露水的批判,至多是些许怜惜,少许无奈,淡笔写来,却是丝丝震撼,把那个时代的"风云录"纳在绣枕之上,看上去玲珑,囊里却惊涛骇浪。她是刻意将海内海外如火如荼的生活纳入陈年旧事的烟雨中娓娓道来,将源远流长的现实主义精神熔铸成了一种传统与现代奇妙交合的典雅风范,堪为女作家春秋史笔的奇韵。

长篇巨作《金山》,这部关于 19 世纪末加拿大中国劳工的悲壮家族史小说,其实是一部中国人的海外秘史。也是从《金山》开始,张翎的作品气质开始趋于中性,女性化色彩开始减弱,此后的创作,她更愿意用超性别的眼光看待人类经受的灾难和疼痛。

---

① 刘桂茹:《"想象中国"的方式》,《江汉论坛》2013 年第 8 期。

由《余震》改写的长篇小说《唐山大地震》,叙事聚焦于人物的创伤心理,破译着人生最痛苦的密码,作者将生命中的种种"疼痛",犹如用犀利的手术刀,层层剥茧,丝丝成缕,最后汇聚成人性中最本质的力量。《唐山大地震》全面表现了张翎"疼痛小说"的难度和高度。其高度来自对现实人生的判断,即"历史的厚重",而难度来自人性的复杂。

长篇《阵痛》仍然是写"痛"——家国之痛,女人之痛。小说是在一种相当阔大的历史视域中展开对于女性命运的思考与表现,描写了从1942年到2008年,三代身份、际遇迥异的母亲,经历了怎样的历史风云变幻,人世的风波险恶,生命的无常无奈和母性的坚韧不拔。小说看似写一个家族几代女人的孕育生命分娩的过程,却折射出一个民族在历经苦难和磨难之后所孕育的新机,有着深刻的象征意义。

2016年,张翎推出了新长篇小说《流年物语》,小说以河流、瓶子、手表、钱包、麻雀、老鼠、苍鹰、铅笔盒等为叙述者,讲述了大时代的流年中,两个家族三代小人物的命运沉浮,涵盖了半个世纪的家国风云变幻。《流年物语》是关于"贫穷与恐惧、假象与真相、欲望与道义、坚持与妥协、追求与幻灭"的追寻与勘查,这是她在遥远的异国对祖国的回望,也是她站在异族的边地对国人的凝视。所谓的沛纳海名表、老鼠、苍鹰、卡迪亚名贵戒指,这些"物语"里既是流年,也是中国改革开放近40年的蜕变。

张翎认为:所谓的离散文学经验,实际上是一个人在故土之外的漂流经历和他的文学创作之间产生的关系。只要移民作为一种社会现象和经济现象存在着,移民文学必定将作为一种文化现象存在和发展着。所以,在故土之外的故土书写,迟早会成为文学研究的一个关注点。

从早期作品里跨越时空的离散经验,到21世纪以来20年的"回归中国"书写,张翎都是从世界的角度来写中国故事,她看到的不仅仅是"中国眼里的世界",而且是"世界眼里的中国"。特别要强调的是,进入中国书写的张翎,关注的重点是"个人"与"历史"的存在关系,让孤独的个体生命承载沉重冷酷的历史,从而表现出个体在历史中的挣扎和控诉。

在张翎的精神世界里,既有基督文化的"原罪感"和宽恕,又有张爱玲式的生命无常和荒凉;既有《红楼梦》式的心平气和,又有着伍尔芙式的倔强和独立。她的目光一直在"乡土"与"他乡"的两极穿梭探寻,并能够冷静地驾驭中西文化尺度的价值取舍。她所建构的美学叙述方式,在根本的意义上是对人类疼痛的悲悯医治。她一直在探索着中国与世界的关系,传统与现代的关系,然后去发现人性与命运相纠缠的轨迹,这是她的文学企图,也是她已经达成的目标。

5. 陈谦:从外部现实转向"内世界"

陈谦在1989年春赴美国留学,曾长期供职于芯片设计业界。她在20世纪90年代即开始写作,以"啸尘"笔名在海外网站上撰写随笔。她的小说创作始于21世纪之初,处女长篇小说《爱在无爱的硅谷》2002年由上海文艺出版社出版,之后有系列中篇小说《覆水》《残雪》《特蕾莎的流氓犯》《谁是眉立》《望断南飞雁》《繁枝》等,引起文坛的广泛瞩目。2016年,陈谦出版了长篇力作《无穷镜》,深获好评,读者为之惊艳。

进入21世纪,北美的新移民作家大多是继续沿袭着前20年的两种走向:或正面书写着异域生活的文化冲突,或站在新的时空角度,重新回归到"中国书写"。但有一个重要的变化是很多作家都大步跨越了对外部世界的现实性关注,从而进入到了"人"的"内世界"的探掘和反省。正是在这个意义上,陈谦的"灵魂小说"就成了一个"奇异的存在"。

2012年第10期的《人民文学》卷首语上有这样一段话:关于"新海外华人小说,我们发现,在这一区域,中国上世纪八十年代'伤痕/反思'文学的遗痕较深,'我从哪里来''我遭受了什么'那种质询式的外部叙事之上,或许还需'人是怎样的''人何以如此'这种根本性的内视探究。无论叙事技法还是人文观照,我们都热切期待着这样的小说能够充分地与经典型的当代世界文学交互关联,陈谦和《繁枝》,让这一形态的呈现由可能变成了事实"。

不仅仅是《繁枝》,陈谦在21世纪创作的系列作品,都是在回答着"人是怎样的""人何以如此"这样的内诘,她的笔无论如何变奏,都是在人的"灵魂"这个域场上飞翔穿越。她好像就是一个熟练地穿岩走壁的行者,由她的笔任意开出花朵,不仅色彩复杂,还常常不按季节生长绽放,或者就开放在时代的前面。

回顾21世纪之初,很多海外作家还在写移民生活的"身份追求""五子登科"的时候,陈谦小说《爱在无爱的硅谷》里的主人公苏菊早已丰衣足食了,但是她却要抛弃掉这得来的一切,而去追求另一种"人生之梦"。当海外作家普遍热衷于表现中西异质文化的交融与冲突时,陈谦小说《覆水》里的依群思考的却是人性深处永无弥合的悲怆。当国内作家开始对"文革"厌倦、对"历史"感到疲惫的时候,陈谦笔下的"特蕾莎"却是在海外开始了对"自我灵魂"的救赎和忏悔。特别是在《望断南飞雁》中,她让自己的人物突然离家出走。在《繁枝》中,血脉相连的手足竟然就是那"杀人的凶手"。这一切的故事,陈谦真正要表达的并非曾经的历史或是当下的现实,而是生存在这个世界的一个个苦痛的灵魂。在她看来,灵魂才是一种最真实的存在,这个存在只有它的主人知道,那就是无法遗忘的"疼痛"和"叹息",它像蛇一样一直盘踞在每个人的心里,咬蚀着灵魂里的血肉,而所有的历史或现实的故事只是这些灵魂的陪衬而已。

长篇小说《无穷镜》是陈谦近年创作的代表作,她凭借自己曾在硅谷职场打拼10余年的经历,以及熟悉相关科技发展趋势的专业背景优势,也以IT界"过来人"饱经沧桑的心态,倾力打造出一个"无穷镜"的世界,传神而透彻地刻画了当下硅谷科技人的生存状态和精神面貌,也传递出那些科技新贵、社会精英们不为人知的心灵世界,展现出无数镜像叠加后导致的人生百相、世态炎凉,揭示了一代硅谷人的命运与挣扎,他们在事业成功后的心灵焦灼,以及存在与虚无的哲学沉思。

陈谦说:"我比较关注内心,是往心里面深处去,是往内走的小说而不是往外走的。因为我觉得世界五彩缤纷就是因为人的心理千差万别,因为这,就导致很多很多事情。我就特别想知道外部世界发生的事件是由什么导致的。我发现,外部的所有冲突冲击都是因我们内心的东西发生的,这是我的理解。我跟别人交流的时候,言行举止都是我心里面思维的一种折射。""这个世界不管多么缤纷离奇,其实百孔千疮,而且都是从心理出来的。每个人都有病,所以现在我很悲观。真的,就像张爱玲说的,华丽的旗袍下全是那种虱子。我是说人的内心非常重要,所以我的小说自然走这种方式。我就是想寻找'故事为什么会发生'。我的小说想回答这个问题,而不是'发生''怎么发生',不是 how,what,而是 why,那肯定就要走到人的心灵里去。"

与北美其他的女作家相比,陈谦追求的并不是大格局,她的笔力着重于一个小切口,再一路探掘下去。在她的小说中,惯于以个体生命为视角,借助女性眼光,在跨文化的背景下,从情爱婚姻的故事框架展开,最后的走向是对生存处境、生命意义的根本性追问。

6. 曾晓雯:漂泊的寻梦者

曾晓雯,曾旅居美国9年,2003年定居加拿大多伦多至今,著有长篇小说《梦断得克萨斯》《夜还年轻》《移民岁月》,小说集《重瓣女人花》《苏格兰短裙和三叶草》《爱不动了》,散文集《背灵魂回家》《属树叶的女子》《背对月亮》,电影剧本《浪琴岛》等,曾担任电视连续剧《错放你的手》的编剧。

"从漂泊流浪到落地生根",是曾晓雯常说的一句话。"漂泊流浪需要勇气,落地生根需要境界。"在她看来,华人更像是一粒种子,到哪里都可以生根发芽。这不仅反映了她在海外的生活历程,也显示了她的创作轨迹。

1998年,曾晓雯从雪城大学毕业后,先后在雪城的一家保险公司和波士顿的一家软件开发公司工作。然而好景不长,美国遭遇经济低迷,许多企业受到冲击,曾晓雯所服务的软件开发公司也就此倒闭。她不得不另谋出路。她在得克萨斯州开了一家中餐馆,试图继续留在美国,却经历了一场意外的灾难。正是这场灾难,让她创作了第一部半自传体的长篇小说《梦断得克萨斯》,重新审视生活,并自我疗愈。

小说《梦断得克萨斯》,后来再版为《白日飘行》,讲述的是女主人公舒嘉雯在美国9年打工、求学、做生意,以及无辜被监禁的经历。这是一个惊心动魄的故事。年轻的中国女子舒嘉雯,经过9年的奋斗实现了自己的"美国梦",开始在商界崭露头角。就在她与人合开的大型自助餐馆"华美"开业典礼那天,却被移民局以"有意雇用、窝藏非法移民"的罪名逮捕。此后的98天里,舒嘉雯经历了监禁的炼狱,最后得以"清清白白地走出监狱",但她却因这无妄之灾失去了生意和家产,最终选择远离伤心地,梦断得克萨斯。作者借助舒嘉雯在狱中和法庭上的所见所闻,描写了美国社会与移民族群间错综复杂的关系。舒嘉雯虽然梦断得克萨斯,但她的寻梦不会中止。

在《白日飘行》里,曾晓雯为读者塑造了一系列的"寻梦者"。对于来自中国的精英和准精英阶层,"美国梦"意味着高学历、高收入、名车和大房。而平民版本的"美国梦",其内容要卑微得多,色调也冷峻得多。例如书中的阿瑞辗转流落到美国是为了打工谋生;莹妹偷渡到美国是为了还清父亲欠下的债务;安娜嫁到美国只是因为在她服务的宾馆里的女孩子人人都想嫁一个美国公民,以期少奋斗 20 年而过上舒适的生活。

小说《夜还年轻》是《白日飘行》的后续故事,讲述了舒嘉雯(此时改名为海伦娜)从美国到加拿大多伦多后的生活,以及几位中西女性的爱情故事。在中西文化对比与交融的背景下,小说铺展悬念迭生的情节,反映了不同族裔人物,包括海外贪官的爱情生活和人生追求,以及他们在得失、爱恨、崇高与卑微之间的挣扎与选择,可谓海外都市生活的"浮世绘"。

在逆境中投向文学,似乎是曾晓雯尝试自我消解苦闷的一种方式。在近年来的创作中,曾晓雯的视野变得更为宽广,这正暗合了她生活的新阶段,笔下的人物故事也逐渐多元——从社会底层人士的坎坷故事到华人女性在海外的爱情故事。其短篇小说《苏格兰短裙和三叶草》讲述的是跨族裔爱情,温暖感人,深获学界好评。

7. 施雨:手术刀下的生与死

施雨,在美国担任医生多年,后担任北美著名文学社团"文心社"总社社长,出版有长篇小说《刀锋下的盲点》《下城急诊室》,诗集《无眠的岸》,散文集《美国的一种成长》《上海"海归"》《归去来兮》等 10 余部著作,小说作品曾进入"中国小说学会年度小说排行榜"等。

施雨早年擅长写诗,被誉为是"漂泊者的梦歌"。她的诗,无论是描写"都市伤口",还是演奏"乡愁乐章",表达的都是一个处在异国他乡的伤感游子凄美真诚的情怀。其中有一句脍炙人口:"我只需要一分秋意,你却给了我满目的秋凉。"

她的纪实散文集《美国儿子中国娘》写得轻松自在,洋溢着温馨清醇的家居气息,活脱脱的一个年轻女人的母爱情怀。另一部《美国的一种成长》,则是一幅大泼墨的文化山水画。

关于施雨的创作,"微风"的清爽是她的"文","细雨"的柔密是她的"诗","寒霜满天"的激荡便是她倾尽心力的"小说"。诗是施雨的灵性之光,文是她的理性思考,而小说才是她艺术理想的美学表达。

长篇小说《纽约情人》（原名《下城急诊室》），是施雨 2003 年创作的第一部长篇，被誉为是北美华文坛表现医学题材的长篇佳作。出生在医生世家的施雨，以自己独有的呐喊，为海外的华文坛奉献了一朵奇葩。这部北美华文坛罕见的以医学世界为背景的小说，围绕着那个位于纽约第五大道以西闹市区的著名医学院而展开，这个人世间最无遮掩的生死场，正是作者演绎人生的情感战场。生命，不仅仅是手术台上的祭品，更是施雨含泪解剖的心中至爱。

在《纽约情人》中，除了凄迷的爱情，还有那手术台上的性命攸关、医术上千钧一发的彼此较量。故事里有唐人街患直肠癌苦工的无奈凄惨，有笃信"神灵"的父亲拒绝为儿子治疗的愚昧。作为医生，施雨把急诊室里的血腥无助及四面楚歌表现得淋漓尽致，让读者在生死存亡的瞬间领教命运之神的真正残酷。

2006 年，施雨再推出长篇新作《刀锋下的盲点》。小说的题材地点依然是延续了施雨最为熟悉的医学战场。小说以华人女医生叶桑由于患者在手术台上的意外死亡而惹上官司，并与由此引发的来自医院、政府、司法机关及社会舆论的一系列压力展开抗争的故事为主线，深入地探寻了美国社会各族裔间的文化冲突和融合，笔触深入美国独特的人文地理及其法律战线，读来令人惊心动魄。

《盲点》的思想成就，突出地表现在对西方上流社会的冷静揭露甚至批判，这在海外新移民作品中实属罕见。在《刀锋下的盲点》中，施雨在创作的视点上努力超越了《纽约情人》，在她笔下，医院已经不再是她醉心叙述的焦点，取而代之的是新移民面对中西文化的激烈交战。她要叩问的是，在所谓的西方法律面前，民族的属性是否真的平等？少数族裔的移民之路究竟充满了怎样的艰辛？尽管如此，在逐步融入主流社会的历史进程中，以主人公叶桑为代表的新一代移民正在努力地消除着两种文化的对立冲突，走向自信、自强。施雨在此有意表达了"人性大于文化"的主题思考。

8. 融融：性与爱的觉醒

融融早年在上海做记者，20 世纪 90 年代留学美国。2003 年她成为《星岛日报副刊》专栏作家，并兼任《厦门日报》双语专栏作家，之后开始小说创作。她笔下的故事总是动人心魄，不仅是中西异国文化碰撞出的"灰姑娘童话"，而且是对生命能量的挖掘和由此发出的衷心礼赞。在北美当代的华语文坛，以"性爱"的杠杆,正面撬开"生命移植"的人性深广,融融可以说是第一人。

2002年,中国青年出版社出版了融融的首部长篇小说《素素的美国恋情》,在这部小说里,读者的热情虽然是在关注跨国婚姻的传奇,欣赏的是在东西文化撞击下的一个成人童话,但融融的创作本意则是希望在这部小说中通过一个中国留学生为白人家庭带孩子最终寻找到幸福的故事,展现一种人类生存状态的无限可能性。

2004年,融融完成了又一长篇小说《夫妻笔记》,小说表现的是一对中国夫妻在美国申请绿卡前的情感冲突,深刻地挖掘了中西方文化中性爱价值观的根本不同,并深入到男女主人公的内心隐私,大胆而真实地再现了人物潜意识深处的情感世界,并同时刻画了美国社会的风俗文化,是近年来少有的表现中西文化内在人性冲突的杰作。其中所塑造的女主人公佩芬的形象也堪称是海外文学画廊里的奇葩,给人以强烈的艺术震撼。

《夫妻笔记》的开头朴素而精彩,一个来自东方的中国学子,面对完全陌生崭新的世界一筹莫展,生命在毫无生气地运转,看不到真正的希望。而他的小巧玲珑的妻子却无所畏惧地闯进了新世界,并焕发出不可阻挡的能量。小说对人物性格的发展逻辑把握十分准确,东方男人的自尊与自卑,害怕失去自己的女人又无能为力,身心的压抑,婚姻天平的慢慢倾斜……如今,为了能够留下来生存,却不得不要自己的女人去贸然挺身而出,作为男人充满羞愧又深陷在隐隐不安的恐惧之中。但是,生命的航向已不可逆转,那个小巧又普通的女人已经开始了她在异国文化中的悄然蜕变和再生,她的身心蓄存着不可遏制的渴望,她最终成为广告公司备受宠爱的中国模特儿。这个娇小的中国女人在"身体"的开掘中竟然被完全解放了,她把这条路称为"通往天堂的道路"。

《夫妻笔记》的突出成就是它的人物塑造,与此同时作者将东西方男人的爱情观差异逐层深入地展现。例如故事里的美国同事麦克先生喜欢老婆也拥有情人,他的理论是"婚外情有助于稳定婚姻,能够挽救和缓冲感情危机"。《夫妻笔记》的阅读魅力首在人性深处性心理演绎的大胆呈现,真实浓烈而激动人心。中国文化中的性爱传统首先是依附于情爱,但融融的小说,性爱本身就是如此优美,如此强大,声光交合,创造出生命本身所蕴含的美韵。

2018年融融在台湾出版长篇小说《爱情忏悔录》,这是她第三部以情爱为主题的长篇小说。较之于前两部《素素的美国恋情》和《夫妻笔记》,《爱情忏悔录》的历史渊源更加深厚,人物众多,多线组合,犹如一幅历史画卷。小说所表达的主题是:爱情其实是人性的果子,人性在善与恶之间流荡,爱情在天使和魔鬼之间徘徊。

2019年融融在台湾再出版长篇小说《茉莉花酒吧》,描写了一个惊心动魄的复仇故事。小说的主题则是深挖人性的罪恶,法律的落后,爱情的脆弱,人类的无助,以及靠信仰得救的唯一出路,成为近年来北美文坛非常难得的涉及艾滋病题材的力作。

9. 王琰:人生选择的代价

随着全球一体化的加速、中国经济的快速崛起并位居世界前列,越来越多中国人到了海外,除了传统的留学方式外,通过技术、婚姻、陪读、访问、投资、依亲或团聚等途径移民的人数明显增加。王琰的小说,正是表现了那些通过各种渠道或途径移民海外的华人在移民他国之后的生存空间,以及他们在移民美洲之后所走过的艰难历程和经受的心灵挣扎。其代表作有长篇小说《落日天涯》《归去来兮》《我们不善于告别》《天才歧路》,中短篇小说集《双面佳人》等。

长篇小说《落日天涯》,女主人翁李雪才毕业于国内一流的名牌大学,出国后却遭遇了各种失败。极度的孤独中,她屈从了自己内心的"本我",甚至沉溺于性爱的种种刺激,最终悬崖勒马。小说表现的是海外失意的留学人,他们的灵与肉、理智与激情的碰撞,他们的追求与失落,以及他们在生命价值追寻的途中必然要经历的迷茫及孤寂。

小说《我们不善于告别》,故事发生在20世纪80年代末的上海某高校,小说通过一群文学人特殊的生命流程,细腻而有深度地描写了他们的追求和梦想,他们所遭遇的苦难、艰厄,以及亲情和友爱的力量。同时,人性的纯真和虚假,也在文明和残暴的冲撞下,被揭露得淋漓尽致。

获奖长篇小说《天才歧路》中,主人公许游生于20世纪60年代中期,是一位执着浪漫的诗人,但命运诡谲,他却来到海外,失去故土的痛楚使他长时间地陷入了对时间和记忆的反思。这是一部心灵成长的故事,也是一部关于救赎和自我救赎的小说。

王琰特别善于写出新移民身在海外不得不面对的一些共有经验：留学的酸甜苦辣，职场的种族歧视，海外婚姻经营不易，异族通婚各种冲突等，由此拓展了移民人生的丰富性和沉重感。

10. 江岚："移民爱情"的咏叹

江岚是学者型作家，发表各类文学体裁作品 200 多万字，她的散文常常获奖，但她的小说却独具特色。江岚先是在北美留学，然后落地生根，她的小说鲜明地刻画着从留学生到新移民的时代印记。

早年的小说《追求》写的是留学生们的浪漫故事，活泼清醇而诙谐美好。等到她写《故事中的女人》，呈现的则是移民爱情的五味杂陈，斑驳而苍凉的意味加重，透露出江岚描写"浮世绘"的本领，作品的力度也由此显现。小说中那位受了屈辱的跨国准新娘最后竟能柳暗花明，而那择木而栖的男人最终却是孤身回了故乡，故事里真正的新娘则随风转舵地换了新郎，离奇中却处处真实，看似荒唐却十分合理，将世俗人的本性层层剥离而出。

在海外的新移民文坛，江岚堪称讲移民故事的高手，尤其是讲"情爱"故事的高手。读江岚的小说，并非有悬崖瀑布般的轰然，而是高山一股清泉，叮叮咚咚蜿蜒而下，九曲回折之中，一路的奇异风景撩得人眼热，诱惑得读者不由得就到了她设置的深谷之底。

古来女人重"情"，江岚的小说就专注在写女人的"情"，由此而构成她小说世界的鲜活灵魂。《爱情人生》可谓是江岚代表性的作品，这篇作品开掘的正是女人生命中永不枯竭的激情暗流，轻轻一刀就点破了女子人生中终极想要的一个"情"字。那位红杏出墙的少妇，衣食虽然温饱，但心里却愈来愈饥渴，终于，一个河畔的邂逅，她爱上了一个阳光男孩，回归了久违的纯真与浪漫，犹如飞蛾扑火般。那酒店里的放纵，只因她的灵魂和身体干枯得太久。小说的精彩在于发出大胆的叩问：难道婚姻里的爱情就只能像一杯茶，注定会越冲越淡？小说引用了林语堂先生的话："男子只懂得人生哲学，女子却懂得人生。"那么，究竟是怎样的人生才算是一个女子完美的人生呢？小说没有给出答案，因为生活本身就没有答案。结论却是人类只能在永远的不完美中挣扎前行。

《费城的冬天》是令人印象相当深刻的小说。最喜欢那句"我在苦寒的费城，孤独地想你"。故事里走不出回忆的女主人正是许多新移民心灵世界的真实写照,那失落的珍贵回忆,既是永远的"温暖",也是永远的"痛"。我也特别为《天意》里的故事感动,那飞机上蓦然的情缘,真是无心插柳柳成荫,不经意的爱情,却成为命运里的注定,竟是躲也躲不开了。而那《曼哈顿的雪夜风情》,更如同是一首梦幻般的小夜曲,缱绻销魂,却曲终人散,但那优美的旋律却永远在那孤独人的心中回荡。

在艺术上,江岚是善于营造氛围和意境的,这与她深厚的古典诗词修养有关。她的小说语言有着婉约的底蕴,淡淡有致,如:"时间是最有效的漂白剂,再华美,再鲜艳的感情也经不起它的磨蚀,总要归于苍白和暗淡的。"她的文字才气更表现在丰沛的想象力,奇妙的故事结构,性格浓烈的人物,树欲静而风不止的深长叹息,这些都构成她小说的独特感染力。只是她作品中对于移民社会的酷烈与挣扎似表现不足,历史时空的挖掘也嫌不够,行文的轻柔漫溢有时也会减弱了文字应有的凝重。但这正构成江岚成长的广阔空间,前行攀登的江岚,目标当在峭壁悬崖之上。

二、站在海外的新角度,进行独特的中国书写

1. 严歌苓:"个体"生命的存在方式

进入21世纪,关于严歌苓的小说创作,一个重大的转折是在多年的"离散""放逐"之后重新回归"中国书写",由此推出了一部部震撼之作。

轰动文坛的《第九个寡妇》即是她"回望乡土"、重新"抒写历史"的一声号角,这部酝酿了20余年却在两个月内成稿的28万字的长篇近作,源自早年听来的离奇大案。作品讲述的是河南乡下20世纪40年代到80年代一个叫王葡萄的小寡妇,在一次运动时将她的地主公公从死刑场上背回,藏匿在家里的红薯窖里长达20年的故事。此刻的严歌苓,与其说她痴迷于女人的故事,不如说她是在为"活"的历史着迷。她想要关注中国最本真的农村,重新思考中国的历史。

《第九个寡妇》之后,严歌苓再推出更为神奇的《小姨多鹤》。这部长篇所讲的故事已不仅仅是跨"历史",而是跨"国籍",被评论界誉为是一曲"刀尖上的舞

蹈"。小说描写的虽是日本侵华战败后留在东北的日本少女多鹤艰难曲折的人生经历,但延续的依然是严歌苓驾驭卑微人性、拷问质朴灵魂的精湛功力,在时运的磨难中,在生活和爱的"窘迫"里,强大的生存意志,却造就了"人"的宏大叙事。因此,人们发现,严歌苓的创作,已经跳出了所谓的"政治判断"。

无论是《第九个寡妇》里的王葡萄,还是《小姨多鹤》里的竹内多鹤,还有后来的《一个女人的史诗》,她要表现的都是一种"个体"生命的存在形式。严歌苓要突出的是人,而不是时代,她要在"人性与环境的深度对立"中,展现出"文学对历史的胜利"。她注重个人,而不是把国家、民族放在第一位,他们在乎的是怎样对个人关怀。这种西方人文主义的观念深深地影响了严歌苓,遂使得她笔下的文字不仅浸染了西方小说的细腻和情绪流动,而且在审美判断上彻底脱胎换骨,从而与国内的作家完全不同。

长篇小说《陆犯焉识》,大量的评论文章都认为其主题是"爱的归来",即本来对妻子没有爱的陆焉识经过那个时代的洗礼,拿走了他曾经引以为傲的一切:青春、才华、博士学位、教授职位、理想,最后才发现生命中最宝贵的是爱,夫妻的爱,家庭的爱。其实这部小说已经超越了政治的诉求和情感的诉求,实际上体现了一种哲学含义,即表达出人生的荒诞和虚妄,夫妻不能相认,母女不能原谅,主人公自己举着牌子等待自己,这种等待其实毫无希望,甚至是"失忆"的人比清醒活着的人痛苦还更少些。所以,这部作品的真正主题是"归来"又如何?!

关于根据小说改编的电影《归来》,李安一语道破:"对人的记忆,还有压抑和自由的观念,我觉得这个电影是一部很好的存在主义电影,记忆到底是什么,人在变,社会在变,我们的印象和记忆到底是什么?"

行走在世界多个文化迥异的地方,在不同的文化对照甚至冲突中,严歌苓更清醒地看到了"自己是谁"。这种不可复制的存在感,给了她更多思考的空间。也是这种离开了中国的文化背景又处于异国文化边缘的身份,使得她获得了一个崭新又奇妙的空间。她用自己的小说奠定了"新移民文学"的丰碑,也宣告了海外文坛一个新的文学时代的来临。

2. 张翎:"世界"的复杂性和"人"的复杂性

张翎的小说创作起点一直很高,她的作品一出手,就直接进入到对生命价值的探讨。

从2009年开始,张翎回归中国书写,但她是从世界的角度写中国故事,她看到的不仅仅是"中国眼里的世界",而且是"世界眼里的中国",这是她与海内作家的一个重要区分。

回归中国书写的张翎,关注的重点是在"个人"与"历史"的存在关系,她特别善于让孤独的个体生命承载沉重冷酷的历史,从而表现出个体在历史中的挣扎和控诉,比如《劳燕》。

在《劳燕》这部作品中,张翎努力探索的是"世界"的"复杂性"和"人"的"复杂性",她要追求的是那种"隐蔽的复杂性",她笔下写的都是"混合人",善良与自私,纯净与龌龊,正义与陷害,但最终要说的都是"人"这个物种。

《劳燕》所讲述的故事是三个男人和一个被日寇强暴而逃离家乡的中国女子的爱恨情仇,实际上写的是人性的战争,张翎的最终所指还是对人类疼痛的心理医治。

此外,女作家写战争,要直面诸多挑战。张翎的挑战不仅仅是面对自己,还要面对历史。她要写的"抗战",是中国人与美军的"抗战",是那些被历史遗忘的"抗战"。作为中国第一部涉及美国海军秘密援华使命的文学作品,《劳燕》以其巨大的勇气首次披露了中美特种技术合作训练营的"抗战"内幕,从而将当代华语文坛的战争文学推向了史诗性的高度。

3. 袁劲梅:小说背后的哲学意义

袁劲梅,美国克瑞顿大学(Creighton University)哲学教授,研究领域和兴趣为比较逻辑、符号逻辑和中国文学。她的中篇小说《忠臣逆子》获2003年台湾第17届联合文学奖新人奖首奖。纪实文学《一步三回头》获2005年《侨报》五大道文学奖、纪实文学奖首奖,中篇小说《九九归原》入2007年小说排行榜。中篇小说《罗坎村》获选北京文学2008年最佳中篇小说排行榜,2004年出版小说集《月过女墙》;2010年出版中篇小说集《忠臣逆子》(台湾联合文学出版社)。另有长篇小说《老康的哲学》《青门里志》《疯狂的榛子》。她的作品总是掷地有声,下笔之初展现雄心和抱负,试图写出世道人心及自己对"文革"乃至人类文明的思考。

长篇小说《青门里志》①，让袁劲梅进入了更多读者的视野。全书有 20 余万字，保持了袁劲梅理性、深刻的一贯特色，以其从小生长的地方——青门里为故事展开、人物活跃其上的舞台，以丛林动物——黑猩猩为研究对象，探究人性，反思历史，关照现实。形象生动，题材重大。这是一部探究之书、反思之书、忏悔之书。探究人应该怎样活，才更有价值，才能生而为人，而非兽类；反思我们文化中，群体主义的极端和愚昧；忏悔我们曾经在种种冠冕堂皇的口号下，干出的种种恶事和丑行。青门里的小朋友，儿时见证了"文革"，长大了，又是改革开放的一代人。他们的故事，就是从"文革"到今天这段快速变化的历史，不该被忘记。

新长篇小说《疯狂的榛子》②，反映的是"飞虎队"抗战史实的故事，视野开阔，气象恢宏，充满浓郁的家国情怀。小说以《战事信札》为主要线索，写出战乱时期的艰苦危机和深切思念，将三代人的历史遭遇贯通，写出时代的风云。小说里一切的"疯狂"都关于战争，由喇叭与宁照夫妻的家庭小"战争"，到艰苦卓绝的抗战，再到"文革"中人性的对战，直到最后以风云突起的商战结束。当然，喇叭和宁照的家庭争执也只是注解"疯狂"铺垫"战争"的小试牛刀。包办的婚姻、蛮不讲理的妻子和隐忍多年的丈夫，看似落入俗套的故事开端和设伏，随着《战事信札》的进入，这一切就不再平淡。小说最后奉出的仍是团圆主题。几乎所有与故事相关的人都走到了一起，准备为父辈们所做的家祭，也可视作一个向沉重历史告别的仪式。团圆之路多经坎坷，战争的洗礼、"文革"的浩劫，人们自始至终虽天各一方，却心心相系。小说写出了复杂的历史背景和坎坷的人物命运，下一代人不断在上一代人的记忆里探求真相和意义，同时经历着心灵的磨砺与伤痛。

4. 李彦：从《红浮萍》到《嫁得西风》

李彦，生于北京，1987 年留学加拿大，如今生活在多伦多。凄迷坎坷的身世背景，时代变幻的锤打冶炼，再加上异国他乡的蚀骨体验，造就了她的文风透射出棱角尖利的刚毅个性。

李彦是北美难得的中英双语小说家，英文长篇小说《红浮萍》荣获 1995 年度

---

① 袁劲梅：《青门里志》，北京：十月文艺出版社 2012 年版。
② 袁劲梅：《疯狂的榛子》，《人民文学》2015 第 11 期。

加拿大全国小说新书提名奖,同时出版有英文短篇小说《枫城轶事》,中文长篇小说《嫁得西风》,中短篇小说《故园》《回惶》《羊群》《姚家岭》等。

李彦在20世纪80年代来到西方,面对社会制度的反差,不同文化的冲击,她一方面在思考如何让一个独立的"新我"面对新世纪的未来,另一方面她开始咀嚼从前的岁月所包含的人生意义。由此产生了强烈的创作冲动,并形成她自己鲜明独立的创作风格。

《红浮萍》是李彦1995年发表的第一部英文长篇小说,这部叙述一个家族几代人在中国近百年历史中命运变迁的作品,重现了在历史大潮裹挟下的人们难以自主的漂浮。其结构恢宏而细致,中文的书名简洁而意境深远。小说的故事从"平"在海外获悉一个叫"楠"的人去世的消息开始,揭开了一个家族近一个世纪斑驳沧桑的变迁史。

《红浮萍》表现的是现当代中国近一个世纪的风风雨雨,一个知识分子家庭的四分五裂,聚少离多。从繁华的京城到黑龙江畔的原始森林,从关中故都到黄泛区的盐碱滩,从雁过留声的偏僻塞北到太行山麓的革命老区,年幼的子女时而跟随父母颠沛流离,时而寄人篱下,体味了时代风雨对生活的侵蚀,目睹了中国社会各个阶层的生活,心灵上刻下的是难以痊愈的伤疤。

《红浮萍》的人物塑造相当成功,"外婆"的坚韧豁达,"母亲"的聪慧激进,"父亲"的宽厚善良,此外,即使着墨不多的角色,也个个给人留下深刻印象,如"外公"家刁钻可怜的"紫嘴唇四小姐",被"棠舅"遗弃而绝望自尽的妻子"木瓜脸鲍家小姐"等等,性格丰满鲜明,让人过目不忘。李彦的文字在人物刻画上尤显得洗练生动,寥寥数笔,即活灵活现地勾勒出人物的心态和神态。

李彦用中文创作的长篇小说《嫁得西风》,是海外移民文学中难得的一部以女性生活命运为焦点的长篇小说,作者用她犀利的笔引领着读者穿过众多人物、变幻的场景,来探索女性的内心世界,挖掘出许许多多的人性冲突及文化冲突。"嫁"意指女性,"西风"则是海外。小说描写了一群性格各异、观念不同的华人移民女性在枫叶国的生活经历,李彦试图通过这样一群女性,揭示出不同地域文化、不同政治背景的人们的所长与所短,又通过海外小城这样一个舞台,去验证、去展示这些存有诸多不同的人们求同存异、和平共处的必要与可能。

在《嫁得西风》中,令人难忘的人物有:少女心未泯的高级研究员陶培瑾,天真而幻灭的、有离奇曲折的"堕落女性"叶萍，完美主义的知识分子小敏，共产党干部夏杨等，来自台湾的"中华妇女会会长"胡太太，基督徒米太太，无可奈何地与丈夫的"二奶"共处一室的元慧，"中华之声电台"节目主持蔡玉媚，以及她们的家庭成员及其故事，小说通过这些活生生的秋风落叶般的人物，再次延续了李彦再现政治巨变中对人性的肆无忌惮的摧毁和戏弄的本领，同时表现出人在中西文化的碰撞中，在灵与肉、爱与恨、卑鄙与崇高、性与情、去与留、舍与弃等等矛盾和漩涡中挣扎，从中窥见古老的中华文化熏陶下的中国人被卷入这个世界性的现代化过程中的断面和折光。

如果说《红浮萍》是含泪忆苦，《嫁得西风》就是在笑对当今。李彦的文字，总是在冷静的悲剧气氛中品味人性，在黑暗中等待光明，饱含着思想深度和人生哲理。她尤其擅长从历史和社会的高度，去观察和审视普通人的命运和事件，从而进行深层次的剖析和探索。在艺术上，李彦追求细腻、朴素、厚重，兼有写实风格和印象主义的意蕴色彩，情节和故事有戏剧性美感的层面，体现出她卓越的生活感受力和丰富的想象力。

5. 施玮：女性的灵魂追求

施玮是诗人、作家、画家，也是"灵性文学"的发起人。作为美国的哲学宗教学博士，施玮在宗教里形成了自己的生命哲学，所以她的创作多与灵魂有关，哲学与诗意在她的文字里交融。

施玮在20世纪80年代中期开始文学创作，1996年移居美国，主要作品有：诗集《歌中雅歌》《以马内利》，长篇小说《柔若无骨》（再版《世家美眷》）、《放逐伊甸》、《红墙白玉兰》、《叛教者》、《献祭者》等。

她早年的长篇小说都是写女人，表达女性的生命追求进程：肉体、精神、灵魂。《柔若无骨》写女性在社会动荡中的生存命运，以历史中的战争、革命、经济等社会大格局的变动为背景，是"纵述"写法；《放逐伊甸》写女性在变革时代中的命运，以及非常独特的，精神、物质的极端裂变，审美和理念的颠覆失重，是"横述"写法；《红墙白玉兰》写女性生命自我成长过程中的命运，她们在与外界互动中成长，而这个"外界"表面上是男人，其实更是男人所代表的社会与文化，是"点述"写法。

这"女性命运三重奏"中,女主人公都具有非常独立的个性,作品中的性爱呈现具有相当的独特性。这种性爱是女性作为自然人的一种本能呈现,不是对男性欲望的迎合;是女性自我欲望的呈现,不是一种将男权文化内化的女性性爱。更为重要和有意义的是,这种性爱还是以一种建构爱情,甚至是建构理想主义的姿态来呈现的。由于这些女性所承担的性爱角色,具有自然性、主动性和选择性,因而具有了反叛的意味。

施玮的家族小说,特别重要的历史发现是有关性与政治的丰富内涵。

长篇小说《世家美眷》从20世纪初一直写到20世纪末,故事时间的前后跨度将近百年。将自北伐战争时期以来的三代女性作为故事的主角,用现实主义的手法描绘以她们为中心的历史波澜。除了外在的政治风暴,她们的内心则摆脱了几千年来封建遗留思想的精神压抑,追求自我心中的快乐和自由体验,这种女强男弱的男女关系与传统小说中的男尊女卑截然相反。

历史宗教小说《叛教者》,则是文学史上首部全面揭开20世纪上半叶中国基督徒残酷命运的长篇力作,作品所描述的不仅仅是当年上海人所经历的宗教故事,也是东方遇见西方的灵魂挣扎,是神性与人性的争战。书中所描写的几位主人公在政治风暴的摧残下愚忠又悲惨的命运令人无限唏嘘,可谓是填补了文学史的重要空白。

6. 宋晓亮:挣扎与闯荡

宋晓亮,出生于中国山东。少年时目睹政治风暴在中国乡村基层的肆虐,婚后在北京经历了长达17年的"黑户"流亡生涯。为了能让孩子正当读书,为了全家人能以"合法身份"生活在一起,丈夫奋力独闯美利坚。4年后,全家终得团聚。在新生活的挑战中,面对着陌生严峻但充满自由坦荡的天空,宋晓亮开始涌起创作的冲动,以往过去的岁月悲情都化作了她生命里最难忘的财富。

第一部中篇纪实小说《无言的呐喊》,1990年在台湾"中央日报"副刊连载89天,写出了当代中国最底层百姓的苦难史,她所表现的个人悲怆折射的是一个时代的悲歌。

作为在北美起步较早的新移民小说家,宋晓亮连续出版了长篇小说《涌进新大陆》《切割痛苦》《梦想与噩梦的撕扯》等,无论是表现北美新移民的生存艰辛,还是状写"文革"中国的伤痕苦难,她的笔墨总是饱蘸着生活的热浪源头,其情感之浓烈深深地感染着读者。悲情与豁达正构成宋晓亮立体人格的丰富内涵,同时也成为她创作的灵魂基调。

长篇《涌进新大陆》,依然是充满了自传性的纪实色彩,但其中的生活底蕴却是一代寻找梦想的新移民完成生存挣扎的缩影写照。小说采用第一人称,开篇从闯进"龙腾酒楼"写起,把一个刚到美国32天的中年女子在生活重压面前一筹莫展、背水一战的胆怯又无畏的心态淋漓尽致地展现在读者面前。餐馆的人心叵测、欺弱怕强、等级庸俗,把一个刚刚走出社会主义国门又饱受世态炎凉摧残的中国女子再一次投进了人生的冷酷炼狱。移民局的突袭抓人,俨若警匪小说的惊险;劫后余生的玛丽为绿卡铤而走险,结果是赔了夫君又折女;出生于台北平板车上的彼特郑,被刁客威逼精神失常,离妻别母后上吊自杀;历尽艰辛全家团圆在纽约的顾亚美,却在异国他乡陷入了无可自拔的婚姻泥沼。小说表现的好像是一群蒲公英的种子,撒落在异国他乡的凄风苦雨之中,摇曳呼号而无助挣扎。书中的故事可谓惊险离奇,却真实得惊心动魄,展现出作者洞察生活的目光锐利和文字表达的充沛激情。尤其是作品中的"我"的形象的成功塑造,勇于吃苦,中华儿女的气节不倒,硬是用自己的善良和智慧,战胜了一个个的困难,在异国他乡,终于获得了自己的一线天空。这部作品所具有的原生态意义可视为早期新移民文学的代表性作品。

长篇《切割痛苦》则描写的是一个饱经情感折磨的母亲对远在大洋彼岸儿子的爱。这位出身穷苦、顽强不息的母亲,硬是在命运的挣扎中为自己创造了一片蓝天。小说一面表现这位东方女性坚贞圣洁的爱情,一面把笔触伸向大洋那边物欲横流的污浊世界,形成了两条相互关联又相互对照的情节线索,共同交响出善与恶的道德文化主题。小说在结构上的层层悬念,把读者引入曲径通幽的悲欢离合,笔触从山东到北京、又从北京到美国,最后谜底彻底揭开,颇具有深意。此部作品比起上部《涌向新大陆》,更显示出作者在艺术结构上的卓然努力。

另一部长篇《梦想与噩梦的撕扯》,写的是一位怀抱梦想、毅然离乡、一头栽进陌生国度的年轻女子孟皓月在新大陆求生存的坎坷故事。小说从皓月的"海关遇难"写起,刚来美国就遭遇了"下马威"。正在读者庆幸着这位女主人公在美国有至亲的舅爷前来接应的时候,作者忽然笔锋一转,把天真单纯的皓月又重重地抛入冷酷势利的舅奶奶所设的贪婪狱井之中。作为美东地区中餐业的台湾富商千金,这位舅奶奶先是对出身中国大陆的皓月充满挑剔和鄙视,然后是企图从这个一无所有的弱女子身上榨取最大限度的劳动力。可怜的皓月,住地下室,干下人活,机器般昼夜旋转,身体累病,求学无望。但是,作品中的皓月并没有因此倒下,她在险恶的环境中学会了自立,开始一步步从泥沼中站了起来。她在朋友的帮助下获得了经济上的独立,在一次次的痛心疾首中找寻自己的感情依托,最令人欣慰的是她平生第一次拿起了笔,完成了自己血泪铸成的文学作品。这是一个东西方撞击的故事,是一个生命重新发现的故事,是一个鲜活的"人"由弱到强的故事。

宋晓亮喜欢讲色彩斑斓的故事,由故事塑造出人物,再由人物的性格带动情节的发展,故事讲完之时,人物也即完成。她的小说语言京味十足,大有老舍之风,那鲜活的说唱韵律,口语化的艺术效果很容易就捕获了读者的心。如《梦想与噩梦的撕扯》中写到皓月在教会面前的挣扎心态:"孤寂的生活,像是个被捅破了的苦胆,那份粘在心底层的漂泊感常驱她怕晴天,怕雨夜,就连夕阳下的一抹黑云,都会使她生出一种化不开的茫然和无措的惶恐。"再如《切割痛苦》中写那含辛茹苦的母亲想到儿子难言的身世:"一种锥心的伤感,慢慢地陷入了六十岁的皱纹里",真是简约而力透纸背。

宋晓亮的创作,除了小说外,还有她泉水般奔流不息的散文,或洞察世事,针砭时弊,或状写人间深情,温暖人心。无论写人、写景,其中的赤子心肠都让人读来心颤,凝聚着"她"爱憎分明的浓郁风格。

7. 顾月华:洞开记忆的闸门

顾月华,出生于上海,上海戏剧学院舞台美术系毕业。出国后开始创作,曾担任纽约《侨报》专栏作者。发表小说、散文、诗歌及评论,出版小说集《天边的星》,散文集《半张信笺》《走出前世》《上戏情缘》等,尤以散文作品更为读者称道。

顾月华的人生经历坎坷丰富,她一手作画一手写作,笔端优雅沧桑,特别具有时代感。她的散文创作,一方面深通中西文化,再加上跨时空的生活历练,让她的文字饱含着历史的厚重感。其作品或成熟老辣,或温热明亮,堪称当代北美散文界的翘楚。

散文集《走出前世》收录了顾月华80多篇散文随笔,又分《上海寻梦》《纽约天地》《黄金岁月》《闲人闲事》《异域风情》5个专辑,分别写她坎坷经历中的传奇故事。她的一生随着地域变迁,每次都像重投人生一样彻底改换她的人生定位,书中阐述了她的一生在起伏安危中的奇特际遇,大洋两岸不同的风情人生及她眼中的精彩世界。顾月华的文字亲切又精炼,笔端尽现仁心之爱与温暖善良,读来感人至深。

在《上海寻梦》中,作者度过优渥富足的生活,刻画出大户人家一个女孩子的成长及在上海的贵族生活一瞥,还有她在面对异乡河南的贫瘠的土地,适逢社会巨变中遇到的故事。

《在纽约天地》中,她以不惑之年移民美国,在摩天大楼中重生,从当闯祸保姆面对东家开始,至在犹太人珠宝公司当上主管排解纠纷,见识及参与了外面世界的精彩,同时写到她与文学结缘和在美国新的感悟。

《黄金岁月》中有许多温馨的故事,在故土与他乡之间往返中享受退隐之乐,其中的亲人素描一一呈现,丈夫、至孝的儿子、兄弟、姐妹、朋友、同学、朋友及小狗,组成她身边有情趣的生活。

《闲人闲事》中记述了身边友人赵淑侠、木心、夏志清、黄美之、林琳等的故事。行文平实中人物呼之欲出。

《异域风情》自成一个艳丽角落,记述了作者在世界旅游中的见闻感悟,如在意大利巧遇恐怖的复活节之夜的游行,又或在北极之行见证了白夜,俩夫妇游伊斯坦布尔时竟会误了跟团出游,还有在温莎城堡及金字塔下的浮光掠影感悟心得,组成一幅幅异国风情画面。

关于《走出前世》的艺术特点,学者王红旗认为:"读顾月华的散文集新作《走出前世》,如同一部自我精神生命流变的史话。那种阅尽沧桑之后的纯真,经历苦难磨砺的豁达,赋予作品独特的理想主义韵味,形而上的积极乐观与超然。当她将中国经典真善美诗学,化为'第二故乡'母语写作的灵感时,她仿佛伫立于更广袤视界之上,以张开天眼的自信,以爱的意识胸襟,审视人类生命价值之真谛。作品在中国审美经验、语言艺术、精神意象与异国风土世情的交汇融合过程中,映照出其生命真实的嬗变与新生。"①

纪实散文集《上戏情缘》则是一位"上戏人"传奇经历的传记,也是一位于磨难中教导儿子忠孝仁义的母亲,可说是一部两代"上戏人"追艺求美的心路历程。作者回顾似水年华,行文幽默,妙笔生花,书中汇聚众多京沪文艺界名人逸事及家族中"上戏人"的故事,开启两代上海戏剧学院学子的记忆之门,非常珍贵。

关于顾月华的散文艺术,著名女作家赵淑侠认为:"顾月华的散文特点是题材贴近生活,但笔调充满想象,词藻典丽,有自己的文字运用方式,写出的温馨散文,高度厚度都够,而且不随流俗。"②散文大家刘荒田认为:"顾月华的散文,我读了近四分之一个世纪。上世纪八十年代初,我在《华侨日报》副刊常常读到她清新婉约的作品,十分喜欢,多次剪下保存,揣摩仿效。在新移民的困顿期,她作品所透出的温柔与坚韧,对我的影响无疑是正面的。然后,有十多年,她的名字不复见于报章。茫茫人海里消失了一位文学的奇女子,我猜想,她被异国沉重的生活吞没了。教我惊喜的是,到了近年,她又在副刊现身,被异国风雨摧打过的笔,更加凝练、内敛,层次更多,境界更高。"③

8. 陈瑞琳:跨文化的中国书写

在当代海外文坛,陈瑞琳身兼作家与评论家的双重身份,她多年来致力于北美华文学的发掘与研究,在需要甘泉的荒漠之中竭力去发现美丽的文字绿洲,因而成为海外新一代移民文学强有力的推手。

正当学界不断关注陈瑞琳海外新移民文学研究的丰硕成果时,她多年来的散文创作被认为更具有文本分析的美学价值,尤其是她用情感及独特思考浇铸而成的一种女性学者的散文风范。

陈瑞琳出国前任教于陕西师范大学中文系,教授中国现当代文学。1992年赴美,著有《走天涯——我在美国的日子》《"蜜月"巴黎——走在地球经纬线上》《家住墨西哥湾》《他乡望月》《去意大利》以及《横看成岭侧成峰——北美新移民文学散论》《海外星星数不清——陈瑞琳文学评论选》等多部散文集及评论专著,

---

① 顾月华:《走出前世》推荐语,厦门:鹭江出版社2017年版。
② 同上。
③ 同上。

编著有《一代飞鸿——北美中国大陆新移民作家短篇小说精选述评》及《当代海外作家精品选读》等。

在散文创作方面,陈瑞琳的域外散文三部曲《走天涯——我在美国的故事》《"蜜月"巴黎——走在地球经纬线上》和《家住墨西哥湾》,较为完整地勾勒出陈瑞琳海外生活思想收获的丰富景象。大至宇宙之巨,小至苍蝇之微,均包揽于其生花妙笔之中,或以小见大,显微知著;或曲径通幽,别有洞天;或直抒胸臆,倾吐岁月情怀。在其海内外的四处游走之中,屐痕处处,怀古忧思或现世慨叹中,无不留下了她跨文化视角下中国式书写的深深烙印。有学者认为,陈瑞琳散文创作的鲜明特点体现在如下三个方面:两重双栖身份的中国式书写;自由感性与冷静智性的女性交融;古拙文言镶嵌于欧式白话的浑然天成。①

出版于1998年的《走天涯——我在美国的日子》,写了众多美国华人的生存故事,也写了陈瑞琳在走出国门后最初在美国的奋斗立足和心灵挣扎的经历。陈瑞琳以情真意切的文笔,书写了包括她自己在内的美国华人新移民跨境域、跨文化生命移植的艰难旅程。

如果说《走天涯——我在美国的日子》表现的只是陈瑞琳居美期间所经历的摸爬滚打、风雨沧桑和见识的山川风物、异域人情,那么《"蜜月"巴黎——走在地球经纬线上》则可以说是更广阔地描绘了她在东西方两种不同的文化时空中来往穿梭时的各种精彩经历与感受,是她创作的一部域外散文精华集。

2009年,陈瑞琳出版了《家住墨西哥湾》,不仅文笔和写作技巧已日显老练,日臻成熟,情感也日渐丰富和深沉。在慢慢沉淀了自己面对新世界的探奇与浮华之后,她定心潜居,对新时代移民故事进行重新解读,在新的文化坐标上将东西方之间的对话加以展开。

作为一个资深的学者,陈瑞琳有意识将自己的散文作品表达得清澄浅澈,回归到朴素的叙述中而去表现跨文化者的奇丽故事,包括那故事中各异的人、事、自然风光、地理人文,隐藏在其中的是她对不同文化的感性认知,继而笔锋一转,旋升到一种智性的思考。例如她的《一缕茶烟》,表面上是想念茶的生活方式,其实是东西方不同文化之观照。再如《女人花》,话家常之中,慢慢将读者领入到她

---

① 默崎:《跨文化视角下的中国式书写——评陈瑞林散文集〈家住墨西哥湾〉》,《海南师范大学学报(社会科学版)》2011年第1期。

所铺设的主题:讲述女人在海外的各式漂泊。《吾爱吾狗》,写得极其自然质朴,口语运用生动活泼,感情饱满真诚,结构精工而不着痕迹。在文章的起伏跌宕中,表现出作家对生命的深层感喟与思考。

解读陈瑞琳散文创作的深层意蕴,必须把她的散文创作置于跨文化的大视角下,深入地探微其异彩缤纷,再结合其中国式书写,才能全面发掘出其散文文本所蕴含的丰富宝藏。在陈瑞琳的散文表述中,内容及地域虽然天马行空,或忘情于瑞士神秘绮丽的小镇,或在中华大地的徜徉中,身心敛静地沉浸于周庄江南水乡的幽静恬然当中,渴望着心灵的归隐,作者的所有此类由感性的过滤与提升后的智性参悟,都具有极为强烈醒目的中国式书写的特点。特别是在创作手法上以及一些智性思悟的表述上,明显地承继着中国古典散文的精神脉络,尤其是古典小品文的精神气韵。

关于陈瑞琳的散文语言,一方面她善于将中国传统的古拙文言字词巧妙地镶嵌于欧式的白话之中,这一书写方式,犹如珠玉镶于金银,更增添其华美色彩。此种句式的用法在其散文之中比比皆是:"玲子并不顾我脸上的青白,径直报着她的酒""玲子拉着我们奔向悬崖,风声顿然鹤唳"(《苏格兰高地一抹红》);"犹不喜浓妆,却偏要走近,遂找了一位熟谙当地的小说家陪同前往"(《人啊,你慢慢走》)。另一方面,陈瑞琳显然是深受现代散文名家的影响,在她的作品中,繁复的长句与排比句式非常之多,具有相当明显的欧化特点。比如:"1985年的夏天,穿着绿色的蜡染裙子徜徉在西北大学校园的我,微风正吹在踌躇满志的脸上"(《相见时难》);"南端的大西洋小岛寻到海明威的故乡,加州的淘金谷里看见了马克·吐温的小镇,新英格兰的秋天漫山是惠特曼歌唱的草叶,西北的荒原上看见杰克·伦敦笔下狼的战场……"(《他乡望月》)。她笔下的这种文白杂糅的情形,体现出作家对母语文化的眷爱与坚守,同时表现出其深层意识的中华文化情结。故而陈瑞琳笔下对域外山川景物的醉心描绘,心驰神往,但意识深处则是其作为异域文化的外来者而加以观照,从而在文化上具有强烈的"他者"色彩。

《他乡望月》是陈瑞琳的获奖作品,也是她的散文代表作之一。文章写她牵着儿子的小手走在自家屋后的草地上,沐浴在异域的月光下,遥想故乡、遥忆童年、怀念亲人、陶醉青春,感叹"生命的脚步离故乡的堤岸越来越远,灵魂里的距离却是越来越近?关山远去,家国如梦。在这他乡无数个月夜里,心儿浴着蓝色的光,激荡的潮水终于退回了母亲的海岸"。作者除了写童年青年时期的自己、情人、家人、友人之外,还提到了中国古代的"苏武牧羊"、当下西北人惯常吼唱的秦腔、鲁迅《社戏》里的南人小调、诗文中常描写的"桨声灯影里的秦淮河",以及自己在世界各地踏访文人墨客时曾经留下过足迹的地方,把过去和现在、回忆与现实、叙事和抒情在文中很巧妙地结合起来。很显然,陈瑞琳看重的是寄寓于文学之中的文化精神和文学中所体现的文化品格,她是本着一种文化情怀在散文领域中书写,在同一的历史语境中求索,创造出一种与文化的母体相联结的新的精神家园。

广西大学新闻传播学院江建文教授认为,"陈瑞琳对当代散文创作的突出贡献主要表现在两个方面:一个是她力求在散文的叙事抒怀中,融入了诗意般的'散文思考';另一个则是她在思辨性的作家评述中加入了情感交流的活泼与细节描绘的生动,从而具有了感性与理性相互交合的魅力。可谓是当今散文创作领域的创意收获"[①]。

三、结语与扩展

纵观北美近 40 年的海外新移民文学创作,女作家们抒写的先是告别乡愁、纵身跳入异质文化的勇敢,由"移植"后文化冲突的痛苦,演绎出"离散"的孤独与凌绝,再经过惊然回首"反思"的思辨,重新审视和清算自己与生俱来的文化母体,走向"回归"的现场,在新的层面上进行中西方文化的对话,从而形成了一条生动清晰的精神探索轨迹。

如何站在海外的新角度进行独特的中国书写,还需要提到的是一批北美新移民女作家的独特贡献,如王瑞芸的《姑父》,海云的《金陵公子》,秋尘的《一江春水》,聂崇彬的《年华若水》,吕红的《世纪家族》,杜杜的《中国湖》,之光的《红黑时代的青春》等,她们或回忆自己的亲人往事,或写大时代的人物命运,都是对中国近现代历史的深刻反思。

此外,关于正面书写异域生活的文化冲突方面,还特别要提到的是北美新移民女作家在纪实文学领域的重要贡献。例如洛杉矶作家陈燕妮的《告诉你一个

[①] 江建文:《散文的思考与思考的散文——读陈瑞琳〈家住墨西哥湾〉》,《世界华文文学论坛》2013年第 1 期。

真美国》《纽约意识》《遭遇美国》《再回纽约》《美国之后》等,她以新闻记者独到的眼光和女作家细腻的笔法,采访中国大陆赴美的精英分子,展示他们艰辛的奋斗历程与痛苦的人生选择,记录他们身处东西方文化碰撞的心灵体验,并对近20年来大陆继出国热之后兴起的"海归"热潮现象进行剖析。2004年,陈燕妮出版《洛杉矶已久》,她的思考由激情的出发转化为慎重的回顾,目标还是一个人在大历史中浓缩的生命轨迹。

在美东地区,另一位优秀的纪实文学女作家是陈屹。她不停地游走世界,挑战不同系列的采访专题,包括:美国顶尖大学10位校长系列、全世界驻华50位大使夫人系列、美国教育系列、美国西点军校校长"西点采访"系列、从北京到华盛顿10年追访林毅夫系列、美国名校学生采访、北大企业家采访等等。她出版了《诱惑与困惑——美国教育参考》《美国素质教育大参考》《背洋书包的中国孩子》《因缘际会——超越EMBA》《名校之路——30年教育心经揭示留学陷阱与误区》等作品,她的关于中美教育比较的系列作品,在海内外独树一帜,影响深远。

在美南地区,纪实文学也是成果累累。女作家赵美萍出版的《谁的奋斗不带伤》,连续再版5次,被读者誉为是一部超越苦难的励志经典。女作家盛林,连续出版了《嫁给美国狼》《嫁给美国》《洋婆婆在中国》《因为爱,飞往美利坚》《骑越阿尔卑斯山》《老妈的美国春天》《奇怪的美国人》等纪实文学作品,再现了自己美丽而神奇的跨国姻缘和文化碰撞,被读者称为快乐的"美国三毛"。

进入21世纪以来,海外华文女作家的创作,不仅深刻地影响了中国的文坛,同时也带动了整个世界华文文学的创作热潮,并成为中国与世界沟通交流的文化桥梁。今天的海外汉语女作家,已经摆脱了早期创作的那种"无根"之痛,也逐渐消解了游子思乡以及生存压力和文化冲突的窠臼,她们开始更多地把关注点放在超越地域、超越国家、超越种族的人性与人类关怀角度,努力在实现"同一个世界,同一个梦想"。

第六章
"探秘"与"发现":
北美新移民男作家创作的汉语成就

水草丰茂的北美汉语文坛,新移民作家群体中虽然女性居多,男作家有些姗姗来迟,但他们一出现就耀眼夺目,个个身手不凡,可谓卓然而立,近年来已形成方阵。男作家的创作,清晰地分为小说家和散文家两大阵营,也有人是小说和散文创作并重,但其侧重依旧鲜明。

与中外历史长河中的男作家相同,北美的男性作家也多喜欢写燕赵悲歌,尤其是善于走进大历史的隐秘角落,发现各种逼近真相的春秋传奇。他们的作品多气势宏大,即便直面现实,也要穿透历史。在他们的笔下,所描绘的人生已经不再局限于移居地的移民生活,而是一个纵横世界的融合,他们的视野往往覆盖着中国的近现代历史,也覆盖着移居地的文化和移民生活,他们作品中的艺术形象,体现出一种超越国族的世界格局下的文化反思。

一、走进历史的"探秘"者

1. "挑战历史"的哈金

哈金,本名金雪飞,1982年毕业于黑龙江大学英语系,1984年获山东大学英美文学硕士,1985年留学美国,1992年获文学博士,曾在乔治亚州艾默里大学担任驻校诗人并教诗歌创作,2002年开始在波士顿大学英语系教小说创作,2006年当选为美国国家科学与艺术研究院院士。他的作品连续获得美国全国图书奖、笔会/福克纳奖、笔会/海明威奖等多种奖项,作品被译为30多种文字,诗歌和短篇小说被收入多种重要的英语选本。

在北美文坛,哈金的创作多是先用英语,然后翻成汉语,所以他的影响力是横跨在中英两界。他的作品,写的多是中国,或者说都是中国人发生的故事。

关于哈金的文学追求,他有一句名言:"当代中国文学缺乏的不是技巧,而是挑战的精神!"关于哈金作品的评价,美国华裔老作家谭恩美这样说:"我为哈金的作品着迷,他总是呈现出历史环境中的道德难题,呈现出人性的磨损边缘,呈现出不屈不挠,也呈现出不抱希望的生存方式。他是我们最有天分和最重要的作家之一。"

哈金的第一部长篇小说《在池塘里》(*In the Pond*, 1998),主要描写了一个业余画家和书法家邵宾的艰难生活。第二部长篇小说《等待》(*Waiting*, 1999),1999年获得美国国家图书奖(National Book Award),讲述的是一位叫林孔的军医近20年间的感情故事。2002年出版的《疯狂》(*The Crazed*),写了一位教授面对历史的伤感记忆。2004年,哈金再推出巨作《战争垃圾》(台湾繁体字译本作《战废品》),这是一部用回忆录形式撰写的战争长篇小说,描述了鲜为人知的赴朝志愿军战俘的悲惨命运。2007年他出版《自由生活》(*A Free Life*),呈现出移民生涯的沧桑代价。2011年出版《南京安魂曲》(*Nanjing Requiem*),以南京大屠杀为背景,展现人性的温暖和无奈,被誉为"以文学之质、小说之文、安魂之意,诉诸正道人心"。

在哈金的小说里,写得最长的一部当数《自由的生活》,这是哈金首次运用了自己在美国的生活体验写成。他开始把视线由中国转到了美国,他要写的是美国新移民的生活境况,写自己身边的人和事,他显然是借别人的经历,来完成自己的精神自传。在这部移民小说中,哈金以他特有的客观和冷静,将"自由生活"背后的痛苦代价淋漓尽致地和盘托出。其中有一句特别深刻的话:"自由的生活,是有高昂代价的。在追寻自由生活的过程中,失去的恰恰就是自由。"

作为一个移民作家,哈金一直都想写有关新移民生活的小说,于是有了《落地》这部纽约新中国城的故事。《落地》在2012年由江苏文艺出版社出版后受到海外读者的喜爱,因为这些华人移民的故事也是他们自己的或是他们父辈和祖辈的故事,也是世界上无数孤独坚忍、寻找家园之人的故事。评论界认为:"小说中所呈现的海外华人的生活充满了艰难与辛酸,真实可感又具戏剧性,写出了新移民对新世界的探索与追寻,对故乡无奈的眷恋与牵挂,以及对自身身份的迷茫与确认。"

哈金的语言是充满力量的,有的作家语言里充满意象(如莫言),有的作家语言里充满紧张(如严歌苓),有的作家语言里充满诗意的柔情(如张翎),但是哈金的语言不同,他喜欢大俗里带有大雅,比如他的短篇《皇帝》里,所有小孩都是用绰号:皇帝、光屁股、孙子、镰刀柄、大虾、斜眼、白猫、大帽等。他叙述故事的语调,是那种男性的沉着、镇静、简洁、清晰,穿透力强,有股子金属般平稳的硬度。

哈金是目前唯一一个两次获得"国际笔会/福克纳"文学奖的华人,也是"美国国家图书奖"历史上唯一一个华裔获奖者,近年来他几乎拿遍了美国大大小小的文学奖项,被媒体誉为是"美国历史上公认最杰出的华裔作家",但哈金的中文翻译作品多是在中国台湾地区出版。

2."历史的刺探者"陈河

陈河,一匹重新闯入汉语文坛的"黑马",速度之快,出手之重,投掷出的作品总是"一声炸响"。在历史的幽深隧道里,在东西方的跨界时空下,他给读者看那些千奇百怪的故事,看他如精灵般穿越历史和国界的绝妙身手。

陈河曾担任温州市作家协会副主席,1994年出国,在阿尔巴尼亚居住5年,1999年移民加拿大,停笔十多年后重拾写作。主要作品有长篇小说《致命的远行》《沙捞越战事》《红白黑》《布偶》《在暗夜中欢笑》《甲骨时光》等,中短篇小说《女孩和三文鱼》《西尼罗症》《夜巡》《黑白电影里的城市》《去斯可比的路》《我是一只小小鸟》《信用河》,纪实文学《被绑架者说》《米罗山营地》等。

长篇小说《沙捞越战事》,揭秘二战马来亚丛林深处的传奇尘封历史。二战时期的沙捞越是日本军队的占领区域,那里活动着英军136部队、华人红色抗日游击队和土著猎头依班人部落等复杂力量。生于加拿大,长于日本街的华裔加拿大人周天化,本想参加对德作战却因偶然因素被编入英军,参加了东南亚的对日作战。一降落便被日军意外俘虏,顺利当上了双面间谍。从加拿大的雪山到沙捞越的丛林,从原始部落的宗教仪式到少女猜兰的欲念与风情,从传奇英雄神鹰到四处偷袭日军的猎头族……在错综复杂的丛林战争中,周天化演绎了自己传奇的一生。

小说取材于真实的历史事件和故事,既有翔实的资料又有扎实的笔触。作者采用了虚实结合的写作方法,以一种"在别处"的独特视角,描述了令人耳目一新的东南亚战场,幻化出一个具有震撼力的战争寓言,带领读者去体验那一段不为国人所熟悉的域外华人抗战史。

《米罗山营地》,是陈河继《沙捞越战事》之后再写马来亚战场的华人抗战史。作者历时两年,实地寻访"136秘密部队"珍贵档案,首次披露二战马来亚战场华人抗日的真实历史记录,讲述了鲜为国人所知的卡迪卡素夫人冒死救助华人游击队员的故事。一位女性在悲怜阙如时代的悲怜救赎,这是未加粉饰的历史。

《甲骨时光》的故事发生在20世纪20年代。陈河虚构的人物——甲骨文专家杨鸣条,受历史上的真实人物傅斯年所托,来到安阳调查殷墟。抵达安阳后,他发现这里布满了历史雾障。此后十几年,杨鸣条在安阳遭遇一系列神奇事件,最终找到了商朝的甲骨典籍宝库。围绕殷墟甲骨,陈河用文字引导读者跋涉在中国古老文明的神秘地带,再现了爱国人士在民族危难时刻的文化觉醒和担当。

《红白黑》,追踪的是异邦偷渡客暴利的秘密,一部惊心动魄的时代血泪史诗,一段草根华人的传奇蛇头经历,一部悲欢离合的深沉生命恋曲。该书首次展现了鲜为人知的高干子弟海外生活以及江浙一带草根华人传奇的异邦蛇头经历。用质朴简练的语言和扎实的故事铺陈,结合中国20世纪60年代的时代背景,将上一代的命运与遭际和当代海外移民相结合,展现了一批远行的华人红白黑三道渲染难辨、曲折离奇、充满偶然性和戏剧化的命运。

小说《布偶》更是奇妙,那是一群生长在中国大地上非常特殊的人。李敬泽曾说:"《布偶》在很多方面超出了我们的知识、经验和想象。"读者惊异于那个勇敢地品尝爱情禁果的莫丘,怜惜那个为了爱情送命的柯依丽,目瞪口呆地看着那个德裔后生裴达峰竟然假扮医生去追求生命本相的"壮举",更感叹十多年后裴达峰与阿芸的那次历史性的相见。一个中国南方的小城,几乎成为世界的缩影,甚至是人类的缩影。

读陈河的小说,俨如尖硬的铁犁,毫无钝感地划过深深的海洋,那丰沃的海底似乎已经等待了好久,只等他的犁轻轻划过,然后翻起一道深深的沟壑。陈河似乎就喜欢那海底沉积的故事,触感滑腻,却又深不见底。他的文字也很像其人,朴素却诗意,质感浓烈而厚重。

陈河的精神优势在于他对"历史"、对"人性"的重新解读,从东方走到西方,海外生命的移植与沉淀激活了陈河潜藏在灵魂深处的激情和欲望,陈河看待历史和生活的视角已经发生了重大的改变。他喜欢探险,正是这种"冒险"的勇气让他笔下虚构的人物在真实的历史里完成了故事。

3. "历史的还原者"沈宁

在北美的汉语文坛,纪实文学一直在新移民创作中占有相当重要的地位。这一方面是现实人生的色彩斑斓刺激了作者的抒写冲动,另一方面也是海内外读者对异域生活渴望认知的欲求。在这个创作领域中,创作有成的当数沈宁。

沈宁 20 世纪 80 年代来美国留学,饱尝寒窗之苦,又备受孤独之煎熬。拿到学位后,奔波在东西海岸闯荡,深入美国社会各个领域,体味比一般留学人更为广阔的社会人生。出版的作品有《美国十五年》(原名为《走向蓝天》)、《战争地带——目击美国中小学》、《商业眼》、《点击美国中小学教育》、《美军教官笔记》、《百世门风》、《一个家族记忆中的政要名流》等。他的纪实作品,无论是状写美国现实,还是回忆前尘往事,风格精炼朴实,内容字字珠玑,气韵风云涌动,叙述生动感人。

除了纪实文学外,沈宁也是当代海外传记文学的重要代表作家之一。其笔下风雨苍黄的家族历史故事,近年来风靡在海峡两岸。沈宁,不仅仅是为历史烟尘中的亲人作传,更是为沧桑中国的百年长河作证。

由台湾联经出版社 2000 年出版的上下卷《唢呐烟尘》,是沈宁传记文学的重大收获,表现的是中国 20 世纪的政治风云演绎在一个家族的悲怆故事。小说以国民党著名人物陶希圣的活动线索为背景,以其女陶琴薰的坎坷一生为主线,展开了波澜壮阔的历史图画。陶希圣自 20 世纪 30 年代起在上海、北京领导社会史大论战,抗战和内战时期主持国民党政宣,卷入政治风云。1949 年跟随国民政府赴台,其女陶琴薰、女婿沈苏儒一家却坚持留在大陆,由此,遭受到中国当代史上一次次政治风暴的重创,并累及儿女。这部书是沈宁多年郁积在心底深处的历史悲情的总爆发:苦难的外祖母挣扎在大家族的血泪故事;在上海留作人质的母亲被杜月笙的 50 个枪手救出;黄浦江外,蒋介石勒令停舰,陶希圣再次接女儿赴台被拒；"文革"的风暴将母亲的生命摧残……这，就是 20 世纪的政治风云演绎在一个家族的悲怆故事。此书先在台湾《联合报》与北美《世界日报》连载，后登上联经畅销书榜、北美世界书局畅销书榜、世界华文畅销书榜，还曾录制成广播剧。沈宁的努力是将"口述的历史"演绎为传记文学的艺术升华，即将真实的可读性与文学的艺术性尽可能地达到完美的结合。

继《刀口上的家族》之后，沈宁再创作《百世门风》，是在更广阔、更纵深的历史背景上填补了中国文坛关于民国历史的重要空白。书中所描绘的沈氏家族的百世兴衰，那一股书香传世的凛然气节，一个个生动的真实人物从历史的烟尘中信步向我们走来，真是有"铁马冰河入梦来"的振奋之感。沈宁所勾画的其实已超越一个家族演绎的轨迹，而是一个古老而根深叶茂的民族蕴含在精神深处的正气血脉。尤其是书中所揭示的中国近现代社会风云的种种历史风貌，更是为薄弱的现代史话提供了极其宝贵的资料，也成为揭开历史铁幕的重要见证。

《百世门风》严格说来不是写"史"，而是写"人"。因为是"百世"，所以作者特别从远古的沈国之兴亡写起，力求将一个个沈氏家族的远祖面影蒙太奇般切换到我们的眼前。虽说源远流长的史实画面还无法做到细节的精确，但沈族的读书人向秦始皇说不，以及拒受汉光武帝封侯等场景，令人印象深刻，生动地勾勒出那个时代文化人的浩然气节。《百世门风》最精彩的是近现代的部分，从晚清最后一个大儒，光绪年学台大人，到大韩总统的救命恩人、妇女革命先驱；从大清帝国的县太爷，到辛亥革命的省长；再从"五四"到"北伐"，从民主战士到一代宗师，从新中国的天文学泰斗到海外创业的悬壶济世，真是写尽百年沧海横流之中沈家后代的儒生本色，也成为探究近现代思想潮流的重要佐证。

从《唢呐烟尘》到《百世门风》，对于沈宁来说有着特别的意义，那就是他的目光从家国而走向纵横的历史，在历史的追寻中，沉宁把握着书香传世的儒家之根，也领悟到一个民族的脊梁和灵魂，这，正是华夏文明至今屹立在世界民族之林的底气所在。

2008 年，中国青年出版社推出沈宁的新著《一个家族记忆中的政要名流》，此书既是陶希圣的别传，也可说是对《百世门风》的横向补充。沈宁将他收集到的父母两系世交及友人的资料再度创作，包括谭鑫培、蔡元培、蒋介石、胡适之、于右任、陈立夫、蒋纬国、杜月笙、胡风、蒋百里、马寅初、陈望道、王云五、丰子恺、溥仪、赵敏恒等等，为现代及当代历史的真相留下宝贵的细节和记忆，从而使我们对中国现代历史进程的演绎发展提出新的认识和思考。

4. "后'文革'时代的追述者"苏炜

苏炜，"文革"中曾下乡海南岛10年。1974年开始发表文学作品。中山大学中文系毕业后赴美留学，任教耶鲁大学东亚语言文学系。曾出版长篇小说《渡口，又一个早晨》(1982)、《迷谷》(1999)、《米调》、短篇小说集《远行人》(1987)、学术随笔集《西洋镜语》(1988)、散文集《独自面对》(2003)、《走进耶鲁》(2006)等。

短篇小说集《远行人》被认为是当代北美最早的"大陆留学生文学"（与"台湾留学生文学"相区别）。苏炜说自己的《远行人》属于"大陆留学生文学"中"伤痕文学"，那里面的人物都背负着一个沉重的"过去"，大都有一种在两种文化撞击中不知所措的心态，其中甚至是一些畸形的典型。所谓"边缘人""异乡人"的主题，在《远行人》里表现得比较充分。其中《贝雷帽》《老夫当年勇》以及《伯华利山庄之夜》和《墓园》等，都记录了"文革"后最早一批移居海外的中国人特有的生活和精神状态，成功地塑造了一批迷茫又奋进中的海外留学生形象。《背影》描绘了一个在文化枷锁下苦苦挣扎的留学生，将一种刚刚逃离又陷入新的文化冲突的复杂心理表现得细致生动。

苏炜的"后'文革'三部曲"《迷谷》《米调》《磨坊的故事》，在海内外都引起强烈反响。这三部小说都有独特视角，《迷谷》是截取时光之流中一滴水珠，把它作透视式的放大、观察；《米调》则是在截取各个时光之流的片断，想在每一段历史碎片里，观察时光和世态的维度；《磨坊的故事》则是从特异的"革命与美学""审美与政治"切入，剖析那个特殊年代的一些内在逻辑。

在艺术手法上，苏炜的小说一直有一种"中国特色"的浪漫与激情，在作者幻想的空间里，见识种种充满浪漫色彩的奇人异事，既是针对现实的颠覆性，又充满了自然诗性的魅力。例如《米调》的叙事的主线，是米调和廖冰虹的爱情故事，两个人长达30年的互相寻找。两个人不但坚持相互寻找，而且还都愿意以相当夸张的方式，不断在回忆中重温他们30年前的爱情，虽然当年的那些理想不仅是过时的，还是荒诞的。虽然已经没有理想可以坚持，至少他们还可以证明有"坚持"的品质和能力，他们可以为坚持而坚持。苏炜自己说："我在《米调》想写的不是爱情,而是理想。写理想的幻灭、荒诞与寻找、坚持。"

在《迷谷》中,苏炜关注的是"文革"这个大背景下的一些亚文化形态,通过发生在远离尘世文明的深山、戈壁之中的几乎是超越现实的奇幻故事,来探究人的可能性,探究在远离现代文明的地方,道德、伦理的价值坐标是如何呈现的。表现了不一样的"文革"、不一样的知青,《迷谷》被称为"文革"小说中的《边城》。[①]

2016年,苏炜在美国出版了"知青三部曲"的最后一部《磨坊的故事》,可谓是"后知青小说"的一部力作。小说选取了海南岛上一个普普通通的山乡小角落,运用了大量诙谐幽默的语汇去描写那个年代发生的许多现在看来荒诞不经甚至匪夷所思的事情,给读者讲述了一个又一个真实可信但又催人泪下的故事。把那个时代的人性各面,善与恶的较量,都写得非常深刻,扎实。

在《磨坊的故事》里,作家精心构筑了一个"革命的桃花源",然后亲手粉碎了它。人性还是要执着地追寻爱、追寻美。爱与美,任何谎言都阻挡不住。女主角阮兰为了舞蹈,为了爱情,跳入水库,被无情的水淹没了她洁白无瑕、充满活力的肢体。那是对一个时代的控诉。此书最后的封底上,作者引用了诗人北岛的话说:"中国不缺苦难,缺的是关于苦难的艺术","磨坊"就是这样一部描写苦难的书。

除了小说创作,苏炜的散文表达的也是现代人难得的真性情,毫不掩饰地流露真情实感,把对历史、生命、爱情、家庭的种种感悟付诸随性的文字。借助散文,苏炜表现了那些曾经困顿、迷茫,而又为理想、为真理不懈追求的众生,他回溯历史与现实,宽容又冷静。他写朋友,写万物,都真情感人。

5. "寻找内心"的薛忆沩

1987年8月,一位之前从没有发表过作品的作者名字出现在《作家》杂志的头条位置,作者是薛忆沩。截至2017年,薛忆沩已出版长篇小说《遗弃》《空巢》,小说集《流动的房间》《不肯离去的海豚》《出租车司机》《首战告捷》《十二月三十一日》,随笔集《文学的祖国》《一个年代的副本》《与马可·波罗同行——读〈看不见的城市〉》和《献给孤独的挽歌——从不同的方向看"诺贝尔文学奖"》以及访谈

[①] 江少川:《海山苍苍——海外华裔作家访谈录》,北京:九州出版社2014年版,第120页。

集《薛忆沩对话薛忆沩》等。

在薛忆沩的小说中,个人与历史之间的冲突与撕扯是其小说一以贯之的主题,"普通的个体"是他不变的叙事视点和基本动力。正因为此,薛忆沩的小说始终具有鲜明的现代主义色彩,他喜欢抓取人物生活的片段,通过回忆和内心活动来扩展小说的叙事空间。在这个意义上,薛忆沩的小说又是个体寻找内心风景的见证。

薛忆沩创作了诸多看上去类似战争文学的小说,早期的《老兵》《革命者》等,用极短的篇幅对战争和革命进行了反思;后来的《一段被虚构掩盖的家史》《广州暴乱》《通往天堂的最后那一段路程》等,也在不断拓宽其"战争"小说的影响。然而,薛忆沩的写作总是刻意淡化历史。在他笔下,即使那些有着确切名称的战争小说,也极为抽象地蜕化为呈现某种人生处境的"寓言文学"。例如《历史中的一个转折点》里的北伐战争、《两个人的"车站"》里的抗日战争以及《首战告捷》里的解放战争,都并非聚焦于战争的昂扬或残酷,而是借此表达自己的哲学理念。他试图通过"寓言化"的历史转喻,重新审视革命、历史和暴力与个体生命的关联。

引人瞩目的是,2013年薛忆沩出版了"深圳人"系列的小说《出租车司机》,他笔下的深圳犹如乔伊斯笔下的都柏林,那些平淡无奇的市民生活,那些衰败颓朽、急速碎片化的都市经验,那些局促不安、随时可能崩塌的信念和希望,都散佚在随处开始却看不到结局的繁复叙事之中。《母亲》里的"母亲"为了一个性幻想而决定不送父亲去边境上班;《父亲》里的"父亲"则在婚礼后的第5天,悲剧性遭逢了婚姻带给他的巨大羞耻;《女秘书》中的"女秘书"只是将与老板在一起的私生活简单地视为她工作的一部分;《同居者》里,他与她因"迷惘是生命的本质"而同居,又因永远无法对彼此敞开内心的"黑洞"而最终离婚,以此诠释着在"年轻的城市"里漂泊无依的边缘体验。在《出租车司机》中,写的是出租车司机上完最后一天班,坐在意大利薄饼店里回想因车祸去世的妻女的场景。面对突然的噩耗,他因过度悲伤而无法继续工作,只得提前辞职。他决定回到家乡去,寻找"需要的宁静"。与此同时,他变成了一个细心的人,在最后岁月里漫无目的地观察着周遭的一切,想象每个人可能的悲苦过往。小说以节制的语言表现巨大的伤痛,并借此隐喻"看不见"的城市的普遍命运,从而呈现出这种诗性启示的现实意义。

薛忆沩的长篇《遗弃》虽然完成于1988年夏天,但直到2012年,《遗弃》"升级版"才顺利出版。小说以日记体的方式展开,借一位业余哲学家的所思所想呈现了一个孤独存在主义者的自我选择,也展现了"一个深受西方思想影响的年轻人在剧烈变革前夕的中国留下的个人生活与思想的记录"。这里没有从容流畅的故事,没有轰轰烈烈的情思,只是执着地穿越日常生活的纷繁表象,苦寻生活之意义。小说显示出主人公与周遭世界的龃龉、摩擦与格格不入,那些漠然和无趣、困惑与迷茫,彰显的是个体刻骨的孤独以及不可遏制地向虚无的滑落。

长篇新作《空巢》无疑是薛忆沩的重要代表作。小说的独特之处在于,它从极为表象化的现实事件入手,切入到时代及其个人的精神肌理之中,触及的恰恰是当代中国人日常生活中潜藏的"不安定因素"。小说讲述"空巢老人"这个流行的话题,从电信诈骗这个司空见惯的新闻故事入手,引出人物背后发人深思的东西。作者从常见表象和现实片段出发,表达现实背后人们难以察觉的内心世界。小说在一天的叙事时间内,不断穿插主人公的记忆和个人独白,打开无穷的叙事维度。仔细读来可以发现,小说其实写的不是具体的事件,而是活生生的人:一个群体的症候、一代人的内心状态以及一种刻骨的孤独与隔膜。在此,现实的表象只是一种呈现人物丰富内心世界的契机,小说巧妙地将一种无法排遣、无处寄托的孤独体验落实到一个极为流行的社会议题上,从容自然地传达出寻常事件不同寻常的悲剧意义。

从2010年到2015年,默默隐居在加拿大蒙特利尔的薛忆沩,竟然用了5年的时间"重写"了自己早年创作的全部作品。在重写的同时,新作也源源不断,他所寻找的那种"内心"正在全面爆发。

6. "触电"的"海鸥"薛海翔

薛海翔,生于上海,1977年进入大学,1987年赴美国留学,1979年即开始发表文学作品,1995年出版长篇小说《早安,美利坚》,是较早描写中国改革开放之后新一代美国留学生艰苦拼搏的人生故事的作家之一。之后薛海翔开始涉足电视剧行业,1996年著名导演黄蜀芹筹拍一部留学生题材电视剧,薛海翔应邀回国完成了一部反映中国留美学生回国创业故事的23集电视连续剧剧本。从那以后,他进行了一系列的电视剧剧本的创作,他的身份也由作家变成了编剧。

初到美国时,薛海翔做过清洁工,送过外卖,当过管家,当过反刑事犯罪局的调查员。到美国的第4个年头(1990年),薛海翔在丹佛创办了一家华文报纸《美中时报》,出任总编辑。之后,薛海翔又在丹佛创办了一家"美国企业股份有限公司",经营国际商务咨询服务,从此开始了太平洋两岸往返穿梭的"海鸥"生涯。

薛海翔自1979年发表处女作短篇小说《不为自己》,直到1995年出版长篇小说《早安,美利坚》,累计发表了数百万字的作品;其中篇小说《一个女大学生的日记》获得首届"钟山文学奖"。

1996年,薛海翔踏入影视圈后,先是拍摄了电视连续剧处女作《情感签证》,之后的十多年,以平均两年一部电视连续剧写作并投拍的速度,拍摄播出的电视连续剧累计有8部,参与写作和策划并播出的电视剧有多部。早期作品多集中在反映海外新移民的生活,如《情感签证》(美国)、《恋恋不舍》(日本)、《在悉尼等我》(澳大利亚)、《情陷巴塞罗那》(西班牙)等。其中,《情陷巴塞罗那》为首部中国与外国合拍并在两国电视台播出的电视剧。为了电视剧的采访写作以及拍摄,他的足迹遍及美欧亚澳四大洲。

随着电视剧剧本写作的持续,薛海翔涉猎的题材也由海外新移民转向更为宽泛的领域,如直击金融风暴和反腐的《红玫瑰黑玫瑰》,描写股市股民的《就赌这一次》,关注艾滋病的《生死同行》,历史题材的《栀子花白兰花》,以及古装剧、谍战剧和科幻剧等等。他与时代热点和观剧热点保持着近距离的接触,其间完成的电视剧剧本达四五百万字。

在写作电视剧剧本期间,薛海翔再出版了长篇小说《情感签证》(1998)和《栀子花白兰花》(2003),这两部小说是由电视剧剧本改写而成。2019年,薛海翔在《收获》发表长篇纪实文学《长河逐日》,在非虚构创作领域取得重要收获。

《长河逐日》是以儿子多年以后寻找父辈和母辈的生命轨迹为线索,以空间为章节基本结构,在空间的转换和寻找中探访父母辈曾经的战火人生,儿子既是回望者,又是寻访者,同样也是具有开阔视野和深沉的历史情怀的反思者。在全书中,"我"像是在平行世界的旁观者、审视者、回望者,但直到结尾,"我"才真正出生,"我"的诞生,是父母辈故事的结束,也是"我"这个时代的开始,结尾在召唤着下一个开始,生生不息,时代回音。"整部非虚构小说已经超越了简单的家族小说,而是以个人的视角反思时代,父母辈的战火人生也是国际共产主义大潮的一部分,个体如何介入历史,时代如何改变人的命运。而正是因为这是从个人史的角度叙述的,个体切肤的痛感,血脉中的生息相通,使得这段历史更加有血有肉,成为国家革命史的家族重构。"[①]

《长河逐日》中的父亲,一生谜团重重。最早是身世之谜,接下来是遣返归国之谜,然后潜伏与出逃之谜。作者就像是一个穿越历史迷雾的解谜者,通过对祖辈血脉的追寻,致力于个体心灵成长的书写和对历史家国的探寻,在非虚构小说中随着地域的迁移而架构起蒙太奇式的时间和空间转换。

家族史和家国史是一个宏大的话题,这一话题又与个人的生命体验紧密缠绕。"薛海翔的《长河逐日》,正是通过个体经验的回溯,通过对家族传奇的重建和想象,重新返回历史现场……通过文字而重生了一个民族的心灵史。"[②]

7. "时空的回望者"叶周

叶周,作为一位资深电视制作人,已经在中国内地、港澳地区和美国发表了数百万字的影视评论、小说和散文。著有长篇小说《美国爱情》《丁香公寓》,散文集《文脉传承的践行者》《地老天荒》《巴黎盛宴:城市历史中的爱情》等。

叶周的引人注目首先是他的散文,《巴黎盛宴:城市历史中的爱情》一书,是他近十年来跨越中美欧亚的文学脚步,记录了作者在中西文化氛围的跳跃中对各种文化事件和文化名人故事的所思所感。例如海明威等美国作家 20 世纪 20 年代的欧洲漂流,中国文坛前辈茅盾、萧红旧时代的艰难生存;美国老一代移民坎坷的生活和年轻一代文化认同的纠结;迈克尔·杰克逊、惠特尼·休斯顿等巨星的个人悲剧、与美国名校华裔校长和哈佛法学院长的近距离交谈,还有华人之光李安、李昌钰的传奇故事等等,书中都有深入和独特的描述和记录。在叶周看来,人生就是一本大书,行走在跨越世界、跨越文化的旅途中,纪录别人的故事,书写自己的生活,留下每一个个体生命的故事,不论是悲剧,还是喜剧,都会带来人生的启迪。

叶周的早期代表作品是他的长篇小说《丁香公寓》。小说描写的是上海的一

---

① 张娟:《个体·家国·历史——〈长河逐日〉非虚构写作》,《收获》微信公众号专稿,2019 年 7 月 9 日。
② 同上。

座历史名楼丁香公寓里发生的故事,住在公寓中的作家、电影明星、民族资本家等在"文革"运动开始后首当其冲,成了被"革命"的对象。社会生活翻天覆地的变化在每个人的家庭中造成了剧变,昔日受人尊敬的父辈们转眼成了人民的敌人,有的邻居则摇身一变成了斗争别人的"革命派"。

《丁香公寓》中的一批少年,刚刚在璀璨的烟花中度过了1965年的国庆节,就经历了他们不曾预期的生活变迁。人间太多的生离死别,给他们纯真的心灵里烙下了痛苦的记忆,他们无可选择地受着家庭生活的牵连。主人公郭子眼看着父亲突然辞世,又在东北农村与野熊的搏斗中幸存下来;唐小璇经历了妈妈几度精神病发作的磨难,后来跟着原本不喜欢的林献彪去了部队文工团;周大建为父亲鸣不平被吊打成疾,从此只能弯着腰走路。还有后来的李毛毛,一个郁郁寡欢在宿命的阴影里无法自拔的小女孩……丁香公寓里发生的故事,是中国一个特定社会阶层戏剧命运的缩影。

小说中的丁香公寓,就是现实中的枕流公寓。这幢楼曾经做过法属跨国公司高级员工的公寓,一直到1949年收归国有,于是这幢楼里住进了许多高级干部、高级知识分子和爱国资本家。但是,生活在这里的人并没有真的过上这种世外桃源的生活。"文革"期间,他们提心吊胆地生活着,不知灾难何时降临或再次降临在自己的头上。在小说的《后记》中,作者写道:"在这幢公寓里,曾经住过著名演员周璇、乔奇、孙景璐、傅全香,著名导演朱端均,报人徐铸成,画家沈柔坚,工商界人士胡厥文,科学家李国豪等等。在我的记忆中,我们随父亲叶以群搬进来以前,那室公寓原先住着著名作家周而复,他曾经在那里创作了长篇小说《上海的早晨》。后来他到北京去文化部工作,腾出了房子,父亲才搬进去。作为文学评论家的父亲曾经在家中接待过许多文学界的同事和朋友,如巴金、荒煤、于伶、孔罗荪、柯灵、艾明之和其他文学前辈,也曾在客厅会见过来访的外国作家。"1966年8月2日清晨,叶以群站在大楼的高处,看到有车随造反派停在枕流公寓前准备抓他,就从六楼一跃而下……他就是小说中郭子的父亲原型。

在《丁香公寓》的结尾,有这样的话:"我意识到自己真正地成长了,这幢寄托了我悲欢离合、喜怒哀乐的古老的建筑,在我的生活中逐渐远去。"当离开的那一刻,其实也隐喻着未来的寻找和回归,但需要跨越一段时空。只有经过了人生的流放和治愈,作者才能重返的空间的记忆和历史的追怀,才能把握那些人性的复杂、岁月的沧桑、时代的巨变所赋予文学的深刻内涵。

在长篇小说《美国爱情》中，主人公陶歌，原是上海一所高校的美术老师，在"出国潮席卷上海"、妻子李波的"动员"以及无法解决"房子问题"的逼迫下，他"终于同意出国"，自费去美国留学。在留学期间，为了谋生，他曾在街头给游客画肖像为生。在生活稍稍安定之后，他将妻子李波从上海接到了美国，可是在一个完全陌生的异文化时空下，陶歌和李波在观念上发生了严重的分歧：陶歌努力学习英语，力图在学业上更上层楼，以实现自己的艺术追求；而李波则将"美国梦"理解成"大把大把地挣钱"。不同的人生观导致了陶歌和李波的婚姻危机，在不可调和的观念冲突下，李波不辞而别。如果说从中国"出走"美国是一代中国人希冀摆脱贫困、寻找梦想的话，那么到了美国后从婚姻关系中"出走"，则说明在美国这个异文化空间里，梦想期待的不同和文化心理的差异，对这些"出走"到美国的中国人而言，又造成多么巨大的震荡和考验。

2015年之后的叶周，连续创作了一系列国际题材的中短篇小说，他不再通过对新时期中国人从"文革"中走出、又从中国走向美国的人生轨迹的描画，来展示中国人在走向世界的过程中所带有的时空印记和文化心理，而是将视野扩展到世界范围的人道主义主题，打造了一幅属于他自己的"文学地图"。

二、面对现实冲突的文化反思

1."伤魂"卢新华

2004年的秋天，在海外沉默了十几年的卢新华在"沉默中爆发"，犹如一声惊蛰，他为文坛捧上了自己的泣血新作——长篇小说《紫禁女》。

卢新华，当代中国"伤痕文学"的代表人物。1978年，当冤屈悲愤的眼泪正如堤坝内蓄存的洪水，只等闸门打开之时，一位复旦大学中文系刚刚入校的学生，触摸着时代的脉搏，写下一篇叫《伤痕》的小说，先是在校园中流传，很快在上海的《文汇报》发表，恍若一石激起了千层浪，整个文坛即时就如决堤的洪水，立刻掀起了"伤痕文学"的狂澜。

从《伤痕》到《紫禁女》，卢新华依然是不改初衷，他从揭示"文革"风暴所造成的人性"伤痕"到今天对于历史文化伤痕的纵深描写,表现出一个忧患苍生的作家恒久执着的人文情怀。

长篇小说《紫禁女》无疑是一部奇书,"奇"就奇在它有很多精神隐喻的层面。有人看到它突破禁忌的"通俗",有人看到它哲学影射的"艰涩",显然,这不是一部容易立马看明白的小说。在我看来,它真正了不起的意义是在于作者面对当今中国的时代巨变,率先思考民族道德的文化走向,在改革开放的乱世洪流中,清理着泥沙俱下的思想河道。无论如何,在当今的华语文坛,像《紫禁女》这样能够站在东西方的交叉视点上,纵横在文化反思的批判,真是让人相当震撼。《紫禁女》的问世,应该说是将中国当代的反思文学又向前推进了一个高度。可以设想,如果卢新华没有走到西方,没有面对西方世界如此切身的体悟,他可能写出"大浴女""长恨女",但绝不会是《紫禁女》。他的跨文化的眼光,正是来自"漂流"无依的怅惘悲情。

读《紫禁女》,迎面而来的是作者满腔的悲凉和激愤,几乎每一个细节都具有影射的强烈意蕴。作品开篇就是要在"一寻之躯"内探索万事万物的万千变化,要借一个幽闭的东方女子对自己身体的拯救,将民族之母的源流弄个水落石出。《紫禁女》俨然是一部寓言式的小说,融政治寓言、哲学寓言、文化寓言于一体。从书中,我们仿佛看到中华民族真正的百年孤独。女主人公石玉,她的身体缺陷竟是天然的、未知的,也是致命的。这种"原罪"意义的古代刑罚,打烙着为整个民族"受罚"的意蕴象征。然而石玉并没有消极沉沦和颓然放弃,她希望能打开自己,能够享受作为"正常人"的欢乐。在这里,让我们联想到的正是中国在世纪之交如何努力地敞开自己,如何在争取生命力的彻底解放。但与此同时,我们也看到其中的血腥和悲怆。

《紫禁女》的问世在中国文坛立即引起强烈的反响,不仅媒体给予了极大的关注,而且社会反响强烈。人们一方面惊叹作者对于历史文化的惊人发现和思考,一方面也痛指其作品思想含量与艺术叙述的不平衡,并惜叹故事所承担的主题过于庞大。读者们在为幽闭的紫禁女唏嘘不已的同时,各地的学者们则为主人公形象的虚拟特质而驳议纷纭。显然,《紫禁女》的创作不仅在思想结论上冒着极大的风险,在艺术上对于多年远离华语文坛创作主流的卢新华来说也是一次空前的挑战。

2. "直面现实的迷茫者"曹桂林

曹桂林的名字出现在 1993 年,一部《北京人在纽约》的热播电视剧让他蜚声文坛。但他原本并非"文学中人",他的写作似乎是命运使然。

曹桂林,1982 年协同妻子赴美,同年底在纽约创建自己的公司,设计和生产美国高档针织时装。长篇小说《北京人在纽约》是他的处女作,之后他还创作了长篇小说《绿卡》《偷渡客》,并自编、自导、自拍了 21 集电视纪录片《黑眼睛蓝眼睛》。他后来的长篇小说《纽约人在北京》是《北京人在纽约》的续集。

关于《北京人在纽约》的创作动因,曹桂林在他的出版序言中有过深情的回顾。那年是美国经济的低谷期,他回到了北京。在飞机上,他独自一人,坐在靠窗口的位子上,忍不住鼻子发酸,眼泪一个劲儿地往下流。他这样写道:"连我自己也纳闷儿,一个一百八十多磅的、四十好几的大汉子,可委屈个什么劲,哭个什么?为了怕别人看见我这难看的样儿,就把头转向了朝窗的一边儿,让自己的眼泪尽情地往下流,让自己难堪的脸尽情地撇。"在这趟旅行中,他想起了小说家於梨华的《又见棕榈,又见棕榈》,那个阔别 10 年的苦留学生,在美学成后,返乡时的心态:"十年了,我能带什么回去呢?什么也没有,只有一个破碎的梦,和一大摞子稿纸。"曹桂林感叹自己虽然也有一个破碎的梦,却没有那一大摞稿纸。他想起了自己的"内伤",产生了一种冲动,要把它写出来。

1991 年,曹桂林回到了纽约,开始了"创作"。采用的方法是想到什么,就写什么,一五一十地写出了自己 10 年中的经历。一开始只想写短篇,写来写去成了中篇,等最后完成第一稿时,已经变成了长篇,最后定名为《北京人在纽约》。天堂也罢,地狱也罢,曹桂林觉得自己写的就是 20 世纪 80 年代到 90 年代一家新移民的真实故事。其中的苦难与悲伤,失去与得到,让他倍感人生之迷惘。他无法回答为什么喜会变成了悲,乐变成了哀,有变成了无,肉变成了血,生变成了死。眼前所有的华丽都是表面的,只有内心所忍受的荒凉与孤独才是真实的自己。

"如果你爱他,就送他去纽约,因为那里是天堂;如果你恨他,就送他去纽约,因为那里是地狱。"这句风靡中国的台词,告诉成千上万做着"美国梦"的中国人,什么才是真正的美国。《北京人在纽约》的开篇,作者就深刻地表现了西方社会人情的淡薄,让原本豪情万丈的主人公一下子就明白了亲情是靠不住的,没钱就只能在底层。小说中写到姨妈把王起明和妻子郭燕撂在了地下室门口就走了。郭燕哭着说:"到了这儿谁都不管我们!在这个鬼地方,我觉得饿死了都没人管我们!"在这部社会内涵相当丰富的小说中,作者还特别表现了女儿的反叛,这个东西方文化冲突的主题更加深了美国梦的悲剧色彩。

当年曹桂林在国内接受媒体访问时认为:"移民或许是一条不该走的路!"直接表达了他对移民选择的困惑和迷茫。的确,不是每个人都适合"移民","移民"也不是最理想的人生之途。无论如何,《北京人在纽约》的故事,再现了一部分早期的新移民在物质的富足后却陷入了精神的困境,他们得到了天空却失去了大地。

在《北京人在纽约》出版后20年,曹桂林再一次重现文学江湖,这次他完成的作品是《纽约人在北京》。此书是2009年在美国动笔,2013年11月出版。曹桂林希望反思自己30多年的移民生活,最终发现"我也是时代的一粒小沙子,我们这一代人都是在大潮之中被冲来冲去,冲上岸了就是闪闪发光的金子,冲下去了就被淹死了"。小说继续所表现的主题依然是"物质富裕了,精神却垮了"。他再次想通过自己转战东西方的经历来表达物质与精神的一种悖论关系,同时也想呈现出中国在改革开放以来的社会变迁。

小说《纽约人在北京》的主角之一成太坤,其原型是曹桂林的发小,他一门心思从北京来美国发展,好不容易当上了美国大学教授,妻子美丽善良,女儿乖巧可人,一切看起来都令人羡慕。有一天,过惯了美式节俭日子的教授拿出一笔预算款,想圆妻子穿婚纱的梦想,在夏威夷补办一场婚礼。为了省下200美元,教授买了"红眼航班"的机票,夫妇俩深夜驾车赶往机场时,却因汽车打滑,翻到了水沟里,双双殒命。

"不是让我写我就写,这回是真有事儿砸着我了,砸得我疼了,我才写。就为了省下200美元,命都搭上了,你说移民到美国图啥呢?"曹桂林说。发小的死让曹桂林开始思考他们这一代移民的命运,他要替海外的华人精英讲出他们的难处和苦痛。这些年,他看到那些移民在美国的华人很多都是在拼命地工作、拼命地还贷。当他再回到北京,见到昔日的老同学,他们的生意规模让人震撼,带给他的冲击力很大,所以曹桂林怀疑自己在美国30多年,走了一条不值得走的路。

"纽约啊纽约,不值不值,空忙一场,不懂不懂!"

从《北京人在纽约》到《纽约人在北京》,是生命的回归,还是螺旋式上升？曹桂林在回首,在寻根,他想要看清自己来时的路。毫无疑问,历经了30多年的世事变迁,他的心灵深处"拧巴又迷茫"。多少海外的华人精英,纠结在归去来兮,即便再想归来,却已无从开始。但人生就是单行道,就是不归路。

3. "网"上走来一少君

1991年,第一家全球中文电子周刊《华夏文摘》问世,首开海外新移民电脑创作的先河。1991年的第四期上,出现一篇题为《奋斗与平等》的小说,可谓是第一篇在网络上看到的新留学生文学作品。这位最早在"网坛"（网络文坛）上露面的作家,相继又发表了数百万字的小说、诗歌、散文和报告文学,他就是少君。

少君,当过学生、工人、工程师、记者、研究员、教授,直到跨国公司的经理、总裁,可以说经历了这个时代最广阔的人生。已出版《五星旗下启示录》《西部报告》,诗集《未名湖》,小说集《奋斗与平等》《愿上帝保佑》《大陆人生》《大陆留美学生档案》《新移民》《一只脚在天堂》《活在美国》《活在大陆》《人生笔记》《网络情感》《爱在他乡的季节》《西域东城》,以及长篇纪实文学《少年偷渡犯》等,他创作的体裁遍布小说、散文、诗歌、纪实文学,有近万家的中文网站都在刊发他的作品。

《人生自白》被认为是少君20世纪90年代的代表作品,洋洋100篇,每篇一个人物一个故事,独立成章,但合在一起,却是活生生的一个当代生活的"百鸟林",也被誉为是描绘转折时代的风云画卷。他把笔触全面地伸向了转型期的中国社会的各个层面,毫不留情地展示出这个时代在疯狂旋转的同时,所裹挟着的种种道德迷失和沦丧,诸如"演员"与"导演"间的性交易,"康哥"在"挖社会主义墙脚"时的胆大妄为,"记者"的仗"职"欺人,还有被踩踏的无助的"保姆"以及人的灵魂在金钱面前的扭曲等等。这些特定的百态人生,深刻地揭示了当一个社会由穷向富转变过程中鱼龙混杂、泥沙俱下的精神轨迹。作者一方面表现出对邪恶力量的强烈愤慨,另一方面呼唤我们的社会在经济驱动的同时,要急迫地关注民族道德力量的提升,从而真正建立起一个以正义文明为主导的新的社会风貌。

定居在美西凤凰城的少君,退休后称自己为"闲人"。这一"闲",就"闲"出很多迤逦恢宏的散文来。如收在《凤凰城闲话》书中的《德意志巡礼》《再见！达拉斯》《人间天堂——温哥华》《聚焦意大利——从米兰到威尼斯》《维也纳交响曲》《网络哈佛》《走近澳门》《上海三六九》《周庄洁茹》等,其目光横扫千山万水,展现的是一个"地球人"行者无疆的胸怀。这些年他游走在世界各地,带着敏锐又多情的目光,环视和感受上百座国际都市的风光。他把自己海外漂泊的心流融汇在他乡丰饶的人文自然环境之中,字里行间流溢着爱的情思,跳跃着舒展的情怀,坦露出浪漫的真率、灵动的智慧以及文人的飘逸。

纵观少君20多年来的文学创作,他显然没有职业作家的种种禁锢,虽不是小说家的精思谋篇,却洋溢着来自生活深处的咄咄底气。在他的笔下,完全是性情所致,天马行空,更是他丰盛的人生体验以及纵横东西方文化的精神顿悟,遂使得他的创作热泉奔涌,不循规矩却自成方圆。他从不回避人性的阴暗,更能直面人性的弱点,他敢于把人性在烈火中的考验和扭曲表现得淋漓透彻。这一精神高度,更显示了网络文学的实绩。

4. "恶作剧者"范迁

范迁,画家、小说家,1981年来美,1983年获旧金山艺术学院硕士,擅长油画及雕塑。曾在欧洲游历多年,以卖画为生,看遍欧洲各大小博物院及美术馆。20世纪90年代开始写作,成为海内外报章杂志最受欢迎的作家之一。有长篇小说《错敲天堂门》《白房子 蓝瓶子》《桃子》《丁托雷托庄园》《风吹草动》《失眠者俱乐部》《宝贝儿》《古玩街》《天堂口》以及最新出版的《锦瑟》。另有短篇小说集《见鬼》《旧金山之吻》《笑》等。

阅读过范迁作品的读者,无不为他笔下刻画的各式人物性格,即他们活灵活现的彷徨与失落、困惑与挣扎、企盼与欢乐而感受到范迁对人、人性以及社会的敏锐洞察。除了精巧生动的情节外,范迁从不堆砌、不拖泥带水的简练文字,一气呵成的气势,不但更增加了作品的可读性,也令人不禁对他写作上的成绩啧啧称羡。

在范迁的长篇小说《错敲天堂门》和《白房子 蓝瓶子》直到后来出版的《桃子》《古玩街》中,令人吃惊地发现他笔下的人物竟然是清一色的"边缘人",甚至是"另类",如失意艺术家、性错乱者、年轻的社会反叛者,甚至杀人放火的暴徒和罪犯。他的高明之处是从人性出发,把人物放在各种特殊的环境之下,观察和描述人性如何在外界的重压下所扭曲和裂变,而干出种种令人匪夷所思的事情来。范迁的小说抽丝剥茧地描述了人是如何的身不由己,一步错,步步错,由种种微小的机缘聚集起来,从而形成人生巨大的落差。

范迁的小说善用心理冲突,冲突是小说的脊柱,在此脊柱上血脉肌腱得以附存,大到阿以战争、苏联解体、中国转向,小到闺房龃龉、男女爱恨、日常流水,冲突无处不在,俯拾皆是。萨特曰:他人即地狱,实为透彻而无奈之言。冲突之花开遍原野,为写作者信手拈来,细细琢磨,拼骨剔筋,塑肉注血,一撒手下地,竟自动奔跑,能跑多远得看自己造化。

作为小说家的范迁和作为画家的范迁一样,都具有他那种品牌式的忧郁。他的小说使我们看到无望中的理想,妥协中的不屈,他的粗犷而华美的叙述语言,正如他的绘画笔触和色彩,铺陈出他的主人公们——在情感世界中失败的英雄们,以他们肉体行为的滞息和僵局,反衬出他们心灵路途的遥远。

2017年进入中国小说学会排行榜的小说《锦瑟》,是以李商隐的同名七律为轴,叙述了生命的华美与无奈。但读来更像是一曲普通人的哀歌,一个软弱的书生,阴差阳错地被时代卷裹着参加了革命,像阿Q一样,认为自己从此成为统治阶级的一员,勤勤恳恳地完成上级交予的任务,也确实短暂地风光一时。但好景不长,在历次运动中他所熟悉的世界一点点地崩塌。很快地,他就被划分到对立面去了,历尽波折。他一直没有想透,为什么命运如此多舛?究竟是哪个关节出了岔子?范迁成功地在《锦瑟》中重现了当时微妙的"政治气候",日益紧缩的经济环境,人文世情与市井百态,无一不栩栩如生。贯穿其间的是涓涓滴滴的血肉人性,小百姓日常生活的悲欢炎凉,夹缝中的日子怎样一天天挨过去。

但是在范迁的其他小说中,大多不是表现作者对生活的直接体验,而是借用生活素材,幻成一个想象的世界,来缓释作者在生活中积聚的某些存在体验。所以他一直被认为是美华文学天空中"异类的恶作剧者"。

5. "白日梦者"沙石

沙石,2002年开始在美国的《星岛日报》上开辟"卫嘴子"专栏,再从《世界日报》的"小说世界",到《侨报》的文学副刊,从《美华文学》的小说专辑到中国小说学会的年度排行榜,沙石的作品惊艳地出现在读者面前。2009年出版的小说集《玻璃房子》,其中的故事,特异而乖戾,但苦而不涩,伤而不哀,在海外文坛异军突起。

在北美男作家群中,沙石是一位风格相当怪异的作家,也是颇具矛盾性的作家。他很少写百年移民史的斑驳沧桑,也很少"回望故土",他要写的都是些"反常"人的"反常"故事,而且常常是"剑出偏锋",出人意料又惊世骇俗。他的小说中出现的人物是花匠、厨子、理发师、小职员,甚至还有黑人流浪汉、墨西哥农工,或者白人贵妇、阔少、医生、律师、警察、歌女、酒吧女郎等,个个离奇怪诞,痛苦而又扭曲。在生活的表层下面,是人性酷烈的暗流。沙石所关怀的,是那些因为痛苦而行为走向极端的人,与其说是生活的游戏,不如说是生命的游戏。沙石的小说创作,从精神渊源上说是他在寻找精神出路。他所关心的并不是民族特征的"美国人""中国人",而是具有"人性"特征的男人和女人;他所同情或批判的既不是"上层人"也不是"底层人",而是那些生活在幽暗世界里得不到解脱的幻灭痛苦的"边缘人"。从这个意义上说,困境——人类作为生活的承受者所面临的困境,往往是沙石小说的主题。这就是为什么在他的小说里总是可以听到压抑者的呻吟和追求自由的呐喊。在一定程度上,他甚至表现出对人类困境的一种宿命式的偏爱,一种近似冷漠的热衷,为了达到玩味人生的诉求,他几乎是毫无顾忌地经营那些令人困惑、痛苦和啼笑皆非的故事。沙石的这种痛苦又往往是搅拌在诙谐、幽默、诡异,甚至荒诞不稽的生活碎片之中。

读沙石的小说,第一个感觉就是"梦"的诱惑。他在一篇《捉梦网》中写道:"十八年前,一位印第安酋长在金字塔湖畔用一个羽毛编成的梦网为我捉梦。"从此,他的灵魂上就系满了梦,那些梦没有飞走,一个个走进他的文字里。一个天生血液里与文字苦苦缠绵的人,再加上"梦"的飞扬,这就是沙石小说创作的缘起。他曾在小说《走不出的梦》里借那个病态的"夜游神"如此调侃:"别以为美国是做梦的地方就没完没了地做梦。"沙石喜欢在梦里飞翔,小说《冰冷的太阳》里也有这样的表白:"虽然每天面对的是现实,但我不善于把完整的我带进眼前的现实。在梦里飞的感觉很奇特,很朦胧,以致我无法分清是我在飞还是梦在飞,是我轻飘还是梦在轻飘。"

《天堂—女人—蚂蚱》是最能披露沙石内心世界的作品，"我把地狱里的日子过得像天堂一样。而其中最让我得意也最让我沮丧的是我的写作计划进展得相当顺利，一篇接一篇的小说以母鸡下蛋的方式诞生：性欲狂、裸露者、双性恋、变性人，还有人兽恋者，一个个跃然纸上。连我自己都感到惊奇，孤独寂寞使我烦躁，清心寡欲却让我浮想联翩。曾经听过这样一个说法：'好的小说是枯井里流出甘泉'"。这是多么真切的一段表白。

在沙石的小说梦里，第一主角就是女人。在他的笔下，女人就是人类欲望的集中化身。为此，沙石描写各式各样的女人，甚至直接撕开性的面纱。如他早期的成名作《窗帘后边的考夫曼太太》，鳏居生活的老孟头做了考夫曼太太的花匠，他万万没有想到的是这幢华屋的"男主人"竟然就是那条脸儿极丑的拉布拉多猎犬。其黑色幽默的锋芒散发着犀利的寒光。

小说《玻璃房子》里的伊丽莎，这个金色头发、富有光泽的女人，作为一个心理医生的太太，拥有丰厚的收入、豪华的房子，却无法消除她内心深处根深蒂固的苦闷。她搞不懂自己缺少的是什么，她只觉得这房子空空荡荡，她的心也空空荡荡，于是她看见了金门公园里的中国花工阿德，于是有了金门公园里那墨西哥铁树遭人破坏的惨剧。

小说《流年似水》表现的则是一个女学生与她的教授之间的异族恋情，主题却是"要知道能够享受一个女人的灵魂对一个男人来说是可望而不可即的"。那篇《汤姆大叔的情杀》写的更是一个父亲对女儿的畸形之爱，笔触直指父女之间的情欲冲突。

沙石笔下的第二主角才是男人，他们气质阴柔，性情抑郁，要么是得不到爱情的孤独者，要么就是痛苦无奈、任人宰割的弱者。如小说《起风的时候》，主人公李约翰先生竟然莫名地被疑为 SARS 患者，在环境的逼迫下，他只好被命运所捉弄，体会了一次精神意义的死亡。小说表现的虽是特殊情境下的特殊故事，但本质上却表现的是人的生存无奈，尤其是一个男人对自身命运的无奈。

2012 年，沙石出版了长篇《情徒：一个中国人的美国故事》，他笔下的那种忧郁调侃的辛酸冷幽默，让人想起"黑色"的眼泪。作为一部长篇处女作，《情徒》的爆发力中，显然是更充分地表达了作者努力拷问现实人生的内心需求，在艺术风格上则是独创了一脉具有现代荒诞气息和黑色幽默气质的移民讽喻小说。

《情徒》的主人公叫王大宝,他一路走来事事不如意、不得志,到处碰壁,简直就是一个生活中的"倒霉蛋",而且每次遇到倒霉事,都是一出荒诞的闹剧,最后的结果都是在作茧自缚。王大宝的困境让人想起了塞万提斯笔下的堂吉诃德——另一个以荒诞著称的小说人物。所不同的是,堂吉诃德在倒霉之后总能够建立起"虽败犹荣"的堂吉诃德主义,而沙石笔下的王大宝却没有这么幸运,他每次倒霉之后往往陷入深深自责的泥潭里,带着更自卑的心理去迎接下一次的倒霉事件。这显然不是一般意义上的人生困境,《情徒》所表达的主题已经进入到了一层生命终极意义的拷问,主人公王大宝的幻灭,并不是所谓"移民梦想"的幻灭,而是人的一种存在意义的幻灭。

　　沙石的创作,是在表现他对人生、人性"不可理喻"的定性,再加上他独有的一种冷幽默,从而成为美国华人文学中以另类方式展示新移民社会的突出代表。

6. "侠骨柔肠"的陈九

　　陈九是北美21世纪崛起的小说家,2007年2月,他在《世界日报》上连载小说《纽约有个田翠莲》,引起了海外文坛的关注,同时借着"纽约陈九的博客空间",进入了中国大陆文坛的读者视野,并一举荣获《小说月报》百花文学奖、《长江文艺》完美文学奖等文学奖。他的创作因为厚积薄发,所以一出手就让人眼前一亮。

　　作为20世纪50年代出生并成长在中国大陆的作家,陈九15岁当铁道兵,恢复高考后读大学,之后出国留学,经历了"没有战争的硝烟和动荡"。这让他不仅对故土的记忆特别深厚,同时也对移民人生刻骨铭心。关于写作的缘起,他曾经如此表白:"因漂泊而自由,因自由而丰富,因丰富而多情,因多情而痛苦,因痛苦而写作,因写作而快乐。"这真是准确地概括了海外作家的共同心声。

　　在北美文坛,女作家可谓争奇斗艳,男作家虽然凤毛麟角,但个个都是身手不凡。丰富的人生经历,真诚的嬉笑怒骂,侠骨柔肠的阳刚之美,构成了陈九小说的独具魅力。在小说选集《纽约有个田翠莲》中,中篇小说《老史与海》,写的是两个男人的故事,厚重感人,带着时代的印记,有着史诗般的内涵和气韵。

　　在陈九的小说集《挫指柔》中,《水獭街轶事》叙说的是纽约曼哈顿的历史,其中写到荷兰人为摧毁水獭街,半夜里偷偷放出老鼠,令人触目惊心。尤其是其中的文字:"安东尼终于没扛住。他抄起双筒猎枪,对着邝老五的'邝记洗笼'横匾一顿乱射,噼里啪啦,匾也歪了,白底红字上净是弹孔。"接下来呢,没跑远的邝老五在半夜登着梯子去挂被安东尼打歪的牌匾,"你个挨千刀的,打人不打脸,砸店莫砸匾,你触老子霉头,这是要赶尽杀绝呀。老子平日对你不薄吧,你让咱买可口可乐,咱买了,喝得我和他娘放了一夜的屁,打了一夜的嗝儿,我说什么了吗?还有上次马料的事,我说那个黑豆磨得不够碎,牲口吃了肯定出毛病。你不信,非说中国佬懂个屁,怎样,人家找上门来了吧,马都快吃死了! 中国人玩儿马时还没意大利呢,不听老人言吃亏在眼前,可反过来你又怨我没提醒你"。这样独特的语言风格可谓是陈九的独创。

除了小说外,敏锐又诙谐的陈九,也善写杂文和随笔,他的散文随笔集《纽约第三只眼》,取材广泛,犀利深刻,自嘲幽默中妙趣横生。丰富宽广的人生感悟,难以忘怀的爱恨情仇,不忘前尘的浓情之中又有着跨文化的深刻体验。如散文《"科罗娜时期"的画家何多苓》一篇,可谓是一段刻骨铭心的历史记忆,一场激情澎湃的人性袒露,刚刚发表,就在海外文坛掀起了一股不小的诵读热潮。

《"科罗娜时期"的画家何多苓》,写的是1990年到1992年间,一群来自中国内陆的新移民艺术家们在美国纽约科罗娜19号三层连体楼里的一段生活境况:他们的志向,他们的情趣,他们梦幻般的人生旅程。他们怀着"俄罗斯巡回画派的漂泊,凡·高的孤独,雪莱的浪漫和巴尔扎克的顽强"品尝着"石破天惊前的卧薪尝胆",正在"腾飞前的等待",决心"从科罗娜走向世界,开始了各自艺术生涯的高峰"。他们是十足的"无家可归的漂泊者,名副其实的'海漂',像风中落叶,为生计奔波,随感情起舞,今天在这儿,明天不知会去何方"。他们漂泊却并不孤独,充满沧桑却不悲观失落,"科罗娜时期"的故事就像一盏温暖的灯火,从未在他们的心底熄灭过。作者说,"那是我们记忆中的伊甸园,人生的地标式建筑"。

关于陈九的创作,学者陈公仲教授这样评价他:"这位陈九,即是陈年老酒,上世纪80年代初期,已显山露水,窖藏30年,如今一开封,就香气四溢了。"[①]

---

① 公仲:《刻骨铭心的"科罗娜时期"》,《文艺报》2017年12月15日。

7. "为移民立碑者"孙博

孙博是加拿大职业新闻工作者,他的小说创作,扑面而来的首先是强烈的时代气息。常年的记者生涯,锻造了他不同寻常的敏锐洞察力,出手快,有气势,总是能迅速准确地把握着时代最敏感的脉搏,无论是写"现代茶花女"海外风尘的辛酸故事,还是而立之年东方男人移民海外的生命悲剧,再到表现"小留学生"浪迹海外的种种苦涩境遇,以及描写"海归派"回国创业的诡谲波澜,可以说是每一部作品都捕捉着新移民故事最引人瞩目的风口浪尖,触碰着我们这个特殊的时代最敏感的神经。孙博,正是用他自己鲜活快捷的文字为我们留下了新时代最清晰真切的焦点面影。

在孙博的小说中,最见功力的是他能够挥洒自如地表现人性中夺目的爱情。他敢于直面男女两性情感纠缠中情与欲的冲突,从而挖掘出人性深处最隐秘、最脆弱、最闪光的层面,这使得他的小说在表达时代精神的同时更具有了人性塑造的美学意义。而他笔下的人物,也正是通过爱情寻觅的痛苦,艰难地超越了现实社会的一道道世俗藩篱,从而一步步走进爱情的本质核心。

值得关注的是,孙博小说的思想力度,还来自他在作品中表现的悲剧情感,人世间追逐幸福的惨烈以及有情人难成眷属的悲凉,成为孙博小说中一个鲜明的精神特征。如他笔下的"茶花女"上海姑娘章媛媛,聪慧美丽,内心充溢着对"爱"的渴望,但最终却落得魂断瀑布;《男人三十》中的男人们在坎坷的情路上最终也落得了"白茫茫大地真干净";《回流》中的个个精英虽然在商场英勇搏战,但精神深处却与真正的情感幸福无缘。在孙博的主观认知世界中,他显然是有意将人类的命运祭放在一个悲剧的舞台上,并以他在小说中所强化的悲剧情感,来凸显当今的人们面对情感世界的理性无奈和绝望挣扎。

孙博小说的艺术魅力,则在于他比一般的作家更长于心理分析,例如《茶花泪》中,他能够把一个跨国女子艰辛跋涉的心灵世界刻画得栩栩如生,血肉丰满。而《男人三十》中关于男人心理的描写则更加回肠荡气。在《小留学生》中,他能够将海外留学的少男少女们的微妙心理把握得极其准确细腻。

解析孙博的文字,充溢着鲜活饱满的激情和雄健阳刚之风,画面、情节奔涌而来,节奏之快有时会让人眼花缭乱。或《茶花泪》的单线滚动,或《男人三十》的交叉并进，更有《回流》的横空跳跃，都显示出他驾驭鸿篇巨制的得心应手。

　　回顾新移民文学的早期创作，面对着东西方文化的巨大差异，这些作品多充满了对海外"花花世界"亲历式的猎奇描绘。继后开始出现一批以聪明勤奋的中国人在海外顽强拼搏、艰苦创业为题材的中长篇小说，作者们在这些小说中所急切表现的是他们在海外所经历的种种人生磨难。但标志着一个文学时代真正走向成熟的，还是作家们能够将生活的原汁原味进行重新酿造，尤其是作家们在更宏观的高度对时代风云下人性内核的深入把握。正是在这个意义上，孙博的创作为海外成长中的新移民文学立下了一个个难能可贵的路碑。

8. "时代的逐浪者"黄宗之、朱雪梅

　　北美的新移民文学，一个重要的成就是正面书写异域生活的文化冲突。但能够深入到新移民生活之内心、表现北美大量"科技移民"生存故事的作家当数黄宗之和朱雪梅夫妇。

　　进入21世纪的北美汉语文学，有关移民的主题不但层层深入，而且向纵深扩展。2001年，旅居洛杉矶的科学家黄宗之和朱雪梅夫妇，带着自己的处女长篇力作《阳光西海岸》登上文坛。此后的十多年，他们在"移民人生"的战场上不断探索，不断发现，以自己移居美国20多年的亲身经历，继续再现一代"科技移民"闯荡新大陆的各种人生风暴，记录了一个海内与海外大变革的风云时代。从《阳光西海岸》的学子艰辛到《未遂的疯狂》的科学震撼，从《破茧》的理想追问到《平静生活》的生命回归，再到20多篇精湛的中短篇小说，每一部作品都是北美大地上发生的神奇故事。他们的了不起，是敢于站在海外生活的前沿阵地，逐浪前行，勇于开掘，从而把北美的新移民文学推向了新的领域和高度。

　　回首黄宗之夫妇的长篇创作，他们总是能抓住令人心跳的时代脉搏，找到读者最关心的话题。2017年开年之初，《小说月报·原创版》的长篇小说专号贺岁版隆重推出了他们的长篇新作《藤校逐梦》，不仅标志着他们对新移民人生理想的重新思考，也标志着他们探索东西方教育理念的重大突破。

　　当今"移民潮"的动力，首先是来自自己追寻梦想的勇气，其次是众多父母渴望在孩子身上实现"人生梦想"的长期战略。所以，在海外第一代移民的梦里，除了自己的安身立命外，最重要的就是孩子的"名校梦"！所谓的"名校梦"其实就

是"移民梦"的一个延伸。

《藤校逐梦》描写的就是中国与美国三个华人家庭的孩子在美留学的"爬藤"故事，直面全球化背景下中国人所面临的教育理想的冲突，以及由此而引发的代际冲突。他们有的是小小年纪就来美国留学，在家长的精心策划下走捷径"爬藤"，却在进入名校后无力竞争，酗酒、吸毒，终被学校开除。还有的是在母亲的强行安排下，违心地上了名校，学自己不喜欢的专业，最后导致叛逆和决裂。最令人唏嘘的人物则是从中美顶尖的名牌学府毕业，一路顺风顺水，却最终梦断异乡。这样的主题不再是"圆梦"，而是"梦"的破碎！这样饱含忧患的故事，俨然是当头棒喝，深深触及海内外千万家庭的神经。这部小说的意义，早已超越了教育的范畴，而是进入到了对生命价值的探讨，从而将移民文学的主题引向了纵深。

黄宗之夫妇移居美国20余年，一直深掘移民生活题材。当很多海外作家开始回归中国经验书写时，他们则一直坚持跟踪和直面海外生活，不断发现，不断深入，牵动着千万家庭的神经，意义重大。

海外作家的华文创作，一直是在东西方文化的"交战""交融"状态中递进地成长，作家们由于心灵自由和想象力的释放，在人性及现实的挖掘上，都展现出不同寻常的精神风采。黄宗之、朱雪梅的努力创作，不仅是海外新移民文学的重大收获，也为当代的中国文坛提供了一道不同寻常的风景线。

9."美国戏台"程宝林

程宝林是北美华文坛新移民作家中少见的诗、文、小说俱佳的全才作家，早在出国前，就已出版诗集《雨季来临》《未启之门》《程宝林抒情诗拔萃》，散文集《烛光祈祷》《托福中国》等，其诗歌的创奇、散文的美韵，均在文坛引起反响和震撼。

程宝林赴美后创作的首部长篇小说《美国戏台》于1998年由北京的东方出版社推出，表现的题材及塑造的人物都堪称席卷当年的时代浪潮，具有崭新的文化视角。而他在美国期间还创作了散文随笔集《国际烦恼》《故土苍茫》《洗白》《一个农民儿子的村庄实录》《心灵时差》等。他总是不能忘怀诗，第一部英汉对照诗集《纸的锋刃》已由重庆出版社出版。另外，纽约柯捷出版社为他出版了《程宝林诗文论》，台北秀威资讯科技股份有限公司出版了他的最新散文选集《大地的酒浆——程宝林美文选》。

长篇小说《美国戏台》是一部描写海外文化生活非常奇特的小说,作者用戏剧般的反讽语言,描写了一些在美国文化领域创业的奇特人物在奇特环境下的斑斓经历。比起同时代表现海外生活的其他长篇小说,《美国戏台》的故事并不是集中在海外留学人打工生存的辛酸,或者是个人淘金的传奇,而是聚焦于中国人走向海外开创文化新局面的转折时代。正是在这样一个特定的历史背景下,书中诸多人物的离奇命运才具有了崭新的时代意蕴,因而,此书一问世,就在海内外引起了强烈的反响。

《美国戏台》的主要情节是通过诗人章闻之在美国的闯荡经历,编织起许多精彩绝妙的故事,牵引出如斗士刘文戈、老辣余治国、风月崔丽娘等等人物不同寻常的命运,读来或令人捧腹,或欲哭无泪,或拍案而起,或垂首无言,展现出美国这个巨大的人生竞技舞台上,既有朝不保夕、却梦想名震世界的小老板,也有腰缠万贯的"红顶大亨",还有拄杖独行、骗遍欧美的跛足"名士",更有涉嫌走私枪支而惊动总统的绝色艳星。他们个个争先涌上舞台,演出了一幕幕热闹非凡的"人生活剧"。主人公章闻之既是这些"活剧"的演员之一,又是暗藏的导演,同时也是唯一的观众。这种角色的转换,为读者提供了审度人物的不同视角。瑰丽的异国风物,炙热的男女私情,严酷的生存挣扎,剧烈的文化冲突,造就了一批远离故国的"边缘人",展示了他们在异国寻求出路的种种困惑和遗憾。

程宝林坚持创作30年,高举诗文双剑,一路向前;他不喜多产,却潜藏着充沛的实力;他蓦然出手,就会给文坛惊喜。

10. 突破"重围"的余曦

余曦来自上海,1978年考入复旦大学新闻系,1996年移民加拿大,曾担任多伦多《明报》的记者。出国后的生活与艺术积累,使他在2000年厚积薄发,出手长篇小说《安大略湖畔》。小说先是在《收获》刊出,然后由作家出版社出版。与此同时,他还创作有中篇小说《移民的爱情》《新闻部大姐大》,长篇小说《求知记》等。

长篇小说《安大略湖畔》是作者的代表力作,甫一问世,就引起了文坛广泛瞩目。小说触及海外华文学一个深远意义的主题,就是新移民面对异域文化的挑战将如何"突围"。多年来,海外的华文学重在表现中西文化的冲突与困境,但《安大略湖畔》的故事则是新移民从孤军奋战的痛苦挣扎中"突围"。

《安大略湖畔》表现的是一段发生在多伦多城一座名叫列克星顿的高级公寓大楼里的风波故事,这个故事里的主人公则是一群刚刚"移植"到新的文化环境中的中国新移民。这显然是一个非常巧妙的结构,作者借着公寓大楼物业管理费要暴涨所引起的群体抗争,轻而易举地将自己的主人公们汇聚在了读者的聚焦灯下。那些飘摇在异国他乡的新移民,他们被公寓大楼的业主玩于股掌之间,还遭到罚款、威胁甚至辱骂,但最终他们学会了以"法"来保护自己,从而取得了罢免董事会的胜利。这生动的故事似乎可以发生在北美的任何一座城市,虽没有硝烟,但听得见阵阵厮杀;一个个战栗的灵魂,带着血痕挣扎。那些鲜活的时空人物,仿佛就在我们的身边。当然,这样的故事远没有结束,新移民漫长的"移植"之路才刚刚开始,他们还将面临更严峻的各样挑战。

《安大略湖畔》的成就首先在于它的人物塑造,正可谓一代新移民个性斑斓的丛林。男主人公穆求思,一介书生,是海外新移民形象的突出代表。他充满智慧,善于思考,并努力地吸取着西方文明中的优质资源,学习并运用着民主与法制的现实武器。于是,在小说中成为列克星顿公寓反对董事局风波的核心人物。他的个性带着东方知识分子的敏感和细腻、执着和顽强,同时兼具着潜藏于心的羞涩浪漫,但他的精神气质,已在发生深刻的变化,他在融入西方民主社会的进程中,在挫败经历中得到锻炼,从而成为新移民在海外成长的一面耀眼的镜子。

女主人公林莺,是小说中最绚烂多姿、也是最具魅力的一个人物。在大多数男性作家的小说中,女性人物多处在附属的地位,尤其是在情感生活的天平上也往往是男性在支配的一方。但林莺却完全不同,她的精神气质甚至比穆求思更要清醒和坚定,在感情生活中,她也从未陷入迷惘和被动,而始终处在一个主导者的地位。小说中最后一幕她与穆求思云雨情浓后的果敢分手,正显示出她对人生轨迹的深刻思考和清醒把握。奇峰突起的情节同时展现出作者挖掘人性深度的笔力。

郝永福,是小说中给人留下深刻印象的人物,他可以说是大陆新移民队伍中一个鲜明个性的独特代表。生活中的郝永福总是逆来顺受,一旦遇到压迫又不知如何反抗,于是,他总是习惯于采用不执行规则的手段愤世嫉俗,结果是使自己更加被动,蒙受更大的损失。这样的人物在海外随处可见,他们只有在挫折中学会让自己成长。

刘有道,是小说中另一个令人难忘的精彩人物。他历尽艰辛移居海外,换来的却是一场耻辱的婚变。但他没有被摧毁,现实的严酷更激发了他自强自立的原动力,他一面苦读,一面独有抚养着幼小的女儿。最后,他终于走出了人生的阴霾,为孩子撑起了一片天空,也看见了爱情的一道彩虹。古人说:置之死地而后生。刘有道几乎是被置于"死地"的人物,他获得了"再生"。在海外,有多少像刘有道的人物,最终选择了背水一战,从而杀出了一条"血路"。

在艺术上,余曦的写作风格凸显着新闻人的鲜明特色,他善于单刀直入地叙述故事,节奏推进张弛有度,文字准确简洁而富有逻辑力量。这些特点也体现在他近年来创作的中短篇《成年》《传宗》《姚老师的火红年代》《祥康里的新娘》等小说中。

11. "寻找花开"的张宗子

在北美的散文花园里,"性灵派"的代表,当属张宗子。

在出版了《垂钓于时间之河》之后,2007 年张宗子在国内一举出版了 3 部书:《空杯》《开花般的瞻望》和《书时光》。从他款款的文字里,读者感受到那种大隐隐于世的艺术情怀,他喜欢书,喜欢沉思,喜欢音乐,喜欢咖啡,喜欢猫,喜欢雨,忽然间,仿佛"五四"以来林语堂、梁实秋他们遗下的花朵,在久违之后竟然怒放在摩天高楼林立的哈德逊河畔。

感叹张宗子在异国的方桌上可以读那么多中国书,心灵如此安静,如此自由。张宗子在文中从不提自己是海外人,因为他觉得自己从来就没有离开过中国。但在我看来,总感觉国内的散文不如海外作家轻灵和有质感。轻灵是因为作者放飞自由的心灵,质感是来自作者触摸生活的果敢真诚。在这个意义上,海外作家的散文创作,又多了一层境界。

在《开花般的瞻望》一书中,从《猫》读到《窗外》,被作者纯净而沉静的文字所震慑。作者爱沉静如《触感》里的丝绸,深蓝色和浅蓝色的静谧。他喜欢咖啡,也是喜欢那种"静"。他的"静"里有一种柔情,如爱猫的从容柔媚;他的"静"里也自有波澜,如不喜"甜"而喜"卤味火烧";他的"静"里更有一种力的思考,如他认为

"鲁迅好战,战使他激奋,也使他充实,而且他永远不愁没有对手"。他理解京剧名伶言慧珠:"言慧珠固是佳人难再,章怡和的心气也不低。"他在《人神之恋》里这样说爱情:"人神之恋没有过去,也没有未来,只有永恒的现在。爱情所在的此时此刻,是两个世界唯一的重叠之处。"

张宗子的文字魅力除了"静"还有立意的深。如《幸福》一篇中说:"幸福不像我们一向认为的,是一种状态,它更不是现实。幸福乃是从一种状态转变到另一种状态后,由于对比和差别而产生的愉快感觉。当新的状态固定下来而且不再继续发展之后,幸福就消失了。"所以,"正如庄子在一切事物中所看到的,幸福的本质在于相对"。也因此,"平静和满足是幸福,躁动不安和也许注定要失败的努力也是幸福,而且是更了不起的幸福。当我们把意义赋予行动本身而非结果之时,幸福不仅甜蜜,而且悲壮"。这是何等睿智的感悟,其深刻的意蕴显然是让读者也进入了"悲壮"境界。

读张宗子的散文,我们感受的不只是隽永悠长的文字魔力,还有脱俗高雅的灵魂。早年的王国维说写诗有多重"境界",其实做人的"境界"最难。感叹宗子先生,终能修炼到把人生所有的细节都参悟成艺术,犹如他的书名寓意:每个人都坐在自己的城堡上,开花一般,瞻望。那种智慧,是一种对人间万物的款款深情。

宗子行文,远挟魏晋气韵,近寓明人雅趣,再近些,亦吸收了周作人的冲淡,血脉里则融入青年何其芳式的清纯热诚。散文本是血管里流出来的血,作者活生生地把灵魂剖开,由此而见出中国文人的品级高下。

12. "黄河的孩子"朱琦

朱琦,1990年在北京大学中文系毕业,获古典文学专业博士学位。1992年赴美,曾任教于加州柏克莱大学东亚语言文学系、斯坦福大学亚洲语言文学系。早期出版有散文集《东张西望》《十年一笑》等。其代表作散文《故乡黄河中原》被《北京文学》杂志社列为中国当代文学排行榜散文随笔类第三名。2005年台湾尔雅出版社隆重推出文化大散文集《黄河的孩子》《东方的孩子》,一时轰动两岸文坛。

在北美涌现的新移民作家群中,一些作家是正面迎接西方文化的挑战与移植,其精神特征表现为告别乡愁,纵身跳入异质文化的勇敢;另一批作家则是蓦然回首，重新审视自己与生俱来的"文化母体"，从而在新的层面上进行中西方的文化对话，这类作家的精神特征更多地表现为理性的反思与回归。朱琦的创作，正是后者的杰出代表。

朱琦的系列文化大散文，从《隔洋相看雾满天》里中美文化的辨析和比较，到《复杂的中国人》里对中国人国民性的深入剖析；从《故乡黄河中原》的浓郁乡愁，到《史丹福与柏克莱》的潇洒率真；从古典名著《人肉包子与座上客》的再析，到艰辛浪漫的《八十年代的火车》的回顾；从《男人之美》的论断，到《美人总被雨打风吹》的辩思；从《夏天的阿拉斯加》的爽目，到《太浩湖滑雪》的襟怀；从《黄河边奶奶长江边外婆》的感念，到乡下的《曲终人不见》的咏叹；从结缘海外的《骨肉邻居》，到苦涩的《陪读父亲》；从《硅谷抢房记》的笑谈，到《窗对沧海》的抒情……朱琦真是云游在海天云阔之间，恣意挥洒在文字的明丽与惆怅之中。

在朱琦的作品中，用情最深的首先是乡愁。《故乡黄河中原》是他脍炙人口、享誉文坛的佳作。站在这条已经衰微的、沉重苍凉、呜咽着历史苦难的母亲河面前，作者心中涌动的是对中华大地深挚的思恋，是对自己热爱的葫芦庄童年传奇梦想的追忆。黄河，是中华儿女永远的乡愁，黄河的故事负载着我们这个民族几千年积聚的精魂。文中怀恋盛唐之音，单说脚下的中原蒲州，观气象就有"鹳雀楼"，缠绵多情就有《莺莺传》里的才子佳人。历史的兴衰虽让人扼腕长叹，但作者的乐观却是"黄河两岸底气未尽，中原大地底气犹存"。在海外，朱琦的乡愁里有黄河岸边的土地，也有黄河涛声里自己的亲人。他写《黄河边奶奶长江边外婆》，情深意切；他怀念父亲的文字《没看见的背影》，岁月斑驳，父子深情，20多年的岁月流失的不仅仅是身心体力的转换，更是一个父亲血脉相依的至亲至爱。

朱琦早期的作品主要是描绘移民生涯的人生百态，其中的人物刻画精彩纷呈。如《苦脸老刘》，把一个精通德语的访美学者在美国苦涩的经历写得活灵活现；《陪读父亲》塑造的则是一个把女儿当作生命阳光的老蔡，这位苍老瘦弱的高级工程师，每天在餐馆里拖地、洗碗，为的是给女儿缴付学费。历尽艰辛、腰已无法挺直的老蔡，只要听到女儿的电话，声音里就有无限的亲昵和柔和，"电话线仿佛正给他输送生命的精气，他的眼神越来越亮光，甚至连弯曲的脊背也硬朗起来"。此类感人的篇章还有朱琦写的《骨肉邻居》，真是力透纸背，写出了海外学人的一把辛酸泪。

朱琦的纵横古今,之所以震撼人心,是因为他能够站在新的文化视点上,隔着海外的时空,重新审视中国文化的传统精髓。如他的"重读千古英雄"系列,可谓篇篇鞭辟深刻,振聋发聩。其中的《人肉包子与座上客》,说的是从西方文化的角度再看中国历史的"英雄":义薄云天的武松在十字坡酒店遇孙二娘,本来是要被"开剥"包进人肉包子,被张青一声"好汉"喝住,立刻结为生死兄弟。作者从这样千百年传颂的故事里剖析中国文化的弊端,从肉包子的"冷"和座上客的"热"指出了"义"在伦理价值观上的深刻局限。作者同时对照西方文化中平等博爱的精神以及尊重个体生命的理念,重新解读中国历史的"千古英雄",真可谓发人深省。又如《伍子胥的三角悲剧》一篇,这个惊天动地的"复仇"故事,蕴藏的却是中国历史上帝王统治脉脉相承的惨烈。朱琦还将他扫描历史的目光深入到了诸如《细腰莲足樱桃嘴》这样细致的文化"意象"深层,辨析出古往今来病态审美文化的根源。他笔下的《红眼绿眼青白眼》,写的更是"国民性"里的阴暗积习,闪烁着理性批判的光芒。

当代海外新移民文学的文化走向,其难能可贵正在于他们对自身母文化的重新审视、清算与融合、继承,作家们的渴望是从文化多元主义的语境中寻找新的文化认同,从而确立新的移民文化的特殊身份。正是在这个意义上,朱琦的海外系列文化散文具有了特别的意义。

13. "草原上的骑手"林楠

林楠来自中国北方的内蒙古,读他的作品,眼前就浮现出一个草原上矫健的骑手,信马由缰地驰骋。他笔下的文字,无论是对自然还是对人,无论是对自己还是对他人,都如泰戈尔般满溢着对人性的深深关怀;他的评论,其刀刃也被情感深深地裹卷。

移民加拿大,沐浴着异域的风雨沧桑,更激发了林楠对文学的执着和梦想。面对着生命"移植"的苦闷和困惑,他开始大量地撰写随笔散文。与此同时,他更把自己的热切目光投放到北美汉语文坛的建构当中。随着加华文学自身的成长和积累,林楠深切地感受到了这些作家作品中所蕴含的历史纵深感和富有个性的美学追求。在他撰写的系列评论中,深刻的贡献是他独具慧眼,发掘出海外作家超脱于中国大陆传统文化的理性视角,以及揭示出他们如何艺术地呈示出生活观念的反差和精神境界的中外交融。

打开林楠的《彼岸时光》,生命中流淌的文字突显着一股独有的风情和风骨。首篇《诗意的人生——痖弦印象》,也许是因为格外敬重痖弦先生,林楠笔下的描述时而如秋阳微醺,时而如春水激荡,那真切的情景,经典的话语,将一个偶像式的人物近距离地生活化、诗化,虽是散文的语言,但其中孕育的诗情却是浓得化不开。

林楠是写人物的高手,《又见墩子——寄语硕儒兄》一篇,那份豪气的生动简直胜过小说。文中有这样的描写:"还未待我反应过来,接着又挨了当胸一拳。这才辨认出此人原来是马利和、马驰、马墩子,祖籍阿拉善人,回族。与记忆中的样子对照,沧桑了许多,但模样儿还依稀可辨。头发部分变化最明显,基本上是中央支援地方啦。脸上脖子上布满了细细密密的皱纹,让人不由得会联想到黄土高原上的沟沟壑壑。""坐下后,墩子把手放在我的腿上,脸对着我,略嫌贴得近了些,有股烟和大蒜混杂的味儿。"文中人物的风貌跃然纸上,呼之欲出。

他写的归国游记《云南行——滇西印象》,真是情丰意满,气韵盎然。他的游记不是为了写景,而是为了写那块土地。他这样写那曾经历过战火洗礼的腾冲:"当你真正走近腾冲,阅读腾冲时,你会立刻发现,腾冲精神深刻得多,丰富得多。腾冲精神是由丰厚的历史文化底蕴滋养、贯通、支撑起来的。印象最深的是腾冲人甘洒肝胆热血的英雄气概和尊重历史的伟大勇气。"

喜欢他的《寻访西口》,文思奇特,意象如诗:"很多年前,我就留意过这样一个现象,我发现《走西口》的音乐情绪具有跨时空的可塑性。可以处理成新婚离别的缠绵,也可以处理成骨肉分离的痛切,当然,也可以处理成出远门之前亲人之间的亲切叮嘱……""假如真的有人问我,西口究竟在哪里?我想,我会这样告诉他——西口,原先在山西长城堞口嵌着五彩云霞的地方;现在,西口已转到年轻人驰骋的想象里……"

林楠的散文中,除了深厚的中国情结外,他笔下描述的西方人物故事也是同样的精彩。例如他在长篇报告文学《迈向成功的青春坐标》中所塑造的"大胡子鲁迪",真是诙谐幽默,气韵生动。文中写主人公有很特别的胡子,作者问他:"您一定是非常爱惜您的胡子喽。""当然。不过要说最喜欢,我比不过我的妻子。""为什么?""她爱我的胡子胜过爱我。她说,没我行,没有胡子不行。"令人莞尔之下,传递的却是作者的自信开朗和大气凛然。

海外新移民作家,游走在两种文化的边界,在社会责任与艺术诉求之间、在忠诚与背叛、抵达与回归的矛盾中挣扎徘徊。或在固定的山川下写人事的沧桑变化,或面对山川土地的巨变写人的坚守,林楠的散文属于后者。

14."诗坛不老松"王性初

王性初出国前曾担任福建省作家协会副秘书长,现任美国《中外论坛》总编辑。他 1989 出版诗集《独木舟》,随后移民定居美国旧金山。除了在美国、澳大利亚以及中国内地(大陆)、香港、台湾的报刊上发表大量诗歌、散文、小说及随笔外,还在美国、香港及中国内地报纸上开辟多个专栏,其诗歌作品被膺选镌刻在现旧金山华埠图书馆。

在王性初的大量创作中,尤以诗歌的成就最高。他 1998 年在台湾出版诗集《月亮的青春期》,2002 年出版诗集《王性初短诗选》(中英对照),2005 年出版诗集《孤之旅》,2006 年出版诗集《心的版图》,2011 年出版诗集《行星的自白》,2012 年出版诗集《知秋一叶》,2013 年出版《诗影相随》,2015 年出版诗集《一滴》。2016 年王性初新诗集《初心》荣获"中山杯文学奖"诗歌类大奖。

在北美,诗歌创作始终未能形成稳定持久的群体,优秀的诗作虽然寥若晨星,但非常灿烂,比如洛夫的长诗,张错的抒情诗,非马的短诗,严力的哲理诗等。在这些稀疏的晨星当中,王性初的诗一直是一个特别的存在。所谓特别,就是他的诗不仅是个人激情的表达,同时也在相当程度上代表了海外漂泊者的灵魂旋律。

作为一个海外游子,王性初的人生不仅充满传奇,更代表时代和时空的大跨越。在他复杂的情感中饱含了多少家国的别离与人生的不舍。虽然说精神的漂泊是诗人自愿的,甚至是渴望的,但它的另一面也是孤寂的,是痛苦的。所以,王性初的诗是充满了"孤之旅"与"蝶之殇",但同时又充满了对生命的深情眷爱,包括以爱的对话、思的独白发展呈现的诗情画意。

如果说小说家要读懂生活,诗人最需要的是理解生命,感悟生命的深浅决定了诗人境界的高低。对生命的体悟越深,对人生的情感就有多深。这两个方面是互相统一的,犹如知道了明天的死,就会倍加珍惜今天的生。王性初对生命的体悟,正是来自他对死亡感的体验。已有学者注意到他诗中的这种独特意向,即王性初的诗歌中存在大量死亡意象、幻梦意象、漂泊意象,由此构成了诗人孤独的生命体验,而这又是与诗人对故乡的守望情结分不开的,它们既在各自的层面上展开,又是紧密关联的,动态地喻示着诗人完整的生命历程。①

在王性初的诗中,如《关于一个玻璃杯的悼词》《春天的死亡》《棒球之死》《一个行将死亡的下午》《世纪末的死亡感觉》《都市停尸场》等,表面上看是因为作者真的曾经与死亡擦肩而过,甚至一直相随,但真正的内涵却是他在精神上已经经历了无数次的生死交替,对于他来说,每天活着都是向死而生,或者说每天都是新的一天! 如此说来,多情多思于生死之间,多情对应生,多思对应死,这就是王性初诗歌的基本意象。

除了深刻的个体孤独体验外,王性初的表达却没有陷入生存焦虑,这与他对爱的精神信仰有关,也与他积极思考地球人的文化归属有关。他常常把个人之爱与博爱结合在一起,体现出一种地球人的成长意识。正是有了这个精神归属,使他最终战胜了"异乡"为"异客"的孤独和寂寞。

在北美的诗坛,洛夫先生的长诗,是由漂泊抒写着渴望归去。张错先生的诗,则是浪子回家的"千千阙歌"。王性初的诗,最终追求的也是"爱"的"文化归途"。

15. "新加拿大人"郑南川②

郑南川,是加拿大华裔作家,出生于中国云南,1988年留学加拿大魁北克拉瓦尔大学,攻读欧洲近代史博士学位,现定居加拿大蒙特利尔。

郑南川的创作起始于20世纪90年代,他当时在加拿大魁北克的地方报业发表了《咖啡与女人》《那个男人为什么疯了》等中长篇小说。随后的几年里,他的中短篇小说集《跑进屋里的那个男人》《窗子里的两个女人》和诗歌集《一只鞋的偶然》《堕落的裤裆》《我和"我"的对话》先后出版,另外还有微型小说集《琴和她的妮西娜》、非虚构作品文集《在另外一个世界死去》等。

2015年,郑南川的双语诗歌集《一只鞋的偶然》入围美国的"独立出版人图

---

① 闫丽霞:《生命的旅程——简评旅美诗人王性初诗歌中的三个意象》,《海内与海外》2007年第7期。
② 参阅赵庆庆:《"飘雪也是春天"—专访加拿大魁北克华人作家协会会长郑南川》,香港《文综》2019年春季号。

书奖",该诗集展示了诗人在加拿大丰富的本土生活经验,例如《"普丁"的爱情》《五月的圣凯瑟琳大街》《Maisonneuve公园的记忆》等诗,正好应和了魁北克"新诗歌运动"的精神,受到了诗坛的瞩目。

诗集《一只鞋的偶然》表达的主题有人生的远行与艰辛、大自然的异域风情、日常生活的文化印记以及对往昔的记忆与怀念。从题目到内容,都非常接地气,承载着魁北克普通民众的生活和感情。尤其是其中的文字质朴无华,犹如日常口语,但却真诚地表现了"我"的移民经过和移民后的平凡生活。

关于自己的创作,郑南川在《岁月在漂泊》的首发式上有这样一段话:"我们都几乎无一例外地苦于精神价值上的两难境地,即中国文化与异国生活之间,物质求新与精神恋旧之间的尖锐冲突,一种'文化身份'的构建,随着远离,在家乡和异乡角色的变化,双重身心面临着极大的冲击。我们的写作者必须回答一个问题:我的身份是什么,我认同怎样的一种'文化身份'!"

正是基于这种对移民原生态的关注,郑南川的诗歌自然聚焦在普通移民的普通生活上,例如《花店》《教授和他的面包师儿子》《夜归的工仔》《小娟和我》《寻找外乡人》等多首反映打工生活的诗作。他除了聚焦华人的草根移民,也将其他族裔纳入了自己的视野。

郑南川在魁北克生活多年,虽然在内心不曾切断中国文化的血脉,但他已渐渐把他乡看作故乡,这种认同移民国的真实情感流淌在郑南川的字里行间。他饶有兴趣地观察各种加拿大的风物人情,将魁北克的严冬、大雪、枫林、动物等都付诸笔下,例如歌咏蒙特利尔市的雪就有"落雪的小诗系列"——《飘雪》《雪之情》《雪之梦》《初雪印象》《三月有雪(写给蒙特利尔)》《咖啡吧的早晨》等,诗人自道:"魁北克人说,没有雪就没有我的国家;我说,没有雪就没有我的诗歌。"

在魁北克这样中西方文化的交叉碰撞地带,郑南川拥抱并接受着不同文学的熏陶,他用开放的态度和理性的姿态对海外华人的价值伦理进行了重新反思和辨析,同时也努力去记录和表达自己身边的加拿大人的生活状态和价值诉求。他让自己站在中西方文化的边缘,以广阔的文化视野、客观的文化胸襟,来揭示中西伦理的差异和人性深处的相同。

中短篇小说集《跑进屋里的那个男人》,是郑南川具有代表性的小说作品。其中的28篇小说,主要是讲述本地人的生活故事,如《失忆之后的记忆》,小说的女主人公埃米莉,在一次偶然的出走中失忆,误入了男主人公西蒙的家。她将西蒙当成了自己去世了的丈夫巴盖特,离婚后独居在家的西蒙,有感于埃米莉对巴盖特的深情,将错就错,演绎了一段基于失忆的中年恋情。受此恋情启发,埃米莉的女儿索菲和西蒙的儿子塞巴斯浅也坠入爱河。但西蒙中风、埃米莉受惊之后,这段恋情急转而下,埃米莉在惊吓中恢复了记忆,却又忘掉了和西蒙之间的一切。最终,经过埃米莉女儿索菲的劝解和医生的治疗,埃米莉终于唤醒了因中风而失忆的西蒙。等到男女主人公均经历过失忆之后的记忆恢复之后,再续前缘。小说关注的是人在无意识状态下的情感选择,带有浪漫的传奇色彩,同时又带有荒诞和疯癫的现代主义色彩。

2017年,郑南川在台湾出版了小说集《窗子里的两个女人》,作者以真实贴身的生活体验,写下了如《琴和她的尼西娜》《剩下半个饥饿的肚子》《赫拜的健康画像》等作品,这些作品直接而大胆地刻画了本土人的生存现实,以及他们隐秘的内心世界,表达了作者对人性美好意境的追求。小说出版后立即进入了台湾"年度畅销书榜"。短小精湛的故事,受到了大学青年学生们的欢迎。

在郑南川的创作中,充满着对爱的礼赞。他写异国恋、异国情,穿越了文化的差异去寻找心灵的归宿,还有他对同性爱的理解和宽容,充分体现出海外汉语作家独特的生活体验和文化背景对创作的影响。为此,他提出了"新加拿大人"的文学观,即以超越国族的悲悯情怀,淡化以祖地文化为根基的乡愁意识,聚焦"新加拿大人"从客居到永居的本土化困境。

作为"新加拿大人"的汉语作家,郑南川从"夹缝人"转向"地球人",有意回避异域空间中的乡愁书写,重新构建现代小说的情境,真正在"移居国"坚实立足,实现中西文化的融通和新的文化认同。他的这种努力,在海外新移民文学的创作浪潮中可谓独树一帜,并具有前瞻性的意义。

16. "沙蒙""远航"阙维杭

20世纪90年代,在美国西部的华文报纸上,常常出现一个笔名叫"沙蒙"的人,文章冷峻清醒、"点击"时政。同时还有一个署名"远航"的人,文字则比较雍容悠远,展露出浓郁的文人气质。前者颇有青壮者的凛然生气,后者则如长者般学养深厚,其实二者都是阙维杭一人。

阙维杭,美国《侨报》在西海岸的新闻主笔,来自中国杭州。20世纪90年代初赴美,两栖于新闻和文学之间。出版随笔集锦《美利坚传真》《美国写真》《美国神话:自由的代价》《世纪之吻》等,这些风云激荡的文字,秉持着一个新闻人的理性公正以及一个文化人的独特慧眼,透视美国社会的政治、经济、外交、文化、教育及各式多样的人文风景,告诉人们一个"真实的美国"。

　　阙维杭的文字,充溢着理性与感性的双重魅力,总让人触摸到一种思考的沉重,你甚至能感觉到他那灼热的文字背后飞速旋转的逻辑齿轮。新闻人洞察的敏锐,思想者理性的透彻,再加上文化人审美感性的飞扬,构成了阙维杭鲜明的写作风格。无论是《美利坚传真》还是《美国写真》,阙维杭将美国这个世界第一强国"先锋又怪诞、超前又超常"的种种文化风貌逼真地呈现在读者面前,也初步展现出作者捕捉美国现代生活时敏锐快捷、缜密犀利的独特眼光。

　　他作品中最精彩的部分是对"新移民生存与发展态势的观察",其关怀的层面及广度不禁令人惊叹,堪为"北美新移民生活指南大全"。从"教育管窥"到"移民美国",从"移民之光"到"浪迹美国",包括新移民在美国的谋生之道、新移民子女教育状况等海外华人华侨的生活轨迹,作者都有第一手资料的综述与现象分析,读来亲切感人,更令人回肠荡气,可以说是一部在美华人各个阶层多元化生存的发展概观。

　　令人感佩的是,在阙维杭的文化扫描中,其视野不仅仅投在触目惊心的时政风云,他的细致而敏感的目光,探寻得更深更远。如美国颇具争议性的枪文化暴力现象:《"枪文化"的沉思》;美国的地域文化:《东西部情结》《硅谷风云》;美国的儿童教育的弊端:《拔苗助长的美国版》;还有美国的汽车文化、节庆文化、休闲文化、宠物文化、民俗文化、消费文化等。在海外文坛,能够如此全方位地深广探溯"美国文化"的经络命脉,阙维杭堪称当代新移民作家中的勇敢开拓者。

　　从《美利坚传真》《美国写真》,再到《美国神话:自由的代价》《世纪之吻》,正清晰地烙印着作者在美国一步步徒行"文化苦旅"的艰辛足迹。"乡愁"渐远,现实遂真,有时他攀岩凌绝、一览众山,有时他濯足涉水、曲径探幽,将他一路醉心思考的人文风景为我们层层拨现。在他身上,既听不到"流浪者"怀唱过去的呻吟,也看不到"边缘人"自卑自负的无奈,他展露给我们的完全是一个现代东方知识分子走出了历史的阴影、在新文化的感召下轻装阔步前行的豪迈姿态。

第七章
汉语的异域写真:北美汉语文学之花持续绽放

近 40 年来的北美新移民文学创作,显然是在东西方文化的"离心"状态中独立成长。大批的海外作家在坚守文学的同时实际上是在坚守自己的精神家园。他们游走在两种文化的交界,在社会责任与艺术诉求之间、在忠诚与背叛、抵达与回归的矛盾中不断挣扎和徘徊。正是这种"离散"的悲情,造就了海外文学独特的张力和自由思考的空间。他们的可贵,正体现在愈来愈多的作家自觉地重建自己的独立文化人格。他们继续在前辈作家的精神轨道上努力前行并寻求超越,同时为文学的洪流巨波提供了一股来自海外世界的涓涓清流。

活跃在北美各大城市的当代汉语作家,他们一方面是穿越在历史和现实之间,另一方面是在东方与西方的各种文化冲突中生存和发展。他们的视野一方面覆盖着中国的近现代历史,另一方面覆盖着移居地的文化和移民生活,所以他们的作品体现出一种宏阔的、具备世界格局视野的文化反思,这种反思正在深刻地影响着海外汉语文学的未来。

然而,对于海外的新移民作家来说,他们用自己的母语抗拒着"移植"后的失语,与此同时,他们让自己一面跳出传统文化的思维轨道,一面让自己不至于在西方主体文化的巨大吞噬下失去自我,他们最难的是要保持在双重意义下的创作独立。

在新移民文学作品中,特别值得关注的是反映异域文化与原生文化的融合与撞击,在双重文化背景下出现的新型的人物形象。如加拿大作家曾晓雯的《苏格兰短裙和三叶草》,主人公则是孤独地生活在异域小镇上的华人女学生,这个很自卑的女孩,因为爱上了雇主而对他发生兴趣,小镇的环境,谋杀案,咖啡馆,有点变态的爱恋,都表现出中西文化的不同。此外,张翎的《余震》,严歌苓的《白麻雀》,都展示出某些国内小说中很少出现的元素。《余震》中养女与养父间的莫名尴尬,《白麻雀》中藏族女兵与汉族女兵间的同性吸引,这些西方小说中的因素,都成为海外新移民创作的新质素。

近年来的北美新移民作家,还特别善于用中西融合的新角度,来重新诠释历史人物。如薛忆沩的《通往天堂的最后那一段路程》,重新塑造白求恩这一人物,将一个曾经定型的历史人物丰富化和复杂化,这是在中西文化的双重概念中的一次突破。他的另一部小说《空巢》则是写国内老人遭遇电话诈骗的故事,但他使用了陌生相隔的回忆,重续了当代"伤痕文学"的思想主题。

综上所述,北美新移民文学的优势在于他们既有母文化的历史积淀,又有域外的创作自由。海内海外的双重文化的交融,使得作家们能够在新的观念和立场,迈向人性挖掘的深度。

与此同时,北美的"新移民文学"也面临着诸多的历史挑战:

海外新移民作家的创作,在题材内容上虽然进行了大胆开拓,如历史小说、家族小说、宗教小说、战争小说等,但多是单枪匹马,如细流涓涓,还未能形成文学思潮的波澜。例如在"海外书写"的作品中,关于中国对世界的早期贡献、华工对美国的贡献、现代留学生对美国的贡献、大陆新移民对美国的贡献等的表现,还都远远不够。此外,虽然很多的新移民作家已经意识到要努力吸收世界文坛的优秀技巧,如哈金的长篇、陈河的中篇、张惠雯的短篇等,但是在大部分作家的创作中还需要继续寻找与世界文坛接轨的表现方式和创作技巧。海外新移民创作,需要进入到更深重的人类命运的关怀,展现出"地球人"的广阔视野,这将是当代新移民作家所要面临的巨大挑战。

南京大学学者刘俊教授认为:"从文化的角度看,北美大陆可以说是当今世界各种文化成果的'集散地',北美(新)移民华文文学作家置身其间,可以说在吸取世界性的文化果实方面得天独厚,如果他们对于世界范围内的各种文化新知(哲学—美学的,文学—艺术的,社会—历史的)能进行有意识、有目的的汲取,并将这些新知作为开启自己视野、思路和艺术悟性的重要手段,通过自己的理解将之融化到自己的创作中去,相信当他们以这些新知作为创作的'背景',以这些新知的'高度'作为自己创作的起点的时候,他们应该又增加了一种其他地区华文作家难以匹敌的优势。"①

　　需要特别指出的是,北美汉语文学世界"掩藏"着甚至"雪藏"着中国当代文学杰出的作家资源和文学史资源,正像当年的加拿大曾经"掩藏"戊戌变法失败后隐居于北美的康有为。除了之后又辉煌复出的"伤痕文学"家卢新华,这片神奇的土地上还"潜藏"着20世纪80年代在中国文坛呼风唤雨的传奇人物古华、王亚平等,他们以文学的或者非文学的方式寄寓于北美大地,用他们的沉默或者变异书写为后来的文学史家延续着不只属于他们的传奇。

　　当今的海外新移民创作正在走向跨国界、跨族群、跨文化的写作方向,自由地在"原乡"和"异乡"之间切换,无论是历史的回首还是现实的反省,无论是怀恋的寻找还是超越的兼容,都在呈现出多元化的创作格局。不断发展中的海外的汉语文学写作,早已不再是乡愁离绪,正在从"东方性"走向"人类性"。新一代移民作家的创作主题除了表达"生命移植"过程中的苦乐悲欢之外,更多的是寻求文化融合的努力。在文化全球化的今天,海外的汉语写作,正在走向"离而不散"的精神特质,未来的世界汉语文学,海内海外也必将走向最后的"融合"。

---

① 刘俊:《经典化的条件及可能——北美(新)移民华文文学的创作优势分析》,《华文文学》2006年第1期。

欧洲卷

繁花满树的另一番风景

Europe

如果说北美汉语文学起源于华工的苦难与不平,欧洲的汉语文学则起源于旅欧知识精英的优容与雅致。于是,北美汉语文学的主流与欧洲汉语文学的主流一直在不同的河道里各自运行,正像欧洲第一长河伏尔加河与美洲第一长河密西西比河一样,互不相扰,难以合流。

欧洲汉语文学的创作最初追溯到清末民初驻法外交官陈季同,他的《黄衫客传奇》曾被中国现代文学研究家论证为中国现代文学的开源之作。在创作与翻译两方面都有不俗建树的熊式一开启了用英汉双语进行创作的写作模式,他的剧作《王宝川》奠定了弘扬中国传统文化与艺术的发展路向。作为法兰西终身院士,程抱一同样是致力于中国传统文化在地化生产与融合的铁笔圣手。就这样,欧洲汉语文学与汉语文化文学体现出浓厚的精神贵族风格:把玩着汉语文化传统,营造并阐释着中欧文化相克相生的文化宿命。在这样的意义上,人们可以联想起优雅到极致的凌叔华,以及将这样的优雅继承下来的赵淑侠,甚至联想到现在活跃在欧洲汉语文学界的梦娜以及她所代表的优美而精致的作家团队。

欧洲汉语文学的优容而幽雅的风格与欧洲绅士文化和欧洲大陆贵族沙龙传统有一定联系,但是更主要的还是中国传统文化中精神贵族传统的发扬。相比之下,北美汉语文学更加富于紧张、激烈、痛苦、悲伤的情调表现。于是,欧洲汉语文学也显得特别自由自在,汉语文学社团蜂起也是汉语文学在这片土地上相当自由的重要表征。

第一章
历史的梯级：欧洲汉语文学的发展节奏

这里的欧洲汉语文学既包括狭义的移居欧洲的华人用汉语书写的文学作品，也包括广义的移居欧洲的华人华侨用居住国语言创作又翻译为汉语的，甚至包括欧洲人用汉语进行创作的文学作品。和北美汉语文学的热闹相比，欧洲汉语文学显得相对冷清。很多学者认为欧华作家的创作数量和质量无法与北美相比，这个说法有待商榷，但研究人员对它们的关注显然比北美汉语文学少很多。

就海外汉语文学评论家而言，他们多数深造并居留于北美大陆，加上21世纪之前，北美的汉语写作人口从长期发展的角度来看都多于欧洲，他们关注与研究的重心自然便以那里为焦点。特别是从中国台湾移居美国的多数文坛"大师大咖级"作家、评论家，如夏志清、夏济安、李欧梵、王德威、白先勇、於梨华、聂华苓、陈若曦、欧阳子、杨牧（叶珊）、施叔青等，都与美国学院渊源深厚，其关照与文评焦点也全放在美国汉语文学以及中国台湾地区文学之上，无暇也无心顾及遥远的欧洲，这可以想象和理解。虽然21世纪之前研究欧洲汉语文学的个人及组织不多，但自20世纪90年代始，中国大陆却也逐渐有学者将目光投注于海外汉语文学的搜集与研究，较早的如汕头大学陈贤茂教授在他1993年的著作《海外华文文学史初编》中纳入了欧华作家的篇章；之后，大约自2000年以来，中国大陆的学术研究机构和个别学者也慢慢对欧洲汉语文学产生了关注与兴趣，投入这方面的研究方兴未艾，与欧洲汉语文学社团组织及个别作家的互动交流也日益增多。就欧华文学的发展来看，从清末民初开始，经过几代欧华作家的长期努力，欧华文学已渐成气候，各种性质的作家组织成立，外来与本土的华文报刊风起云涌，加上自媒体的迅捷发展，欧洲汉语文学的发展势头比较强劲。欧洲华文作家协会的创会会长赵淑侠如此概括:"半世纪来,欧洲华文文坛,已从荒凉的沙漠变成绿洲,郁郁成林,繁花满树,别具一番风景。"[①]诚然,我们都知道赵淑侠女士于1991年创办的欧洲华文作家协会对于欧洲汉语文学发展的巨大推动作用,但追根溯源,欧洲汉语文学的萌芽恐怕离不开五四时期留学欧洲的如巴金、老舍、徐志摩、林徽因、苏雪林、凌叔华、戴望舒、徐悲鸿等中国现代文学艺术家(甚至可以往前推到清末民初的外交官陈季同),而且一路上还受到各种文化的滋养,以及熊式一、王镇国、程抱一、杨允达、赵淑侠等各位文学拓荒者的贡献,才成就了今天欧华文学发展较为繁荣的局面,尤其是20世纪90代以来欧洲汉语文学的发展势头不可小觑,值得从事海外汉语文学研究的学者深入细致地挖掘和探索。

一、酝酿摸索:清末民初至20世纪40年代末期

五四新文学运动以后,一批与欧洲渊源甚深的作家,如巴金、老舍、徐志摩、林徽因、苏雪林、凌叔华、戴望舒、许地山等,是活跃于中国现代文坛、成就非常突出的一群人。他们的创作多少都受到欧洲的古典主义、浪漫主义、批判现实主义、人道主义、自由主义等影响,可惜匆匆而过,未能在欧洲播下汉语文学的种子。倒是清末民初的驻法外交官陈季同着眼于在海外介绍中国文化的法文创作《中国人的自画像》(1884)、《黄衫客传奇》(1890)、《吾国》(1892)、《英勇的爱》(1904)等无意中给酝酿中的欧华文学产生了重大影响。黄万华的评价切中肯綮:"他的写作发挥平和、谦恭、宽容的中华传统,使中庸主义哲学成为文化交流'极佳的精神状态',超越了国家、民族之间一时剑拔弩张的对峙,进入久远而开阔的文化对话,其平和、从容的海外写作经验拉开了欧华文学的序幕。"[②]

陈季同(1851—1907)曾于1875年、1877年两次赴法国学习,又任职于清朝政府驻欧使馆,旅欧时间前后长达18年,在此期间,他用法文写了8部与中国有

---

① 赵淑侠:《序言》,见《写在旅居欧洲时——三十位欧华作家的生命历程》,台北:秀威资讯科技股份有限公司2014年版,第7页。
② 黄万华:《序幕是这样拉开的——晚清陈季同旅欧创作中的中华文化传播》,《南国学术》2019年第1期。

关的著作,其中不乏带有文学色彩的作品。陈季同精通中国传统文化,擅长文言体诗词,他曾有诗集《学贾吟》(1896)。清末民初文人曾朴(1872—1935)称赞陈季同说:"中国的诗词固然挥洒自如,法文的作品更是出色。"[1]陈季同从承载中国传统文化的文言体语境跨入现代工业革命后的欧洲拉丁语体语境,其沟通、融合难度很难想象,但他敢于挑战与创新,沉浸于"在地化"法语的努力学习和进一步了解和体悟欧洲现代文明,终于成为一名法语运用自如的外交官,在他的岗位上发挥了极大的作用。著名法国作家罗曼·罗兰曾在日记中评价陈季同在法国索邦大学的演讲"非常之法国化,却更具中国味"[2]。可以说"法国化"和"中国味"是陈季同从事外交活动演讲和中华文化传播的两个立足点。陈季同显然偏爱中国传统文化,甚至赞同"三从四德"的封建伦理道德,但又不拘泥守旧。面对自由、民主、平等的欧洲现代文明,一方面,陈季同坚持"中国味",如他认为与倡导"民主自由"而相对松散的欧洲现代社会相比,儒家"家国一致"的实践道德与行政哲学是中国社会长治久安的重要利器,而且认为允许所有不同等级的人参与考试的"科举制度"恰是体现了中国式的平等与自由;另一方面,陈季同具有"法国味""欧洲味",他常着眼于欧洲的现在和未来介绍中国的传统文化,并立足于两种文化的联系与差异的视角来讲述中国故事。在轻喜剧作品《英勇的爱》(1904)中,陈季同抒写了一个失去未婚夫的女主角樱桃"为夫守节"的英勇的爱情婚姻故事。就"中国味"来说,陈季同在作品中自觉维护未婚守节所表现的中华传统道德,但当他借鉴西方轻喜剧的表现形式时,实际上却表达了对守节女子命运的个人关注,而这种关怀,明显具有"法国化""欧洲化"过程中对现代社会个人存在的重视。作品设计了未婚夫获救生还,两人最终一起步入婚礼的大团圆结局,某种程度上消解了甚至颠覆了中国传统文化"守节"的意义。所以说陈季同的旅欧写作既有在欧洲文明进步的潮流中对中华传统文化的重新省察,也有在人类危机的意识中对中华传统价值的积极肯定,他的《巴黎印象记》(1891)很好地体现了其"法国化"和"中国味"相交融的特点,也说明了在历史的长河中东西方文化互补互证、互通、互融的某种特性。不论是作为外交官还是旅欧文人,

---

[1] 曾朴:《孽海花》(增订本),上海:上海古籍出版社1980年版,第313页。
[2] 罗曼·罗兰1889年2月18日的日记,转引自陈季同:《吾国》,李华川译,桂林:广西师范大学出版社2006年版,扉页。

陈季同这种超越国家、民族之间的差异,而进入久远、开阔的文化对话的态度和做法都值得我们后人学习,同样也给后来欧华文学的创作者以深刻启示。

除此之外,值得一提的是20世纪20年代巴黎"天狗社"的文艺活动。这是一群留学法国攻读文法或艺术的中国青年如徐悲鸿、邵洵美、蒋碧微等人在巴黎成立的一个文艺团体,他们的目的就是试图利用在欧留学时机向西方介绍一些中华文化的概念。这个社团的主要活动是每个月出版一次手抄报,内容是刚萌芽的白话文创作,有新诗、散文、杂文和艺术评论,影响不小,吸引了英、德等国不少留学生的热心供稿。"天狗社"的文艺活动持续了好几年,遗憾的是随着这些学生学成归国而终止了。如果他们在法国坚持下去,欧洲汉语文学的摸索阶段将会大大缩短。

值得高兴的是,欧洲大陆英吉利海峡对面的英国却有一位中英双语作家熊式一,他为中英文学翻译和文化交流、中国传统文化在欧洲的传播奠下了基础。

熊式一(1902—1991),旅英华人作家。1902年生于江西南昌,著名双语作家和戏剧家,毕业于北京高等师范学校(现为北京师范大学)英文科,年轻时主要从事小说创作和西方戏剧家萧伯纳、巴雷剧作的翻译,1931年远赴英国深造,颇有成绩,50年代以后辗转于港台、新加坡等地教书。代表作有英文版戏剧改编《王宝川》(1934)、英译本《西厢记》(1935)、戏剧创作《大学教授》(1939)、英语小说《天桥》(1943)等。熊式一在英国不忘传播中华传统文化,他改编著名的传统戏曲《王宝钏》,把原先一夫二妻封建社会的大结局改编成具有现代感的患难夫妻愈见忠贞,让薛平贵与西凉公主以兄妹相称,不仅去除了传统戏曲的糟粕性成分,同时也让薛平贵与王宝钏的感情更加坚贞。除此之外,根据英语翻译的需要,把"钏"改成"川",于1934年发表的英文话剧《王宝川》,在英伦剧院以及美国连演数年,让外国观众感受到了中华传统文化的无穷魅力,产生了较大的国际影响。之后1935年熊式一又翻译出版了元曲《西厢记》,受到英国著名剧作家萧伯纳的盛赞,称它为能"和英国古代最佳舞台诗剧并驾齐驱"[①]的剧作。此后,《西厢记》成为欧美各大学中文系与亚洲研究所的教材,熊式一功不可没。

---

① 熊式一:《王宝川》(中文版),北京:商务印书馆2006年版,第3页。

除了翻译、改编戏剧外,熊式一也有小说创作,进一步反思中国传统文化。不满于凌叔华英文小说《古韵》中姨太太情节的负面影响,熊式一决定要写一本以历史事实、社会背景为主的小说,把中国人表现得入情入理,于是有了1943年伦敦出版的英文小说《天桥》。小说将主人公李大同30余年的坎坷经历,置于波澜壮阔的中国近代史中,既写出了清朝政府的腐败和民不聊生、怨声载道的社会现状,又反映了中国在社会变革转型的前夕经济、政治、文化、宗教等方面的尖锐矛盾和冲突。不承想小说一出版就大获成功,还得到了英国桂冠诗人曼殊斐儿的赞赏,并被译成多国文字,与林语堂的《京华烟云》齐名。20世纪50年代以后,繁体字版的《王宝川》和《天桥》得以在香港出版,影响也很大,陈寅恪曾写诗称"海外林熊各擅场",可见熊式一和林语堂在海外华人文学中的地位不分上下。但由于多种原因,《王宝川》《天桥》等的简体版21世纪初才在大陆出版,这也直接影响了中国对这位著名戏剧翻译家和剧作家的关注和研究。熊式一在英国旅居的时间只有20年左右,而且使用的写作语言是英语,也许我们无法把他的作品纳入狭义的英国汉语文学,但作者自觉的中英文化交流意识、作品体现出的浓郁的中华传统文化气息以及它们在欧美世界的广泛影响力,无形中为蛮荒期的欧洲汉语文学注入了一丝"真气"。

二、拓荒播种:20世纪50年代初期至70年代中期

中国1949年以后的现代主义文学思潮首先在中国台港地区发展起来。就台湾来说,夏济安的《文学杂志》、白先勇的《现代文学》起到了先锋作用,但恐怕少有人知道在白先勇由水利工程转向文学的道路上,有一位欧洲早期华人作家对他产生了重大影响,他就是留学意大利后定居比利时的华人作家王镇国。

王镇国(1927—2001)生于江苏常熟,毕业于台湾大学外文系,1960年留学意大利,后移居比利时,在台湾驻比使馆新闻处工作,欧华作协创会会员,主要作品有《留欧记趣》(1964)、《旅欧十二年》(1972)等。王镇国不仅创作,还翻译西方文学名著如《希腊罗马神话集》《伊丹·傅罗姆》《西洋文学欣赏举隅》等,发表在台湾的《文学杂志》、《文星》杂志、《联合报》副刊上,译笔优美,对当时还相对封闭

的台湾文坛来说无疑是打开了一扇世界之窗。白先勇在他的散文集《蓦然回首》中有这样一段话:"有一天,在台南一家小书店里,我发觉了两本封面褪色、灰尘满布的杂志《文学杂志》第一、二期,买回去一看,顿时如纶音贯耳。我记得看到王镇国译华顿夫人的《伊丹·博罗姆》,浪漫兼写实,美不胜收。虽然我那时看过一些翻译小说《简·爱》《飘》《傲慢与偏见》《咆哮山庄》,等等,但是……并不认真。夏济安先生编的《文学杂志》实是引导我对西洋文学热爱的桥梁。我作了一项我生命中异常重大的决定,重考大学,转攻文学。"①可见王镇国的翻译作品对白先勇文学人生道路选择的重要性。实际上,王镇国的汉语创作和翻译在20世纪六七十年代的欧洲华文文坛是极早的,难怪赵淑侠称之为"欧洲华文文学的第一个拓荒人"②。

除了王镇国,还有几位20世纪40年代移居欧洲并长期在居住地生活、工作的作家如程抱一(1949年到法国)、熊秉明(1947年到法国)等,20世纪六七十年代移居欧洲的如赵淑侠(1960年到法国,后到瑞士)、关愚谦(1969年到德国)、池元莲(1969年到丹麦)、杨允达(1973年到法国)、绿骑士(1973年到法国)、杨翠屏(1974年到法国)、朱文辉(1975年到瑞士)、吕大明(1975年到英国,1985年到法国)、王双秀(1977年到德国)、陈玉慧(1979年到法国,现定居德国)等,他们有些来自中国大陆,有些来自台湾。一方面由于初到异国对欧洲文化环境不熟悉,另一方面也由于当时欧洲还没有成熟的华文报刊可供发表,所以作品常返回中国香港、台湾发表,结集出版的主要代表作有:程抱一的诗文集《和亚丁谈里尔克》(1972),赵淑侠的小说集《西窗一夜雨》(1976)、《当我们年轻时》(1977)和散文集《紫枫园随笔》(1978),关愚谦的《狂热、动摇、幻灭》(1972),杨翠屏的译著《见证》(1977),吕大明的散文集《大地颂》(1977),杨允达的散文集《又来的时候》(1971)《衣索比亚风情画》(1972)《彩虹集》(1973)和诗集《允达诗选》(1972),绿骑士的诗文集《绿骑士之歌》(1979)等,这些作家的文艺活动和文学创作播下了优良的种子,一旦时机成熟,欧洲汉语文学就会生根、开花、结果。

---
① 白先勇:《蓦然回首》,见庄明萱等选编《台湾作家创作谈》,福州:海峡文艺出版社,第152页。
② 赵淑侠:《披荆斩棘,从无到有:析谈半世纪来欧洲华文文学的发展》,《华文文学》2011年第2期。

三、勃兴发展：20 世纪 70 年代末期到 90 年代初期

文学前辈们努力耕耘播种，加上本土与外来报刊媒体的迅猛发展，20 世纪七八十年代的欧洲汉语文学形成了一个小高潮。就外来媒体力量来看，主要有香港《星岛日报》系、《文汇报》系、台湾《联合报》系、中国大陆新闻社报系等，这些报纸的副刊均成为欧华作家的发表园地。如 1975 年创刊于伦敦的《星岛日报·欧洲版》的"欧华大地"副刊、1982 年创刊于巴黎的《欧洲日报》（台湾《联合报》的欧洲版）的文学副刊、1983 年创刊于巴黎的《欧洲时报》（中国新闻社支持）的"长篇连载"等等，很多欧华作家在上面发表过作品。

外来纸媒的输入对于欧洲汉语文学的立足与发展无疑有很大的影响，但本土华文纸媒的发展则显得尤为重要。20 世纪七八十年代欧洲汉语文学的发表阵地主要有：《欧洲通讯》（1971 年创刊于德国）、《西德侨报》（1972 年创刊于德国）、《龙报》（1981 年创刊于法国）、《莱茵通信》（1987 年创刊于德国）、《欧华导报》（1989 年创刊于德国）等。其中对欧洲汉语文学的发展有很大影响的主要是《西德侨报》（德国统一后改为《德国侨报》）。《西德侨报》创办于 1972 年 7 月，会长是西德慕尼黑华侨协会的商人徐能，他颇有见识，刊物除了刊发经济类的文章之外，还有较大的版面提供给文学创作的爱好者。《德国侨报》自 1972 年 7 月到 2004 年 8 月，共发行了 270 期，可以说是培养欧洲华文作家协会（简称欧华作协）会员的摇篮，因为在欧华作协成立之前很多作家都在该刊物练过笔，比如赵淑侠、朱文辉、俞力工、莫索尔、麦胜梅、王双秀、杨玲、谢盛友、池元莲、赵曼、邱玉、谭绿屏、黄鹤升等。直至 1991 年欧华作协成立以后，《德国侨报》依然是作家们发表作品的重要园地。

这么多可供发表的报纸副刊，使得欧华文坛开始热闹起来，形成了一个小高潮。20 世纪六七十年代移居欧洲的作家厚积薄发，到 80 年代文学之花纷纷绽放，主要有吕大明的散文集《英伦随笔》(1980)，赵淑侠的小说《我们的歌》(1980)、《落第》(1982)、《塞纳河畔》(1987)、《赛金花》(1986) 和散文集《异乡情怀》(1980)、《海内存知己》(1981)，朱文辉的侦推（侦探推理）小说《松鹤楼》(1989)、《生死线上》(1989)、《异类的接触》(1989)，杨允达的散文集《巴黎摘星

集》(1984)、《巴黎梦华录》(1985)等。再加上一大批 80 年代从中国大陆(内地)和台港澳移居欧洲的新移民作家加入,如法国的祖慰、陈湃、郑宝娟、黎翠华、黄晓敏,英国的杨炼、眭澔平,荷兰的林湄、丘彦明、王露露(又称王露禄),比利时的章平,瑞士的颜敏如,德国的穆紫荆、夏青青、黄凤祝、高关中、谭绿屏、谢盛友、金弢,土耳其的蔡文琪、高丽娟等,他们中来自中国大陆(内地)的祖慰、杨炼,台湾的郑宝娟、丘彦明、眭澔平,香港的黎翠华、林湄等本身已经小有文名,其他也都是对文学语言艺术和中外文化交流有浓厚兴趣的爱好者。他们的加入以及前辈们的共同努力,使欧洲汉语文学勃兴发展起来。

随着留欧学人、作家以及文学爱好者的增加,一些有志之士开始酝酿成立华人的社团组织,促进中欧文化的交流和传播。如 1981 年 8 月 27 日成立于法国里昂的"欧洲华人学会"(后改名为欧华学会),创有会刊《欧华学报》,前后共出了 4 期。这是欧洲最早的华人学术组织,虽不是华人文学组织,但其学术交流活动所产生的中外文化交流传播的影响很大,对欧洲汉语文学的发展有较大的推动力,其成员关愚谦、车慧文等至今的影响力依然不小。另外,还有 1988 年 12 月 12 日陈伯良于伦敦组织成立的英国华文写作家协会(后改名为英国华文作家协会),该协会聘请了著名作家凌叔华、叶君健等做顾问,定期展开文学讲座,这无疑对英国乃至整个欧洲汉语文学的发展有极大的促进作用。

外来和本土华文报刊的创办运营、高质量作品的发表出版、大陆(内地)和台港澳新移民作家的加入,还有部分社团组织的推动,这些都促成了欧洲汉语文学的勃兴与发展,也为 20 世纪 90 年代以后各种规模文艺组织的成立和文学作品创作、出版的集体喧哗奠定了基础。

四、众声喧哗:20 世纪 90 年代至 21 世纪

经过长达 80 多年的酝酿、播种、摸索和发展,欧华文学于 20 世纪 90 年代终于迎来了百花齐放、众声喧哗的春天。

1. 报刊出版社等纸媒队伍壮大

20 世纪 90 年代以来的欧洲华文文坛,纸媒发展相对成熟,除了前面提及的

《西德侨报》《莱茵通信》《欧华导报》等报刊之外，还有很多新创办的报刊，都有一些文艺版园地，它们对欧洲汉语文学的发展壮大起了至关重要的作用，如法国的《华报》，德国的《本月刊》《华商报》《欧洲新报》，捷克的《捷华通讯》，瑞士的《瑞士侨讯》，奥地利的《欧华》，匈牙利的《中华时报》等等。值得一提的有出生于马来西亚、在中国香港完成大学后在法国读完比较文学博士的黄育顺于1996年7月6日创办的《法华报》(1999年12月改为《华报》)，来自中国海南、毕业于中山大学德文系、现为德国班贝格议员的谢盛友于1999年9月独资创办的杂志《本月刊》和华友出版社，以及捷克华文作家协会创会会长老木于2011年创办的捷克华文作家出版社(2016年改名为布拉格文艺书局)。

《华报》是作家、翻译家黄育顺博士自创的以法国华人为重点读者，向他们报道以法国本地情况为主的新闻报纸。难能可贵的是，《华报》从1996年10月31日(《法华报》第九期)开始设有"世华诗苑"与"文艺世界"版(每期有两版)，吸引了世界各地作家、诗人的投稿，当然主要是给法国与欧洲作家诗人开辟了一个园地，经常投稿的欧华作家有：西班牙莫索尔、朱一琴、王熙丽、王熙都，法国的吕大明、杨允达、黄育顺、施文英，奥地利俞力工，比利时黄志鹏，荷兰丘彦明，德国麦胜梅，英国吴仁仁等等。《华报》社长黄育顺博士除培育作家、诗人外，自己也写诗、散文、随笔，并用法文创作《难忘里昂情》小说，出版了散文集《怀旧的期望》等，还翻译了巴金的"爱情三部曲"(《雾》《雨》《电》)、丁玲的《水》、茅盾的《路》、鲁迅的《门外文坛》等。黄育顺办刊及从事各种文化活动的主要目的在于弘扬中华文化，又将西方文化融会贯通，值得后人学习和借鉴。

《本月刊》是谢盛友创办的欧洲第一份中文杂志，并随后创办华友出版社，专门出版中文类书籍。该刊物辟有"社会生活"栏目，主要刊登小说、散文、随笔、杂文等。法国的杨允达，德国的穆紫荆、高蓓明，英国的文俊雅等是欧洲《本月刊》的主要撰稿人。另外，老木创办的布拉格文艺书局可以说是至今为止出书最多的出版社，宗旨是鼓励和提高在欧华人写作的信心。总之，《华报》和《本月刊》及其华友出版社、布拉格文艺书局以及其他本土纸媒都为欧华作家的成长、欧洲汉语文学的发展壮大做出了贡献。

进入21世纪以来，虽然网络媒体越来越发达，文学传播渠道日益多样化，但纸质华文报纸依然是很多欧洲华人作家投稿的重要目标。大浪淘沙，至今仍然努力活跃在欧洲华文舞台上的还有德国钱跃君主编的《欧华导报》、范轩主编的《欧洲新报》、修海涛主编的《华商报》，另外还有中国大陆背景的《欧洲时报》等等，它们都辟有相应的栏目，发表华文作家作品及其评论。2018年9月，原来《欧洲时报》（中东欧版）的"奥华专版"改为面向全欧的《欧华文学》副刊（由旅奥作家兼评论家颜向红主编），这是欧洲华文报纸中第一个也是唯一的文学副刊，其意义非凡；2019年3月开始，由于奥地利华文笔会成为欧洲华文文学会（简称欧华文学会）的奥地利分会，《欧华文学》副刊的主办者奥地利华文笔会亦改为"欧华文学会奥地利分会"。2020年，由于新冠疫情等原因，《欧华文学》副刊纸媒版停刊。同年5月，"欧华文学会奥地利分会"改名为"欧洲华文笔会"，《欧华文学》转型为网络版会刊。不管是载体如何变化，《欧华文学》将成为欧洲华文文学史上不可或缺的一部分。

2. 社团组织林立，作品数量激增

除了传播出版媒体的助力，社团组织也是欧洲汉语文学发展不可或缺的因素。在欧洲汉语文学的发展中，各个派别、各种形式的汉语文学艺术组织起了相当大的作用，如欧洲华文作家协会、欧洲华文文学会（前身为荷比卢华人写作协会）、中欧跨文化作家协会（前身为中欧跨文化交流协会）、荷兰彩虹中西文化交流中心、捷克华文作家协会、斯洛伐克华文作家协会、匈牙利华文作家协会、欧洲华文诗歌会、奥地利华文笔会、西班牙伊比利亚诗社、瑞士零零诗社等，其中影响最大的要数欧洲华文作家协会（简称欧华作协）。用创会会长赵淑侠的话来说，欧华作协的历史可以抵得上半部欧洲华文文学史，这绝对不是虚言。

欧华作协是欧华文学史上第一个全欧的文学性组织，筹划这样一个作家组织不仅需要极大的勇气和魄力，还要有克服各种困难的决心和大量的资金储备，其中艰难曲折恐怕只有赵淑侠及其麾下那些创会元老们自知。经过多方努力，1991年3月欧洲华文作家协会在巴黎正式成立，赵淑侠被公推为首届会长。这是全欧乃至世界汉语文学领域的盛事，它得到了中国大陆《四海》杂志、台北《联合报》副刊以及《欧洲日报》等的大力支持，并以专辑的形式大幅版面刊出，影响深远。

欧华作协的成立，使原来分散的力量相对集中，共同推动了欧洲汉语文学走

向世界，形成一个又一个创作高潮。为了推动欧洲汉语文学的发展，历届会长、秘书长和理事们出谋划策，尽心尽力，比如定期举办年会，吸收新会员，与其他各州华文作协进行互动交流；鼓励作家个人结集出版，并组织集体策划、共同写作及出版，不断扩大影响力。在欧华作协大家庭的召唤下，很多20世纪八九十年代甚至21世纪初从中国留学、移民到欧洲的文学爱好者汇聚在它的周围，形成一股强大的文学力量，如：黄雨欣、方丽娜、赵岩、常晖、老木、青峰、朱颂瑜、张琴、林凯瑜、西楠、夏青青、杨悦、丁恩丽等，他们各自以擅长的文学体裁、多姿多彩的内容、独特的语言文字表达立足于欧洲汉语文学的舞台之上，出版了很多有影响的作品集，如：常晖的小说《情爱签证》（1999），黄雨欣的散文集《菩提雨》（2003）和小说集《人在天涯》（2008），张琴的长篇纪实文学《地中海的梦》（2000）和诗集《天韵》（2011），西楠的小说《纽卡斯尔，幻灭之前》（2012）和诗集《我的罪》（2017），方丽娜的散文集《蓝色乡愁》（2017）和小说集《蝴蝶飞过的村庄》（2017），夏青青的散文集《天涯芳草青青》（2017），朱颂瑜的散文集《把岁月染进草木》（2018），老木的非虚构纪实小说《义人》（2018）和诗集《露珠》（2019），杨悦随笔集《悦读德国》（2019）等；加上之前移居欧洲的作家20世纪90年代之后文学爆发力强，其作品大多成熟定型，如赵淑侠的小说《凄情纳兰》（2008）、散文集《忽成欧洲过客》（2009）、《流离人生》（2010）等，朱文辉的《推理之旅》（1992）等以"张汉瑞"为主角的系列侦推小说和《蠢女人》（1998）等"异类的接触"系列，杨允达的诗集《异乡人吟》（1993）、《三重奏》（2005）、《巴黎的素描》（2007）等，吕大明的散文集《来我家喝杯茶》（1991）、《流过记忆》（1995）、《尘世的火烛》（2000）、《世纪爱情四帖——吕大明美文选》（2012）、《生命的衣裳》（2014）等，郑宝娟的小说集《一生中的一周时光》（1991）、《异国婚姻》（1996）、散文集《在绿茵与鸟鸣之间》（2001）、长篇小说《桃莉纪元的爱与死》（2003）等，丘彦明的散文集《浮生悠悠——荷兰田园散记》（2000）、《荷兰牧歌——家住圣·安哈塔村》（2007）、《踏寻梵谷的足迹》（2009）、《在荷兰过日子》（2012）等，颜敏如的《此时此刻我不在》（2007）、《英雄不在家》（2011）、《我们·一个女人》（2018），王露露的荷文小说《荷花戏台》（1997）、中荷诗集《爱满夏天》（2013），虹影的长篇小说《饥饿的女儿》（1997）、儿童小说《米米朵拉》（2016），陈玉慧的长篇小说《海神家族》（2004），谭绿屏的散文集《扬子江的鱼 易北河的水》（2002），高丽娟的《土耳其随笔》（2006）、小说《从觉民到觉醒——开花的犹大》(2008),夏青青的散文集《天涯芳草青青》(2017),黄鹤升的哲理性散文集《黄鹤升文集》(2018),高关中的旅游文集《高关中文集》(2018)等,穆紫荆的散文集《又见伊甸》(2012)、小说集《归梦湖边》(2013)、长篇小说《活在纳粹之后》(2019)等等。同时,欧华作协共同作战,集体出书,至今已经出版了约 11 本,成绩喜人。它们是:《欧罗巴的编钟协奏》(1998)、《欧洲华人作家文选》(2004)、《在欧洲的天空下》(2008)、微型小说集《对窗六百八十格》(2010)、旅游文集《欧洲不再是传说》(2010)、教育文集《东张西望看欧洲家庭教育》(2011)、《迤逦文林二十年——欧华作协成立二十周年纪念文集》(2011)、环保文集《欧洲绿生活》(2013)、《餐桌上的欧游食光》(2016)、《寻访欧洲名人的踪迹》(2018)。这些文集涉及欧洲文化、教育、旅游、环保、美食等内容,颇受读者欢迎,因此台湾秀威已经把欧洲汉语文学作品作为公司的一大出版品牌。遗憾的是,随着欧华各种文学组织的兴起和发展,很多有才华的作家选择适合自己的文学组织参与活动,再加上欧华作协一些有声望的老领导荣休,欧华作协最近几年的发展情况不容乐观,我们殷切希望欧华作协能有所突破,不断创新,继续发挥它"领头羊"的作用。

除了欧华作协外,欧洲还有一些文学性社团,其文学成就也非常喜人。欧洲华文文学会,前身为荷比卢华人写作协会,1991 年由荷兰女作家林湄创办,因会员逐步扩展到其他国家,2013 年 2 月 12 日改名为欧洲华文文学会,简称欧华文学会。这个学会会员虽然不多,但成果不断,在 2016 年 11 月北京举行的第二届世界华文文学大会上,林湄会长的《天外》(2014)和匈牙利会员余泽民的《纸鱼缸》(2016)荣获"中山文学奖",法国华文作家施文英、黄冠杰荣获"梦想照进心灵"第二届全球华文散文大赛优秀奖。文学会的重要成员比利时的章平和谢凌洁也是很有分量的作家,前者出版过反映"文革"生活的"红尘往事三部曲"(2006),章平还曾是荷比卢华人写作协会的副会长,而后者的《双桅船》(2017)则是反思战争灾难与人性救赎的优秀小说。新进会员德国的海娆也是非常有实力的作家,2000 年移居德国后,她出版的《远嫁》(2002)、《台湾情人》(2006)、《早安,重庆》(2012)等作品反响都很大。特别是《早安,重庆》2012 年还获得了中国"五个一工程奖",2017 年被翻译成德语在德国发行,影响很大;同时她还翻译了著名德国汉学家顾彬的 5 部著作,功劳卓著。文学会秘书长奥地利的颜向红

2018年出版了纪实小说《萨尔茨堡有张床》,除了创作之外,她还以欧华文学评论见长,最近几年又担任《欧洲时报》(中东欧版)的文学副刊编辑工作,其影响力不可小觑。副秘书长赵岩主要擅长翻译,她主译的唐诗德译《轻听花落》(2009)在德国备受重视和欢迎。目前她正加盟国家社科基金重大项目《歌德全集》的翻译工作,同时还主持中国诗歌学会的"与喜欢的人一起读"栏目(外国诗歌翻译和欣赏),受到业内人士的高度肯定。除此之外,她还主阵过凤凰诗社欧洲总社,另有散文、诗歌等多种体裁的佳作。欧华文学会这个社团坚守"纯文学"理念,于1998年创办了至今为止欧洲唯一的汉语纯文学杂志《荷露》,共出版了6期,可惜由于各种原因停刊了。欧华文学会还定期组织各种文学研讨活动,在欧华文坛、中国大陆(内地)及台港澳乃至世界华文文坛都产生了很大的影响,可惜的是,由于多种原因,该文学会于2019年底解散。

  中欧跨文化交流协会是21世纪出现的很有发展潜力的团体,2012年2月11日由刘瑛于杜塞尔多夫组织成立,2018年7月改名为中欧跨文化作家协会。这是一个德国华文作家占多数的社团,范围已逐渐扩大到其他国家。协会宗旨是促进德国和中国之间的文化交流,促进在德国乃至欧洲的中文作家创作和推出更多更好的精品,丰富德国和欧洲华人华侨的华文创作活动。协会自成立以来已经举办了5次活动,特别是第五届年会,因是和中国大陆的"世界华文文学学会"组织一起合办,其规模、质量、影响力远超以往年会,对于协会本身及其成员的发展无疑具有里程碑式的重大意义。中欧跨文化作家协会是一个年轻的协会,但是有很多中青年骨干作家,在翻译、写作方面成绩斐然。如刘瑛的中短篇小说集《不一样的太阳》、丁恩丽的长篇小说《永远的漂泊》、昔月的散文集《两乡情苑》、王雪妍的随笔集《易北河畔的留学时光》、魏青的随笔集《德国故事》、严丁的《海客诗语》、叶莹的长篇纪实小说《德国婆婆中国妈》和儿童文学《会刻猫头鹰的男孩》、倪娜的长篇纪实小说《一步之遥》、朱奎的童话"约克先生系列"和长篇小说《呜咽的黑龙江》、高关中的"世界风土大观旅游散文系列"、杨悦翻译的《格林童话全集》(合译)、意大利赵九皋的诗集《自由海滩之吻》等等,在德国和中国的影响都很大,刘瑛的小说《不一样的太阳》还于2017年在美国"触电"成功,因此某种程度上也就具有了国际性意义。

  除了以上三个比较重要的文学社团,其他还有如:1995年池莲子创立的荷兰彩虹中西文化交流中心,1996年张执任于布达佩斯组织成立的匈牙利华文作家协会,2006年老木于布拉格组织成立的捷克华文作家协会,2016年1月5日穆紫荆和老木等于布拉格组织成立的欧洲华文诗歌会,2017年2月14日岩子、梦娜、孙超雄等组织成立的凤凰诗社欧洲总社,2018年5月方丽娜等人组织成立的奥地利华文笔会,2017年9月底张琴、王晓露等人组织成立的西班牙伊比利亚诗社,2018年瑞士洪瑜沁组织成立的零零诗社,2019年3月10日李迅组织成立的斯洛伐克华文作家协会,以及2020年新成立的欧华新移民作家协会、欧华文学笔会、欧华文学协会等新的组织,它们都不定期开展各种文学和文化交流活动,为中华文化的传播和"在地转化"奉献自己的力量。

3. 网络自媒体平台的纷纷亮相

值得一提的是,网络信息时代电子媒体比纸质媒体发展迅捷,很多欧华作家开始专注于自媒体平台进行文学创作的交流和互动,并定期出版电子期刊,条件成熟则出版纸质书籍,推入图书发布渠道进行多方交流,推动欧洲汉语文学不断发展。上面提到的那些文学性组织都有各自的网络平台,在不同的领域内发挥自己的作用。比如穆紫荆、老木2016年成立的欧洲华文诗歌会,其活动频繁,宋词同牌"欧风词韵"、现代诗同题"欧风诗意"等栏目搞得有声有色。他们陆续推出"欧风词韵"春季卷、夏季卷、秋季卷、冬季卷,"欧风诗意"春夏卷、秋冬卷。如今"欧风词韵"春季卷《且待蔷薇红遍》、夏季卷《且待君归于侧》、秋季卷《流云又送南归雁》、冬季卷《相携日月同辉下》,"欧风诗意"春夏卷《天那边的笛声》、秋冬卷《海这边的足迹》等已经由布拉格文艺书局出版。而2017年2月岩子、梦娜、孙超雄等成立的凤凰诗社欧洲总社则是欧洲诗歌创作发表的另一个平台,会员与欧洲华文诗歌会的有所交叉,但它凝聚欧洲包括欧洲大陆之外的诗歌力量和人才,以诗为友,以词作舟,共建一个纯粹的、文学的、自由的、有品位的精神家园。他们将诗歌分为格律篇、现代篇、翻译篇三大类,定期出版电子期刊。除了电子自媒体期刊外,目前为止已经出版纸质本精选《和你一起慢慢变老》等。凤凰诗社欧洲总社的发展势头非常强劲,会员遍布欧洲各国,甚至延伸到其他各洲。还有很多文学组织如西班牙厉雄组织的凤凰诗社海外总社、黄凤祝组织的欧华文学协会、方丽娜组织的欧华文学笔会、梦娜组织的欧华新移民作家协会等都纷纷出台电子期刊,以适应网络自媒体时代和疫情时期的文学之需。

以上各种文学社团成员喜人的文学创作佳绩,加上很多喜欢自由、不爱参加组织的作家们的创作,如法国山飒的《柳的四生》(2011中文版),德国徐徐的小说《法兰克福的青春战役》(2015)、《法兰克福的中国酷爸》(2016),朴康平的《出门看山水》(2012),许梅诗集《天边那一片闲云》(2019),瑞士洪瑜沁的诗集《时间密码》(2018)等在欧洲新移民文学圈内影响力不小。还有法籍华人作家高行健2000年获"诺贝尔文学奖"的轰动,程抱一2002年荣获"法兰西院士"称号(成为该院第一位华裔院士)的荣耀等,都对21世纪及以后的欧洲汉语文学的发展壮大起了极大的推动作用,这个时期发表和出版的作品无论从数量、质量和国际影响等方面都可以称得上是欧洲汉语文学的高潮期,其创作实力并不逊色北美的汉语文学,亟待有识之士挖掘这块丰富的宝藏。

综上所述,从清末民初陈季同拉开欧华文学序幕一直到当今欧华文学发展高潮,在对每一个阶段的梳理过程中,我们都发现有一些运用居住国语言进行在地化写作的双语作家,如陈季同、熊式一、程抱一、熊秉明、关愚谦、池元莲、杨允达、俞力工、李述鸿、朱文辉、谢盛友、青峰、颜敏如、山飒等,他们在中西文化的传播、交流、互动中起着极其重要的作用,另有像德国作家海佩春等用中文写出中西文化交融的佳作,这些可以说是欧华文学比较显著的特征;同时,除了大量的小说、散文、诗歌以外,侦推小说、儿童文学、话剧等体裁和类型的创作所获得的成绩也不可小觑,它们都是欧洲汉语文学有别于北美汉语文学的一些特点。

第二章
边缘流动与多元交汇：
欧洲汉语文学的主要特征

欧洲汉语文学的发展从清末民初的陈季同开始，经过几代欧洲汉语文学作家的酝酿摸索、拓荒播种、勃兴发展等阶段，终于迎来了众声喧哗的20世纪90年代，势头一直持续到21世纪。各种性质的文学组织相继成立，外来与本土的华文报刊风起云涌，自媒体的迅捷发展，各种体裁的文学作品纷纷涌现，特别是诗词领域的发展势头不可小觑，欧洲汉语文学的发展越来越强劲，已从荒凉的沙漠逐步变成丛林。和其他各洲的汉语文学相对照，欧洲汉语文学既有双重边缘与跨国流动、主动离散与身份认同等和其他各洲汉语文学相类似的特点，同时儿童文学、科幻小说、侦推小说、戏剧等体裁的尝试、欧洲汉语诗学的兴盛、双语写作的成功以及温和内敛的写作态度等使其具有独特性。欧洲汉语文学的这种创作经验也许能给海外汉语文学创作很多启示。

一、双重边缘与跨国流动

和移居西方文化区域的其他作家一样，欧洲汉语作家具有边缘性、流动性和多元性等特点，不管他们是否已经入居住国的国籍。

与居住国的本土作家和中国的本土作家相比，"边缘性"是欧华作家比较明显的特征。他们移居欧洲各国时，就从东方文化背景移居到西方文化背景中，从一个种族、国家移入另一种族、国家中，他们的文化身份必然面临重新调整或重构的问题，产生认同危机，这个"情结"自从移民现象产生以来就存在。美国学者斯蒂芬·桑德鲁普对移民文学研究的看法:"一方面,移民在新的文化环境中体会到了不同程度的疏离感:陌生的风俗、习惯、法律与语言产生了一股将其甩向社会边际或边缘的强大的离心力;另一方面,移民也体会到了一种对于故土文化的疏离感。那些导致移民他乡——远离自己所熟悉的、鱼水般融洽、优游自如的环境——的各种因素,会更为清晰与痛苦地一起涌来。"①显然,移居欧洲的华文作家不仅要面对疏离西方资本主义文化的边缘处境,同时也要直面远离中国文化中心的边缘事实,移民他乡的游子们至少会较为典型地体验到在新的文化环境中的某种程度的边缘化,但更为通常的是,他们将会变得越来越疏离那不断变化的母国文化。很多欧华作家深切地感受到这一点。旅匈作家余泽民曾说自己就是不中不西、又中又西的第三种人。旅德作家倪娜也觉得自己虽然旅居德国多年,但依然是中德文化的"边缘人",不中不德,身份困惑,德语听得懂,但不能与德国人进行同等水平深层次的交流和探讨,在德国主流文化大背景下,不可能理直气壮地高声论道。她那个"呢喃"的笔名形象化地表现了大多数欧华作家在"边缘"小声呢喃的特点。移居的过程是一个痛苦、惶惑、迷茫却又冒险、新奇、创新的过程,作家们一方面感到前所未有的自由,获得了认识世界的新视野,经历着更广阔的人生体验;另一方面又面临着适应自然地理和人文环境的痛苦,承受着迷失自我的风险,感受着孤独、彷徨、迷茫的情绪,体验着边缘化的身份焦虑。这种状态会持续相当长时间,为了寻求现实和精神的栖居家园,汉语写作就成了这些作家摆脱困境的精神之路。余泽民说得好:"写作并不是通常意义的文学创作,而是在异乡最孤独无助的日子里与自己进行情感对话的方式。"②

欧华作家流动性的特点也非常明显。他们本身具有中西文化交融的多元化背景,而且并不固定停留于一个国家,杨炼称其为"世界性漂流"。20世纪80年代初期的朦胧诗派的几个重要代表除了杨炼之外还有如北岛、多多等都是属于流动性极大的作家。北岛20世纪80年代后期在北欧各国流动,后到美国,之后又到中国香港;杨炼本身出生于瑞士,在中国成名后在新西兰、美国、德国、英国等地流浪,目前主要居住在德国;多多80年代末出国后旅居荷兰15年,21世纪初回中国大陆,现为海南大学人文传播学院教授;欧华作协创会会长赵淑侠在瑞

---

① 乐黛云、张辉主编:《文化传递与文化形象》,北京:北京大学出版社1999年版,第289页。
② 周晓枫、余泽民:《旅鸟之翼》,《文学界》2006年第4期。

士成名,21世纪后移居美国继续创作;创会元老吕大明在英国、法国旅居时间都很长;还有从中国台湾去的龙应台旅居德国多年(在瑞士也呆过),作品甚多,现已回到台湾;曾是湖北作协副会长的祖慰旅居法国多年以后也回到了中国;新移民文学重要代表虹影出生于四川,20世纪90年代初移居英国,现在又长期居住在北京……作家的流动性带来了各种文化的交流,他们作品的发表阵地也不局限于欧洲华文报刊,而是遍布中国港澳台、中国内地(大陆)以及北美等其他各洲重要的华文报刊媒体。如今,交通网络信息的发达使得作家的流动性频率不断加强,这让世界性范围内的汉语文学的交流与提高成为可能,也使得作家更具有多元性特点。

二、双重疏离与身份认同

双重疏离是指作者主动疏离中心和被动疏离祖籍国与居住国。有人说世界已成地球村,怎么还"离散"? 其实,不管世界如何发展,文化交流如何频繁,离散的心态依然存在,真正意义上的文化交融很难进行,但"融合互补"是华文作家们努力追寻的梦。瑞士籍华文作家朱颂瑜道出了欧华作家的心声,她在《我用对待母国的同一情怀来报效我的住在国》一文中说道:"向远方奔走和追寻原点一直是人类的生存本能之一,但我深信总有那么一天,当我们忽略去人种的肤色,跨越过语言的藩篱和参透了文化的差别之时,此岸与彼岸、故乡与异乡便再无区别,皆为吾家。"

在当今开放的国际文化大环境中,学习和吸收他国文化精髓并不是一件难事,但要理解接受和进行文化的交融再生却并不容易,因为它涉及的不仅仅是语言问题,更重要的是语言背后的思维方式、价值观念、文化心理积淀等问题。目前已是德国班贝格议员的谢盛友说:"首先,你的德文要好,会说会写,通过阅读而逐渐了解德国文化,尤其是你居住城市的当地文化,当然你必须持'既来之则安之'的态度,认同德国的价值体系和法律制度,这是最基本的前提条件。同时,作为一个中国人,对自己传统的中国文化,最起码要保持自信,有时要具备一定程度的优越感。谙熟德国文化,在中德文化的比照中,感受差异,回望'自己',反思'自己',发现'自己',定位'自己'。这是融入德国社会的一个必要条件。"从中国海南的一介学子到现在参与核心政治领导的德国班贝格的议员,谢盛友付出了巨大努力,尝尽了各种艰辛,所以才有如此的肺腑之言。精通居住国语言文化的作家不多,能进入主流政治和文化圈的作家更是稀少,有荣获"法兰西院士"称号的法籍作家程抱一、世界诗人大会主席杨允达、瑞士侦探小说作家朱文辉,还有获得法国"费米娜奖"的戴思杰、获得法国"龚古尔文学奖"的山飒等等。即便他们能用多国语言进行创作,并得到主流文化圈的认可,但那种人类根本性的疏离依然存在。

当然,"离散"还包括作家主动疏离中心,它可以提供给作家更客观清醒的创作视角和自由思考的独立精神,它是不可多得的财富。赵淑侠说得好,中国儒家思想和西方基督教文明的差异性,使得"两种文化互容互谅,截长补短,去芜存精,产生一种新的精神的可能性更大。这种新的精神,正是我们这些居住在欧洲的华文作家们写作灵感和题材的源泉"①。欧华作家本身边缘性的处境和主动离散的心态使得他们具有更广阔的视角,他们一般不会以孤立的方式来看事情,他们往往具有祖籍国和居住国文化的双重视角。正是这种特有的双重疏离与边缘化,欧洲华文作家才能更深刻地辨析两种文化的利弊,更透彻地观照人性真实。黄万华说得好,在这些作家心中,离散有时不再是一种流放,一种无奈的困境,而可能是一种独异的文化财富,一种有价值的生命归宿。② 当他们在进行创作时,中国文化观念和经验总是对照着西方文化观念和经验,因此欧华作家会得到更好的,甚至更普遍的有关如何思考、如何表达的看法。欧华作家身处迥异的文化制度和价值观念的边缘,他们能借鉴多种传统,却又不属于任何一个传统。为了进行自我重构,他们对西方文化大都采取了既认同又疏离的策略,在中西文化的比较对照中进行两种文化的省思。这是欧华作家为了确认自己的身份而采取的微妙策略,它是一个疏离与认同同时进行的双重过程。

另外,对于欧洲汉语文学创作,我们不能拘泥于单一的纯文学本体观来衡量,而应该扩大到华文报刊的创办运行、社团组织的文艺活动、记者的各类报道、

---

① 赵淑侠:《一棵小树》(1991年3月16日欧洲华文作家协会成立大会上的主题演讲),《亚洲华文作家》1991年第29期。
② 黄万华:《他们渴求对话,也执着发出自己的声音——看华人新生代作家和新华侨华人作家的创作》,《文艺报》2003年10月28日。

报刊的专栏写作、博主的博文写作、网络自媒体写作等等，这无形中扩大了欧华作家作品研究的范围，但同时我们也获得了更开阔的视野和崭新的视角。欧华作家大都是因为对文学的执着信念利用业余时间创作，作家身份多元，在不同的领域跨界游弋。他们的身份有艺术家、企业家、政治家、外交家、活动家、媒体人、翻译、文人、记者、编辑、教师、学者、商人、家庭妇女等；他们的创作题材多样，体裁不拘，有散文随笔、诗词歌赋、长中短篇和微型小说、话剧、侦推小说、儿童文学、旅游文学、新闻报道、人物传记、时事评论等；很多作家可以进行双语（有的甚至是多语）创作，如熊式一、程抱一、高行健、关愚谦、杨允达、杨冈（笔名青峰）、朱文辉（笔名余心乐、迷途醉客）、池元莲、丘彦明、山飒、颜敏如、莫索尔、俞力工、谢盛友、区曼玲等；有的作家创作、翻译兼长，如余泽民、赵岩、何德惠（笔名海娆）等。他们的跨界使得欧洲汉语文学呈现出更加丰富多元的样貌，同时也与祖籍国的汉语文学形成异质同构关系，为世界范围的汉语文学提供新鲜的养分。

总之，大部分具有多重文化背景、多元身份角色的欧洲汉语写作者，他们在"不中不西"的"第三文化空间"，用难以想象的再造力开拓着东西方新文学的沃土，把几千年中国优秀的文化精髓在异域的土地上播种、浇灌、开花、结果，编织着当今中国与世界文化相互促进、相互补充、相互交融、共同发展的多彩纽带，书写他们的疼痛经验、对生命价值的理解和对人性的终极拷问。这就是海外汉语文学写作不同于中国祖籍国汉语写作的重要价值所在。

三、温和从容的文学精神与双语写作的成功尝试

与北美汉语文学的文化语境不太一样的是，欧洲汉语文学的文化语境相对平和。黄万华在《百年欧华文学与中华文化传统》中认为："就欧洲华文文学而言，它没有东南亚华文文学在殖民时期和民族独立以后都承受的族群冲突、民族压迫而带来的文化压力，也无美国一度实行歧视华人法案而造成的艰难境地，所以，它无须承担东南亚华文文学要以传承中华文化传统来凝聚族群力量、抗争民族压迫的重任，虽处于边缘，却长远平和地存在发展。"

美洲尤其是北美的加拿大和美国本身就是移民国家，虽然不同的历史阶段排华情绪仍在，但当今的移民政策比起欧洲来说相对完善，它的开放度和包容度

吸引着大批优秀的人才移居那里，华人当政身居高位者也不在少数。相对集中的华人居住区，中国文化元素较为齐全，如纽约、旧金山、洛杉矶等地的唐人街，完全可以自给自足，无形中使得中国文化成了西方文化圈中的隔离带。再加上美国对中国政治、经济、文化等的一贯防御，两种文化之间的关系相对紧张，种族歧视较为严重，文化环境并不宽松，因此华人作家的创作中常常会有激烈的文化观念的冲突，从而显得不那么平和。而有着几千年文明史的欧洲因历史悠久而相对保守内敛，其文化传统根基深厚，外来文化很难进入到本土文化的核心。由于政府对移民条件的严格控制，各国移民数量较少，只有大城市才可能见到唐人街，大部分华人散居在欧洲本土的各个社区内，华人参政、当政者更是极少。"散居"一方面使得欧华作家看上去松散零落，但另一方面却自带优势，日久天长，他们能够比较自然地融入欧洲基督教文化社群，中西文化的冲突不太明显，显得较为平和。在作品中，作家们可以比较客观地审视他者文化，反观自身，从而深入挖掘人性发展、人类命运和生命终极价值的思考等一些超越政治、超越种族的普适性话题。如旅匈作家余泽民《纸鱼缸》(2016)写的是两个人、两个国家、两种文化、两段沉重的历史。小说吸引人的地方在于，作者通过两个不同国家的青年——匈牙利的佐兰和中国的司徒霁青的微妙的亲密友情与各自复杂的个体的爱情故事，牵扯出二战期间匈牙利纳粹对犹太人迫害、冷战时期秘密警察当道时告密者盛行的特殊历史，同时折射出中国"文革"十年不忍直视的那段历史。在这部小说中，作者并没有设置中西文化冲突的模式，而是通过不同文化背景的一对好友的成长故事，写出了一部枷锁下的青春之舞。历史挣扎中的人性吊诡，传递出现代社会中人的孤独、流浪的存在状态和人性救赎的主题。[①] 旅比作家谢凌洁的《双桅船》(2017)也是一部二战题材的作品。与《纸鱼缸》主要描写两位青年的成长故事不同的是，谢凌洁主要描写的是美国青年大卫和威廉的战争反思。小说主要讲述的是二战之后漫长的岁月里，在欧洲两位来自美国的二战老兵威廉和大卫(外号老鹰)及其家人分别走上精神自赎之路的故事，以及他俩对情同手足却因时代忧患、身份迷惑和个人受辱而自溺太平洋身亡的战友——绝美男子多尼(全名阿多尼斯，外号天鹅)的深情缅怀。为了进一步突出小说主题，作者

[①] 计红芳：《论余泽民小说〈纸鱼缸〉的创新艺术》，《华文文学》2017年第4期。

赋予威廉海洋探索者和优秀作家的身份，赋予大卫充满哲思的作曲家身份，赋予多尼戏剧名角和天才舞蹈家的身份。作品通过他们不同寻常的经历，对人类各种灾难特别是二战进行历史的反省，从而展开对战争、正义、和平、历史、政权、人性、命运、身份等的哲学思考，最后抵达人类灵魂深处的忏悔、宽恕、救赎的宗教层面。还有很多欧华作家的作品同样呈现出在西方基督教文化背景下两种文化的温和相融以及人性之思。

由于中文为作家的写作语言，这些作品只能在中国或者当地的华人文化小圈子里进行传播，却很难进入当地主流文化圈发挥更大的作用。在欧洲，华人作家作品的发表渠道主要是纸媒发行代理公司。然而公司只可以代理英文、法文、德文等纸质出版物(包括书籍、报刊)，但是对于中文，公司只代理销售中文日报或期刊，不能代理中文书籍的销售。捷克华人作家老木的布拉格文艺书局是例外，虽然出版社是在捷克申请书号，样书也送捷克出版局和国家图书馆存档，但书籍的印刷地点在中国，且流通主要是在华文文化圈，销售也无法进入正常图书发行渠道，主要是文友雅集互相赠送。因此欧华作家的华文作品只能在中国大陆(内地)、台湾、港澳等地正规出版发行，而无法在欧洲本土出版销售，这在很大程度上影响了欧洲汉语文学在欧洲的传播和影响，除非华人作家用居住国语言写作，或者把中文翻译成居住国语言，才有可能在欧洲本土出版发行，且竞争相当激烈。对华人作家来说，他们的作品要想进入欧洲本土文化圈，必须要熟练运用当地语言进行创作，熟稔当地文化，用本地语言和文化的"新瓶"来装中国传统文化之"旧酒"，互补互证，这样作家笔下的中国故事也好，欧洲故事也罢，才能体现出两种文化的互通互融，为中国传统文化在国际文化舞台上的传播发扬提供一些助力。如清末民初旅法的外交家陈季同、二战以后留法的知识分子程抱一、20世纪八九十年代旅法的山飒等，他们都能运用熟稔的法文进行中国故事和法国故事的创作。

擅长古体诗词的外交官陈季同想在欧洲打开局面，让更多的人知道和理解中国传统文化，并促进中欧文化的交流，必须找到切中肯綮的方法。由于他精通法语以及欧洲文化，他常常用"所在国通行的语言与西方文化直接对话，使中华文化得以'在地'生产而延续、丰富、发展。陈季同开展中华传统与欧洲现代社会的对话时，着眼于中国、欧洲的'现在和未来'，既从'欧洲角度'讲述'中国故事'，又从'中国角度'想象欧洲,'不杂己意'的'设身处地''善体人情'而使中西贯通"。这种站在东西方文化双向立场进行的写作无疑继承发扬了"平和、谦恭、宽容的中华传统,使'中庸主义'哲学成为文化交流'极佳的精神状态',超越了国家、民族之间一时剑拔弩张的对峙,进入久远而开阔的文化对话,其平和、从容的海外写作经验拉开了欧华文学的序幕"①。

再看"法兰西终身院士"程抱一,也是一位致力于中国传统文化的在地化生产与融合的大功臣。以他1998年发表的法文长篇小说《天一言》为例。小说以天一、浩朗和玉梅三人之间的生死相依的友谊与爱情为主要情节,通过旅法华人艺术家天一一生的悲剧命运,对异域漂泊者的精神追求和生命思考进行了深层次的探讨。这部作品对人生、对艺术的深刻哲思和真实描写,深深扎根于程抱一所拥有的中国文化哲学底蕴当中,但小说中人物的命意和塑造,明显受到了法国文学家波德莱尔、罗曼·罗兰等的影响,而主人公天一对生命和精神的思考更具有人类的普遍性。这部小说深受法国文学界的欢迎,曾经荣膺法国最高文学奖之一的"费米娜奖"。第二部小说《此情可待》(2002)也大获成功。语言是人类生命存在的方式,人类的奥秘又总是隐藏在语言之中。程抱一通过中法两种语言的对话交流深入了解生命的存在和人类的奥秘,而他的作品就是两种文化交汇的最好体现。程抱一着力于生命运行根本问题的思考,视"三元思想"为道家和儒家共同之道,又和西方艺术思想有精神上的暗合相通,从而将三元论这一"中国思想所奉献的理想化的世界观"提升为人类的宇宙观。② 在程抱一看来,"一元的文化是死的,是没有沟通的,比如大一统、专制;二元是动态的,但是对立的,西方文化是二元的;三元是动态的,超越二元,又使得二元臣服,三元是'中',中生于二,又超于二。两个主体交流可以创造出真与美"③。程抱一把中国道家文化"道生一,一生二,二生三,三生万物"(《道德经》)的主要精髓运用到中西文化交融互补的创造性发现中,使得"三元论"思想影响深入法国乃至欧洲文化的发展之中,这种理想化的人类宇宙观逐步赢得全世界的普遍认同和高度肯定。程

---

① 黄万华:《序幕是这样拉开的——晚清陈季同旅欧创作中的中华文化传播》,《南国学术》2019年第1期。
② 黄万华:《在地和旅外:从"三史"看华文文学和中华文化》,《广东社会科学》2016年6期。
③ 晨枫采访并整理:《中西合璧:创造性的融合——访程抱一先生》,见程抱一《天一言》附录,杨年熙译,济南:山东友谊出版社2004年版,第288页。

抱一之所以能取得如此巨大的成就,全部的奥秘在于他坚守人类相通的信念和为此所作的实践,也就是说,发掘民族文化的智慧,广纳"他者"的精髓,说到底,就是坚守变通适会的文化史观。用他自己的话来说就是:"不过是爱好地主国的语文,到了将之变为自己骨肉的地步。"① 程抱一脚踏东西文化,手写宇宙文章,跻身法国主流文化的文学创作实绩,直接参与了法国文学和世界华人文学的建构,为当代中国文学和海外华人文学的发展开拓了一片新天地。

1986年就旅居荷兰的王露露(又称王露禄)能够相当熟稔地运用荷兰语进行创作,从1997年开始她先后出版了荷兰语小说《荷花戏台》(1997)、《温柔的孩子》(1999)、《白喜事》(2000)、《丁香梦》(2001)、《香雾》(2004)、《明月》(2007)、《野蔷薇》(2010)等,还有《爱满夏天》(荷中双语诗集,2013)等,其创作爆发力很强,是荷兰的畅销书作家,同时也担任《世界博览》和《世界知识》的专栏作家。

还有相对年轻的旅法作家山飒的法文小说《柳的四生》,讲述了从明代到清代再到现当代漫长时空中的两对夫妻、四个兄妹的一生,以空间错位的多维表现手法表达对生命之美的终极追寻,因其在法语文学界的影响而曾获1999年法国卡兹文学奖。山飒的其他法文作品亦被译成20多国文字,并获2001年法国"青少年龚古尔奖"。她使用娴熟的"古典法文"表达出了中国传统文化的内在意蕴,这种身处异族语言之中而表达自己灵魂之根的创作,显示出新一代欧华作家双语创作的自信和成功。

在瑞士,也有很多华文作家能够进行双语创作。作家颜敏如在《也读华文文学》一文中认为,海外写作者不应继续对自己生活周遭经验或怀念母国的书写,当利用其地域上的便利,努力突破语言或心态障碍,将触角延伸至居住国的社会文化深层,甚或广向世界进击,将吸收精华后的反刍与人文省思,作为无可取代的题材,以文学笔触提升文本质量并渗入个人风格,集力建构如同中国台湾或大陆一般的发表机制,让海外的爱好写作者有至少三处投稿的可能。颜敏如从1989年开始就定居瑞士,擅长中英文创作,她的建议十分中肯,值得参考。还有像苏黎世的朱文辉,他不仅自己可以用双语进行侦推小说写作,而且还热衷于中西(主要是中德)文化的比较以及中国传统文化在西方的传扬,他最近几年编著

---

① 程抱一于2003年6月10日在巴黎市政大厅受赠法兰西学院院士宝剑时候的感言。

出版的德语著作《字海捕语趣》(2016)和《古今中外新旧二十四孝故事集》(2018)就是佳作，赢得了德语世界读者的一片叫好声，发行量很大，出版社和他本人获得双赢。更重要的是，他利用自己的德语优势向西方世界传播中华传统文化，这些宝贵的经验都值得海外华文作家去学习和推广。

就欧洲汉语文学来说，由于欧洲国多、人少、地小，华人作家相对分散，这种散居零落状况也给欧华作家带来很多弊端。虽有欧华作协、欧华文学会等组织，但大多数作家仍然是在自己的一方天地里单打独斗，导致欧洲汉语文学发展迟缓。法籍华人作家施文英细致分析了欧洲华文文学面临的"困境与发展"[1]，她认为欧洲华文文学发展迟缓的主要原因有五个：生存压力限制创作、读者成为少数族裔、媒体助力日益薄弱、华文写作题材狭隘、作品自我确认模糊等，并据此提出欧华作家如果能秉持写作的热情，多方向、多元化努力开拓，可以走出一条属于自己的道路，那就是：善用欧洲文化特色、在社会变化发展中继往开来、运用双语写作、设立华文或双语学校、抱持辩证世界观等。这是有着几十年移居法国生活、写作经验的作家的肺腑之言，和程抱一"三元论"的人类宇宙观一样，同样值得引起其他作家的重视和反省。黄万华在对"百年欧洲华文文学与中华文化传统"进行梳理和分析的时候提出"旅外与在地"的一对概念，则是同样的道理。他所说的"旅外"写作是指旅居欧洲的欧华作家用汉语进行的中国传统文化传承以及与西方文化交流反思互相促进的文学化书写，如赵淑侠《我们的歌》，丘彦明的《荷兰牧歌——家住圣·安哈塔村》，吕大明的《来我家喝杯茶》，林湄的《天望》《天外》，余泽民的《纸鱼缸》，谢凌洁的《双桅船》等。而"在地"写作是指用所在国家和地区非汉语的官方语言写作，如前面提到的程抱一的法文小说《天一言》、山飒的法文小说《柳的四生》、王露露的荷文小说《荷花戏台》等都是比较突出的代表作品。

总之，欧洲汉语文学中老中青几代作家都有可以进行双语写作的杰出代表，其非汉语作品在所在国的主流意识形态中受到欢迎，并使得所在国对中国文化的现代性转换产生深深的迷恋，同时这些非汉语作品一旦时机成熟，又被翻译成汉语，在世界范围的汉语读者中产生影响，这是欧华当代文学迥异于其他诸如北

---

[1] 施文英：《欧洲华文文学的困境与发展》，《华文文学》2016年第6期。

美汉语文学的地方。即使如严歌苓等享誉中国的作家,她的几部英文作品在美国主流文学界的影响也寥寥无几,无法与程抱一、熊式一等人相比。加拿大双语作家李彦也有中英文小说《红浮萍》等,但她主要是位学者化作家,而且身负滑铁卢大学孔子学院加方院长之重任,虽然影响力不小,但也很难与程抱一、高行健等比肩。因此相对于北美汉语文学来说,欧洲的"双语写作"是散居零落的欧华作家在温和保守的欧洲文化环境中符合中庸之道的最好选择,且能最大限度传扬中国传统文化的创作路径,而他们创作的成功更是给予全世界范围的汉语文学效仿前行的动力。

四、科幻侦推小说、儿童文学类型与戏剧体裁的开拓

在大量海外汉语文学的作品中,小说、散文、诗词为最主要的体裁,戏剧、儿童文学等几乎无人涉猎,而在小说这一体裁中,科幻、侦推小说这些通俗文学类型较少有人涉及。而欧洲汉语文学在这些方面独树一帜,不仅小说中的科幻、侦推类型,连儿童文学、话剧等体裁也都有所涉猎。

瑞士华人作家朱文辉就是欧洲汉语文学史上唯一可以用双语进行写作的、以侦推小说作为主要创作类型、理论和创作并重的作家。朱文辉以余心乐为笔名创作了以由中国台湾到瑞士来留学的华人青年侦探"张汉瑞"为主角的系列侦推小说,主要有:《松鹤楼》(1989)、《生死在线》(1989)、《真理在选择它的敌人》(1990)、《推理之旅》(1992)、《邮差总是不按铃》(1994)、《命案的版本》(2001)等。同时他还创作了"异类的接触"系列,主要作品有:《异类的接触》(1989)、《蠢女人》(1998)、《生命的点滴》(1998)等。作品中的张汉瑞有着中西文化的独特背景,因为他有个瑞士籍太太,这使得他能比较容易进入复杂的文化语境,通过自己的聪明机智以及严密的逻辑推理破获了一桩桩棘手案件,被誉为"中国的福尔摩斯",而余心乐(朱文辉)也被大家称为"中国的柯南道尔"。

朱文辉的侦推小说属于"本格侦推小说",也就是从追查嫌疑犯作案的技巧一步步探查犯罪的动机、心理、过程,直至揪出犯人本身,细节真实,逻辑分析严密,推理有理有据,环环相扣,绝对不故弄玄虚。如他的《生死在线》(1989 年获台北《推理杂志》第二届"林佛儿推理小说创作征文比赛"首奖,并于 2001 年 8 月

被东京"角川书店"译成日文,收录于世界本格推理名著专辑中),描述了发生在苏黎世和日内瓦之间的一列火车上的谋杀命案,作者把车行速度、停站时间、人的动作的最快可能性都算得极其精准;《推理之旅》取材于瑞士的来欣八贺瀑布,是继柯南道尔福尔摩斯探案《最后的难题》发表以来,华文世界第一部以神探福尔摩斯坠崖之地为背景的推理作品。为了更好地写作这部长篇小说,作者曾多次亲自到此地考察,可见其创作的严谨态度。朱文辉从小就喜欢琢磨侦推小说,在他的"张汉瑞侦推系列小说"创作之前,就已经积累了丰富的资料和深厚的理论基础。1987 年 9 月至 1989 年 3 月,他在台北《推理杂志》发表《侦推文学面面观》系列文章共 20 多篇,这些评论文章主要着眼于侦推文学的发展演进史以及古今侦推名家名作的主要风格,对台湾地区当代的推理小说家有着极大的影响。

朱文辉是精通汉语、德语的双语作家。为了让瑞士读者能够更多了解中国的侦探小说,他不仅用德语进行创作,还自己把写好的中文小说翻译成德文发表,受到了瑞士读者和主流文坛的关注和肯定。2001 年瑞士推理文学作家俱乐部吸收朱文辉为会员,这标志着瑞士文学界对他作品和德语水平的高度肯定和赞赏。正是有了扎实的理论基础,丰富翔实的资料,再加上对创作的痴迷热情,欧华文学史上才出现了一位与众不同的侦推小说家。欧华文学侦推小说这种类型的创作直至 21 世纪才由奥地利的叶小明开始接续,但和朱文辉不同的是,叶小明还不能运用居住国语言或者运用英语进行创作,影响力显然还无法与朱文辉比肩。

2003 年移居德国的"80 后"作家梁柯的硬派悬疑侦探小说在欧华文学中独树一帜,因为小说不仅具有侦探小说的元素,同时还带有 IT 时代"软科幻"的成分。他的小说创造性地糅合了悬疑、冒险和"软科幻"的元素,构思巧妙独特,情节丝丝入扣,不落窠臼,深受读者欢迎,曾获得"豆瓣阅读征文大赛悬疑冠军",有代表作《第十三天》《校园枪击案策划指南》《人间猎场》《游荡者:悬命时刻》《暗夜之奔》等。作品多次"触电"成功,但遗憾的是,他侦推小说的题材没有明显的欧洲元素。

谈起儿童文学,英国知名华文作家虹影以及德华作家朱奎、叶莹和匈华作家严优等在这方面颇有建树。英华文学史上较为人熟知的虹影,最近几年开始转向儿童文学创作,出乎意料却又在情理之中。由于她的个人成长经历,虹影的作品始终有一种晦暗挣扎的情感基调,女儿的出生,最终让虹影和自己的母亲达成了和解,体现在她的作品中也多了几分明亮与温暖。于是出现在她笔下的是一篇篇充满想象力的、带着情感温度的儿童文学作品,如《奥当女孩》《里娅传奇》《米米朵拉》等。而虹影的儿童文学作品结合西方奇幻小说的特点,再加上童话的色彩、人性的思考,创作出大人、孩子都喜欢看的小说,这是她后期创作对海外汉语文学的贡献。她的长篇儿童小说《米米朵拉》(2016)通过一个女孩的成长故事讲述了世间最珍贵的母女之爱,可以说这是虹影文学创作由乖张叛逆到温情宽容的重大转变。这部作品曾经获得2016年度的华侨华人"中山文学奖",可以看到儿童文学这一类型在欧洲汉语文学中的分量。

儿童文学在德国也得到了很好发展。旅德作家朱奎在1988年移居法兰克福前就是中国著名的童话作家,曾经创办《儿童大世界》和《大童话家》杂志,1986年出版了《约克先生全传》。该书出版后一直是国内小学一至六年级100本优秀课外推荐读物之一,直到2009年,中国新闻出版总署第六次向全国青少年推荐百种优秀图书,《约克先生全传》仍然榜上有名。旅居德国的朱奎,停笔26年之后于2013年突然又有了创作的冲动,完成了《再续约克先生》等短篇,以及长篇童话《大熊猫温任先生》,并于2016年修订补充再版童话"约克先生系列"(包括《伟大的约克先生》《傻傻的约克先生》《不平凡的约克先生》《森林里的约克先生》《幸福的约克先生》等),该系列出版后再次红遍中国。在这个系列中,朱奎讲述了一个农家小院里农家主人、主人太太、小主人和他们家养的一群动物之间所发生的喜怒哀乐的故事,特别是作品成功塑造了一位"伟大而傻"的猪先生形象,通过它的很多傻傻的、好心可笑的作为,展示了其真实、率直、憨傻、可爱的性格。同时,作品塑造了老马皮尼先生、山羊咩咩、鸡夫妇、小狗汪汪叫、麻雀喳喳、鹅索普夫妇等众多可爱的、可圈可点的动物形象。作者把自己对人生的体验、对人的认识倾注到这些动物形象之中,来加强形象的现实感,使作品具有透视社会生活的力量。朱奎的童话幽默诙谐,想象力丰富,没有时限,没有功利,没有国界,老少咸宜,含有丰富的人生哲理,其文字简洁明快、生动活泼、极富感染力。著名儿童文学作家曹文轩评价说:"他从不在文字上铺张,用字很节俭,情节上不会有太多的枝蔓,节奏明朗。"①确实如此,朱奎对中国文字的驾驭颇显功力,他把每一个汉字的组成,看成音符的跳动,并且他特别理解孩子不喜欢缓慢细致描写的阅读心理,因而形成了朱奎作品明快诙谐的独特的语言风格。《法兰克福新闻报》评论说:"他的童话故事幽默诙谐,读起来引人入胜,轻松愉快,想象力丰富,出人意料。可以看出,作者在尝试用一种新的创作手法写作童话。约克先生是一个傻、心地善良,总做好事的猪先生,以至于经常好心做了坏事;为了救别人,可以牺牲自己。他的形象让读者非常喜欢和尊敬。朱奎的童话,没有国界,全世界的孩子都可以读。没有时空的限制,什么时间都可以读。他的童话,没有说教,却是在帮助孩子们,指导他们如何正确地生活。"可见,朱奎的童话很有教育和审美的价值。

除了虹影、朱奎等几位颇有影响力的作家之外,还有英国华文作家林奇梅的儿童文学作品《稻草人杰克》(2006)、《稻草人贝克》(2008)、《稻草人迪克》(2010)、《兔子的试探》(2011)、《杰克救了朋友》(2012),等等;汉堡作家程玮的儿童文学作品《少女红书系——影响女生一生的书》(2016,包括《少女的红围巾》《少女的红发卡》《少女的红衬衫》等)也深受读者喜爱;德华年轻作家叶莹的《会刻猫头鹰的男孩》(2018),自出版以来作者举办了多场签售会和讲座,影响力也不小。

至于戏剧,早期英国华人文学的代表熊式一就专门研究戏剧并进行戏剧创作改编和表演。此外,不能不提那位曾获2000年"诺贝尔文学奖"的法籍华人作家高行健。高行健本身就是一个现代主义话剧的探索者,他在中国大陆发表并上演的《车站》《野人》《绝对信号》等因其高度的实验精神而引起了广泛的关注。定居法国后,除了《灵山》等中文小说创作,他还创作了《八月雪》《山海经传》等话剧作品。《八月雪》这个创作于1990年代末的三幕八场现代戏曲,将六祖慧能作为禅宗革新的思想家,进而展开他一生的叙述,在"到彼岸都是大智慧,发平常心即是大慈悲"的感悟中,高行健强调了慧能在"回到平常心"中摆脱各种现实功利、权力的引诱、束缚而得生命的大自在的思想。而《山海经传》一剧使流失的中华远古神话体系在现代戏剧舞台形象中重新得到呈现,向世界展示了中华民族

---

① 曹文轩:《序》,见朱奎《傻傻的约克先生》,南昌:二十一世纪出版社2016年版。

不同文化传统之间的对话,这种对话足以让世界感受到中华文化传统的精髓。熊式一和高行健等人成功的戏剧实践及其深远广博的影响,足以证明戏剧这一体裁的创作在欧洲汉语文学发展中的独特位置。

五、欧华汉语诗学组织的风起云涌

自媒体的快捷发展,使文学的写作与传播发生了翻天覆地的变化。就诗歌领域而言,各种风格、各种年龄段的诗歌团体风起云涌,作品大量涌现,颇有让人目不暇接之感,也给欧华文学的研究者提出了极大的挑战。

且不说各种华文文学艺术组织如欧洲华文作家协会、荷兰彩虹中西文化交流中心、欧华文学会(前身为荷比卢华人写作协会)、中欧跨文化作家协会(前身为中欧跨文化交流协会)、捷克华文作家协会、斯洛伐克华文作家协会、匈牙利华文作家协会、奥地利华文笔会等,其中的很多作家也从事诗歌创作,就诗歌组织而言,我们看到的也是百花齐放,如余烁等组织的欧洲一道诗艺社总社,以及前文已提到的欧洲华文诗歌会、凤凰诗社欧洲总社、西班牙伊比利亚诗社、瑞士零零诗社等等。每个组织都有各自的特色和活动。如洪瑜沁主创的零零诗社着眼于"00后"年轻作者的现代诗双语创作,目前已经举办了多届"零零国际诗歌奖"活动,吸引了大批年轻诗人。而池莲子创办的荷兰彩虹中西文化交流中心和世界华文作家交流协会也已经联手举办了多届"中国诗歌春晚欧洲会场"的大型活动,影响巨大,该活动已经逐步成为欧洲华人诗学界、文学界每年不可或缺的盛事。

综上所述,悬疑侦推小说、儿童文学、话剧、诗歌等的创作所获得的成绩不可小觑,运用多种体裁和多样类型的双语写作以及超越二元对立的三元论,融合中西文化各自的精髓去关注人类共同命运的普世写作等等是欧华文学有别于其他地区汉语文学的特征。但遗憾的是,大部分作家还是只能用母语——汉语诉说异域乡愁、语言障碍、生存压力、文化异同、旅游见闻等等,当然经过时间的沉淀、外国生活经验的积累,也有自觉站在中西对照的立场客观地审视两种文化的优劣,希冀寻找第三条道路——吸收西方基督教文化精髓的中华民族文化的变通适会,但这还远远不够。至于熟练运用居住国语言,大部分作家只能听、说、读,"写作"尤其是文学艺术层面的创作则是难上加难。但不管是中国本土的汉语文学还是海外的汉语文学,要想屹立于世界文学之林,一方面,作家要从游子思乡、生存压力、文化冲突的窠臼中跳跃出来,关注超越地域、超越国家、超越种族的人性以及人类命运的共同未来;另一方面,我们不能仅靠一些人的翻译活动把汉语文学传播到其他国家,而应该依靠自身的外国语言文化功底进行非母语的创作,尤其是身居海外有着比中国本土作家更加优越的语言文化环境,他们应该有海外汉语作家的使命感和责任感,带着中华民族文化的自信运用居住国语言进行创作并打入国外主流文化圈,让中华文化真正落地生根于异域文化土壤之中,完成其现代性转换。程抱一就是一个极好的范例,他的小说《天一言》、诗集《万有之东》就是运用优雅精致的法语写作赢得了法国的至高荣誉,产生了世界性影响,而后又被翻译成汉语反哺中国以及全球的华语读者,提供了极好的借鉴经验。

总之,立足于传承中华民族优秀的传统文化,运用祖籍国和居住国语言进行多样化体裁的写作,努力进入居住国的主流文化意识形态领域,善用基督教文化和儒家、道家、佛家文化的多元文化资源,通过独特的生命体验和个性化的叙述,关注健康人性、终极价值和人类的共同命运,这应该是欧洲汉语文学也是全球汉语文学努力的共同目标。

第三章
多彩人生的汉语呈现：
欧洲汉语新文学的基本格局

一、瑞士汉语新文学发展概况及其代表赵淑侠

之所以把瑞士汉语文学安排在第一部分，是因为欧洲华文作家协会的创会会长、欧华文学重要的代表作家赵淑侠主要活动在瑞士。瑞士是一个华人很少的欧洲小国，华人大都处在一种散居的状态，很少有联谊之类的活动。尽管欧华文学的"盟主"赵淑侠曾长居瑞士达40多年，但当地至今还没有瑞士华文作家协会之类的文学组织。不过瑞士的华人作家不少，老中青三代梯队基本完整，大致以赵淑侠、朱文辉、朱颂瑜为代表。除此之外，瑞士华文作家还有以下几位：来自台湾的颜敏如、黄世宜、青峰，来自上海的黄正平、洪瑜沁、寿含章，来自广东的谢红华等，还有出生于英国而后半生主要旅居于瑞士的韩素音等。

赵淑侠是瑞士籍华人女作家，21世纪后移居美国。她祖籍黑龙江省哈尔滨市，1931年12月30日生于北京，因为时局动荡随家人在重庆、南京、沈阳等地辗转，1949年移居台湾。她学生年代就酷爱文学，发表了很多文字。虽然因为数学不好没能进台大国文系学习，但对文学痴情不改。1960年她随着留学大潮赴欧，先后在法国、瑞士留学，毕业于瑞士应用美术学院，曾在瑞士任美术设计师多年，1972年重燃文学梦想，开始专业创作至今，2001年以后主要居住在纽约，笔耕不辍。赵淑侠的文学作品很多，文类主要涉及小说、散文，在中国大陆（内地）、台湾、香港和新加坡、美国、德国、瑞士等地都有出版。主要作品有：长篇小说《我们的歌》(1980)、《落第》(1982)、《塞纳河畔》(1987)、《赛金花》(1986)、《凄

情纳兰》(2008);小说集《西窗一夜雨》(1976)、《当我们年轻时》(1977)等;散文集《紫枫园随笔》(1978)、《异乡情怀》(1980)、《海内存知己》(1981)、《忽成欧洲过客》(2009)、《流离人生》(2010)等数十种,另还有自己作品的德文翻译版《梦痕》《翡翠戒指》《我们的歌》等。

  赵淑侠是台湾20世纪60年代"留学热"大潮中走出来的作家,和大部分台湾作家选择美国不一样的是,赵淑侠选择的是华人很少的欧洲。据她自己所说,刚去法国、瑞士的时候,几乎看不到一个中国人,那种落寞孤独让人发狂,而那种欧洲人骨子里特有的优越感更是让人激发民族的自尊心和强烈的中国意识。这种选择的不同也就决定了赵淑侠以后的写作和处于同时期的美洲"留学生文学"的不同。著名学者陈贤茂的评价切中肯綮:"《我们的歌》的出现,标志着旧的留学生文学的终结,也标志着新的留学生文学的形成。"①

  《我们的歌》(台湾版1980;大陆版1983)无论从哪个方面来看都是赵淑侠的代表作。当它在台湾"中央日报"副刊连载的时候,就已备受各方瞩目,出版单行本后更是引起轰动,获得1980年台湾"中国文艺协会"的小说创作奖。大陆引进出版并热播小说改编的电视连续剧,形成了一股"追剧热"。这部作品的成功原因主要有:对民族自尊的呼唤和爱国情感的书写(跟"保钓运动"的政治背景有关),对理想的呼唤和执着追求(对70年代台湾文坛依然盛行的虚无的现代主义的反叛),还有血肉丰满的人物塑造(而不是以曲折动人的故事情节取胜)。

  赵淑侠说过:"对于塑造人物,我向有极高的兴趣。"②在《我们的歌》中,作者塑造了三位主要人物:余织云、江啸风和何绍祥。作品以余织云和另外两位男主人公的爱情、婚姻纠葛为主线,展开了对海外华人留学、工作等复杂生存境况的描写,以及对在异域如何坚守理想、保持民族尊严的抒写。留学德国的江啸风是一位很有天赋和才华的音乐家,他完全有条件留在德国发展,但他坚持自己的理想,学成后回台湾不断抒写"我们的歌"以唤起民族的自尊、自信、自强。何绍祥与他相反,他奋斗的理想就是要留在德国做一个超越民族和国家的"世界公民",为此他曾不屑与中国人为伍,不让自己的孩子学习中文等等,然而无情的种族歧视导致他理想的破灭。无论何绍祥多优秀,工作能力多强,黄种人还是当不成研

---

① 陈贤茂:《赵淑侠小说创作论》,《华文文学》1992年第2期。
② 赵淑侠:《序〈落第〉》,台北:道声出版社1981年版。

究所所长。至于余织云,是一个在"我们的歌"理想和"世界公民"行动之间徘徊的矛盾形象,何绍祥的结合让她享受到了国外舒适稳定的生活,但是却得不到她所向往的浪漫爱情和充实的精神生活,受尽了"二等公民"的歧视压抑之后,最后在初恋情人江啸风理想主义精神的感召下幡然醒悟,依然放弃优越生活,继续谱写江啸风未完成的"我们的歌"!而余织云的"回归行动"也深深震撼了何绍祥:不管华人如何适应外国的环境落地生根,但骨子里从里到外还是一个中国人,我们应该做的是,为自己是中国人而骄傲,要为祖国的复兴强大奉献自己的力量。小说充满了爱国热情、民族自强的正能量,因而赢得了大陆和台湾两地公民的喜爱。赵淑侠曾说:"'歌'在这里应该只是一个象征,象征着我们民族的精神。我们要同声齐唱'我们的歌',正表示我们应该并肩携手,同往一个大目标前进,这个目标是要中国人找回自己的原来面貌,以自己的文化和传统为荣,自信、自强、自爱。"①赵淑侠小说的这种民族忧患意识和大中华心结自然离不开她童年跟随父母在北京、重庆、南京、东北、台湾等地辗转流离的经历,也跟她欧游以后 70 年代初回到台湾所看到的惊人的西化面貌密切相关,而这种民族情感已经深入骨髓,成为赵淑侠小说极有标志性的特征。她曾说:"作为一个作家,只对自己的创作灵感和思想忠实是不够的,他必得对创作的良知也要忠实,必得承认他对人群和社会负有责任。"②如今这样坚守"为人生而艺术"观念的作家在海外华文文学中并不多见。

  赵淑侠是一个情感细腻、对文学艺术有着极高审美天分的作家,但是在文学语言上,她却崇尚质朴,不故作艰深,以平易但不失谐美的文字表现出她所要表现的,与读者大众尽可能地融会沟通。不管是《我们的歌》《塞纳河畔》《赛金花》还是移居美国后的《凄清纳兰》,读来毫不费力,但读者的情感会随着人物的命运变化或喜或悲。《凄清纳兰》中纳兰性德一生命运的变幻和凄艳的感情生活生动得像一出古希腊悲剧,让读者悄然动容,凄然泪下。《凄情纳兰》曾获得首届"中山杯"优秀小说奖(2009),这是中国大陆评论界给予小说成就的赞美和高度肯定。

  除了文学创作方面的成就外,赵淑侠在欧洲汉语文学史上抒写了不可替代

---

① 赵淑侠:《我写〈我们的歌〉——兼答读者》,见《我们的歌》,北京:华文出版社 1991 年版,第 735 页。
② 赵淑侠:《作家的责任》,见《异乡情怀》,台北:九歌出版社 1984 年版。

的重要一笔。因为她是欧华文坛的拓荒者之一,欧华文坛最重要的组织——欧洲华文作家协会的筹备组织者。如果没有赵淑侠当年勇于担当和不计回报的付出,欧华文坛将还处于散兵游勇的状态。自1991年欧华作协成立以来,基本每两年开一次研讨会,交流创作情况,发展新会员,并集体创作和编撰了很多有价值的文学作品资料,欧华作协成了欧洲汉语文学最重要的"文学之家"。

另外,朱文辉的《生死在线》(1989)、《推理之旅》(1992)、《邮差总是不按铃》(1994)、《命案的版本》(2001)等系列侦推小说,朱颂瑜的生态散文集《把草木染进岁月》(2018),韩素音的小说《瑰宝》(中文版,2007)、《韩素音自传》(五卷中译本,1991),颜敏如的小说《此时此刻我不在》(2007)、《拜访坏人——一个文学人的时事传说》(2009)、《英雄不在家》(2011)、《焦虑的开罗》(2016),寿含章的《我为情种——一个寻找天堂的故事》(原名《十》,小说和纪实文学的融合,2006)、《上海血统》(2010)和《我只要此生的你》(2014),黄正平的小说《情迷瑞士》(2014),青峰的诗集《瞬间》(2016),洪瑜沁的诗集《时间密码》(2018)以及谢红华的翻译《童子与魔法:钢琴女王玛塔·阿格里奇传》(2014),黄世宜的《见鬼》《清洁车》《哑巴吃黄连》《向前走·向后走》《台湾小吃——蚵仔煎》等作品在海内外都有相当的影响。

二、法国汉语文学概况及其代表程抱一

法国汉语文学在整个欧洲汉语文学史上的地位绝不容忽视。法国既是欧洲华文作家协会的诞生之地,又是"诺贝尔文学奖"获得者法籍华人高行健的居住地,也是双语作家"法兰西院士"程抱一的第二故乡,在法国主流文坛屡次获奖的用法文创作的戴思杰、山飒旅居之地,还是欧洲较早的华文报刊《欧洲日报》的落户之地。涌现出的华文作家当中名家辈出,如:熊秉明、周勤丽、杨允达、吕大明、郑宝娟、杨翠屏、黎翠华、蓬草、绿骑士、祖慰、黄晓敏、施文英、黄冠杰、林鸣岗、黄育顺、赵曼娟、董纯、卢岚、萧良、亚丁等。

活跃在法国华文文坛上的作家还有很多,有几位是用法文创作并打入主流文学领域的,比如法兰西院士程抱一出版的法文小说《天一言》《此情可待》和诗集《万有之东》,世界诗人大会主席杨允达的中英法文对照的《三重奏》,周勤丽的

小说《花轿泪》(自传体小说,被拍成电影)、《黄河协奏曲》、《天无绝人之路》,沈大力的《延安的孩子》(与法国作家苏珊娜·贝纳德合著)和《梦湖情侣——在毛的阳光下》,戴思杰的法文小说《巴尔扎克与中国小裁缝》《狄公情结》,并因《巴尔扎克与中国小裁缝》获得法国"费米娜奖",山飒的小说《和平天门》《柳的四生》《女皇》《亚洲王》《裸琴》等和诗集《凛风快剑》,亚丁的小说《高粱红了》等,这些华人华侨作家以非常优秀的法文写出了异样的风土人情和来自故乡的风雨之声。

程抱一,法籍华裔作家、学者,本名程纪贤,祖籍江西南昌市,1929年出生于山东济南,从小就酷爱自然、艺术和文学。弗朗索瓦·程(François Cheng)是他20世纪70年代用法语写作时用的名字。他少年时代历经战乱磨难,足迹穿越大半个中国。中学时代与"七月派"诗人的结缘使他立志日后要成为诗人。他1947年到南京大学学习英语,后获得留学奖学金赴法学习深造,1949年旅居巴黎,由此开启了漂泊、求索、创造的生命旅程。

简单来说,程抱一作为20世纪中法文化交汇创新的旗手,寄居巴黎的头十年(1950—1960),以母语为伴,专攻法语,苦修10年,攻克语言关;1960—1970年,是程抱一尝试用法语思考、翻译、写作的初期,缘分使他结识了大量的法国文化精英,如罗兰·巴特、列维·斯特劳斯等结构主义大师,并与著名大师拉康进行了长达4年的对话;20世纪70年代至80年代,是程抱一驾驭法语从事创作,著书立说,一举成名的时期,出版了《张若虚诗歌之结构分析》《中国诗语言研究》《虚与实:中国画语言研究》等诗歌、绘画研究著作,它们的问世使程抱一得以直接跻身法国主流文化之中,成为汇通中西的知识精英,在欧美学界享有很高的知名度,标志着其学术生涯和艺术探索已步入黄金时期。

程抱一不仅是个灵活运用西方文化艺术理论进行创新研究的学者,也是一个充满激情和才情的诗人、小说家,自20世纪80年代末开始,程抱一创作发表了诗集《树与石》(1989)、《永恒的季节》(1993)、《36首爱情诗》(1997)、《托斯卡情歌》1999)、《双歌》(2000)、《谁来言说我们的夜晚》(2001)、《夜》(2005)等7部诗集,其中《双歌》还荣获"罗歇·卡约斯奖"。2005年,程抱一以全部诗作选集《万有之东》(2005)入选《伽利马诗丛》,这在华人作家中实属罕见。除了诗歌佳作外,程抱一的小说创作也是成就非凡。程抱一的第一部法文小说《天一言》(1998)一经问世,便受到法国文学界的欢迎,荣膺法国最高文学奖之一的"费米娜奖"。第二部小说《此情可待》(2002)也大获成功,2002年2月,法国科学院鉴于程抱一能准确完美地使用法语创作且成果卓著,授予他"讲法语人士大奖",6月他又入选"法兰西终身院士",成为历史上跻入法国这"不朽者"之列的第一位亚洲人!

程抱一的创作带有言说自我的个性又富有生命真谛求索的共性特点,始终坚持心灵的探索和对生命价值的探问,他说,诗歌"是一种让我们达到事物真谛的语言",而小说"能探索生活经历的无限丰富性、复杂性,予以澄清,并通过情节展开让思想明了"。① 他的代表诗作《谁来言说我们的夜晚》,全诗共五个诗章,层层展示了一个孤独的精神求索者,在异乡魂系故国—无根漂泊—上下求索—冲破阻隔—交流会通的文化历险的心路历程,写得大气磅礴、意境深邈。无疑,这首长诗是诗人自身遭遇的真情抒发,同时也是作者用诗歌向星空、向宇宙言说一个东方求索者寻觅、探索的艰苦历程。小说《天一言》仍然将思想的交汇和精神的提升置于首位。正如《天一言》中的主人公天一通晓中西方各种艺术一样,程抱一的文学创作也是中法文化交融的结果。更重要的是,程抱一还能够运用纯净而优美的法文写作,因此《天一言》受到法国主流文化界的赞誉当之无愧。

程抱一着力于生命运行根本问题的思考,视"三元思想"为道家和儒家共同之道,又和西方艺术思想有精神上的暗合相通,从而将三元论这一"中国思想所奉献的理想化的世界观"提升为人类的宇宙观。② 正是这种普适性的价值理念和人类命运的哲学思考使他赢得了法国、中国乃至世界的普遍认同和高度肯定。

对于高行健移居法国以后的文学创作成就,从他获得的一系列奖项可见一斑。他的代表作有小说《灵山》(1990)、《一个人的圣经》(1999),戏剧《逃亡》(法语,1990)、《生死界》(法语,1991)、《对话与反诘》(法语,1992)、《周末四重奏》(2003)、《叩问死亡》(2003)和《夜间行歌》(2010)等。2003年,法国还举办"高行健年"以表彰他的成就。高行健除了上述用法语写作的几个剧本之外,其他的剧本和长、短篇小说以及散文、诗歌、理论文章均是以汉语写作的,而那些作品也大多被翻译成了他国文字,目前为止已经被翻译成近40种文字,在世界范围内广为传播。高行健的作品之所以能受到如此广泛的关注,主要是因为他的写作不

---

① 卡特琳·阿刚文:《访谈程抱一(弗朗索瓦·程)》,秋叶译,《中华读书报》2002年7月17日。
② 黄万华:《在地和旅外:从"三史"看华文文学和中华文化》,《广东社会科学》2016年6期。

局限于中国社会,而是面向全世界,也毫不回避当今时代人类面临的种种困境,其提出的疑问与思考都十分透彻,具有思想家的高度和深度。比如他提出的超越政治和意识形态的"没有主义",关注真实的个人处境和对自我的审视等等,既传承了历史悠久的中国文化传统,又超越民族文化而具有人类价值。除此之外,高行健的作品不仅有丰富的精神内涵,而且艺术形式变化多端。他善于创造新文体、新形式,并诉诸充分而绵密的理论阐述,形成他独特的创作美学,为中国现当代文学和海外华文文学的艺术创作提出了许多新的命题,提示了新的途径和方向。

法华文坛热闹非凡,很多作家都可以进行多语言写作,还有绘画、文学、哲学等多种文艺形式的交叉发展,这给其他国家的汉语文学提供了一种跨文化视角的写作形式。世界诗人大会主席杨允达精通多国语言,有诗集《异乡人吟》(1993,中法英对照)、《三重奏》(2005,中法英对照)、《巴黎的素描》(2007,中英对照)等。杨允达不仅是少有的能以中、英、法等多种语言创作和翻译的具有较大国际性影响的诗人,另外,他还协助法国侨领苑国恩创办了《龙报》,还协助老朋友王惕吾在巴黎组建了《欧洲日报》,并从 1982 年 12 月 16 日至 1983 年 12 月 31 日杨允达担任《欧洲日报》的总编辑,对于初创期的欧洲纸媒与欧洲汉语文学给予了莫大的支持和推动。20 世纪 80 年代移居法国的黎翠华学习现代版画,主要从事绘画与散文写作,至今已出版散文集《法国到处酒》(1998)、《悠游巴黎》(2000)、《紫荆笺》(2002)、《山水遥遥》(2002)、《在诺曼底的日子》(2003)、《左岸的雨天:黎翠华散文集》(2013)等。旅法华人女作家、画家施文英的散文细致婉约,韵味悠远,代表作散文集《巴黎单亲路》获中国台湾"侨联文教基金"2009 年会华文著述文艺创作项的散文类佳作奖,2016 年又因散文《珍贵传承》获第二届全球华文散文大赛"梦想照进心灵"优秀奖。对于施文英来说,写作和画画具有疗愈作用,可以忘记现实世界里的匮乏。她说:"在书写和绘画中,描绘梦想,构建起一个在现实中缺乏的美好世界。"她的散文、小说、绘画都很好地实践了她的这一文学设想。"70 后"旅法华人女作家、画家山飒可以用中法双语进行诗歌和小说创作,出版了长篇小说《柳的四生》(1999,荣膺"卡兹奖"),还出版长篇小说《尔虞我诈》、《女皇》(被译成 20 种文字)、《亚洲王》、《裸琴》和散文集《清晨四时,能否在东京相见》。山飒突出的文学艺术成就,使其于 2009 年荣获法国文化艺术骑士勋位,2011年荣获法国荣誉军团骑士勋位。从香港移居巴黎的绿骑士也是一手作画,一手写作。主要作品有《绿骑士之歌》(1979)、《棉衣》(1987)、《深山薄雪草》(1990)、《石梦》(1997)、《悠扬四季》(1999)、《哑筝之醒》(2002)、《花都调色板》(2014)、《神秘旅程》(2014)等。绿骑士在接受法国文化熏陶的同时,植根的中国文化精神仍时常于其作品中流露。来自巴黎的林鸣岗,也是画坛、文坛的大家,出版有随笔集《巴黎短笛》。法籍华人熊秉明更是集文学、哲学、雕塑、绘画、书法之修养于一身的艺术家、哲学家、文学家。主要作品有诗歌集《教中文》、艺术随笔集《看蒙娜丽莎看》等,上海的文汇出版社于1999年出版了一套4卷本《熊秉明文集》,包含《关于罗丹》《展览会的观念》《书法与书法文化》《诗与诗论》等,影响很大。他于1999年在北京、上海等地举办的"远行与回归"主题艺术展代表了他几近一生的艺术历程,同时也表达了他作品中的主旨。不管是什么身份,无论对人生哲学的体悟还是对艺术创作的实践,熊秉明始终以深厚的中国传统文化作为基础,吸收西方文化精华,融汇中西,重新发现和塑造中国的民族文化精神,也许这对漂泊海外的华人作家在思考中国文化未来和表达对人生理想的追求时能给予一些启示。还有出版了大陆版散文集《世纪爱情四帖》的古典唯美的艺术性散文家吕大明,出版了小说散文合集《北飞的人》、散文集《亲爱的苏珊娜》、小说集《蓬草小说自选集》的来自香港的蓬草,出版了纪实文学集《爱情在别处》、散文集《果园与歌者》的旅法记者黄冠杰,曾为法国《华报》社长兼总编的来自马来西亚的法华作家黄育顺,等等,他们以各种形式的文学活动为法国汉语文学的发展增光添彩。

三、德国汉语文学概况及其代表关愚谦

德国的汉语文学在整个欧洲汉语文学史上其实相当发达,特别是21世纪以来德华文学的发展更是势头良好,这跟纸媒和自媒体的发展繁荣有极大关系。这里的华文纸媒很多,影响甚大,甚至扩大到欧洲其他国家和地区。很多欧华作家在这些纸媒上发文练笔,有些还开设专栏。这样的报刊有《欧洲通讯》(1971—1981)、《西德侨报》(后改名为《德国侨报》,1972—1994)、《莱茵通信》(1987—2005)、《柏林通讯》(后改名《新新华人》,1997—2004)、《本月刊》(1999—2011)、

《德华世界报》(2013—2017)、《欧华导报》(1989—　)、《华商报》(1997—　)、《欧洲新报》(2003—　)等。这些都是在德留学生或者学者出身的德国华人自费办报,编辑、编务、作者、各地发行人大都为义务服务。还有国内经费支持的如《欧洲时报》(德国版)、《人民日报海外版》,由基金会支持的《德华世界报》和《德国生活经济报》等等。《欧洲时报》(德国版)和《人民日报海外版》给德国华文作家所提供的园地非常有限,因为编辑很少有自己能够组稿和发表的权利,但其他几个报刊在培育德国汉语文学作家以及欧洲其他国家的华人作家方面都起到了相当大的作用。可惜的是世界传媒领域技术突飞猛进,由于自媒体的迅猛发展,纸介平面媒体经营惨淡,很多报刊已经停刊,目前在德国还在运营的主要是《华商报》。

  德华文坛很多作家是这些报纸专栏的作者,比较有名的有:关愚谦、朱奎、程玮、龙应台、赵岩、朱校廷、刘瑛、邱秀玉、穆紫荆、黄雨欣、何德惠、徐徐、叶莹、谭绿屏、谢盛友、朴康平、钱跃君、洪莉、高关中、车慧文、黎奇、倪娜、王双秀、黄鹤升、张筱云、高蓓明、区曼玲、于采薇、郑伊雯、陈玉慧、夏青青、郭力、丁娜、丁恩丽、周晓霞、杨悦、卢晓宇、杜明明、张岚岚、冉冉、侯建萍、冯京等,他们身份各异,有教师、医生、商人、画家、翻译、工程师、汉学家、政治家、报刊编辑、白领工人、媒体工作者、饭店老板、家庭妇女等,但相同的是对文学的热爱;他们擅长各类文体,小说(长篇、中篇、短篇、微型小说皆有)、散文(文艺性随笔、时事评论类散文、哲理性散文、旅游散文等)、诗歌(现代诗、古典诗词)、童话到处开花。让人惊喜的是,儿童文学尤其是童话这一体裁在欧洲别的国家少有成绩,除了英国的林奇梅和最近几年转战儿童文学创作"神奇少年桑桑系列"(包括《奥当女孩》《新月当空》《里娅传奇》《马兰花开》)的英籍华人作家虹影之外,其他国家几乎没有这方面的作家,但是在德国却得到了很好发展。法兰克福旅德作家朱奎的童话"约克先生系列"2016年红遍大江南北。汉堡旅德作家程玮的《少女红书系——影响女生一生的书》(2016)也深受读者喜爱。另外,德华作家的翻译文学质量上乘,关愚谦的《鲁迅选集》6卷本德译(和波恩大学顾彬博士合译)、赵岩的唐诗德译《轻听花落》(主译)、朱校廷的《歌德全集》翻译(主译)、黎奇的海涅诗歌翻译、德惠的德译中4卷本《顾彬诗集》、杨悦的德译中《格林童话全集》(与父亲杨武能合译)等,它们在国内外的翻译文学界都很有影响,为中欧文学的互译交流合作做出了贡献。

也许是德国的旅游文化资源特别多,德华作家的旅游散文创作也比较繁荣,老中青三代都很有成绩。关愚谦、高关中、洪莉、徐徐等可以算是代表性作家。老作家关愚谦的《欧风欧雨》是欧洲新移民了解欧洲各国风情的必备书目,中年作家高关中的视域从居住地汉堡扩大到欧洲乃至整个世界,他的"世界风土大观丛书"(11本)是极好的旅游参考书籍,还有洪莉的《收集德国好时光——小镇生活风物记》《收集德国好时光——认识德国骨子里的气质》,徐徐主编的《小镇德国》,麦胜梅的游记《带你走游德国》等则图文并茂,深入细致地剖析德国各个小镇风情,别有一番韵味。

关愚谦,德籍华人作家、翻译家,1931年生于广州,1949年入北京外国语学院俄文系,毕业后曾做翻译、对外联络工作。他1968年离开中国,1970年受聘于德国汉堡大学中国语言文学系,从事教学、翻译和研究工作,业余从事文学创作和"关愚谦德意志"国际评论专栏写作;曾任欧华学会理事长,德国华商总会总顾问,主编过《德中论坛》(1980—1995)和《欧华学报》(1983—1997),2006年创立"德中文化交流协会",成就突出,被汉堡市长授予"科学和艺术奖"勋章。主要作品有自传体小说《浪》(2001,德文版名《生活在两个天空下》)、散文随笔集《欧风欧雨》(2010)等,在欧美、东南亚和中国都有相当数量的粉丝。他的德籍夫人海佩春的汉语作品《德国媳妇中国家》(2010)也成为中德文化交流的重要见证。

关愚谦始终热爱中国,他说:"谁也不能改变我对祖国的热爱。爱国是我做人的底线,绝对不做任何对祖国不利的事情。"[1]1969年移居德国以后,他用创作、翻译、社会活动等实际行动,自觉成为中德文化的使者。他一生的工作就是把东方文化带入西方,让更多的西方人了解东方,了解中国。除了《浪》《欧风欧雨》等著作外,关愚谦最看重的就是用德文写作和翻译的有关中国文化及中国文学的书,其中《中国古代民间故事选》(德语,1981)、《中国文化指南》(德语,1983)、《中国的风俗与民情》(德语,1990)、《鲁迅选集》6卷本(德译,1994)等最为突出[2]。所以关愚谦的巨大影响力不仅在于他的爱国热忱,也在于他毕生从

---

[1] 沧桑:《关愚谦:一本充满传奇的书》,《老同志之友》2011年第8期。
[2] 其中,《鲁迅选集》是和波恩大学顾彬博士合作,花了15年时间,请了20多个学生共同完成的浩大工程。

事的跨文化交流工作。

　　他的作品之所以受欢迎,不仅在于"欧风欧雨"的色彩,还在于能够给人的心灵的震颤,比如《浪》反映的是一个中国知识分子丰富多彩的一生和个人的心灵成长史,多年来,这本书一直被德国出版界评为五星最优秀作品。另外,关愚谦文笔的通俗性、趣味性、知识性和逻辑性,也是其拥有众多读者的重要原因。赵斌说得好:"愚谦先生是少数对中国与欧洲的历史文化都充满激情,对两地的国情都有深入观察和思考的作者。读愚谦先生的书很难放下,他以不疾不徐的节奏,一个接一个地讲述有趣的故事。他用的是素描与速写的手法,透过历史文化与民族特点,勾勒出一个多元多彩、活的欧洲。"[1]关愚谦本身就是一个传奇,曾经有外国导演想把他的经历拍成电影,而他的《欧风欧雨》成为新移民了解欧洲的必备参考书,至于他和顾彬及学生们合作翻译的《鲁迅选集》则成了欧洲研究鲁迅的必不可少的重要参考资料。

　　德华文坛上优秀的作家很多,影响较大的有:中欧跨文化作家协会创会会长刘瑛(有小说集《不一样的太阳》等),著名儿童文学作家朱奎(有"约克先生系列"),以"温暖"著称的基督教作家穆紫荆(散文随笔集《又回伊甸》、短篇小说集《归梦湖边》等),曾获中国"五个一工程"奖的何德惠(有长篇小说《早安重庆》《远嫁》《台湾情人》),"70后"才女徐徐(有长篇小说《法兰克福的青春战役》《法兰克福的中国酷爸》等),欧华作协副会长黄雨欣(有散文集《菩提树》、小说集《人在天涯》等),热心于欧洲文化艺术交流的画家谭绿屏(有散文集《扬子江的鱼 易北河的水》),热衷于政治的班贝格市议员谢盛友(创办《本月刊》,推动欧华文学创作,现任欧华作协副会长),中欧跨文化交流协会副会长丁恩丽(有小说《永远的漂泊》等),《德华世界报》主编倪娜(有小说《一步之遥》,诗歌《到了国外以后》广为流传,现热衷于微诗创作,被誉为"中国新归来诗人"),卡夫卡作品的翻译者黎奇(有小说《莱茵河,莱茵河》等),热爱旅游写作的高关中(有"世界风土大观丛书"500多万字),凤凰诗社欧洲总社社长岩子(爱好古典诗词创作和翻译,有诗词佳作100多首,诗歌精选集《今晚月没来》、小说《乘着鹰的翅膀飞翔》),《德国侨报》总编辑张筱云,欧华作协新任会长麦胜梅游记(有《带你走游德国》、散文集《天涯

---

[1] 赵斌:《以素描速写勾勒多元世界(序二)》,见关愚谦《欧风欧雨》,北京:生活·读书·新知三联书店2010年版,第7页。

芳草青青》),夏青青、郭力(有小说《莱茵北流去》),区曼玲(有《"肋"在其中——圣经的女人故事》),王双秀(有《汉堡散记》),叶莹(有长篇纪实小说《德国婆婆中国妈》),旅德的龙应台,以及一大批爱好写作的正在成长中的年轻作家。在这些合力作用下,德华文学的发展势头很强劲。

四、英国汉语文学概况及其代表虹影

从"五四"以来,就有不少自觉在英国用文学的方式传播中华文化的作家,从老一辈作家到"80后"作家都有,比较重要的有熊式一、凌叔华、韩素音、眭澔平、赵毅衡、张朴、马建、林奇梅、文俊雅、郭莹、黄南希等。20世纪80年代以来,移居或旅居英国的作家越来越多。1988年12月英国华文写作协会在伦敦成立,首届会长陈伯良做了《让华文文学在这里开花》的大会发言,指出协会宗旨主要是交流英国、英联邦国家及其他国家和地区的作家、翻译家、编辑、报刊撰稿人、记者等用汉语写作人士的写作经验,促进英国华人的汉语写作水平,繁荣英国汉语文学的创作。协会的成立标志着英国汉语文学开始有自觉的团队创作意识。

谈起英国汉语文学,马上会联想到虹影,可见她在英华文学史上的分量。虹影,英籍华人女作家,1962年生于重庆,自幼爱好文学,曾在北京师范大学鲁迅文学院、上海复旦大学创作班进修,20世纪80年代开始创作,以小说、诗歌、散文为主,近几年开始转向儿童文学,1991年移居英国。主要代表作品有小说《饥饿的女儿》(1997)、《好儿女花》(2009)、《K》(1999)、《孔雀的叫喊》(2003)、《英国情人》(2003)、《上海王》(2003)、《上海之死》(2005)等,诗集《伦敦,危险的幽会》(1993)等,散文集《谁怕虹影》(2004),儿童文学《米米朵拉》(2016)等。不管是哪一种文体,虹影都驾驭得得心应手。其作品颇受海内外读者喜欢,频频获奖,虹影曾获得"英国华人诗歌一等奖"、纽约《特尔菲卡》杂志"中国优秀短篇小说奖"、意大利"罗马奖"等多项国外大奖。长篇自传体小说《饥饿的女儿》曾获1997年中国台湾《联合报》读书人最佳图书奖,儿童文学《米米朵拉》获得2016年第二届全球世界华文文学"中山文学奖"等。她的很多作品被翻译成多国文字,也有的被改编成电视剧,广为传播,影响很大。

读虹影的文字总是能让人震撼,尤其是小说。那种倾注着自己生命、情感和解剖人性的勇气着实令人敬佩。她的小说总是在带着原罪般的苦难叙事和欲望书写中进行,她的写作源泉和"违反常规"的写作姿态都离不开那长时间困扰着虹影的"私生女情结"。由于她特殊的身份,再加上小时候的饥饿、贫穷和备受欺凌,使得虹影从小就养成了敏感、多情、叛逆的性格和对人情世态深入洞察的习惯,也决定了她自己跟传统永远是逆行的,不按常规出牌。虹影丰富多变的情感生活、自传体式的小说、大胆的"审丑"抒写、反父权社会的女性主义姿态都使她永远处在一个比较前卫的位置上。

虹影的第一本自传体小说《饥饿的女儿》以一个小女孩六六的目光聚焦了20世纪中叶长江边上一个重庆底层普通家庭的艰辛和痛苦,透过物质饥饿、精神饥饿和性欲饥饿的详尽描写展现了那个时期社会的风云变幻,是一部很有力度和深度的文学作品。《好儿女花》是《饥饿的女儿》的续篇,是虹影留给世界的又一本自传性的独语自白。作者以回重庆参加母亲的葬礼为线索,层层剥开母亲身上的谜团,也一步步解开自己婚姻爱情之谜。如果说《饥饿的女儿》中虹影充满了对母亲的不解和仇恨,对爱情的迷惘和失望,那么《好儿女花》中她抛掉以往的成见,重新发现爱情和理性地认识母亲,同时也重新审视自己,反思自我,从而理解了母爱的隐忍与伟大,让自己得到了爱情的抚慰和精神的慰藉。这两部自传性作品坦率得令人震撼,犹如一个赤身裸体的女人,在世界面前暴露一切,足见虹影对写作的热爱与痴迷,仿佛在用生命完成一次次对文学的朝圣。

虹影小说最鲜明的特色就是小说中女性形象的女性主义姿态,这和她被人歧视的私生女身份所激发的叛逆精神和追求平等、自由的婚姻爱情观和性爱观有关,可以说《K》中的女主角林、《女子有行》中的一群单身女性等,多少带有虹影女性主义理想求索的影子,她们一反传统女性的情爱被动,主导着爱情与性爱的整个过程,甚至产生阉割男性生殖器的极端行为描写。这种象征性的行为,可能是出自虹影对中国女性生命价值的被蔑视甚至被毁灭的愤懑,其目的是达到大胆地否定男权、父权和夫权,改变女性的不平等地位,争取女性的个性独立和解放之目的。

成为母亲后,虹影开始转向儿童文学创作,出乎意料却又在情理之中。由于私生女的身份,虹影的作品始终有一种晦暗的情感基调,体现在自传体小说《饥饿的女儿》和续篇《好儿女花》以及《K》《阿难》等作品中。女儿的出生,让虹影尝到了为人母的幸福和责任;女儿逐渐长大,孩子的童真激发了她对善良、纯洁、美好的事物的追求与描写,于是她笔下开始出现这样的儿童文学作品:《奥当女孩》《里娅传奇》《米米朵拉》等。中国并不缺乏儿童小说,但在虹影看来,中国的许多童书太做作,道德说教比较多,而且想象力缺乏。而虹影的儿童文学作品弥补了想象力普遍贫弱的缺陷。

虹影是英国汉语文学比较独特的存在,诗歌、小说、散文、儿童文学兼长,运用现代主义的叙事笔法,执着于与苦难命运的抗争、自我身份的追寻、女性主义理想的营构、生命终极价值的诉求等,给海外汉语文学和中国当代文学留下了浓墨重彩的一笔。

在英国的汉语文学史上,还有 1987 年自中国台湾移民英国、定居伦敦的旅英华人作家林奇梅。她的创作文类包括诗、散文与儿童文学,已出版散文集《厝鸟仔远飞》(2004,获"侨联文教基金会"2014 年华文著述奖散文类第一名)、《美的飨宴》(2008),儿童文学《稻草人杰克》(2006)、《稻草人贝克》(2008)、《稻草人迪克》(2010)、《兔子的试探》(2011)、《杰克救了朋友》(2012),诗集《林奇梅童诗选:女巫 风筝 小溪》(2010)、《老田巷》(2011)等等。林奇梅的作品深受读者特别是儿童的喜爱,曾先后五次荣获中国台湾"侨联文教基金会"的文学奖项。她的诗作以华美的修辞呈现浓厚的对家乡的思念,凸显台湾意象;散文情感细腻,喜对自然生态进行深刻的描绘,传达出对生活的深刻观察;她的儿童文学作品特别是"稻草人"系列深谙如何引导儿童进行思考,以生动有趣的方式教导儿童曲折丰富的人生经验。

"80 后"旅英作家西楠的创作以现代派的小说和日常化诗歌为主,著有长篇小说《纽卡斯尔,幻灭之前》(2012,获首届"紫金·人民文学之星"长篇小说类提名奖)、现代诗集《一想到疼痛我便想起我的小腹》(2014)、《我的罪:西楠现代诗选集 2005—2017》(2017)。

除此之外,还有反映英国华人新移民生活的长篇小说《轻轻的,我走了》和描写当代汉藏关系的长篇小说《有一个藏族女孩叫阿塔》的作者张朴;以小说创作为主(出版了《拉面者》《九条岔路》《思惑》《红尘》《肉之土》《阴之道》等),曾获"诺贝尔文学奖"提名的马建;擅写纪实文学的英籍华人作家郭莹;擅写散文的文俊雅;等等。

五、荷比卢、北欧、西班牙汉语文学概况及其代表林湄

说起荷比卢(荷兰、比利时、卢森堡)三国的汉语文学,不得不提起那里的拓荒者王镇国(前文已重点介绍,这里略提)。王镇国的辛勤播种培育了欧洲汉语文学的一片沃土,这片沃土上涌现了不少文学艺术的热爱者,如荷兰的丘彦明、林湄、梦娜、池莲子、林冬漪,比利时的章平、谢凌洁、郭凤西、多多、王露露(禄)、方莲华等。此外还有北欧瑞典的万之、挪威的郭蕾、丹麦的池元莲、芬兰的秦大平、西班牙的莫索尔和张琴等,他们以或诗歌,或小说,或散文随笔,探析人性幽微,体察文化碰撞与交融,给读者留下了丰富的精神财富。

林湄,荷兰籍华人女作家,祖籍福建福清,1945年出生于泉州的华侨世家,13岁就开始发表作品,1973年从上海移居香港,曾任新闻记者,业余时间从事文学创作。她1989年移居比利时,1990年定居荷兰,从事专栏和专业作家创作。1995年荷兰艾恩德霍芬召开了林湄文学创作研讨会,这是在欧洲举办的第一次华人作家研讨会,可见她作品成就被大家认可的程度。1999年前往美国任耶鲁大学任驻校作家一年。其主要作品有:长篇小说《泪洒苦行路》《漂泊》《浮生外记》《爱瑟湖》《天望》《天外》等,散文随笔集《我歌我泣》《文坛点将录》《如果这是情》等,中短篇小说集《不动的风车》《西风瘦马不相识》等等。她曾任比利时根特国立汉学院特约研究员,荷兰作家协会会员,荷比卢华人写作协会会长,纯文学杂志《荷露》主编,后为欧华文学会会长。

和大多数海外汉语文学创作者注重异域风情的简单展示、文化的冲突不同的是,林湄执着于叩问人性和生命终极价值的纯文学观念。她认为,海外汉语写作者不能只停留在过往"挣扎求生""精神难民""对往事缅怀和追述"的循环状态,应有"不践前人旧行迹,独惊斯世抗风云"的文学观,即在内视、外视或弱势、强势的较量、剥离、组合、对话、互看互读互释的同时,吸取其他人文学科信息、知识与理论,除了重视创作技巧,还要关注全球意识,或变形现实生活的背面,人类的希望在哪里,追求是什么。① 假如文学没有精神,不能直面人生及存在的价

---

① 林湄:《全球化背景下的华文文学——关于"世界文学"的思考》,《长江学术》2015年第1期。

值,不能发出质疑与呼喊的声音,文学还有什么价值与生命?

　　林湄早期的作品《泪洒苦行路》,是她步入香港文坛的成名作,被誉为"女性的辉煌"。小说以20世纪80年代的香港为背景,写三位女性不同的命运,用深刻细腻的笔触很好地回答了"娜拉出走之后怎么办"的问题。《漂泊》的背景由中国香港转移到了荷兰,写了一位中国女青年艺术家杨吉利漂泊到荷兰以后充满传奇性的婚恋生活和艰辛创业的故事,延续了林湄塑造的奋发自强、坚韧拼搏的女性形象。《浮生外记》则把笔力集中在已经在外国生活了大半辈子的华琼、胡磊和世顺祖孙几代人的关系之上,揭示出老中青三代华侨在文化观念、谋生手段、思维方式、价值观念等方面的差异,用文学的手法指出华人华侨要在西方立足发展的生存之道,即经济上必须走出餐饮业,政治上要努力融入主流社会并参政议政,具有一定的现实意义。该作品在欧洲的汉语世界中反响不小,曾获得德国国家电台汉语连播。

　　之后林湄经过10年沉潜,献上力作《天望》(2004)。小说讲述了现代传道人弗来得的传道生涯及其与华人妻子微云的悲欢离合,文中东方女人微云嫁给西方男人弗来得之后,虽然弗来得为微云提供了安定富足的物质条件,微云自己也不断努力进行身份认同,做好妻子、好母亲,但两人在生活习惯、道德伦理、思维方式、价值观念、宗教信仰等等有着巨大的隔膜感,因而微云的精神仍常常感到忧郁,只有在遇见老陆之后,她才意识到和同族人的交流是如此欢畅。可惜好景不长,微云在谋生的过程中不断受到同族的排挤倾轧,最后微云超越了国族乡情、信仰观念的差异,回到了对待她充满了真爱的丈夫弗来得身边,"是你的'爱'征服了我,这个世界没有比爱更具有征服力"。也是微云"爱"的力量使得病入膏肓的弗来得奇迹般地不治而愈。正如林湄在《天望》的序言《边缘作家视野里的风景》中提到的:"威胁着人类精神走进坟墓的不是温饱问题,而是战争、贪婪和物欲,和随之而来的冷漠、空虚和恐怖感。"[①]《天望》,即天人相望,人在做,天在看,林湄通过微云的故事向我们传达了"爱"与"悲悯"的伟大力量,表达了对人类整体命运的终极关怀,体现出对人的永恒生命价值和生存意义的探寻。

　　当人们以为完成50万字《天望》巨作的林湄可以功成告退的时候,又一个

[①] 林湄:《边缘作家视野里的风景》,见《天望》序,武汉:长江文艺出版社2004年版。

10年呕心沥血之作、60万字的《天外》(2014)诞生了！该书封面上言："我们生活的世界已如此苟且，别再让心灵蒙上灰色的影子。"①林湄没有淡出我们的文学视线，而是积蓄力量，深入思考生命、精神、宇宙、天道，将不同社会阶层的移民在新语境里的生存际遇展现，并探讨他们的"困惑之理想"与"精神之象征"。同时在文明与野蛮、金钱与权欲、灵与物、真与幻、有限与无限的双向博弈里，对人性的情感内核和婚姻家庭的物象进行探寻，让无法复原的焦虑与哀伤、生存本相的恐惧和无奈，在慈爱的悲悯里得以修补和安慰。② 小说分"欲""缘""执""怨""幻"五大部分，从字面上看就有比较浓郁的宗教和哲学色彩。小说从中年华人郝忻与吴一念夫妇婚姻生活几十年的心灵距离与隔膜开始，书写了由欲生缘—因缘而执—由执生怨—因怨而幻的内在情感变迁。作者将郝忻与欧洲文艺复兴200余年人文探索的偶像结晶浮士德精神的对话贯穿于整体情节中，塑造一个当代语境下有着浓厚中国文化色彩的学人变异成的浮士德影像。郝忻一方面认为性爱是生命的本质，因而无法抑制诱惑，与自己的学生蒂蒂发生性关系；另一方面又唯恐妻子知晓而内疚痛苦。郝忻把生活、婚姻家庭弄得一团糟，总是觉得"一个灵魂多次批评我，另一个灵魂却不听话"，与浮士德一次次的超验对话表达出的是自我"目标已有、道路却无"的精神痛苦。两个相悖的灵魂引发了精神分裂症，在旧我与新我之间徘徊恐惧，战战兢兢，不可终日，作者通过一次次的对话试图诠释变异的浮士德精神在当代不同文化语境成长起来人的身上是否能完成救赎文化身份的问题。林湄借"天外"的视角效应，将人的奇特奥秘和记忆，以个体人的生命、性爱、死亡，人对爱情、婚姻、家庭的自我迷失，写出正在继续蔓延的"人类精神"之灾难。无疑这是一部值得人们阅读和思考的佳作。

林湄从小就喜欢文学，在她坎坷的人生经历中，文学一直是她生命的支撑点，而漂泊、移居的生活是她文学创作丰富的源泉。如今长期生活在国外的林湄特别感恩生活对她的赐予，她说，在中国内地受过完整的教育，又在香港地区和西方社会生活了40多年，这种独特的经历对拓展她的视野、人生经历与学识有着很大的帮助。不管是在中国内地、香港还是比利时、荷兰，林湄对生命、社会、人性有自己独特的感悟和思考，并以笔端抒写为文学作品。除了小

---

① 林湄：《天外》，北京：新世界出版社2014年版。
② 林湄：《天外·后记》，北京：新世界出版社2014年版，第557—558页。

说，林湄的散文、随笔与诗歌创作也秉承纯文学的创作路子，探索着人类共同的话题。

荷比卢、北欧、西班牙等地区的汉语写作力量不少，其中不乏比较出色的，如来自中国台湾的旅荷华人作家丘彦明。她多才多艺，文学、音乐、绘画皆通。她的创作内容丰富，题材多样，有散文随笔、报道文学、艺术评论等散见报章杂志，还有不少翻译、绘画等作品。丘彦明的作品在中国大陆和台湾都有很多读者，主要作品有《人情之美》（1989）、《浮生悠悠——荷兰田园散记》（2000）、《荷兰牧歌——家住圣·安哈塔村》（2007）、《踏寻梵谷的足迹》（2017）、《翻开梵谷的时代》（2009）、《在荷兰过日子》（2012）、《人情之美——记十二位作家》增补新版（2015）等。其作品风格自由、随性、灵动，充满田园气息和悲悯情怀。目前她本人也和丈夫隐居在荷兰小镇圣·安哈塔村，他们都喜欢田园牧歌式的生活。丹麦双语作家池元莲有感于美华文学的繁盛、欧华文学的寂寥荒漠化，20世纪90年代决心回归汉语写作，写了大量作品。目前结集出版的有中、英著作十余种，有散文集《欧洲另类风情——北欧五国》（1997）、《北欧缤纷》（2000）、《多元的女性》（2005）、《两性风暴》（2005）、《性革命的新浪潮——北欧性现状记实》（2005）、《性、爱、婚全面剖析》（2005），自传体小说《丹麦之恋》（2014）等。曾为荷比卢华人写作协会副会长的章平，主要作品有诗集《心的墙、树和孩子》（1993）、《飘雪的世界》（1999）等，反映新移民餐馆打工生活的长篇小说《冬之雪》（1997），反映"文革"时期生活的长篇小说"红尘往事三部曲"（《红皮影》《天阴石》《桃源》，2006）等。很有鲁迅式的"横眉冷对千夫指"锋芒的旅比作家谢凌洁，其主要作品有中短篇小说集《辫子》（2012）、中篇小说《一枚长满海苔的怀表》（2013）、散文集《藏书，书藏》（2017）和长篇小说《双桅船》（2017）等。荷兰还有比较出名的如荷兰彩虹中西文化交流中心主任池莲子，出版有诗集《心船》《爬行的玫瑰》《幽静的心口》等，小说散文集《风车下》，短篇小说集《在异国月台上》，散文诗《花草集》。《池莲子诗选集》中英文版被列入名家集萃，曾获得"国际龙文化诗金奖"优秀奖。池莲子曾带领荷兰彩虹中西文化交流中心和世华作家交流协会合作召开首届荷兰中西文化文学国际交流研讨会，并编有论文集《东芭西篱第一枝——记2012首届荷兰中西文化文学国际交流研讨会论文集》，特别有国际影响力。比利时的郭凤西现为欧洲华文作家协会会长，她的创作以散文随笔、游记传记为主，有《旅比书简》(被列为"世界华文作家丛书"第5册)、《欧洲剪影》等,特别是1997年底在中国台湾"中央日报"发表的《钱姑妈,白兰芝夫人》影响极大,不仅得了"中央日报"海外文学创作奖,也引起了中国大陆影视界的关注,2002年中国编剧据此改编创作的16集电视剧《盖世太保枪口下的中国女人》播出,"中国的辛德勒"钱秀玲的名字轰动了中国。这离不开郭凤西汉语文学创作的功劳。另外,家喻户晓的三毛曾经于1967—1970年游学西班牙,她与"西班牙大胡子"荷西刻骨铭心的浪漫凄婉的爱情传奇,以及具有异域风情和自己生命体验的散文,对西班牙乃至欧洲汉语文坛作家的影响很大,特别是深深影响了欧华作家的旅游写作。三毛游学西班牙期间,到过各大城市,包括大西洋中的外岛加纳利群岛,并在1974年远至当时西班牙的西非属地撒哈拉,根据她亲身经历所写的处女作《撒哈拉的故事》以及后来20多本一系列的散文集,都深受中国人以及海外华人读者的欢迎。在西班牙的中文书局里三毛的作品应有尽有,其中最受欢迎的要算她在西撒哈拉沙漠和大西洋加纳利群岛游历生活的文学化记录。如今很多追求自由、浪漫生活的欧华作家多多少少都受过三毛精神的影响。另有具有三毛式情怀的西班牙作家张琴,著有长篇纪实文学《地中海的梦》(2000)、《异情绮梦》(2003)、《北京香山脚下旗人的命运》(2012)、散文集《田园牧歌》(2005)、《琴心散文集》(与丈夫米格尔合著,2006);诗集《天籁琴瑟》(2005)、《天韵》(2011)等。

梦娜作为诗人和小说作家,以及欧洲汉语文学的推动者也应予以重视。梦娜本名李民鸣,是旅居荷兰的汉语文学作家,任欧华新移民作家协会创会主席。出版有诗集《最初的郁金香》《瞭望的风车》,散文集《纹身的女人》,长篇小说《飘梦秋华》《塞纳河畔的女孩》《一生只够爱一个人》等。后两部小说其实是连续性的作品,写的是一位名叫飞燕的中国姑娘在欧洲漂流、挣扎和奋斗的异域人生和传奇经历,作者将这两部合在一起,与第三部《飞燕》合并为"飞燕三部曲"。显然,这不仅是一部情节精彩曲折,人物丰满生动,语言细腻精炼,意蕴深厚隽永的成功之作,而且也是能够引发许多重要学术话题的文学经验的结晶,这些话题包括汉语新文学及其在欧洲的发生与运行、中国体验在世界的延伸与拓展等。

六、中东南欧汉语文学概况及其代表余泽民

相对于西欧发达资本主义国家来说,中东南欧的经济发展比较缓慢,但汉语文学发展势头却不弱。捷克、匈牙利都有华人文学组织,优秀的作家作品不少,如捷华作协创会会长和文学活动家老木、匈华著名作家和翻译家余泽民等。除此之外,还有奥地利的俞力工、方丽娜、常晖,俄罗斯的白嗣宏,波兰的林凯瑜,土耳其的高丽娟、蔡文琪,捷克的欧非子、汪温妮、刘恒君,斯洛伐克的李迅,匈牙利的张执任、翟新治,意大利的赵九皋等。瑞士前面有专章介绍,这里不重复。

余泽民,是旅匈华人作家、翻译家,中国作家协会会员。他 1964 年生于北京,1989 年毕业于北京医科大学临床医学系,同年考入中国音乐学院攻读艺术心理学硕士研究生,1991 年移民匈牙利,现居布达佩斯。主要作品有中篇小说集《匈牙利舞曲》(2005),长篇小说《狭窄的天光》(2007)、《纸鱼缸》(2016),文化散文《碎欧洲》《欧洲的另一种色彩》《欧洲醉行》《咖啡馆里看欧洲》和艺术家传记《一鸣西藏》等。他的处女作中篇小说集《匈牙利舞曲》被列入 2005 年"21 世纪文学之星丛书",长篇小说《狭窄的天光》被列入 2007 年"小说月报金长篇丛书",而 2016 年的《纸鱼缸》一出版就获得评论家和读者的青睐,获得了该年的"中山文学奖"。他的作品不能算多,但部部是精品,还有多篇小说发表在《当代》《十月》《中国作家》《大家》《小说界》《文学界》等文学刊物。与绝大多数作家不同的是,余泽民不仅是优秀的作家,还是著名的翻译家。他翻译的大多是思想深度和叙事技巧皆出色的匈牙利著名作家的作品,比如 2002 年"诺贝尔文学奖"得主凯尔泰斯的《船夫日记》《另一个人》《英国旗》《命运无常》,"诺贝尔文学奖"提名作家艾斯特哈兹的《赫拉巴尔之书》《一个女人》和《和谐的天堂》,2005 年"国际布克奖"得主克拉斯诺霍尔卡伊的《撒旦探戈》,马洛伊的《烛烬》和《一个市民的自白》,马利亚什的《垃圾日》,巴尔提斯的《宁静海》,道洛什的《1985》,纳道什·彼特的"三部曲"《平行故事》,德拉古曼的《摘郁金香的男孩》,苏契·盖佐的《太阳上》等。其中《平行故事》获中国台湾 2016 年翻译类作品"开卷读书奖"。简单回顾余泽民的人生经历,真正从事文学翻译与创作的时间只有 15 年,但著作和译著加在一起不能算少,重要的是件件都是分量很重的艺术品。

2016年出版的《纸鱼缸》可以说是余泽民的代表作。这是一部在思想深度和艺术技巧上都比较成熟的长篇小说，是余泽民执着于探索小说深度和艺术高度的创新之作，也是一部颇具"欧洲色彩"的创新作品。一位华人作家涉足20世纪欧洲的沉重历史（二战的奥斯维辛大屠杀和冷战中的匈牙利）题材本身就是一个创举，而且还印照了20世纪的中国历史，这不能不说是这本小说的第一个创新之处，具有真正的跨国籍、跨种族和跨文化特征。如果说余泽民开始时期的创作《匈牙利舞曲》大半还是异地谋生的中国人，讲的还是华人在域外的物质和情感生活，那么《狭窄的天光》则有意识地将出国淘金的主人公林斌放置到相对封闭的匈牙利人环境中观察，已然有别于绝大多数的华语作家。而到了新作《纸鱼缸》，他干脆不把移民故事作为写作的核心，小说虽有中国人的故事元素，但几乎没有中国的味道，中国人欧阳霁青的身份更像是一个见证者，而真正站在舞台中央的是匈牙利青年佐兰。

　　《纸鱼缸》这本书，作者余泽民第一次有意识地植入匈牙利历史，努力用个体记忆抵抗集体失忆的故事。两个国家的历史犹如镜像一般互相映照，令人深思。《中国新闻周刊》执行主编陈晓萍为这部书撰写了第一篇书评，她说，那段历史"于我们是如此的熟悉，在我们不忍直视自己的历史之际，他人的历史犹如一面镜子，照出了我们的来路"[1]。小说中作为告密者的佐兰的父母莱哈尔·卡洛伊和尤安娜，同样也是被窥视和告密的对象，而作为被害者的老音乐家柯斯提契，同时也是纳粹集中营中杀害无辜者的帮凶。他们的罪过让我们不由地想起"文革"前和"文革"中那些或者为了明哲保身，或是被历史无情裹挟的、身不由己的告密者，他们都是在历史的幽暗隧道中无法选择自己的命运，正如作者在书里写的那样，他们有同样无可救赎的罪和同样难以辩白的无辜。在《纸鱼缸》里，那段痛苦的历史又纠缠着马扎尔人（匈牙利人）和茨冈人（吉普赛人）之间不共戴天的民族与种族的敌对史，以及莱哈尔家族和柯斯提契家族之间的矛盾，于是小说显得更加错综复杂。

　　余泽民的小说具有极强的纯文学色彩，他思考的是生存的孤独、人性的救赎和未来人类的命运问题。余泽民的小说还带有"欧洲色彩"。他自己说道："毫无

---

[1] 陈晓萍：《无法逃遁的命运》，《中国新闻周刊》2016年第14期。

疑问,外语阅读对我的写作至关重要,无论从生存思维、文学品位、创作题材和语言风格上,都有意无意地熏染上了'欧洲色彩'。"①"纸鱼缸"本身就是一个隐喻和象征符号,脆弱的个体生命无法承受复杂而沉重的种族矛盾和历史枷锁,犹如纸易破,轻轻一碰就被无情的历史淹没了。"纸鱼缸"还象征着现代社会中人的孤独存在主题,鱼缸里的鱼游动嬉戏,虽然贴近,但永不交集。除此之外,小说通篇的章节安排和结构设置都藏着无数的密码和象征意味。余泽民的小说语言也极有特色,很难用一个词语进行描述,因为他特别注意语言的创新运用,既"有汉语的微妙感,同时也有匈牙利的",那是一种"把经验和质性结合起来的那样一个语言"②,精准细致,充满色彩感、画面感、动作感、节奏感和质感的语言。

余泽民是作家中比较独特的一个,他有着作家敏感、多情、爱思考的天分,又有后天流浪的经历、孤独的体验,以及与匈牙利文学艺术大师近距离交流切磋的独特条件,同时又固守着纯粹自由的文学创作观念,这种纯粹又内省的文学观念注定了他的文学作品不是喜闻乐见的大众消费品,不是为了稻粱去迎合部分读者、编辑、出版商要求的异域猎奇、风情介绍等色彩的大众作品。相反,余泽民宁愿生活清苦艰难,也要坚持自己的文学品味,他喜欢在孤独的境地中充满激情地酿造一个个震撼人心的普通人的生命悲剧,思考个体与国家、个人与历史、爱欲与死亡、和平与战争、真诚与虚伪、善良与阴险、美好与丑恶等一些重要的问题。

在中东南欧这些国家中,还有一些很有发展潜力的作家。旅奥华人女作家方丽娜实力非凡,作品常见于《作家》《十月》《小说界》《中国作家》《北京文学》《小说月报》《散文选刊》等重要刊物,著有散文集《远方有诗意》(2009)、《蓝色乡愁》(2017),小说集《蝴蝶飞过的村庄》(2017)、《夜蝴蝶》(2019)等。旅捷华人作家老木更是一个多面手,工、农、兵、学、商样样都行。除了2006年与捷克文友创立"捷克华文作家协会",老木个人笔耕不辍,著有《老木文集》,包括诗集《露珠》、长篇小说《新生》、中短篇小说集《垂柳》、散文集《石子路》、哲学性随笔《直觉世界》、杂文《心系故园》等。老木的文学创作、哲学思考、社团组织、社会活动等都是他用心去做的事情,在这样跨文化交流的国家背景中,他的付出与努力为海外华人

---

① 周晓枫、余泽民:《旅鸟之翼》,《文学界》2006年第4期。
② 余泽民、邱华栋、康慨:《以个体记忆抵抗集体失忆》,北京五道口三联书店举办的《纸鱼缸》读者和媒体见面会对谈实录,2016年9月25日。

的汉语文学添砖加瓦,同时也丰富了整个大中华的汉语文学史。

说起中东欧的作家组织,捷克、匈牙利、奥地利、斯洛伐克等都有华文作家组织,他们程度不同地开展活动,努力提升汉语文学创作的水平。捷克华文作家协会是由旅居捷克的华人华侨组成的文学团体,2006年于布拉格成立,实行轮值会长制,首任会长是老木,现任会长是温妮。2012年捷克华文作家协会正式注册,并出版了会员合集《布拉格花园》。这本书既是全体会员作品的结晶,又是捷克华文作家协会这个文学社团筹备和运行6年时间的纪念和总结。协会尽可能多地组织捷克及中捷文学和文化交流活动,在传播和弘扬中国文化、推进旅捷华人作家的汉语写作、参与捷克慈善活动、增加中捷文化交流等方面都取得了很好的成果。协会还有配套的捷克华文作家出版社,并建立了协会的网站,公众号等,会员创作积极性很高,小说、诗歌、散文、翻译全面开花,文学队伍逐步壮大。主要成员有:李永华(老木)、翁锡宏(欧非子)、汪永(温妮)、刘恒君等。在他们精心营构的"布拉格花园"中,"我们看见了东西方文化的汇合与交融给作者带来的思考和感悟,看见了东西方文化相互理解、相互包容的可能和必然,也看见了人类之间人性、爱的同一与相似"①。匈牙利华文作家协会成立于1996年,是旅匈华文作家自愿组合的纯艺术沙龙,现任会长是张执任。会员们大部分亦文亦商,多年来,在繁忙、艰难的经商活动之余,仍然不忘文学,坚持用业余时间写作,创作了大量小说、散文、诗歌、剧本,也有大量优秀的翻译作品。主要作家有余泽民、张执任、阿心、王兴浦、陈典、雪红等。

土耳其汉语文学是一块可待开垦的沃土,正如高丽娟所说:"土耳其地大物博,人文荟萃,政治战略地位重要,既是一座东西文化桥梁,又是一个传统与现代化冲突明显、宗教世俗化问题丛生的复杂社会,有幸旅居于此,从事汉语文学创作,不管是侨居生活的描写、异国风光的捕捉、文化差异的观照、个人情怀的抒发、社会脉动的掌握、历史文物的探索,还是纯文学的诗歌、散文、小说的创作,都拥有肥沃的土壤,都容易比欧美吸引读者,在拓展国人的国际视野上,具有更广阔的发挥空间。"②至今为止,去土耳其留学、生活、工作的中国人仍然不多,喜欢

---

① 老木:《布拉格花园》序,布拉格:捷克华文作家协会2012年版。
② 高丽娟:《发现土耳其华文文学的新价值——在土耳其从事华文创作的省思》,2003年参加世界华文作家协会的宣读论文。

文学创作的更少。可喜的是还有高丽娟、蔡文琪两位热衷于中土文化交流的使者，她们一边进行汉语言文化的教学与研究，一边从事文学创作，取得了不小的成绩。高丽娟，土耳其籍华人女作家，1958年生于中国台北，1980年毕业于台湾大学中文系，1982年远嫁土耳其，长期在安卡拉大学从事汉语言文化教学与研究，并担任土耳其国际广播电台华语组翻译、播音员。21世纪之初，在繁忙工作之余，高丽娟开始积极从事文学创作，作品散见于德国、法国、英国以及中国（含台湾地区）的中文报刊，2005年9月以《走过黑海的女人》一文获得中国香港主办的世界华文旅游文学征文奖入围奖。高丽娟的创作主要以抒情散文为主，既书写土耳其的民情风俗，也抒发自己的乡愁。在她看来，写作就是一种还乡情感的释放，也是重新认识自己、解剖人性的精神疗伤之路。她开朗豪爽的性格、清澈流畅的文字、诚恳真切的态度、敢于解剖自己和反思历史的"剥洋葱"精神，令人敬佩，也是深获读者喜爱的重要原因。其代表作品有《土耳其随笔》(2006)、长篇自传小说《从觉民到觉醒——开花的犹大》(2008)。她的随笔，亲切自然，于闲话家常中了然土耳其风土世情，品味中土文化的差异和融合；读她的自传体小说，可以看到政治高压下人性的善良与扭曲，看到亲情、爱情包容下的"罪与罚"。高丽娟是一个奇女子，也是有着高度责任心和人性深度的作家。正如她自己所说："我意识到应该跨越血缘、地缘、文化的自限，彼此接纳，利用相同的语言文字与历史的纠结，来建立一个和平共存的世界，而不是互相仇恨的悲惨世界。"这要有何等宽阔的胸襟才能做到啊！除了高丽娟，土耳其还有一位比她早入欧华作协的会员蔡文琪，她曾任台湾"中国时报"土耳其特约记者，联合报系《欧洲日报》土耳其特约记者，作品以随笔为主，颇受读者欢迎。

地处德国与俄罗斯之间的波兰，由于多灾多难的历史境遇与政治处境，其经济发展相对落后，但却诞生了若干位诺贝尔文学奖获得者，这真是一个奇迹！然而汉语文学在波兰却几乎是一片荒漠。波兰并不缺少喜欢和研究中国现当代文学的汉学家，也不缺少从事汉语言文化教学的教育工作者，但从事汉语创作的作家却凤毛麟角。林凯瑜算是个例外，但创作不太多，她的主要精力放在语言教学上。林凯瑜生于台中，日本立命馆大学日文系毕业，1987年到华沙，2003年加入欧华作协。林凯瑜热忱地传播中华文化，主要工作是在大学教授汉语言文化，也有自己的语言学校。繁忙工作之余，她辛勤地在汉语文学园地耕耘，称得上是

"波兰的中华文化使者"。主要作品有散文随笔《奇迹之都》《婆媳》等。不管是刻画人物还是描绘华沙风土历史,读来都平实、亲切、感人。作品被收入欧华作协的几本会员文集之中,有一定的影响力。根据2015年欧华作协巴塞罗那年会协议,2017年5月于华沙成功举办欧华作协会议,林凯瑜功不可没。

欧洲最东部的俄罗斯的汉语创作不容乐观。白嗣宏、李寒曦和李静等是俄国的欧华作协会员,但目前白嗣宏年事已高,另外两位欧华作协会员李寒曦和李静几乎没有什么新的作品。白嗣宏,旅俄华人学者型作家,1937年生于上海,1955年毕业于上海市市东中学,并进入北京俄语学院留苏预备部学习,1961年毕业于苏联国立列宁格勒大学语言文学系俄国文学专业。1961年学成携俄罗斯太太回国,"文革"期间历尽磨难。"文革"后白嗣宏主编了12巨册"外国抒情小说选集"(1982—1987),影响巨大。1988年由于工作需要他再次旅居莫斯科。就白嗣宏本人来讲,他主要还是学者身份,是俄罗斯文学、戏剧、国情三方面的研究专家,也是著名的翻译家;著有《文学论文集》《戏剧论文集》《畅饮俄罗斯鸡尾酒》等学术作品。21世纪初受朋友启发与鼓励开始随笔创作,2015年出版随笔集《从东方走到西方》,主要记述了一个东方人带着东方文化的熏陶,进入西方文化之后的点滴感受和东西方人文交流的花絮,最后又回归东方文化的心路历程,颇受中国读者及欧洲等地华人读者的喜爱。

大洋洲卷

"中国心"与"澳洲情结"

Australia

20世纪80年代,中国开启改革开放的辉煌航程,此时开始有一些中国人走向了大洋洲。他们的主要目的地是澳大利亚。他们中有各种各样的移民,也有意气风发的留学生。至少从中华文化的海外拓展的角度而言,澳大利亚与新时期的中国几乎同步发展,同步起飞。

华人所到之处,便有汉语文学的歌吟。而大洋洲华人的歌吟集中留存于澳大利亚。从赴澳留学潮开始,汉语新文学的"幽灵"便在大洋洲土地上飘动、游荡,一开始显得有些零碎而单薄,难以构成一种饱满张扬的文化气场,但它有活力,有生命,有未来,给人无尽的遐想与希望。

这里的汉语文学土壤,留下了老一辈汉语文学家的辛勤耕耘,梁羽生、郁风、黄苗子、柳存仁等历经风雨涤荡和岁月沧桑的写作和文迹,初步肥沃了这片土壤上滋长、繁衍的汉语文化和文学。何与怀、马白、沙予、夏祖丽、洪丕柱、安郁琛、刘维群等踏着先辈的足迹砥砺前行,在这片土地上收获了审美的欣喜与希望。还有一群学者型的作家,如陈耀南、徐家祯、陈顺妍、萧虹、张典姊等,以他们各具特色的笔触伸展并享受着汉语书写的快意。

这里远离现代主义盛行的美国,但这里的现代主义歌哭与美国相呼应,就像美国式的粉壁涂鸦在这遥远到可以亲吻南极的地方也到处蔓延一样。于是,大洋洲的汉语文学同样浸染着现代主义的灰暗色彩。或许这也是现代主义诗人顾城在走向疯狂和死亡的极端情绪下选择了澳大利亚的原因。

到大洋洲,必然经过浩瀚的太平洋。这无边无垠的海洋给予人们无尽的遐想。汪应果到了这里,贡献出了汉语文学中弥足珍贵的海洋意识与海洋书写,代表作品有《海殇》。其中的国家关怀、历史眷顾以及民族危亡的思虑,足以打动汉语文学世界的几乎所有读者。

大洋洲汉语文学弥漫着现代主义的"世纪末"的神秘与浪漫,拥有一道特殊景观,就像大堡礁、企鹅、袋鼠、考拉熊给人们带来的新鲜感一样。

第一章
"沙漠"上响起希望的驼铃：
澳大利亚汉语文学的历史进程

如果说澳大利亚的汉语文学曾经是一片沙漠,那么自20世纪80年代以来,澳大利亚汉语文学则因为中国内地(大陆)、港台和东南亚留学生和新移民的迅速递增,以及各种相继诞生的中文报刊及互联网平台,形成了相对广阔的空间。可以断言,而今的澳大利亚汉语文学(国际上也常称"澳洲汉语文学",有时习惯性称为"澳华文学")业已在沙漠上摇响一串串希望的驼铃,文学文化的绿洲正在不断开垦和拓展之中,让人们能够逐渐地辨认出其丰盈的激情和存在的场景。这个毋庸置疑的事实,又从另一方面提醒着我们,诚如澳大利亚文学一直没有摆脱英国文学的影响,同理可推,探讨已从萌芽期逐渐走向青春期的澳华文学的成长乃至发展流程,同样无法否定其本身始终深受中国文化传统的影响,是中华民族以及中国文学源流派生出去的边缘化文学谱系。一言以蔽之,澳华文学是海外汉语文学这股大潮中的一脉清流,作为一种独立且自足的文化现象,不管怎样,都是处在非本民族文化的包围之中。换言之,澳华文学与中国文学之间看似既有文化承传的一面,但又不能算是中国文学的一部分;当然,它也不是作为主流文化社会的澳大利亚文学的一部分,而是处于两者交叉的边缘地带生长的一种特殊的或者说另类的跨文化景观。

那么,对于"澳华文学"的界定,自然就成为一种特定的理论文化命题,我们可以理解为生长在澳大利亚的汉语文学,即指在澳大利亚这个特定的生活境况、文化背景和多元语境中用汉语书写的文学作品,无论是过去的、现代的,抑或是将来的。这是海外华人移民文化历史不可分割的一部分;而作为民族的或种族的一种文化命题,它又与移民本身的社会、经济、历史和文化等诸多因素紧密相关。

严格地说,只有200余年历史的澳大利亚,真正属于澳华文学时代的到来,应是20世纪90年代以来的事实。往昔的文字记载与尊严像破败的旗,显得零碎而单薄,且难以构成一种充满活力的文化气场。历经风雨涤荡和岁月沧桑而不断向前推移的澳华文学,在真正起步之初,作为文学的雏形期,它始终只停留在话语阶段,只能当作构成这个文学故事的一个"情节"或序幕。那时,来自中国港台和东南亚的华人移民,陆续在一种无序的状态之中笔耕,那些零星而散落的篇章,在现在看来,充其量为澳华文学的"故事"埋下了一种暗示或作为一种铺垫。作者们的种种努力,只能成为这个故事的一种过去时态的"传奇"。显而易见,真正让澳华文学初具形态并作为海外华文文学的一道特殊景观,则是大批中国内地(大陆)留学生和新移民涌入澳大利亚之后。之所以这样说,是因为留学生和新移民抵澳之后,逐渐意识到生活在不同文明的夹缝中,有一种不中不西的尴尬。他们对中西两种文化传统和观念差异具有一种特殊的敏感,加上国情民情等方面的种种差别,他们对两种文化的隔阂与碰撞及其中人物生存状态的感受和表现,开始进入了前所未有的比照和反思。在这种特定的历史文化境遇中,澳华文学才逐渐地热闹起来,那是澳华文学隔着深长的幽谷进行的一次义无反顾的自我焊接。为了在非母语的国度用母语表达自身的心灵诉求、生存境况和精神图景,一时间留学生文学像点燃的导火索,以自发的方式迅猛爆发。最早引起读者和社会各界关注的,应是来自上海的留学生作家刘观德创作的长篇小说《我的财富在澳洲》(1991)。该书状写了作为找工族的同辈人——留学生在澳大利亚的种种遭遇和经历,刻画了一代流浪者纷纷举债出国的生存状态和心路历程。同一时期出现的海伦女士的《留澳日记》,则是对于去国离乡之后"洋插队"的那些难忘日子的忠实记录和生存证据。

进入20世纪90年代中叶,处在双重文化背景相互碰撞和交融的现实时空里,又展示在澳大利亚多元文化视域中作为跨文化风景的澳华文学,呈现出既生动丰沛而又多姿多彩的景观。随着文学观念的不断嬗变,作家们自身心态的调整和生成,长期以来被人视为"文化沙漠"的澳华文学,已从混沌初开到无序单薄到初具形态中,一路风雨、一路折腾、一路探寻地走出来。

澳大利亚到底有多少汉语文学？这是评论界和学术界曾经诘难的问题。澳大利亚毕竟是以英语为主流的国度，尽管倡导多元文化（pluralistic culture）大融合，中文与德、希（腊）、法、日等语言也同被列入该国的第二语言教育，但中文的普遍使用在20世纪80年代，仅限于拥有逾70万人口（占澳大利亚总人口的4%～5%）的华人社区。幸好华人人口逐年持续增长，据不完全统计，进入21世纪之后十多年间，澳大利亚华人总数已超200万人（约占澳大利亚总人口的10%），加上海外"汉语热"的不断升温，华文教育的力度不断加大，在澳大利亚讲汉语已成为一种司空见惯的现象。进入自媒体时代，多数中文报刊依然坚守阵地，各种中文网站相继建立，手机微信平台广泛普及，处于转型期的澳大利亚汉语文学，也从迷茫而朦胧的状态中逐渐清晰和明朗起来。如果说澳大利亚汉语文学20世纪90年代中后期已初露端倪，那么而今庶几形成了自己的格局和风貌。

忆往昔峥嵘岁月，20世纪90年代初期由来自中国大陆的留学生文化人创办的《满江红》《大世界》两份月刊杂志，毫无疑问对澳华文学的生长起到了推波助澜的作用，为澳华文学的空间开拓和扩展营造了浓厚的氛围。随之而来的是数家由留学生和新移民创办的华文周报，同样开辟副刊版、杂文专栏版等，一时间，杂文甚为风行，诗歌、纪实文学相当活跃，中短篇小说接踵而至，文学评论则从最初的相对疲软逐渐好转起来。如今，散文随笔类的写作依然呈良好的态势。笼统算来，诗人作家在澳大利亚起码有两三百位之众，活跃分子不下数十位，当然真正富有实力、活力和拥有广泛影响力的仍然凤毛麟角。由是足见，澳华文学的写作阵容颇为可观，而且大多集中在悉尼和墨尔本两大城市，昆士兰和南澳则次之。若论澳华作家出版的著作，以跨世纪为线划分，之前应有150多部，之后即进入21世纪至今，早已不止翻番，约有400部。作品品类丰富多样，除了诗歌、小说、散文、纪实文学、传记文学的专著外，还有文艺评论、儿童文学、剧本等著作出版发行。

若从整体创作队伍而言，来自中国内地（大陆）的新移民作家群体，业已成为澳华文学的生力军和中坚力量。在东西方生活时空的转换中，新移民作家们充分展示出各自的优势，各类文学体裁的写作均有涉及，于是从整体上形成了澳华文学相对宽容、开放而自由的语境，在无形之中拥有了澳华文学的真正话语权，并相继出版了"澳洲华文文学丛书""澳洲华文文学方阵""大洋文丛·澳华文萃""第三类文化系列丛书·澳洲专辑"等大型系列书籍。所有这些,当可视为从过去到现在,总是处于不断演变中的澳大利亚汉语文学异军突起的一个缩影。这里所列举的几套丛书,皆以澳大利亚社会生活为背景,以澳大利亚多元文化价值观为参考系。其中5卷本的"澳洲华文文学丛书",有小说卷《与袋鼠搏击》、诗歌卷《大洋洲鸥缘》、散文卷《渴望绿色》、报告文学卷《男儿远行》、杂文随笔卷《人生廊桥梦几多》,这套被公认为"澳华文学史上的一块丰碑"的大型文学丛书,共汇集103位老中青作家420多篇(首)作品,是当代华文出版界第一套较为完整介绍澳华文学风貌的文学图书,为澳华文学研究提供了相对系统而全面的阅读文本和真实形态。

概略观之,小说创作仍是澳华文学的弱项,无论是作者人数、作品数量,还是发表层面及影响程度等方面。曾几何时,频频亮相新作的如沈志敏、张奥列、心水、吴棣、刘奥、英歌、李明晏、田地、刘放、陆扬烈等人的作品中颇有可圈可点之处,无论是承前或启后都显示出一种平实而坚韧前行的姿态。其共同点正如评论家张奥列的概括:"澳味华风小说情。"值得一提的是,女性作者在小说创作领域所展示的景观,她们更多的是把女性的视野投向广阔的生存现实,或注重对内心世界的刻画与描写。既不同于中国本土前些年曾经蹈入私人化写作和身体化写作的怪圈,也不同于20世纪90年代澳大利亚(短篇)小说创作中处于一种很古怪的态势,即以反映澳大利亚社会发生的巨大变化,包括所谓"全球化",或反映澳大利亚正在发展与亚洲的亲邻关系,或对后结构主义文学理论的"解构"与严密性的认识不足的同时,在两性关系正在变化的性质上大做文章等等。澳华女性小说则别有洞天,自成一番风景。她们中较为突出的如海曙红、抗凝(林达)、金杏、王世彦、施国英、萧蔚、凌之(刘海鸥)、毕熙燕、千波、陶洛诵、崖青、莫梦、小雨等。

诗歌与纪实文学在澳华文坛中总是处于一种活跃状态。如果说人世间有着两种有趣的运动,那是形而下的物质运动与形而上的精神运动。那么,诗歌应属于形而上的精神运动,而纪实文学更倾向于形而下的运动状态。诗是诗人的心史折射,澳华诗人的作品更多的是自我精神的一种观照和反映,是孤旅之中的一种生命体验和心灵档案;纪实或报告文学类主要配合商业社会的需要,更多的是带有功利性的成分,它是澳大利亚各种大小华文报刊的一线生机,譬如日报中的周末版,大多充斥着类似的文章。当然纪实文学有其合理的价值,也产生了不少优秀的作品。它不像诗歌那样,既可以穿越时间的隧道、超越空间的限制,又总是闪烁着诗人的心智和精神之光。

澳华诗人的队伍老中青三代皆有(不包括从事旧体诗词的作者),而且实力相当,不容忽视。老一辈诗人中的冰夫、黄雍廉、芦荻,已进入老年期的诗人有心水、李南方、渡渡、许耀林、张立中,中青年诗人中的庄伟杰、欧阳昱、塞禹、晋夫、林木、雪阳、陈积民、李普;女性诗人中的如冰、西贝、子轩、罗宁、王云梅、胡涛、陈尚慧、张晓燕,还有近年来涌现的庄雨、映霞、凤凰如诗、艳阳、康妮、哲嘉、汤燕、洁然、丁丁、丹青、关淑玲等。他们所组成的阵容,即便放置于海外华文文学中也毫不逊色。欧阳昱主编的《原乡》文学期刊,诗歌的版面算是重头戏;庄伟杰主编的《国际华文诗人》杂志立足澳大利亚和中国,面向全球各界华文诗人,亦是沟通澳中两地文化(跨文化)交流的一种尝试和实践。酒井园诗社主编《酒井园》诗刊,提供了一个对话的阵地。尽管这些专门性的诗歌文学期刊在网络化的冲击下,以及种种因素的制约而停止运作,而今只能定格成澳华诗歌的一份记忆。

说起澳华散文,应给它一个主角色的美称。澳华散文与中国当代散文同样是在一片文化的吆喝声中鼓胀起来的,这与中国文坛多少有点微妙关系,其实质是散文的世俗化和情调性策略使然。而杂文随笔(广义上的散文)的风行,也大同小异。散文写作不同于诗歌作者要将自己拔高,去关注形而上的乃至背后的终极意义,而是力求关心大众的阅读兴趣和知识状况,甚至俯就读者的期待视野,这与物化和消费时代的媚俗时尚有关。因而,在散文中更多的是以一种习以为常、见怪不惊的东西来代替深沉的体验,甚至以过去的生活和记忆的碎片去代替对生命意义的重新提升。客观地说,随笔杂文成了时髦,专栏制造的快餐文化口味,往往表现出一种公共媒体的炒作与包装。它的亮点是既受中国大陆散文的影响,又具有港台散文的特色,且放置于澳大利亚多元文化社会的背景中,由此构成其"三原色"。但作为一种被普遍认同的体裁,有必要在重建散文的个体经验和母语魅力等方面下足功夫。一言以蔽之,澳华散文的潜力有待挖掘,未来前景值得期待。

澳华文学自身的不断演变以及写作队伍的交替出现,加上许多诗人作家的流动性较为明显,使得其整体结构处于变动状态,也因此逐渐走向外围,并与海内外作家团体或个人展开互访,部分诗人作家经常应邀出席多种多样的学术交流会议和笔会,同时进行一系列的文学创作。这些作为一种文学文化活动,无不证明澳华文学创作已经引起社会各界的关注,且在某种意义上体现了作家们自身的价值和尊严。基于此,以诗人作家或者文化人自愿组合的文学社团依次应运而生。从1992年4月"澳洲华文作协"在墨尔本正式成立以来,至今在澳大利亚相继成立且具有一定影响的华文文学团体,有悉尼华文作协、澳华诗人笔会、新州华文作协、维州华文作协、昆士兰华文作协、澳华文联、大洋文联、澳洲东西文化艺术交流协会、原乡文学会、酒井园诗社、华夏文化促进会等。需要说明的是,这些团体皆属于松散型的文化沙龙,是以文会友、交流创作经验的联谊性团体。

  时光流逝,岁月嬗变。如今,澳华文学犹如一股清新湿润的海风,从南太平洋徐徐吹向四面八方,它是海外汉语文学大潮中的一脉激流,正积蓄着自己的生命活泉奔涌新的世纪新的时代。它的生发、形成和展开,既是澳大利亚多元文化社会的一道特殊文化风景,又是当代汉语新文学自觉向外延伸的一道跨文化景观。

第二章
风情与类型：多元语境中澳华作家的文化板块

由于澳华文学受到历史的、现实的、文化的等诸因素制约，有点类似"半路出家"的原因，是故汉语文学创作在澳大利亚尽管已形成了自身的格局，但文学批评的失语或缺席，对澳华文学的整体风貌尚未做出深入的把握、透视和阐释，同时也未能引起学术研究界足够的重视。在这方面，旅澳评论家张奥列利用编辑和写作之余，做了不少有益而切实的探讨。在跨世纪之交，他在一篇文章中有过这样的描述："无论从创作视角、语言运用、生活经验、审美意向等艺术气质及文化背景来看，澳华文坛大致可分三类：一类是生于斯长于斯的华裔作家，包括早年赴澳求学而在澳成长的文人学者。他们的创作仍体现某种民族意识，但已明显融入西方的人文思想。他们甚至习惯于用英文思维，常常中、英写作并举。另一类是近十年移居澳大利亚的中国港台及东南亚作家。他们的创作既有浓郁的民族风情，又有时尚的流行风味，不仅在澳大利亚华人社会有一定影响，在香港、台湾、东南亚也有一定市场。还有一类，便是近年抵澳的大陆文化人及留学生。他们人多势众，力辟战场。这类作家举不胜举。只要打开报章杂志，你可以经常看到这些熟悉的面孔。"[①]

张奥列实际上是从作家的"地域文化背景"，或者说"籍贯"（出生地）来划分的。换言之，这"三类"实际是两大类，即本土（出生）的和外来（生根）的。这种分类原则的起点是从文化的交融、移植、影响因素来考虑的，如此一来，中国（含港台）、东南亚来的华人华侨作家便是澳华文学的"外来作家"了。问题是，正是这

---

① 张奥列：《澳洲："大陆新移民文学"》，见《澳华文人百态》，台北：世界华文作家出版社1999年版。

些作家的到来才有了澳大利亚汉语文学的真正崛起和形成,而且他们经过一段时间的生活、学习和工作后大多定居于此,已成为"澳大利亚人"或"在澳华人",逐渐融入澳大利亚多元文化社会之中;他们的文学写作也多以置身于澳大利亚多元文化的生活为题材(包括自身的生活阅历),对澳大利亚多元文化社会有种特殊的情感。如果这是一种事实,那么把他们当成"他者"或"外来者",可能会给人造成一种"殖民文化"之嫌。此外,尚有一种划分法,即把作家按身份来进行归纳研究,这样一来,"留学生"作家、"新移民"作家、"新生代"作家就成为当下澳华作家的编码,而相应的"留学生文学""新移民文学""新生代文学"也随之产生,这一规模看似宏大又很整齐,呈板块状,也是目前学术界比较流行的提法。本文在个别章节也沿用这种叫法。

认真说来,要对渐成自身气候、日呈多维格局的澳华文学勾画出一幅比较清晰的"类型"图谱,确实有点捉襟见肘。再譬如,若用作家的年龄断代,用作品的题材分块,均难以说清;若以先锋派、现代派或传统派来划分界线,又远远不足以说明问题;若按诸如"寻根""回归""现实主义""写实主义"等历时性的潮流来归纳,似乎显得过时,这是因为澳华文坛的"多维",并非仅仅指题材、方法、形式、风格的多样,其根源还在作家们评价现实的眼光,把握生活的方式,以及各自所抱持的价值立场、审美理想和精神走向,出现了更明显的分化和差异。另外,澳大利亚境内有很多不同的文化以及说不同语言的民族,在19世纪中叶,这个新社会突然鼓起国家主义的意识,嗣后变成了鲜明的澳大利亚国民性格和精神。及至20世纪初,澳大利亚发展成为一个都市化国家,大部分人口聚居各大省会。在1901年,全国各省组合成澳大利亚联邦。今日的澳大利亚全国近2 000万的人口中(移民以欧亚人种占大多数,至今华人已成当地第二大移民族群),融汇各民族多姿多彩的文化,而英国殖民地的影响力已不再被澳大利亚人所重视,取而代之的是一个多元文化的社会。由于处在这样的大背景下,长期隐匿于"生活化"后面的写作主体,一旦撩开面纱,对比才会格外分明。

这里可以采用另一种归类方法,把当下澳华作家分为四种类型:现代文化型作家、现实表现型作家、人文学者型作家、大众通俗型作家。需要说明的是,这种划分归纳,是企图从澳华作家的创作风格,即从作家的文学文本意义上去分析、审视作家文本的风格特征,以便从文化诗学的高度进行统一性和整体性的思考。

首先是现代文化型作家。现代文化型作家的界定缘起于作家的文学文本特征,这一类作家的创作多以现代文化写作为旨趣,他们擅长表现丰富多彩的多元文化、异域风情特色,表现出作家对自身文化和多元文化的特殊理解。其中,作家笔下的文化层面也呈多重交叠,从特性分有民族文化与他种文化;从性别角度看有女性文化与男性文化;从背景色彩分有港台文化、中国内地(大陆)文化、东南亚文化;从异域风情观察,还有都市文化或田园文化等。澳华现代文化型作家置身于中西文化的冲突和碰撞的夹缝中,面对着交融性、互补性、多元性等因素的浸染和影响,他们在写作上呈现出富有现代文化气息或都市日常生活的特色。纵观日趋壮大的澳华作家队伍,在写作上体现此种特色的作家占大多数。譬如张奥列、庄伟杰、吴棣、阎立宏、千波、林达、王世彦、胡涛、如冰、西贝、小溪、子轩、施国英、苏玲、曼嘉、黉射年、袁玮、张至璋、李南方、渡渡、华坨、欧阳昱等,老年诗人作家中如冰夫、黄雍廉、秀凡等等。

现代文化型作家的创作风格有以下特点:一是作家的文化修养高。这些作家都接受过高等教育,文化功底厚,文学表现力强;二是写作上均出产了一些反映都市文化和异域文化色彩的作品,不仅具有相当的美学品味,还潜隐着较为丰富的文化内涵;三是他们的文化价值观颇为突出,在文学的文化性、现代性和艺术审美选择上都有较为成功的实践。

其次是现实表现型作家。所谓现实表现型作家是指在澳华文学中,许多作家在创作观念依然严守现实主义的写作原则,抑或加进一些现代主义创作手法作为调味品,这类作家关注现实人生、社会问题或生存意识,再现生活状况,并通过刻画人物形象来凸现社会生活断面的美学追求。这类作家也是目前澳华作家的主要群落,对澳华文学做出了重要的贡献,譬如心水、凌之、沈志敏、英歌、刘奥、刘真、陶洛诵、毕熙燕、林茂生、苏珊娜、刘放、李明晏、陆扬烈、田地、张劲帆、莫梦、崖青、小雨、王晓雨、进生、钱静华、田沈生、巴顿等,这些作家的人生经历各不相同,然也正是不同的经历孕育出不尽相同、各有千秋的文本。有的作家重在揭示现实生活中的悲欢离合等复杂的社会问题,有的作家侧重描写反映新移民初来乍到的彷徨与惆怅,有的作家则反映留学生同居现象及家属来澳团聚后所面对的现在与过去、情感与道德等尖锐的矛盾……

再次是人文学者型作家。这类作家或以写人物传记、历史故事、有关回忆录,或以写悠闲安定、田园生活、山水游记等为主。其正面效应是在于对历史、人文或故事的重新书写中,确定人的主体精神,并在追忆过去、清理现实中张扬各种剪不断理还乱的情结,从中去重新阐释某种新的价值观。这类作家要么对以往的经历和故事看得比现在还要重,要么将某些普泛化或情绪化的东西加以总结,使得自己的有意义的命题既不招致误读又能获得一种人生慰藉。这类作家往往是学者或某一方面的专业人士,对人类的思想发源、人生的重大问题予以关注,而且他们坚守写作的真实性、纪实性和准确性,持中立姿态,与现实保持一定距离,信奉"文以载道"、反对"文以载欲",富有较深的学养和传统式的谦谦君子作风,并以此来"唤醒"自我。

这类作家有四个共同特征:一是大多属老一辈作家,个别为中年作家;二是学养深、职业好,往往学贯中西,在某一领域颇有建树;三是生活安定悠闲、从容无忧;四是见多识广,心境平和等。

在澳的老一辈华文作家如梁羽生、郁风、黄苗子、刘渭平、李承基、陈耀南、南澳的徐家祯,部分女学者如悉尼大学陈顺妍、萧虹、麦可尔大学的张典姊等,还有何与怀、马白、沙予、夏祖丽、洪丕柱、安郁琛、刘维群等,大抵都可算是此类型作家。

还有大众通俗型作家。这类型作家"无可无不可",认为现实是完全合法,在商业经济社会中跟着感觉走,习惯于配合报刊的专栏(固定)制作一些"豆腐块",传递一份信息或资讯,有时制作一份现成的"快餐",把生活和社区中的轶闻趣事加以简单归纳和汇报,有时给人一些知识性的小品,这类作家或者被称为"文化人"则更为合适。他们在"生命之轻"中,纯正文学只不过是逃离的逍遥之乡,他们要生活、过日子,美好地活着,因此必须感受时代的表层气息和流动时尚,并以此作为自己切近生活的幸福表征。这类作家大多来自中国港台地区(与香港报刊写专栏的作家相类似),每天或每周都围绕自己设定的栏目"作业",十分有趣的是这类作家每周都得有文章出来。此类型作家如江静枝、关公关、李润辉、吴惠权、黄若等。他们皆在传媒领域工作,也许因为职业的缘故,面对的大众读者群更多。

以上的划分法绝非人人都认同,甚至有"贴错标签"的嫌疑,而且有的作家的创作面广,手法多变,可能是接近其中一种,也可能是这四种主要类型之外的另一种。有的作家可能是某两种、三种甚至四种类型兼而有之,很难明确界定。因为,所谓分类只能是从外在表征和大的取向上的划分。我们既要看到作家们价值立场的分化,又要看到他们所处的时空、所面临的共同性问题和固有的文化心理结构的相通性、恒定性;既要看到一些作家坚守精神家园的可贵及其某种先锋意识,又要看到众多抱诚守真、勇于探求的作家,在写作中不断寻找自我精神超越的努力。[1] 否则,澳华文学就可能被描述成少数几个作家的孤立奋斗史,作为一个自足的整体风貌和动向反而模糊不清。事实上,澳华文学正处于一个多维度的精神探索期,许多问题仅仅是开始,道路刚刚铺开,即便个别被视为特立独行的作家,其写作尚带有不确定性,只能是澳华文学整体流向的一种表现。但不管怎样,我们应习惯于这样一种秩序和氛围,并以一颗平常的、宁静之心待之。如前所述,澳华文学刚刚起步,刚刚形成一种来之不易的、逐渐呈现自己特点的格局,一切尚在建构中完善。况且,在全球化到来和多元语境的氛围中,当代汉语文学的发展已渐次走向多样化、个人化、世俗化、日常化,也形成了相应不同的作家群体和读者群体。

---

[1] 参见雷达:《思潮与文体——20世纪末小说观察》,北京:人民文学出版社2002年版。

第三章
乡愁、性爱、死亡：
澳华作家文本世界的三大母题

澳大利亚汉语文学格局的渐次形成，乃是一个特定的族群文化心理，或者说心灵史和命运意识的真实记录和精神镜像。澳华新移民作家们在实践、积累和传递中，起到不容忽视的作用，它以汉语，即把语言符号当作文化积累和传递的强大媒介和言说，使其符号化和物态化，展示在人们的审美视野中。

在澳华新移民作家的文学文本里，蕴含和积淀着丰富的文化心理和情感内容，既与文学生产和接受的外在背景的变异有关，又与创作主体的内在心理和知识结构相互关联。一方面，因为作家们大多属于自身带有强烈的东方文化意识的海外移民，在人生的旅途中突然转弯，把自己移植于另一个空间，置身于澳大利亚多元文化的语境中，有一种不中不西的尴尬，但这种既成事实的存在，随着时间的推移，其社会意识和审美意识也发生了嬗变；另一方面，澳华作家大多文化素质高，既对多元文化的认知精神进行认同和把握，或通过自我的超越性体现出文化自我更新的要求，又因主流文化的撞击带来了种种困惑和忧思。因此，透过作家们的文本（符号）世界，我们可以看到他们在表达自身的生存状态和心理状态时最为集中的审美凝聚，即其母题与原型。

探讨母题与原型的意义，将更有效地论证文学与文化的纽带关系；从澳华新移民作家的文本世界的表层结构深入到其文本深处的文化层面，进而把握作家的内在心理流程和情感特征的演绎轨迹，同时，尝试改变那种只囿于对单一作品的形式结构进行分析的制约，希冀宏观地考察澳华作家特定的文化心理和情感意绪，通过不同文本中的母题与原型如何相互整合统一的方法，庶几可以窥见和检视澳华文学本体的文化特性。

一、乡愁:身处边缘的流亡与精神家园的寻找

乡愁的基础是离乡或作客他乡,是处于流浪状态中才升起的一种情结。在乡的人不会有乡愁,"乡"作为价值形态无疑对无乡者或离乡者即流浪者更有意义。只要一个人在实际的存在状态中陷入无家可归或有家难归的境况,陷入了心理的失衡,"乡"就会作为一种补偿价值成为流浪者的精神支柱。当一个人已获得现实之家后,"乡"对于在乡者固然亦有价值,心中之家或梦中之乡也未必完全消失,但这种补偿似乎变成一种多余。

人始终走在旅途中,每个人都是游子。为了实现自己的选择和目标,往往要投入到实际的漫游之中,然而,外在的旅程只是内在旅程的外化载体和表现。中国人在海外闯荡和流浪,就像一个人走在路上,却无法忘却他从何处来,而对他所来的地方总是梦绕魂牵。那是他生长的地方,是给予他最纯真烂漫的童年乐园,是自自然然地挥洒过欢笑和泪水的地方,他怎能忘却? 如此,当他踏上新的征途离乡背井,从此就染上"怀乡病",就有了还乡冲动。一方面从家园来,又到家园去,这是生命活动历程中的悖论:既要走出此处,又要回到此处;既要出走,又要回归;既"仰天大笑出门去",又"孤舟一系故园心"。这不正是人生的悲剧性二律背反的充分体现吗?

在"乡愁"母题表现上,澳华新移民诗人们表现得最为强烈,这恐怕与深受中国文人和古典诗歌传统的熏染有关。可以断言,澳华诗坛几乎每个写诗者都写过乡愁(表达怀乡、思乡的)这一母题的诗歌作品,只是次数的多少不同而已。这里恕不赘言。

20 世纪 80 年代以来,海外汉语文学一方面承受着居住国主流文化的强势"压力"而处于弱势状,另一方面又因居住国多元文化格局的深入开展而自成风貌。而作为写作主体,由于全球一体化、文化转向、现代性等诸多气象如狂飙式迅猛横空出世,人们对"地球村"的形成都有一种逐渐明朗的轮廓,因此,他们跟前几代人对"乡愁"这个词的理解也大相径庭。如果说,封闭自足时代的"乡愁",大多是指地理意义的,那么,现代人的"乡愁",更多是指精神或文化层面的。当然还有一种夹在中间地带的"双重乡愁"。

著名学者李欧梵从个人的切身体验出发,对此有自己一番独到的见解。他自言身处异国,常常要扮演两种不同的角色,一种是寻根,一种是归化。但他认为这不再是一种两难的选择。他深有感触地说:"我对于'漂流的中国人'和'寻根'作家的情绪上的认同固然是因为其中包含的共有的边缘性,只是我在面对中国和美国这两个中心时,我的边缘性是双重的。"①同样,有些早期赴澳或辗转他国再赴澳的华文作家,他们在久居海外的经历中,已自觉地在文化交流意识上跨越了过去的樊篱,即超越了身处边缘的尴尬状态,而是跟人类文化或多元文化产生内在的共鸣,然后领悟到"异乡即故乡"或把"他乡当故乡"的几分信心和从容。尤其是在全球化语境的席卷下,从走向现代化之路、又处于世纪之交的中国走出去的新移民、留学生,对于故乡、异乡、梦乡的理解已进入了另一个层面。维多利亚州华文作家协会选集《故乡·异乡·梦乡》一书中的前言这样写道:

> 本会宗旨,团结所有在维州用中文写作的文友,不论信仰,不论肤色,不论背景,不论你来自地球的何方。我们现有的会员,就有来自海峡两岸、来自回归前的香港和来自越南南方、来自马来西亚、来自新加坡、来自东帝汶……的华侨。
>
> 我们敞开大门伸展双臂,欢迎愿意参加我们队伍的文友! 因为,我们共有一颗炎黄子孙的心,共有一颗真诚的澳洲情结。这是你和我,我和他,我们共同的文坛友谊的基石。

这本书名《故乡·异乡·梦乡》合集,就是在这块基石上,诞生的第一朵花,第一个成果。另一本中文期刊《原乡》的创办人欧阳昱在一篇《编者小语》中却颇有意味地写道:

> 有人问我何将本刊中文的"原乡"译作英文的"Otherland",说"Otherland"在中文的意思不是"异乡"吗? 这似乎是个很难回答的问题,"原乡"之于"异乡",正如"异乡"之于"原乡",是一正一反的关系,宛如镜中映像。

---

① 李欧梵著,陈建华录:《徘徊在现代和后现代之间》,上海:上海三联书店2000年版,第21页。

本来生活在"原乡"的人,现在来到了"异乡",在另一片土地上建立了自己新的家园。这样一个移植的过程,对我们关于国家、民族,乃至文学、文化的观念都提出了新的挑战。我们是大一统中国的附庸"海外华人",还是新时代民族大融合浪潮下产生的"新澳大利亚人"?我们是人在"异乡",心回"原乡",还是人去"原乡",心归"异乡"?或者二者兼而有之?种种问题,值得20世纪末我们这一代飘零天涯的"原乡"人深思。

　　澳大利亚作家阿勒克斯·米勒说得好:"流放如归家,错置即正位。"在这一个时空似乎倒错的国度里,"原乡"和"异乡"的位置互换一下也是未尝不可的。

　　从以上几段可以看出:前者既突出"中国心",又显示"澳洲情结",共一块"基石"有两个层面;后者以互换倒置来说明前"原乡"现已成"异乡",前"异乡"今已成"原乡",流浪犹如归家,异乡即是故乡,故乡又如异乡,两个层面归为一体。其实,经过漫长跋涉的游子,最终或许会恍然大悟:流浪的终点并非真正的归宿,也非最终的价值,真正的归宿和最终的价值又会回到起点和出发地,生命之旅绕了一大圈后,仿佛人生的一场大梦,因而就有了"梦乡"。旅澳武侠小说宗师梁羽生在给澳华新移民作家张奥列的作品集《澳洲风流》作序时,曾引用过三副对联。一副是早期留美学生中的"望洋兴叹,与鬼为邻",隐喻难以化解的乡愁,源自跟居住国文化如水火难以相容。第二副是六七十年代,越南等国华人再度漂泊到澳大利亚:"既来之,则安之,最喜地容尊汉腊;为福也,抑祸也?敢忘身是避秦人。"安居中的困惑,自立中的惶恐,前途未卜,心情彷徨,在搏杀中呈现出一种过渡心态。第三副对联则是80年代后新移民的"四海皆兄弟焉,何须论异族同族;五洲一乾坤耳,底事分他乡故乡"。此时的人生视野渐进佳境,不再对立于居住国异质文化,不仅是客居他乡,不分彼此,亦具有容乃大的胸襟和气度了。正是这样一种文化自信,使新移民作家身在异乡,渐渐地摆脱了传统的"无根"或"失根"的恐惧和忧虑,并且以豁达开朗的胸襟和视野看待异域文化,从容而渐进地融入当地社会。

　　如果说乡是家的延伸和扩展,那么"国"则很可能是"乡"的延伸和扩展。在游子与"国"的关系中,母子原型仍明显地保存着,于是,反映乡愁的母题也注定是海外华文作家的一种情感结构和主题模式。当然这是一个非常值得探讨的问题。对此,旅澳学者何与怀博士有一种类似"地球村"的"世界主义"解答,颇为意味深长——

> 我们不必在"原乡""异乡"的观念中纠缠,而是应该拥有更广阔历史哲学视野。今天是21世纪,全球化的大趋势极为明显,我们是否更应该做一个世界人呢?
>
> 世界主义是否可以作为世界华文作家(当然包括澳华作家)的世界观?在这种世界观指导下,可以发现"认同"是一个长期的、还未完成的过程。"认同关切"永远是华文文学(当然包括澳华文学)的灵魂。①

的确,无论从社会学、文化学还是文学本身的角度来审视思考这个问题,都很有必要。这也是全球化时代一个值得重视和探讨的话题。

二、性爱:色彩斑驳的情欲与人性深处的呼唤

有人说,海外留学生最大的问题既非语言障碍也非文化冲击,而是心灵的空虚。心灵空虚自然要做些修身养性的活动,蹲在家里看竹子格物致知,或画失根的兰花、练毛笔字,那种调剂好则好矣,只是不太实际。心灵空虚时,我们追求异性,在这个男无分女无归,鳏寡孤独废疾者一样饥渴的环境,生命的意义在创造宇宙继起之生命。

此话不一定说得全对,但它从另一个侧面告诉人们:"人性""人情",这些看似平常却往往最有文章可做的字眼,在人类的生活中所占的比重的确不小。人,除了需要高级的精神享受外,同样需要本能的满足,才能建构起人生最完美的大厦。人类世世代代的繁衍生息也离不开"性""情"。流浪的孤寂感已使留澳学生在情绪上陷于一种压抑的忧思状态;虽然时光的流逝可能慢慢冲淡他们浪迹中

---

① 何与怀:《"精神难民"的挣扎与进取——试谈澳华小说的认同关切》,《世界华文文学论坛》2001年第4期。这里附带说明:本章在论述中多处参阅并摘引了何与怀博士一文中的有关资料,这里不便一一加注,谨向他深表谢意。

呈现的种种哀怨,却难以填平他们内心深处的许多隐忧。大多数留学生和新移民投奔到外面这个本认为是理想的"极乐世界"之后,方才发现自己失去了不少。人,作为万物之灵,有着活生生的躯体,有着健全的神经系统和生理系统,却怎能生活在一种虚幻之中,置身于一片迷雾之中呢?因而"性""情"对于他们而言,便成为一种诱惑,一种扑朔迷离的梦。他们中或人在异乡,却难觅知音;或越洋遥念,却只能万里相思相忆;或憧憬爱情,却总是无从着落。是苦也?是悲哉?![1]

在澳华文坛,写性爱情欲的作品可谓铺天盖地,由是可见这一母题在人的生命中所占的分量和比例。如要列出关注此题材的作家,信手一拈便有一长串,如专编性爱故事的"快枪手"田地、偶尔煽香(情)调味的"厨师"李明晏、画外之余露展一手的吴棣、默然体验偶露峥嵘的沈志敏;这方面,女性作家似乎占了优势。"二八风波"的始作俑者施国英、开垦情感乐园的"园主"千波、"婚恋主题变奏曲"的"女主角"莫梦、优美地死去活来的"女猫王"王世彦、发现"错爱"的新秀苏玲、"风流人生"的画廊女主人苏珊娜……至于那本名叫《她们没有爱情》的九位女作家小说集,内中表现性爱母题的描述更是俯拾皆是。作为一种探讨的对象,"我们可以从中看到这些中国大陆留学生的挣扎与进取,并看到澳华作家在这个内容上如何表达他们的认同关切"(何与怀语)。

反映性爱主题的专业户非作家田地莫如,他从早期的《关于性生活的一个秘密》[2]揭示"两个男人的一个不眠之夜"与"一个普通女人的一生"的秘密开始,一路"大开绿灯",就像他开的"的士"一样,畅通无阻,且专注于这方面的内容,然后他炮制了"新十日谈",诸如《悉尼小姐——浪子风流手记》(1996年在《唐人商报》副刊上连载),直至后来引起读者注意的所谓"的士系列"等,这一连串的有关男女性爱主题的淋漓展示,为田地带来了"性心理专家"和"性爱快枪手"的声誉。

田地的性爱小说最大的魅力可能不完全在于故事的过程或结局,而在于那注重感觉的细节。他的小说也与一般青春类小说不同,一来他早已进入中年,二来他个人的私生活平平淡淡,不怎样精彩和特别,"故此他笔下多是谈性沾艳,色彩斑驳"(何与怀语)。他没有那种激昂的调子,而是喜欢风趣自然、心气和平地娓娓道来,如数家珍,如配良方,是一种中年人述说青春往事的"欲说还休"的调

---

[1] 参见庄伟杰:《梦里梦外》,北京:文化艺术出版社1999年版,第11、12页。
[2] 田地:《关于性生活的一个秘密》,《满江红》1995年第11期。

子,在异域激越的都市生活中,它们恰似一道道男中音和弦,提醒或提供了生活的另一种"秘密",那就是人性的东西。

曾与田地、吴棣"三驾车"联手写小说并合集为《留学词典》的千波,她所写的小说大多涉及男女之间的话题。她的中篇《结婚记》①里不乏令人回肠荡气的罗曼史,更有趣的是,她那些横流溢出的"警句"。譬如:"上床不一定产生爱情,但不上床则一定没有爱情。"写小说于她似乎是一种游戏。她说:"写小说是一件很有意思的事,如果你不把责任、使命、留名青史这类沉重而吓人的东西抢到自己肩上的话。就像做爱,它是另外一件很有意思的事,可是如果你老想着一定要坚持三个小时以上,一定要完成七十二种花式,还老担心自己够不够尺寸,那么终有一天,你得阳痿。所以我不大太能理解'创作痛苦说'。"②

自我感觉"乱七八糟"的王世彦,是一个追求有格调有品位的"严肃型"女作家,她称自己是一只"站在热铁皮屋顶上的猫",去思考人生与艺术。她喜欢张爱玲式的感伤与颓废,她小说的着力处并非仅仅是作为一种现象或事实的人的外部经历,她还喜欢把触角伸进作为精神实体的人生内在经验。她的那篇代表作《优美的,活着、死去》曾获 1995 年澳大利亚中文创作短篇小说佳作奖。在这里,她企图创造一个"女性时代"的神话:"如果这个世界上没有男人,只有女人,该多好啊!"因而,在小说中,她着力渲染两个女同性恋如何相濡以沫,相互扶持,似乎漂泊在这个世界上,活得艰难的女人唯有以相互依赖的力量,才能抵御并逃离来自男性世界"异己力量"的进侵,然而,这是不存在的乌托邦。尽管跟作家个人命运"敌对"的"异己力量",不是来自内部而是来自外部;不是来自创作冲动和创作激情,而是来自严重的异化现实。王世彦具有自觉的性别意识,通过叙写"自己"的故事,表现性别心理体验,追问女性自我的设定,揭示男性中心文化显在和潜在的压抑,这无疑是女性充满自我意识痛楚的生命体验,也揭示了女性生存与文化困境的严酷,更意味着女性主体意识的清醒与建立,意味着女性探索并改变世界的可能。它是人对自由,对自身本质力量,对它的无限多样的可能性的刹那间的欣悦体验。

---

① 千波:《结婚记》,《东华时报》2000 年 6—8 月连载。
② 千波、田地、吴棣:《三个人的游戏——我们为什么一起写小说》,《东华时报》1998 年 12 月 17 日。

莫梦的《风高月黑的夜晚》通过一个奇异的故事,为我们弹奏了一支"留学生婚恋主题的狂想变奏曲"①,文本中的丈夫比妻子早几年赴澳,妻子到来时,发觉丈夫有了外遇。突然有个晚上,丈夫不在时其妻被一入屋抢劫者强奸,却在痛苦与羞愧中觉得自己"好像从桎梏中解脱出来,长期浮游着的身体突然触到了真实的土地"。莫梦弹奏的"曲调"在于能深入到人的潜在内心世界的心理损伤或心理记忆,揭开了传统道德笼罩的"原欲"头上沉重的面纱,显示出一种对传统习俗观的蔑视和反叛。但人终究是社会性和生物性乃至文化性的复合体,性本能的释放不可能总是毫无遮拦的,它还受到社会、经济、政治、法律等诸多因素的制约,也受到个体内部的异己力量的"自我"制衡,由于人性的扭曲和人格的分裂,所以,女主人似乎在性本能上产生了二重人格。

澳华女性小说中还有两位各具特色的作者,一位是因"二八论"风波而招来是非的施国英,另一位是施发现的"70后"新秀女作家苏玲。苏玲原名李卓文,据称她因喜欢"苏青"和"张爱玲",从中各取一字组合成笔名。在一定意义上,苏玲的出现,为澳华女性写作包括澳华文坛带来一股清新的风,也带来一种希望。这位注重感觉的新秀,一露面就端出一系列描摹新移民男女情爱的作品,在某种程度上开拓了写作新空间,这种开拓性的写作改变了我们对于现实的认识。她的短篇《沉香记》②发表之后广受关注,甚至引起争议。其实,解读这篇作品,从观念上看,她属于自觉的"安琪儿";从模式上看,她以琼瑶式的三角恋爱来构建故事(内中不顾死活的男欢女爱缠来绕去);从文风上看,她又受到那两位"先师爷"的熏染;从背景上看,她又与中国新崛起的20世纪70年代女作家相仿……

若说写情爱性欲,施国英恐怕属开路"先锋",她除了在20世纪90年代中期无意或有意地提出"二八论"性爱,在澳华新移民乃至整个澳华社区掀起轩然大波并"惨"遭围攻之外,也写了一些小说,其中一部带有自传色彩的中篇《错爱》③,试图通过强化女性的独立力量,解构与颠覆男性中心文化的尝试以及性爱至上的策略运用,去炮制一个女性梦幻、从而实现欲望时代女性主体的自我拯救,却缺乏面对现场的人格力量。

---

① 萧虹:《她们没有爱情·序》,悉尼:墨盈创作室1998年版。
② 苏玲:《沉香记》,《东华时报》1999年8月21日。
③ 施国英:《错爱》,《自立快报》1995年5—6月连载。

三、死亡：精神裂变的茫然与现实困厄的突围

在人类审美与艺术创造领域，可以说，死亡与性爱往往被并列为两大永恒主题，尤为发人深思。假如说死亡作为生命的临界线而返照出生之意义，那么性爱则为人类生命点缀了光彩陆离的斑斑点点。爱之于生的意味是直接的，而死之于生的意味是间接的。

人的生命是一个有终点的旅程，终点就是死亡，即不在。作为有自我意识的个体，在他具备反思自身生命的能力之时起，就意识到自己必死的命运，这构成人之所以为人的重要标志，是人之理性的必然产物。死亡主题在哲学，尤其是人生哲学中占有重要地位。在西方现代主义作品中，死亡不再是仅仅意味着生命的终结，而是与"生"的过程始终相互伴随。海德格尔认为，人从诞生之时起，就具有"向死性"特征。弗洛伊德在强调生的本能时，也认为有一种死亡本能。福克纳的《喧哗与骚动》、艾略特的《荒原》等西方现代文学作品，无不充斥着对不同方式的死亡及其心态的描述。西方现代主义中的这种死亡母题和死亡意识，在许多澳华新移民诗人作家的文本中隐约可见。对于澳华诗歌，笔者已有专文论述，这里以小说为例说明。譬如女作家凌之（刘海鸥）的《假如灵魂可以哭泣》、林达的《天黑之前回家》，另外，沈志敏的《第三场恶梦》、张劲帆的《西行》、张至璋的《家》等文本中皆有反映死亡母题，而居留墨尔本的新移民作家欧阳昱的长篇《愤怒的吴自立》，又为之提供了一个类型。在这些作品中，死亡，似乎是作家和作品中人物所共同面对的一个重要问题。

死亡，既具有哲学意义，又常在现代文学作品里体现。这里，先来观察本身就读哲学专业又从事写作多年的女作家凌之的《假如灵魂可以哭泣》[①]这个短篇，那个可怜、无知、温情、心灵被扭曲的叫"玲"的女子，当她经过无数男人之手的转换后仍得不到真正的爱情时，对（变异的）她来说，既然在现实世界里无法觅到真爱、找到生命的意义，与其让这个失去意义的世界对自己施加拘束，不如用自杀来表示对这个俗世的绝望和抗议。她终于自杀了，但当其灵魂俯视自己的

---

① 凌之：《假如灵魂可以哭泣》，见《她们没有爱情》，悉尼：墨盈创作室1998年版。

葬礼时,竟发现与她发生过密切关系的"情人"没有一人在场。追忆一生情史,这个灵魂真可以长久哭泣下去。凌之的巧妙之处在于预设能够"哭泣"的灵魂,向人们传递一种信息:"历史时常使人们面临某种无法抵抗的压力和圈套。"[1]而死亡同样会落入历史的圈套。

沈志敏的《第三场恶梦》[2]记述了一名抵澳的男性留学生,他名叫嵇独,本是中国某医学院的高才生,漂泊到异国他乡,在孤独无聊、万般无奈的境况下,现实的困厄、死亡的本能驱使着他对曾奚落过他的按摩院女郎"寻仇"(谋杀),借此来摆脱生之焦虑的折磨。于是,他终日陷入令人难以置信却又充满叹息的"恶梦"之中:

"我杀了人,我是一个杀人犯。无论走到那儿,无论什么时候,我都是一个杀人犯,一个无耻的杀人犯。"几天后嵇独就像醒悟过来了一样,他又猛叫了一声:"我的理性去了哪儿,我的灵魂去了哪儿,啊——"

事隔没多久,人们从一则报道上读到一起交通事故的消息,一名亚裔青年死在车轮之下,身上没有任何身份证明,眼镜片子跌碎在路边上。警察分析道,责任全在死者的身上,"这家伙简直好像自己在找死"。

这就是第三场恶梦。

小说结尾处发人深省:嵇独的悲剧和不幸,是自导自演,还是其他原因造成的?作者沈志敏对死亡的展示和思考,其目的在于用死亡的震颤来惊醒麻木不仁的人们,使他们挣脱物欲世界和现实功利的纠缠,对自身的生存价值和人生意义进行探寻和追问。

同是表现死亡这一母题,张劲帆的短篇《西行》[3]则通过女主人公梦昙直接悲惨地进入死亡,去思考死亡的悲剧和存在的忧郁。如果说沈志敏的"恶梦"中嵇独是因为生之孤独而导致梦之破灭的话,那么张劲帆笔下的梦昙,则隐喻一种对于人生忧郁而成为生命中一切的梦、梦想其实仿如昙花一现,人生何其短暂。

---

[1] 昆德拉:《为了告别的聚会》,北京:作家出版社1993年版,第68页。
[2] 沈志敏:《第三场恶梦》,《满江红》1993年第4期。
[3] 张劲帆:《西行》,《东华时报》1998年1月22日。

不是吗？女主人公经历了"漫长"苦难却不幸患上不治之症时，唯一能安慰她并使她抱有生存希望的竟然是"获准居留"之梦。然而，她无缘看到真实的自己真正居留下来，梦想尚未成真时便自动地成为一个"永久居留"者，她终于因病故而"扎根"澳大利亚。

在欧阳昱的文本里，《愤怒的吴自立》[①]所提供的类型是"吴自立"这样一个符号，不管是"无自立"或"我自立"，这个矛盾统一体的人物身上，明显注入了作者的自身思考。主人公本身潜在的厌世情结，严重的叛逆意识，对死亡的冥想，对自我毁灭的设计等，是因为他觉得"时代没劲""人生没劲""社会没劲""活着没劲"，于是，他突然意识到："我只有彻底毁灭自己，才能整个儿毁灭世界。"

以上几种完全不同的反映死亡母题的类型说明：无论在什么境况下，对死亡的"寻求"都是人的极度精神分裂的无法消除所造成的，都是人在现实困扰中的生长趋势受到阻碍而导致生命力丧失的结果。此外，女作家林达的中篇佳作《天黑之前回家》[②]写到有关母亲去世的情况，同样是作家面对生死问题的思考和表述，其作品中笼罩着一缕或浓或淡的"悲"的色泽，我们可以置放在另一框架里探讨。总之，体现在澳华留学生和新移民文学中的这些死亡悲剧母题，无不深刻地启示我们，居于任何时代和任何文化之中的人都不能不面临着一个共同问题：如何克服分离以实现融合，如何超越个体的有限生命而进至合人的美境。

[①] 欧阳昱：《愤怒的吴自立》，墨尔本：原乡出版社1999年版。
[②] 林达：《天黑之前回家》，《东华时报》1997年10—11月连载；上海《收获》1998年第2期，署名"抗凝"；后收入《她们没有爱情——悉尼华文女作家小说集》，悉尼：墨盈创作室1998年版。

第四章
异乡的忧郁：澳大利亚"留学生文学"的群体焦虑

20世纪80年代大批中国留学生涌入澳大利亚后，处境十分艰难。那是一个所有的人都被置之于疯狂而又痛苦的特定历史阶段，如同一场充满辛酸苦辣的话剧。

打开由庄伟杰当年创办主编的《满江红》杂志，读到怪圣的一篇杂文式评论《时间，将做出抉择——从工党再胜看打官司与居留问题》，开头有一段文字，颇能说明当时这些寄居在澳大利亚的中国留学生的心态和情形：

> 其实，对于基廷与侯信哪个上台好呢？答案至今仍莫衷一是。就当地华人而言，工党获胜固然不错，但又非抱以太多的奢望；而对反对党的消费税政策和移民措施则大多不感兴趣。对于在澳的数万名广大中国留学生来说，却因为没有选举资格，只在久远而疲累的跋涉中，企盼着执政的一方能对大家的居留带来福音，则万事大吉，当三呼万岁。他们在寻找着、等待着，穿过蒙尘的空间，忍耐满目的苍黄，仍旧是那样地盼啊盼，"只盼着深山出太阳"，仍旧是那样地走啊走，愿走出一条通往居留的"金光大道"。清冷的风，轻轻吹过；心底的波，微微涌起。似乎是一种依依的诉说，诉说着他们跋涉的价值不再是南柯一梦。
>
> 走到澳洲这片生长自由的土地，屈指一数，折折腾腾也有三五年的时间了，对于人生，这意味着许多欢快与伤感，意味着许多新的回忆和怀恋；从霍克年代走进基廷年代，虽说依然徘徊在工党的政治圈子里，多多少少备受着一些庇护和青睐，但居留问题始终是一个未知数——也许会带来一次大转

折,也许会似缓缓流动的河水,不知流向远方。①

选择这段文字,可以让人感受到"非常年代",一个特定族群那份特别的感慨和忧郁。这是一份多么沉重的创伤啊!对于那些以苦中作乐而呈现情感文本的写作者,虽是一种自我安慰,一种精神寄托,也是一种语言锋芒被挤逼而弹奏的悲歌。走进那苦涩又窘迫的现实,再走进作者们的文本世界,那种因感伤、痛苦、孤独而凝成的忧郁,既是现实的,更是精神的。多数赴澳的留学生和新移民诗人作家,乃是这种忧郁的一个符号和典型。

在澳华文坛中,这一母题大多数出自留学生和新移民作家之手。在特定的历史语境中,留学生当中曾经发生过多少悲欢离合、辛酸苦辣的故事。他们的种种遭遇,在世纪之交的任何社会群体中都是难以想象得到的。走进留学生文学的文本世界,一种怆然独行的痛苦压抑和身份焦灼的气息弥漫其间,让人从中窥见这些被人戏称为"精神难民"的群体,在"移植"的不归路中所流露的那种痛苦而复杂的心理裂变、倾斜乃至迷失。金杏的小说《异域》②里的方祖原是一名国内颇具艺术才华的画家,来到澳大利亚却只能沦为刷油漆的打工族,但"好景"不长,他的"饭碗"最后还是被别人给抢走了,以至于生活拮据到无可奈何的困境。其妻已怀了数月的胎儿最终不得不打掉,这个难圆的"梦",给予他的打击是致命的,从此,他便沉溺于赌马、打老虎机,甚至酗酒,忧郁的神情替代了他往日在国内时那种才高气傲的精神状态。现实并非想象的那样美妙,强烈的反差使他固有的文化身份几乎丧失殆尽。当自我与世界之间形成巨大的隔离,他处于进退维谷的窘境。就像那句堪称留学生"经典"的呐喊——"出来不易,呆下去更难,回去更难"③,在这样的语境中,发生的种种现实悲剧还有什么可奇怪的呢?

刘观德的《我的财富在澳洲》,堪称反映留澳中国学生生活最早的一部长篇。小说中描述了一个来自大陆的留学生在澳大利亚寻找财富的故事,这与他对理想的扩张投射与在现实中迷失是同步的。主人公名字叫罗伯特·牛,这个名字近乎反讽式的隐喻——"牛"吗?其实不牛。作者着力要写出一个前来拼取财富

---

① 怪圣:《时间,将做出抉择——从工党再胜看打官司与居留问题》,《满江红》1993年第4期。
② 金杏:《异域》,《小说界》1993年第2期。
③ 刘观德:《我的财富在澳洲》,上海:上海文艺出版社1992年版。

却失落了文化之根的"澳洲客"如何迷失于异域他乡的故事。他为了圆自己的财富之梦,每天游走于四面八方,哪怕阴街暗角,千方百计寻工打工,去挣取那么可怜的一点钱,因为他是举债走出国门的,要先考虑还债。在这种特定的境况下,没有什么比挣钱来得重要了,哪怕再苦再累也得硬撑。他没有居留身份,即使想吃苦都没有机会。为了躲避移民局的搜索检查,他连寻工打工都得躲躲闪闪,如同"土拨鼠",其生存意义皆在知识(留学)之外和世俗之中,而他的目光,依然要投向喧哗不已的物欲之流。为了"财富",被物化的自我总在忧郁中朝向此层面继续扩张,但是现实的重压却像秋风秋雨无情地抽打。作者刻意在全书的每一章开头大量摘录当时的新闻报道、国会论争、小道消息,着意渲染来自主流社会的强势与压力,这种"势"与"力"与主人公因为贫困、对物质的渴望而努力进取的原动力形成了强烈的反差,这正是20世纪末一代出国留学生的悲惨遭遇,也可理解为他们在异域的艰辛与人生社会之间的撕扯所必然构成的一种状态,即希望与幻灭共在,拼搏与挣扎并存。

正如有人以为自己的财富在澳大利亚一样,有人认为澳大利亚是"天堂"。有谁不向往天堂呢?但幻想毕竟是幻想,怎能轻易实现?悉尼小说高手、新移民女作家林达(抗凝)在《最后的天堂》这部中篇小说里,题记便开宗明义:"澳洲是天堂,最后的天堂,天堂也不过如此。"它所暗示和折射的是一个中国人去国离妻别子奔赴澳大利亚之后,在漂泊之中艰难谋生的故事。

好比是从一条船跳进另一条船,从北温带跨入南温带,离乡背井,时空来了180度大转弯,给每位抵澳的中国留学生,在无形中带来了许多新的阵痛和隐忧,沧桑的日子总有一种摇摇晃晃、漂泊不定的感觉。我们无论从金杏的《异域》、林达的《最后的天堂》,还是刘观德的《我的财富在澳洲》等文本中,都可以在现实生活中找到原型。当笔者阅读着作者所提供的文本时,思绪仿佛又倒流到那些忧思而难忘的日子,心头掠过了一丝对这个世界的陌生感,也在心底留下情感的巨大波痕。以挣回现实的利益也罢,以获取身份居留的权利也好,抑或对求职的欲望等等,事实上都源于实在的而迫切的物质生存需要。而其间所演绎的故事随时都有可能酿造出巨大的悲剧色彩。请看林达《最后的天堂》中的结尾吧:"许多年之后。我坐在南太平洋一个海角,把手贴在湿漉漉的岩石上,我确信我的确已经人在天涯。至此,我弄懂了一个彻头彻尾的外乡人结构上的悲剧。……人类历史源远流长,只有日复一日、年复一年的时间,而没有惊天动地的故事。版图上那些历尽艰辛、耗费时日的迁移,无论距离长短,不过是逃生一种而已。各自逃生的手段五花八门,本领也因人而异,但结果却大同小异……"①这种"彻头彻尾的外乡人结构上的悲剧",也许是一种宿命吧。其实,人一辈子都在流浪之中,只不过是常常被自己所忽略罢了。历史是一条置身于人类间的河流,人们往往不知自己来自何方,又不知该归属何方;于是,漂泊、流亡、流浪等就成了当代出国留学生和海外新移民的一种生命形式。或者说,由一种生活形态变成为一种人生形态。

在《云断澳洲路》这部长篇里,新移民作家刘熙让极力地传递着一种信息:"这正是我们这些人的悲哀所在。什么是移民?美国人的字典上解释得好!移民就是把外乡看成比家乡还好的傻瓜!"尽管如此,但如果他们经忍不住生活的重压,想要打道回府,一方面是两手空空无颜见江东父老,另一方面是会受到家人的极力反对。《我的财富在澳洲》有这样一段有趣的描写,当听说儿子想要回来时,"连我八十高龄的老母,也戴起老花眼镜颤颤抖抖一笔一画来凑热闹,呼着我的小名'简直发了疯,单凭这一点就该在国外好好锻炼锻炼'"。这些表明了:当作为具体的人的生活情趣全被某种可怜的"圆圈"捆住之后,漂泊与孤寂本身就成为他们生命存在的投射。这到底是阴差阳错,还是鬼使神差?抑或是所有的一切都变成人的成长痕迹而抚之怅然?这便是当年居无定所、身份迷失的留学生们漂泊独行时留下的片片沧桑。而一旦跌入这个"怪圈",就再也无法回到原来的自足世界中去,其生存的原态仿佛被无边的空蒙所替代,失落的自我在迷离中便成了宿命的结局。

留学生作为一个特殊的群体,反映了一个时代的变迁和转型,也反映了不同文化的冲突。当他们把自己置于中西文化直接交锋碰撞的前沿,他们在一段时间内要承受彷徨、失落、游移和心理不适等因素的煎熬。为了改变自身的命运,为了那张外在的身份"符码",他们付出了精神的、心灵的,以及肉体的沉重代价。可以说,他们漂泊的历程共同组合并连缀成一部充满悲剧情调又不乏动人情节的人生连续剧。

---

① 抗凝:《最后的天堂》,《花城》1998年第4期。

人在悉尼的张劲帆写于90年代中期的中篇小说《初夜》,反映了中国留学生为了在澳居留所遭受的来自身心方面的折磨和所付出的惨重代价,也折射出中西文化冲突反映在情欲性爱方面的迷失和焦虑。女主人公白玫原是一位传统型中国女性,特别在意保持处女贞节,然而,为了有一种理由,一种很简单却又令人深思的理由,即她必须与具"澳洲身份"者有"同居"关系,然后将她从移民局扣留中心担保出来,如果说这也是一种"民主自由"的话,那么在其背后却有一段催人心酸的情节,为此,她只好"逼上梁山"献身于一个叫丹尼斯的白人。初夜,在女主人公的内心曾热切向往过;初夜,在生命中只有那么一次,按理应非常美好、温馨,洋溢着热烈的青春气息。事实是,她十分悲惨,在作者笔下是如此描写的:

> 丹尼斯发泄完了他充沛的精力,坐起身,拧亮台灯,对着染红的床单瞅了一眼,然后像看一头怪物似的盯着她说:"你都三十四岁了,还是处女?简直是不可思议,不可思议!你到底是犯傻,还是天生性冷淡?你长得很漂亮,但是令我失望的是你完全不行……我真的很失望!"
> …… ……
> 她放声痛哭,清水、泪水和着血水往下流……
> 她洗了很久,仿佛要把她遭受的所有不幸和屈辱都洗掉。洗完澡后,她表情冷漠地穿上衣服,进到睡房。丹尼斯已经把染着她血迹的床单扔在了地上,换过了另一张床单,悠然躺成一个'大'字,奏着响亮的鼾声睡着了。[①]

这是一种生存的无奈还是痛苦的真实?是一种孤独的无援还是身份焦灼的凄祭?

说是天也有涯,地也有角,聚时团团簇拥,一散便也风飘水流。既然生命的过程便是流浪的过程,长时间客居异乡的人,总无法摆脱这种深沉的孤寂感。对于20世纪八九十年代举债出国的中国留学生,在卧薪尝胆中挨日子,忧郁似是一种死结,也是一种活结;而流浪,顺其自然地流浪,已无从回避,也别无选择。

---

① 张劲帆:《初夜》,墨尔本《原乡》1996年第1期。

20世纪末的出国留学大潮已汹涌成百年留学生文学的第三次高潮,尽管有人认为至今尚没有产生达到这个时代汉语文学应有高度的杰作。然而,在一个可能还没有或未能产生经典文学的时代,我们不必过分苛刻。每一次留学生文学潮的孕育和产生,自有不同的价值取向。这个宽泛的大问题,亦非三言两语能述尽,还是留给历史或后来者评述吧。

出国到底为什么?每个人的理想不尽相同。对于世纪末这批出国留学(俗称"洋插队")的人来说,出国意味着离开家园,去重新寻找自己的生存空间和归宿。有的人出国是为了镀金(拿一张好文凭),有的是为了能寻机定居国外,有的是为了趁年轻身强体壮多打工挣钱,有的则为了在新的国度里真切地体验生命,让人生走向更加理想的境界……

这是特殊的一代,对于他们,还有一个共同点:出国并非像有人说的是为了寻找什么救国真理——自己都救不了,还谈什么救国呢?这是20世纪初叶中国许多革命家们的理想,是那个时代的召唤。出国亦非是完全为了镀金,一辈子都在读书累不累?这可能与现代人缺乏耐心有关。那么为了什么呢?他们出国更多的是为了能增长见识,开阔眼界,创造更多的财富,增加对自身生命的体验。说白一点,是为了能在物质上扬眉,又在精神上吐气。有人却不无伤感、无奈地说:我们这些"洋插队"是得到了自由的天空,失去了坚实的大地。一句话,就像漂泊无依的空中小鸟。

这拨留学生,不管是自愿的还是被迫的,与其说是为了现实的生存而迁徙,不如说是在为精神的生存而漂泊。因而对于他们来说,自我的存在并不是偶然和无意义的,而是生命之链上的一环与历史长河中之一滴。无疑地,这种存在方式和所形成的心态无不时刻在影响和制约着他们的文学创作,并因此而导致了"自恋"情结的形成。

"在留学生文学中最早出现'自恋'的大概要数近代的《留东外史》了。在这本书里,作者津津乐道留日学生的花天酒地,几乎个个都是日本女人眼中的白马王子,当然个个也都成了采花大盗。考虑到那个时代的留学生大多来自殷实人家,生活宽裕,而日本尽管经过明治维新后国力有了强劲增加,但普通老百姓的生活水平依然比较低,因此《留东外史》的故事有其真实的背景。真实归真实,平江不肖生(按:作者名字)那种白相人的创作态度却是不可取的。"①20世纪末争先恐后纷纷出国的留学生,他们本身的各种背景包括政治、经济、社会、文化和自我等背景各有悬殊,颇为复杂。当然大多数人均来自普通底层人家,真正能拥有特殊背景的毕竟有限。然而,他们所写的东西,90年代曾在中国社会制造了不少热点,单《曼哈顿的中国女人》就可堪与"中国第一部大型室内剧"《渴望》②相媲美。以此为契机,不仅此前出版的类似书籍再度引起关注,而且其所明确的文化消费需求,造成了相关题材的书籍不断出版,时有畅销,甚至风靡一时。诚如《曼哈顿的中国女人》的作者周励在自己的"代序"中以一种"激动人心"的语调写自己撰写这部自传的原初动机,给人的感觉是,她生活在豪华气派象征着黄金帝国的优越环境里,尽管举目无亲,也做过家庭保姆、端过盘子,但短短四年间就取得辉煌的成功,创业自家公司,经营上千万美元的进出口贸易,拥有自家寓所、轻松度假欧洲……所有这些,让人看到一个传奇式的"女超人"如何在异国"风光"。在这种自我炫耀的光圈辐射下,似乎这一时期的许多留学生皆染上"自恋"式忘形得意的模样。

原悉尼《大世界》杂志主编武力的《娶个外国女人做太太》,也跟着上了,似乎让人觉得这一代中国留学生真牛,不仅在国外扬眉(构造一种新的中国人形象),而且能在逆境中解放自我发现自身价值,还能娶到洋老婆。这其实是市场与传媒的合力共谋,发挥着"梦幻加工厂"的作用。《绿卡梦》的作者是居住在悉尼的女作家毕熙燕的一部长篇,尽管文本中也多少展示所谓"全景式精细长卷"来反映中国留学生争取居留的运动,并展示华人与洋人众多阶层的形形色色,然而,这部小说却极力渲染女主人公周易令人欣羡的跨国跨种族性爱婚恋,当人们都在苦苦寻梦中挣扎拼搏并通过各种渠道争取居留时,周易(从名字析解似乎隐含周全、圆满又轻而易举)却轻易地圆了自己的梦,而且是一个"花好月圆"的"绿卡梦",多么神、多么牛、多么迷人。她也算另类"女超人",虽比不上周励《曼哈顿的中国女人》那么辉煌,但起码她既能得到爱情,又获得澳大利亚居住权,多幸运的

---

① 李安东:《存在的迷失——论廿世纪末留学生文学》,见《期望超越——第十一届世界华文文学国际研讨会暨第二届海内外潮人作家作品国际研讨会论文集》,广州:花城出版社2000年11月版,第162—168页。
② 由王朔、郑万隆等策划,"中国第一部大型室内剧"《渴望》在北京电视台播出,引起空前轰动效应,并被高层肯定。传媒称之为"《渴望》冲击波"。

一个女子。这种"完美"故事,与《娶个外国女人做太太》相互呼应,一个是中国"女超人"圆了身份之梦,一个是中国"男超人"娶个洋妻,皆梦想成真,双双欢喜。这是不是一种自我抚慰,这似乎是"作为一次新的创伤体验,被撕裂的那幅中国与世界的想象性图景必须得到修补;沮丧与无名焦虑中的公众,需要一份降低了高度与热度的画面以获得有效的抚慰,以再度确认全球化景观中的'中国'形象与中国想象。"①

在这一层面上看,《绿卡梦》《娶个外国女人做太太》以及比这两部在中国更具市场效应的同类品已不仅在于展示国外的奇迹,更重要的是在以有效的方式,在日常意识形态中,确认中国人在海外的逆境中发现自身的价值形象,这是当代最新的神话。对于国人,他们不再是普通的人了,而是颇富传奇色彩的人物。如何拥有"绿卡",如何"娶洋妻",如何在国外过着美好的新生活,这种自恋式的镜像不正是许多中国百姓所垂涎欲滴的吗?这些书籍"让读者和它们共同去完成并分享这种梦幻。……唯独难见作者的批判力,带有很强的历史虚妄的成分,这是一种文学的溃败"。"其原因除了作者群体美学修养不足之外,还有就是他们写出了我们这个民族在面临坚硬的现实时一方面不得不屈从现实,另一方面又渴求对个体生命形式(精神和物质两方面)完满的集体意识。"

以上对澳华作家的具体文本解说,从不同层面尽力体现出自身的体验性、感受性和想象性,很显然,这还远远未能概括澳华文学,尤其是新移民小说的全部实质。如果说,忧郁是一种怆然独行的痛苦与身份焦灼的凄祭,那么,自恋则是一种解放自我的痴望与生命背景的叩问。相对而言,阐释这些颇具代表性的文本,它所可能揭示的某些内在规律似乎更具说服力。当然,还有种种因素,譬如澳华文学写作中传统与现代的分流与转换程度、作家的文化身份等问题,可能制约了文本母题及变奏的美学追求,等等。这些话题同样需要而且值得我们有的放矢地加以分析和探讨。

---

① 戴锦华:《隐形书写——90年代中国文化研究》,南京:江苏人民出版社1999年版,第173页。

第五章
边缘拓殖和发展：澳华诗歌的当代性解说

没有尽头的世界是不是远方

没有终止的河道是不是流浪

没有终极的命运叫什么

没有家园的人们叫什么

我们从哪里走来

我们必须向哪里走去

——庄伟杰《从家园来到家园去》作品05号

谈论澳华诗歌的起点时，就像谈论一部断代史。这里，一方面是在撰写澳华诗歌史，同时又想对澳华诗歌的当代场景作一番现在进行时态的梳理和描述。如果说澳大利亚诗歌发展进程是欧洲移民在一片新大陆上安居、生根和开花的结果，其精神与物质的双重演进几乎是同步的，"正如早期的定居者需要利用故国带来的工具拓殖一样，他们也运用当时的英国诗歌现成的格律来反映澳洲陌生的风物"[①]。同样地，要从理论上阐释澳华诗歌，也必须回到本土的即现代汉诗的发展上来。

回首中国新诗从20世纪之初露出曙光，迈出并不轻松的步伐，其折射出的这个世纪的全部历程，可谓是一种既痛苦又美丽的漫长旅程，也是一种伤痕累累又充满希望的双向延伸。尽管如此，百年新诗在中国文化的坐标轴上所显示的

---

① 黄源深：《澳大利亚诗歌简述》，《东华时报》1998年4月9日。

曲折努力和追求,无疑已形成了自身独特的艺术景观。而今,纵观庞大而纷呈的世界汉语诗歌部落,无论是正统的、现代的、新潮的、实验的诗歌,无论是本土的、海外的、边缘的、极部的声音,所展示的时空、氛围和气象,都给人一种目不暇给的感觉。[①] 澳华诗歌亦然。生活在这块自由而美丽的土地上的澳华诗人群落,来自长城内外、大江南北,来自香江之珠、宝岛台湾,抑或是来自蕉风椰雨、湄公河畔……是否可以这样表述,中国新诗前30年是引入的、"进口"的,后70年,即自20世纪40年代壮盛期以后,是否可以说在逐渐输出呢? 尤其是80年代初期以来。诚然,其"出口"依然回旋在世界华文文学范围内,在时空版图上有了扩展,而在质地上可能已产生很大的嬗变,这是在海外自成一个自由而开放的写作环境等多重因素使然。

基于此,我们可以肯定,与海外其他地区的华文诗歌发展过程相似,澳华诗歌从纵向观察,基本上说是既继承了中国新诗部分合理的因素和在海外生长的传统,又继往开来地在海外派生并形成了横向的边缘拓殖和发展。在某程度上,澳华诗歌的状况反映了当代汉语诗歌的变迁,即由东方向西方、从本土向海外输出所构成的横向关联的一个缩影。

一、澳华诗歌的当代场景梳理及探究

20世纪八九十年代以来,澳华诗人以异常活跃的姿态参与了当代世界华文诗歌的发展进程,那些自发的社团和闪烁的诗人群体可以作为重要的佐证。如庄伟杰于1991年元月创办主编的《满江红》月刊,专辟"文心诗弦"栏目,之后又发起组织"澳洲华文诗人笔会",参与者有子轩、西贝、塞禹(玄阳子)、宫华等人;澳华作家团体或其他文化团体的几位主要负责人均以写诗为主,或兼及写诗,如黄雍廉、心水、张典姊、江静枝等人;墨尔本的欧阳昱创办的文学杂志《原乡》,诗占了极大的比重;成立于21世纪之初的酒井园诗社,主要成员有冰夫、西彤、雪阳、璇子、陈积民等人,他们还创办了《酒井园诗刊》;2002年秋季庄伟杰还创办主编了《国际华文诗人》季刊,许耀林也于新近注册了"世界桂冠

---
① 参见庄伟杰:《从困惑中走向新世纪——世纪末国际华文诗歌思考》,《南方文坛》1999年第1期。

诗人俱乐部",大有跃跃欲试之举。在这些热烈的诗歌群体活动中,涌现出一批具有独特个性、富有新鲜的诗歌观念与手法的诗人。如果说澳华诗坛浓烈的"现场"氛围,可以视作海外汉语诗坛的一方"重镇",并具有一定普遍意义的话,那么,我们似乎可以看到,置身于新的世纪,真正让人愉悦且震撼的不仅是科技的迅猛发展和物质的丰裕,而且很多时候是世界多元文化的对流和碰撞,这意味着一切文学艺术以全球性为统一的尺度,正以人类精神的标高为参考系形成一体化的审美主流,同时,我们也发现,这种对诗歌命运和深度的关注,使我们对诗人的命运和深度有着同样的关注,它既可能被纳入一种既定的诗歌理想之中,又可能进一步增强文化消解的力量,使"游戏"色彩显得更为斑驳陆离。

当下,世界汉语诗坛此起彼伏,新主张、新名词、新社团、新网站异彩纷呈,什么"第三条道路写作"、民间立场、知识分子写作、解构主义、口语写作、神圣与灵性、"下半身写作"等,不一而足。日常主义的日益泛滥乃至四野横流已成为不争的事实,尤其是本土的中国诗坛。在这样一种骚动和混乱的状态中,南太平洋的澳华诗歌却有别具洞天的诗歌场景,在默默生长着,就不能不令人刮目了。我们从庄伟杰主编的"澳洲华文文学丛书"(2002)的诗歌选本《大洋洲鸥缘》的近四十位诗人那里,也许可以欣赏到另一种诗歌景观。虽然这些诗作还不是目前澳华诗歌面貌的全部,但毋庸置疑,这些作品在一定意义上显示了澳华诗歌的实绩,是十多年来澳华诗人写作的代表。把其与中国本土的或海外其他地区的诗歌进行细致的比较,显然是值得斟酌的话题。置身其中,我只想郑重指出:澳华诗人试图通过一种严肃的写作,有意识地将自己的诗歌与那种流俗的、貌似时尚的诗歌区分开来;他们希冀在一片喧嚣的言辞泡沫中开辟出一小块安静的诗歌领地。因为"作家还有一种严肃的态度","不管你表述的是什么,只要你对这个表述是严肃的,那么我们现在来界定一下'严肃文学',就是它对自己使用的语言是严肃的"。[①] 显而易见,诗歌的不同在很大程度上取决于价值观念的差异。诚如高行

[①] 高行健与杨炼长篇对谈,见《走出文学的童年期》,《满江红》1994 年第 2 期。高行健在该谈话中特别强调:我表述,故我存在。田柯的老命题"我思故我在",到今天并未"被离开",只不过表述方式有所不同。对一个当代作家,就是"我表述,故我存在"——我感知的东西最终还要通过表述——我能以我的方式加以表述的时候,我才存在。作家在一个社会的地位,作家在文学中的地位,这是一种价值观念(还要承认有一种价值),不是伦理的、政治的,而是语言的,是一种对语言的态度。这是我们要确立的一种价值,当别的价值都可以毁掉的时候,这个价值我不能毁掉。

健反复强调的,这种价值观念不是伦理的、政治的,而是语言的,是一种对语言的态度。当然,要确定这样一种价值观念谈何容易?这样一个至关重要的命题,虽然一时无法说清,但我们的表述并非说明澳华诗歌如何好,也不敢去妄加贬低当代中国诗歌的现状。其实,澳华诗人真正能在海外汉语诗坛浮出水面者毕竟是凤毛麟角,哪怕几年来发表了不少作品,但可能只是一种表象,更多的诗人,在原先是"不毛之地"的澳大利亚汉语文学的空间里尚未打造出自己的"交椅"而形成独特的"气候"。即便是诗人们在不断的诗歌写作实践中都做出了相当的努力,也取得了不俗的成绩,但其作品离更高层次的揭示人的本质和悲剧性并朝向世界一体化迈进还有一段相对较长的里程。不过,在自觉探求和边缘性沉潜的生命体悟中,应该说澳华诗人中个别优秀者如冰夫、黄雍廉、庄伟杰、如冰、子轩、西贝、心水、李南方、玄阳子(塞禹)、渡渡、欧阳昱及已故诗人芦荻等人的艺术品位及其语言穿透力绝不逊色于同样置身于高度商业化的海外其他地区的汉语诗歌。

十多年来,澳大利亚的汉语诗歌如半路杀出的一支异军,在海外汉语诗歌队伍中颇为引人注目。综观澳华诗坛,总的来说,诗人们由于受到地理条件、人文环境、多元语境和西方意识、现代意识等大气候影响,同时阅读视野、人生阅历、心理结构、知识层次、价值观念(另作描述,恕不赘言)等诸多因素也影响了诗人们的文学修养、艺术造诣和整体风貌。当代澳华诗人群体在"交叉""互逆"或对流中呈现出三股力量:有20世纪七八十年代从中国港台、东南亚、中南半岛等移民于斯的早期移民诗人;有八九十年代至世纪之交从中国内地(大陆)赴澳的留学生和新移民诗人,这是目前澳华诗坛的中坚即主体力量;有新起步的探索者正在闪亮登场、跋涉努力,他们大多是21世纪之后再度涌入澳大利亚的"新贵族"留学生,包括第二代"新移民"即"新生代"。这里所谈及的不包括那些写传统旧体诗词的老一辈诗词家。

当我们对澳华诗歌近十多年来的进展略作当代性进行时态的打量时,我们同样注意到,正是个别有着自觉意识的诗人,通过坚实沉静的写作改变着曾经一片空白的澳大利亚华文诗歌图景。毫无疑问,一方面,他们的诗歌没有远离特定文化背景的原有生活场景或时代记忆,而跟他们身处倡导多元文化的澳大利亚和这一异域的境遇密切相关;另一方面,与一种浮泛的或"洋务派"或"本土派"或

"后现代"论调不同,他们并不倚重诗歌外在样态的迁移,而是更注重诗歌的内在质地的培育。这拨诗人作为现代人,可能会遭遇某种更为严肃的诘问:如果说有艾略特式的巨大"荒原"、波特莱尔式的"忧郁的巴黎"、叶芝式的"纯真的天空"、里尔克式的"杜依诺哀歌"……那么,澳华诗歌的悉尼、墨尔本的什么"天空""大地""悲歌"在何处?之所以这样打比喻,并非出于对题材等方面的考虑,而是因为澳大利亚这个带有地域色彩的华文诗歌版图(以悉尼、墨尔本两大城市为主),是生长在一片沉睡苏醒之后的新大陆,即闻名遐迩的"骑在羊背上的国家",那些映衬着浓淡相宜的异域风情因为本身的年轻而显得令人神往。因此,对澳华诗歌整体氛围的指称,并不仅仅是生活之外的政治意象或修辞话语,相反地,它更像一面镜子,映现出对双重文化的碰撞与交融、对多元社会和繁复生活的敏感,也为我们营造了异域情调和另种文化(诗歌)景观。正是在这种特定的历史境遇和文化语境的驱动和烘托下,澳大利亚汉语诗人们才逐渐自觉地向当代世界汉语诗坛提供了值得探究的写作文本。

二、澳华诗歌对传统的承续及当代性特征

1975年伽达默尔(Gadamer)提出了关于传统的多缘历史性和创造性转化的理论,自此之后,被现代性误解的"传统"弥散在我们的日常行为、国际政治话语以及思想和精神生活的各个角落。学者汪丁丁认为,传统应有三个概念:历史、文化传统、知识传统。[①] 传统似乎是相对于先锋或者前卫而言的,但它们之间并没有明显的界线和绝对的区别。这里所指的"传统"是泛指的,非定数的。澳华诗人有自己的特殊经验,有自由开放的现实环境和写作心态,与海外其他地区的汉语诗歌一样,其独立和自足有可能产生新诗更新的生机,去拓展在本土上所未曾有的新诗风、新路向。如本文前面所明确的,它既非主流,也非尾随其后的支流,乃是从本土派生而构筑的"第三文化"空间,同时又是在新土另辟蹊径而扩张的结果,也可看成是继承现代新诗传统的持续、延伸和展开。

洪子诚先生指出:"我们的文学的'脆弱',最重要的一点是,还没有形成深厚

---

① 参见《中国大学学术讲演录》,桂林:广西师范大学出版社2001年版。

的、有独立性的文学传统,一个与政治分裂、脱离的文学传统。"①这是针对本土的中国文学发出的声音。澳华诗歌尽管尚未形成自身独立性的传统,却趋近于与政治分裂或脱离的宽阔空间地带,就文本角度观察,无论是从艺术本质还是艺术形式透视,其相对而言还算较为纯粹,也能切中诗歌的内核。尤其是世纪之交以来,澳华诗人队伍不断壮大,诗歌刊物出现,诗人们的创作热情不断高涨,并自觉地吸纳当代潮流,参与当代汉语诗坛的许多共同话题,在与其他文化的对话中切入当代性语境,为自己留下了一份美丽而痛苦、真实而神圣的时代记忆。诚然,由于先天性因素及其他因素的制约,其散漫如四处散居的作者,优劣互见。但从整体而言,当下澳华诗歌在承续诗歌传统的前提下,奔走在朦胧与后朦胧的时空隧道中,"徘徊在现代与后现代之间"(李欧梵语)。

首先,从诗歌的文本技法上观照,澳华诗歌注重意象的营构和传统的审美功能。在意识的内在流程中保持寂静,在真诚和深沉的意境中感知一种创生,这样也许会让读者以及作者自身获得一份心灵上的安慰和精神上的升华。与其说这是对当下诗歌话语的有效把握,不如说是对虚张声势的所谓时尚的一种抵御和对自身艺术质量的坚定和抱守。无论是对生命形态的哲思,还是对生活平面化的抒发和倾诉;无论是滚滚红尘的宿命或抵达灵魂的感悟,还是思念的跌宕或困惑诱惑的交织;无论是苍凉宁静的缄默与黑夜雨帘的梦境,还是翔舞心灵的穿越与生命轮回的演绎……我们都可以从中读到这些"离开故土,流落异域,漂泊天涯,成为游子"②的澳华诗人部落生命过程里一段淋漓尽致的情感文本。诗人心水游达令港,观谊园,情难自禁,在《雪梨(悉尼)谊园》一诗写道:

  翠竹掩映、细碎鸟语

  呼唤我,四壁挥毫的题诗

  引诱我,小桥流水配搭的图画

  宛若将梦揉皱后

  硬塞进了我脑袋中

---

① 洪子诚:《问题与方法——中国当代文学史研究讲稿》,北京:生活·读书·新知三联书店2002年版,第149页。
② 庄伟杰:《神圣的悲歌·自序》,北京:中国国际广播出版社1997年版,第3页。

徘徊在垂柳微风里

享受中国古人的雅趣

曲径通幽,山石含笑恭迎

蓝天白云倒影任鱼儿遨游

鸳鸯戏水,圈圈涟漪旋舞

我行近茶居,无缘拜见杜甫

书房也难觅李白

乐室琴音竟已寂寂

异乡人徜徉在谊园的亭阁楼台上

沾满一身中国山水的乡愁

我情依依、心也依依

竹叶轻摆低吟声声

众鸟齐鸣:不如归去

仔细读之,物化的叙述将主体与对象融为一体,互为映照,崇古的语境与现代的语境相互链接,传统诗歌的音韵美及和谐的景致清新可感可染,轻灵和洒脱与心性的牴悟,别有一番滋味溢心头,驱使诗人也让读者禁不住"沾满一身中国山水的乡愁"。冰夫的《我踏着落叶走进深秋》:

远方的松荫遮断溪流

我踏着落叶走进深秋

流水般的命运淌过峡谷

血色的黄昏令人烦忧

从废墟挖掘陶片研读历史

伤残的手指缝缀纽扣

泪与血的誓约既已悄悄撕毁

又何必堆着笑在路口守候

你的荣耀曾经星罗棋布

此刻却如同我　一无所有

南北时差不大　季节不同
我夏你冬　你春我秋
如果说人生不是噩梦
我踏着落叶走进深秋
澳洲的鹦鹉炫示缤纷的色彩
朵朵白云落进了羊群的绿洲
强劲的马被疯狂地投下豪注
欲望街上黄金大门并未陈旧
虚度过花甲之年的我
不再迷恋诗神的优柔
疲惫的目光亲吻过许多土地
异乡的明月也了无那份清幽
早已忘却与孤鹜落霞微笑
失去故乡的人一如萍聚洲头
唉　宁"播残麦于老旧心田"
不刻碑文滋润空蒙的晚秋

诗人通过多重意象的渲染与感情纽带的连接，营造了浓厚的审美情趣。冰夫的创作除了继承中国诗歌传统外，又能借鉴西方现代诗歌特点而后与其结合去铸造自己的风格。

其次，从诗歌的内涵意蕴上看，澳华诗歌更接近心灵历史的记录，是对命运意识更深刻的注解。这方面，留学生及新移民的诗人群体最为突出。命运的改变从来都需要代价。这些在传统文化土壤中成长而后离乡背井、远赴重洋的歌者，与诗歌相比，是命运更为直接的承接者，不管他们以什么方式走出家园。面对着来自现代文明的悄然冲击以及置身于自由的环境，他们采取超然的顺应态度及欣赏态度，他们的写作并不仅仅提供所谓的文本，还是延续人类社会文明的链条，诗人们带着自身的文化身份无疑拥有跨文化的意义和作用。他们初涉异域时，虽然在一段时间内曾有过失落、彷徨、游移和心理不适，都是在所难免的，尤其是作为"洋插队"而漂泊的留学生诗人，为了改变自身的命运，他们无不付出过精神的、心灵的代价和心血、体力的代价。他们的生活犹如一部动人的连续剧。人在异域,一次次面对自己,扬弃自我,超越自身。诗歌对他们来说,是生命体验的符号、是漂流历程的神话、是灵魂真实的足迹、是故事留下的标点、是精神寄托的梦呓……他们中的每一个人都是一首活生生的诗,或苦闷,或忧思,或孤寂,或无奈,或艰辛,或酸甜……他们的作品便是最好的注释。这在庄伟杰、子轩、西贝、塞禹、未来、林木、陈积民等留学生的诗作中均有不同程度的表现。他们常常用心灵化的意象语言实现对于漂泊情结的重新组合,以最直观、最富于想象、美感乃至哲思的艺术方式传递自己的心性、探求人生的真谛,以求得心灵的绝对自由和精神的超越。他们的诗歌写作可以说是异乡人的流浪史与心灵史、情感档案与寻梦话剧,其折射出一个漂泊天涯的族群或者说一个时代剪影的隐喻,是对一个特定时代敏感神经的另一种敲打。因为他们冲出固守为本的"围城",把孤魂流放到另一个半球,总在漂流,还在漂流……

留学生/新移民诗人的写作纯粹是一种内心的需要,是一种远方的召唤,是一种不带功利目的的精神漫游。诗人们把心交给缪斯,在诗中真切地或歌吟或哭泣或倾诉,哪怕这样的举动蓦然间可能会遭受世俗的冷眼和都市的拒绝。然而,诗歌依然被这个群体热爱并实践着,无论是放逐于边缘的感性书写,或饱尝冷嘲之后的孤独书写,无论是为生存而奔波挣扎的业余书写,或在文化冲突中所带来的沉思书写。在忙碌的异国都市流窜,在闪烁的霓虹灯前漂泊,在这种本能意识辐射下,诗人的心智往往被导向一种忧愤深广、心事浩茫的精神领地,只有切入留学生/新移民的痛点,即切入其浪迹天涯中隐约呈现的命运敏感地带,才能把握其写作的本质或精神内核。他们的诗歌充塞着都市的呻吟,包含着负重和煎熬。他们独自躲在城市的角落里,犹如一只只在乡间草丛里吟哦的蟋蟀,诗歌成为其抚慰深处创伤或困境的一帖良药,起到心理补偿和自娱自赏的作用。这一点是本土诗人或主流诗坛的诗人所难以想象的。

确切地说,从现实的泥淖中打捞失去的诗意,在孤独的硬痂下散发触动人心的色调,痴情而痛苦地寻求一种本源,一种高于物化岁月的元素,用诗歌来充填和滋养精神和意趣,并激活流浪行程里那麻木的神经和萎缩的心灵,这是留学生/新移民诗歌写作中最动人的因素。因为热爱诗歌,他们保持了生命的激情,人变得立体化了,且张扬一种灵魂的力度。

再者，从取材视角上观察，澳华诗歌可能因为受到现实背景和生存场景等因素的影响，诗人们从自身的真切遭遇出发，对个体的生存位移，对放逐之后的失落乃至对当代人类的终极性话题等加以感知和把握，在内在实质上颇有相似或共通之处。以上本文曾注意到"留学生/新移民诗人"这一角色的特定现实意义和丰富的历史内涵，它与时代的迅速变革和发展有着最为直接的关联。中国人希冀走向世界、中国人对未来道路的探寻与选择、中国人走向人类文明之林的脚步声，为这些诗人的命运里程和创作历程带来了根本性的大转折，当我们站在人类历史文化的宏大架构中把握他们和他们的创作，似乎从他们的作品中可以见证一个时代的变化和转型。澳华诗人新生于双重世界的交融互补之中，在两种文化撞击中启动了艰难的行程，他们在对立的两极之间漂泊与歌唱，在写作中表现出无奈与神奇、幻灭与憧憬、痛苦与奋争、卑微与庄严，也反映出他们生命中两极对立辩证的一个特征。一切都在人生羁旅中，在历史运行的过程中，在现实律动的行进中，诗人们所积累的特异的生活素材，潜蓄着一股对命运思考的意欲喷发的地火。于是，他们的吟唱表达了夹在西方文明与东方文明之间、故国家园与异国梦乡之间的情绪体验，而这种纠葛的旋转则显示出徘徊、游移、飘忽、焦虑、创伤甚至是心灵的挣扎。

顺便一提，目前学术界在研究海外华文文学中使用频率颇高的所谓"留学生文学"或"新移民文学"，都证明它们的存在是一种到场，是一种显像。当然，无论从国家还是身份、社会还是个人的角度看，"留学生文学""新移民文学"这些称谓都是临时性的指认，因为"留学""移民"本身具有一种过渡性质，一旦这种过渡性成了一种被所有人接受的、相对稳定的模式，其特定的含义将会逐渐弱化。我无意、也担心暂时没有足够的能力为"留学生文学""新移民文学"下定义。但至少为了讨论，本文还是延续目前学术界流行的叫法。有人也对"新移民文学"重新命名，称之为"新华人文学"或"新海外文学"（赵毅衡语）。显而易见，这仅是一种命名策略。因为一旦模糊了留学、移民的本质属性，抹杀了这个族群的精神规定性和"这一个"的特征，也就抹杀了"留学""移民"本身所具备的独特性，抹杀了"留学生/新移民文学"与其他文学的界限。正如"乡土文学""西部文学""知青文学"等一样，"留学生/新移民文学"更多的时候是以题材为主来界定的一种文学现象，指所有那些写在留学或移民过程中并体现其特定身份和意识的文学作品。

诗歌作为文学的母体，自然是不言而喻的。当我们回到澳华诗歌中的"留学生/新移民诗歌"这个创作主体上，我们同样发现其具有鲜明的特性，既表现了他们丰富的情感世界、愿望和追求，也描述了这个族群的生存状态，诸如淡薄的人性、蠢蠢欲动的欲望、无可奈何的喟叹和彷徨、孤独难耐的情绪及融聚矛盾的渴求。因此，作为一种现象，留学生/新移民文学（诗歌）的形成，必然有其历史的渊源，通过许许多多的条件加以考察和组合，便形成一道特殊的文学（诗歌）景观，它不是一种人为制造的符号，而是对一种文学（诗歌）现象的及时总结。我们对任何事物都可以进行归类和概括，留学生/新移民文学（诗歌）所指的应是一个写作层面。这种归类也许与文学（诗歌）写作本身并不存在因果关系。这里所反映的澳华诗歌之中的"留学生/新移民诗歌"也只是一个相对的概念，其实，这只是为论述方便起见和作为一种观察角度，不必勉强为流派解，更不必为这个概念所限而自设樊篱。

此外，从精神气质上分析，澳华诗歌更多的时候对现实处境持疏离态度和超脱情绪，不太注重破坏力和解构精神。作为创作对象，同时又作为创作主体，澳华诗人理所当然地具有了把握自身题材的先天优势。诚如丹纳所言："每个形势产生一种精神状态，接着产生一批与精神状态相适应的艺术品。"[①]事实证明，大凡历史上涌动移民潮，都是社会剧烈变化的时代，是大动荡大发展大潮流汹涌的前奏。这是历史进程的重要环节，往往为文学提供了无比丰富的资源和无限宝贵的发展契机。在历史的某些阶段，唯有诗歌可以应对现实，它将现实浓缩为可以触摸、心灵可以感受的某种东西。然而，从目前看，澳华诗歌尽管已如前所述取得了颇为厚实的收获，可是其艺术缺陷也如同其鲜明特色一样明显存在。因为，"先天优势"有时反而成为一种预先设下的陷阱，而导致在其他题材领域或主题意蕴上未能在作品中更充分地加以展示。而强烈的历史意识、文化乡愁、时代感、社会性认同感，尽管已能获得相应的立足点，另一方面却也囿于在更具现代性向度上的艺术展开。即便是自认为干得漂亮的并自诩为"后现代"的双语诗人欧阳昱，在这方面的表现也乏善可陈。在《我想》一诗中，欧阳昱写道："我想写诗歌/一种不像诗的诗歌//一种没有人写过的诗歌/一种诗人不写的诗歌//我想写

---

① 丹纳：《艺术哲学》，北京：人民文学出版社 1983 年版，第 66 页。

脏话/一些刺激女人的脏话/一些女人听了刺激的脏话//……趁我还未忙死之前/我很想//写一些东西"这也许便是欧阳昱诗歌创作意念的最好注脚。对于这位在澳洲英语文坛上大施拳脚的华人诗人,能足踏在两个语种的跳板上跳出跳入,扮演自己作为桥梁的角色,的确甚为难得。尤其是他在探讨一些文学现象时,既有文学味,带点学术性,又多少有某些文化的现代意识。他那种对于艺术的冒险和狂劲,似有可圈可点之处。欧阳昱最为自鸣得意的诗作是他的那首英文长诗《最后一个中国诗人的歌》,作者把"死亡"意象贯穿其中。对于这首具有反叛、颠覆情绪的诗作,我赞同旅澳评论家张奥列的观点:一方面,他对华文文坛现状不满,另一方面,又对英语文坛莫名其妙;一方面,他力图沟通东西文化,另一方面,又感到处于东西方文化边缘的尴尬。正是这种矛盾心态,使他产生反叛、颠覆的情绪,并转换成作品中的"死亡"意识。所以"死亡"意识也只能是某些作家作品的精神追求和艺术审美。"死亡"意识可以是澳华文学的一个重要话题,但并非澳华文学的主题主调,也谈不上什么最高境界。[①] 诚哉斯言! 其实,"死亡"意识乃是作者经历了多重幻灭之后产生失落感的一种镜像化。当回到澳华诗歌的现场,我们不难发现:生活在澳大利亚新大陆上的华文诗人对此或许因关心不够或趋于麻木,从而导致了个别诗人的精神价值取向的单一化或"历史维度"的薄弱。有关这方面的话题将另行展开探讨。

三、诗歌和诗歌版图的边缘化及其生存策略

随着现代社会的高度商业化、大众传媒的革命、经济的全球化、高科技互联网、意识形态变革、世界性文化产业的扩张等的此起彼伏,诗所代表的精英文化与通俗文化之间的鸿沟日趋殊深。当汉语的传统诗学及诗歌的文化元素在东西方文化相互碰撞和交汇中产生变奏时,诗似乎已丧失了以往固有的尊荣和风采;在现代物质消费充满激烈竞争的市场面前,靠诗生存已成为一种梦想,诗眼睁睁看着自己像游子漂泊到新世界的边缘。诚然,当我们以"华文新诗"或"现代汉诗"进行命名时,依然无法否认,汉语新诗在艰难迂回曲折发展的历程中,始终以

---

① 张奥列:《双语作家欧阳昱》,墨尔本《大洋报》2000 年 10 月 5 日。

其鲜活的面目和强劲的张力,推动了当代中华文化的全新思维和精神向度,以至于历史难以或不敢轻易放弃它。我们仿佛看到:诗歌曾沉迷疲软过,诗歌在裂变扩展着,诗歌也在高蹈张狂着……①

然而,由于"现代汉诗一方面丧失了传统的崇高地位和多元功用,另一方面它又无法和大众传媒竞争,吸引现代消费群众。两者结合,遂造成诗的边缘化"②。严格地说,边缘是相对于表面上的中心或主流意识形态而言,一如许纪霖所言:任何一种定义都只是一种知识性的认识,即将对象中某组特点与性质抽象和概括出来,但是这样无法涵盖对象的全部复杂的内涵。③ 笔者难以准确地给"边缘"下个定义,但对行进在诗歌旅途中的澳华诗人而言,我依然认为边缘诗人是澳华诗人的真实面孔。这同样反映了一个现实:生活在海外的华人,无论从什么角度切入,的确都是被置于边缘的时空,即在海外代表的是另一类边缘。

其实,在中国现代诗潮中,海外华文诗歌占据举足轻重的地位。回顾现代诗史,早期留学生写过不少承先启后的作品。譬如以《女神》(1921)而蜚声诗坛的郭沫若,在这部诗集中的作品大多是1919—1920年留学日本期间所写。象征派"诗怪"李金发分别于1925年、1926年出版的诗集《微雨》和《食客与凶年》,皆是李氏留法期间受到法国象征派诗人的影响所作,当时他把这两本编好的诗集寄给国内的周作人,请周推荐出版,后编入"新潮丛书",这便是中国最早的象征诗派。"新月派"代表诗人徐志摩1921年由美赴英,在剑桥求学时才开始写诗,他早期的许多诗篇是在海外写成的。闻一多1922—1925年留美时创作了大量的诗歌如《红豆篇》《洗衣歌》等,分别收入《红烛》和《死水》两本诗集中。影响新诗革命的胡适,在1915—1917年留美期间,就一方面尝试写白话诗,另一方面建构新诗的理论基础。海外新诗的例子举不胜举,这还包括穆木天、戴望舒、罗大冈、艾青、宗白华、冯至、朱湘等诗人早期的作品。④ 由是可见,现代新诗的诞生和发

---

① 参见庄伟杰:《走向文化的华文诗歌——〈国际华文诗星书系〉总序》,见《缪斯的别墅》,厦门:国际华文出版社2002年版,第11、12页。
② 参见奚密:《从边缘出发——现代汉诗的另类传统》,广州:广东人民出版社2000年版,第2、42、43页。
③ 参见《中国大学学术讲演录》,桂林:广西师范大学出版社2001年版。
④ 参见奚密:《从边缘出发——现代汉诗的另类传统》,广州:广东人民出版社2000年版,第2、42、43页。

展与海外有着千丝万缕的关系。从20世纪60年代至80年代,大批远赴海外留学的港台留学生,尤其是中国改革开放后八九十年代期间大批进军海外的"洋插队"和新移民群体中,涌现了不少从事母语创作的诗人、作家,他们虽然定居于海外,依然不忘母语情结,继续以中文写作。21世纪以来,也有大批移民海外的诗人,由于他们有着相对独特的创作环境,既占有地利,又弥补了文化传统上的断层,同时上承五四时代、三十年代乃至五十年代的文学传统。尽管这些海外诗人在空间距离上远离了故土,然而,他们在精神上却始终贴近着华夏文化。他们共同汇成当代海外汉语诗歌的生力军。

谢默斯·希尔说:"他得去追寻一次毁灭,并在他的生命中准备承受后果。"当代汉语诗人(包括当下澳华诗人)也不例外。在边缘地带追寻"毁灭"也许是为了更好地爆发、更好地重生,这仿佛冥冥中造物主早已安排好的,活生生的现实已将诗以及诗的书写者们放到边缘,就像一座桥的两边、一个人的两只手,其意味指向双重并展示多元:一方面诗人们在丧失中心位置和潜在认同危机的境况下,又象征着重获新的生命空间;一方面则表明这是一个流动的、辩证的、历史的过程,此一时彼一时也。[①] 就澳华诗歌(也包括其他地区的海外汉诗)来说,边缘化无疑是其基本特征。我们不妨从三方面来加以考察探讨其边缘化。

首先,是诗的语言环境的边缘化。诗人生活在异域,在以英语语言占主导地位的环境中,依然用中文写作,一方面与自己的母语在空间上拉开了距离,另一方面在新的国度里,母语便成为"少数族裔语言"。如果我们以语言(诗作为语言艺术)而非地理因素作为先决条件的话,其处于边缘化状态也就十分自然了。

其次,尽管中心与边缘本来是相对而言的,就诗歌本身来说,无论是放诸本土还是处于海外,都已流放在现代社会的边缘地带。这种现象普遍存在于汉语地区;就诗人的文化身份来看,无论对祖国或居住地,都处于边缘地位。海外诗人们对这种"双重边缘"身份充满切肤之感,尤其是"认同危机"所带来的困惑心态。然而,从某种意义上,"精神放逐"或"内在流亡"是许多现代诗人所共有的精

[①] 参见庄伟杰主编:《国际华文诗人》杂志创刊号,厦门:国际华文出版社2002年版。这是录自作者为该刊写的发刊词,文中作者还写道:"从地缘学返视,我们是去来者,像那无根的浮萍来去飘荡;从血缘学辨析,我们是浪迹天涯的龙之传人,血脉里始终跳动着五千年的脉搏;从情缘学来解读,我们是人在江湖身处异地,却'孤舟一系故园心';从俗缘学来寻绎,我们既要保存固有的文化,又要融入人家的主流;从物缘学来阐释,我们在日常生活上常常中西互混,交相渗透……"

神特征,与实际空间似乎并不存在必然的因果关系。

再次,从诗歌活动本身而言,澳华诗人与海外其他诗人一样,没有国内作家那样相对优越的条件,在阅读层面、读者市场、发表园地、传播手段等方面都无法望其项背。此外,诗歌本身的圈子也小得可怜,批评与研究方面的工作更难以形成气候,这种边缘性状态是事实。好在目前科技发达、传播手段先进,澳华诗人包括海外诗人发表作品的渠道与国内(本土)诗人原有明显差别的界限正逐渐缩小。如今,许多海外诗人的作品纷纷在国内的报刊上亮相,诗集的出版也在逐年增多。可以说,海内与海外的汉语诗歌正在齐飞共舞。

假如空间(指的是文化也是语言空间)的距离是海外汉语文学的特征(当然是程度而非实质上的差异),那么不同空间,不同诗人的对应态度也不尽相同,他们的内在世界和外部世界也呈现出多种风貌。这在许多诗人作家的作品中可以得到印证:

  …… ……
  每个人都在扮演各自的角色
  每个人都有一套各自的哲学
  把所有历经的旅程不断验算
  把故事的前因后果细细推敲

  等到翻遍所有的字典
  发现还是无法全方位诠释生命

  手捧各自的通行证
  我们只不过是匆匆的过客

  现实的栏栅把我们推得老远
  夜幕覆盖着浑茫的大地
  被人遗忘的角落　我曾是谁
  在长吁中　泪痕写满天宇

注定与生俱来就是远行者
以河流的方式穿越所有障碍
这是一种汹涌成美丽的过程
但家的定点却像水中浮萍
随风摇曳　无从落地生根

一对跋涉的脚印烙上风尘
额头刻满汉字　四海为家
与土地亲近　匍匐躺下
久久依偎　像守护着生命

是谁想不起回家的路
是谁把记忆丢失像一场误会
这样的荒诞该如何领会
面对深刻的土地　只以孤独回答

——庄伟杰《从家园来到家园去》作品 13 号

四、诗意存在:并非尾声的结语

有人曾这样诘问:海外汉语文学(尤其诗歌)的边缘化存在是否难以大有作为呢？诚然,处于全球化进程中的特殊历史语境已造成当代汉语诗歌的边缘化,并给诗人带来强烈的来自传统地位等方面的失落感以及与社会中心话语或主流话语的疏离感。所有的诗人们共同面临着日趋商业化、世俗化和消费主义化的严峻现实,尽管纯粹的或严肃的文学在大众文化此起彼伏的境况下依然坚守着一方圣洁的领地,却显得力不从心,因为诗歌在不断被推向边缘化的同时,似乎也变得有些自暴自弃了。然而,这未必是坏事,诗歌边缘化是对其他文化元素和形态的渗入和整合。在全球化语境下,诗歌何为？诗人何为？这是所有诗歌书写者在写作中需要重新思考、调整和选择的另种挑战。我们欣喜地看到,在澳大利亚依然有《国际华文诗人》《原乡》《酒井园诗刊》等涌现,在美洲更有《一行》《新大陆》等刊行,日本也有《亚洲诗刊》,欧美还复刊了《今天》和《倾向》,而网络诗歌的登场、个人网页的出笼又是另种现象。这些无不象征着海外诗人作家试图在异质的新土壤中建立起另一个新的边缘视域,并在本土语境之外努力寻求扩展诗歌的对接链条和对话空间。由是,我们可以这样表述或预言:如果从边缘地带出发并坚守着这个领域,能让人生渐入佳境,可能有其不可替代的价值(文化价值和文化批判意义);如果边缘化确实是当下诗歌的生存状态(意味着诗的独立性),那么它也能驱使我们呼唤、探索和重建诗歌新秩序、新体系和新路向,推动、促进和拓展汉语诗歌的繁荣壮大,从而走向全球化时代的新世界。那么,边缘化显得多么必要,它不仅使诗和诗人有可能重新认识自己,从而深化人类对自身的认识,也可能是一个重识中心或主流的契机。从后现代文明的视角看,边缘化的真正价值和意义,与其说是形而下的,不如说是形而上的。它以自在的边缘状态与当代全球文化向多元化发展的主流接轨,既能提升和深化人类的精神,又是平衡精神生态的一串希望的铃声。

第六章
海殇与白桦林以及
澳大利亚汉语文学发展的另一种可能

澳、美、欧汉语文学有一个共同点,即其发生发展的历史不太长,或者可以说很短暂。譬如只有两百余年历史的澳大利亚,因为年轻,本身积淀的文化显得单薄和稚嫩,作为一种文化现象的澳大利亚汉语文学便可想而知。尽管澳大利亚汉语文学的形成轨迹,同样走过一段曲曲折折、来之不易且令人难忘的旅程,但真正属于澳大利亚汉语文学的时代,那是20世纪八九十年代以来,即大批中国留学生/新移民涌入澳大利亚之后,因逐渐意识到生活在不同文明的夹缝中有一种不中不西的生存尴尬,在这种独特的历史境遇中,澳大利亚的汉语文学才开始真正热闹起来。从混沌初开到无序单薄到初具形态,澳大利亚汉语文学逐步形成自身的格局,闪烁于"南十字星空"下。应该说,它刚刚浮出水面,刚刚开始引起人们的关注和期待。诚然,作为海外汉语文学大潮中的一脉激流或一道景观,澳华文学积蓄着自己的生命活泉,向新世纪奔涌。一般认为,长篇小说创作是澳大利亚汉语文学的短板,但汪应果的移民澳大利亚及其带来的气象同样让读者看到了澳大利亚汉语文学的发展可能。

一、澳大利亚汉语文学的现实际遇

庄伟杰曾以《寻梦与镜像》为题,就澳华文学在多元语境中所展示的"寻梦"流程和精神回廊中的"镜像"进行一番描述式的探析和解说。如果这能使更多的人从澳华文学所创生的"第三文化"空间更好地审视现状,洞察未来,去寻找出澳华文学的真实形态和文本形态的现代性进程,并清醒地意识到澳华文学存在着一个宽阔的处于中西文化交叉的边缘地带,从中去发掘和探索新思路、新视角,也许会给澳华文学带来新的发展契机和可能。尽管澳华文学本身真正起飞的历程相当短暂,还处在不断完善和自觉运行的过程中,其深化和发展还有赖于澳华作家们共同营造,也有赖于澳大利亚多元文化社会的有力支持,当然,更与当地华文报刊等传媒的长足进展相依赖。对此,刘登翰先生在"澳洲华文文学丛书"总序中从横向比较的角度一针见血地指出:

> 然而话说回来,东南亚华人经济的强势,使华人文化以华文教育和华文报刊为载体,得以延承和传播;而历来华人精英最为集中的北美地区,也使华人文化成为不可忽视的存在。相比之下,以新移民为主体的澳大利亚华人文化,缺乏这样的优势。这使澳大利亚华文文学的存在和发展,面临重重困难。一个最简单的事实是,缺乏财团支持的澳大利亚华文报刊,不仅少,而且时常难以为继。发表园地的严重缺乏,不仅缩小了华文文学的社会影响,也可能挫折作家的创作积极性。这是澳大利亚华文文学后续发展不得不面对的尖锐现实。

不可否认的事实是,尽管澳大利亚的华文报刊不算太少,单日报就四份,而且集中在悉尼,其他的周报周刊在艰难的挺进中总处于一种"变数"的状态,一家夭折了,一家又拔起了,遗憾的是真正让位给文学的阵地实在有限,这与社会高度商业化的运作机制有关。如果当地华文报刊能腾出更多的版面刊登文学作品和评介文章,不仅能体现对自身文化的真正重视,也能体现和尊重作家的追求与创造价值。如是,有了发表的园地,加上澳华文坛潜伏着一支阵容可观、素质颇高的创作队伍,澳华作家的作品就会不断面世,甚至有可能出现精品,从而引起海内外文坛的高度关注。

当然,如果仅从外部环境和条件去分析澳华文学的未来书写与趋势,还欠缺足够的说服力。我们必须意识到澳华文学自身内部机制的运作如何更有力地展开。我们没有理由不把今天作为再出发的起点,文学需要而且必须发展。因此,作为写作主体的澳华作家,必须重新对自身生存境遇进行审视和反思,然后蓄势待发,以一种自觉意识参与澳华文学的"革命性"进程,方能给澳大利亚汉语文学带来根本性的变化和发展机遇。

首先,澳华文学应寻求突破创作中的瓶颈。这个瓶颈包括在生活意识形态、思维方式、价值判断等方面所表现出来的状态。说严重点,如何摆脱匠气和封闭性,是澳华文学创作中面临的瓶颈;如何扭转因生活感性而漠视全球化时代下多元文化的丰富性所导致的价值取向的判断,是澳华文学创作思维方式和思想观念的瓶颈。这些因素均在不同程度上制约着澳华文学的整体力量与独特性的深入和发展。

其次,澳华文学必须呼唤和重建原创性。真正的文学作品无一例外地具有原创性。因为诉诸思想与情感的诗文,其本质和灵魂,唯有独创,方能独领风骚,傲视同群。如果作品铺天盖地,精品寥寥无几,那充其量是一种量变,澳华文学难以有一个质变的更新飞跃。边缘地带的宽阔,孤旅历程的独特题材,无疑有着许多"处女地"等待作家们去填补或拓展。当然,把握世界的思维方式和艺术方式,依然需要根据作家自身的禀赋和气质择善而从,才能创造性地去拥有未知的世界,把原创性从形而下世界提升到形而上的精神向度上去。

再次,澳华文学要不断思考如何更好探寻新路子、新方式。这不仅是对写作和释义方式的重新探求,而且是对自身生命意义的更深切追寻。这包括如何寻求大视野、新角度,如何摆脱传统手法的路数进行文学的现代性综合创造,如何寻求文化身份和新认知,如何探索写什么和怎样写,去建构一种新的叙事话语方式。意识到和未意识到这些问题,我们所面临的状况将大不一样。置身其中能洞察其中,方能更自觉地超越自我、超越一切局限和桎梏,既不重复别人也不至于重复自己,并对澳华文学的品质提升和未来发展起到真正的推动作用,在朝向现代汉语的磨炼和开掘中,真正参与并推进世界汉语文学的发展进程。

由于全球化和移民进程的大幅度加速,再加上大众传媒技术的迅猛发展,包括本土中国文学大量写作在内的所有汉语文学的地位和作用将变得越来越重要,越来越明显。"移民性的澳大利亚,在移民潮中生存发展;移民性的澳大利亚汉语文学,也在移民潮中生存延续。"(张奥列语)是的,仅仅迈出一段不算太长步伐的澳华文学,既充满美丽的痛苦、也满怀艰难的梦想。过去的足音只能成为我们的追忆,未来的跫音将在远行中的游子脚下不断延伸。因为,它所走过的短暂而难忘的路程,不但对了解、关怀和思索海外华人的生活、现状和文化有着不同寻常的意义,而且对于了解、关怀和思索海外汉语文学乃至全球汉语文学同样有着不同寻常的意义。

二、汪应果:文学的"抢跑者"①

汪应果是一位文学教授,更是一位小说作家。作为文学教授,他的思维总是领先于他所处的时代,可把他称为"抢跑者"。自然,在比赛规则中,"抢跑者"总是要受到惩罚的,于是他在自己的文学教育生涯中经常因为这种先锋性的行为受到"治理"。但是,天晓得他并不是一个先锋派的人物,他在审美方面总是带着19世纪俄罗斯的忧郁风格,他的创作总是充满着对社会的莫大关怀,对人生痛楚的承担,这在走向现代化的时代又形成了他的审美"辎重"。一个带着"辎重"的人还想"抢跑",那是一幅怎样的画面?这画面的中心人物就是旅澳文学家汪应果。

作为学者,他有深刻的思想和痛切的社会、历史关怀,他的理论修养和学术修养足以倾倒他所涉足的任何一个领域。他的文字非常精致,他的议论机锋犀利,他的批判力特别旺盛,这使得他的学术著述常常溢出自身的范畴。只要去看看《巴金论》《科学与缪斯》等灿烂的学术专著,还没等全书看完,你就会掩卷思索,浮想联翩。当然这仅仅是对真正读他并且读懂他的人而言的。看他的书你会觉得他不是一个纯粹的学者,他爱管闲事,更爱管忙事,举凡社会、时代、历史、现实,甚至政治、经济、文化,都在他文学艺术之外紧张而急促的思考之列。他对无政府主义的深入的学理分析完全不属于《巴金论》所产生的20世纪80年代,他对于科学与文艺的关系的辩证,其理论本身就带有科学想象的成分,这样的想象其精妙美曼甚至对于今天的读者都显得有些过"潮"。在这些书产生影响的那个时代当然就可以列入"犯禁"之例了。作为学者和教授的汪应果本质上是一个思想的犯禁者,他像一个不习惯于守规矩的田径运动员,总是想抢跑,他是时代的抢跑者,他跑了好一阵,甚至有些人跟着他跑了好一阵,可时代的发令枪仍然没有如愿地响起,然而他还在想跑,其实他不是一个不可救药的抢跑者,他有时

---

① 此部分以及下一部分节选自朱寿桐:《汪应果:文学"抢跑者"的审美"辎重"》,《华文文学》2018年第6期。有改动。

只是根本不相信真的会有那支时代的发令枪。

在一个讲究规范和戒律的时代,抢跑需要付出代价。记录着汪应果付出代价的一本书就是《解放区文学史》。这本书的学术水平显然至今仍然是这一选题范畴最好的一本。

他曾是小说家,他从不会放下小说的梦。他写论著,写散文,不过最心仪的还是小说写作。他的小说写作比一般的小说家更具有宽阔的国家关怀和民族胸襟。他的《海殇》出版的时候,南海问题还没有尖锐到触及国人普遍神经的地步,但他的小说已经明确地提出大国的海权问题是关系到民族生死存亡的问题。《海殇》的思想和关怀同样是抢跑了,但这一次它与民族的根本利益一致。即便是他后来出版的《北方的白桦树》,对特定年代人与人关系的精彩描述中透露出人性的和解的信息,不仅溢出了"反右斗争"时代的思想水平,而且也超越了今天人们的领悟能力,这样的思想属于明天,作家汪应果又在这个时代做出了一次思想抢跑的文学运作。

"抢跑"是先知先觉者的习惯性动作,只是在讲求规范和秩序的时代条件下常常属于不合时宜的举动。汪应果教授是一个经常"抢跑"的思想家和文学家,他为此付出了代价。是的,无论是作为一个文学家还是思想家抑或是学者,他都不是一个得意者,这样的不得意与他作为抢跑者的形象有极大关系。但他绝对是一个人生的成功者,文学和思想的成功者,因为他有能力抢跑,即便是被罚被打压,仍然保持着抢跑的姿势,因而他总是在人们的指责和戒备中最先亲近历史与真理。

三、携带着的审美"辎重":《北方的白桦树》

台北秀威2017年出版了汪应果的小说《北方的白桦树》,内有著名文学评论家吴福辉同样精彩的序文。

它被评论者认为是一本精彩的小说,情节丰富,人物鲜明,历史反思深刻,时代感极强。在这样一个荡气回肠的故事中,交织着爱情、政治、历史、时代,人生的艰难险恶,生离与死别,赤诚与欺骗,人格的高尚与宵小,历史的阴谋与荒诞,包含着许多令人感动的细节。

北方的白桦树,象征着爱情的坚贞,人生的坚持,生命的坚守,道德的坚固,它傲然屹立在北方的原野与天空,哪怕是在最幽暗的日子里,也总是与黎明,与白雪,与间隙的希望和精神、意志和勇气联系在一起。岳翼云、张桦茹以及他们的纯洁、善良、美丽、真诚,就如白桦"睁着的眼睛",给那个幽暗的时代注入了一丝希望与精神。十二月党人及其坚贞勇敢的妻子们的悲伤,普希金诗歌中款款的忧伤的余韵,组合成小说的情绪背景,恰如其分地释绎着一群知识分子在那个不可思议的年代,在那个白桦树十分茂密的地方的生与死,爱与别,歌与哭,情与伤。这一切都令人流连忘返,浮想联翩,足以令人感动,令人神往。

小说结构应该说相当完美。故事以"文革"结束后返还的无主日记为基本叙述文本,小说的结束以日记主人的精彩出场交代历史因由,中间所有的故事都联系贯通,所有的线索都丝丝入扣,所有的人物都克有其终,这在当代小说较为普遍的粗糙、丢落习气中显得尤为难得。小说成功地采用了戏剧的构思法,前面的许多情节都构成了后来事件的伏笔,如岳翼云的身世与他后来的偷渡,如李玉瑶、范长虹的故事对后来情节转折的影响,等等。

李玉瑶是小说中尤为精彩的人物。这个人物成了所有小说中情节和人物命运的调节中枢,有了她,关键的情节转折点就被安排得天衣无缝。岳翼云的命运转折,他与张桦茹爱情的挫折,都起因于李玉瑶的逃亡和救助。李玉瑶与范长虹生死相依、相互保护、彼此贡献的爱情,正好是主人公岳翼云、张桦茹的可歌可泣的爱情的背景和注解,是这条爱情主线难以分拆的副线。这种主副线的安排似乎只有在巴金特别成熟、特别有蕴力的小说中才可以看到,特别是小说《憩园》。汪应果是巴金研究的专家,他从巴金的精妙构思中获得启发应自然不过。《憩园》中的主人万昭华、姚国栋及其儿子的关系构成了小说情绪幽暗的主线,而"憩园"旧主人杨梦痴和他的儿子们非常令人痛心的关系构成了小说的副线,主副线相互阐释,相得益彰。不过在汪应果的小说中将主副线技巧运用得特别圆熟,让主副线发生了交叉,并且让副线成为主线情节突变的转折因素!这样的安排显得大胆而富有个性。

小说中充满着诗意,虽然有些苦涩。那个年代的诗,如果不是多少有些狂妄、麻木和歇斯底里的《理想之歌》之类,一定是苦涩的。但再苦涩毕竟还是诗,它依然拥有无限的诗情，充沛的诗性，令人难忘的诗味。诗以及诗性，并不总是让人憧憬、让人向往的境界，它有时候只是供人们怀念，供人们深味，供人们哪怕眼含热泪也要加以时时回顾的某种苦涩艰深的生活况味。从这个意义上说，即便是不堪回首的往事，对于特定的经验者也往往具有诗意，那是一种用来免于遗忘的诗意，而不是用来憧憬和向往的境界。人们所喜爱的普希金有着这样的著名诗句：心憧憬着未来，现在却常常忧郁；一切都是瞬间，一切都会过去，而过去了的，将会变成亲切的回忆。"过去了"的哪怕是忧郁和痛苦，哪怕是不堪回首的体验，也同样富于诗的魅力，但不是让人憧憬、向往的诗意，而是让人怀念和记忆的诗性材料。

体现在小说中的生活就是这样散佚出免于憧憬的诗意。"反右斗争"对于岳翼云这样的亲历者和受害者是一种噩梦般的记忆，但这样的记忆以及由此分泌出的所有生活况味，由于远离了此在体验，由于杂合了青春的血脉，就变成了一定的诗意，虽然这仅仅是用来免于遗忘的诗意，绝对不是用来憧憬和向往的诗境。那种人生记忆和生活况味中有俄罗斯文明特别是俄国革命带来的难以忘怀的诗意，哪怕《第四十一》电影的欣赏，哪怕是岳翼云对俄罗斯文学史，对十二月党人的解读，都贮满了人们的生活中难得体验的诗意。这样的诗意使得残酷的环境变得令人留恋，使得艰难的时世变得难以割舍。人们可能忘记那诗的吟唱，但人们对那里发生的一切以及其中贮满的诗情、诗意、诗味耿耿于怀。

也有评论者这样说："我领受了小说描写中的诗意，我领略了小说构思中的精彩，我领教了小说故事中的感动，但我却没有流泪。是小说感动力还没大到足以让我流泪的程度？我觉得不是，这不是小说的原因，而是我们读者的原因：一种必然的错失和一种或然的麻木。"[1]

那种黑暗与荒诞可能是当代青年人所无法理解的，因而这样的作品在他们那里可能得不到认可，他有一千种理由说这里充满着何样的夸张与编造，还有眩惑，因为他们太不了解那个可怕的年代以及那个年代的可怕。没有体验或者没有深切体验的人生都可以在想象中被减弱了其本来就有的疼痛感，这就使像汪应果这样的作家面临的时代悲剧：他用自己撕心裂肺的疼痛进行写作，但许多读

---

[1] 朱寿桐：《关于〈北方的白桦树〉致汪应果信》，《华文学》2018年第6期。

者只是随便翻翻,如隔岸观火,并且还不想确信那火是不是在真正地燃烧。没有深切的人生体验,就会将人生的疼痛想象为小菜一碟。未经过饥饿、苦力之体验的读者,会在阅读和接受中减弱对作家所刻画的那种疼痛和荒谬的想象,这样,他们既失去了历史,失去了体验,也失去了对于历史认知的应有尊重,以及失去了领略、观望、欣赏特定时代千千万万人以青春、幸福和生命为代价铸成的热闹、喧嚣。这部小说给了他们机会,如果他们对此不屑一顾,那么他们不仅错失了那个时代,更错失了那个时代所产生的一切令人沉痛的体验与精彩。

遥远的北方的寒冷,遥远的"反右斗争"的残酷,遥远的灾难,遥远的白桦树上累累的伤痕,遥远的暗夜里宵小的勾当以及给一切善良和真诚带来的伤害,这一切其实并不遥远,至少并不陌生,即便是没有深切地体验这样的人生和历史,但人们的阅读和正在经历的经验还是强化了这方面的认知。作家汪应果进入叙事的时候用第一人称,但主人公岳翼云却可以不用第一人称,这可能会减弱读者对人物的嫉妒心而增加对他的同情。岳翼云文能通过讲课征服一切人,武能通过功夫行侠仗义打抱不平,虽然出身不好但毕竟海外有父亲接应,虽然被发配边疆却赢得了绝美佳人金子般的芳心。同时他品德高尚,正直善良,广交朋友。这样的完美,尤其是爱情的完美(是的,最终张桦茹离开了他,但他并没有失去张桦茹,张桦茹一直在为了他们的爱而牺牲,为了他和他的骨肉而牺牲自己,这在爱情意义上就是一种完美),会减弱读者对他不幸命运的同情,因而这个人物的感动力就可能受到影响。

东南亚卷

"家乡心"与"侨乡心"的碰撞

Southeast Asia

尽管在马来西亚和新加坡流传着许多荷兰人和英国人开发这片次大陆的故事与传说，但没有人怀疑，中国人比西洋人更早进入这个美丽富饶的南洋。从辛亥革命到抗日战争，南洋华侨给予祖国的支持力度之大，会令人产生一种神奇的感觉：南洋与中国的联系盘根错节，从无断点。

以新马泰等汉语使用较为普遍的国度为核心区域，汉语新文学在这里已经繁衍、发展了很长时间。南洋地区的汉语文学是那样的普遍，以至于学术界赋予了这一地区的汉语文学以专用名词，如"马华文学""泰华文学""新华文学"，等等。

东南亚地区的汉语文学与这一地区的政治生态具有非常紧密的联系。历史上，东南亚各国各地区，都曾程度不同、频次不同地发生过从政治上限制汉语、打压汉语的政治运作，这样的运作对这一地区的汉语文学产生了特别的影响。特别是在马来西亚，共产主义影响，以及台湾地区国民党方面的渗透，都改铸了东南亚地区汉语文学的发展形态和时代节奏。

说到印度尼西亚，人们自然忘不了伟大的汉语文学家郁达夫的南洋足迹，以及围绕着他的那一段扑朔迷离的故事。

南洋的汉语文学从来就包含着风与火，从来就渗透着血和泪。

这里还有一些零星的遗落，作为弥补，我们可以打开菲律宾、文莱、东帝汶等地方的文化窗口，窥望那里的汉语文学的样貌。至于越南、老挝、柬埔寨、缅甸等国的汉语文学，仍然值得我们作学术期待，至少有条件窥望缅甸的汉语文学，例如，郭济修就曾编辑过《缅甸华文文学作品选》。

中国向东南亚的移民历史可以追溯到汉武帝时期,最早的记录见于《汉书·地理志》,迄今已经超过2100年的历史。东南亚包括新加坡、马来西亚、泰国、缅甸、越南、柬埔寨、老挝、文莱、东帝汶、印度尼西亚和菲律宾等11国。到目前为止,在东南亚的华人超过3000万。第二次世界大战后,东南亚华人社会发生了根本改变,一方面东南亚各国禁止华人新移民定居,而同时期,由于社会制度认识的差异性,东南亚各国对中国大陆所实施的无产阶级统治心存芥蒂,反而对国民党在台湾地区的政权颇有趋近,这就导致了东南亚汉语文学一开始对台湾在地理上和心态上的某种亲近感。另一方面,东南亚华人经历了"华侨"到"华人"的转变过程,目前为止,在印度尼西亚还有30万左右的"无国籍"者。虽然东南亚华人与本地土著居民经过了长期的相处,最终趋向于民族间的和谐共处,但国族认同始终是一个颇有困扰的问题。这些都构成了东南亚华人写作和汉语文学的内涵特征。

这里论述的东南亚汉语文学主要限定在新加坡、马来西亚和泰国三地。主要原因有二:一是除了新马泰三地,其他东南亚国家的汉语文学不兴。就这些地区的华文学校来看,马来西亚汉语文学虽然备受马来西亚政府的压迫,但其文学根基是最为坚韧的,华文教育艰苦图存,汉语文学成绩最为丰硕;而同时期的印度尼西亚汉语文学,因为1974年印度尼西亚教育文化部部长马苏里颁布法令将以华文教学的特种民族学校全部转化为私立国民中学,华文教育在印度尼西亚就被消灭,汉语文学有着断根之痛。菲律宾和泰国的汉语文学情况稍微好一些,菲律宾1976年对华校进行菲化,但菲律宾政府还是允许华校在中小学,可以每天上华文课100分钟;泰国允许小学一年级到四年级教授华文。这些都使得当地的汉语文学有了复兴的一线希望。二是"老根"已除,"新根"重生需要大段的时间。近些年,随着中国的崛起,东南亚各国都兴起了"汉语热"。如1999年印度尼西亚开始实行多元民族、多元文化政策,允许华人兴办华文学校,在校学生可选修华文课程;再如新加坡政府在1987年前后将新加坡教育语言统一为英文后,华文教育传统受挫,而近些年新加坡也开始对华文教育政策进行调整,希望能够接续汉语文学的文脉。

第一章
华人对华文的坚持：
东南亚汉语新文学的历史进程

一、东南亚南来作家的创作概述

在东南亚文学草创时期，从文学创作的资源、文学创作主体的构成两方面来看，我们可以断言战前东南亚文学是中国五四文学的南传支流。以新加坡、马来西亚为例，中国作者的南来，有好几个年份是特别大批的。第一批是在1927年北伐战争失败、宁汉分裂之后。当时很多知识分子纷纷从厦门、汕头、海南各地南来，形成一阵移民的大浪潮。第二批是在1937年中国抗战全面爆发到1942年新马沦陷的时候，多数是从华中、华南各沦陷区避难而来的。第三批是在日本投降以至中国发生内战的时候。当时有的是由印度、缅甸、安南、暹罗各战区复员来马，有的是因内战关系亡命海外，原因比较复杂。但大部分在本地居住下来之后，也都成为马华文学起源不可忽视的源流。① 杨松年认为马华文学起源于1919年10月1日创刊的《新国民日报》副刊《新国民杂志》，早期"虽然有少部分作品能够反映本地现实，多数作品不是反映或叙述与中国有关的事物，就是中国作家的剪影。一些副刊的发刊词或类似的文字，也充满浓厚的侨民意识"②，赵戎认为："我们要知道，马华文学运动，完全得力于中国南来的作家们的大力推动，才有今日的成就。三十年来的马华文学运动史，大半部都是南来作家们以热

---

① 方修：《中国文学对马华文学的影响——一九七〇年四月五日在新大校外进修班讲》，见《新马文学史论集》，香港、新加坡：三联书店香港分店、新加坡文学书屋1986年版，第42页。
② 杨松年：《本地意识与新马华文文学——1949年以前新马华文文学分期刍议》，见《新马华文文学论集》，新加坡：南洋商报1982年版，第5页。

血以生命在恶劣的环境中来辛勤写下的,他们在这文化落后的殖民地社会里,不顾一切歧视、冷笑与压抑,披荆斩棘,尽了开路先锋的任务,如许杰、马宁、林参天、郑文通、吴天、金枝芒、铁抗、金丁、郁达夫、张一倩、陈如旧、王任叔、胡愈之、沈兹九、张楚琨、丘家珍、杜边、韦晕、絮絮、夏衍、韩萌、米军、李汝琳、李星可、韩素音……,都曾为马华文艺而努力。同时,还须着重地指出,他们底影响是健康的、正确的,而不是破坏的、麻醉的、毒害的。他们之中即使有些微不足道的缺点,也无伤其贡献与成就的。马华文艺并不是真空管里培养出来的东西,而是历史发展的产物,它是随着社会现实底发展而存在而发展的。"①孟沙也写道:"马华文学起源于中国五四新文学,在最早时期,它和中国文学关系密切,甚至是中国文学的'附庸',但随着时代的演进,社会的发展,国民本位的建立,本土意识的加强,尽管使用同样的语言,实质上却有很大的分歧。"②同时期的泰华文学的创作主流也是南来作家为主,心念祖国是他们共同的心声。如方涛就强调:"华侨们所唯一的希望,是有一个强盛的祖国,能够使生活安安定定的下去。"③

南来作家指的是那些在中国出生而后南渡东南亚,在东南亚一带从事过文学活动,或在本地产生过影响的作家。值得一提的是,像路过新加坡,回国后写了《浓得化不开——新加坡》的徐志摩,还有刘半农(途经)、老舍(居住半年)、巴金(停留八个小时)、洪灵菲(停留半个月)、艾芜(停留一个多月)和聂绀弩(停留一个月)、秦牧(3—13岁之间在新加坡度过),还有陈残云(虽在新加坡待过两年,但这期间没有创作),不一定需要将这些作家定义为"南来作家",顶多是经过马来亚的中国知名作家而已。而"南来作家"究竟有多少?根据郭惠芬的收集和整理至少有159位,④林万菁所定义的南来作家范围更广,只要来过马来亚的中国作家都算。⑤ 可以稍作整理,东南亚地区的南来作家南来时间以及姓名大致如下表⑥(因资料所限,仅列出新加坡、马来西亚和泰国部分):

---

① 赵戎:《论李汝琳的创作与功业》,见《论马华作家与作品》,新加坡:青年书局1967年版,第82—83页。
② 孟沙:《为什么要读马华文学史?》,见《文学情怀录》,新加坡:青年书局2006年版,第168页。
③ 方涛:《水上的家庭》,曼谷:(出版社不详)1993年版,第2页。
④ 郭惠芬:《中国南来作者与新马华文文学》,厦门:厦门大学出版社1999年版,第6页。
⑤ 林万菁:《中国作家在新加坡及其影响(1927—1948)》,新加坡:万里书局1978年版,第9—10页。
⑥ 主要参考并整理自骆明总编、王宝庆主编:《南来作家研究资料》,新加坡:新加坡国家图书馆管理局、新加坡文艺协会2003年版;洪林:《泰国华文文学史探》,汕头:汕头大学出版社2008年版。

南来时间	历史背景	南来作家姓名及常用笔名
1920—1930 年	大致对应中国内战时期	新马:陈炼青、方北方、斐楼、傅无闷、郭秉箴、韩觉夫、洪灵菲、洪丝丝、胡浪曼、胡一声、李梅子、李铁民、连啸鸥、林参天、林连玉、林鲁生、林姗姗、林仙峤、林岩(一礁)、柳北岸、潘醒农、丘士珍、谭云山、拓哥、王仲广、吴广川、许杰、徐君濂、薛残白、原上草(沙风)、曾圣提、张楚琨、郑文通 泰国:柳烟(方修畅)、黄病佛(黄曦之)、林蝶衣、铁马(郑开修)、林秋冰(林金兴)
1930—1940 年	大致对应日本侵华时期	新马:白荻(黄科梅)、白路、陈清华、陈汝桐、陈文旌、丁之屏、东方月、杜边、杜门、冯蕉衣、方修、高云岚、黄葆芳、黄大礼、黄望青、姜凌、金枝芒(周容、乳婴、殷枝阳)、老蕾、李冰人、李润湖、梁若尘、林伕、林英强、凌峰、流浪、刘思、刘延陵、刘子政、卢斌、马宁、玛戈、任罗农、铁抗、潘受、王哥空、汪金丁、王君实、王秋田、韦晕(上官子)、文彪、吴得先、吴继岳、吴柳斯、吴天(叶尼)、谢松山、絮絮、许云樵、叶冠复、以今、莹姿、郁达夫、于沫我、曾铁枕、张曙生、张天白(伧父)、普洛、郑子瑜、芝青、周继昌、朱绪 泰国:丘心婴、连吟啸、许征鸿、巴尔(颜壁)、方涛、韩晴、翁永德、萧汉昌、鲁纯(陈青)、曾祖武、吴继岳(杨帆、胡图)
1940—1965 年	大致对应日军入侵马来亚、日本投降、新加坡于 1965 年宣布独立三个时期	新马:艾骊、巴人、白寒、白塔、冰梅、曹兮、常夫(范提摩)、陈秋舫、陈伯萍、沉樱、蔡高岗、茀特、韩萌、黄润岳、黄尧、胡愈之、金礼生、老杜、李廉风、力匡、李汝琳、李星可、连士升、刘伯奎、刘尊棋、卢涛、洛萍、马宗芗、梅秀(夏怀霜)、孟瑶、米军、彭士麟、邱新民、彭松涛、沈安琳、沈兹九、苏宗文、王恢、王梅窗、王秀南、无涯、萧村、萧劲华、萧遥天、邢致中、杏影、许诺、许健吾、许苏吾、杨嘉、杨樾、姚拓(鲁文)、叶世芙、姚紫、云里风、张济川、张青堂、张漠青、郑达 泰国:老将军(马君豪)、曾文华、洪冰(洪秉赐)、李少儒、马维克、陈宾、谭真、林青、李飘萍、落叶谷(谢福畦)、黄江(黄钦龙)、庄牧(庄鸣凤)、李志诚、高桐、亦非、李栩(李庆良)、倪长游、白翎(李友忠)、许静华、沈逸文(牧翁、杨耕)、司马攻(马君楚、剑曹)、姚宗伟、钟飘阳、黎毅(曾昭淳)

二、东南亚资深作家的创作概述

1945 年日本战败后,英国统治的印度、孟加拉、锡兰、缅甸、马来半岛等环印度洋地区的民族自决意识一步步强化。以新马为例,居于南洋的华人都要面对"做中国人还是做马来亚人"的问题。"战后马来亚的情形改变了(尽管改变得并不多)。记得马来亚光复后第二个月,英国殖民部向下议院宣布马来亚新政制的原则是,就第一次提到'公民权'这个名词。直到今天,官方颁布的马来亚宪法建议书虽曾三易其稿,但对公民权的内容变动得很少;在最近泛马政团联合行动委员会及马来人联合阵线所拟定的人民宪法建议书里面,对公民权内容,更有明确的规定。……笔者是主张华侨要尽量争取马来亚公民资格的,至于理由,我想不必在这里细说了"①,这篇文章发表在当时发行量最大的左翼期刊《风下》,其影响力很大,也可见当时马来西亚本土自治的历史趋势。当时一篇时论就洋溢着马来西亚独立的国族诉求:"印度洋曾被称为不列颠湖,这在十八世纪末叶是很适当的,但到我们这时代,情形便起了变化了。为完成其地方性的政府委任政策,英国已予印度洋四周以政治思想,开始作多次建国的尝试。……我们很可以估计一下马来亚今日各民族的数量。从一九二一年至四一年,人口总数自三百三十万增至五百五十万。一九四一年时,全人口的四十一巴仙为马来人,二十五巴仙为土生华侨和印人,约三十三巴仙为移入的华侨和印人。这些移民是否属于暂时性的固无证,但在日本投降之前,显然并无一人回到中国或印度去。"②

东南亚资深作家是处于东南亚地区由一个殖民地转向独立民族国家过程中的一群人。经过了南来文人的热情参与写作实践,以及东南亚作家生于斯长于斯的家国认同感,东南亚文坛慢慢有了自己的本位意识。如马来西亚独立后,"一九五七年是马来亚的独立年。在政治上,它将卸脱屈辱的殖民地外衣,跨进独立自主的历史新页,在文化上,它将摆脱一切束缚与桎梏,创造蓬勃焕发的新兴文化。未来的马华文艺也将以崭新的姿态出现,祛除一切不合理的附庸自卑心理,开拓出一块自我觉醒的庄严园地。迎接着大时代的来临,马华文艺工作者当然会捺不住心头的喜悦,大声欢呼'猛得卡'。但是,只是歌颂已得的成就是不够的,马华文艺工作者还应该更加努力,针对此时此地的客观需要,创造出一种新兴的'独立文艺'"。③

东南亚资深作家多出生在中国,青少年时期南至东南亚谋生,从年龄层面来

---

① 仲达:《做中国人还是做马来亚人?》,《风下》第95、96期(1947年10月9日)。
② Guy Robert:《Making Malaya a Nation(马来亚建国论)》,无邑译,《南洋杂志》第1卷第2期(1946年11月号)。
③ 《一九五七年马华文坛的展望——文艺座谈会之五》,《蕉风》第29期(1957年2月号)。

看,他们大多出生在 1940 年之前。20 世纪 60 年代东南亚各国民族独立时期,以马来西亚为例,这些资深作家已经是马华文坛知名作家,他们都经历着从"侨民"(中国移民)到"国民"[马来(西)亚公民]的身份转换过程,这批作家中的代表有韦晕、方北方、苗秀、姚拓、方修、云里风、宋子衡、艾文(北蓝羚)、陈应德、端木虹、驼铃、游牧、菊凡、马汉、年红、马仑、梁园、雨川、冰谷、温祥英、孟沙、碧澄等人。从创作风格上看,现实主义是他们所共同执守的理念,除了新马文学,泰华作家也秉承这种创作理念,创作了一批好作品,如高桐的《沉船》、吴继岳的《遥远的爱》、修人的《一个坤銮的故事》等作品。

三、东南亚本土作家的创作概述

东南亚文学经历了南下文人和资深作家两支创作队伍的辉煌后,本土出身的作家也慢慢加入了文学创作的队伍,他们的创作中有着更多的本土关怀和在地书写,如泰华作家姚宗伟说:"检阅连年所写的文字,概括地说,不外两颗心:一颗是'家乡心',一颗是'侨乡心'。我爱家乡,也爱侨乡。文字中有纵的家乡感情、家乡风物;也有横的侨乡感情、侨乡风物。"①以马来西亚文坛为例,从马来西亚本土作家的角度,当代马华文坛的版图大致又可以分为:北马、中马、首都、南马和东马五个文艺创作圈子。这批作家比起前面的"资深作家",其身上的"中国气味"更淡,在身份认同和情感认同上,已经立足于"大马本土文学"的立场。这里的作家群划分主要依据作家活动地域:

北马作家群主要分布在马来西亚北部的槟城、吉打州和玻璃市三个州属,其核心是大山脚作家群。"'大山脚作者专辑'中的十位写作人,相信读者对他们都不会陌生。他们十人之中,除了每个都常有作品发表外,大部分也已有单行本面世。今次他们齐齐在一起亮相,大家将可以欣赏到他们各自的文字风采与各自所要传达的生活讯息。"②其主要成员有小黑、苏清强、傅承得、方昂、林月丝(朵

---

① 姚宗伟:《姚宗伟散文选》,曼谷:泰华文化出版社 1996 年版,第 3 页。
② 见《蕉风》第 375 期(1984 年 8 月号)。另外,《蕉风》杂志素有推出作家专辑的传统,如第 432 期"山打根文艺协会特辑"、第 460 期"砂朥越作家专辑"等等,也启发着笔者对马华文学进行文学地理式的划分。

拉)、方成、陈政欣、黄英俊、叶蕾(洪祖秋)、因心、陈绍安、张光达、刘育龙、夏绍华、陈强华、钟可斯、杜忠全等人。

霹雳作家群主要分布在马来西亚霹雳州,以怡保、金宝为中心,主要代表有天狼星诗社的温任平、温瑞安、方娥真、李宗舜、周清啸、张树林、谢川成、游以飘等人,以及章钦、王枝木、涵青、雅波、黎紫书、房斯倪、贺淑芳等人。

雪隆作家群主要以吉隆坡、雪兰莪州为中心,主要代表有戴小华、叶啸、洪浪、梅淑贞、陈雪风、曾沛、李忆莙、柏一、永乐多斯、游川(子凡)、潘友来、何乃健、李国七、方野(翁诗杰)、何国忠、许友彬、潘碧华、孙彦庄、郭莲花、张永修、林春美、陈湘琳、黄灵燕、刘育龙、庄若、吕育陶、李天葆、张依苹、陈志鸿、方路(李成友)、伍雁翎、苏燕婷、梁靖芬、曾翎龙、龚万辉等人。

南马作家群主要分布在柔佛州的新山、麻坡两个地区,成员包括梁志庆、爱薇、方理、潘雨桐、洪泉、李寿章、文征、小曼、许裕全、蔡家茂、李敬德、许通元、邱苑妮等人。

东马作家群分布在砂拉越和沙巴两州,成员包括吴岸、田思、梁放、融融、关渡、陈蝶、邴眉、杨艺雄(雨田)、冯学良(林野夫)、黄孟礼、田风、黄顺柳(顺子)、鞠药如、梦羔子、蓝波、沈庆旺等人。

四、东南亚旅华作家的创作概述

20世纪50年代随着冷战格局的形成,东南亚华人子弟来中国大陆求学的道路被阻隔,为了学习中华文化,前往中国台湾求学成为他们的唯一途径;另外,国民党方面也施行侨生政策,鼓励海外华人赴台求学,以扩大自己的国际影响。以马来西亚为例,1957年马来西亚独立后,先后出台了《拉扎克报告书》(1956)、《达立报告书》(1960),一步步加快同化华文教育的步伐,其后者强调马来西亚国内官方语言(英语或马来语)授课时,国民中学、国民型中学可以取得政府全部津贴,不接受改制的独立中学允许继续存在,但不给予政府津贴,且须受教育法令的约束,还规定中学公共考试媒介仅限于马、英两种官方语文。1971年的新宪法中规定马来族达到最低入学分数线,并得到政府奖学金或其他公共基金援助的学生,除教育部长的允许外,不能拒绝入学。另外,最高元首可以认为必要的方式,保障马来人的特殊地位,保证在公务部门中为马来人保留一部分职位,给马来学生保留一定比例的奖学金、助学金或类似优惠,以及给马来工商业者保留某些行业所需的许可证或执照。如1975年12月2日马来西亚教育部长马哈迪说过这么一段谈话:"根据一九七〇年的大马人口调查,大马总人口一千零八十一万人之中,土著占五十五巴仙。但在国内外高等学府深造的土著学生才占39.5%巴仙。在大马人口中占34.4%巴仙的华人,学生人数却占49.1%巴仙;占人口总数10.6%巴仙的印度人,在海内外高等学府深造的学生也占11.4巴仙。……鉴于上述情形,政府被迫采取措施,通过在新设立的国民大学、农业大学以及工艺大学等,招收更多的土著学生,希望借此缩减鸿沟,纵使是如此,深造理科的土著学生人数,还不足以反映大马人口的种族组成……"①从这些字眼中,我们可以看到马来人领导的民族本位意识。如上种种政治、社会、文化方面的马来化或者马来人主导政策的倾向,都在严重限制着华文教育在马来西亚的发展。

自20世纪50年代中期开始有美援,台湾地区大量吸收东南亚的华人华侨学生到台湾升学。这30年,新马地区赴台深造回来的大专毕业生少说也有两万人以上,在这当中,够得上冠以作家之名的当在20位之多。林绿曾经这样划分旅台作家的代际:林绿、陈慧桦、王润华、淡莹等为第一代,"第二代的李永平、张贵兴、李有成,第三代温瑞安、方娥真的《神州诗社》,第四代张锦忠,第五代黄锦

---

① 马哈迪的谈话,还从"推行国民教育政策"(即推行马来语,巩固马来语的地位)、"国内外高等学府学生种族组成比例""自费留学生种族组成比例""国内高等学府各科学生种族组成比例""执业医生种族人数比例""专业工程师种族人数比例"等方面,处处把马来人的优先地位体现出来。参见宋哲美主编:《东南亚年鉴1976》,香港:东亚研究所1976年版,第45—49页。在新经济政策期间,大马政府在高等教育方面的投资从1969年的2 580万飞增到1980年的35 080万元。这个时期大学由一所(马来亚大学)增至6所,其中两所新大学几乎排他性地只录取马来或回教徒。到1980年,各大学中的马来学生比例已经介于65%—90%之间。由于非马来人学生在高等教育文凭考试中的成绩(申请大学所需)向来较马来学生优异,比例问题造成大部分成绩较佳、却没有能力出国的非马来人学生为挤入本地大学的门槛而拼搏;另一方面,表现优异的马来学生则可轻易获得政府的全额奖学金出国深造,其他成绩较普通的亦可轻易进入本地大学。教育领域之所以如此,主要是它向来被视为是社会流动的重要阶梯,尤其政府亟欲增加马来人在医药、会计、建筑设计、律师与企业管理等高薪专业领域的就业人口比率,更需要教育所提供的人才。参见 Means, Gordon P. *Malaysian Politics: The Second Generation*. Kuala Lumpur: Oxford University Press. 1991. p.26.

树,第六代钟怡雯、陈大为,第七代林幸谦"。[1] 林绿的这种划分方式太细致了,综合考虑旅台作家的赴台时间、成名时间和年龄三个因素,第一代的马华旅台作家包括黄怀云、刘祺裕、张寒、星座诗社〔包括陈慧桦(陈鹏翔)、林绿、王润华、淡莹等人〕、神州诗社(温瑞安、方娥真、黄昏星和周清啸等人)、李有成等人,他们的文学活动集中在20世纪六七十年代。第二阶段的旅台作家主要有李永平、潘雨桐、商晚筠、张贵兴、张锦忠等人,其文学活动集中在70年代末80年代初。第三阶段的旅台作家,指的是80年代末90年代初就开始活跃在台湾文坛的旅台生,其代表有黄锦树、陈大为、钟怡雯、林幸谦、辛金顺等人。

值得一提的是,近些年来,旅台的东南亚学生的数量总体在减少,东南亚华人来中国大陆求学的越来越多。一方面是因为东南亚华校教育开始复苏,如马来西亚的拉曼大学,其成立的重要目的就是解决华人子弟的大学升学问题。另一方面是因为中国政府留学生政策的吸引,随着中国大陆的国际影响力的扩大,来中国求学的东南亚华人子弟越来越多,其中不乏优秀的文学人才,如马来西亚方面的潘碧华(北京大学中文系博士)、梁静芬(北京大学中文系硕士)、黄丽丽(复旦大学中文系博士)、骆世骏(复旦大学中文系博士),新加坡方面的黄浩威(北京大学中文系本科)、曾昭程(复旦大学中文系本科)、何奕凯(南京大学中文系本科)。相信这种趋势会越来越明显,中国大陆对于东南亚汉语文学的影响会越来越大。

---

[1] 王慈忆:《马华文学拓荒第一代——专访林绿教授》,《文讯》第297期(2010年7月号)。

第二章
正义与拟态：
东南亚汉语新文学运行的现象分析

一、原始正义：南来作家与战前马华文学

随着五四运动而产生的新一代中国知识分子，一方面秉承着启蒙的、批判的现实主义精神，这样使得知识分子与政府、与大众有一种对抗关系，另一方面中国知识分子又受到俄罗斯文学的影响，以托尔斯泰为代表的民粹主义思想不断地让中国知识分子产生忏悔感，加上中国知识分子一直都有着"庙堂情结"，就这样，中国现代知识分子又与国家权力、与大众有一种互相吸引、互相转化的可能性，这样就使得知识分子与国家权力，与大众的紧张变得缓和。这种转化的可能性，就形成左翼文学的心理机制。在左翼文学中，知识分子要批判这个政权，批判这个政权不是无目的的，批判的最后目标是应有一个新的政权来代替这个旧的政权。而且，中国知识分子要代表民众说话，要为民众的疾苦说话，要为民众而斗争，这样就出现了大众文化、大众立场。于是，知识分子批判政权的传统和代表大众的传统结合起来，推动了左翼文学运动的产生。左翼文学运动的产生，除了上面提到的两种传统外，还必须有一种推动知识分子的心理动机，那就是原始正义。"正义"这个概念是相对的，不同的阶级有不同的正义。达尔文的进化论告诉我们，动物，包括人，在进化过程中的一条基本原则是弱肉强食，适者生存。但是，弱肉强食并不能充分解释我们人类社会发展的规律，也就是人为什么能从动物进化到人。人比起其他动物来说并不强大，没有锋利的爪子，没有长长的牙齿，其实是很弱的物种。考察人类进步，进化论是外在的东西，我们还可以

从人类的内部考察人类的进步,强调种族由弱转强,不完全是由于弱肉强食,恰恰是由于内部的互助。

什么是原始正义?原始正义在宗教历史上是一种自觉行动,伯特勒、哈奇森和休谟都主张这种先天的自觉,正如《圣经》中所说:"耶稣对他说,你要尽心,尽性,尽意爱主你的神。这是诫命中的第一而且是最大的。其次也相仿,就是要爱人如己。这两条诫命是律法和先知一切道理的总纲。"(《马太福音》第 22 章第 37 至 41 节)"我对于正义的理解是:在同每一个人的幸福有关的事情上,公平地对待他,衡量这种对待的唯一标准是考虑受者的特性和施者的能力。所以,正义的原则,引用一句名言来说,就是:'一视同仁。'……正义是从一个有知觉的人和另一个有知觉的人的联系中产生的一种行为准则。关于这个问题,有一句含义广泛的格言:'我们应该爱人如己。'这句格言作为一个流行的原则虽然有很大的优点,但却不是以严格的理论准确性为依据的。"[1]其中说到的人直觉的正义感正是运用这个概念的起点。[2] "原始正义"一词是对新马文学中经常出现的人道主义倾向创作情感所使用的术语。它在文学史中有两个含义:第一,当面对社会、历史以及重要事件时,作家秉持的是人道主义的立场,坚持良知,关注历史事件对具体的人的影响。在西方,这种精神在雨果、克鲁泡特金等人的创作中都有体现;在中国,近代以来的知识分子都难逃这种人道主义基调的原始正义情感,中国现代文学重要作家皆有此情感。第二,就海外华人而言,自 1840 年鸦片战争以来的中华民族的奋斗史,同时也是一部百多年的苦难史。一百多年中的外敌入侵及其给中华民族造成的屈辱、痛苦以及民族蜕变的过程,是海外华人也是海外华人作家关心的问题。

---

[1] 威廉·葛德文:《政治正义论》,何慕李译,北京:商务印书馆 1980 年版,第 84—85 页。
[2] "正义"是政治哲学史上最有生命力的话题。近代以来的西方正义理论发展可以分为两个阶段,一个是古希腊时期以苏格拉底、柏拉图和亚里士多德为代表的思想家关于正义问题的讨论,另一个阶段是近代鲁索、洛克、休谟、康德等思想家的正义理论。在现代最有代表性的是约翰·罗尔斯的《正义论》(纽约:哈佛大学出版社 1971 年版)和布莱恩·巴里的《正义诸理论》(长春:吉林人民出版社 2004 年版)。罗尔斯认为:"古往今来的社会制度都是不尽如人意的,完全符合正义的社会不仅从来没有出现过,而且将来也不会出现。在这个意义上说,正义只能是一种理念,有关社会正义的理论的真实意义则在于它为人们现实的社会生活提供了基本的知道原则。"巴里认为:"与柏拉图生活的时代一样,我们所面对的社会也是一个在事实上不平等的社会。正是由于这一原因,正义才成为每一个历史时代人们共同关心的主题。"参见布莱恩·巴里:《正义诸理论》,孙晓春、曹海军译,长春:吉林人民出版社 2011 年版,第 1、3 页。

原始正义核心意义是一种知识分子精神传统，它以人类生命为标准，当人看到同类中别的生命受到威胁时，由衷地产生一种同情，这就是原始正义。互助、自我牺牲和原始正义这三大要素推动着人的发展，其中原始正义是人生命中与生俱来的，在一个阶级矛盾非常复杂、非常尖锐的情形下，原始正义往往会成为知识分子参与社会斗争的、最初的心理动机。很多知识分子有的很有钱，有的是地主出身，有的出国留过学，可是社会中出现的一些不正义的事情，一下子会带动他们全部的激情，全部的生命力，使他们焕发出一种精神，这种精神会改变他们的人生道路，使其成为战斗的民主斗士，这样的现代知识分子很多。中国是一个东方后发国家，它原是一个半殖民地的国家，在这样的国家和社会里，现代化进程要承担比西方国家沉重得多的负担，一方面要受西方国家的剥削，另一方面又要发展自身，在这样的国家里，人民所承受的痛苦会加倍地重。发达国家把矛盾转移到殖民地国家去，他们国内的阶级矛盾就缓和了；相反，如果是一个根本不发达的国家，那也没有什么压力。中国过去处于被殖民化、被西方化的背景下，人民所遭受的悲惨状况很容易激起知识分子的原始正义。知识分子出生的时候大多是生活无忧的，可是一走上社会，就看到了罪恶的、邪恶的、不正义的东西，很多知识分子出去旅游，看到了一个悲惨世界，一下子改变了他们的思想，这就成了触动他们原始正义的一个契机。于是，知识分子的原始正义、自我牺牲精神、团结互助精神，会统统爆发出来。这样一种原始正义在中国知识分子中是很多的，鲁迅看了幻灯片（这个幻灯片有没有，还是个问题，不过我们假定有这种可能性），看到中国人去给俄国人当奸细，被日本人抓住枪毙，旁边的中国人一个个麻木不仁地看着，于是就改变自己的生活道路，弃医从文，给他自己带来了根本性的改变。这种原始正义，再加上启蒙主义的二律背反，很快就形成一个社会思潮，有行动主体的社会思潮，这就是20世纪20年代末出现的左翼文学。

　　从思想层面来说，左翼文学是有思想来源的。五四运动时期，最受知识分子欢迎的西方思想是社会进化论，不过其他一些思潮也进入了中国。当时对知识分子有很大影响的一个新思潮就是十月革命思潮。社会主义本来是一种思潮，后来就变成了一种社会运动，变成了国族意识的兴起。左翼思潮最初的动机是一个原始正义，是出于看到中国农民的痛苦，对统治者的一种愤怒。如1928年发生的革命文学论争，革命文学论争的一方代表了左翼思潮的年轻知识分子，主要是太阳社和创造社的成员,他们都是从大革命失败中逃出来的,跑到租界,面对的是血淋淋的世界,就产生了一种原始正义,觉得"我们必须要反对这个社会"。后期创造社的一批人也参加了革命,参加了北伐,如郭沫若、郁达夫、成仿吾,这批人在大革命失败后,也回到上海,他们本来就是启蒙主义知识分子,与鲁迅这辈人或有交集。他们联合并推举鲁迅为盟主,成立"左联"。这样,一方面,左联是党领导下的组织,另一方面,以鲁迅为代表的一批有正义感的知识分子的崇高威望支持了左联,一大批有原始正义感的知识分子出于对社会黑暗反抗而参加左联,包括鲁迅、胡风、萧红、萧军、巴金、丁玲、田汉、周扬等人。

毋庸讳言,早期马华文学的发生和发展完全受中国文学的影响,马华文学的左翼思潮的背景大体来源于中国左翼文学。1931年的"九一八事变"对马华社会是一个很大的冲击,南来的作家在马来亚这块华人聚居地用文艺的形式呼应和支持着中国国内的抗日救亡活动,这个时期南来的作家包括林参天、陈如旧、丘康、铁抗、王哥空、李润湖、吴天、文翔、英浪、孟尝等人。从1937年的"卢沟桥事变"发生到1942年1月的马来亚沦陷,马华文学进入了活跃期,大批南来作家负起宣传抗日的历史责任,直接参与和领导着马华文艺,如郁达夫、金丁、张一倩、巴人、杨骚、陈残云、上官豸等人,可谓文人汇聚,马华文学的创作水平也提高了一大截,[①]而且,在殖民政府的默许下,在相对比较自由的环境中,文学问题、社会学问题以及哲学问题都在被热烈地讨论。方修研究1938、1939年的新马旧报刊后,这样评价抗战时期的文艺界的团结一心:"民族的命运,爱国的精神,使各种流派,各种思想的文艺作者,紧紧地结合起来,用他们的笔墨,支持着抗战救亡的大业,蔚为汹涌澎湃的文运的主流。不但游戏文字,黄色作品,迫得销声匿迹,即使个人的牢骚,客旅的愁思,也是很少出现的。"[②]这个时期是南来作家最活跃的时期,也是战前马华文学取得文学成绩最辉煌的时期。

[①] 郁达夫南来马来亚主要是为了躲避日寇侵华锋芒,另辟抗日战场,在南洋做抗战宣传,如蔡圣焜曾回忆道:"抗战开始以后,达夫先生一反过去一段时间消沉的态度,工作非常积极,夜以继日地写稿,以笔诛日寇,唤醒国人同心协力,抗日救国。"参见蔡圣焜:《忆郁达夫先生在福州》,见陈子善、王自立编《回忆郁达夫》,长沙:湖南文艺出版社1986年版,第372—373页。除此之外,还有一个重要原因是悲痛于母亲饿死和兄长被暗杀的血腥事实,心中充满的悲愤之情开始转化为抗日救国的情怀,其中就包括我们所讨论的原始正义的意涵。

[②] 方修:《文运谈往》,见《马华文坛往事》,新加坡:星云出版社1958年版,第1页。

战前马华文学在这里时间的跨度仅限在 1937—1942 年,主要作家包括王君实(1910—1942)、郁达夫(1896—1945)、胡愈之(1896—1986)、铁抗(1913—1942)、张天白(1902—?)、流冰(1914—1987)、老蕾(1915—?)、叶尼(1913—1989)、金丁(1910—1998)、白荻(1915—1961)、李润湖(1913—1948)、流浪(?—1942?)等人。很多作家都有着中国作家的身份,如王君实 1938 年南来,1942 年星洲沦陷时坠楼自杀。"其实王君实表面上的冷峻正衬托着他内心强烈的爱憎,他斗志昂扬,热情澎湃,他爱国家,爱民族,爱光明有甚于爱自己。"①流冰"在上海的期间,他似乎参加过中国诗歌会的活动,和王亚平等人混得很熟(见《从街头诗歌谈起》);除了中国诗歌会之外,其他一些文艺领域的工作,他似乎也是一个参与者,和聂绀弩、叶紫诸人都有来往(见《忆叶紫》)"②。叶尼曾与田汉相识:"田汉的态度是很沉默的,他平静的语调说明了他是一个学者,并不如我们所想象的那样活泼,英雄。长脸,下颚微微突出,眼睛是聪慧的,上面盖着两笔清秀的眉毛。这就尽够描画出他的一切了。他穿一身藏青色西装,与一切平常的人一样,领前系一条黑色的领带,是那样文雅,富有书生气概。会散后,他微微点了点头便在掌声中走下来了。"③金丁与中国抗战时期的一些人物,如林伯修、钱亦石都有交情,④更不用说与郁达夫、胡愈之、巴人等人私交甚好,他的回忆文章《郁达夫的最后》为考证郁达夫后期的生活提供了重要的材料。⑤ 很多南来作家都有着在时代面前的转变过程,除了郁达夫。像王君实早期是罗亭式文人,高云曾经发现他枕下有《小寡妇日记》这样的色情小说,还曾经笑话他。日军侵略马来半岛的时候,王君实积极参与抗战活动,"时代是伟大的,他从此已变成另外一个人。因为娇生惯了,性格本来有点羞涩,说话有时还带着结巴,可是在后港的群众大会上,他却变成一个最具煽动力的雄辩家。空袭警报响的时候,我们一同在潮青会楼上,他谈笑自若,象无其事,甚且还跟我开了一个最后的玩笑。……这种英雄式的行为,不但使他平日些微错误的举动可以取得别人的谅解,并且足为

---

① 叶冠复:《序一》,见方修、叶冠复编《王君实选集》,新加坡:万里书局 1979 年版,第 7 页。
② 方修:《前言》,见方修编《金丁作品选》,新加坡:万里书局 1979 年版,第 2 页。
③ 叶尼:《田汉素描》,见方修编《叶尼作品选》,新加坡:万里书局 1980 年版,第 96 页。
④ 金丁:《抗战中的钱亦石(1938)》,原载于《狮声》1938 年 2 月 3 日,转载自方修编《金丁作品选》,新加坡:万里书局 1979 年版,第 119 页。
⑤ 金丁:《郁达夫的最后》,见方修编《金丁作品选》,新加坡:万里书局 1979 年版,第 126—137 页。

胆小的文化界示范。以前我常叹惜他的坟墓,从地面上消失,现在已猜透个中的隐秘,认为这是世纪的懦弱,如果让他树起一块丰碑在光天化日之下,那就无意接受了永恒的控诉"[①]。总结而言,他们的原始正义表现在以下几个方面:

1. 对中国的想念与回忆

这些作家对中国的回忆带有很大程度的伤痕。铁抗的《悼林仙峤先生》回忆到自己在汕头被政府追捕的过程。流冰的《逃》(1937)中怀念着自己的故乡,但"在一个小城市里却意外地碰见了那位六个指头的堂兄振发。这个意外的会见,当然畅谈着故乡的一切。但我所听到的故乡消息,已不是我脑海里的故乡了,美丽的故乡已经跟着几次的逃兵毁坏了。青年人,都大半害肺病死了。现在的村庄,除了妇人小孩老年人守着烂屋之外,什么也没有了"。另外他有一首《归国吟》,塑造了一个灾难生活中的中国形象,其中的爱国之情非常明显。金丁《谁说我们年纪小》(1938)类似都德的《最后一课》,讲杨小宝到学校后,听老师说起上海沦陷的事情,其中关于日军暴行的描写。还有《沦陷以后》(1938)在某种意义上来说,也在向南洋群众宣传和介绍着中国的抗战:"可是城里的中国人几乎逃光了。逃不了的,几是女人就都被掳了去;谁都晓得掳走以后将会遇到怎样惨酷的不幸。男的,被那些日本兵从喉里灌了煤油,活活地烧死了,活活地把从胸部以下的身体埋到土里,于是头和肩膀被太阳晒焦了、晒烂了;而那些被缚在树干上的,脖子上插着刺刀,刺刀一直穿到了树干上。城北门的门楼上,钉着许多裸体的女尸;沿街电杆上挂着许多人头,乌鸦把那些人头的眼睛完全吃光了。几时能够把这一切侮辱完全洗净?几时能攻进城里去?据说政府方面派来的援兵就开到了。……然而他那为自己所爱恋着的家乡,现在却被敌人的炮火毁坏了,父母没有了,妻子没有了,他什么都没有了,他为什么要活呢?阿黄实在是懂得的,他不只为他自己,为他自己的父母妻子。想到在自己国土里另外一些地方所忍受的劫难,想到许多人也都是要活,他明白自己生活的意义了。"金丁的《侵略主义往何处去?》(1938)为南洋民众分析中国抗战局势:"究竟日本能不能并吞中国呢?即使把中国真的并吞了,日本是不是能够消化呢?这两个问题,在今年来曾

[①] 高云:《王君实印象记》,《星洲人》1950年4月,见方修、叶冠复编《王君实选集》,新加坡:万里书局1979年版,第174—175页。

经使日本财阀感到难以摆脱的苦闷。一八九四年到一八九五年间的中日战争，日本全体参战的人数，不过二十六万左右，战费总额只有二万零四十万万，而战争的结果，不但使日本得到了二万三千一百五十万的赔款，并且有了台湾等地。那么借口东村大尉的被杀，而进占了东北四省的结果，究竟有了什么成绩呢？不要说一切'移植''开发''经营'等等伟大的计划，到今日都已成为过眼烟云，即日本军力是否能够长远地'保护'满洲国，也都是很成问题的。"①这篇文章大胆地预测："谁能拯救日本呢？日本军阀，只能使日本崩溃！"

2. 对中国时局的关心

早在20世纪伊始，南洋华侨先后于1905、1908年发起了对美国和日本的抵制运动。1905年南洋华侨强烈抗议美国的排华行径，在上海，一位华侨自杀于美国领事馆门前以示抗议，而美国在新加坡的贸易也陷于停滞。而面对如此高涨的民族主义情绪，新加坡的华侨领袖评论说，民族主义成功地激起了中国民主主义潜在势力的义愤，是中华民族精神觉醒的有力证明。② 到了20世纪30年代，英殖民者对马来亚华人支持中国抗日行为的压制，特别是卢沟桥事变后，1937年7月23日，英属马来殖民政府以马来民政长官名义发表声明："居留之日华人士不得采取诸如威胁境内和平之行动，并不许有组织性的筹集资金以汇寄日华两国作为军事用途。故此南洋华侨的抗战救国筹赈活动，往往以救济难民的名义进行。"③关心中国时局的描写在文学作品中多有反映，无论小说，如王君实《海岸线》(1937)，其中"萧苇赶上来，他看出我的异样，问道：'你怎样了？''我支持不住。中国要灭亡了。''不要兴奋，忍住些。''不，不。这个兴奋不是容易发生的'"等对话，表达了作者对中国抗战时局的关心。《手》(1938)讲的是一群爱国青年组织战地服务团，增援台儿庄战役的经过。还有文学批评的主要倾向，如王君实《抗战文学与批评》(1938)："南洋虽不是中国的地方，但，南洋的华侨都没有忘掉是中国人，而且，国内的潮流是一贯的提携华侨的，祖国在抗战，我

---

① 金丁：《侵略主义往何处去？》，《南洋周刊》1938年9月19日，见方修编《金丁作品选》，新加坡：上海书局1979年版，第95—96页。
② 彭波生(Png Poh Seng)：《1912—1941年间马来亚的国民党》，《南洋学报》1961年第2卷第1号。
③ 参见杨建成主编：《南洋华侨抗日救国运动始末：1937—1943》，台北："中华学术院"南洋研究所1983年版，第34页。

们亦感同身受。在战时,如果中国抗战失败,而南洋却连一点战事的波及也没有,难道华侨能够不震惕我们国家的危机吗?笔者深信,若有正确的认识和严肃的工作,不但没有阻碍的危机,没有不正确的倾向;而且是救亡运动的一个必要发展。"①其中对中国抗战现实的关怀溢于言表。还有话剧创作,如流冰的话剧剧本《云翳》,其中对当时南洋商人的爱国行为的描写,旧铁店的陈维全老板和店里书记黄启明之间的对话就谈及抗战中个人自觉爱国的重要性。另外,他的《两件衬衫》(1937)将批判矛头直指在南洋卖日本衬衫的商人。叶尼的话剧《没有男子的戏剧》(1939),讲述的是一所女子中学里发生的事情,女学生吴秀华、张凤英和朋友们组成战地服务团赴中国参加抗战。值得指出的是胡愈之,他从1940年12月抵达新加坡开始,一直在其主持的《南洋商报》上刊登时事评论,其撰写的文章深入浅出、鞭辟入理、立论公允,深受各界欢迎。胡愈之发挥自己国际问题研究专家的专长,他的社论内容广泛,纵论世界大局,军事的冲突发展、政治的波谲云诡、外交的纵横捭阖、经济的点滴动向都是他论述的对象。胡愈之的社论构思严谨缜密,条理逻辑分明、分析深入浅出,其学识的丰富、分析的透彻、判断的准确引起了读者的广泛共鸣,对新马华文报纸都产生了深远影响。

在关心中国时局的同时,很多的作家也关注着英殖民政府的作为。流冰在《望政府相信民众》(1937)中指出,"自抗战以来,国内汉奸多如过江之鲫,到处破坏我们的阵线,动摇我们的组织,这就是没有做到开放民众运动,组织民众的缘故;因为这些汉奸,惟有人民大众自身组织起来,才会消灭的。再说,近来星洲有新客满街走的现象,这也是政府没有打算把民众组织起来的结果。这些身强力壮的民众,没有群众,没有训练,没有武器,他们虽要为国效力,也没有办法。在他们的家乡受到威逼或被蹂躏时,当然只好到外洋来找寻安全的生活",呼吁政府要"相信民众,了解民众,并且了解民众的组织力量才是抗战中最大的主力军!"②白荻在《一九四〇年的马来亚华人》(1941)中介绍马来亚二百三十余万华人的筹赈和济英工作:"一年来,在南侨总会领导之下,全马各区筹赈会的工作,

---

① 王君实:《抗战文学与批评》,《今日文学》1938年3月28日,见方修、叶冠复编《王君实选集》,新加坡:万里书局1979年版,第132—133页。
② 流冰:《望政府相信民众》,《星火》1937年11月23日,见方修编《流冰作品选》,新加坡:上海书局1979年版,第142页。

如常进行。全马义捐,据总会的统计,自本年一月至九月,约近叻币五百万元,成绩不可谓不佳。华人义捐,除常月捐和特别捐之外,还有寒衣捐,难童捐,药物捐,伤病之友捐,七七纪念章捐,每种成绩均极优异;而劝募卡车,一呼百辆立集,尤为可佩。今年中,还有三件事,值得大书特书。第一,新中京剧团,八月间出巡全马义演。……仅有柔佛属、马六甲、森美兰、雪兰莪四地,为时五月,成绩已达叻币八十万零八百余元。……第二,海外部长吴铁城,奉蒋委座令,南来宣慰侨胞,敦睦邦交,于菲岛荷印公华,上月十四日抵星,稍事逗留后,即出发全马宣慰。行旌所至,同侨除热烈欢迎外,并献金报国,借表敬慰之意。截至现在,可达国币八百余万元,如今还在继续进行中。"①

3. 延续国民性批判的五四文学主题

李润湖的《"趋热"记》(1934):"据说华人最善'趋热'的。不论那里有些骚动,猫亦来狗亦来猪哥牛弟亦来,大家围在一起,瞪眼相顾;若问他们在看什么,大家都觉得茫然不知所答。记得在一个晚上,行经某路,见一大群人围得团团圆,大家你看我我看他,究其实里面不过一老妇在牵挽一啼哭着的小孩,但大家却以为那是一幕'夫妻相骂'的'趣剧',不看,死难瞑目。忽然一顽皮朋友高喊'马打'来了,大家即一哄而散;那里依然老妇在发气,小孩子在撒野,'马打'却不见来。……这'趋热'在南侨社会中一年年的继续着,我觉得是很可悲的现象!除非南侨文化提高而使普遍化,这'趋势'定无一日可休!"②铁抗的《敬告堕落的朋友和帮闲的文人》(1939)警告当时南洋的华人要积极响应救国的号召:"不知救国为何物,而专门玩女人的男子,社会上应予扬弃,而那些帮闲的无聊文人,当然也不能例外。海外华侨救亡工作的坚强堡垒,是不容有这种毒菌的传入与流布,有这毒菌存在,直接间接都予整个救亡阵线莫大影响。我希望以后一般只会写几句诗填几阕词的人们,当你们摇起笔杆的时候,必须握住'抗战第一'的前提,不妨重复地将岳武穆的满江红'怒发冲冠'去写写,千万不要在这些过着活地

---

① 白荻:《一九四〇年的马来亚华人》,《南洋商报》1941年新年特刊,见方修编《白荻作品选》,新加坡:万里书局1979年版,第65—66页。
② 李润湖:《"趋热"记》,《狮声》1934年10月17日,见方修编《李润湖作品选》,新加坡:上海书局1980年版,第1、6页。

狱的歌女身上找主题,帮花花公子玩女人的忙,现在已不是那个时代呀!"①他的短篇小说《白蚁》讲述南洋抗战那些发国难财的商人和政客:一个萧思义,把陕西说成山西,把延安说成廷安,不知道是文盲还是无知;一个是王九圣,编着一本《马华救亡领袖录》,一心想从牙兰加地筹赈分会主席萧伯益那里骗到所谓的出版费;还有一个是从中国来的号称"铁军甲等团长"的林德明,在马来半岛从南到北地行骗,让爱国人士给他出回国参军路费,实际上是拿着这些钱打牌、包姘头,一边在那里说着"我不杀死一万个鬼子,决不姓林"的大话,一边"却想起麻坡,麻坡老姘头阿雪。……对,拿了钱再说。到这里来不到二天,一百块;二天后到另一个小州府去,说不定又是一百块。一百块,一百块,一百块……一千! 港币二千,国币四千! 带阿雪回去广西,开店,做小老板,大老板,发财,做官……"铁抗也承认受过鲁迅杂文、张天翼小说的影响,他认为,"抗战发动以来,一方面,高楼巍峨烟尘十里的大都会流进了各种各色的人群,在国内失去了欺骗和榨取的机会的一些'绅棍'之流,以纯熟的伎俩在热带的通都大会跳跃,继续进行欺骗良善人们的工作,或混进文化界,衣冠禽兽地居然以文化的传播者自居。另一方面,一部分中国侨生们继续坚持着他们的生活态度,而跃进较高的阶层中去的又日渐腐恶。这一批人,有的能以某种势力或'关系'妨害写家向他们进攻的勇气,有的则不乐于接受正面的检讨,所以与其对他们的心理和行为正面的进步,就不如采用讽刺为愈"②。

4. 笔端的人道主义精神

李润湖《峇六甲桥之夜》(1934):"夜的黑幕展开了,桥的四端直立的电灯明燃了,整天劳碌的他们渐渐地陆续地来这里集合攀谈,解解劳碌的辛苦,在晶莹清亮的电灯光下,个个面呈枯槁的神色,身体似很沉重疲乏的要移动着,显示他们的奔劳的艰苦;忧暗的面庞又似挂着一丝微微的苦笑纹,显示他们得着闲息的欣慰。十数个顽皮的小孩,在桥面的中央画了几个圆形或方形的白粉圈,跳跃着,追逐着,嘻嘻哈哈表现他们的天真,黄金时代的骄子,他们不知道这人间有悲

---

① 铁抗:《敬告堕落的朋友和帮闲的文人》,《新园地》1939年1月9日,见方修编《铁抗作品选》,新加坡:万里书局1979年版,第22—23页。
② 铁抗:《谈讽刺》,见《马华文艺丛谈》,新加坡:星洲维明公司1940年版,第33页。

哀,有罪恶!"①流冰的《阿英》(1939)中的少女阿英和恋人穷剪发匠离家出走,乡间的流言蜚语让她的父母不堪重负,母亲最终疯掉了。老蕾的小说也具有浓郁的人道主义关怀,《小七子的新皮鞋》(1936)讲述的是母亲为取得给儿子买新皮鞋的钱,而被少爷性骚扰的故事。《妻》(1937)里面阿良嫂一直搞不清楚为什么丈夫突然对自己冷淡,直到有一天晚上她发现丈夫溜进戈壁阿屈嫂家中才明白了原因。《重逢》(1939)是老蕾最好的短篇小说,小说中科炽被钱秀英的未婚夫借机开除,被迫离开南洋回中国参加抗战,钱秀英也偷偷回国当了一名护士,在一次诊治伤员的时候,两人重逢。《弃家者》(1940)讲述的是"我"在一次偶然的机会,深夜误入农家,遇见了阿婶,在交谈中,发现机工回国参加抗战活动的林阿狗就是阿婶的儿子。老蕾还实践过象征体的小说,也不脱人道主义的底色,如《未完的故事》(1938)中那位被"一个青脸獠牙的恶魔"抢走了"北方小姑娘",其实喻指被日本占领的中国北方地区。

5. 对马华文学界的关心

郁达夫在文化上的象征意义远大于他的抗战活动,他的存在是一种五四文化精神在南洋传播。郁达夫在南洋时期,情感生活虽不如意,但工作事业上颇有成就。首先,他在南洋办报过程中,大量培养文艺青年,传播五四文学精神。郁达夫自己虽然受毁家之痛,但并没有忘记自己文化人的天职,以"为准备第二代民族的实力,为予造将来建国的人才"的眼光来看待青年作家②。他说:"这半月刊的目的,完全如我在致戴平万君那一张短信上之所说,想把南洋侨众的文化,和祖国的文化来作一个有计划的沟通;当国内烽烟遍地,敌人的残杀我妇孺,轰炸我不设防城市的'犯大历是姆'不停止之前,在海外先筑起一个文化中继站来,好作将来建国急进时的一个后备队。"③他曾为民众义校、义安女校、树人学校等华校写过校歌,强调青年要担负起国家民族兴亡的责任。当时,他在《晨星》副

---

① 李润湖:《峇六甲桥之夜》,《南洋商报》1934年11月26日,见方修编《李润湖作品选》,新加坡:上海书局1980年版,第8页。
② 郁达夫:《改善教师待遇问题》(1939年5月27日),见林徐典编《郁达夫抗战论文集》,新加坡:世界书局1977年版,第62页。
③ 郁达夫:《关于沟通文化的通信》(1939年2月28日),见同上书,第31页。

刊,团结了一批当地的文艺青年,他不但给他们看稿,甚至在工作上、生活上给他们以支持。新马当代许多重要的作家,如苗秀(卢绍权)、王君实(王修慧)、铁抗(郑卓群)、倩子、冯蕉衣(拉因)、吴冰、戴清才、高云览等新马著名作家都是因为写作关系而与郁达夫接触,并受到郁达夫提拔的①。苗秀在《郁达夫的悲剧》里回忆说:"郁达夫很喜欢接近文艺青年,他那时候的寓所在中峇鲁,笔者不止一次到过他的寓所。他给我的印象很好,我觉得他的性格平易近人,毫无半点大作家的架子,对我们这些来访的搞文艺的年青人,非常欢迎,态度也极诚恳。对于青年写作者,他更是奖励不遗余力。那时候,那些于是最接近的马华写作人,包括铁抗、王君实,以及《吼社》那几个诗歌作者。"②

王君实《南洋可能产生伟大的作品》(1938)中言:"……笔者写下这个题目,并不是语不惊人死不休的来立异,更不是要对已提出的观点加以否认,笔者以为南洋在将来是会有伟大作品的产生。第一,南洋的背景并不平静,而且正多伟大的主题。从建立南洋的繁荣,披荆斩棘开发了富源的资产阶级,他们忘记了从前流下的汗和血,反过来剥削另一种人的汗血。在商业市场上,据说一个市廛之霸,就有几十以至几百的商人要在他的羽翼下仰其鼻息才能生活。为什么一片可以淘金的乐土,文明到来了,黑暗也随着浓厚呢?为什么?应该怎样?这就是最好的题材。辛克莱的'屠场'正是这样产生出来的,许多资本家恐惧了,甚至要用物质条件要求他不要创作,以卫护黑暗,使社会仍在平静中苟安下去。但是他毕竟写出来,就是埋葬在屠场的被压迫者也得翻身了。文学的伟作,不但是艺术的光辉成绩,也有着实际争取幸福的力量。在南洋,日本人辖下矿山眼前的严重危机,并不会比屠场容许轻视,这主题正是一个世界伟大的作品的主题。"③评论中对南洋文学的前景是充满希望的。另一位批评家张天白也写过类似的文章,其中谈到马华文艺界为什么没有伟大的作品诞生:第一个原因,"首先是,当地少数民族的历史进程,不像其他伟大的民族有着可歌可泣的故事可以给我们描写。它从

---

① 另外,还有辜石如、林英屏、林英强、淮君、刘思、大白、文之流、艾蒙、漂青等作家都是郁达夫栽培的。参见姚梦桐:《郁达夫旅新生活与作品研究》,新加坡:新社1987年版,第224页。
② 苗秀:《马华文学史话》,新加坡:青年书局1968年版,第418页。苗秀因投稿而认识郁达夫,他的第一个短篇《红呢外套》发表在郁达夫主编的《星光画报》文艺版,很受郁达夫赏识。
③ 王君实:《南洋可能产生伟大的作品》,《晨星》1938年4月2日,见方修、叶冠复编《王君实选集》,新加坡:万里书局1979年版,第136—138页。

封建社会跃进资本主义社会,除了一个极短时期的紧张之外,大部分的历史是在静的场面上推进着。明白说,马来亚似乎没有伟大的时代背景。因而,伟大的作品是困难产生的"。"其次,华侨是属于客从的地位。他们的祖先,披荆斩棘的史迹,完全是为着自身生活而来,华侨文化的产生是较后的事;尤其是文艺活动,它的历史的短促,是比中国落后的。中国有数千年文化,有较长久的新文艺运动,还不能有什么伟大的作品出现在大时代中,那么,华侨文艺没有伟大作品是并不奇异的。""再则,华侨的知识分子虽然随着产业的发达一天天多起来,但他们在文化落后的国度里,既然不能存在着职业的写作者,对于题材的搜集和写作的聚精会神,无疑地是不容许贯着全力的。马华写作者完全是新闻记者和小学教师,他们的职业是烦忙的。文学巨匠的产生,需要中间较长时期的培养,而这种培养必然是要专门的。"同时,"自然,我们也不能否认,当地的历史不一定没有比较可供描写的题材,但因我们为着客从的地位,是不容易书写熟悉这些题材的。自然,当地社会生活的黑暗面以及它的活跃事件,也不是完全没有选择的地方,但因文化运动的比较落后,没有丰富的文学遗产,以及生活环境不容许有文学巨匠产生,终于没有伟大的作品出现在我们的眼前"。① 这篇文章中提出的观点虽然看起来有些令人沮丧,但非常现实地道出马华文艺落后的原因,对马华文学的发展有着重要的指导价值。

另外,像老蕾《论文艺作品与批评问题》②、流冰《谈"牢骚文章"》③、叶尼《戏剧运动者应有的态度》④,以及流浪《关于批评的态度》⑤等论文,大致都是从各方面去批评文坛上的创作问题,论述平实中肯,针对性非常强,作为知识分子,他们对知识分子的世界观、创作观,甚至应有的人品、文品都有着深入的思考和中肯的批评,对匡正当时的社会风气、树立知识界的正气有着不可忽视的作用。

---

① 张天白:《马华何以不能产生伟大的作品》,《晨星》1938 年 4 月 1 日,见方修等编《张天白作品选》,新加坡:上海书局 1979 年版,第 129—130 页。
② 老蕾:《论文艺作品与批评问题》,《晨星》1939 年 6 月 9 日,见方修编《老蕾作品选》,新加坡:上海书局 1979 年版,第 75—76 页。
③ 流冰:《谈"牢骚文章"》,《星火》1937 年 5 月 15 日,见方修编《流冰作品选》,新加坡:上海书局 1979 年版,第 88—90 页。
④ 叶尼:《戏剧运动者应有的态度》,《现代戏剧》第 2 期(1937 年 11 月),见方修编《叶尼作品选》,新加坡:上海书局 1980 年版,第 76—78 页。
⑤ 流浪:《关于批评的态度》,《狮声》1937 年 7 月 29 日,见方修编《流浪作品选》,新加坡:上海书局 1980 年版,第 65 页。

二、对马华文坛"断奶说"的文学历史考察

1. 1937、1948 年:论争中对中国影响的疏离拟态

1937年,随着中国国内抗日战争的全面爆发,大批文化人离开祖国进入南洋,他们的文化行动也开始展开,如张楚琨主编《南洋商报》、郁达夫主编《星洲日报》、叶尼主编《星中日报》等马来亚重要报纸的文艺副刊,他们的抗战理念主张影响所编辑的刊物,使得其中洋溢着浓厚的中国因素,这势必与当时马来亚逐渐形成的本土意识产生矛盾。从1937年中国全面抗战到1942—1945年"日据时代",经历了法西斯残酷统治后的南洋华人,开始从经济支援中国的抗战转移为直接捍卫马来亚的主权和利益,随着移民社会的发展和主体意识的增强,马来亚知识分子慢慢完成从侨民社会到移民社会的过渡,落地生根的意识慢慢超过了落叶归根的意识。在文学方面,这比较集中地反映在马来亚本土作家与中国南下文人之间的冲突,最大的是1939年前后的郁达夫与南洋文人之间和1948年前后胡愈之与本土作家之间的论争。①

1939年1月9日,郁达夫正式接编《星洲日报》文艺副刊(包括日版副刊《晨星》和晚版《繁星》),从起初的状态来说,他颇有些踌躇满志,一心响应南洋华侨的民族意识与爱国精神,并组织在地的南下文人和南洋作家创作抗战文学。但随后发生的事情让他很是失望,原因有二:一是当时南洋的时局环境。1937年以后,西安事变的影响,加上大批文化人从上海各地南来,加强了当地文艺界的阵容,消沉了一个长时期的马华文艺重新崛起。全面抗战开始后,英国在华利益受到日本的严重威胁,英国也由观望转为支持中国抗日,于是新马殖民地政府宣布准许当地华人捐款赈华,新马华人社会掀起了如火如荼的抗日救亡运动,文艺活动也跟着活跃起来。到了1938年,由于国际形势对中国抗战渐趋不利,殖民

---

① 必须提到的是,这两次论争也有很多的拟态因素。如中国南下文人的成分也是复杂的,很多中国作家对马来亚文化属性也并非以"中国性"为旨归。许杰在1928—1929年任《益群日报》主笔、《枯岛·文艺周刊》主编期间,号召当地的文艺工作者,写出自己所熟悉的、自己所切身感受的、反映此时此地生活的文艺作品,推动着南洋本土文学的发展,而他自己是典型的中国五四作家。

政府又开始对本地的救亡运动采取敌视态度,放逐文化界知名人士。1939 年 9 月欧洲战事爆发,英国人为了稳住自己在远东的阵脚,便讨好日本,新马殖民地政府随之颁布战时法令,严厉限制抗日活动。抗战文艺的发展进入一个曲折发展的时期。一直到 1941 年 12 月 8 日,太平洋战争爆发,殖民地政府才又放手,允许当地开展保卫马来亚抗日的运动,抗战文艺才又出现了一次高潮,可惜不多久,马来亚就全岛沦陷了。

二是在这个历史背景下,宣传和坚持抗战的南下文人处境也变化莫测,除了外在的英国殖民者的压力、国共两党马来亚支部的斗争之外,他们与马来亚日益发展的本土作家之间也发生了一些理念上的冲突。不论是主观还是客观,在经过数百年的移民历史之后,马来亚的中国移民中有了很大一股力量已经开始疏离中国影响。郁达夫在 1939 年 1 月 21 日的《晨星》上以及刚刚创刊于槟城的《星槟日报》上,发表了引起激烈论战的《几个问题》。这篇文章的内容是回答当时的青年读者和学者所提出的问题。节录如下:

其一,是在南洋的文学界,当提出问题时,大抵都是把国内的问题全盘搬过来,这现象不知如何?

……我们即是以中国文字在写作的中国民族的一分枝,则我国的论战题目,当然也可以做我们的论战题目。不过第一,要看这题目的本身的值不值得讨论。第二,要看讨论的态度真率不真率。……

其二,南洋文艺,应该是南洋文艺,不应该是上海或香港文艺。南洋这地方的固有性,就是地方性,应该怎样的使它发扬光大,在文艺作品中表现出来?

……我以为生长在南洋的侨胞,受过南洋的教育而所写作的东西,又是以南洋为背景,叙述的事件,确是像发生在南洋的作品,多少总有一点南洋的地方色彩的。问题只在这色彩的浓厚不浓厚,与配合点染得适当不适当而已。地方色彩,在作品里原不能够完全抹煞掉而不管。但一味的要强调这地方色彩,而使作品的主题,反退居到了第二位去的这一种手法,也不是上乘的作风。所以,根本问题,我以为只在于人,只在于作家的出现。南洋若能产生出一位大作家出来,以南洋为中心的作品,一时能好

好的写它十部百部,则南洋文艺,有南洋地方性的文艺,自然会得成
立。……

其四,文艺的大众化,通俗化,以及利用旧形式的问题。

文艺的应该通俗化、大众化,是天经地义的一个原则。对这个问题的宣传、讨论,在国内已经有了将近十年的历史。……手段不止一个,样式也当然是很多,只教能使文艺达到通俗化大众化的目的的,各种手段都不妨试试。戏法人人会变,各人巧妙不同。……①

从文中我们可以看出郁达夫所建议的举措是非常务实的,但因为其坚持南洋文艺要注意表达自己的南洋色彩,反而引起了在地南下文人和受五四文学影响的南洋文人的反拨,认为郁达夫没有抗战的热情。耶鲁认为郁达夫对第一个问题等于没有回答,而对第二个问题,认为"根本问题只在于人,只在于作家的出现",则是一种大胆的取消主义和个人英雄主义的思想。对第四个问题,耶鲁说郁达夫虽然口头上承认这个运动的重要性,但另一方面认为,"戏法人人会变,各人巧妙不同",这不是严肃文艺工作者应该有的态度。② 这场争论由此展开,直至楼适夷从国内投寄来的《遥寄星洲》一文刊登后才画上句号,该文忠告新马的读者:"达夫先生与鲁迅先生茅盾先生是不同的型类,我们不能以期望鲁迅茅盾先生者期望他。然而他的纯真的性格,他的强烈的正义感,他的为大众喉舌,革命友人的事业,依然要给他以很高的评价,尤其是他的卓越的艺术的才智,会帮助南洋侨胞文艺青年中文艺运动的推进,是无可疑义的。在前进民族中的前进的青年必然地应该丝毫不放松地吸取他的优点,庆幸他和自己在一起。但是很不幸的我们却看见不谅解的攻讦,不应有的失却了对于前辈的尊敬。"③

1948年,马华作家再次与中国南下文人爆发了一场关于本土性的争论。二战之后的马来亚在"大战前殖民地统治的框子内只向中国认同是完全没有问

---

① 郁达夫:《几个问题》,《晨星》1939年1月21日,见方修编《马华新文学大系(二)》,香港、吉隆坡:香港世界出版社、马来西亚大众书局2000年版,第444—448页。加点部分为笔者所标注。
② 耶鲁:《读了郁达夫先生的〈几个问题〉以后》,《狮声》1939年1月24日。
③ 适夷:《遥寄星洲》,《晨星》1939年2月22日,见方修编《马华新文学大系(二)》,香港、吉隆坡:香港世界出版社、马来西亚大众书局2000年版,第471页。

题的。但是框子要解开就要面对多元民族社会的现实了。一般华侨是在马来亚兴办事业或从商已久恒产家眷在此难于离开马来亚，从而渐渐觉醒认同马来亚很是自然。在这个时代潮流下主张马华文学独特性的马华派和始终把马华文学视为中国文学附庸地位的中国派之间无可避免发生冲突"①。马华作家周容要求清算侨民文艺，指责专门宣传中国解放运动的作家是"逃难作家"，号召人家清算"手执报纸而眼望天外"的中国作家。②（"逃难作家"这一称呼最早来自叶尼。③）

胡愈之则认为马华文学的独特性是不存在的，文艺的形式可以是民族也是世界的，马来亚并不怕有中国文艺的海外版，怕的是海外版太少，甚至没有。④这场争论持续了一年，最后由于马共发动武装斗争而殖民政府发布紧急状态，当局对华人的言论活动加以严厉监视而停止。⑤

胡愈之曾经对这场笔战进行过分析，认为"当时就有马华文学和华侨文学的争论，表面上是文学观点的争论，实际上是指责我主张华侨文学是不支持华侨参加当地争取独立民主的运动，他们认为华侨应该参加马来亚反对英殖民主义的斗争，而我不把矛头直接指向英国就是右倾"⑥。我们可以看出南下文人与本土作家的争论早已明朗化，无论历史的过程如何，随着国共两党政治势力退出马来半岛，南洋华侨的本土意识变得越来越强烈。⑦ 1949年《星洲日报》编辑李炯才这样表露心声："我虽然是中国人，受华人教育，但喜欢参加马来亚人论坛的活

---

① 荒井茂夫：《马来亚华文文学马华化的心路历程（下）》，《华文文学》1999年第2期。
② 周容：《谈马华文艺》，《战友报·文艺》第47期（1948年1月1日）。
③ 叶尼：《逃难作家——写作闲话之二》，《南洋周刊》总第32期（1939年2月13日）。
④ 沙平（胡愈之）：《朋友你钻进牛角尖里去了》，《风下》第108期（1948年1月10日）。
⑤ 相关讨论文章：郭沫若《当前的文艺诸问题》、西樵《略论侨民文艺》、知角《是朋友，不是敌人》、丝丝《侨民作家与逃难作家》、海郎《是侨民文艺呢，还是马华文艺？》、马达《我对马华文艺论争的意见》、西樵《问题的开脱》、金丁《开窗子，透空气：与周容先生谈马华文艺》、李玄《关于马华文艺独特性》、克刚《我对于侨民文艺的见解》、冰犁《什么是侨民文艺》、铁戈《文艺独特性·任务·及其他》、小郎《从普遍性看独特性》、闻人俊《论侨民意识与马华文艺独特性》、丝丝《论马华文艺之路：谈独特性诸问题》、郭沫若《申述马华化问题的意见》、丝丝等《关于马华文艺的论争》、夏衍《马华文艺试论》等论文，分见于1948年2—4月的《星洲日报》《风下周刊》《南侨周报》《民声报》和《现代周刊》等重要报刊。
⑥ 胡愈之：《我的回忆》，南京：江苏人民出版社1990年版，第76页。
⑦ 1948年6月《风下》停刊，胡愈之等中国作家相继回国，支持他们的陈嘉庚于1949年6月也以视察为借口离开马来亚回到中国，再也没有回去，这场大争论由此收场。之后，马来亚国民党势力衰弱，也不得不在1949年解散马来亚国民党支部。马来半岛上代表中国的两股势力退出舞台。

动,多过到会所。……参加论坛后,内心醒觉到我始终属于马来亚,而不是中国人",一年之后返回新加坡,"思想上已完全倾向马来亚,开始关心当地政治"。① 其中彰显的是马来亚人的在地意识,文坛亦是,创作本体意识的变化,文学的表现形态也相应变化,马华文学正式走上本土化的追求道路。

2. 1957 年前后:马华文坛对中华文化的持距拟态

马来西亚于1957年正式建国,政权由马华公会、全国巫人统一机构(巫统)和国大党三方携手合作,组成执政联盟。因为政权合法性的需要,执政党阵线也在一系列政策中强调华族的在地性。"五十年代末叶,马来亚独立,大部分华侨身份变成公民。现实环境在转变,唐山渺渺,历史文化属性渐淡,但是有了土地认同与财产,眷属与亲人也都在身边,为了下一代的未来,不想落地生根斯土也别无选择。而接受英文教育的华裔知识分子,一如早期'海峡华人'(Straits Chinese),中华文化属性已被殖民地教育削弱甚至消除。这些华裔纳入以马来人为主的文官体系后,认同的自然是这个新兴国家。至于新生代,深受本体化教育洗礼,多半能读写译说流畅的马来文,对文化传统的孺慕与认同业已淡薄,纵使受过华文小学教育,也不够扎实,社交语也不是英语、马来语便是汉语方言,华语遂失去教育与社会功能,也无法唤起文化集体潜意识了。"② 除了华人自我身份认同之外,还有一个因素是马来西亚国内存在的马共势力,这股势力一直在北马和泰国南部活动,一直是马政府的心中之结。马来西亚与中国关系的疏远也使华人的社会政治地位和生活处境变得暧昧而艰难,在马来西亚建国以后的历史中,马华知识分子很多被迫选择与中华文化保持距离,在困难处境中传递着文化的薪火。

我们以马华办刊时间最长的文学期刊《蕉风》为线索,探讨马华文学在1957年到1997年近四十年里关于"本土性"的一些问题。③ 在马来西亚建国之初,就

---

① 李炯才:《追寻自己的国家:一个南洋华人的心路历程》,台北:远流出版社1989年版,第61页。
② 张锦忠:《南洋论述——马华文学与文化属性》,台北:麦田出版社2003年版,第70页。
③ 马华的一些重要文学史家的论述都将马来西亚建国初的文学特色界定为"反黄时期",如方修《战后马华文学史初稿》(1978)、原甸《马华新诗史初稿1920—1965》(1987)、杨松年《新马华文文学论集》(1982),本文不拟采用他们的划分方法,仅关注马华文坛创作中与中国影响之间的关系。

有读者指出希望"《蕉风》少用香港和台湾的作家的作品,多用马来亚本地作家的作品"①,我们不论这个读者的话是不是编辑行为,但马华文坛在强调着文学发展的独立意识,这一点是很明显的。

纵观马来西亚建国后40年的文学,马华文坛对中华文化的"断奶倾向"只是一种姿态,其实与中国文学的关系是密切的。笔者统计了《蕉风》上对中国现代文学名家作品的介绍近百篇,以作例证。有柳风《沈从文其人其事》(第37期)、马摩西《象征派诗人李金发》(第38期)、范提摩《新月派大诗人徐志摩》、徐志摩《徐志摩诗选》、刘霭如《补记徐志摩》(第39、40期)、赵聪《鲁迅与〈阿Q正传〉》(第41、42期)、赵聪《浪漫作家郁达夫》、刘霭如《郁达夫在星洲》(第43期)、赵聪《被时代遗弃的周作人》(第46期)、刘霭如《许地山逝世十六周年》(第48期)、刘霭如《傅斯年七周年祭》(第50期)、刘霭如《钱玄同与新文学运动》(第51期)、梁清《〈北京人〉人物及本事》(第52期)、刘霭如《散文作家朱自清》(第56期)、《沈从文的作品及其他》(第57期)、黄润岳《〈我的朋友胡适之〉会见记》、刘霭如《蔡元培遗爱在人》(第58期)、刘霭如《遭受清算的丁玲》(第59期)、刘霭如《写〈再寄小读者〉的冰心》(第60期)、刘霭如《胡适与台湾》(第61期)、刘霭如《陈独秀生前死后》(第62期)、刘霭如《周作人遗憾终生》(第64期)、刘霭如《刘半农的风趣》(第65期)、刘霭如《罗家伦二三事》(第68期)、刘霭如《丰子恺的哀鸣》、潘重规《胡适红楼梦考证质疑》、沧海客《〈秋海棠〉的人物形象》(第69期)、刘霭如《郑振铎魂归天上》(第73期)、刘蔼如《柳亚子身后是非》(第74期)、刘蔼如《迷信命卜的林庚白》(第76期)、谢冰莹《太平山纪游》(第78期)、李金发《水落石出》(第137期)、李金发《大梦初醒》(第141期)、温梓川《郁达夫别传(二)》(第144—163期)、李金发《浮生总记》(第143—154期)、温梓川《章回小说家张恨水》(第192期)、姚拓改编巴金《憩园》(第207期)、鲁迅《五猖会》(第231期)、茅盾的介绍(第232期)、臧克家的介绍(第233期)、李广田诗歌(第237期)、何其芳的介绍(第238期)、朱光潜的介绍(第239期)、《汉园集》的介绍(第241期)、夏丏尊的介绍(第249期)、唐湜的诗(第242期)、陈瑞文《谈七巧》(第250期)、陈瑞文《从〈倾城之恋〉看张爱玲的创作手法》(第251期)、陈瑞文《於梨华的〈柳家庄上〉》

---

① 读者:《爱之深 责之切》,《蕉风》第72期(1958年10月号)。

（第252期）、夏志清《沈从文和他的小说》（第254期）、赵聪《现代中国作家列传》（第278期）、迈克《〈半生缘〉随写》（第279期）、吴戈《中国新诗集总目（一）》（第283—287期）、韩侍桁的杂文作品（第289期）、尚源《总目以外》（第291期）、何其芳特辑（第295—296期）、郭书远译《中国现代作家传略》（第304—321期）、梅淑贞《梁宗岱的〈诗论〉》（第326期）、金承艺《郁达夫与一位奥地利朋友》（第359期）、梅淑贞专栏（第299—383期）、公羽介《张爱玲〈悯然记〉与序》（第368期）、梁实秋《岂有文章惊海内》、梁实秋《作文的三个阶段》、凌宇《不同文化撞击下的沈从文》、沈从文《静》、沈从文《给志在写作者》（第414期）、李远荣《郁达夫情书之谜》（第473期）、李远荣《王映霞谈与郁达夫离婚真相》（第475期）。另外，20世纪80年代末刊登过的一份作家笔谈，笔谈中访问了小黑、方北方、朵拉、李薏蓎、姚拓、洪泉、许友彬、陈政欣、游牧等重要马华作家，其中姚拓回答："读过几本长篇小说，如钱锺书的《围城》、张系国的《棋王》等等。"洪泉自承："我断断续续读了白先勇的《孽子》、王文兴的《背海的人》、李永平的《吉陵春秋》、安部公房的《砂丘之女》，希望今年能读完三岛由纪夫的《丰饶之海》四本小说。"①可以看出马华作家对中国文学的借鉴与吸收是明显的。

其中，中国台湾地区的文学也在影响着马华文坛。何启良认为："无可否认的，马华现代诗是直接承继台湾现代诗传统，其表现技巧和诗人对史的因素观念亦复如此。这些影响不仅是在语言上和技巧上的，马华现代诗的'质'或多或少都是台湾现代诗题材的变奏。"②张树林《马华当代文学选（散文）·导论》也认为："马华散文深受港台散文的影响是不容否认的，但全然说马华散文是港台散文的翻版却有欠公允。在诸多的文学论争中，散文是唯一没有涉及论战的。它一直是在一种平和的、颇不受人注目下滋长。"③李宗舜在《坐听杨平一席话——生活比梦更有力量》中，自承："其实在早年的星马文坛，前述的诗人（笔者按：覃子豪、亚弦、夏菁、余光中、洛夫、张默、罗门、周梦蝶等）也对本地作家影响深巨；我们这些诗坛后辈，写诗的初期，整本《石室之死亡》《五陵年少》《迷魂草》《深渊》都能背诵；而且对文学观都有着潜移默化的重大影响。这

---

① 本刊编辑：《谁不重视长篇小说?》，《蕉风》第404期（1987年6月号）。
② 何启良：《马华现代诗与马华社会》，《蕉风》第292期（1977年6月号）。
③ 张树林：《马华当代文学选（散文）·导论》，《蕉风》第383期（1985年4月号）。

种贡献是众所周知的。"①

不过,马华本土性的文化姿态还是一直坚持着,如何启良还是提醒马华诗坛,"马华人的文化苦闷与对民族认同上的忧虑,身体上和心灵上所遭受的伤害,和所积压的悲愤,都有其地域性与其时代性的,实有异于台湾人的实质与精神。较之与欧美的现实社会更远。与其诅咒现实文明机械工厂,不如写写自己社会的文化落后或文化苦闷。所以现阶段马华现代诗应强调的是:马华现代诗的特质,是表现现代马华人的生活感受和强调马华人的现代精神。"②另一方面,我们也可以看出,《蕉风》对文学的扶植重点还是集中在对马华本土创作的培育上,如1989年6月第427期上刊登的《当今马华文学的趋向——〈蕉风〉作者座谈会》,实际上是一次马华本土派的大聚会,参会的有曾希邦、小黑、林月丝、陈政欣、叶蕾、陈强华、马巧芸、艾文、菊凡、游牧、黄英俊、雨川、宋扬波、野蔓子、何乃健、继程法师、方昂、温祥英、钟可斯、张圆圆、陈佑然、吕育陶、苏旗华、加爱、彭佩愉、宋书启、小曼、林燕何、傅承得、洪泉、郭诗宁、采韵、吴龙云,包括第428期编者题为《重视本地作品》的呼吁,这些都是为本地作家提供交流的平台,为巩固本土创作阵营而张目。

在本土作家的培育与借鉴中国文学经验之间,马华作家一直都处于焦虑之中,《蕉风》1991年9、10月第444期中,另一位学者很尖锐地指出马华文学有着严重的"影响焦虑"。骆耀庭《误读指南——马华文学怎样变?》认为马华文学有着严重的"影响焦虑","马华作家运笔沉吟之际,心目中的规范,隐隐,大抵是中国台港的作品。换句话说,一般作者下笔之前,就先以这些作品为圆径,炼意锻句的时候,丝毫不敢越出圆周之外。假如文格,咦,很不同——比如说,是张考卷,我们的作家一定怀疑自己出轨,因为圆周之内,似乎找不到略似的典范。对这些文学作品,马华作家深具'影响的焦虑'",作者提出"转益多师是汝师",除了中国大陆(内地)与台港地区,我们也应向其他文学借镜"。③

---

① 李宗舜:《坐听杨平一席话——生活比梦更有力量》,《蕉风》第454期(1993年5、6月号)。
② 何启良:《马华现代诗与马华社会》,《蕉风》第292期(1977年6月号)。
③ 骆耀庭:《误读指南——马华文学怎样变?》,《蕉风》第444期(1991年9、10月号)。

3. 1997年前后：旅台作家台湾经验的异地拟态

20世纪90年代，马华学术界已经围绕所谓的"本土性"问题展开了一些讨论，涉及部分中、马评论家，"台湾作家把马来西亚看做出好作家的神奇土地，而马来西亚作家则把完全置身于中华文化环境中看作自身创作产生质的飞跃的根本动力。……旅台马来西亚作家的创作实践表明，一方面吸收中华文化的传统，一方面根植于马来西亚土地，马华文学才有其价值"。① 而中国大陆学者黄万华指出"马华文学的独特风度，自然得力于马来西亚文化的包容性，但更存依于马华作家们视马来西亚为本土的创作心态"。② 本土作家端木虹曾经这样描述1990年代初期的马华文坛："马华文学自欧美文风东渐，加上一群群'留台文艺青年'的推波助澜，本地一部分作者不分好歹，群起呼应，一时间，马华文坛河山变色，名宿所建基业，几乎荡然无存。说荡然无存，是有其事实根据的。譬如说：气焰万丈，以'打倒孔家店'精神彻底否定马华文学者，比比皆是。大专学院的文学爱好者，在研讨会上屡屡嘲讽马华文坛前行代作家之举，更是所见多有。……有人是比较了他们去取经的国家的文学水平，便迫不及待嚷嚷说本国文学不济。曾经，还有人舍'进谏'而曰：马华文学太差劲了，方北方描写人物技巧没有水准，韦晕的文章根本不是作品，而是作文……真是石破天惊，语不惊人死不休。显然，这已溢出文艺批评范畴。"③端木虹的言论虽然有些捕风捉影之嫌，但为我们留下了当年的"传闻时代"的文学图景，④加上《星洲日报·文艺春秋》《星洲日报·星云》《星洲日报·新策划》《南洋商报·南洋文艺》《南洋商报·言论》《南洋商报·商余》等文艺园地的文章参与重审"马华文学"，对"马华文学的定位""经典缺席""选集、大系与文学史""文学研究与道义""中国性与奶水论"等重要文艺问题进行了讨论，这一切都为1997年"断奶说"大讨论提供了一个重整马华文坛的文学场。

---

① 岳玉杰：《生机与危机并存——浅论马来西亚华文文学的现状和前景》，《蕉风》第465期（1995年5、6月号）。
② 黄万华：《论马来西亚华文文学的本土特色》，《蕉风》第465期（1995年5、6月号）。
③ 端木虹：《经典缺席？》，见张永修等主编《辣味马华文学——90年代马华文学争论性课题文选》，吉隆坡：雪兰莪中华大会堂、马来西亚"留台校友会联合总会"2002年版，第133—134页。
④ 林春美：《90年代最呛的马华文学话题》，见同上书，第i—j页。

1997年11月29日"马华文学国际学术研讨会"在吉隆坡联邦酒店召开,来自中国台湾的作家柏杨主题演讲《走出移民文学》,由此引发了关于"断奶说"的争论。在有关"断奶说"的争论中,围绕着汉语文学与中华文化的复杂关系,作家们提出了不少尖锐问题,也表达了一些模糊甚至错误的观念。柏杨提到四点内容:"马华文学须本体化""促进族群融洽""处移民文学阶段"和"企业家与作家共同推动"。其中第一点指出:"马华文学创作必须本土化,才能走出移民文学中怀念母国的伤感和悲愤世界。……马华文学作家必须淡忘、早一点脱离悲情世界,与母体'断奶',才能强大、具有本身的独立性和特别性,以及成为世界文学研究主流。如果马华文学创作能够本土化,以当地社会背景为创作灵感,马华文学的内容肯定会特别丰富……'海外的华人,就像嫁出去的女儿,……所以你们必须淡忘,并且必须落地生根,爱自己生根的土地。'……一个文学、政治或经济不能与本土结合,就会永远漂泊,最终两头不到岸。"①

　　平心而论,柏杨的主题演讲重点在于马华文学必须强调"本土性",对中国文化"必须淡忘,并且落地生根,爱自己生根的土地",这样才能"产生本土特色"。这个论断无疑有偏颇,虽然与马来西亚建国前的"本土性"争论、建国后的"本地特色"坚守说法不一样,但其实内容是没有大的变化的,而且与60年前郁达夫的文艺主张一致。但这次会议上,旅台学者林建国和作家黄锦树却将这个老生常谈的问题复杂化。这次会议上,林建国被称为"大刀"、黄锦树被称为"龙卷风",年轻气盛,语惊四座,后者更以方北方为批评对象,批判马华文坛现实主义创作潮流,决然判断"从我们对方北方的个案讨论中可以看出,在他身上实践出来的所谓的特殊性既与地域特色无关,也无关于民族形式,而是一种苍白贫乏、低文学水平的普遍性——所谓的马华文艺的独特性其实是一种无个性的普遍性,充盈着华裔小知识分子喋喋不休的教条和喧嚣"。② 他们的言论受到了大会与会学者的质疑,包括陈鹏翔、陈应德、叶啸、黄万华等重要马华文学研

---

① 柏杨:《走出移民文学》,见汪洺辉主编《马华文学的新解读:马华文学国际学术研讨会论文集》,吉隆坡:马来西亚"留台校友会联合总会"1999年版,第5页。
② 黄锦树:《马华现实主义的实践困境——从方北方的文论及马来亚三部曲论马华文学的独特性》,见同上书,第129页。

究重磅人物。①

这一争论的余波一直延续到 1998 年初,先是江枫和黄锦树争论,后有林建国与陈雪风各执一端在《星洲日报》上开始争论,其中的矛盾是非常明显的:

> 林建国:马华文学断奶论始自这次"留台联总"文学研讨会上的争执,表面上事关写作养分汲取上的国别认同,内里却藏有学术阴谋。本来这种自由心证的事情属于创作上的乐趣,当事人不见得说得清楚,外人也就不好干预。可是在中文世界,文学批评连这种事情也能管,并管到马华文学的头上,表示学理上我们出了几个状况……这局面下马华文学只有断奶的出路,不然每谈马华文学,大家兜来兜去谈的还是中国文学,如此虚情假意的谈法对马华文学又有何意义?……我们必须能对中国说不,就像能对任何教条说不,创作起来才有自主的人格。人格不自由,我们对中国文学就不能批判地继承,也就谈不上什么人性、什么文学。眼前既然批判能力还没建立,我们除了"断奶",别无选择。②

> 陈雪风:如果以"断奶"作为譬喻来谈马华文学和中国文学的关系,那是不正确的,因为中华文化万变不离其宗。既然马华文学是在传承中华文化,又以华文作为表达方式,它如何能变呢?马华文学是很难脱离民族性和文化性的渊源关系。因此中华文化对马华文学存在滋养关系,是自然之事。如果我们把其他东西方文学当做学习对象,又为何要放弃已经和马华文学拥有历史、血缘和文化关系的中国文学呢?③

以上议论,以夸张的语言阐述汉语文化与马华文学之间的"间性",以偏执的角度观测马华文学与中国因素之间的联系,反映了一种情绪化的历史认知,也是对汉语文学与中国文化历史认知的理性回归的一种吁求。黄锦树在台期间就对

---

① 编者:《龙卷风狠击老作家:大马书生舌战研讨会》,《先生周报》1997 年 12 月 22 日,见汪洺辉主编《马华文学的新解读:马华文学国际学术研讨会论文集》,第 26 页。
② 林建国:《大中华我族中心的心理作祟》,《星洲日报·尊重民意》1998 年 3 月 1 日。加点部分为笔者所标注。
③ 陈雪风:《华文书写和中国文学的渊源》,《星洲日报·尊重民意》1998 年 3 月 1 日。加点部分为笔者所标注。

马华作家身上的中国因素很是不满,曾言"马华杂文写作者学到的只是鲁迅的尖酸刻薄,毫不留情与专断,殊不知如果去掉那过人的才情、学养、洞察力及知识分子的勇气,剩下的也不过是位酸腐的绍兴师爷而已"①。在这届研讨会上,他声称其"志不在全盘否定老前辈们的努力,作品俱在,后人自有定评,我关心的毋宁是我们这一代该如何重寻出路。他们强调他们所留下的传统十分优良,后辈当宗之法之,在我看来,那不过是历史情势所造成的'不得已',不能引以为通则。为此,不惜与马华文学传统彻底决裂。……该做的不是去遮蔽问题,而是必须把历史化的当代问题重新当代——历史化;对于华人意识深层里的'中国情结'也是那样,它并不比乡土虚构。如果把这些都抽离,华人的存在便是不可理解的抽象存在。"②

此次会议中,黄锦树拿马华文学资深老作家方北方作为批判对象,本意在展示马华现实主义的实践困境,为马华文坛提供批评建议,出发点是好的,但置换了许多概念。首先,他展示了马华本土与旅台作家以及现实主义与现代主义之间创作理念的矛盾,两组不同层面的问题被绞结在一起,使得他与其他作家之间的讨论变成一种不同平台的错位交流。这次发言中,黄锦树的作秀和拟态是明显的,陈贤茂曾回忆:"1997年秒,我应邀到吉隆坡参加由马来西亚'留台校友会联合总会'主办的马华文学研讨会。这是结识新生代作家群的大好机会。在赴吉隆坡之前,我已计划好向他们索要作品及生平资料,并在海外华文文学史中给他们预留篇幅。但是,当我在会上目睹了黄锦树目空一切的傲气和不可一世的霸气和源于政治偏见的偏执,竟有点手足无措。先是目瞪口呆,继而临阵怯场,终止于失去了与这些文坛新贵结识的勇气。"③资深作家叶啸也对黄锦树的行为颇是不满:"研讨会变成黄锦树个人表现的擂台,最终在僵硬的气氛下收场。……我原本期望黄锦树捉紧机会,为他这些年来发表引起争论性的议论,作一次彻底的文学性澄清,让人家明白他是基于爱护马华文学之心,讲明他对'好'作品的标准或典律,让我们明白他审视文学的尺度。然而,黄锦树却发言处处

---

① 黄锦树:《马华文学:内在中国、语言与文学史》,吉隆坡:华社资料研究中心1996年版,第7页。
② 黄锦树:《非写不可的理由(自序)》,《乌暗暝》,台北:九歌出版社1997年版,第3、12页。
③ 陈贤茂:《中华文化的西化风格书写》,林幸谦《人类是光明的儿子》,吉隆坡:马来亚图书有限公司2004年版,第11—12页。

'冒犯'其他学者,'逼'得李瑞腾教授和傅承得要以'年轻人有一股锐气,不向权势低头',作为打圆场结束。"①可见学界的护犊之情。

其次,旅台作家大多数从少年时期开始到台湾上学,这段时间正好与台湾风云变幻、戒严取消、威权人物让位重合,此时台湾地区出现了一股与中国撇清关系的"台独"势力,在文化上则发展成为"文化台独","八〇年代以来台湾日渐由中国中心转向台湾中心,民主化与本土化已成为大势所趋"②,这同样是一种错误的学术认识,是将中国文化与台湾地方文化硬性分离的认知。

在这次争论中,林建国、黄锦树等旅台作家再次以其决绝的姿态宣告着自己的"独立意识",吊诡的是,当他们在高唱马华文学在与中国文学"断奶"的同时,可否反思过"哺育"他们成长的台湾文学何尝断掉过"中国因素"?作为华人集体意识形式存在的中华文化(或者称为"中国影响")传承五千年,岂是说断就断?可见,林、黄二人将自己对马华文坛现实主义创作的不满,以批判方北方为攻击对象,借着柏杨的主题演讲,用"断奶论"为口号,宣泄出了自己的情绪,但这种情绪更多的是片面的冲动。

20世纪三次大型的"马华文学本土性"(断奶说)争论都是在不同的历史环境中的不同文化拟态。1997年提出的"断奶说",实际上也是一个旅台作家群的噱头拟态,马华文学与中国文学之间不可能"断奶"。黄锦树后来也改了自己的说法,写就致方北方的公开信:"对于您的作品的近乎苛刻的评断,虽是为了打破神话(现实主义神话),但也是依据我本人既有的学识,必须区分的是,在我的讨论中,否定和肯定是互相依存的,否定的是作品中的文学性,却高度肯定了它存在的意义。从这个角度来看,大陆学者盲目的肯定和许多有识之士漠然以待并无二致,都是一种非辩证的否定。……我不惜再度重申,对于您的《花飘果堕》确实非常不满,因为没有任何文学的理由可以支持那样的写作。然而我也必须承认,在论文的措词上其实可以不必那么强烈——这确是囿于我躁烈的个性。对于这一点,我必须郑重向您道歉。"③借鉴瘂弦的话,我们可能找到马华文学在

---

① 叶啸:《年轻,不能作为冒犯的本钱》,这篇文章是黄锦树参加的那一场"代沟与典律"讲座过后,叶啸撰文提出的感想。参见汪洺辉主编《马华文学的新解读:马华文学国际学术研讨会论文集》,第32页。
② 陈建忠等合著:《台湾小说史论》,台北:麦田出版社2007年版,第329页。
③ 黄锦树:《痛苦的道义——给方北方先生的公开信》,《南洋商报·南洋文艺》1998年1月7日。

本体意识与外来影响之间的位置："我们不能忘掉基础而去写一些很抽象、不相干的事,没有本土意识,作家靠什么写作呢？本土意识和世界文学是相行不悖的。只要是发挥人性的光辉,写人的灵魂深处,写人的感觉、意识、希望和期待,任何人读了都有感觉。肖伯纳是爱尔兰乡土作家,同时也是英国作家。马华文学,同时也是马来西亚文学,也是华族文学,也是世界文学,这本是一条大路,不会产生问题。"①"断奶说"的拟态状态我们可以感受得到,但总是以各种拟态形象出现的"断奶说"争论,其中包含的文化心理则是马华文学研究者要认真探究的问题。

三、台湾地区文学对新马两地汉语文学的影响:以《蕉风》为例

《蕉风》是马华文坛上创刊较早、持连续时间最长的纯文学刊物,从 1955 年 11 月创刊,截至 2009 年 1 月已经出版了 500 期(《蕉风》从第 489 期开始复刊,因编辑阵容与刊物规模已经今非昔比,故在此仅作为参考),可以说"(一) 马新现代文学的现行者,无不来自《蕉风》;(二) 马来独立后,马华文坛的写作人近 60% 曾在《蕉风》上发表文章;(三) 此外,《蕉风》是同港台及欧美华文文学交流最密的一道桥梁。"②在 1999 年 2 月第 488 期《蕉风·休刊号》上,编辑人直言:"蕉风每期亏损的款项,一向都由吉隆坡的友联文化事业有限公司负担。友联公司属下有马来西亚文化事业有限公司、马来亚图书公司、马来亚印刷公司、新加坡友联书局、怡和书局等等。……为了应付蕉风目前的局面,以及筹备如何去筹募蕉风今后出版基金的问题,我们编辑部的编辑和顾问们,决定蕉风出版了一九九九年一、二月号第四八八期之后,暂时先停止出版。在我们的预定计划中,大约在一九九九年的年底或者明年的年初,蕉风将再次和读者见面。也就是说,蕉风将在四八九期以新的方式出版",③一代华文名刊在世纪末的钟声中黯然谢幕。

---

① 本刊编辑:《与痖弦在饭桌边谈文学》,《蕉风》第 438 期(1990 年 9、10 月号)。
② 马仑:《蕉风扬起马华文学旗帜》,《蕉风》第 458 期(1994 年 12 月号)。
③ 蕉风:《蓄足精力 再次奔驰——蕉风暂时休刊启事》,《蕉风》第 488 期(1999 年 1、2 月号)。

至于中国台湾地区文学与马华文学的关系，从《蕉风》上刊载的文章来看，有很多学者都注意过这个问题。"谈到马华现代文学的发展，我们以为，它是颇受台湾现代文学的影响的。六十年代，蕉风、学报、南洋商报的文艺版（完颜籍编）在推动现代文学方面，相当积极，有很大催化作用。……由于中文书籍大部分都来自台湾，本地作者便自然而然地模仿那些著名的作家，诸如白先勇、黄春明、王文兴、王祯和等人，不过，一般上，作者们都不能深入地明了现代小说的技巧（尤其未能吸收西方的小说技巧），所以，本地现代小说，在表现方面仍欠娴熟。……技巧方面，我们认为马华小说的影响来源主要还是台湾。这里值得探讨的是，在五六十年代，台湾作家受了西方现代文学的影响而写了不少现代小说。我们的马华小说却受台湾现代小说的影响，这是否表示我们是在接受别人的'二手货'呢？那倒不如我们直接向西方现代文学寻找新的创作技巧。当然，在另一方面，我们也希望马华现代小说家不时寻找新颖的技巧而非一直被动地接受无论是西方或台湾文坛的影响。我们希望大家能一起加入这个寻找新的声音及方向的行列。"①

1.《蕉风》线索中的台湾地区文学影响因素

"1948年6月《风下》停刊，胡愈之等中国作家相继回国，支持他们的陈嘉庚1949年6月也以视察为借口离开马来亚回到中国再也没有回来，这就是这场大争论的收场。之后，随着马来亚国民党势力被马共压制，不得不在1949年解散马来亚国民党支部，代表中国的两股政治势力的组织就这样退出马来亚半岛。随着两大政治势力在星马的退出，文学的发展出现了一个真空期。"②《蕉风》正好填补了这个真空期，虽然《蕉风》的创刊背景不是很明了，很多人认为它是美国扶植的"反共"出版社友联在东南亚的代言人，在经历了很多人的排斥和误解后。③《蕉风》还是以其纯文学的姿态赢得了马来西亚绝大多数作家的尊重；坚

---

① 编辑室：《全国现代文学会议总结论》，《蕉风》第376期（1984年9月号）。
② 金进：《南下文人与新马现代文学关系》，马来西亚拉曼大学研究生院，研究项目号：IPSR/UTARRF/08/LK。
③ "在此时此地，办一份华文文艺刊物是一件艰巨的工作，外行人或者不会明白其中的辛酸，但想不到某些文艺工作者对本刊能够继续出版十二年，不仅没有片句勉励之词，反而发出一些酸溜溜的言论，甚至还对本刊同人乱套高帽子，他们的态度和居心，实在令人心痛"。《编辑的话》，《蕉风》第196期（1969年1月号）。

持纯文学的决心和毅力,在重商社会的当地今天看来尤为可贵。被《蕉风》"末代编辑"林春美誉为"一时佳话"的第202期(1969年)是《蕉风》成长的一个里程碑。这期的《蕉风》,无论封面、开本都有变化,编辑们一反通过期刊降价、减幅策略,首先捍卫自己刊物的尊严:"从这一期起,蕉风增加了页数,也增加了定价,明理的读者当会了解,这是合理的。一本近一百页的文学杂志,只卖五角,连一张最便宜的三流戏院的电影票也比不上,如果还有人说贵,那应该责备的不是我们了。这是一个很值得思索的问题。"同期《蕉风》一次刊载了三篇国外文学作品,初步表明向世界文坛敞开大门的姿态,指出"在一个不断进展的时代里,诗人作家们接受了时代的挑战做出怎样的反应,我们可以从这三篇出自三个不同国籍的作者笔下的文章,读出他们在科学的进步、时空的拓展中,对人类、对时代的新感悟。"①接着在第203期,"我们决定自这一期起,将编辑人的名字刊登出来(笔者按:编辑人为姚拓、牧羚奴、李苍、白垚),表示我们负责的态度。编辑人在自编的刊物上刊登自己的文字,被人误会是难免的了,但我们说过,我们是不必作虚假的谦逊,要勇于呈现,勇于负责"②。在后面的岁月里,《蕉风》的发展道路崎岖坎坷,但无论作为马华一份纯文学杂志,还是作为世界汉语文学的一份时间最长的杂志,无论是纯文学创刊宗旨的坚持,还是对青年作家的帮助扶持,无论是对境外文学作品的译介和引进,还是对本土作品的挖掘与指导,《蕉风》对马华文学,甚至世界汉语文学的贡献是巨大的。

最早影响马华文坛的是中国台湾地区的现代诗,"马华现代文学大约崛起于一九五九年,那一年三月六日白垚在学生周报137期发表了第一首现代诗《麻河静立》。白垚的诗歌主题和表现手法都来自当时的台湾现代诗,这与白垚1950年代到台湾求学有关,文学的兴趣和历史专业的本业是他肯定了现代诗以至现代文学乃是马华文学发展一定会跨入的新阶段。蕉风月刊在五九、六〇年间开始发表数量相当的现代诗,被讽刺为'蕉风派诗'"。③《蕉风》在1960年8月第94期开设一连数期的"新诗讨论专辑"④,辟出专门园地供大家讨论。始倡者白垚也在1964

---

① 编辑室:《风讯》,《蕉风》第202期(1969年8月号)。
② 编辑室:《风讯》,《蕉风》第203期(1969年9月号)。
③ 温任平:《马华现代文学的意义与未来的发展》,《蕉风》第94期(1960年8月号)。
④ 这时候的新诗有别于五四时期的新诗。

年开始写他的《现代诗闲话》,以相当锋锐的笔触为现代诗歌张旗呐喊。

在1987年11月第409期《蕉风》上,编辑出了一份有20个问题的文学测试题给马华作家,下面就选择其中两个问题来看看80年代马华作家与中国(含台湾)文学的联系。

表 一

作 家	问题:你最喜欢的文学刊物是哪些?(包括中外)
年 红	《华文报·文艺副刊》《联合文学》和《文学月刊》
小 黑	《纯文学》(已停刊)、《联合文学》《蕉风》《学报》
白 杨	《蕉风》《联合文学》《香港文学》等
左手人	目前只接触《蕉风》,其他没有涉猎
陈政欣	中国大陆出版的《世界文学》《外国文学》;台湾出版的《联合文学》
方 昂	《联合文学》《蕉风》
傅承得	《联合文学》《蕉风》
洪 泉	除了《蕉风》,偶尔能读到的《人民人学》和《中外文学》
许友彬	以前是《当代文艺》《纯文学》《现代文学》《皇冠》。目前没有"最"喜欢的
陈强华	台湾《联合文学》、大马《蕉风》
杨 川	《素叶文学》(已停刊)、《联合文学》
胡宝珠	只能接触到一些新闻杂志(在文莱),因此喜欢的是 Newsweek(《新闻周刊》)和 Time(《时代》杂志)
温华强	《椰子屋》
陈绍安	搞不清楚
伊海安	《儿童乐园》
陈放任	《人间》
李敬德	《蕉风》,因它发展有变革,这才是生机。国外文学刊物看得太少,所以最好是闭嘴
辛吟松	《纯文学》,但近期已没有看了
钟可斯	本地可以买到的,如《联合文学》《香港文学》《中外文学》等。最近还看了香港出版的《八方》

(续 表)

作　家	问题:你最喜欢的文学刊物是哪些?(包括中外)
炎复阳	《蕉风月刊》、台湾的《散文季刊》
杨 遡	《国家地理杂志》《国文天地》《鹅湖月刊》《文道》《蕉风》《中国书报》
庄 亚	没有。喜欢《蕉风》和《学报》,但未到"最"的程度
吴缓慕	台湾的《联合文学》《电影评论》《皇冠》《诗风》,本地的《蕉风》
韵 航	《蕉风》

表　二

作　家	问题:古今中外的文学家,谁对你的影响最大?
年 红	曹雪芹、海明威、奥·亨利
小 黑	读中学时,最迷恋的是鲁迅和郁达夫。现在?没有。我们都很忙,没有时间接受名家影响
白 杨	台湾各家的诗作,余光中、张晓风、梁实秋的散文
端木虹	李白、苏轼、杜甫、曹植、高尔基、普希金、拜伦、弗洛斯特、叶慈、余光中、艾青
陈政欣	没有
方 昂	我没有偏爱任何一个作家,许多作家都影响了我一些些
傅承得	苏东坡
许友彬	白先勇。另外余光中、陈映真、司马中原、王文兴、管管等等皆有影响
陈强华	只有我自己
杨 川	张爱玲及郑愁予
胡宝珠	对我极有影响的不是文学家本人,而是他们的书,影响我最大的是毛姆著的《任性枷锁》,早年读此书,故事人物至今已淡忘,却不忘其中有无奈,恩恩怨怨,恰如眼前诸事
翁华强	陈强华(我想他定会对文学家这三个字哈哈大笑),不过写诗的文字影响例外
陈绍安	不会讲
陈放任	我最佩服索尔·贝娄,我最喜欢王尔德的童话
李敬德	叶维廉
辛吟松	唐宋诸诗君、爱默森、余光中及杨牧

(续　表)

作　家	问题：古今中外的文学家，谁对你的影响最大？
钟可斯	曹雪芹
炎复阳	林清玄
杨　通	孔子、孟子、陈之藩、曹雪芹、白桦
庄　亚	很多，大部分是台湾作家
吴缓慕	温任平
韵　航	目前还没有

"表一"中24位作家共谈到各种文学期刊26种，其中有12位作家"最喜欢"阅读《联合文学》等台湾地区文学刊物，包括年红、小黑、陈政欣、方昂、傅承得、许友彬、陈强华、钟可斯等当时名作家。"表二"中有18位作家谈到了古今中外对他们影响最大的作家，其中直接指名的外国作家、中国古代作家14位，现当代中国大陆、台湾及海外华文作家18位，其中台湾地区作家12位，数量上占大多数，作家庄亚还坦言影响自己创作的"大部分是台湾作家"。①

我们再看看在《蕉风》上刊登的来自中国台湾地区作家或学者的评论与作品，以及所有关于中国台湾地区作品的评论文章。② 这份名单里，共涉及台湾学

---

① 蕉风策划、琼玛整理：《作家小测验》，《蕉风》第409期（1987年11月号）。
② 《蕉风》刊载的台湾地区文学相关内容如下：覃子豪《台湾十年来的新诗》，第76期。王平陵《论小说的对话》、朱西宁《灵丹》，第82期。覃子豪《象征与比喻》，第83期。罗门《"美"的摄影场》，第86期。覃子豪《由抽象到具象》，第88期。罗门《塔形的年代》，第90期。夏菁《挽诗三首——悼子豪兄》，第135期。痖弦《远洋感觉》，第96期。罗门《欲的塑像》、痖弦《边疆小夜曲》，第97期。罗门《电光远逝》《深秋·庭院》，第100期。痖弦《散文诗两章》，第103期。覃子豪《吹箫者》，第105期。覃子豪《疯狂的时刻》，第109期。覃子豪《灯》，第112期。痖弦《庭院》、余光中《升起现代文艺的大纛》，第141期。痖弦《忧郁》、张默《群赞》、洛夫《外外集》，第143期。郭良蕙《迷惘》、痖弦《给桥》，第144期。痖弦《死了的蝙蝠和昔日》，第145期。梁实秋《莎士比亚的作品是谁作的?》、痖弦《怀人》、施明正《存在》，第146期。痖弦《葬曲》、罗门《欲像》，第147期。郭良蕙《作风》，左拉作、黎烈文译《浴》，第149期。痖弦《现代人之风俗》，第150期。郭良蕙《第四个女人》、梁实秋译《怀恨的代价》、痖弦《季候病》，第151期。苏雪林《李义山诗的特色》、痖弦《护士》、洛夫《投影》，第152期。痖弦《海之歌》，第154期。林海音《失婴记》、高阳《幸福》、痖弦《蓝色的井》，第155期。苏雪林《关于诗经的常识和研究（上）》，第156期。苏雪林《关于诗经的常识和研究（下）》、郭良蕙《晚宴》、林海音《要喝冰水吗?》，第158期。梁实秋《文学的境界》，第159期。郭良蕙《寻欢者》、琦君《凉棚下》、蒋勋《夜语》，第160期。梁实秋《漫谈女人》、黎烈文译《老囚犯的哀伤》、洛夫《诗两首》、余光中《浮雕集》、王文兴《最快乐的事》、罗兰散文，第161期。林海音《蟹壳黄》、郭良蕙《劫数》、余光中《空宅》，第163期。

者和作家 36 位,其中诗人 13 位,包括覃子豪、罗门、夏菁、痖弦、余光中、林泠、杨牧、戴天、张错、杨平等重要台湾诗人;小说家 17 位,包括朱西甯、司马中原、陈映真、郭良蕙、林海音、高阳、苏雪林、王文兴、张系国、黄春明、袁琼琼、李昂、廖辉英、陈若曦、苏伟贞等重要台湾小说家;散文家 4 位,包括梁实秋、琦君、罗兰、柏杨等重要台湾当代散文家。

中国台湾作家南来的隐性影响在《蕉风》中也有表现,这些作家中最具代表性的是谢冰莹、苏雪林。如谢冰莹第一次是在《蕉风》1957 年 12 月第 51 期上出现的:"谢冰莹是当代知名的女作家,想读者对她不会陌生。不久以前,她自台来马度假,现居江沙,在书肆中看到本刊,即寄来《文竹》一稿。我们在此向她深致谢忱,并请读者认真欣赏这篇小说,便知名作家毕竟不凡。"苏雪林第一次刊登在《蕉风》上的是一封信,发表在 1959 年 12 月第 86 期。从那开始,谢冰莹在《蕉风》上发表文学评论和文学作品,以其明丽的散文笔调为五四新文学在新马的传播做出了自己的努力,而苏雪林则借《蕉风》一隅,刊载了自己的学术研究成果,给马华文坛增加了学术的风气。

2.《蕉风》编辑理念与台湾地区文学之关系

《蕉风》的编辑在编辑方针上有着兼容并包的气魄,其对国外文坛的通告不避讳政治因素。《蕉风》最早关于中国台湾文坛的介绍刊载于 1957 年第 38 期"文讯"栏目中,介绍的是台湾文艺界的出版情况,以后几乎每期的"文讯"都介绍到台湾文坛的情况,如第 45 期介绍谢冰莹由台来马作短期旅行、第 46 期介绍凌叔华来马主讲"中国书画之欣赏"、第 47 期介绍"国际笔会中国总会"在台举行年会,等等,内容关涉政治、经济、文化与教育各个方面,一直到第 78 期"文讯"栏目被取消。但 1969 年 8 月第 202 期《蕉风》开设了类似栏目——"风讯",继续介绍海内外各国的文坛发展情况,其中不乏介绍台湾文学的部分,这个刊物一直坚持到第 1990 年 9、10 月第 438 期,这个栏目成为马华知识分子了解台湾的一个重要窗口。另外,《蕉风》上的新书评论、新书新作介绍等栏目也偏爱推介港台文学作品。最早对台湾出版界动态进行介绍的启事刊于 1957 年 11 月第 50 期:"台北启明书局编印之'新文艺文库'全集四十三册,有徐志摩、刘大白的诗,朱自清、落华生的散文,郁达夫、庐隐女士的小说,允称现代新文艺的珍贵。"①最早对台湾地区文学家的介绍刊于1957年12月第51期(介绍谢冰莹及其作品),这是台湾地区文学作品第一次在马来西亚文坛"登台亮相",开了台湾地区文学作品登陆马来西亚文坛的先河。

《蕉风》对台湾地区文学的关注,除了欣赏其本身的艺术魅力之外,还缘于有一个坚实的拥有独立办刊理念的编辑群体。② 纵观《蕉风》,我们可以看到其作品大体延续着从现实主义主导到兼容现代主义作品的变化,这种变化最早出现在1960年5月第91期:"近日的许多年轻作者,尤其星马地区的,往往拿不成熟的作品来作学习的蓝本,以不成熟的作家为师法,刚好就违背了鲁迅的教言。我们有一句古老的格言,就是'取法乎上,得乎其中;取法乎中,得乎其下'。如果我们不以有世界地位的大文豪为观摩对象,我们始终是第三等的作家。理由是因为外国作家有着语言和文字一致之便,可以吸收几百年来的创作经验。至于我们,在四十一年前已经与旧文学分道了。不论我们能吸收多少古代文学,在今天都应用不上了,……本刊有鉴于此,将从这一期开始,陆续介绍世界名家短篇小说。先从主要的文学国家开始,例如法国、英国、俄罗斯、美国、西班牙、德国开始,然后介绍挪威、丹麦、意大利、瑞典、印度、埃及、波兰、奥大利、日本、保加利亚等国。读者只要一卷在手,就可窥世界文学的全貌了。"这之后才有了覃子豪的《台湾十年来的新诗》:"台湾诗坛的正式形成,是在一九四七年至一九五一年之间。在这四年间,诗集的出版,有三十余部之多。这些诗集,多彩多姿,各有其特

---

① 编辑室:《文讯》,《蕉风》第50期(1957年11月号)。
② 488期《蕉风》的编辑人几经变化:创业时期的《蕉风》(1955—1961):从1955年11月第1期到1961年,主编方天,编辑委员李汝琳、陈振亚、常夫、马摩西。第一任主编方天,继而是彭子敦、姚拓、黄思骋。转折时期的《蕉风》:从1961年到1964年第201期,黄崖主编,编辑委员白垚、李苍、周唤。成长时期的《蕉风》:从1969年8月第202期起,编辑人姚拓、牧羚奴、李苍、白垚。中间李苍于第219期赴台求学。从1970年6月第221期起,编辑人姚拓、牧羚牧、周唤、白垚、梅淑贞。从1978年3月第301期起,编辑人悄凌、张爱伦、沙禽。从1979年1月第311期起,编辑人姚拓、白垚、梅淑贞、紫一思、张瑞星(即张爱伦)。第354—357期周清啸曾经加入)。从第387期起,编辑人姚拓、白垚、梅淑贞、紫一思、伍梅凯、张锦忠(即张瑞星、张爱伦)。从第392期起,主编张锦忠,编辑伍梅彩,编辑顾问姚拓、白垚、郑良树、梅淑贞、紫一思。从第399期起,执行编辑王祖安,编辑伍梅彩,编辑顾问姚拓、白垚、郑良树、梅淑贞、紫一思、曾梅井。暂别文坛的《蕉风》:从第482期起,执行编辑林春美,编辑姚拓、许友彬、李锦宗、小黑、朵拉,编辑顾问白垚、郑良树、梅淑贞、紫一思、陈瑞献、永乐多斯、小曼。参见文兵《路迢迢·行徐徐——谈十年来的马华文坛》、姚拓《二十五年话家常——为〈蕉风〉出版二十五年而写》。

点,而以富于时代和现实色彩的自由诗为最。如金军的《歌北方》、墨人的《自由的火焰》、纪弦的《在飞扬的时代》、李莎的《带怒的歌》、钟鼎文的《行吟者》、钟雷的朗诵诗《生命的火花》等,均曾获得好评。"王润华也大胆表明立场:"要谈马华文坛的现状,我认为先要明了整个世界的文艺思潮。在西方,现实主义接着下来的是自然主义。现实主义到陋巷里去寻找题材,自然主义是个医治社会的医生。现在,他们都没法医好癌症。于是,我们有意识流、存在主义、达达派等统称为现代主义的旗帜升起。马华文坛将来必定会跟随这个趋势走。"①这些都为马华文坛 60 年代的现代主义诗歌浪潮做好了铺垫。《蕉风》编辑梅淑贞认为:"现代主义在五十年代中期由台湾引进入马来西亚时,《蕉风》是最先开放园地刊登现代主义作品的刊物,而其他报刊,则因为有着其他我们不便在此详说的原因,拒绝刊登'现代派'的作品。"②

  《蕉风》的变化是历任编辑办刊理念指导下的变化,这些编辑中杰出的除了创刊元老姚拓先生之外,在引进西方文学以及台湾地区文学方面,编辑人张锦忠和陈瑞献的贡献不容忽略。张锦忠从 1978 年 3 月第 301 开始担任《蕉风》的编辑人,一直到 1986 年 12 月第 398 期,前后五年,张锦忠都是《蕉风》编务的重要亲历者。他先后两次赴台求学,在这期间自己由一个文学编辑变成了一位台湾学界重要学者,张锦忠编辑《蕉风》时期,马华一些重要新生代作家都被《蕉风》有意识地培养和支持,如商晚筠、张贵兴、宋子衡、因摩、小黑、李薏苕、谢川成等作家,并有意为马华文坛竖立创作风向标,如第 383 期,张锦忠在《人间灯火——跋梅淑贞〈人间集〉》中认为新马最杰出的前五名诗人为牧羚奴、李有成、梅淑贞、沙禽、紫一思。另外,张锦忠在译介国外文学和提高本土评论水平上,也是耕耘不辍的:《苍蝇王》(第 372 期)、《华裔马来西亚文学》(第 374 期)、《一个标示符号的问题》、《中西比较文学初涉》(第 388 期)、《屠龙手贝尔武甫》(第 392 期)、《当代台湾年轻诗人夏宇》、《翻译·随笔·序跋——林以亮新书书话》(第 407 期)、《略谈"结构主义"》(第 411 期)、《书写的人与无尽的书写》(第 412 期)、《电影就是文学就是雷内》、《必也正名乎——文学之〈现代主义对后现代主义〉的省思》(第 435 期)、《西方理论的反思》(第 467 期)、《异乡叙事/移民论述——论述罗卓瑶

---

① 王润华:《青年作家与马华文坛》,《蕉风》第 172 期(1967 年 2 月号)。
② 梅淑贞:《人间集·蕉风》,《蕉风》第 374 期(1984 年 7 月号)。

的〈秋月〉之后》(第483期)、《文学批评因缘,或往事追忆录》(第486期),张锦忠用其心血浇灌着《蕉风》的成长,也在《蕉风》的编辑史上留下了自己光辉的足迹。

从《蕉风》1969年8月第202期开始,新加坡著名诗人陈瑞献义务出任《蕉风》的编辑,当时其他三位编辑是姚拓、李苍和白垚。陈瑞献从第202到第300期,都在参与《蕉风》的编务,一直到第301期才退居《蕉风》幕后。① 纵观陈瑞献编辑《蕉风》的表现,有一点我们要注意的,就是他为新马文坛提供的世界视野,最重要的就是将当时在西方方兴未艾的现代主义带入新马文坛,使得新马文学的面貌一新。"我的视界,不是整个世界,你的视界,不是整个世界,他的视野,不是整个世界;只有一些自我狂妄、自我中心、自我局限的人,才会以自我的世界为别人的视界。"②"牧羚奴的创作态度,既严谨而又勤奋,读者可以从他的作品中,读出他的功力,也可以发现在他的笔下,题材接触面的广和深。他除了写了一首诗一篇小说外,还设计了这一期的封面,几幅作家造像,和两张精彩的标题设计。在下一期,他将为读者们译出一些有关马来现代诗人拉笛夫的作品。"③陈瑞献出身外文系,在语言上很有优势,法语、英语、马来语、泰米尔语。他的译作和文学创作观念很多都是借用过来的,如"要谈文化沟通,翻译工作是必需的,马星两地,由于历史与地理因素,正像一枚多角的钻石,吸纳各方不同光线,再折射出去,便于不同语文文化的汇流,第一本华译《圣经》是在马译成的。"④如"我们在上期预告了要在这一期发表一些介绍马来现代诗人拉笛夫的文字;现在,通过梅淑贞、地中海、牧羚奴三人的合作,分别译了三篇诗文,使之成为这一期蕉风内容的一个集结点。让读者了解同一社会里另一个语文世界的趋势"。⑤ 这段时期牧羚奴⑥翻译的作家作品有:叶夫杜星可《巴比牙》(诗歌,第203期)、艾略特《多

---

① 李苍(李有成)说:"我在时大家合作编《蕉风》是义务的,陈瑞献没有领取编辑费。他在组稿方面也费了很大心力。"见笔者与李有成2014年8月19日的通信。
② 编辑室:《风讯》,《蕉风》第205期(1969年11月号)。
③ 编辑室:《风讯》,《蕉风》第202期(1969年8月号)。
④ 编辑室:《风讯》,《蕉风》第265期(1975年3月号)。谈到的是陈瑞献翻译的《猴学人样——译者的苦役》一文。
⑤ 编辑室:《风讯》,《蕉风》第202期(1969年8月号)。
⑥ "牧羚奴"此名的来由有这一说:"他著有牧羚奴诗集,他之取名羚羊,源于'羚羊挂角,无迹可寻'的出典。因为其妙处,透彻玲珑,不可凑泊。如空中之音,相中之色,水中之月,镜中之象,言有尽而意无穷,以禅理喻其作品,正如内典所云:'不即不离,不粘不脱'也。"参加王逊:《一个平凡人——瑞献,不平凡的成就》,《蕉风》第332期(1980年11月号)。

风之夜狂想曲》(诗歌,第 205 期)、里尔克《里尔克诗五首》(第 205 期)、沙姆尔·毕克《结局》(剧本,第 207 期)、尼金斯基《尼金斯基日记——生命》(第 210 期)、《尼金斯基日记——死亡》(第 213 期)、《尼金斯基日记——感觉》(第 214 期)、《拉笛夫诗选》(第 220 期)、《拉笛夫〈湄公河〉前言》(第 241 期)。之后主要画画像,如阿伦·何布——格力叶(第 211 期)、詹姆斯·乔哀思(第 211 期)、川端康成(第 231 期)、艾利帝斯(第 322 期)、米活斯(第 334 期)、安东尼·白吉斯(第 367 期)、威廉·勾鼎(第 372 期)。另外,还有插图,如《树与他的感觉》(第 230 期)。

3. 新马两地华人旅台作家群的优异表现

从《蕉风》刊载的内容可以看出,旅台作家的成长与《蕉风》的发掘与推介有很大的关系。在 1964 年 5 月第 139 期上发表散文《影子篇》的丹枫是"本邦一位留学外国的青年学生,他的年纪虽轻,但人生的阅历甚深,他现在攻读的是哲学,另外又研究中国诗词,他的这篇《影子篇》,充满了智慧,也表达了他对人生的深刻了解,请读者不可错过"。[1] 余中生发表在《蕉风》第 204 期上的小说《恋爱季》是第一篇在《蕉风》上发表的旅台马华学生作品,这也是"《蕉风》刊登'海外留学生作品'的一个开始",编者认为"留学生,在母社会和海外社会之间,常是文化沟通的媒介,是社会的新风气开启的先驱者。我们愿意看到更多的留学生在学工学理学医之余,在这方面做一些努力"。[2] 第 296 期刊登赖敬文《槟城大雨》,编者介绍"赖敬文刚从台湾学成归来,目前在槟城一家报馆当编辑,《槟城大雨》是他回国后第一首诗"。[3]

第一代的旅台作家包括陈慧桦、王润华、淡莹、林绿、温瑞安、方娥真、李有成等人。《蕉风》在 1977 年 5 月推出"留学生作品"专号,其中编辑介绍道:"李苍、何彬、赖敬文、朱牛人、陈慧桦、余中生、淡莹、王润华、林绿……,他们在出国前曾在蕉风发表过作品,出国后也寄回作品在蕉风发表,他们有的还在读学士、硕士、

---

[1] 《编者的话》,《蕉风》第 139 期(1964 年 5 月号)。
[2] 编辑室:《风讯》,《蕉风》第 204 期(1969 年 10 月号)。同期刊登了另两位留学生的作品:柯彬《红豆》、林绿(在美国读比较文学)《雾》。
[3] 编辑室:《风讯》,《蕉风》第 296 期(1977 年 10 月号)。

博士学位,有的已经得到了学位留在国外教书,有的回来了,像刘放(现在星加坡一家大学当讲师,教社会学)。"①第二阶段的旅台作家主要有李永平、潘雨桐、商晚筠、张贵兴等人。第408期"弄了个'傅承得小辑'。傅承得生于槟城,就读台大中文系,毕业后回国先是执教于槟岛兼编星槟日报文艺副刊《文艺公园》,两年后(即目前)任教于吉隆坡中华大学,并任舍监"。②傅承得曾自述:"自中国文学作品中,我学得的创作技巧,不比外文的少。比如精炼、节奏等。但外文系教的,自然是较有系统和方法。我修过外文系的课,王文兴、颜元叔和张汉良的课也旁听过"。当访者问:"台湾作家中,你有较偏爱的吗?"傅承得说:"喜欢的不少,刻意模仿的不多。余光中和杨牧的诗、张爱玲和白先勇的小说、张晓风和张系国的散文与杂文,皆深得我心。"③第三阶段的旅台作家,指的是20世纪80年代末90年代初活跃在台湾文坛的旅台生,其代表有林幸谦、黄锦树、陈大为、钟怡雯、辛金顺等人。④"有一群热爱文学的'大马留台学生',在台湾搞文学组织,出文学刊物,还办文学奖。他们是'大马青年'。'大马青年社'三位代表曾与本刊编者畅谈,他们带来了'第七届大马旅台文学奖'的得奖作品。这些作品水准颇高……可以肯定的是,他们的作品该规划入马华文学之内。本刊选载了三篇主

---

① 编辑室:《关于留学生作品》,《蕉风》第236期(1972年10月号)。
② 《编者的话》,《蕉风》第408期(1987年10月号)。
③ 散发生:《衣上酒痕诗里字——雨夜访傅承得》,《蕉风》第408期(1987年10月号)。
④ 《蕉风》上刊载的旅台作家作品如下(商晚筠、张贵兴的作品另外列出):潘雨桐《归乡路》,第368期。潘雨桐《归去凤凰镇》,第373期。《期待中的蓝色诗人——陈强华印象、访谈录》、《陈强华返马后的作品》、傅承得《都是因为这个时代——陈强华近期诗作试探》,第400期。《陈慧桦访谈录》,第407期。黄锦树《剑客之死》,第416期。黄锦树《树》,第430期。黄锦树《一月某日之怔忡》,第441期。黄锦树《冞》,第443期。潘雨桐《双坡坳纪事》,第449期。陈大为《回乡偶诗》,第451期。钟怡雯《破茧》,第453期。黄锦树《胶林深处》,第461期。陈大为《美猴王》,第462期。陈慧桦《思考、思想与想象力》、陈大为《摩诃萨垂》,第463期。潘雨桐《黑水驿站》(电影剧本),第466、467期。陈大为《从"当代"到诗"选"——〈马华当代诗选(1990—1994)〉》,第471期。钟怡雯《历史文本的影像化——余秋雨散文的叙事策略》,第478期。钟怡雯《中国当代文坛现况——从独白到复调的质变》,第479期。陈大为《"江湖"与"剑"——武侠小说的两个重要符征》《正邪之辩:〈笑傲江湖〉武侠陈规的颠覆》,第475期。陈大为《从本体到现象——论罗门的存在思考》、陈大为《罗门都市文本的"雄浑"气象》、钟怡雯《主体生命的觉醒——莫言小说中肉体和欲望的合理性逆转》,第480期。黄锦树《回归文学:无声的马华文学运动》,第482期。黄锦树《芒刺》,第483期。黄锦树《永远在,永远不在——读朱天心〈古都〉》,第485期。黄锦树《批评之必要・专业之必要・书写之必要》、黄锦树《玉兰花・影》,第486期。黄锦树《书写因难:困难意识/困难的书写》、黄锦树《奔向芒果树》,第487期。

奖作品,以让本地读者听听这批海外同学的声音"。①

　　提到旅台马华作家的成长,我们必须谈到文学奖的推进作用,而《蕉风》对文学奖的推介也是不遗余力的,如台湾联合报小说比赛、台湾《中外文学》的创作比赛、台湾时报文学奖征文启事。② 除了这些,《蕉风》在1982年11月第355期还刊出过"第五届台湾'中国时报'文学奖专辑",刊登了台湾作家廖辉英的小说《油麻菜籽》和吴鸣的散文《湖边的沉思》,同期刊登了白先勇、尼洛、司马中原、尉天骢、叶天涛、王梦鸥、余光中、何欣、林文月等决审委员的决审意见。1988年陈慧桦著文介绍了一部分旅台作家的成就,其中包括傅承得、陈强华、张贵兴、方娥真、商晚筠、张寒、潘雨桐。她说:"张贵兴一九七九学年度在师大英语系曾上过我开的'文学批评',当时即在文坛崭露头角,其短篇小说即先后获得'中国时报'所举办的年度文学奖,其短篇小说集《伏虎》一九八〇年由时报出版公司出版。沉默了好几年后,今年他又以《柯珊的儿女》荣获了'第十届时报文学奖中篇小说奖',这中篇分八十八次在《时报人间副刊》连载,今年五月廿五日才连载完毕。……方娥真本来在台大中文系就读,八九年前由于余光中推荐转入师大英语系就读,一年后即因种种原因离开。方娥真的诗文清丽委婉,她真是一位才女。其中推理小说《禁地》于本年六月廿九日在'中国时报'(大地版)连载,至七月廿五日才登载完。……李永平的第一篇短篇小说《拉子妇》一九六八年在台北的《大学杂志》刊登,即受到颜元叔的赞赏。颜的《评〈拉子妇〉》后附在《拉子妇》一书(台北:桂冠,1976年)后,167—169页。刘绍铭七年前用英文在台北的《淡江评论》(Tamkang Review)上评论李永平,说他是继陈映真、白先勇、陈若曦、黄

---

① 《编后话》,《蕉风》第440期(1987年1、2月)。这一段中对"旅台作家世代"的划分,除参考同时期《蕉风》上刊登的作家作品轨迹外,还参考了陈大为的《序:鼎立》,参见陈大为、钟怡雯、胡金伦主编:《赤道回声》,台北:万卷楼2004年版。

② 《蕉风》上刊登的台湾文学奖启事:"台湾联合报举办第一届小说比赛,培植新作家,'海内外'华人皆可应征。头二三奖奖金各为新台币五、三、二万元,及入选佳作若干。作品以五千到一万五千字为准,须为未发表者,七月卅一日截止,九月十五日揭晓。联合报址:台北忠孝东路四段五五五号,信封写'应征小说'。"第288期《风讯》:"台湾的《中外文学》月刊为了纪念创刊五周年与提高散文创作的素质与风气,特举办一项'散文创作比赛':欢迎海内外所有对散文写作有兴趣的朋友'参加,'新面孔老作者在所欢迎,稿长字数不拘,截止日期为四月十五日。请寄:台北罗斯福路四段台大外文转中外文学月刊社编辑部。"第339期《风声》:"'第四届时报文学奖征文'启事。第355期:"第五届台湾'中国时报'文学奖专辑"启事。

春明和王桢和以来,在七十年代最重要的小说家之一。李永平把近年写的十二个短篇辑为《吉陵春秋》一书,一九八六年交由'洪范书局'出版,书前有余光中的赏析文字《十二瓣的观音莲》,对小说的技巧、背景、象征和文字特色等有鞭辟入里的剖析。此书出版后曾受到热烈的讨论,例如龙应台的苛评,使得作者在第二版时,对某些文字作了些许润饰修正。"[1]从这些信息中,我们可以看出台湾地区对马华作家的高度评价。

旅台作家作品在《蕉风》上发表的代表作家还有商晚筠和张贵兴。从1973年4月第242期刊登诗歌《今夜风满楼》之后,商晚筠在《蕉风》上发表了诗歌小说及散文共计12篇,其中包括她的小说代表作《痴女阿莲》(第297期)、《夏利赫》(第305期)。《蕉风》对商晚筠的推荐也是不遗余力的,首先是第272期,"比较上,商晚筠还是一位新人,目前正在台大外文系深造,这篇《秘密》,对一个少妇心里的秘密,有相当细腻的描写"[2]。接着是第296期,介绍商晚筠小说《戏班子》时言:"商晚筠已自台大外文系毕业,她说将留在台北一个短时期致力写小说,并每期寄一篇给本刊发表。"(《风讯》)同时,还对商晚筠的作品(包括返马之后的作品)进行了推荐,如第301期中,"八打灵《鼓手文艺》将于五月出版丛刊《鼓阵》。这一期的鼓阵阵容",其中有商晚筠、潘友来等的小说,温任平、沙禽、子凡等的诗,陈蝶、梁纪元等的散文,叶啸、荒漠、梁纪元的评论等等。鼓手文艺出版社的鼓手包括子凡、叶啸、潘友来、萧郁等,他们于年初组成了鼓阵,并出版了第一号的《鼓手文艺》,第二号《鼓阵》则改为32开的丛书方式。在第304期上对商晚筠短篇小说集《痴女阿莲》进行专门篇幅的介绍。在对商晚筠作品的评价上,也极力配合,如第305期刊出了商晚筠的中篇小说《夏利赫》,同期也刊登了对这部小说的评析——柳非卿《评〈夏利赫〉》,编者言"商晚筠的《夏利赫》亦是一个中篇,长约四万字,有极浓厚的地方色彩。为了配合柳非卿的评析,全文一次刊完"。之后,在第307期和第309篇刊载了两篇专门的评论文章,第407期《蕉风》还刊载了台湾《文讯月刊》第26期曹淑娟的《镜里境外》,《蕉风》对商晚筠的重视溢于言表。这之后,《蕉风》陆续刊出了商晚筠的《疲倦的马》(第397期)、《零余者》(第398期)、《季妤》《卡普晶娜·咖啡乡愁的错觉》(第399期)、《蝴蝶

---

[1] 陈慧桦:《马新"留台作家"初论(上)》,《蕉风》第419期(1988年10月号)。
[2] 编辑室:《风讯》,《蕉风》第273期(1975年11月号)。

结》(第 400 期)、《问题》(第 408 期)、《街角》(第 419 期)、《暴风眼》(第 411 期),这个长期的编者与作者的合作把这位"观察既敏锐且又深刻的才女,那有女性主义者所一再强调的'非我莫属'的经验领域"的细腻的艺术笔法完美地展现在读者的面前。

张贵兴与《蕉风》的缘分也是不浅,从 1978 年 5 月第 303 期在《蕉风》上刊载第一篇小说《一个惧怕贝多芬的音乐家》开始,《蕉风》对他进行了全程性的追踪。载在 309 期上的《狂人之日》的编后话中,编辑这样盛赞张贵兴:"砂劳越作者张贵兴负笈台北后,二年来在海那边发表了六篇小说,他最近被那儿的年度短篇小说选编者季季誉为'想象力极强,很能掌握故事情节的进展和烘托;从而在作品中表现亦步亦趋的情绪和张力。他的文字驾驭能力也很好;已能视题材、人物之不同而选用不同风格的文字。……他潜力深厚,是……值得注意的'。张贵兴的小说《伏虎》获得台北第二届时报小说甄选优等奖。我们选刊了他的小说《狂人之日》,读者自可从中探窥作者近期小说的风貌。"①之后,《雄辩的魂》(第 311 期)、《为了一块完整的三明治(跋)》(第 354 期)、《猴戏》(第 361 期)、《潮湿的手》(第 370 期)、《黑蛇》(第 373 期)、《黑蛇》(第 375 期),直至第 424 期还辟专栏推荐张贵兴的新作《柯珊的儿女》(1988)。

旅台作家群以其艺术上的大胆实践赢得了马华本土作家的尊重,老一辈马华现实主义作家对后辈旅台作家也是非常欣赏的,雨川曾经这样说:"撇开了如上所述的中国五四运动时代的文学作品,在 80 年代读到莫言的《红高粱列传》,才惊觉原来小说是可以这样写的。后来又读了张贤亮的《男人的一半是女人》,也惊叹不休。到了后来王组安先生和黄锦树博士介绍了如《百年孤寂》现代小说给我,更令我眼界大开。说来惭愧,我是在 80 年代以后才触到这些作品,可见我在文学这方面是多么的孤陋寡闻。当然,当前马华文学作品中,也有许多令我折服。如黄锦树博士、黎紫书、钟怡雯,以及最近读到的《群象》的作者张贵兴。这些作品,都像指南针,给我指引写作的方向。"②我们可以大胆地预测,旅台作家们的艺术贡献一定会对马华本土现代文学进行反刍,在内外求变、互相竞争的过程中,马华现代文学势必迎来它的辉煌时期。

---

① 《编者的话》,《蕉风》第 329 期(1980 年 8 月)。
② 林春美:《千秋事业稻粱谋》,《蕉风》第 487 期(1998 年 11、12 月号)。

4. 结语

纵观 500 期《蕉风》，我们可以归纳出它与马华现代文学关系中几个值得注意的问题：首先，港台文学对新马文学的影响甚大，但新马文学的独立性是我们不能忽视的。从《蕉风》的创刊到第 488 期休刊到后来复刊，本土性创作的坚持始终与吸收外来影响之间起着摩擦与纠葛。在创刊的开始阶段："在这三年当中，蕉风的内容曾有过几次的改进，也曾有关心我们的朋友向我们几度提出建议，希望我们能把蕉风的内容改为综合性，好适合更多读者的趣味。我们深切知道：在这文艺气氛不算浓厚的当前环境中，办一份既不带政治色彩，又没有黄色情调的纯文艺刊物，的确是件吃力不讨好的事情。"[1]可以看出《蕉风》要走的是一条纯文学的道路。在同一期上，有读者指出希望"《蕉风》少用香港和台湾的作家的作品，多用马来亚本地作家的作品"[2]，但综观前三年的《蕉风》，在坚持纯文学道路的时候，《蕉风》采用的港台文学作品并没有多少。即使在旅台作家群大量被引荐的同时，《蕉风》的重点还是在刊载本土作品，如 1989 年 6 月第 427 期上刊登的《当今马华文学的趋向——〈蕉风〉作者座谈会》，实际上是一次马华本土派的大聚会，参会的有曾希邦、小黑、林月丝、陈政欣、叶蕾、陈强华、马巧芸、艾文、菊凡、游牧、黄英俊、雨川、宋扬波、野蔓子、何乃健、继程法师、方昂、温祥英、钟可斯、张圆圆、陈佑然、吕育陶、苏旗华、加爱、彭佩愉、宋书启、小曼、林燕何、傅承得、洪泉、郭诗宁、采韵、吴龙云，包括第 428 期编者题为《重视本地作品》的呼吁，这些都是为本地作家的创作张目。小黑曾言："我在马大念书的时候有机会认识了悄凌，她给了我无限的自由，写自己喜欢写的东西。所以可以创作得很是快乐，虽然在写的过程也属辛苦。原来创作就是这样，作品能够得到编者的信任，也就越写越勇。如果编者有他一定的嗜好，不能宽宏大量容纳其他类型的创作，已直接谋杀任何有兴趣创新的作者。更遑论栽培新秀了。"[3]也就是说，《蕉风》通过评介、刊载海外文学作品，"盗火自用"的同时，其刊物的重点还是集中在刊载马华作品、鼓励本土作家群的创作上。

---

[1] 申青：《展望马华文艺的远景——为〈蕉风〉三周年而作》，《蕉风》第 72 期（1958 年 10 月号）。
[2] 读者：《爱之深 责之切》，《蕉风》第 72 期（1958 年 10 月号）。
[3] 小黑：《序》，见《小黑作品集：黑》，吉隆坡：蕉风出版社 1979 年版，第 1 页。

其次，中国的五四新文学传统一直影响着新马文坛，特别是本土作家。郭书远指出："五四时代是中国文学史上的一个重大转折点，其作品对马华文坛的影响也至为巨大，但有关的资料却十分缺乏；从这期起，郭书远将陆续给我们译介五四作家传略，以补助这方面的不足。"[①]另外，刘霭如、李金发、温梓川、梅淑贞等人的文学专栏，也保留和传播了大量的中国现代文学的信息。笔者统计了《蕉风》上对中国现代文学名家作品的介绍近100篇，其中包括鲁迅、胡适、陈独秀、周作人、钱玄同、刘半农、许地山、郁达夫、茅盾、徐志摩、傅斯年、罗家伦、张恨水、柳亚子、巴金、冰心、朱自清、李金发、丁玲、沈从文、曹禺、何其芳、李广田、张爱玲、丰子恺、朱光潜、唐湜等中国现代文学重要作家。

最后，在中国台湾地区与马华的文学交流过程中，总体上呈现"台湾从不了解新马到慢慢了解，马来西亚对台湾文坛的了解多于台湾对马来西亚文坛的了解"的状态。《蕉风》从创刊之初就开始刊载台湾文坛的消息，几乎每期《蕉风》都有过对台湾文坛的介绍，而台湾方面对马华文学的了解就差了很多，引起台湾文坛注意的主要是旅台作家们在台湾的成就。李昂曾经这样坦白道："我对马来西亚一直都有好感，因为有两位马来西亚作家在台湾的表现，使台湾作家甚至是亚洲作家在很多方面都望尘莫及的，他们就是李永平和商晚筠。他们的小说人物虽然是地域性的，如商晚筠写的《痴女阿莲》和李永平写的马来女人，但因小说的艺术层次很高，当我们读时，并不太觉得是在写我们完全不熟悉的地方。李永平的《吉陵春秋》最近获得的一致好评，是我不用再多讲的。"中国时报"还特别给了一个推荐奖来奖赏它。这本书所描写的马来风光，我在抵马后请教了一些本地人，如《拉让江》的描写，形象就非常鲜明。我一直都觉得很好奇，那是一个怎么样的土地，竟能培养出两个这么好的作家，所以我很想亲自来看看，也希望更多像李永平或商晚筠的作品。"[②]这种不对等的交流过程是马华文学研究者必须注意的问题。

[①] 编辑室：《风讯》，《蕉风》第303期(1978年12月号)。
[②] 琼玛整理：《李昂、陈艾妮座谈会纪要》，《蕉风》第402期(1987年4月号)。

第三章
狮城透视：
新加坡华人国族意识建构历史的文学考察

从历史发展的角度来看，大部分民族是在"国家"这个政治实体形成之后，从语言、文化等意识形态方面来确立其属性的。"国族意识"是透过"国家建构"和"民族建构"两方面演变的一种现代现象，其中"国家建构"方面包括领土构成、政治结构、经济制度、官僚体系、行政及司法结构、监控及情报工作、管理（包括出入境管理）、国防等功能；"民族建构"方面包括公民权、国家文化、语言及教育制度等属性。[①] 根据安德森的说法："民族性和民族主义一样，是一种特殊的文化制品"，而民族是一个"想象的"政治共同体，"天生受到限制却又是自主的"。[②] 新加坡就是这样一个新兴的国家，由华人、马来人、印度人和欧亚裔后代组成，由于历史原因，新加坡也面临着族群关系紧张的挑战。作为执政当局，新加坡政府首先必须找出一个让所有族群都能获得平等对待的方案；其次，它必须打造出一种国族认同。一个在没有考虑到族群差异的情况下或在每个族群仅着重本身族群利益的情况下成立的国家，可能会变成一个没有公民的国家，或导致其公民变成没有国家的人。[③] 另外，也有一种看法认为新加坡人的"国家认同"，就是他必须

---

① Graham Smith, "Nation-state," in *The Dictionary of Human Geography*, eds. R. J. Jonhston, Derek Gregory, Geraldine Pratt and Michael Watts (Oxford: Blackwell, 2000), pp.533-535.
② Benedict Anderson, *Imagined Communities: Reflections on the Origin and Spread of Nationalism*, Revised Edition (London and New York: Verso, 2006), pp.4-6.
③ 可参考 Abah and Okwori, "A Nation in Search of Citizens: Problems of Citizenship in the Nigerian Context," in *Inclusive Citizenship: Meanings and Expression*, ed. Naila Kabeer (London and New York: Zed Books, 2005), pp.71-84.

要自认为是新加坡人，而不是华人、马来人、印度人或"混种人"。对于能够团结新加坡人的节庆和标识，如国庆日、国旗、国歌、总统与总理，必须要尊敬，并参与国家的事物，必要时愿意为国家而牺牲。① 显然，后者所提示的"国家认同"是新加坡政府需要的，因为从现实的国际环境下，新加坡需要这种国家凝聚力。但新加坡的多元族群的国家构成形式，在照顾每个族群保留各自文化传统的同时，又要兼顾国家意识形态，这其中的冲突是必然的。

新加坡建国历史从 1965 年算起，近 60 年的建国历程中，在繁荣昌盛的面貌下，存在着一些与新加坡华族认同息息相关的历史关键词，如"华校②运动"和"双语政策"。前者涉及的马共历史、左翼学生运动、华文教育、南洋大学事件等等都已被整合到新加坡官方历史之中；而后者则涉及当代新加坡华人的"失根之痛"（涉及华人语言和华族文化）。下面就以新加坡建国以来重要的华人作家及其作品为线索，分析这些作家对华校题材及华文教育的书写方式，以及书写方式背后所隐藏的作家创作心态，从而尽力阐释和还原新加坡建国以来文学视野中的新加坡华族国家意识的建构过程。

"华校书写"的创作主体是华校教育背景的华人作家，不包括英校教育背景的华人作家（又称"英校生"）③。如果以代际区隔为"新加坡华人作家"的划分标准，首先是资深作家，他们出生于 20 世纪三四十年代，在新加坡 1965 年建国时已经开始文学创作，代表作家英培安、陈瑞献、郭宝崑等人。其次是中生代作家，他们出生于 50 年代，经历过新加坡自治（1959）、建国（1965），以及七八十年代经济腾飞期，也经历过南洋大学被关闭（1980）、两大华文报刊被合并（1983）的历史时刻，代表作家张曦娜、希尼尔、谢裕民等人。最后是新生代作家，他们出生在

---

① Chiew Seen-Kong, "Singapore National Identity" (MA thesis., Department of Sociology, University of Singapore, 1971), pp.52–53.
② 在新加坡，华文源流学校（简称"华校"），指的是以华文为教学语言的学校。这些学校大多是在殖民地时期由华族社群的富商、宗亲和同乡会馆所创立的，以提倡中华文化和语言为目标。新加坡政府 1987 年开始将整个教育制度改为英语源流，一致以英语为第一语文，母语为第二语文，这标志着以英语为主、母语为辅的双语教育制度在新加坡的全面实施，从此，传统意义上的华校就不复存在了。
③ 新加坡英校背景的华人对推广华语基本上是抵触和被动的态度，认为华语是一种没有商业价值的语言。但近年来因中国经济的飞速发展，这些人也慢慢参与学习汉语的运动之中。参甘于恩：《进一步提升中文水准，重新认识方言的价值》，见李如龙主编《东南亚华人语言研究》，北京：北京语言文化大学出版社 1999 年版，第 28—29 页。

20世纪六七十年代,经历过华校被统一教学源流事件(1987)以及华校被迫转型的80年代,被称为"末代华校生"[①],代表作家梁文福、柯思仁、殷宋玮、陈志锐、黄浩威等人。这里"华校书写"的"新加坡华人作家"也不包括90年代以来,从马来西亚、中国到新加坡谋生的"新移民作家",如游俊豪、许维贤、余云、宣轩、恸舟、何华、周兆程、邹璐、李叶明等人,主要原因是他们没有经历过新加坡建国以来的重要历史事件,特别是70年代中期以降华校没落的历史进程,他们的文学创作也没有涉及华校题材,更遑论华校情结。

一、资深作家的歧路:威权政治之下的文学理想与现实处境

谈到新加坡资深作家,英培安[②]、陈瑞献[③]和郭宝崑[④]无疑是其冠首,皆可谓当代新加坡国宝级作家。他们所处的20世纪六七十年代,新加坡政府对华人媒体和文化工作者持的是打压态度。如1971年5月2日,《南洋商报》总经理李茂成、总编辑仝道章、主笔李星可、人事经理兼公共关系经理郭隆生四人,就被新加坡政府指控"假借保卫华文华教为借口,煽动种族、语言和文化情绪,借以引起尖锐冲突"[⑤],同时将四人以"内安法令"名义逮捕。柯思仁曾这样描述新加坡建国初期的政治环境:"新加坡在1965年突然脱离马来西亚而成为一个独立的国家,政府为了加强这个蕞尔小国的生存机率,采取强烈的务实主义政策,以吸引国际资本的经济建设为建国主轴。这种背弃理想主义、否定意识形态的作风,一方

---

① "末代华校生"语出何濛给流苏写的序言,原话是"流苏让我想起那班末代华校生,那班具有高水准华文却令英文老师既忧且怕的华校生"。参见何濛:《序:拳拳真意,感深情》,见流苏《真心如我》,新加坡:新加坡作家协会1994年版,第2页。
② 英培安(1947—),新加坡人,祖籍广东新会,新加坡义安学院中文系毕业,现为职业写作者。
③ 陈瑞献(1943—),印尼苏门答腊人,战后迁居新加坡,祖籍福建南安,新加坡南洋大学现代语言文学系本科,新加坡著名作家、画家和社会活动家。
④ 郭宝崑(1939—2002),祖籍河北衡水,1949年到新加坡。1965年郭宝崑和从事芭蕾舞工作的太太吴丽娟成立了新加坡表演艺术学院。1968年郭宝崑进入新加坡广播电台担任导播,为时三年。1976年因政府一次大规模反"左"倾运动被援引内部安全法令入狱,1977年被褫夺公民权,1980年出狱。1983年开始用英语创作,成为新加坡戏剧史上最杰出的双语剧作家,1986年成立新加坡第一个专业戏剧表演团体——实践话剧团(1996年改名为"实践剧场")。
⑤ 本刊记者:《本报前总经理与三位高级职员昨日凌晨被当局扣留》,新加坡《南洋商报》1971年5月3日,第1版。

面,长期以来确定新加坡的经济发展与物质累积,并取得让世界侧目的成果,另一方面,则与民间对于国家建构的信仰方式渐行渐远。"①在大时代中,资深作家们的人生经历与文学创作相结合,同时又与华校命运相关联,在三方面的互动中,华人文化传统、华文教育命运必然是作家们关注的对象。

陈瑞献在新马文坛的地位是崇高的,他成名于20世纪60年代,以对西方文学的追慕和模仿见长,在小说、诗歌两个领域颇有成绩。陈瑞献这样谈到自己的华校因缘:"我在华中时耽读五四时期作品及中国古典文学,到南大跟梁明广一样,读现代语言文学系,全面接触英语系的西洋文学,旁及东南亚文学以及港台华文现代文学,毕业后到法使馆工作,全面接触法语系的西洋文学。以这样的背景出发,自然不可能接受当年流行于文坛的'现实主义'为惟一的文学体制。所以,就选择来说,那是有意的,明广更在理论上大力鼓吹,我以大量的创作与译作给他支持。就创作言,鼓吹现代文学,其实是鼓吹自由创作。"②他的早期小说中有现实主义的关怀,如《缘分》(1964)中阿千和妻子玉宝在多子女家庭中的生活苦累,也有对华人文化传统的护持。再如《异教徒》(1966)中华人身份的"我"与英文家教美国人 Miss Squeeze 之间的文化冲突。这些早期小说中,运用了大量的意象描写、象征隐喻、情节跳跃、变形事物的描写,以标题与内容之间隐喻效果为例,如"异教徒""针鼹""海镖""水獭行",彰显着陈瑞献通过西方现代主义文学对异化人生书写的努力方向。值得指出的是,"鼓吹自由创作"的姿态,何尝不也是他对威权政府的一种反抗姿态呢?

英培安在60年代中期就与一些思想"左"倾的知识分子接触,他对鲁迅情有独钟,是新加坡作家中维护五四新文学传统的代表。究其原因,一方面是英培安喜欢鲁迅的现实主义战斗精神。《园丁集》序言中还不断提及鲁迅、柏杨,后来柏杨被英培安扬弃,也是从这一集开始,英培安的杂文中开始不断出现鲁迅及其言论。杂文《救救孩子》内容虽与鲁迅无关,也拉来鲁迅小说名句作招牌。《风月》最后一句"准风月谈",则直接套用鲁迅作品的标题。另一方面,政治环境的变迁以及知识分子的使命感,让英培安与鲁迅产生了跨时代、跨地域的共鸣。他的杂

---

① 柯思仁:《导论:另一种理想家园的图像》,见《郭宝崑全集》第一卷,新加坡:八方文化创作室2005年版,第15页。
② 吴启基访问:《我一直都在这里》,新加坡《联合早报·文艺城》1992年2月23日,第2版。

文创作,批评现政府的不合理政策,很多次都触动到新加坡政府的敏感神经。①如《书价》《知识垄断》《谈教育》中谈到双语教育对华文前途的影响,《踏实的态度》(1984)谈到新加坡的语言政策,认为新加坡官方"母语是民族的灵魂,英语是国家走向成功的武器。基于国家与民族的利益,双语政策是唯一的成功之道,此外别无他法"的说法中暗藏玄机,实则是讲"国家要进步,语言要沟通,就从今天起,大家学——英语"(《翻身碰头集》53)。再如,对新加坡华文教育问题的关注。《书价》《华文书业》对华文书店经营状况的担忧。《薪水》《现实》反映新加坡中学教育重理轻文的现象。《每逢佳节倍思亲》批评新加坡对华文的"实用"政策。在另一篇杂文《华校生与华文教育》(1991)则直接把批判的矛头指向了新加坡政府的双语化教育:"我们看到英文好的华校生(所谓好是能讲能看能写)被高高在上的单语精英(只能说英语)压得喘不过气;我们也看到媒介大肆宣传所谓'懂华文'的英校生(只懂得讲华语或看浅易的华文,但不会写华文),但很少(几乎是没有)媒介赞扬一个不但会讲而且会书写英语的华校生。"②

郭宝崑跟英培安一样,早期也因为接触"左翼学生运动"而受牢狱之灾。郭宝崑的中小学时代正好在 20 世纪 50 年代初期新加坡从殖民地走向独立的阶段,在这个时期,郭宝崑也经历了新加坡 50 年代学校戏剧运动由盛到衰的过程,当时学校戏剧演出团体有中正中学、华侨中学、南侨女中、南洋女中、公教中学等学校。郭宝崑的剧本创作是一种理性的启蒙式作品,主题选择、人物塑造方面显得单薄,延续和继承的是中国左翼立场的现实主义话剧传统,如《喂,醒醒!》(1968)、《挣扎》(1969)、《成长》(1975)等都是重要代表作。到了 80 年代,郭宝崑创作了《小白船》(1982)、《棺材太大洞太小》(1985)、《单日不可停车》(1986)、《嗐哎店》(1986)、《傻姑娘与怪老树》(1987),这些作品关注社会转型期的新加坡社会,其中透露着郭宝崑对于理想与现实、传统与变革、艺术追求与现实人生等问题的深入思考。郭宝崑早期创作的集大成者是《小白船》(1982),剧中成功地塑

---

① 1983 年 4 月到 1984 年 10 月,英培安在《联合晚报》写专栏,后来"据编辑告诉我,因为某部门打电话给报馆,表示对我的一篇叫《笑话二则》的文章不很高兴。不知道电话在别地方的报馆有多大的威力,在我们这儿是不小的,至少我的'人在江湖'便立刻不见了。"参见英培安:《几句话》,见《身不由己集》,新加坡:草根书室 1986 年版,第 5 页。
② 英培安:《蚂蚁唱歌》,新加坡:草根书室 1992 年版,第 121 页。

造了华校出身的孙乙丁形象。在剧中,我们能够感觉到郭宝崑对华文文学前途的担忧,"我们一向不太看重历史,这一阵积极谈历史,其实表现了明显的失意感。正如孙乙丁说的:'……人得意的时候,总是向前看;失意的时候,总是向后看;……为了找安慰?找根源?找力量?……我也不知道……'他不知道,所以他无所作为,含恨而终",接着的一句"我们应该设法知道华语话剧处于这危机时刻,有'危险',也有'机会',还是可以有所作为的。我们的戏剧工作者可以学《等待果陀》的作者贝克特,即使看不见前头是否确有光明,也要顶着黑暗的阴影走下去",①也足以看出此时郭宝崑对华文教育前途的深沉的担忧。刘仁心看过《小白船》后,"没有看演出,终生遗憾。看录影时,流了三次眼泪!"②那么是什么感动读者呢?我认为郭宝崑把自己内心深处的一种隐秘的华校情结写了出来。

2002年英培安创作了长篇小说《骚动》,这是英培安反思新加坡20世纪五六十年代政治创伤的作品。这部小说在马来西亚新村、马共历史、新加坡的"左翼学潮"运动的大时代背景下,展示着马来亚年轻一代伟康、国良的革命岁月。小说中,伟康因为参加"左翼学潮"而被牵连,出狱后被社会排斥,最后选择离开祖国新加坡,可到了中国后,迎头撞到的却是"文化大革命";因参加罢工而被南洋大学开除的国良,则选择留在新加坡,消磨意志,安分守己;而同时代的达明,惯于经营,利用革命欺骗单纯的女学生子勤,离开新加坡后,即转道去了香港,成为一个投机商人。小说注入了英培安对"左翼运动"的质疑态度,将人物悲剧命运与他们的理想结合,进而反思华校运动与华校生命运,让后人去触摸"左翼学生运动"中的功过是非。

总结这三位新加坡最负盛名的资深作家,我们能够很清楚地看出他们不同的人生道路。牢狱之灾后,郭宝崑从创作极具现实批判色彩的剧作,一变成为一味随着新加坡政府主流政策,进而高唱多元文化,响应双语政策的官方文人。英培安从现代主义创作出发,他的《蚂蚁唱歌》成为华文作家"无声命运"的悲剧象征,而后期的《骚动》《画室》中都不惮威压,书写马共历史,回顾华校运动,进而重构华人历史,可谓当代新加坡华人知识分子的良心。多元艺术家陈瑞献从现代主义到学习律宗,专研绘画,后又在雕刻、书法方面颇有建树,我们无法判断他后

---

① 郭宝崑:《戏的剧变——华语话剧如何变中求存?》,《联合早报》1984年8月9日,第16版。
② 刘仁心:《序》,见郭宝崑《小白船》,新加坡:新加坡新闻与出版有限公司1983年版,第4页。

期转向是否与新加坡威权政治高压有关,但我们在他70年代的现代主义诗歌中,感受得到他对新加坡社会的批判力量,包括对华校命运的关注。

二、中生代作家的纠结:护根与寻根的努力与困惑

与蓉子、尤今这类以家庭、婚恋题材见长的作家相比,张曦娜[①]是一位关心社会现实,并且具有浓厚华校情结的女作家。张曦娜的第一本小说集以"遣悲怀"为序言,其中"许多年来,我们父女的距离是那么疏远,又几曾有什么亲昵的亲情表达呢?您走后,每一次凄然的想及此,都忍不住潸然泪下,只觉得那是人生无法弥补的憾事"(《掠过的风》2),"您的一生透着时代与民族的悲剧,您那一代人的流离忧患,您不幸都尝尽了"(《掠过的风》4),"呵,父亲,您对故里的那一份眷眷之情,又岂是我们这一代人所能理解的? 如果说您们是失根的一代,那么,我们这一代又该如何言说,那一份无由言说的失落?"(《掠过的风》6),"也许我们已无权抱怨,因为我们未曾争取,比起您们那一代,我们付出过多少? 又付出过什么? 许多年以来,我们已学会筑起围墙,在墙里过着触地无声,无忧无喜,不敢怒也不敢言,恨不起也爱不起的日子,我们遗忘了岁月,也遗忘了自己,在强装的欢颜与刻意的包装下,一迳浅浅的笑着"(《掠过的风》7),这些段落中的"父女",似乎成为"华人祖辈"和"当代新加坡华人",或者"为华校命运奋斗的先辈"和"噤声的新一代华人"的文学隐喻。

南洋大学一直是新加坡华人的历史心结,它是当时中国(包括台湾地区)之外唯一的华文大学,不过在复杂的政治环境下,南洋大学中的"左翼"政治力量让李光耀为首的新加坡政府头痛不已,经过长达近20年的打压,终于在1980年将其与新加坡大学强行合并成新加坡国立大学,结束了这所海外华文大学的生命。实用主义政治也将新加坡华文教育逼向绝地,"两所大学合并后,我把全国华文中小学改成以英语为主要教学媒介语,华文作为第二语文"[②],再加上"推行双语政策是前进的最佳策略——尽管有人批评这种政策导致新加坡人民两种语言都

[①] 张曦娜(1954—),原籍福建同安,出生于马来西亚怡保,4岁时随家人迁居新加坡,1984年至今担任新加坡《联合早报》副刊记者。
[②] 李光耀:《经济腾飞路:李光耀回忆录1965~2000》,北京:外文出版社2001年版,第148页。

不到岸。以英语为工作语言使新加坡的不同种族避免了因语言问题引起的冲突。掌握英语也使我们具备一定的竞争优势,因为英语已经成为国际商业、外交和科技的语言。没有它,新加坡今天不会有全球多家大型跨国公司和200多家数一数二的国际银行在这里营业,国人也不会那么轻而易举地接受电脑和互联网"，[1]这些实用主义的逻辑和辩词,把南洋大学及华校命运粗暴地进行了简单化,更为南洋大学镀上了浓厚的悲剧色彩。

中篇小说《都市阴霾》(1984)中潘展恒和梁叔思是大学时代恋人。前者因为是南洋大学毕业,虽然中英文都不错,但在新加坡政府打压华文的历史环境下,只能远走印尼找工作。返回新加坡后,潘展恒生意屡屡受挫,最后借着与何乐美(梁叔思的小姑子)的情人关系,才摆脱事业上的困境。梁叔思毕业于新加坡大学,因着优秀的英文嫁入豪门何氏集团,但婆家与日本公司关系密切,媚日的情绪让梁叔思受不了,她带着女儿离开了何氏集团。在梁叔思写给潘展恒信中,她这样反思:"说起来,那真是社会人生的一大讽刺,现在的你,已是一个彻底自我、典型的新加坡人,你和我们周围许多人一样,拿物质、钱财、外在的成功来满足自己的自尊、欺骗自我,然后随波逐流,就算对于不合理的事情也噤若寒蝉,你失去了对社会人群的那一份关爱与热情"(《变调》50),这封信让潘展恒陷入了一种"惨胜的凄然"的心境(《变调》51)。小说展示着两位大学生半生的悲剧命运,也将华校毕业生的生存压力、情感困惑和人生无奈表现得淋漓尽致。

华文教育之殇的影响是巨大的,对新加坡华人来说,是一场改变种族生活方式的剧变。在张曦娜笔下,有不屑于讲汉语的新一代新加坡人,如《都市阴霾》(1984)中的从小念的是华校,却不爱讲汉语的大卫·林,"自从到美国念了三年广告设计,回新加坡后更是开口英语,有意无意间,还要让人以为他是英校出身,放着好好的名字'林立国'不要,却宁可叫自己做 David Lim"(《变调》48)。有失去华人伦理道德传统的现代人,如《米雪》(1976)中的少女米雪,她的母亲只知道钱可以解决一切,哥哥姐姐都在澳大利亚或者英国自费留学。在这么一个富有的西化家庭,米雪没有人生目标,整日忙着早恋、抽烟、滥交、吸毒,最后结束了自己的学业。张曦娜惯于用这种谴责性的结尾来批判失去民族文化之根的当代新

---

[1] 李光耀:《经济腾飞路:李光耀回忆录1965～2000》,北京:外文出版社2000年版,第52页。

加坡华人。

与张曦娜一样,希尼尔[①]也试图从多个角度反映新加坡的历史与现实。反日题材、华文教育衰落和新加坡人的"ABC 心态"都是他的小说题材。20 世纪 80 年代,新加坡子女与父母之间说英语的比例增加了一倍多,兄弟姐妹之间说英语的比例增加了六成。[②] 1980 年南洋大学与新加坡大学合并为新加坡国立大学之后,华文在新加坡主流教育体系的地位更加没落。小说《回》(1994)中,浮城初级学院五十周年金禧校庆上,各年代毕业生代表用不同的语言来致辞。50 年代毕业的两位代表用"国语(普通话,Chinese)"和"母语(粤语?)",60 年代毕业的两位代表用"母语(不是方言)"和"英语(Queen's English)",70 年代毕业的两位代表用"英语"和"英语(Singlish)",80 年代毕业的两位代表用"第一语文(指英语)"和"第一语言(应该是华语)",90 年代毕业的三位代表用"第一语文""第二语文"和"第一语文(竟然是华语)",小说中"大会主席已安排在历届学长代表致辞后,邀请第一任校长——高龄九十九岁的一位老人——上台以双语献词!"(《希尼尔小说选》138—139)小说中影射着各个时期新加坡的语言政策,将华校教育"沦陷"的历史进程表现得淋漓尽致。

谢裕民[③]除了与希尼尔一样关心新加坡当下现实社会之外,还对华人历史有着文化寻根的兴趣,如对方言的寻回。如"'阿兄'是福建话,你喜欢她用福建话这么叫你,一种与生俱来的语言,即使后来懂得英语,在称呼时还是用回福建话。这种用福建话的称呼,带有无论大家到哪里、什么年龄,你都是她'阿兄',她永远是你们家最小的妹妹的情感。"(《重构南洋图像》76)展示着谢裕民寻华人文化之根的企图。还有重拾华文教育信心的努力,如"许可两年到香港念书,留太太在新加坡教书,去年因为工作压力太大,患上精神衰弱症状,跟许可到香港去。福良不解:'你大嫂不是教了好几年了?'小愿解释:'以前是华文课本,去年全换成英文的。'福良喊起来:'Oh! My God!'"(《放逐到追逐》161)大嫂在香港重拾教鞭,用汉语教学,人也变得自信了,精神也恢复正常。无论对方言文化的重新

[①] 希尼尔(1957—),原名谢惠平,祖籍广东揭阳,出生于新加坡,曾为新加坡作家协会会长。
[②] 云惟利编:《新加坡社会和语言》,新加坡:南洋理工大学中华语言文化中心 1996 年版,第 34 页。
[③] 谢裕民(1959—),祖籍广东揭阳,出生于新加坡,曾用笔名依汎伦,现为新加坡《联合早报》副刊编辑。

关注,还是对华文教育重新出发的期待,这些都是谢裕民给新加坡的一剂挽救华校传统的药方。

三、新生代作家的华校情结:现实困境中的坚持与自我放逐

梁文福①是新加坡"末代华校生"(即中学毕业时间都在 1987 年传统华校消失前后)的代表,也是"新谣"②运动中最重要的词曲创作者,这一点在新加坡文艺圈是倍受肯定的,他的"新谣"创作充满着新加坡本土事物,记载着新加坡当代历史大事件。如《新加坡派》(1990)中记录的是 1965 年新加坡建国、60 年代的粤语片、70 年代的裕廊工业区兴建、琼瑶爱情电影、凤飞飞的歌、东南亚"双宝泳将"孙宝玲和马嘉慧,80 年代的"MRT 工程"、"新谣"运动,一直到 90 年代,可谓一首爱国歌词。另外,像《一步一步来》(1987)、《童谣 1987》(1987)、《太多太多》(1988)、《麻雀衔竹枝》(1990)、《老张的三个女儿》(1991)、《看电视》(1999),满带着当代新加坡人的历史记忆。联系起新加坡文化格局与教育政策变迁的时代背景,"新谣"起到的"补课"(中华文化)的作用,让人感受到新加坡华文教育和华人文化传统的流失,也能感受到梁文福坚持重组华人历史碎片的努力和关心华文创作与教育的华校情结。

跟梁文福同时代的新加坡作家还有柯思仁③、殷宋玮④、吴耀宗⑤、王昌伟⑥、

---

① 梁文福(1964—),祖籍广东新会,新加坡音乐人、写作人、华文教研工作者,新加坡国立大学中文系本科、硕士,现任南洋理工大学中文系兼任副教授、学而优语文中心语文总监。
② 梁文福这样定义"新谣":"新谣指新加坡年轻人自创的歌谣,它是 20 世纪 80 年代,新加坡民间自发兴起的一个音乐运动,也是一个深具国家、族群、世纪等身份认同意义的文艺运动。今天回顾,新谣不仅仍在扮演着岛国新一代华族文化载体的角色,也已为 21 世纪新加坡流行音乐在国际华人世界的大放异彩,打下了厚实的基础。"梁文福主编:《我们的歌@新谣在这里》,新加坡:新加坡词曲版权协会 2004 年版,封三。
③ 柯思仁(1964—),祖籍福建安溪,笔名有仁奇、杏丁等,台湾大学中文系本科,新加坡国立大学中文系硕士,英国剑桥大学汉学系博士,现任南洋理工大学中文系副教授。
④ 殷宋玮(1965—),本名林松辉,祖籍广东澄海,台湾大学中文系本科,英国剑桥大学汉学系硕士、博士,现任教于英国埃克塞特大学电影系。
⑤ 吴耀宗(1965—),笔名韦铜雀,生于新加坡,新加坡国立大学中文系本科,美国西雅图华盛顿大学博士,现任香港城市大学助理教授。
⑥ 王昌伟(1970—),新加坡国立大学中文系本科、硕士,美国哈佛大学东亚系博士,现任新加坡国立大学中文系副教授。

郑景祥[①]、陈志锐[②]、黄浩威[③]等人,他们都是"末代华校生",他们出身华侨中学、中正中学、华中初级学院等著名华校。他们大多选择赴中国大陆或者赴中国台湾求学,然后再赴英美攻读研究生学位。拥有学历之后,他们或者隐于大学与媒体默默地耕耘(柯思仁、陈志锐的任教与编书生涯,郑景祥的新闻工作),或者逃离新加坡(殷宋玮、黄浩威的海外游学,吴耀宗被迫赴香港任教)。殷宋玮这样写自己的经历:"来自台湾的 Sh 去年在伯明罕。那里的新加坡学生很多,他问他们会不会讲华语,他们理所当然地回答'会'。但 Sh 说,'他们说没两句华语就开始 and then,and then,然后接下去的都是英语了。'……使我相信他的话不是盖的。"[④]新生代作家们对华校题材多持逃避状态,毕竟双语政策实施多年,华校历史也渐行渐远。

柯思仁是新加坡华人文坛中少有的创作与理论并重的作家,他出身华校,1983 年负笈台湾大学读本科,之后又在 1997 年远走英伦,赴剑桥大学攻读博士学位。李慧玲这样看柯思仁远赴剑桥的原因:"回来将近八年,教学工作以外,也积极投入文化活动。除了作华语圈子中寂寞的剧评人,近日来也与华语剧场以外的人多方面进行交流。有一段时间,他看来总是无法在此留驻,尤其是当现实环境让他觉得单调、苦闷的时候,他更流露出一副'非走不可'的样子。"[⑤]他自己也很多次表露出对新加坡文化生态的不满足:"新加坡是一个没有艺术评论的社会。在文化内涵和人格素养方面,尽管是极为贫瘠,但物质环境却完全富足丰腴,甚至能用物质的力量,制造一个堂皇的艺术排场。在这种功利性极强的艺术环境中,也难怪真正的艺术批评不曾出现。"[⑥]当今的新加坡,在双语教育的国策

[①] 郑景祥(1971—),祖籍广东鹤山,新加坡国立大学中文系本科毕业,曾经在新加坡武装部队当过 12 年军官,现任新传媒新闻部高级记者。
[②] 陈志锐(1973—),祖籍福建惠安,台湾师范大学中文系本科,英国莱斯特大学商业管理硕士,新加坡国立大学英语系硕士,英国剑桥大学东亚系博士,现任南洋理工大学教育学院副教授。
[③] 黄浩威(1977—),新加坡人,北京大学中文系本科,南洋理工大学中文系硕士(导师柯思仁),英国伦敦大学亚洲学院博士,现任英国伦敦大学亚非学院访问学者。
[④] 殷宋玮:《and then(1998 年 2 月 3 日)》,《威治菲尔德书简》,新加坡:青年书局 2004 年版,第 99 页。
[⑤] 李慧玲:《窗内窗外:两种风景一个情结》,《联合早报·国庆特辑》1995 年 8 月 9 日,第 12 版。
[⑥] 柯思仁:《这个社会有没有艺术评论》,见《梦树观星》,新加坡:草根书屋 1996 年版,第 150—151 页。

之下,华文传统流失,整个的年轻一代已经没有了对华文传统的继承精神,这种文化现状之下,以柯思仁为首的新生代作家非常无奈。

更年轻的黄浩威选择的是离开新加坡的"离人"状态,华人传统和华校题材对他已经是一个文化想象体,华校情结变成一种欲说还休的情感隐喻:"不知道是什么时候/我们的月亮在一阵大雨过后/被漂白了所有的皎洁/成了一叠信纸/所以我们决定追随黑夜的瞳孔/崇拜自己的信念/于是每天都有一阵/微亮的风吹过/叫人觉得闷热/被关在鸟笼里/外面的天空是一条一条的黑色/我们听到自己的喘息/闻到自己的思绪的羽毛发出的血腥/我们的心脏像一把枯黄的树叶/于是我们都数着星星/数着后来和已逝的自己/在这个方格里/还好都数得清/却只能是方格子中的自己"(《冰封赤道》42)。这封信中稀薄的华校情结,让我们清醒地意识到这一点:不要一厢情愿地认为华校情结会永远薪火相传,部分新生代作家的华文教育责任感并不是很强。"记得中小学时期,很多中文老师将自己的历史包袱,甚至对于中文不被重视的愤慨,加诸我们这些小小天真无邪的心灵上。当时幼小无知,还未养成独立思考的习惯,我或许就在这懵懂之中,毫无质疑地接受了那些沉重的思想。现在只觉得,历史给那一代人留下的伤痕,是可以理解的,然而当这些伤痕被自我膨胀成一种意识形态,甚至成为一面醒眼的旗帜时,只能使下一代产生更深的误解与抗拒。"[①]

相较于黄浩威的悲观,长期在华文教学第一线工作的陈志锐似乎要乐观很多。他提出新华文学的终极目标是普及化,要从"设立新华文学馆""文学偶像的塑造""文学的商业化包装""文学步入生活""文学进驻教室""文学奖的改革""文学与幼儿教育"以及"文学与老者教育"等八个方面来接续新华文学和华文教育的文化传统。[②] 平心而论,陈志锐言论过于理想化,让清楚新加坡华文现状的学者并不能苟同。黄浩威曾这样回答"用中文创作在新加坡是面临绝种的稀有动物,同意?"这个问题:"很难说,但在我看来,用马来文与淡(泰)米尔文创作的朋友,也同样面对同一问题。这问题不是近几年才有的,其根源可追溯到建国以后

[①] 黄浩威:《一个游子的一厢情愿——北大百年校庆随想》,见《查无此城:黄浩威散文》,新加坡:八方文化创作室2007年版,第71页。
[②] 陈志锐:《新华文学改良刍议:探访北京中国现代文学馆的启发》,见《黄色雨衣》,新加坡:Firstfruits Publication 2006年版,第89—103页。

社会制度的建立与形成。我们也许必须对我们的双语教育进行反思。"[1]总体而言,不论是陈志锐般的对未来华文教育的乐观憧憬,还是柯思仁式的不能忘却华校被打压的悲观情绪,还是黄浩威那样的自我放逐,这三种姿态虽有不同,但悲观是一种普遍的心态。只要实用主义的政府政策不改变,目前新加坡华文作家所坚守华文传统以及心中的华校情结,只能是一种以拖待变的文化生存策略。

2010 年,当有外国媒体问李光耀:"您一生觉得最困难的挑战是什么?"李光耀毫不迟疑地回答:"推行双语政策。"通过推行"双语政策"这一实用主义的统治策略,李光耀成功地转型了新加坡华校,使得华校教育一步一步地走向没落,汉语被简化为一种语言工具。威权政治和实利主义抹平了当代新加坡华人对华族失根的忧虑,再过 50 年,或者不需要 50 年,新加坡将成为一个满街"香蕉华人"的国度。有本地学者担忧目前新加坡遍地的"三明治华人"内心中所包裹的华人认同,在不久的将来会被西方文化所替换:"四年的'留台'生活似乎给殷宋玮种下了永难泯没的'乡愁'。我深知这种'乡愁'意味不是指血缘的,或地缘的,甚至也无关乎国民情操的,而是一种关于精神上的、文化上的,乃至心灵上的惘然与失落。我能理解殷宋玮这份情怀,更能体会他仅仅为了一种简单的感觉,为了一缕冬夜的幽思而愿意遗弃这里许多东西的心情,但我更关心的倒是,为何我们自己本土没有足够的精神资源和文化魅力,足以让曾在异地快乐成长的人排遣他们回归后的愁绪呢?这无疑是一个值得我们深入探索的问题。"[2]我们相信,新加坡所坚持的华人传统将被肤浅化和仪式化,成为一个个热热闹闹的舞狮比赛和华人节日,可能只有在华文传统只剩下空壳的时候,新加坡华人才能意识到自己的"断根"之痛。

---

[1] 黄浩威:《新华文学史上最强?——写一副新加坡文学风景:属于年轻一代写作人的第一本新加坡文学集访问》,见《查无此城:黄浩威散文》,新加坡:八方文化创作室 2007 年版,第 207 页。
[2] 刘培芳:《勇于承受思考的煎熬(序)》,见殷宋玮《无坐标岛屿纪事》,新加坡:草根书室 1997 年版,第 XIV 页。

第四章
诗苑中的蕉叶:泰国汉语新诗与《小诗磨坊》

热辣湿溽、风景特异的芭蕉谷可以说是泰国给人留下深刻印象的地方。有关芭蕉谷的认知最初从艾芜等人迷人的作品中,然后从各色各样的电影中,最近,则从泰华诗人的年度结集——《小诗磨坊》的作品中。芭蕉有许多种,就像棕榈有数不清的品种一样,形制各异,体态万殊,但优柔丰美的芭蕉叶却总是那样姿势绰约,质地隽洁,从容地迎接热烈的炎阳,欢快地招摇热带的熏风,畅爽地弹奏雨林的汗滴。

如果说文学的花苑如同绚烂的芭蕉谷,诗歌便是芭蕉谷中最为活跃、最为鲜亮的蕉叶。特别是在热带温润的天空下,文学的芭蕉谷掷扬着如伞如盖的棕榈和椰树,成片的蕉叶摆舞着花香四溢的热风,展示着生生不息的繁盛和源源不断的活力,那便是妙思如潮、妙语连珠的诗的绿浪。是的,南国浪漫地,丛生皆诗人,诗是热性的,一如小品、戏曲更容易盛行于寒冷的北方。暖国色泽的浓密和丰富诱发人们勤勉地进行敞亮的书写和诗性的萃思,暖国的气温鼓励人们热忱地进行诗性的游历和动听的吟唱。温热湿润的芭蕉谷,宜于生长的自然是繁茂的蕉叶。在芭蕉谷的深处,棕榈的浓荫簇拥着一座简朴而庄严的小诗磨坊,在此磨坊中聚集着一批充满诗心的汉语新诗人,借着异地沃土的丰肥和山水的甜美,打磨着、研滤着、盛产着属于汉语新诗的优雅、精致甚至诗性的敞亮、灿烂与辉煌。

正像芭蕉谷里的蕉叶永远是那么烂漫而撩人,小诗磨坊中的辛勤制作,沁溢出逼人的醉绿和清远的芬芳,启迪着神谕般的萃思,盛展开阳光的明媚及其在与青葱交接之际的灿烂与精致,令人目不暇接、心神俱飞,令人逡巡再三、乐而忘返。

一、古风,蕉叶般的雅致

小诗自有小诗的历史。小诗磨坊的小诗有历史也有它的现实。它带着古代小令久远的缠绵,呼应着和歌乃至俳句闲逸的韵致,借来泰戈尔综合东西方文明的俏丽与宏阔,步冰心体的"五四"诗歌后尘,融十四行诗的英伦风范,自由而规范,规范而不拘谨,有章法而鼓励个性,讲形式而更重内容,这正是磨坊劳作的规矩:推着并不十分沉重的石磨,以磨心为焦点,劳作的幅度受到了规范,但那步态和节奏的自由却无从规范,也无需制约,那欢乐的劳动中有创造的欣喜,也有节制的韧性以及步法和谐的美。

磨坊中历练出来的小诗带着芭蕉谷特有的馨香,带着芭蕉叶天然的富厚与清雅。它超越了日本小诗与和歌的机巧而单调,倒是较多地融进了十四行的神韵、大气与古朴。小诗的生命在于雅致的精蓄,而由于篇幅的限制,这样的雅致不可能通过扬厉的炫张显示其气蕴,也不可能通过繁缛的铺陈宣示其内涵,它只能通过内蕴深厚的古朴意象曲折地表达内涵富厚的清雅,浑似内涵富厚的蕉叶充盈着诗性的水分,在尘土飞扬的世界澄明如洗,清碧如蜡,雅洁自芳,古风俨然。

的确,在六至八行或更简约的小诗方寸之空间,要储存和表现足够丰密的诗意,可以在形式上借鉴古风句式以便实现诗的凝练,如莫凡的《桂河大桥》以"硝烟散去鸟知归,流水洗月烙铁寒"的古风诗句开头,使得简短的诗篇弥漫着古意幽幽的情绪。除此之外,就需要凝练古典的意境,古朴的情怀和古雅的情趣。这是小诗的上乘境界,也是小诗格调提升的有效路径。诗人岭南人是一个喜欢阅读王维并且乐于写下自己诗性感悟的作者,他常在灯下"亲近王维",不管当代的灯饰如何豪华,心中惹然神往的是"明月照青松"的宁静与清澈。[1] 在《王维诗选》的陪伴下,他的黄昏意绪充满着灵性的快慰,翕张着悟性的风翅:"夕晖红了一片天/白鸽飞上飞下/花,无风自开自落……"[2]更高妙的是他的小诗创作能够轻盈地走出古人设定的意象框架,却又宁静地保存着古代诗文高雅优洁的意象

---

[1] 岭南人:《八十读王维》,见《小诗磨坊》(7),曼谷:留中大学出版社2013年版。
[2] 岭南人:《晚晴》,见同上书。

传统,在淹然无痕的当代表述中浸润着浓郁的古雅情绪。他曾这样垂钓,不是在渭水河畔,也不是在寒江雪中:

> 独坐江边,看流水浪花
> 看云看天
>
> 身边,竖立一鱼竿
> 垂入水中的钓丝
> 钩上没有鱼饵
>
> 那人的背影,像我
>
> ——岭南人《垂钓》

他无法像"孤舟蓑笠翁"那样专心致志,而更愿意借垂钓的闲暇漫看云卷云舒,其超脱的心性更迹近于渭水之滨的钓者,然而他又没有独钓天下的野心,其闲雅的情致凝练于江上的清风、水中的云影,似乎比古代的钓者更显得清澈澄明。

古雅的诗思常使岭南人的诗作疏离世俗品相的意象。他在表述自己这批"华侨"的感触时,想到的不是无根的藤蔓,不是断线的风筝等俗相,而是"因风出岫的云",蓦然回首找不到回家的路。[①] 诗人晶莹同样将迷失归途的流浪者比喻为"云",那首诗正可以与岭南人的这首互训:"离家时/罔顾了母亲挥别的泪眼/因此而忘了/回家的路""漂泊,是被迫的宿命",这便是那朵经常出现在磨坊诗中的"云"。[②]

显然,出岫的云比其他所有异乡游子的喻体都更加古雅脱俗且充满力度,它的继续随风升腾,升腾,不单是因为难以抗拒气流的浮力,很可能是为了从更高处寻觅或者看清通往故乡的每一条可能的小径。

从芭蕉谷中迎风出岫的云,对遥远的家乡充满着诗性的感怀,对文化的故乡更是深怀着久远的敬意。在这里,四季皆绿,月月常青,物候之变,时或有之,但

---

① 岭南人:《华侨》,见《小诗磨坊》(7),曼谷:留中大学出版社 2013 年版。
② 晶莹:《云》,见同上书。

不会令人感时而恸,伤春悲秋,于是,"又恐芭蕉不奈秋"的担心①无从说起,"隔窗知夜雨,芭蕉先有声"②的敏觉也不会强烈,如果有春意萌动的歌咏,也一定是出于古典意境的怂恿。这样的怂恿在诗人曾心那里有显著的效果。他的《等春》非常流利地化用了古雅的意境:

> 水未暖,鸭子也未先知
> 我已感到春来的味道
>
> 东南西北
> 春,来自何方?
>
> 我在天际等待
> 问暖风,追流云

这确乎是南国的感兴,是芭蕉谷里棕榈林中的早春意味的炫耀与渲染,等待春天的诗人仍然是漂泊的云,随风出岫,无踪无根。无需试验春江的水温,暖风带着漫山遍野的青翠从四面八方飘然而至,随着风,随着云,便能在万仞高处品尝属于远方的春的气息。曾心和岭南人一样,不,和所有客居异乡的诗人一样,在最痛切处的歌吟总是带着哽咽的乡音,在最雅致的情愫中总是带着故国的怀想。当岭南人用古雅的声腔宣布海外华人是一片出岫的云以后,不约而同地,云的意象便是最令他们动心的旋律,在芭蕉叶最繁密的诗谷中频繁地回响。

曾心的诗心聚焦于古典的诗兴,同时又不为古意所拘囿。他在李白的月亮意象中寄托乡愁,然后又饱蘸芭蕉谷中丰沛的流泉之水,将那乡愁的萌蘖濯洗得清白澄澈,铮亮透明:

---

① (唐)窦巩《寻道者所隐不遇》:"篱外涓涓涧水流,槿花半点夕阳收。欲题名字知相访,又恐芭蕉不奈秋。"
② (唐)白居易《夜雨》:"早蛩啼复歇,残灯灭又明。隔窗知夜雨,芭蕉先有声。"

李白爱的月亮
　　独揽上千年

　　今夜　偶尔
　　掉落我家的浅塘

　　一群锦鲤围着那团清辉
　　摇头摆尾吟诵《静夜思》

　　　　　　　　　　　　——岭南人《李白的月亮》

　　思念故乡的明月意象，一不小心掉进了自家的池塘，千年的乡愁之泪迅速漫漶为一波优雅的涟漪，在动人的激滟中化解了久远的忧伤：诗人的家园，月亮的故乡，都在古老的诗境，都在吟诵中的明月之光。

　　将古意幽幽的意象纳入游人漫步时把玩的柔掌，苦觉和曾心异曲同工。一位朋友去中国大陆观光，从易水河带回了一瓶水，让他泡茶喝，并说喝了定会诗兴大发。当然，易水河边，风不起也自萧萧，水不寒也常生雾，壮士已已，诗兴常在，侠骨柔肠在此纠结千古，道义仁心在此华彩异放。但也只因如此，苦觉说，"茶越泡越浓，喝完了茶，只觉沉重的历史把我的诗兴给压扁了"："往事如风/荆轲已走远/秦皇已烟灭//我把了你的脉搏/你依旧寒气森森"。那当然是萧萧之风，虽然英雄罡烈，毕竟厮杀过久，于是寒气森森，沉重难耐。当代诗人人性关怀的柔肠实在承载不了英雄豪气的血性之刚。

　　诗人晶莹显然是一位书卷气特别浓烈的歌者，传统的诗性渗透着晶莹玲珑的诗思，古雅的风致洒落在小诗的每一节。诗人的《甄别》一诗，通体的诗语包裹着古幽的清香，遍身的情思浸染着悠远的精致：

　　槐花又开
　　蜜蜂衔梦又来
　　春风裁不明心语
　　便拍翅嗅一树洁白

好一个"春风裁不明心语"！春风可以裁得"万条垂下绿丝绦"，就是裁不明梦中的蜜蜂带来的翩翩心语，只能听凭辛勤的蜜蜂扑进满树洁白的槐花中，"为谁辛苦为谁甜"。诗中所用的古典非常有限，但幽幽染的古色古香，绝不让槐花的颜色与清香。

晶莹还让人们带着这样的情思走进《博物馆》：

苦吟的田园牧歌
怎不悲凉凄怆？

穿越历史云烟
漫过崎岖坎坷
冷峻思索中的怀念
续写着牵手万年的绝唱

这是一段灵动的小唱，宛如一位饱经沧桑的旅人打着古老的行板在磨光了所有棱角的青石路上随步随歌；历史的云烟似有似无地笼罩在身后的山崖，将芜的田园与沉寂的古战场点染着蜿蜒而至又不知归往何处的秋江。晶莹在歌吟中从来都丰沛着与古代诗学意境对话甚至对流的情绪，叙述《湖边故事》的时候讲的都是古老得无处话苍凉的"故事"："蒹葭雄起/醉落一地芦花//满脸沧桑的老柳/怡然休止了百岁年轮//温婉湖水/听任时序梳理"——天地间都充满着这样的故事，古往今来叙说的都是这样的故事，时序的安排造就了千年万年的绝唱，一切的休止只是留给诗人吟唱的断点，无论你唱新颖别致的"蒹葭雄起"还是更加凄迷悱恻的"蒹葭苍苍"。

诗人林焕彰对于古典诗歌意境领悟甚深，也非常善用古典的意境锤炼磨坊小诗的绿色的优雅。那优雅同样与芭蕉有关。李煜词中吟唱过这样一种雅致的失眠："帘外芭蕉三两窠，夜长人奈何？"失眠虽然不是诗人的专利，但在诗人那里常常意味着雅致的诗趣；正如肺病不是美人的专有病症，但却是美人展示颦眉之美和捧心之态的常见手段。林焕彰的失眠令他联想到野渡无人的古雅意境：

梦的小舟，泊在醒与睡的岸边
等待摆渡的老翁

整夜守在将睡未睡的渡口

——林焕彰《梦的小舟》

由梦的小舟自然又联想到荒郊野渡的"梦的渡口"："在将睡未睡的渡口/枕头是只载梦的小舟//我是整夜守在渡口等着摆渡的老翁"这回不是野渡无人，而是无人可渡。但失眠之中的"我"毕竟想渡过睡眠的河流，到达梦的彼岸，于是仍复回归一个渡客的身份，此时的境界仍然是"野渡无人，舟自横斜"：

夜已三更

梦的小舟还泊在将睡未睡的渡口
无人摆渡

——林焕彰《摆渡无人》

失眠是痛苦的，但通过古典意象的转换，诗人便可以将失眠的痛苦转化为雅致的情趣，传达出古意的徜徉与悠然的情致。雅致不是偶然的，不会真的像鲁迅讽刺某些雅人时所说的"忽然能够'雅'"[①]。诗歌中的雅洁情致需要借助古老的诗学意境付诸诗性的歌吟，加以悠然辗转的处理与表达，于是汉语表达中经常将优雅与古典结合起来合称"古雅"或"典雅"。

《红楼梦》中的才子，大观园中的佳人，出言每不离古雅，作诗更是典雅无比。他们中的一个字号更为雅洁，曰"蕉下客"。芭蕉谷中小诗磨坊的诗人们通过一首首灵动而妙悟的小诗表达古雅的志趣，正可用"蕉下客"概称之。

---

① 鲁迅说：雅人比起俗人来，其"出众之处"，就在于"有时候又忽然能够'雅'"。（《论俗人应避雅人》）

二、萃思，在蕉叶上敞亮

既然在芭蕉谷里的自由吟唱永恒地拥有芭蕉叶的葱青，小诗磨坊的主人们便远离了秋风落叶的飘零（像诗人晶莹那样写《秋景》的磨坊小诗并不多见，而且晶莹写到了"西钩冷月"的意象，更为罕见）和严冬肃杀的颓废（还是晶莹，季节感比别的诗人充沛，《海鸥晨赠》一诗从海浪花中瞥见了"宁静的玉洁的冬季"），甚至，也激不起水一样的春愁（在苦觉的诗《新海枯石烂》中，春天只是为了花朵才设法"让雪流泪"，旁观的人无须有伤春之想）。也许是为了求得芭蕉谷里脆生生的回应，他们常常通过诗的歌喉敞亮着人生的萃思，将所有愁绪和伤感的灰暗都转化为蕉叶下繁茂的青葱。这正应了古人张说在《戏题草树》中的吟咏："戏问芭蕉叶，何愁心不开！"从后文"荣盛更如此"句可知，"何愁心不开"后面完全可以用感叹号，表示对忧愁情绪的否定。林焕彰将失眠的痛苦转化为古渡踯躅的闲雅，曾心将充满乡愁的《静夜思》把玩为锦鲤嬉戏的伴唱，都可视为芭蕉谷常绿芭蕉叶无愁的诗性体现。

小诗的诗意在于古雅，小诗的魅力在于内涵婉转的萃思，以及这种萃思所传达的人生的通达与情绪的敞亮，一如蕉叶的极富内蕴和光彩明亮。灵动而富有内敛力的萃思是小诗存在的理由，是小诗思想和审美优势的呈现。当然，像林焕彰《静观·海—3》这样的萃思——"闭目冥思"："在最深的心里和最深的夜里/我能成为时间的最初还是最终？"哲学性的玄思未必都能结出诗性的果实，但萃思的曲折委婉和灵悟的神异妙语是小诗构思和小诗写作的审美捷径，小诗有限的空间只有借助于萃思与灵悟才能储藏更多的诗性信息，才能让人欣赏到芭蕉叶的迎风招展而不是薄如蝉翼在微风中瑟瑟震颤。

晶莹的诗从不缺少晶莹的萃思，而且始终带着古意幽幽的美，那神姿，那韵味，就是在艳阳高照中熠熠生辉或在山岚吹拂下微微摆舞的蕉叶，熠熠生辉时掩漾着矜持的神色，微微摆舞时显露出些许的炫张。诗人这样吟唱旅人之《归》：

    风轻轻摇落剩几许残阳

    欲担起追风上路

>   桂醇却醉了肩膀
>
>   剥离额头上的皱纹
>   数落着最后的风月故事

　　时光或者岁月剥离了额头上的皱纹，这是一种很有禅意和悟性的表达，而"醉了肩膀"的特炫之笔将一切劳顿的消极都转化为令人振奋的诗能。旅人回家的故事中，寓含着人生千里万里的艰辛，历史千年万年的沧桑。但这一切都不与痛苦结盟，甚至不与伤颓联姻，这是诗的感悟，信手拈来的或许是与诗性的萃思息息相关的美学与哲学。

　　晶莹的诗常常面对历史的烟云有着略带隐痛的禅悟，蛋蛋的诗面对岁月的风刀同样感受到隐痛，也同样有无奈的禅悟："被回忆宠坏的人呀／总喜欢在时光隧道／流连忘返／／嫉妒的岁月／用无情的风刀／雕刻我的容颜"[①]这首诗将无情的岁月作了充分拟人化的理解：岁月之所以无情，是因为它面对青春的也许是娇美的容颜充满着嫉妒，它，应该是"她"，利用无限的权力改造——雕刻那副令她嫉妒的面庞。一切都有了理由，一切都演绎着人性之真，这是诗的发现，也是诗的灵性自身的显示。

　　蛋蛋的诗中，隐痛始终存在，但从不可能让它在倾诉中发作，而更多的情形下，这样的隐痛都在某种人生的妙悟和灵性的萃思中转化为痊愈的欢悦，甚至是幸福的契机。蛋蛋的《醒着的梦》就曾用"幸福的忧伤"来抚平心头的隐痛，于是诗歌变得情绪敞亮。由情感的隐痛，人生的隐痛，生命的隐痛，经过某种灵性的感悟与萃思，转化为情绪的饱满与敞亮，这是小诗磨坊作品的共性，也是它们的特色和优势。小诗需要这种转化的褶皱容纳相应的情感内容，更需要这种萃思与感悟的结果释放出启迪性的光泽。这样的转换，有时会非常轻松，只是一两个词语的选用，浑然天成的歌咏给人以举重若轻的快慰。善于古雅地抒发意兴的晶莹在《晨曲》中这样弹奏：

[①] 蛋蛋：《岁月的风刀》，见《小诗磨坊》(7)，曼谷：留中大学出版社2013年版。

抱月醒来
浸润你如水目光

桂棹兰桨何相向？
心海茫茫

伊在远方
独泣一怀清凉

　　诗中展开的是望月怀远、楼头闺怨的故事，但诗人别出心裁地将时辰移到了清晨，将晓月比喻为如水的目光，已然特别有力度，而心海茫茫中思虑着"桂棹兰桨何相向"，那一番精美雅致的思念情怀更极富表现力和感染力。临末，诗人写到了"伊人"在远方的"独泣"，然而没有用悲凉、苍凉，词锋一转，轻巧而灵动地用了"清凉"。思虑的情感已经得到了具足的表现，但情绪的成分却避免了惯常的颓丧，奉献出的乃是蕉叶般的富厚与敞亮。怀远是等待的伴侣，闺怨是相思的影子。

　　杨玲像大多数小诗磨坊的同人那样遍游世界，没有在怀远和闺怨的情绪表达方面倾注过多的诗兴，却写出了令人难以忘怀的等待：

总是在湄南河畔寻觅
寻找那一叶即将停靠的小舟

凭痴情的河水
凭心中的信念

于是　每天都有心无意地
在河边静静的守候

——杨玲《静静的守候》

　　这样的守候充满着信念，包含着意志力，痴情中有些伤情，但这伤情绝不通向绝望和颓丧。不在伤感甚至颓丧的情绪中沉溺,而选用可能的情感亮色装点本来十分灰暗的情绪世界,这是小诗磨坊的诗性特色。诗人莫凡流出来的《眼泪》因此都点缀着一些"嫩甜"的味道:

> 如晨荷宿露
> 若梨花雨滴
>
> 不管春欢夏喜秋伤冬悲
> 许许多多的故事
> 总会在嫩甜或又苦涩的记忆中
> 留下你的冲动　你的曾经

他们那轻捷、快乐的心性从不愿在伤春悲秋的诗情中沉溺甚至沉沦,尽管他们对这样的诗情保持着始终敏觉的神经;曾经的冲动意味着生命的苦涩,但即便如此,仍然含着令人难忘的嫩甜的滋味,含着眼泪歌唱,却唱出了某种超然的神态和健硕的灵魂。诗人晓云更是诗心柔蜜地奉劝人们面对种种忧伤"放手"——那就是不要沉溺,不要"黏着","锁上记忆锁上忧伤",因为诗人萃思出"有一种缘/放手后即为风景",然后,诗人和所有的人都可能在下一个路口得到解脱:"下个路口/就是忧伤的终点"。诗人的心灵善良而健康,超脱负性情愫,歌吟出超然和健硕,甚至将这些理解为一种幸福。

《小诗磨坊》中的诗作是当代泰华诗人超然、健硕心态的体现。传统的哀怨,包括游子常见的飘零感都得到了时代性的减弱。他们深深地体验到:"乡愁是海外华人的通病。"于是博夫设计出了垂钓乡愁的诗歌情节:

> 在时空里甩钩
> 从情感世界里垂钓
>
> 钓了半天
> 才拉上
> 一句两句乡愁

但这里的乡愁与传统的成色已有了明显的分别,如同曾心用锦鲤围绕月华的清晖摇头摆尾吟唱《静夜思》一样,显出少见的轻松和放达,用徐志摩的话说,表达着一种"不黏着"的心性:它是真挚的情愫,有时甚至是浓烈的,但它并不会沉重到将诗性主体拖向沉溺的深渊,不会充满灭顶的恐慌。于是,这样的诗歌情致轻捷明快,甚至清晰敞亮。乡愁之类的情愫得到如此敞亮、轻捷的处理,对于异乡就很容易倾露出认同和亲近的意向。博夫的《异乡》就是如此,它带着精致的体味告诉人们:"要知道泰北的味道/就去清莱美赛/摘取一束阳光/放在嘴里嚼一嚼//尝一尝它是山泉/还是玉液琼浆"。这似乎是古人所说的"反认他乡是故乡"的"荒唐",然而在当代开放社会,面对海外华人千百年的播迁史,更重要的是面对他们祖祖辈辈世世代代在海外含辛茹苦开拓的厚重基业,还有形成的伟大传统,异乡的认同绝对属于正常的积极情感和健康心态,虽然不可能也不应该以这样的认同冲淡乃至取代乡愁所体现的精神文化传统。

还是小诗写作的高手博夫,用一首《释然》(当然是无意地)解释了为什么他们的小诗能够达到释然的放达、敞亮的境界:"心中有爱/看什么都是美景""心中无恨/听什么都是神曲"。这正是善良的海外华人在远离故乡的环境下能够安然地生活,能够倾情地歌唱的奥秘:心中有爱,心中无恨!于是,世界各地,当然也包括东南亚和泰国各地,到处都匆匆行走着中国人的身影,到处都飘荡着汉语谱写的歌声。

有爱无恨的境界是一种崇高壮美的境界,这样的境界无疑属于诗,属于歌,属于美好和温馨。这样的境界来自小诗磨坊的集体悟性和群体萃思,也与色泽鲜亮的芭蕉叶相关。蕉叶富厚的品质充盈着健康的水分,面对炽热的阳光反射着诱人的光鲜。情绪的敞亮在萃思的层面诗意地展开,它不仅给读者以超然和健硕的感兴,而且也能免除病态的诗性解读与联想。今石的小诗常常包含着性感的意象,能在微风吹起"内衣"的时刻有意(虽然诗中说的是"不经意间")窥见百合花"雪白的肌肤"[①],然而他以同样的超然和健康的情绪将诗带回了敞亮的意境,并俏皮地用"脚趾在吃吃地/窃笑"冲淡了暧昧的氛围,显露出来的诗趣是一种罕见的佻达而不是轻佻。

---

① 今石:《百合花》,见《小诗磨坊》(7),曼谷:留中大学出版社2013年版。

汉语新诗虽然历史不长，但饱经病态宣泄之苦。小诗磨坊的诗人在萃思和灵性感悟的层面追索诗情的健硕与诗风的敞亮，应该是一种值得称道的方向，也是一种不可忽略的贡献。我固执地认为这一切都与芭蕉谷中繁茂而健硕的芭蕉叶有关，虽然我不能确定，小诗磨坊旁边是不是真的有成片的芭蕉林；而且还遗憾地发现，诗人们即便有深刻的蕉叶印象，也宁愿将它们秘不示人，无论是否当作自己的一种诗性的珍藏。

第五章
结语：东南亚对汉语新文学世界的贡献

现代汉语新文学的概念是随着大中华汉学界对强势英语世界的反拨，同时大中华圈内作家作品大量出现而诞生。朱寿桐教授对这个文学概念提出过自己的看法："所有以汉语写作，区别于传统型文言写作的各体新文学作品，无论在时代属性上属于现代文学还是当代文学，也无论在空域属性上属于中国本土写作还是海外离散写作，都可以而且应该被整合为汉语新文学。"[①]其气度是非凡的。当下大中华文学圈内，中国大陆（内地）、台湾、香港及澳门这几个地区的文学无疑是备受学者关注的。东南亚地区的汉语文学长期以来被大中华文学圈所忽视，直到一些台湾地区的学者，特别是马华旅台作家的数据整合和理论建构，这个区域的文学成绩才开始慢慢地被大家知晓。

东南亚汉语新文学对于整个汉语新文学的贡献有二。

第一，让学者意识到我们需要重新定位东南亚各国汉语文学的分量，并认识到新加坡和马来西亚两地汉语文学为其大宗。如新加坡本只是一个靠近亚洲中南半岛最南边的"蕞尔小岛"，但从历史层面来看，新加坡一直是东南亚，特别是马来半岛区域中最重要的地点；从文学层面来看，新加坡文学一直是新马文学的重要力量，在没有"分家"之前（1965年新加坡被逐出马来西亚联合邦），传统意义上的"马华文学"因为槟城、吉隆坡、麻坡等马来半岛的城邦文学不兴，严格意义上的"马华文学"发展史实际上就是一部新加坡文学的历史。数百年的移民潮，特别是晚清以降，途经新加坡的文人墨客不计其数，梁启超、徐志摩、老舍都

[①] 参见朱寿桐在2017年4月8日在浙江大学"世界华文文学区域关系与跨界发展国际学术研讨会"上的主题发言。

在其列，而在马华文学的发生期，南下文人中的郁达夫、胡愈之等人立足于新加坡而对马来亚发声，新马文学的老一辈作家，如苗秀、方修、姚紫、杏影、赵戎、贺巾、王润华、淡莹、黄孟文、骆明等都是横跨新、马独立建国的资深老作家。而新加坡建国后成长起来的中生代，如陈瑞献、郭宝崑、蓉子、英培安、原甸、希尼尔、谢裕民、孙爱玲、张曦娜等，新生代作家韦铜雀、殷宋玮，以及引人注目的新移民作家，如九丹、六六、张悦然等人，他们的创作面向更加多元，创作内容更加丰富。在1965年建国后的新加坡共和国，必须调整自己的生存姿态，这么多年的社会转型和国家变迁让这个国家的方方面面发生了翻天覆地的变化，这些作家面对历史时的心态、记忆与对话，以及由此建构出来的创作图景更是值得我们关注与期待。

第二，基于东南亚地区历史的悠久和复杂，数量蔚为大观的东南亚作家以及作品中的文学内涵与外延都是很丰富多彩的，相关理论，如后殖民、民族国家、语言/教育政策、种族问题、政治抵抗、华人移民历史、现代性的压力等等新鲜而又经典的概念，似乎都能够在分析东南亚文学的过程中找到命中的对象，这些都使我们可以从汉语新文学的新视角去观照东南亚这块特殊的文学区域，共同感受中华文学圈的魅力与成就。

东亚卷

经验与意念的情感抒叙

East Asia

传统的汉语文学对于东亚近邻的影响是不言而喻的,日本、韩国古代的文字都借用汉字。古代日本、朝鲜的文学家一度在一定意义上都是汉语文学家。明治维新让日本率先进入了西方化的轨道,在维新与启蒙的时代,日本的文化开放与西方化成了我们参照的范本,中国新文化和新文学的汉字表述常常得益于日本汉字的"反哺"。这是汉语文学与东亚日韩文化之间造成的非常复杂的历史纠结现象。

在这样的背景下,日本的汉语新文学写作几乎与中国的新文学写作同步。郭沫若开风气之先的白话诗,包括收录在《女神》中的以及前后的诗作,多写于日本,因而也可视为日本境内的汉语新文学写作。郁达夫等早期创造社的写作多与日本相关。这充分说明,日本汉语新文学写作与中国新文学写作的同步性与一定意义上的历史互文。

第二次世界大战给东亚各国都造成了巨大伤害,这片多灾多难的土地以及在其上生息的人民需要花费几十年的时间疗治深痛的创伤。这期间依然有血性与残暴的记忆。国际汉语文学在东亚的复苏则需等到 20 世纪 80 年代中国改革开放之后,留学日本又一次成为中国教育文化的新潮;而中韩建交迅速促进了两国的文化交流,这些都成为新时代汉语新文学在日韩复兴的前提。

在这里,最值得注意的是,还有一些母语并非汉语,国族也并非中华的文学家,如许世旭,却以非常纯熟的汉语书写自己心中的块垒,写出了为数不少的汉语新诗。这些弥足珍贵的文学作品当然不属于中国当代文学范畴,但恰恰是汉语新文学应该研究的对象。

日本编　在"风骨"与"物哀"之间

第一章
日本新华侨华人文学三十年

我国学者对海外汉语文学的研究,起始于20世纪的80年代,如果从1982年在暨南大学召开台港文学研讨会算起,至今已有30年的历史。这期间,海外汉语文学研究领域形成了一支跨世纪的研究队伍,成立了"中国世界华文文学学会"(2002年,暨南大学),并有了自己的学科理念与教材,如饶芃子、杨匡汉主编的《海外华文文学教程》[1],江少川、朱文斌主编的《台港澳暨海外华文文学教程》[2],有了自己的学术刊物,出版了一批学术成果。

2012年始,由中国世界华文文学学会、暨南大学文学院及花城出版社共同打造的长期出版项目"世界华文文学研究文库",计划在5年时间内出版50种,囊括当代世界汉语文学的优秀研究成果,并将其打造成为当代最权威的研究文库。同时,由中国社会科学出版社推出的"台港澳及海外华文文学与华文传媒研究丛书"(王列耀主编),表明海外汉语文学正在形成自己独特的方法论系统。

纵观30余年来的海外汉语文学研究,可以看到它在全球语境下热烈展开(饶芃子:《全球语境下的海外华文文学研究》),但遗憾的是,其间日本新华侨华

---
[1] 饶芃子、杨匡汉主编:《海外华文文学教程》,广州:暨南大学出版社2009年版。
[2] 江少川、朱文斌主编:《台港澳暨海外华文文学教程》,武汉:华中师范大学出版社2007年版。

人文学却始终遭到了不同程度的忽略。近年来，在日长期研究华侨华人史的廖赤阳力求引起学界重视，发表了《日华文学的谱系与在日中国人社会——以新华侨文学为中心》(《日华文学の系谱と在日中国人社会——新华侨文学を中心に》,《东京华侨华人研究》2010年第7号)，而后在日本立教大学国际会议上又发表《日本的新华侨与日华文学》(2012年10月)，并邀请日本华文文学笔会的作家、学者藤田梨那、田原、林祁等加盟研讨，形成声势，引起了中日舆论界的注意。这个现象显示了日本新华侨华人文学存在的分量，也意味着为其作史立论的必要，日本新华侨华人文学30年的研究是海外华文文学研究发展至今水到渠成的成果。

一、世界新格局与问题的提出

2016年，国际新移民华文作家笔会会长陈瑞琳发表了《世界华文文学的新格局》[①]一文，文曰："进入二十一世纪，华文文学在世界范围内全面开花结果，其交流震荡之中，不断产生新的格局和流派，为源远流长的汉语文学贡献了前所未有的新质素，并已成为当代中国文学的一股新力量。其成就突出地体现在欧美华文作家身上，表现特征是文化视点的改变。"遗憾的是当这种视点遍扫全球时，偏偏不见一点日本华文作家的身影。

日本新华侨华人文学对中国现代文学具有重要的历史与现实意义。论世界华人文学新格局岂能忽视日本华人？但是，问题在于"日本的华人文学研究始终遭到了完全的忽略"。[②] 针对日本新华侨华人文学研究的薄弱现状，陈红妹在《关于海外华文文学研究中的标准选择和资料搜集刍议》中说："目前，海外华文文学研究的资料问题已经严重限制了该学科的深入展开。"[③]与其他地区的文学研究比，美华文学研究，东南亚尤其是马华、新华文学研究已经获得巨大的推进

---

① 陈瑞琳：《世界华文文学的新格局》，见张福贵主编《华夏文化论坛（第十四辑）》，长春：吉林文史出版社2015年版，第239—244页。
② 廖赤阳、王维：《"日华文学"：一座漂泊中的孤岛》，见黄万华主编《多元文化语境中的华文文学：第十三届华文文学国际学术研讨会论文集》，济南：山东文艺出版社2004年版，第67—96页。
③ 陈红妹：《关于海外华文学研究中的标准选择和资料搜集刍议》，《华侨大学学报（哲学社会科学版）》1996第4期。

相比,日华文学研究备受冷落的局面,显然不能再持续下去了。

的确,与海外其他地区的汉语文学研究相比,日本汉语文学研究目前整体上不成熟,甚至还处于一个等待被开垦的阶段。这种现象可以从三个方面体现出来。首先,是文学史的撰写方面。就目前所见的海外汉语文学史来说,多数文学史都将论述的对象放在了东南亚及美华、澳华、欧华文学上。相对来说,日华文学在其中的地位是微乎其微的,甚至有的海外汉语文学史对日华文学只字不提或"一笔带过"。如:潘亚敏主编的《海外华文文学现状》只在"日本华文文学概况"一节中只提及了四个作家:徐新民、张良泽、蒋濮、小草。公仲主编的《世界华文文学概要》[1]中主要提及了徐新民、张良泽、陈舜臣,重点介绍并描述了蒋濮的系列创作。陈贤茂等著的《海外华文文学史初编》[2]在日华文学部分只重点介绍了作家蒋濮,并将其作为独立的一章展开描述,这与其他章所列作家的丰富性相比不可同日而语,从而让这部文学史在编排体例上显得极为突兀。而在陈贤茂主编的另一套文学史《海外华文文学史》[3]在第 2 卷中重点介绍了蒋濮和黑孩,在第 3 卷中,只在"新移民文学"一章中提到了个别日华作家及作品,但是并没有对其展开系统的分析和介绍。饶芃子、杨匡汉主编的《海外华文文学教程》较为详细地谈及了日华当代文学发展过程及其取得的成就,但是依然还有许多重要的日华文学作家及其成就没有被纳入撰写者的观察范畴,更遑论深入的论述。因此,一方面是日华文学在 20 世纪后半叶尤其 1990 年之后的蓬勃发展,一方面是文学史对其书写的相对欠缺,这必然造成日华文学文献知识供给和日华文学发展本身的极不相称。

其次,就研究论文和研究专著来说,日华文学研究专著目前还是空缺。

从中国期刊网上搜罗出来的 1989 年至 2014 年的研究文章一共 15 篇,会议文章 2 篇。研究上的如此滞后让人不遗憾。江少川、朱文斌主编的《台港澳暨海外华文文学教程》只在第四编第五章第一节"新移民文学的界说及其他"中以一句话提及了日华文学的三个作家名字,其他地方再无谈及此话题,更没有将日华文学以专门的章节呈现在该教程中。

---

[1] 公仲主编:《世界华文文学概要》,北京:人民文学出版社 2000 年版。
[2] 陈贤茂等:《海外华文文学史初编》,厦门:鹭江出版社 1993 年版。
[3] 陈贤茂主编:《海外华文文学史》,厦门:鹭江出版社 1999 年版。

再次,从日华文学的传播接受上来说也并不乐观。与美华文学和东南亚文学相比较,日华文学影响度和关注度都处于一个边缘状态。而就日华文学的发展事实来讲,其作品是十分丰富的,从纪实小说到侦探小说,从乡愁诗歌到闲适性小品文、文化随笔,已形成一个较为丰富的创作库。但是尚有不少日华作家的作品没有被出版或没有被发掘出来。比如2008年获日本最高文学奖——"芥川文学奖"的作家杨逸的相关汉语作品,目前在国内还少有出版。同时,根据调查,很多人对日华文学作品不熟悉。这势必从影响和接受角度表明日华文学在传播上呈现出的弱势的现状,其作品不被受众所了解,对其研究的滞后和空白似乎理所当然。反观现代文学史中"在日中国汉语文学"的研究成就却远远比当代突出。

值得注意的是,当代日华作家背后有着一个重要的支撑——母国文化地位的不断上升。有不少日华作家的作品,都是在20世纪80年代以后开始在国内外期刊上发表,或者在出版社出版的。而这个时期也是改革开放以后的第一个十年,1990年以后的中国加快了开放的步伐,随着年代大陆反思文学和寻根文学的发展,逐渐形成的一个较为神圣的文化场域和文学舞台不得不开始再次面临市场竞争的考验。中国对外交流的加深和中国国际形象的不断好转也成为日华作家写作的一种背景。虽然不少日华作家身在东瀛,却也在和故乡亲人的联络中能够感知到中国的进步和变化,不少作家就在作品中表现浓厚的故国情怀和民族立场,可以说,母国——中国在任何时候都是日本华文作家一种无法割舍的记忆。

反观中国,"反现代的现代性"使中国的现代实践有许多值得检讨的空间。现代以消灭传统为方法、为途径,"我们"到底是谁,要走向何方?在日本体验、历史反思、现代性检讨的多重视野观照下,日华作家笔下的记忆书写就不再只是乡愁的衍生品,更是确认自我身份的必需,一种中国式现代性的治疗方案。"地方"——乡土记忆作为一种"情感结构"进入他们的写作中。著名学者李欧梵指出:身处异国,常常要扮演两种不同的角色,一种是寻根,一种是归化。但他认为这不再是一种两难的选择:"我的边缘性是双重的。"在双重边缘性之间,在文化的寻根与归化之间,在"风骨"与"物哀"之间,当代日华作家的日本体验及其现代性书写具有独特的价值与意义。

二、日本新华侨华人文学的时间界定

其一,时间的界定。

拟将日本新华侨华人文学的历史框定在 1985—2016 年这样的时间段,乃是基于以下这些"时代参数"。

1972 年中日邦交正常化后,中日交往开始恢复,1980 年伴随着中国改革开放政策的指引,留日学生和新加入日本国籍的人数逐渐增多。

1985 年,邓小平提出"支持留学,鼓励回国,来去自由"的方针,国家取消了"自费出国留学资格审核","出国热"在全国迅速升温。应该说,1985 年是一个富有标志性的界尺。

到 1990 年底,留学生已达到 3.8 万人,其中自费留学生 7 000 余人。似乎是中日间一次很好的互动,同时日本修改《入管法》,将原有一种允许在日就职的签证,增改为多种,中国留学生毕业后在日获"就职"签证者与日俱增。从此赴日中国人人数基本上一直呈现上升趋势。由此,诞生了与日本老华侨具有不同风貌的一代新华侨。

我们还可以在大事年表中看到一则文化事件:1985 年莫邦富赴日本留学,在日本从事专业东京 MA 电视台的"莫邦富看中国经济"写作,开始策划、制作介绍中国和海外华人的电视专题片。

莫邦富是中日间著名的"大平班"学员之一,有人出了一本《大平班的前世今生》[1]说最早的日语教育和日本学研究的中坚力量都是从大平班、从日研中心走出来的。大平班起到了一个奠基石的作用。无论是在研究领域的还是做到大学校长或副校长行政领导者的,或是更多地从事一线教学的大学教授们,他们大多都是从大平班或者是日研中心走出来的,所以,有人把大平班和日研中心比作是中国改革开放以后日语教育的"黄埔军校",我觉得这个说法也不为过,因为其确实是起到了奠基石和培养日语高层次人才的作用。其实,何止是日语人才,对 30 余年来的日华文学,莫邦富们也立了汗马功劳。

---

[1] "大平班"为北京日本学研究中心。参阅铁民:《大平班的前世今生》,《蔚蓝日本》专刊,蔚蓝杂志社 2012 年版。

我们看到,从 20 世纪 80 年代开始到跨过 20 世纪以后,30 多年来,日本新华侨华人文学作品从无到有再到一发而不可收。出现这一文学现象的原因,一则由于新华侨华人逐渐获取了一定的生存体验,开始将这种经验形成文字,由于日本新华侨华人创办了自己的报纸、刊物及至电台,设立了华文创作园地,培养华文文学的生力军,因此随笔专栏作者大量涌现,呈现一派欣欣向荣的景象。而且他们不满足于只在日本自创纸媒的发表,把目光又投向祖国更广大的读者群,让作品回归祖国,发表于国内的文学刊物。如蒋濮、黑孩、樊祥达等不少作家,相继在《小说月报》《上海文学》《名作欣赏》《小说界》《作家杂志》《天津文学》《福建青年》《萌芽》《鸭绿江》等文学杂志刊发了文学作品。

不少 20 世纪 80 年代末或 90 年代赴日的人们,开始在日本激烈的生存中站稳脚跟,回顾出国、打拼、立业这一历程,书写的欲望和情感的内需,也造成 80 年代后文学市场的一度繁华。

21 世纪以来,不少日华作家开始穿越于中日两国之间,所写作品更是表呈着新世纪十多年来的历史运演与时代经验。由此,1985 年开始的 30 多年,足以构成本研究对时间概念的界定。

而截至 2016 年的理由则在于:

第一,考虑 30 年的时间概念,以对应《中国现代文学三十年》[①]。30 年并非笔者牵强附会,而只是历史中一种时间上的巧合。而在精神内涵上,日本新华侨华人文学 30 年,与中国现代文学 30 年是一脉相承的,可以说始自 20 世纪的现代性课题尚未结束,是对前一阶段的继承、补充和扬弃。历史有惊人的相似之处,但不会是重复。日本新华侨华人文学 30 年自有它存在的理由和价值。

第二,除了考虑对应两个"30 年"的时间概念,还因为在 2016 年的这一年里,召开了两场对日本华文文学颇有意义的会议:

2016 年 6 月 13—14 日,暨南大学和日本华文文学笔会在暨南大学联合主

---

① 钱理群、温儒敏、吴福辉:《中国现代文学三十年》(修订本),北京:北京大学出版社 1998 年版。该书突破了 20 世纪 80 年代前"新民主主义论"作为指导思想的治史方式,成功地引入了"现代性"的文学史撰写观念,且体例新颖,内容涵盖全面,一经出版获得学界极高评价,并且成为众多高校首选的现代文学史教材,是 80 年代中国现代文学史编撰的反思期中出现的一部独具特色的综合性质的中国现代文学史,也是"文革"后中国现代文学史编写具有转型意义的代表作。

办"新世纪,新发展,新趋势——日本华人文学研讨会"。林祁作大会主题发言"日本华文文学与世界新格局——日本新华侨华人文学三十年述评"。

2016年12月7—8日,世界华文文学大会(第二届)隆重召开,会议地点为北京新世纪饭店。日本新华侨作家李长声与陈永和荣获"中山文学奖"。

2016年的这两个会议,可以看作是对日本新华侨华人文学30年的概括,又预示着新的起点。

其二,关于日本新华侨的界定。

新华侨与老华侨有一些不同性质,首先在出国的动机上就有所不同。新华侨已不存在老华侨"逃避战乱"的命运,而是"自我选择",大多是为了改变自己的命运,出国一搏,希望找到更能提高和发挥自己能力的机会。这些人在日本留学后不回国,而是在日本的中等或大型企业就职,或是自己创业开公司。他们的精神要比老华侨更自由,更容易适应各种文化环境。

相对于老华侨的"三把刀"(菜刀、剪刀、剃头刀),日本《新华侨报》总编辑蒋丰试图以"三高"来概括日本新华侨:高学历、高人脉、高学知。如果沿袭"三高",我们也可用"三新"概括日本新华侨华人文学:新文学、新体验、新视野。新就新在:时间上,不同于20世纪初鲁迅一代;空间上,不同于西方。西方以"移民"为特点,而日本并非"移民"国家,日本把加入日本国籍称作"归化"。这个直译过来的"归化"让很多中国人不爽:谁归化谁呀！本来日本曾经的侵华历史就已让人难以释怀。因而,日华作家中持日本永住者签证居多,即便入了日本籍也多是被迫的(见华纯、黑孩等华人作家访谈)。因为不同于西方的"移民"特点,在全球语境下,日华作家具有一种"之间"的生存体验与写作心态。

其三,所谓"在日华人文学"的概念。

中国大陆及北美的汉语文学研究界均以作者、题材、创作用语为基本界定因素,特别重视创作用语。但日本华人创作的情况略有不同,在日华人的文学创作除了中文写作外,自20世纪50年代至今一直都有日文写作的成绩,而这些日文作品在日本主流社会一直占有较高的地位。恰如廖赤阳所指出的:"比较世界各国的华侨华人文学,我们至少可以确认两个现象。第一,日华文学无论是在中国的主流社会还是在日本的主流社会,均在纯文学的领域达到过顶峰。第二,娴熟地驾驭日文写作,并且产生出在当地主流社会形成普遍影响的诸多日语作家与作品。这两点，无论在华人为数最多的东南亚，还是最近深受瞩目的美华文学领域，甚至在有着发出'告别中文'宣言的华人作家之澳华文坛，都是看不到的。"①这样的观点应该是可以接受的。我们应该重视长期在日生活或具有永居性质的华人及二代三代华人这一要素，将"在日华人文学"界定为具有中国血统的在日华人的文学作品，题材包括小说、诗歌、文学性散文、纪行文等，语言包括中文和日文。用日语发表甚至得奖的新华侨作品，一旦翻译后在中国出版，不也一样属于"我们的文学"吗？我们的文学具有相当的包容性，所以具有无穷的生命力。

三、两次留日热潮与中国现代文学

在20世纪初与世纪末，中国人有过两次留日热潮。

20世纪初的秋瑾、鲁迅、萧红、郭沫若们，在寻求民族解放的大革命中留下灿烂的诗文。"我以我血荐轩辕。"那是充满激情的岁月，那是一个英雄的时代。一代青年抛头颅、洒热血，因为追求，所以痛苦，所以彷徨。鲁迅的书名《彷徨》代表了那一代人的留日心态。

而20世纪末的留日学生们，得益于"改革开放"走出国门，追求中国的富强与自我价值的实现。虽然也有痛苦与追求，所谓"生存的逃亡"，却身处不见刀光剑影的和平年代；虽然20世纪中国人追求自由与民主的时代主题并不曾改变，却增加了实现自我价值的"副题"，毕竟这是个趋向日常生活的非英雄的时代。面对这样的时代，文学似乎失去了其诗情澎湃，文学成奢侈品了吗？尤其是面临一个高度发展的现代国家，陷入他国语言圈的汉语文学，又何以生存与发展呢？汉语文学在海外"彷徨"，尤其在日本。

中日间特殊的历史原因与现实问题，造成了在日中国人特殊的境况。20世纪80年代至今，我们仍继续着鲁迅们的彷徨。

日华作家带着"乡愁"走进日本，从"抗日"到"知日"，开始了对异乡的语言及至文化的探索。这种探索的心路历程，可以从大量的诗文作品中读到。这些"双乡"写作的双语诗人，其意义并不仅是中国文学在海外的拓展，也是中国新诗自

---

① 参阅廖赤阳、王维：《"日华文学"：一座漂泊中的孤岛》，黄万华主编《多元文化语境中的华文文学：第十三届华文文学国际学术研讨会论文集》，济南：山东文艺出版社2004年版，第67—97页。

身在海外的深入或者"生长"。

从历史上来看,日本与中国一衣带水,而且有着较为长久的文化交流事实。在近现代史上,五四新文化运动的开展与在日中国学生的日本经验有着密切的联系,以周氏兄弟、郭沫若、郁达夫、陈独秀、成仿吾、夏衍、穆木天、丰子恺为代表的五四新文化运动干将,正是在日本开启了他们思考中国现代性的征途,进而以文艺作为开辟中国现代公共空间的道具。

郭沫若在《桌子的跳舞》中曾说:"中国文坛大半是日本留学生建筑成的。创造社的主要作家都是日本留学生,语丝派的也是一样。此外有些从欧美回来的彗星和国内奋起的新人,他们的努力和他们的建树,总还没有前两派的势力的浩大,而且多是受了前两派的影响。"[1]而中国现代文学从发生到演变,再到成熟,皆与中国现代作家的日本经验有着必然关联的现象,早已被文学史书写并被很多研究者关注,他们在这方面已有不少成果,如朱寿桐主编的《创造社作家研究》[2]李怡的《"日本体验"与中国现代文学的发生》[3]、《日本体验与中国散文的近现代嬗变》[4],靳明全的《论日本自然主义文学对创造社作家的影响》[5]、《创造社同人艺术探索对日本戏剧的观照》[6],刘静的《中国现代诗坛的日本因素》[7]等。

但是当代日华文学作为在五四启蒙基础上的一个延续,却一直没有受到研究者的重视,这显然已经成为学术研究中的一个问题。曹惠民说:"对于相沿成习的以纵向的、线性的、时间观为基石的文学史书写,横向的、立体的、空间观的考察角度,在当下的学术研究,特别是世界华文文学研究中具有特别迫切的意义。"[8]依照这样的逻辑,我们可以看到海外汉语文学研究因日华文学研

---

[1] 郭沫若:《桌子的跳舞》,《郭沫若全集》文学编第 16 卷,北京:人民文学出版社 1989 年版,第 53 页。
[2] 朱寿桐主编:《创造社作家研究》,东京:日本中国书店 1999 年版。
[3] 李怡:《"日本体验"与中国现代文学的发生》,《中国社会科学》2004 年第 1 期。
[4] 李怡:《日本体验与中国散文的近现代嬗变》,《文学评论》2004 年第 6 期。
[5] 靳明全:《论日本自然主义文学对创造社作家的影响》,《西南民族学院学报(哲学社会科学版)》2002 年第 4 期。
[6] 靳明全:《创造社同人艺术探索对日本戏剧的观照》,《南京师范大学文学院学报》2006 年第 1 期。
[7] 刘静:《中国现代诗坛的日本因素》,北京:中国社会科学出版社 2012 年版。
[8] 曹惠民:《地缘诗学与华文文学研究》,《华文文学》2002 年第 1 期。

究一环的薄弱在空间视域下呈现出的缺口情景。显然这种局面不能再持续下去。

事实上,继改革开放后第一批留学生出国留学的大潮后,随着中国市场经济发展的要求,中国在海外技术、资本、人才投资力度在不断地加大,包括日本在内的中国新移民数量逐年呈上升趋势,在日华人华侨的数量出现了激增的势头。

据学者廖赤阳统计:"在1990—2005年的16年里,加入日本国籍的人数高达58 879人,这些年以后加入日本国籍的人几乎都是经过留学阶段,也就是以留学生的身份进入日本的。"①之后,大批的华人文学以留学生题材为主潮,开始书写东瀛和故乡中国,打破中日两国文学一段时间相对隔绝与沉寂的局面,再次接续起自五四中国留日知识分子开创的"日本体验"文学传统。中国留学生的大量融入一方面充实了日本华人华侨的队伍力量,另一方面,也在华人知识结构和人文素养层面上进行了更新。截止到21世纪20多年后的今天,这几年间的日华文学已经取得了可喜的成绩。据统计,日华文学作家队伍的来源构成,既有来自台湾、香港地区,也有来自大陆(内地)的新移民;从身份上说,既有加入日本国籍的华裔,也有不少长期旅居者,更有短期的留学生或者访问学者,当然还有不少在日求职者。这使原有的日本华人华侨相对单一的结构分布局势产生了较大的变化。这些作家中,既有新"知日派"②作家李长声、姜建强、张石、万景路、李兆忠、刘迪、毛丹青、刘梓,也有散文家张石、燕子、林惠子、王敏、叶青,既有诗人田原、祁放、林祁、春野,也有纪实文学作家曾樾、李惠薪、刘德有、樊祥达、刘东、董炳月等。而桃子、葛笑政、郑芸、蒋濮、小草、廖赤阳、吴民民、华纯、黑孩、施小炜等作家也都为日华文学贡献了不少的佳作。日华文学从题材上大致可以分为

---

① 廖赤阳:《大潮涌动:改革开放与留学日本》,北京:中国社会科学文献出版社2010年版。
② 知日派:指了解日本,不仅将日本作为一个认识的对象,也将其作为一种研究的对象。在中国,自从黄遵宪的《日本国志》出版以来,就表明了知识分子开始思考国人以自我为中心的复杂心态,转而提出要向日本学习,在中国,不乏"轻日""师日""亲日""仇日",但就是缺少"知日"。(见王芝琛:《六十年来中国与日本》,《读书》2006年第3期。)据李兆忠考察,"黄遵宪编撰《日本国志》目的并不在日本,而在中国"。(李兆忠:《雾里观花知日百年》,《书屋》2006年第3期。)"知日"的目的在于解决中国的问题。近代中国百年历史上有不少"知日"的知识分子,如戴季陶、周作人,在当代有"新知日派"作家如李长声、姜建强、张石、刘梓等。而在对日本知识的了解上,国外也有"知日派",如美国的鲁思·本尼迪克特。

留学生小说、新移民文学、新移民海归文学等。近年来,在日华文期刊数目也在逐渐增多,《荒岛》《侨报》《留学生新闻》《中文导报》等报刊和《蓝》双语杂志都为日华文学创作提供了平台。

四、日本新华侨华人文学三十年的意义

1985—2016年,日本新华侨华人文学对中国现代文学具有重要的历史与现实意义。我们在论述世界汉语文学新格局时,不该有意无意地忽视之。因为不同于西方的"移民"特点,在全球化语境下,日华作家具有在"风骨"与"物哀"之间的生存体验与写作心态。这种探索的心路历程,其意义并不仅是汉语文学在海外的拓展,而是中国文学自身在海外的深入或者"生长"。更有意义的是,由于这些诗文"生长"在日本,在这块让中国人情感极其纠结,痛苦永远新鲜的地方,而纠结之痛,使其具有独特的异质审美价值。

铃木修次教授在比较中日的文学传统时曾以"风骨"和"物哀"来概括两国文学本质和文学观念的差异。"风骨"是中国文学中关怀政治、以刚健为美的正统精神,它主张"风化",即《诗经》所谓的"上以风化下,下以风刺上",其色彩是浓重的。"把握住风骨就抓住了中国文学的主要趣味倾向。""物哀"则为一种日本式的悲哀,不问政治而崇尚哀怜情趣的所谓日本美,它主张"淡化",讲究典雅和消遣的日本式风格,即和歌之风格,其色调淡雅。"日本人似乎认为中国文学的主要性质、色彩过于浓重,而将其淡化了。"①

"风骨"和"物哀"各自具有相当长远的延续性和民族性。"大陆风尚"养成中国文学崇尚阳刚大气的风格,"岛国风尚"则养成日本文学注重阴柔细腻的风格。

我们从日本新华侨华人充满阳刚之气的诗文中,可以看到日本阴柔美的渗透。阴阳互补,使其诗文重中有轻,轻中有重。在中日之间,在"风骨"和"物哀"之间,作家们找到新的生长点。探索中,一种异质的诗学在生长。其实日华作家笔下难以摆脱大陆习惯话语,美其名曰阳刚之美,宏大基因。而日本"物哀"精神的渗透力使之逐渐异变。变可能是一种冒险。冒险有可能失败,可能变得非鹿

---

① 参阅铃木修次:《中国文学与日本文学》,东京:东京书籍出版公司1978年版。

非马不伦不类,可能不被主流文学认可。但纵观30余年的"探险",风景无限好。中日文化在同与不同的交织过程的种种纠葛,为日本新华侨华人的创作带来某种独特的理论洞见与新的文学审美形态。在中日之间找到新的生长点。这是异质的,多元的,是跨域的、越界的。

在"风骨"和"物哀"之间寻找新的生长点,这是一种新的美学原则在崛起,不,应该说是在漂流。它正为世界汉语文学提供独特的审美角度和深度。

第二章
越境的文学与文学的越境(1985—1995)

——20世纪30年代,鲁迅们彷徨日本;80年代至今,我们也彷徨日本。时代不同了,我们唱的是同一首主题歌吗?彷徨其间,变与不变的是什么?

第一个十年(1985—1995)是中国新一代留学生文学彷徨日本的初始期。

这一阶段的汉语创作多为留学生题材。蒋濮小说《东京没有爱情》等,充满乡愁、国恨、情伤。特别是女作家孟庆华的纪实小说,从战争遗孤的处境看国家形象,表现出身份认同的困惑。这一阶段,乡愁诗大量涌现。几乎每一位具有思乡情结的游子,无论多么坚韧,都将"受雇"于一个伟大的民族记忆和原乡记忆。

已在大陆文坛崭露头角的黑孩、祁放、林祁、李长声、孟庆华、华纯、孙立川、王中忱、金海曙、陈永和等远赴东瀛留学,一下跌入被边缘化的困境。1990年,留学京都大学的孙立川创办了留日学生的第一份文学杂志《荒岛》。而后各种文学创作一发而不可收。人在乡愁中与故土对话,回归自我,回归"灵魂"的家园。乡愁,其实是一种精神"还乡"。

在全球化时代,日本学者当下对"移民文学"的称谓,用语最多的是"越境文学"。东京大学教授藤井省三先生在评价越境小说时指出:"通过越境使自己相对化,使探求新的认同方法化。已经进入国民国家体制的成熟期的日本和欧美,以往仅仅以一个国家为单位的国民市场正在急速地'国际化',随之而来的大规模跨越国境的移动,极大地激活了人们对国民国家形成之前的历史状况的想象。曾经参与了国民国家想象的文学,现在,则在促动读者思考越境的意义。越境行为使旧有的认同废弃,要求新的认同形成;而所谓现代的文学,就是开始向读者叙述这一行为的破坏性与创造性的文学。"①藤井的这段总结一针见血地指出了越境文学的本质与意义所在,值得借鉴与深思。

因此,对于第一个十年,我们更想关注的是:当代中国对日本的"越境"及其"越境文学"。

一、"朦胧诗"脐带的断与不断

20世纪80年代的中国主题是"崛起",新的美学原则也在崛起②。"三个崛起"论(谢冕《在新的崛起面前》、孙绍振《新的美学原则在崛起》、徐敬亚《崛起的诗群——评我国诗歌的现代倾向》)③为"朦胧诗"摇旗呐喊,在横遭围攻之中,为中国新时期文学的发展扫清了理论障碍,轰轰烈烈且意义深远。

谢冕在《论中国新诗》中指出:"……诗学挑战,即指发端于五四新文学革命的新诗运动对于中国古典诗歌的一次跨越整个20世纪、迄今尚未终结的古与今、新与旧的诗学转换这一重大事件。"④我们看到,"崛起"正是这一重大事件中辉煌的篇章,而这一事件迄今尚未终结。

崛起之后的诗学挑战以漂流形式进展。80年代末,一批留学生,或为朦胧诗人,或怀揣朦胧诗漂到海外,开始了从"崛起"到"漂流"的新探索。如果说"崛起"是惊叹号,那么"漂流"是进行时;如果说"崛起"意求挺拔,那么"漂流"寻求深度;如果说"崛起"多为激昂,那么"漂流"多为静寂。总之,"崛起"的编码系统代表了大陆文化的崇高坚定,"漂流"则体现一种不安定的变化状态,"漂流"的编码系统表现出海洋文化的激荡不安。荒岛、礁石、波涛、星星、黑夜……这些漂流意象的多重吟咏,组成了一个另类的符号系统,且称之为"蓝色调"(后来创刊的中日双语杂志就取名为《蓝》),显然是一种不同于"红色编码系统"的话语空间。

当新华侨华人漂流到岛国日本,这块让中国人情感极其纠结,让中国诗人的

---

① 藤井省三:《日本文学越境中国的时候》,《读书》1998年第10期。
② 孙绍振:《新的美学原则在崛起》,《诗刊》1981年第3期。
③ 谢冕的文章发表于1980年5月7日《光明日报》;徐敬亚的文章发表于1983年第1期《当代文艺思潮》。
④ 谢冕:《总序:论中国新诗》,见《百年中国新诗史略》,北京:北京大学出版社2010年版,第1页。

痛永远新鲜的地方,漂流之难,之痛,之"特",更使其诗歌具有独特的异质审美价值。

其独特性,其漂流与探索的诗路历程,大凡可以从《荒岛》《新华侨》《日本留学生新闻》《中文导报》《日本新华侨报》《蓝》①等报刊读到。它给我们带来了什么样的诗歌景观与美学原则呢?

诗人走向宽阔的世界,诗歌必然走向宽阔的世界,原有的黄土地之表现法,如"河边上破旧的老水车"②已然破旧。当20世纪末诗人进入"漂流"的生存状态,当80年代中叶,日本新华侨华人浮出历史地表,诗歌创作无论在题材还是艺术表现方法上都有所开拓创新;表现了不同于朦胧诗传统的新景象。

金海曙在接受巫昂的一次正式访谈中谈道:"舒婷有一个小本本,抄了很多外国诗,那也是指路明灯。吕德安是通过舒婷认识的,当时我们文青啊,跟舒婷联系上了……"(《从八卦到文艺》)那是80年代,这群"文青"跟着舒婷学写诗。而后吕德安赴美求艺,金海曙赴东瀛留学。1990年,金海曙于《荒岛》创刊号发表诗作《雨景和逃离的过程》。在诗里,朦胧诗传统只是"那棵以往的树",而"巢"已不在其中。其实"巢"只是被遗忘。喻体巧妙地转换为"夕阳/阴暗的火"等。在这里,诗歌的"抒情"传统也巧妙地化解在叙事中,化解为诗人与世界的一场优雅的对话,犹如格雷厄姆·霍夫的《现代主义抒情诗》中所言:"诗歌最充分的表现不是在宏伟的,而是在优雅的、狭窄的形式之中;不是在公开的言谈,而是在内心的交流之中;或许根本就不在交流之中。"③沉默中,你更多地体会诗本身,或者更多地琢磨诗之外,那或许是人生、哲学……

金海曙厦门大学哲学系的教育背景,无疑对他的创作产生了影响。哲学给

---

① 《荒岛》是90年代中国留日学生创办的第一份文学杂志,1990年10月15日创刊,社长孙立川,主编王中忱;《日本留学生新闻》创刊于1988年12月,是目前日本最早的华文媒体,内容涵盖了社会新闻、时政观点、留学生活、综合情报等;《中文导报》创刊于1992年,是服务于日本华人及全球华人的中文媒体,把在异文化社会里传播、弘扬中国文化作为事业目标;《日本新华侨报》创办于世纪交汇的1999年新春,已经成为一份被国内门户网站转载率最高的海外华文媒体。《蓝》于2001年创刊,为中日文双语同仁季刊。

② 舒婷:《祖国啊,我亲爱的祖国》,《诗刊》1979年第6期。

③ 格雷厄姆·霍夫(Craham Hoff):《现代主义抒情诗》,见马尔科姆·布雷德伯里(M·Bradbury)、詹姆斯·麦克法兰(James Mcfarlame)编《现代主义》,胡家峦等译,上海:上海外语教育出版社1992年版,第286页。

他更多的启示，又和现代生活的脉搏相呼应，从原乡到异乡的自我放逐，是身体放逐，也是精神放逐，同时是诗的放逐。他并非要揭示什么，说明什么，而是充分利用潜意识无穷的可能性，为创造性想象提供广阔背景。他的诗是一种把握真实的尝试，强调准确的感觉，深思熟虑的思想。可以看到他在形式上的追求。

祁放1984年留学东瀛，出国前就已开始写诗。她写诗是从迷惘、忧郁、苦恼开始的。那时在山东，还要在"学习会"上解释"我默默地躺在/阴冷的海底/许多年了/海风送来你的腥味/黑暗里，连歌声也充满苦涩……"这样的诗句到底是什么意思，到底对谁不满，谁是黑暗……受不了诸如此类的解释，她出逃了。残阳如血，黄河涛声呜咽，黄河边少女彷徨，娇弱的身姿、沉重的步履，天黑了，风声里是一个满脸皱纹的黑衣老汉低哑的嗓音："孩子你快回家吧，绝对不能轻生啊……"她出了国，背负着朦胧诗光荣而沉重的传统。她感叹着：那时到了日本之后，终于感到了真正的自由，那种突然而来的解放感让她恍然大悟，以前的自己竟然一直未走出那间不透风的铁屋子，尤其是思想。当然不只是她，我们所经历的那些个乱七八糟的年头，连花布和裙子都被禁止。刚来日本的她为自己买了一件色彩鲜艳的红裙子，她说她终于可以随心所欲地像花儿一样开放……①从她的诗可以看出，朦胧诗的"脐带"似断非断。

田原也坦言自己的诗歌创作受到朦胧诗人的影响。这位20世纪60年代出生的诗人，几乎见证了第三代诗人的诗歌书写现场。就是这么一个背负着朦胧诗"小传统"的诗人，于20世纪90年代初赴日留学，来到了"远离母语现场的"②日本。笔者不曾问他为什么出国，似乎无须询问具体缘由，当时出国潮汹涌，泥沙俱下，往往人们看到的只是集体行为，听到的只是集体的声音。而作为诗人必定有自己的声音。从田原的诗中，我们可以读出他远赴东瀛的内在因素：生命要自由，诗歌要获得新的生命。"转身不等于背叛/但转身的刹那/跟你一起长大的地平线/还是在你的脚跟下/挣扎着消逝……"③这一代诗人的"转身"只是碰撞和放逐的开始，也是交融和新生的开始。"转身"不是忘记历史，不是忘记仇恨和伤痛，而是走向新的书写现场，接纳母语创作里第二语言的冲撞。虽然"一起长

---

① 参见林祁：《彷徨日本》，福州：海潮摄影艺术出版社2010年版，第2页。
② 田原：《在远离母语现场的边缘——浅谈母语、日语和双语写作》，《南方文坛》2005年第5期。
③ 田原：《田原诗选》，北京：人民文学出版社2007年版。文中引诗出处同此。

大的地平线"在诗人"转身的刹那"缓缓而又决绝地"消逝",但诗人依旧"挣扎"着前进,去面对未知的未来,去走向新的诗界。

田原清醒地看到"朦胧诗无论对过去还是未来,都是绕不过去的实体和精神存在。它既是一个新的源头,也永远是一个新的开始"[①]。倒是新一代留学生较少受到朦胧诗的影响。请看年方二十的林云峰诗曰《让风叼去》:"诗人嘴上的那块遮羞布/还不快点让风叼去⋯⋯"当传统成了"遮羞布",索性摆脱它!新一代诗人直接进入诗歌本体,进入生活体验,虽显得有点粗鲁,却勃勃生气。

二、"之间诗人"的焦虑 ——乡愁诗

20 世纪初到 20 世纪末两次留日热潮,是中日现代史中一个特有现象。日本新华侨华人面对异文化时空的文学尤其是诗歌,从内容到形式都发生了变异。可以说一种新型的异质文化诞生了。它不同于五四新文学革命的新诗运动,带有横空出世的气势,也不同于四五之后新时期文学的"朦胧诗",负有拨乱反正的使命,它似乎是轻轻地出走,悄悄地扩展,慢慢地质变。

漂流的困顿与变异,诗学观念的变化,导致诗歌"边缘化""私我化""精细化"——也许出国是一种逃亡的壮举,但壮举之后,便是从中心向边缘的位移,由高亢向低调的失落,由热闹向宁静的寂寞。

放逐是一种冒险,放逐使痛苦永远新鲜,而诗的生命就鲜活于放逐之中。固有的美学观念被否定之否定了,新的美学观念在探索中、漂流中。不说"崛起"而说"漂流",强调的是其漂流状态。漂流使身体和精神在时空中转换,位移,面对新的异己的时空,诗歌从内容到形式都不得不发生变异。

"这样的日子失去了明确的形状/一如等着洗涤的衣服/满不在乎地积累/这样的日子从我的身上落下/——却没有就此隐去、消失/这样的日子我甚至说不出自己的感觉⋯⋯"(金海曙《疲倦》)强调准确的感觉,深思熟虑的思想,却用一种懒洋洋的声音展示诗人与世界之间不断拉开的距离。他抖落那些现成的框架和概念,就像抖落脏了的衣服。可以看到诗内在的张力,节奏的变化和分寸感。

---

① 田原:《家族与现实主义》组诗,见《田原诗选》,北京:人民文学出版社 2007 年版。

诗人似乎找到了一种新的形式作为自己的归宿。

祁放的《紫阳花》也很"私我化""精细化"——低调,冷色调,小情调;反对过于夸张,过于伤感,过于朦胧。诗人在边缘很自我地喃喃细语,却使你感到亲切。诗歌原来可以这样贴近人生呀!①

这些诗人尽管在自己的时代居于"边缘",但却是社会中的知识精英,是社会中掌握知识较多的阶层。他们有着双重的思想体系:传统的儒教熏陶,"修身齐家平天下"成为他们内在文化基因;西学的后期教育,独立自由理念,不愿受任何外力羁绊而自立于社会成为他们为人最大追求。这两大思想的交融,使得这批知识分子的两大理想内在地发生冲突、碰撞。如何使得它们并行不悖,成为新知识分子的人生最大抉择?② 诗歌创作恰恰是他们这种抉择的自然流露和真切表现。

田原在《家族与现实主义》组诗的题记中谈道:"无论是当下的中国现代诗,还是日本现代诗,甚或是西方欧美,诗歌的发展都仿佛普遍存在着一种趋势,即大都有从高蹈的抒情下降到动情和单纯叙事的倾向。尽管我对这种诗的发展方向抱有疑问和并不觉得它就是现代诗最终的归宿,但还放低了一种姿态(当然并非是降低了诗的标准),摈弃那些抽象的虚饰和虚荣的词汇,从荒诞甚至是超现实主义飞翔的想像里,从高空飘游的灵魂的喊叫里回归到自己生存的大地和实在的肉体。这类作品和这种写法,是自我放松的一种形式,也是我写作过程中一个短暂的尝试。"③

可以看出,海外汉语文学创作本身就是边缘化的一个系统,之所以说它是系统,是因为它已然拥有相对独立的空间。如果说远离中心话语使诗人感受边缘的寂寞,似乎是一种不幸,那么不如说远离逼使他们反思,促使他们贴近文学本体,其实是某种幸运。当有着高度敏感的文学嗅觉的诗人,进入日本之后,在全新的世界和故乡之间,在主动和被动之间,在主观和客观之间,多出了另一片诗歌视野:日本岛及其"物哀"文化。

---

① 参阅林祁:《"三明治"的忧郁——女诗人祁放》,见《踏过樱花》,南京:凤凰出版社2010年版。
② 易蓉:《中国近现代同人报刊的先声:早期留日学生的办报实践》,《湘潭大学学报(哲学社会科学版)》2014年第1期。
③ 田原:《家族与现实主义》组诗,见《田原诗选》,北京:人民文学出版社2007年版。

"之间诗人"的现实处境是尴尬的,因为即使海外汉语文学的发展取得巨大成绩,但依旧边缘依旧孤寂;非但是母语创作的诗歌,即便是用在地语言进行创作,也难以闯入所在国度文学圈成为主流。然而,诗人试图在这种尴尬中赢得自由。请看《富士山》:"我攀登了它/但却没能抵达它顶上的坑/因此,我常常想/那坑一定像一只挖掉了眼珠的眼/用虚无得抽象的眼神/数百年来一直与天空对望。"

　　读者无不震惊,诗人竟会展开想象的双翼,在掠过富士山顶时"摘去"了它的眼珠! 一只没有眼珠的眼,用黑洞洞的抽象的眼神,数百年来与天空对望,足以解构富士山的种种光荣与神圣。众所周知,富士山是日本的象征。看来田原以中国文学之风骨意识去解构日本,反而在诗笔下流露出日本文化的物哀美学,赋予象征日本的富士山以哲学的思考与人生的哀思:对望将是永恒的。

　　中国文化是一种大陆文化。中华民族生长在一个幅员广阔的陆地上,自给自足的自然经济,使人们——尤其是中原人固守"天圆地方我为中"的大中华思想。而日本文化则具有岛国性,日本国小且四面临水,与生俱来的危机感迫使他们既固守传统,又好学进取,对外来文化总是以日本式的方法加以模仿和消化,创造出日本式的美。这种擅长吸取他人先进文明的态度使日本的现代化受益匪浅,也使日本新华侨华人受益匪浅。

　　我们注意到,日本新华侨华人诗歌中除了关于家族,还有大量关于梦、爱情、死亡的探讨,"风骨"与"物哀"的交错交融产生了无穷的创造力。笔者常想,如果把平平仄仄的中国语比作起伏不平的山岭,那么没有阴阳上去的日语就像潺潺流水。这两种美是不同的。如果能把握两种语言,那诗歌的语境里不就有山有水了吗? 双语诗人在双语之间创造山清水秀的变异美学,应该是颇有意义的一件事吧。

　　子午于《闪耀在双语峰峦的诗美之光——〈田原诗选〉艺术散论》中指出:"田原是迄今为止华人作家中(健在的)为数不多的优秀双语诗人之一。此外,杰出的华人双语作家主要有:2000年度"诺贝尔文学奖"得主,旅法剧作家、小说家、文论家高行健(他分别用中文和法文两种文字写作),旅美小说家严歌苓(她分别用中文和英文两种语言写作)等。田原则是一位旅日诗人、翻译家、教授和学者,曾获日本第一届留学生文学奖等多种奖项。"①

　　新华侨华人花大量时间去钻研日语并受益无穷。诗人说自己在日语面前"永远是一位不成熟和笨拙的表现者"②,并非仅仅是谦虚,而是一语道破其创作"天机"。直接进入日语写作的"不成熟和笨拙",恰恰有益于打破母语的思维惯性,产生意想不到的神奇效果。因为创新永远是创作的生命! 田原总结个人经验说:"用日语写作面临的最大困惑是:有时我不知道如何把一个词语放在最恰当也是它最需要的位置上,尽管在母语中我也常常被这种情况困扰。相反,用日语写作的最大快乐是:我能在另一种语言空间里徜徉,用另一种语言思考文学并找到自己的表达方式。"③

　　日本新华侨诗人虽亲近日语,但始终坚持母语创作。由此我们看到,大量的诗歌翻译和诗歌研究,特别是与日本大诗人谷川俊太郎、白石嘉寿子等人的亲密交往,使他们对现代诗内在的奥秘有了更深刻的体会。

　　因为新的书写现场是陌生的,是经过了空间位移的,所以必定会有适应、转变、交融以及变异;也就必须一定程度上甚至很大程度上抛开传统,让思想、感情、创作,更加不受之前创作思维的拘束,面对新事物,探索更多的创作方式,试图将更多陌生的内容放入诗歌。金海曙在《荒岛》上曾这样表现《陌生》:"区别不仅仅在于语言/还有沉默,它使我们的/对立陷入更深的绝望。"

　　既面向未来,又背负传统,让传统的东西在未来的陌生中变异,不仅是空间的陌生化,更是人生与生命的陌生化,语言与思维的陌生化,创作模式与逻辑运用的陌生化,同时这种陌生化带来的一个最大影响就是:自由化。自由化带来诗歌创作视野的宽阔,新的词汇、新的风物、新的创作模式、新的逻辑思维、新的灵感都随之而来,也都是陌生而美好的。如此,诗人与诗思都在美好的陌生中自由地成长。

　　艺术并非嘈杂的时代精神的传声筒,而是对本真的命运之声的回响。正是在这样一种诗性的吟唱中,我们才能聆听生命的鸣响,实现人内心的和谐与

---

① 子午:《闪耀在双语峰峦的诗美之光——〈田原诗选〉艺术散论》,见《泛叙实派诗人论》,北京:中国文联出版社2014年版。
② 田原:《在远离母语现场的边缘——浅谈母语、日语和双语写作》,《南方文坛》2005年第5期。
③ 同上。

安宁。真正有生命力的文化才能引人归家。在海德格尔眼中,一切伟大的诗都是"归家诗",诗人的使命就是引领现代人"回家"。[1] 这是一场回家的心路历程。

三、新华侨的文学杂志《荒岛》之《蓝》

日本自80年代后期开始出现华人报刊,第一份中文报纸为《留学生新闻》(1988年)。继而《中文导报》《东方时报》《日中新闻》《日本新华侨报》《中日新报》如雨后春笋层出不穷。这些华文报刊的大量刊行,给文学创作提供了发表的机会,促进更多作品的诞生。留学生文学作品主要以记述或描写艰苦奋斗的留学生活,一种向前奋进、拒绝诱惑、报国负重的留学生形象描绘,成为留学生文学的主要模式。

除了报纸新闻的大量发行,从20世纪80年代末至今,在中日文学、文化交流史上,在日本新华侨华人文学社群中,还先后出现过三个有影响的文学期刊,即纯文学的《荒岛》(京都)、《新华侨》杂志(东京)、双语的《蓝》(大阪),三地先后诞生的三份文学杂志,以各自的特色引领文学青年,培养了一批华文作家。

《荒岛》于1990年10月15日创刊,是中国留日学生的第一份文学杂志。社长孙立川,发起人及主编者有王中忱、林祁等。那天,在京都十字路口的高岛屋,三个留学生相聚,想了一长串的刊名,最后定名为《荒岛》。为什么是《荒岛》?《创刊的话》写道:

> 1990年初夏,一个阳光很好的日子,几名来自中国不同地区的留学生在日本某城市的滨海公园相聚,计议创办一份文学杂志。刊名定位《荒岛》。为什么是《荒岛》,是来自远离故土的异国情结,还是联想到诗人T.S.艾略特的《荒原》?是在高度现代化的节奏和繁杂里感受到了深刻的寂寞,还是希冀人的心灵常驻一些荒凉但却生机勃勃的绿色岛屿?其实,即使在本刊同

---

[1]《"中国当下文化与人文精神的反思"专题研究》(笔谈3篇),《湘潭大学学报(哲学社会科学版)》2012年第5期。

仁之间,关于《荒岛》的释义理解也不尽相同。但无论如何,《荒岛》确实寄托了同仁们的一点《荒岛》共同情绪,在某种程度上沟通了同仁的心。于是,我们结成小小的《荒岛》文学杂志社。

《荒岛》杂志社是同仁的自由组合,但《荒岛》同仁不想囿于狭隘的一隅,而愿意面向更多的朋友,愿意在追求纯粹的文学理想的前提下,视所有志趣相投者为同仁,只要在《荒岛》上相逢,就有一份缘。

我们追求纯粹的文学理想。尽管我们至今对纯粹的文学理想这一问题还缺乏更为严肃认真的讨论,但那次在滨海公园当我们认定它是《荒岛》的宗旨的时候,默默属望浩渺无际的蓝色的海,同仁们已经领悟到这对于我们意味着什么。

《荒岛》同仁来自中国内地(大陆)、香港、台湾等不同区域,人生经历与观点的差异是极其自然的。但是由于无法选择的原因,我们却共同感受到中华文化面临的艰难处境,共同感受到中国严峻现实对文学者良知与耐力的考验。我们所理解的"纯粹的文学",不是对着考验的回避,而是在主动回应的过程检验内心的独立自由品质和文学信念,澡雪纯正的精神。

这并非说我们有多么宏大的志向。我们没有荣耀的历史,也不预设辉煌的未来。我们深知更严峻的考验来自文学本身。语言是文学者唯一的凭借,也是永远挣不脱的枷锁,而现代多种传媒的发达又时时陷语言与困境之中。我们可能永远走不出荒岛。但我们渴望体验在困境中创造的喜悦,我们遵循内心的指向,执迷不悟地向前走去……①

《荒岛》杂志注重诗作的发表,特别是鼎力推出了《留学生组诗》。与大海、荒岛、漂流有关,创刊号发表了林祁的《空船》。"空船"在日语里的读音和"唐船"相似。空,非空也;空,有如空气,总是充满空间,总是伴随着你。

《荒岛》虽然只办了一年,但影响长远。当年的《荒岛》成员金海曙创作的电视连续剧《父亲的身份》曾在全国热播。

《荒岛》曾经发表翻译大江健三郎的作品。后来大江健三郎获得"诺贝尔文

---

① 见日本《荒岛》创刊号,1990年10月15日,第1页。

学奖",乐于将书稿交给王中忱翻译以及在中国出版。东京大学藤井省三称赞《荒岛》为一座永不沉没的纪念碑。

《新华侨》杂志以"新华侨"命名,负有为一代人命名的使命。其宗旨是为日本新华侨作家提供交流平台,促进华文文学创作,成为联系中日两国的纽带。创刊人是曹小溪和战戈等,李长声、祁放(和富弥生)皆为其主笔,至今仍活跃在中日文坛,成为日华代表性的作家。

《新华侨》杂志1997年的1月在东京的池袋创刊,当时正值中国首次派遣留日学生100周年,由"在日中国人就职协会""在日中国科学技术者联盟"为主要赞助者,是为了"与在海内外华人的互相沟通,宣传海外华人的业绩,树立新一代海外华人的形象,帮助海外华人了解中国和世界,让世界了解新一代华侨,让中国了解新一代华人,也让海外华人更进一步了解自己为目的"而创刊的一本中文杂志。

1999年,《新华侨》杂志首先提出了"新华侨文化"的概念,并在新春号上,刊登了毛丹青、丛小榕、刘正三人的有关对谈。之后的7月号,又刊出《再论"新华侨文化"》,由李长声、靳飞、丛小榕三人论述。他们谈论的内容有新华侨首先是一种文化概念、从历史的角度看新华侨文化以及反映在中文媒体中的新华侨文化,也议论了新华侨的现状和新华侨的使命。

中日双语文学、文化综合季刊《蓝》是2000年8月在京都创刊的[①],由李占刚、刘晓峰(丁厥)、刘燕子(燕子)、秦岚等共同创办。当年这群留日学生时常海阔天空地彻夜长谈,"从鲁迅、郭沫若的留日谈到我们当下的留学生文学,尤其是通过从20世纪的红色的革命文学谈到21世纪蓝色文学,我们达成了一个重要共识,就是在进入21世纪之前一起创办一个中日双语纯文学刊物"[②]。

刘晓峰提出在繁忙的留学生活中无暇扪心自问的一个简单而又深刻的问题,即"留学的意义"。至2004年,在日本华人已经达60万人。以实利主义和现世主义的"留学"改变自身现实生活是我们的目的吗?我们这一代朋友,经历了

[①] 《蓝》又有记载为2000年8月18日在日本富山出版。因该刊发起在京都,编辑在京都、富山、大阪,创刊号至休刊前最后一期始终在富山出版。
[②] 李占刚:《我与〈蓝〉》,2016年6月于暨南大学"新世纪 新发展 新趋势——日本华人文学研讨会"的发言提纲。

"文革"后期以及改革开放的种种挫折和荣光,没有高调的理想主义和以改造世界为己任的"指点江山"的少年激情,但是我们愿意以我们亲身经历的日本和在日本学的知识,做一座中日之间小小的桥。①

《蓝》以澎湃的海洋和悠远的天空的颜色命名,其梦想是:宽容、快乐和飞翔。《蓝》不仅仅是一本纯文学刊物,她通过文学伸展人文关怀、价值关怀和人的存在的视野,秉持实践的理想主义探索的信念,强调宽容的、多元的、独立的、时代的、史料性文学价值精神。

《蓝》的特征是用脚收集文学史料(action research),挖掘中国"文革"时期未公开发表的文学作品,核对资料,记录口述历史,客观分析。正是在今天信息化的时代,挖掘潜在的、民间的,甚至无法发出声音的、被历史和表面信息淹没的文学更为重要。《蓝》从语言的"越境"开始,进行思维和思想的"越境",以日本为"磁场",向世界"发信"。如果把现代中日文化交流史放到世界现代性的进程中,我们会看到《蓝》的特殊意义和价值。

四、东京没有爱情有什么?——留学生小说

近30年,中国大量留学生来到日本,日本成为仅次于美国的中国学生第二大留学对象国。

我们看到,从20世纪80年代开始到跨过21世纪以后的30年,日本新华侨华人文学作品从无到有,到一发而不可收。出现这一文学现象的原因之一,是新华侨华人逐渐积累了一定的生存体验,开始将这种体验形成文字,由于日本新华侨华人创办了自己的报纸、刊物及至电台,设立了自己的创作园地,培养文学的生力军,因此随笔专栏作者大量涌现,呈现一派欣欣向荣的景象。

80年代以后的日华文学又称新华侨文学。新华侨文学先以留学生文学开端,诞生了张石《东京伤逝》《因陀罗之网》《三姐弟》,王敏《留日散记》,唐亚明《东京漫步》《翡翠露》,林惠子《东京私人档案——一个中国人眼中的日本人》《东京:一个荒唐的梦》等。1999年,上海文艺出版社出版的《中国留学生文学大系》

---

① 秦岚、燕子:《从最小的可能性开始——〈蓝〉的思想与实践的探索》,见燕子《这条河,流过谁的前生与后世?》,东京:中文导报出版社2008年版,第450—451页。

中《当代小说日本大洋洲卷》收集了这个时代14名留学生的作品。

不满足于在日本自创纸媒上发表作品,他们把目光投向祖国更广大的读者群,让作品回归大陆,于是新华侨文学也时常发表于中国国内的文学刊物。如蒋濮、黑孩、樊祥达等不少作家,相继在《小说月报》《上海文学》《名作欣赏》《小说界》《作家杂志》《天津文学》《福建青年》《萌芽》《鸭绿江》等文学杂志刊发了他们的文学作品。这些作品由于异文化体验与视角的"异",引起了特别关注。

在这第二次留日高潮中,日本留学生笔下的日本形象是怎么样的呢?

这时期有一部小说的名字,似乎可以代表,那就是《东京没有爱情》。蒋濮作为第二次赴日留学高潮中的一员,在八九十年代,是日本留学生中知名度较高的留学生文学作家。作为美学家蒋孔阳的爱女,蒋濮从小热爱文学,在经历了多重身份转换和丰富的经历之后,于1980年开始发表作品,著有长篇小说《东京有个绿太阳》《不要问我从哪里来》,中篇小说《极乐门》《东京没有爱情》,中篇小说集《死神手里拿的是迎春花》,短篇小说《水泡子》等。

《东京没有爱情》是蒋濮在东京留学和工作期间创作的中篇小说集,其中包括《不要问我从哪里来》《东京没有爱情》《东京梦》《东京恋》《异缘》五篇小说。从这五篇小说内容来看,作者多是站在女性视角,表现女性受到男人抛弃之后的彷徨与无助。琳琳、安妮、路露、叶萍、小文……这些年轻的姑娘都是怀着美丽的"东京梦"来到东京,她们要生存,要学习,想要获得理想的职业,建立自己理想的家庭,获得美满的爱情、舒适的生活,在东京终生富有地生活下去……可是,到头来才了解这不过是一个梦——一个悲凄的东京梦。个别女孩还发现自己的肉体、青春,都没有什么珍贵的、值得骄傲的价值,不过是换取金钱的筹码而已,可以由此获得几十万、上百万日元,但并不能获得真正的爱情、理想、职业和家庭。总之,不要问她们从哪里来,她们中的每一个,都不过是这豪华世界里无奈飘荡的一叶小小的浮萍,在东京流浪。东京恋也好,东京梦也好,反正东京没有爱情!这或许就是蒋濮为我们展现的异国总体印象。

总之,在蒋濮眼里,东京没有爱情。那么,东京有什么?蒋濮无以回答。也许,在下一个十年或二十年的留学生—新华侨—新华人能够做出回答吧。

五、"他者"的文化与文化的"他者"

日本华侨女作家孟庆华《告别丰岛园》①是以另类日本人——战争遗孤返回日本生活为题材的小说,通过在日华侨女性的另类眼光与真实叙述,对国家的"他者"、文化的"他者"、性别的"他者"进行探讨,将一个社会学命题转换成具有审美意义的文学文本,从而获得历史纵深与现实意义。文化的"他者"创造出"他者"的文化,这是一种多元的新型文化,为中华文化及现代文学提供了新的视界与空间。

《告别丰岛园》是一本很特别的书,写的是一批被自己的祖国日本遗忘的特殊人群——战争遗孤,他们从中国回到日本,却生活在日本政治文化的边缘,成了祖国的"他者"。女作家孟庆华,即作品中的"我"跟随丈夫到日本,就生活在这群另类的日本人当中。她以女性特殊的眼光,细腻的笔触,真实而真切地描写了这一批特殊人群——战后被遗弃在中国的日本孤儿,他们在中国母亲的哺育下长大成人,文化认同完全是中国的,一旦回到日本,却成了异邦人(另类)。在生存的焦虑中,在文化的夹缝中,在记忆与现实的混杂中,在灵与肉的搏斗中,他们艰难地成长起来。

笔者将这些在日华侨华人作家定位于"之间":在中日两国之间,在两种文化之间,在历史与现代之间,在昼夜之间,在男女之间……"之间"是一种不安定的变化状态,在"之间"碰撞,在"之间"彷徨,在"之间"焦虑。但"之间"促使思与诗成长,并成就了海外华文文学的存在与发展。

孟庆华真实地道出"之间"的焦虑,一种似可告别却无以告别的生存状态。从离家产生的乡愁,到身份认同的焦虑,直至走向精神家园的回归,这种日本华侨华人的心路历程,其实是各国华侨华人以及所有移民的普遍心路历程。

对以往历史的深切关注,特别是对中日特别纠结的历史的特别关注,成为日华文学中的一个重要书写领域。在日本新华侨华人作家们的笔下,对中日历史的一再涉及,已成为小说创作中最具实绩的部分。与同时期中国内地文学中对

---

① 孟庆华:《告别丰岛园》,北京:中国青年出版社 2012 年版。

这段历史的书写相比,日华文学具有明显的"他者"特征,这不但表现为作品中的主要人物都是被历史边缘化的人物,他们远走海外,或从历史的创造者转为历史的遗忘者,或从历史的参与者变为历史的旁观者;而且还表现在作者对这一领域进行处理时流露出一种强烈的"他者"意识。

通过对《告别丰岛园》的解读,不难发现其隐含着创作者"之间"心态的多重视角,主要体现为历史视角、文化视角、心理视角及女性视角。对于日本华文文学而言,无论是在题材类型中,还是在创作视角里,都沉积着浓烈的"他者"意味——在一种具有"他者"属性的文学中。书写者在创作的时候,似乎对具有"他者"意味的(边缘的、差异的、弱势的、外在的、另类的)题材和视角,有着一种自觉或不自觉的趋近。[1]

"他者"(the other)是后殖民理论(Post‐Colonial Theory)中的一个核心概念,强调的是其客体、异己、国外、特殊性、片断、少数、差异、边缘等特质。这一概念,已经深入到当代西方人文学科的众多领域,频繁出现于现象学、存在主义、精神分析、女性主义和后殖民批评等众多学科或流派中,成为西方文学批评理论中的一个关键词,[2]也成为海外汉语文学以及解读《告别丰岛园》文本的关键词。

"他者"作为"国家"的"对应物",显示出其外在于"国家"的身份和角色。这批被祖国日本遗忘的战争遗孤,与生俱来地具有了双重甚至是多重的"他者"身份,游走于国家与国家之间。

"祖国"的概念在此遭遇了前所未有的质疑与颠覆。有两个"祖国"的人,两个"祖国"都爱是完全可能的。但中日两国历史上的恩恩怨怨,致使两个"祖国"都爱成为两难。这些人被历史和命运推到两国的"夹缝"中,虽是大和民族的种,却撒落、成长于中华民族的土壤中。如今尽管"认祖归宗",却出现认同危机,产生归属焦虑。有两个"祖国"的先生有两个母亲,可以看出,两个母亲他都爱,一个有情,情深如海;一个有心,心沉如石。当命运安排他回日本,可以说是回国,他应该如释重负吧,因为"他毕竟是日本人,他迟早要回日本的",而他却心事重

---

[1] 参阅刘俊:《世界华文文学整体观》,北京:人民文学出版社 2007 年版。
[2] 杨大春:《语言·身体·他者:当代法国哲学的三大主题》,北京:生活·读书·新知三联书店 2007 年版。孙向晨:《面对他者——莱维纳斯哲学思想研究》,上海:上海三联书店 2008 年版。张一兵:《不可能的存在之真——拉康哲学映像》,北京:商务印书馆 2006 年版。

重。女主人公"我"/女作家孟庆华理解丈夫的心结,写出了这种心理纠结,虽然淡淡道来,却给读者以重重的感染力。

更重要的是,女作家孟庆华并非旁观者或采访者,而是亲历者,更是焦虑者、纠结者、思考者。她作为中国人,跟丈夫去日本则意味着出国,而且"我"痛苦地看到:"他们替父辈背负着时代的罪名,在曾经的敌国长大,老年后,他们又在不解和责难声中,让自己疲惫的身躯回归故土,他们真正成了姥姥不疼,舅也不爱的人。"

一场迁移,两个移民,一个回国,一个出国。从一回一出,可以看出二者对国家的认同有别。"我"认同了自己的"小家"(丈夫的家),却不能认同"大家"(日本这个国家)。而他要去认同"大家",移动自己的"小家"。他想要认同的"大家"能够认同他、爱他、保护他吗? 现实是严酷的,"本来是战争受害者的他们,竟会被人误认为,他们就是战争的源泉"。身为亲历者的作者颇感委屈、不平、愤懑。这委屈、不平和愤懑源自他人的误解和不当的对待,由此更增添了认同的困惑、焦虑、抵触。

认同(identity)是一个现代词汇,意谓寻求确定性、确立某种价值和意义,并将它们与现代的自我形成联系在一起。查尔斯·泰勒从"我是谁"这个问题来讨论认同。他认为认同是一种框架和视界,在其中人们获得方向感、确定性和意义。泰勒又指出:"分解性的、个别的自我,其认同是由记忆构成的。像任何时代的人一样,他也只能在自我叙述中发现认同。"[1]作者在"我"的叙事中发现认同危机,一方面表现为夫妻间产生了认同的差异,另一方面表现在本身的观念发生裂变,由于迁移产生变动而出现危机。

国家并不仅仅意味着国籍,但国籍显然意味着某种认同:政治的或精神的,理想的或现实的。这里说的"中国根",多半指的是精神的、理想的。在日本,要获取永住者签证(类似美国绿卡)远比放弃母国护照而获得日本国籍难,但还是有很多人知难而上,知难而为之。为什么呢? 和这位女主人公、女作家一样,护照被这些华侨认作自己的"最后一片国土"。流浪的生命必须有这种精神寄托。

"在中国时不爱国,出了国以后,你不让他爱国都不行。我们这是怎么了!?"

---

[1] 查尔斯·泰勒:《自我的根源——现代认同的形成》,韩震等译,南京:译林出版社2001年版,第413页。

一字一句,情真意切。孟庆华真切地记录了这种国家认同、民族认同、身份认同的情感纠结,使其文本具有历史价值和现实意义。

"家"的概念里有国家("大家")也有自家("小家")。伴随国家认同、民族认同、身份认同出现的是对"家"的认同。虽然在现代,搬家是常有的事情,然而此种搬家并不轻松。"东京再繁华再富有,我们也是个局外人。往往这样想着想着,就会变得烦躁起来。"搬到一个新居国,国家是陌生的,自家就格外亲切,也格外重要,"小家"的重要性自然就突显出来。终究他们的家没有被击垮,没有分裂开,在陌生的环境中反倒成为一个坚固的"核"。

对于这批被祖国日本遗忘的特殊人群——战争遗孤来说,他们的家乡在哪里? 如果是祖籍地日本,那回到日本的他们怎会有排解不开的"乡愁"(中国在他们的梦里记忆里)呢! 这正是赵静蓉《怀旧:永恒的文化乡愁》[1]中所言的文化乡愁。在新的文化环境中,与异文化的疏离感无时不在:陌生的风俗、习惯、法律与语言所产生的强大离心力将其不断甩向社会边缘;对家园文化的流离感则日趋强烈:日益远离自己所熟悉的、鱼水般融洽且优游自如的环境。当二者清晰且痛苦地一起涌来时,文化的乡愁更切更浓。对乡愁的文化追问是孟庆华要探讨的话题,它使《告别丰岛园》不同于一般的乡愁表现而具有独特的文本价值。

从到达日本的那一刻起,他们事实上就已经处于一种语言"他者"的状态:语言的差异性可以被视为新移民们感受到"他者"性的最基本也是最直接的感受,而对日本社会更深刻的"他者"感受,也常常是经由语言的差异性而获得的。虽然日语里有汉字,可以"和文汉读",但误读是常有的事,而进入社会和人交流就更困难了。语言障碍成为异域生活一开始就面临的重大问题。政府为了帮助这批不会说日语的日本人学日语,集中培训了他们四个月的日语,《告别丰岛园》称之为"甜蜜的集中营生活"。

在日本,外国人加入日本国籍被称作"归化","归化"时必须取日本姓。很多华侨对此抱有抵抗情绪,坚持不改姓,不入籍。但《告别丰岛园》的主人公是日本人,有日本姓,孩子们自然跟着取了日本姓,只是家里人还叫原名,因为叫日本名让人"感到别扭陌生",一旦叫日本名,便一本正经得像有什么严肃的事情要发

---

[1] 参阅赵静蓉:《怀旧:永恒的文化乡愁》,北京:商务印书馆2009年版。

生。不过"在外办事儿的时候,使用日本名字,确实很方便。然而回到家里我们还是喜欢过去的称呼,自然,亲昵"。

于是乎,主人公之家,使用双语:中文夹杂着日语。很多在日华人华侨都这样。哪种语言用得多呢?似乎在家里更多用中文,出门用日语。讲中文时夹杂日语词,讲日语时夹杂中国话。女主人公"我"由于发音不准,把签证说成了"意大利饼",逗得日本人大笑。生活中的孟庆华也喜欢调侃日语,把扫地读成"烧鸡",逗乐一起打工的中国人,被亲切地称作"烧鸡"大姐。语言的错位还只是表层,由它导向的则是习俗的、情感的乃至思想文化等更为深层的参互交错。

《告别丰岛园》这部女性自述体小说,不仅仅在题材的奇特上有填补空白的历史价值,更在女性意识的表现上具有现实意义。文本中体现的独立自尊的生命情怀,恰是女性写作的真正突破。而孟庆华能够摆脱女作家常有的那种"闺秀气",揭示了故乡对于男人和女人来说,其意味和意义不同:男性作家可以归属于民族、国家等"大家",而女性作家离不开她在其中生活、成长的"小家",因为对于女人,这就是具体的、细节性和感受性的"家"。

这令人想起中国现代文学著名的女作家萧红的故乡体验,其书写已成为"现代性的无家可归"之苍凉的注释。无独有偶,孟庆华与萧红是同乡,又同样有离家赴日的异乡体验。在《告别丰岛园》的字里行间可读出她很强的女性意识。看似"女强男弱"的夫妻关系,却在"他者"的文化中合理地存在着,在这个陌生、精彩而又无奈的东京,他们相依为命,相携而行:"他包含着我,我容忍着他。"注意,男性是"包含",女性是"容忍",很准确地叙述了男女性别之不同。女性的容忍能使家庭稳定下来,并在异国他乡成长。从《告别丰岛园》中我们可以清晰地看到这种女性的心路历程及其女性无所不在的力量。

从精神皈依的维度看,故乡从现代自我的价值源头,上升为一种理想的生活状态,一种生存方式的暗喻(精神家园),寄寓着对现代人生存处境的思考和批判。所谓"另一种概念"就存活在创伤记忆中。20世纪为人类留下了各种巨大的创伤记忆,战争遗孤也是这些创伤记忆的承担者。沉默不语的历史,只有靠现实的人激活。孟庆华像刻碑铭一样,用文字记下一代人如何经受创伤,如何反省创伤,如何表现创伤,以及如何从创伤记忆中走出来,活出来,不再无奈地沉溺于历史的惰性,不再把创伤记忆作为亏欠的遗产丢弃。由是,下一代或许就不会在新的生活方式中将这些创伤记忆轻易地遗忘、抹去,不会重复前人曾经有过的命运。

"他者"属性不仅体现其生存性质,而且在相当程度上决定其身份本身的属性,决定了他们无论是从现实经历的角度还是从文化心理的角度,相对于日本文化而言,都具有一种异质性。这种由移民身份导致的文化上的异质性,无疑使这一群体在文化上处于一种"他者"的地位,由此产生文化冲突是毫不奇怪的。然而,"与'文化冲突'相伴的是'文化融合',是跨文化传播发展的总体趋势。'文化融合'强调的是文化的对话与交流,学习、借鉴和吸收其他文化的优良传统,从而提高自己的文化品质。前者体现文化的主体能动性,后者体现文化的主体包容性"①。在这里,文化的"他者"创造出了"他者"的文化。这是一种异质文化,既不同于母体的中国文化,又有别于异体的日本文化。它即便与异体文化有了"肌肤之亲",但从母体带来的胎记却是与生俱有、不可磨灭的。它在中日文化间的非主流生存状态中,徘徊与焦虑,摸索与成长。而对这一处境的文学书写,自然成为日华文学中的重要组成部分。

如何在"他者"的体验与理解中生成具有审美性的文学话语,当是日华文学面临的重大难题。《告别丰岛园》以自我纯朴的方式做出探讨,它以第一人称展开叙述,带有明显的自叙传记和纪实文学特点。在叙事格调上,采用个人型叙事,重真实,重情趣。女作家忠实于独特的"他者"生存体验,避免了政治意识形态的框框套套,从历史视角、文化视角、心理视角及女性视角,探索了这段独特的历史人生,为中日社会认知双方提供了新鲜、独到的见解。其叙事消解了中心化和终极理想的幻觉,使主体获得了自主性的存在。"告别丰岛园"的历史因其文本而保留下来,而永不"告别"。

正因如此,这种"他者"文化——日华文学具有了独特的价值与意义。其至少有两点:

其一,是历史的见证。20世纪初及世纪末中国人有两次留日热潮。世纪初有新文学运动的宿将鲁迅、周作人、郭沫若等,世纪末有莫邦富、李长声、李小牧、蒋濮等一批新华人华侨作家群。这批亲历者从"他者"视角留下的"创伤记忆",

---

① 郝胜兰、季水河:《美国电影之中国人形象研究述论》,《湘潭大学学报(哲学社会科学版)》2013年第3期。

作为一种历史的见证是与文物实证、文献档案及研究专著同等重要的史料。他们不仅为历史过程提供鲜活的细节，使历史场景因个人的演绎而生动起来；而且令历史因此展现出多重层面，变得血肉丰满，成为立体的历史。

其二，是对中国文学的拓展。相对于政治，文学是一种更为深入社会及民心的文化因素。文学固然受制于政治，但又可以超出政治的种种限制，这种超越最典型地体现在更加关注日常生活、血缘情感、异域经验的日本新华侨华人文学身上。其写作是介于两种或两种以上的文化之间的，可与本土文化对话，又因其文化上的"混血"特征而跻身于世界移民文学大潮。这是一种多元的新型文化，它无疑为中华文化及现代文学提供了新的视界与新的空间。

第三章
"跨"世纪的日本性体验(1995—2005)

何谓日本性体验？是新华侨对现代性的痛苦体验吗？随着跨世纪，"跨"成为这个时代的关键字，跨国界、跨文化以及跨性别也纷纷"跨"入一个新的阶段……

第二个十年(1995—2005)的日本体验为日华文学的成长期，越境的作家们直面日本"性"体验。

在日本体验中强调一个"性"，可以读作日本性的体验，亦可读作日本的性体验。我们可以从这一时期的大量诗歌、随笔、小说中，读到日本新华侨对现代性的痛苦体验。其中，曾就学日本的陈希我之笔，尤为痛切。作家们以"性"作为方法，针对日本性与现代性、中国性与性日本、性体验与性书写等关系进行深入探讨，追问一系列"性"问题，挑战当下批评界的媚俗状态，试图以"跨"世纪的新姿态，为世界汉语文学提供新的视界与空间。

在"跨"世纪的年代，产生了"跨"文学的新媒体。21世纪，得益于日本的言论自由和经济竞争，新华侨华人的媒体社会已经初步形成。《东洋镜》便是其一，它"以东洋为镜，以镜照东洋"，成为一个反映旅日华人生活、思考和写作的"家园"。从这个"集合华人百家写手，荟萃东洋万种文字"的多维网，我们可以看到日华文学的兴奋点、彷徨度及其问题所在。

可以说，日本的特点是精细，在日本的书写风格也就不同于西方的粗犷，而多了一些细腻。这时期的日华小说，以细腻的笔触探讨国民性、现代性、人性之"性"。

我们看到,同样是走出国门的中国女性,在日本的书写风格也就不同于西方的激扬,而更多了一份柔性(阴性),从黑孩、陈永和的"身体语言"可以读到日本"私小说"的影子。林祁获奖的纪实小说直接探讨越境的性与性的越境。日本没有性禁区,但有"红灯区"。也许,日华文学的成也在此,败也在此。

值得一提的是华人女作家杨逸挑战日语,直逼"芥川奖"的写作实践,被日本评论家誉为"站在日本社会舞台前面的中国人"。她站在中日之间的双语写作,对中日文学都具有独特的价值。我们将在第三个十年中,继续探讨杨逸的特殊意义。

一、"虫眼"观日本

双语作家毛丹青被藤井省三誉为"继鲁迅、周作人以来最富感性与悟性的知日派作家"。他笔下呈现的是一个在道德、伦理、美学上绝少违和之处、有着纯美的文化与人情的日本。在随笔集《狂走日本》与《闲走日本》中呈露的人事风景,是优美、温暖而感人的,而作者更标榜以"虫眼"观日本。《闲走日本》的封面题词写道:

> 许多人都说日本人做事细,但我偏用虫眼看他们,这样就可以看得更细,细到烂的地步。
>
> 闲走之于虫子来说,应该是他们的属性,慢慢地,不慌不忙,跟人比起来,似乎大度得多。不过,虫子的眼睛应该是敏锐的,看什么都看得非常狠。

事实上,毛丹青的所谓"细",乃是直接摄取那些"精彩瞬间",所谓"狠",乃是狠狠地煽情——突显那些"动人"的日本情调:可以全心相信的导盲犬、在车水马龙的大街上闲庭信步的盲女、叼来树叶与蛇向作者"报恩"的野猫、普通而敬业的甜点师、"有浩然气,具快哉风"的真言宗大和尚……这是一个心存善意,也愿意发现生活中美好瞬间的居住者的眼光,也是"抒情小品"文体形式本身的潜在意识形态——与世界的和解态度。

在毛丹青那里,主题始终是一种看似所属不明的"人情"。也许是专栏作者的习惯,他形成了固定的抒情手法——将高度的象征性落实于文章的"最后一句"上。如,在《卖天岛和金枪鱼的眼睛》里,渔民捕杀金枪鱼回港后,舔了鱼的眼睛,文章结尾写道:"据说用舌头舔东西,是日本土著人阿伊努族表达感情最常用的方式。"《青蛙祀》讲作者从神户出发,在某乡村(刻意不强调具体的地点)遭遇了乡人神秘的原始祭祀,"我猜想,传说中的青蛙该是一群美丽的精灵"。①

"虫眼"并非"不经意的一瞥",而是精心策划的"发现",被摄入"虫眼"的瞬间,寄予了某种人生某一时刻的"至高期待"。从《烧梦》等一系列文本都可看出,毛丹青将日本戏剧化的倾向:日本是一个舞台,上演着日本人的悲欢离合。"虫眼"本是"复眼",是多角度观照世界的态度和方法,而在毛丹青那里,丰富多彩的题材、形形色色的遭遇,却始终只有同一种取景法则。

在《闲走日本》的"卷首语"中,作者复述了19世纪日本作家泉镜花《高野圣僧》的故事。这部名著的经典之处,恰恰在于19世纪的日本在转型期无所适从的暧昧性,故事以佛教修道的主题铺展,故事中的妇人,是"人"而非妖,这种设定隐含了"中观"派的救世主义。而在毛丹青笔下,故事被改写为一个伧俗的"聊斋新编"——女妖惑人,且出现在作者对高野山这一朝拜圣地的描述中,其塑造某种定型化日本想象的效应是十分强烈的。

这里并非意在批评作者的"模式化"手法,而是关注这种"单一性"所牵连的问题,乃是在整个写作的规划中处理"日本性"的方式。"虫眼",不仅标榜细致与丰富,其核心的意义,指称的是其"下降"视角——从历史、国族的大概念中下降。作者写道:"虫子虽然有时眼界会高,但常态是地下的,低的。"②

毛丹青担负着某种"中日文学交流大使"的职能,他凭借个人关系,为两国作家牵线搭桥,正是他介绍莫言、李锐与大江健三郎其日译者和研究者见面,并担任其在日旅游的翻译,同时对这些会面进行记录。

莫言在《狂走日本》的序言《你是一条鱼》中谈到,自己受邀参加东京的北京同乡会,发表了一通"鱼虾歪论",要点是:

在日本生活着成千上万中国人……基本上已经混同于日本人。但跟他

---

① 毛丹青:《闲走日本》,上海:上海文艺出版社2006年版,第46—47页。
② 毛丹青:《闲走日本》卷首语。

们一接触，就感到他们内心深处有一种情绪，或者说是一种牢骚，一种对于日本人的不满。这情绪这牢骚这不满往积极的方面说是爱国，但似乎又不太像，因为他们对中国同样的有情绪同样的有牢骚同样的有不满。如果日本人是一群鱼，那我们这些兄弟姐妹就像鱼群里的一些虾。虾也可以在水里游泳、觅食，但与鱼总是格格不入。

我说大家既然来到了人家的国土，而且也根本没打算回去报效祖国，那就应该把日本人当成兄弟姐妹看待，这样说会让人联想到许多事情，弄不好还会被人说成是汉奸，但我认为这种态度没有大错。……一个日本人坑了你一次，你应该把这看成是你两个人之间的事，没有必要上升到国家与国家之间的矛盾，同样，一个日本人对你很好，你也应该把这看成你们之间的私事，同样没有必要把它说成是中日两国友谊的象征。

在此，莫言以一个作家的幽默感，对在日中国人提出了富有劝服力的建议：将人情与国族分开。在他的"鱼虾理论"中，毛丹青显然是莫言所欣赏的典型：一条游刃有余的"鱼"。

然而，无论其姿态如何个人，当作者以国族为题目，以纪实为轴线之时，他显然需要并已经对其题目中的"国族想象"担负着公共责任。顺着莫言的思路走下去，则大江健三郎所持续关注的战争与战败问题就是无意义的。对此，写作家族史的莫言，应该比任何人都清楚，作为这本名为《狂走日本》的散文集的序言，其个人与集体二分法的论调，恰恰成为这种隐含的"国族书写"的技巧模式：无可否认的是，毛笔下所有的"人情""人性"，都同时是对"日本性"的书写，而且是着意的书写。在《蜂巢》中，作者与邻居河田夫妇共同对付院子里的马蜂，故事进程极其紧张，而作者却强调，整个战斗过程中，自己始终关注着那闯祸捅了蜂巢的河田家的小儿子的表现。在笔者看来，这种关注完全来自写作姿态的某种后设性——故事的最后，小河田狠狠瞪了杀死大量马蜂的父亲，跑回屋里去哭了。文章结尾写道："我感到震惊，因为，他只是一个不到五周岁的日本孩子。"[1]小河田是个日本孩子，正如这里所有的瞬间都属于日本一样。尽管不去言说日本……

---

[1] 毛丹青：《闲走日本》，第67页。

但整个文本无不指向"这就是日本"的断言。这样一个经过高度"过滤"和"提纯"的日本所映照出的,是否亦是一个被提纯的自我?

毛丹青对最富日本国民特征的赏樱的描写,在《夜山樱》一文中写出一则传奇:作者遇到了一个痴迷于制作樱花酒,而失去一切的落魄男子,这名男子先是在赏樱会中喃喃吟诗,举止奇特,后来人群散去,二人"狭路相逢",引为知己。男子告诉"我",他还要去富士山采集樱花瓣,发誓完成夙愿。几年后,作者听说富士山中有一具尸体,将这部传奇再次"推向高潮"。作者写道:"我的目光,月夜和樱花不分你我地交汇在一起,像一阵熔炼的循环。"①

这是一个可以由哲学而商人,由商人而作家的"我";一个在东京和北京自由穿梭的"我";一个以日本鲑鱼洄游的奇景为"诱饵",将妻子"从另一个战败国"德国"钓来"的"我"(《闲走日本》之《红点鲑》);一个在半天之中倒立,获得禅定妙悟的"我"(《闲走日本》之《风铃抄》);一个面对身残志坚的日本学生,深情写下"我想把理论讲在秋天,而故事则讲在冬天"的"我"(《闲走日本》之《一位日本轮椅生与我》)。这个"我"不仅通情达理,而且富于情趣——没有比这个"我"更善于制造戏剧的了。用莫言的话说,这个"我",是一条鱼,而莫言的"鱼虾理论",不正是要以这条鱼给所有的中国人树立典范?

表面上,"虫眼"是一种从大历史中的"降落",实际上,"国族"却被提升了:无论"狂走"还是"闲走",无论是"虫眼"还是"人眼",并不指向"日本如何美好",而是提供以"我"为榜样与日本相处的法则。这种态度,将历史与现实、人情与国情放入不同的抽屉里。是否可以说,这是具有某种代表性的大陆式的区隔姿态?

毛丹青笔下的日本是诗情画意的,既无"原乡"之味,亦无李长声的"冷眼"与距离;具有陈平原的自信,却别无后者的自省:"景"是搭出来的,"人"又何尝不是?

二、俯拾日本文明符号——随笔日本

物哀美学为日本文化之精髓。日本华人女作家华纯,以其独特的身份去发现与表现"物哀"。她在散文集《丝的诱惑》中"俯拾日本文明符号",探求中日文

---

① 毛丹青:《闲走日本》,第200页。

化的渊源关系和日本文化的独特魅力,表现出对人类家园的担忧和人类生存问题的终极关怀。在两种文化的碰撞中,作者笔下既有"物哀式"的清婉与哀愁,又不失中国传统的"风骨"与豪迈。于"风骨"与"物哀"之间,日本华人在寻求自己的美学符号。

"物哀"是日本传统文学、诗学、美学理论中的一个重要概念,其丰富内涵已渗透到日本文化中。从民族精神到宗教信仰,从文学艺术到日常生活,从官僚贵族到平民百姓,"物哀"美学深入到日本和日本人的方方面面。那么,对于长期旅居日本的作家来说,是否有意无意,或多或少受到"物哀"美学的影响呢?

日本华文文学笔会会长华纯旅日三十年,自1999年处女作长篇小说《沙漠风云》发表之后,就受到学界的广泛关注。之后又发表了短篇小说《再见》(Good-bye)和中篇小说《茉莉小姐的红手帕》。这些作品突出的特点是:以国际性的视野和独特的视角,对环境生态问题敏锐关注及对人类精神家园深切关怀,也因此首开生态环境文学之河。近些年来,华纯更多地行走在东西之间,来往于中日之间,作品则多以旅行文学或纪行散文的形式呈现出来。"副刊文学"给散文以生长以园地,不仅造就了"文学轻骑兵",更成为女作家"长袖善舞"的疆场。华纯无论是为台北人文杂志《逍遥》写专栏,还是在《中文导报》《日本新华侨华人》等报刊发"豆腐块"文章直至结集《丝的诱惑》,皆以自己独特的视角挖掘日本文化的点点滴滴,为我们带来异国之美的享受。

域外写作使作家可以独特的视角和自由的心态观照外部世界,并发掘内心情感,在异质文化的碰撞中,拓展创作的个体空间。纵观文学领域,我们发现男性作家更热衷于社会、道德、文化等宏大题材,而女性作家则更倾向于"自我",即用自己的语言表达个体与外部世界的关系,由此而形成的散文也就不仅带有"本土"气息,也凸显异国风味。

中国人在20世纪初涉足日本时便有不少介绍日本社会与文化的作品,其中尤以周作人的《日本的衣食住》(1935)最为著名。它以中国人的锐眼具体观察日本人的日常生活,赞美日本的自然风土,率然写道:"我们在日本的感觉,一半是异域,一半却是古昔,而这古昔乃是健全地活在异域的。"[①]周作人所指的"古昔"

---

① 周作人:《周作人论日本》,西安:陕西师范大学出版社2005年版。

是中国的古典文明与文化。这印证了文明经过时代长河的涤荡，往往最终被保留在周边区域这一事实。问题是原来属于主流的"古昔"在周边区域以怎样的形式与意义存在着，它的延存或变形又基于怎样的文化要素。几十年来中国人如洪水般地涌向日本，他们对这块土地感受到了很多与自己相同的和不同的、喜欢的和反感的、认同的和不认同的，然而从人类文明流动史的宏观角度理解日本文化的人，其实为数并不多。周作人对日本的理解可谓这为数不多中的典型范式。所谓古昔指的是中国，日本的中国就这样活生生地立于新一代华人面前，不容你视而不见听而不闻，每每先是惊异再而感叹继之心痛。现在我们又可以在华纯的《丝的诱惑》中看到新一代中国知识分子对日本文化的深层观察。

《丝的诱惑》正像它的副标题"在日本俯拾文明符号"所示，揭示了作者观察日本的角度。书的内容按春夏秋冬四季排列，每一个季节安排了日本某地区的典型事项，包括自然、民俗、饮食、时尚、风景、文学艺术、建筑等。显然，作者十分重视四季分明的日本风土，通过这些具体的事项审视日本人的审美观、精神空间。

对日本的樱花，很多中国人作过描写，鲁迅笔下的樱花只有对清朝留学生的讽刺；郭沫若曾嘲笑日本人在樱花下酒醉失态的夷风；[①]司马桑敦从樱花读出日本人"那种应变与坚忍的哲学"，颇窥见了日本人的精神世界。而华纯却让她笔下的樱花连接了日本人的物哀情绪，从审美的角度挑露出日本文化的核心部分。

近年来活跃于海外的华文作家有一个突出的创作母题，即对各国"文化之旅"的反思。通过行走于世界各角落，不同的风景、不同的文化、不同的风俗给了他们不一样的体验。如，严歌苓的散文《行路难》，写的虽是"旅行文学"的范畴，其精神内涵依然是悲天悯人的情怀。而华纯则不同，首先，她更多的是站在第三方的立场来观察、体验、挖掘以及反思。这样的角度把评判权交给读者，从而更客观又不失深度地为我们展现日本文化之美。这种第三方的角度，也使我们更清晰地窥见日本"物哀美学"对华纯创作和思想的影响。对"物哀美"的发现，使华纯惊喜，如获至宝，随之细致地加以表现，将中日两国的文明之丝揉在一起，织就源远流长的丝路。

[①] 参见郭沫若：《樱花书简——1913—1923年家信选》，成都：四川人民出版社1981年版。

华纯细写过西方对东方美的震撼感觉。虽然同属东方,但中国和日本虽近犹远,各领风骚,中国崇尚的"风骨"与日本推崇的"物哀"是截然不同的风格。问题是,当"风骨"碰到了"物哀",是征服,排斥,还是融合共生？书中的华纯看似逍遥,在她擅长的摄影中以远近镜头观察日本,实则可以窥见她的紧张,以及在异域文化撞击下的中国思考:在中国明明是"八仙过海各显神通",可是来到日本,为什么变成了"七福神"？他们是从哪里"流窜"过来的呢？

与作者相同,我们也曾被日本庭院迷得一塌糊涂,而且似乎是随着岁月的飘逝,越是沉迷。为什么呢？是作者在文中直接道出的物哀情绪吗？是一种忧伤,一种无常,道不明,说不尽。而恰因为说不清,才揪心;因为淡淡的,才狠狠地揪心。看来,华纯是深得日本庭院的妙处了,我疑心她的很多作品都是在庭院里写就的吧。

如果说在时间上,华纯讲的是"季语",那么从空间上,华纯讲的则是"鬼话"。她敏感地抓到"鬼":不同于中国的日本"鬼"。如《福进来,鬼出去》中写到各地百姓纷纷涌进寺庙观看驱鬼的撒豆仪式,用帽子和口袋去抢接倾盆豆雨。这神圣的仪式充满情趣和欢愉。这时不作兴说"鬼出去",因为佛祖、观音大慈大悲,能使鬼怪脱胎换骨,重新做人。看来日本"鬼"与人是可以厮混甚至嬉戏在一起的。

作者通过一系列祈求的语言和含义丰富的鬼怪相关语,让读者细致入微地体会到日本的民俗风情和节日氛围,深感日本传统节日的隆重与趣味。但不满足于表面之观赏,作者力图抓住"鬼"叩问日本文化:"翻看古书,日本的鬼怪何其多也,含义复杂而暧昧不清。"问津广义词典,关于鬼的成语就有好多条,作者说最好笑的就是,把鬼蘸醋吃下去:"鬼を酢にして食う——在鬼头上浇醋,比喻老子天不怕地不怕,还怕谁之意。"

遗憾的是作者并非穷追不放,而是吃了"鬼"就把笔锋一转,写到外国艺伎"纱幸"去了。有趣的是文尾一句"我是艺伎",让人疑心艺伎与鬼有关,毕竟此文的标题是"福进来,鬼出去"。莫非是一种呼应？莫非暗示外国艺伎的进入,对日本渐渐式微的"花柳界"是一颗"福豆"？

华纯领我们品尝"腌菜文化",体验那"京味深深"(《京味深深的日本腌菜文化》)。在日语中"京味深深"与"兴味津津"读音近似,作者说她是受这两个词义驱使而前往了解其"食材浪漫"的。在日华人善于"和文汉读"由此可见一斑。从词进入食,再指向文化,可谓一个浪漫过程。其间,中日似乎融合在一起了,"如果说日本的精致腌菜没有中国千年食文化的渗透影响,那是匪夷所思的",但终归形成日本文化。说日本文化"京味深深"应该是抓到其特点了。

要想品尝"京味深深"吗?京都人提倡"要手捏住鼻子,用舌头品尝"。女作家是细心的,不但用舌,而且用鼻子去感受细节,恰恰是细微处的不同,方可"吃出渍味的妙处,即滑润的味道",也是日本文化的味道罢。而这是"舌尖上的中国"所不可思议的吧。咱都已经细到"舌尖上"了,他们还要来个"捏鼻子"。偏偏把"小"作"深",就是"京味"。华纯想是让身体对味觉最敏感的舌尖与鼻子一起体验了"京味"吧。纵观全书,我们可以看出华纯在挖掘日本文化的同时,也在不断进行着关于人类生存状况的"物哀式"的深度思考。

女作家离"物哀"最近,日本最"物哀"的《源氏物语》就是女性写的。我们常把《源氏物语》说成是"日本的《红楼梦》",但值得注意的是二者的作者性别不同。性别对写作具有不可忽视的意义。

林祁曾在博士论文《风骨与物哀——二十世纪中日女性叙述比较》中,将"风骨"与"物哀"相对,视之为中日文学不同的文学传统。而后研究日本新华侨文学,发现日本新华侨文学的特色就在"风骨"与"物哀"之间,企图以此为其命名。

相对于中国的"文以载道",日本似乎是文以载"哀",从《古事记》《日本书纪》时代开始,就已经产生"哀"的美学理念。日本文学离政治比较远,而离"物"就比较近了,也就是与自然和人性比较亲近。一位日本学者在解说本居宣长的"物哀论"时说:"'物哀'就是善于体味事物的情趣,并感受渗入心灵的事,这是一种和谐的感情之美,也是平安时代的人生和文学理想。"作为华人女作家,华纯接近日本文化,体悟着"物哀美"。如作者在描写樱花飘落的场景时:澄净的空气里似乎能听见每一片花瓣从花蕊剥离的声音。一阵风起,樱花像吹雪般地旋舞起来,而后纷纷飘向黑色的幽谷。惠子柔声解释"霄樱"为何会带来淡淡的哀愁。因为日本人认为一刹那、一须臾的美,转眼就是空无和生死离别。因此树上飘落的,是一种忧伤,一种无常。这里作者"花见"的感情明显受日本人"物哀美"的影响。在日本的审美意识中,樱花绽放时灿烂无比,但是却转瞬即逝,在片刻的美与欢喜中看到了哀伤,但是"物哀"又是不止于哀伤的,它同时把这种情感延伸至对他人悲哀的共鸣,乃至上升到对人生世相、对生命的喟叹之上。这无疑是一种纯粹的、美的情感,显然作者已有体会。但是从作者的文字里我们时常可以看出"风骨"式的表达,而对日本"物哀"式的表现尚欠火候。

不过,华人作家本非日本本土作家,用"物哀"写作可能会有"无病呻吟"之嫌。能否在"风骨"与"物哀"之间,走出一条日本新华侨华人作家的路呢?风险是存在的。走不好不伦不类,甚至邯郸学步;但路毕竟是走出来的。

在"风骨"与"物哀"之间,有可能使日本新华侨华人作家"充分调动了包括这一文化交流历程中的种种体验的基础上实现了精神的新创造"。所以我们看到,这部作品所带给读者的不仅仅是文字所承载的"文学交流""文化交流",同时也是在更深的程度上将书面文字所呈现的"认知活动都纳入到人们生存发展的'整体'中来,将所有理性的接受都还原为感性的融合形式"。这种"一个生命体全面介入另一重世界的整体感觉""以感性生命的'生存'为基础的自我意识的变迁",对中国文学的发展和进步是非常有意义的。正如学者李怡所说的那样:"中国现代性的发生,是与人们(无论是精英人物还是普通民众)的现实生存体验密切相关的。这是比任何思想活动远为根本而重要的层次。现代性,归根到底是人的生存体验问题。"[①]可以看到,华纯通过《丝的诱惑》给我们带来了一次"风骨"与"物哀"之间的创作实践。虽然"风骨"所具有的雄健和"物哀"所表现的细腻之笔力尚且不足,但这些实践无疑给世界汉语文学贡献了一分力量。

三、小说日本"性"体验

日本性体验可以读作日本性的体验,亦可读作日本的性体验。何谓日本性?何谓性体验? 陈希我以其小说,追问一系列"性"问题。

"性"作为其中的核心词,并非仅仅玩文字游戏。作为方法的"性",具有现代意义,直指身体语言和自我身份。"既是手段也是内容——去寻找文学的叙事秘密及其与社会生活的关系,即美学和意义诞生之途。"陈希我留日五年返回福州,写了《风吕》等一系列有关日本体验的长篇短篇,核心词是具有冒犯性的"享虐"。在陈希我看来,中日女性在反抗男权的方式上有"阳毒"与"阴毒"之别,中国女性

[①] 王一川:《中国现代性体验的发生——清末民初文化转型与文学》,北京:北京师范大学出版社2001年版,第2页。

往往表现为"阳毒"——虐人而自虐,日本女性往往表现为"阴毒"——以自虐而虐人。"阳毒"多以行动示人,推进情节的发展;"阴毒"则连接着"物哀"的传统,更多显现为心理上或精神上的病症——自闭、抑郁、歇斯底里。压抑越深,"阴翳"(谷崎润一郎《阴翳礼赞》)越甚。以此病症反映于文学,则揭示人性更尖锐而深刻。

陈希我说他的写作是一种变态,"从艺术的起源就看得很清楚。我们活得太累了,被阉割了,需要一种狂狷。……日本是个充满鬼气的民族,所以其艺术才非常璀璨。川端的例子还不是很鲜明,让我们看看谷崎润一郎。一个男人,很早就性无能了,他只能在阴暗的日式厕所里欣赏美,只能用刺瞎自己的眼睛来保存美,只能诱使妻子去通奸来刺激爱的欲望。这是一种怎样的极致的绝望和希望,是变态。而我们很多作家,甚至没有领悟这种变态的智力,只会从浅层次上理解,只会玩形式"。①

作家陈希我走向日本,首先撞上的就是"日本性"与"性日本"。日本当代思想史学者子安宣邦在《东亚论——日本现代思想批判》序言中第一句话便这样说:"从我们自身的体验中去追寻,何谓20世纪的'近代'、何谓'亚洲'乃至'日本'?"可以说,20世纪的日本性就是现代性。何谓现代性?没有哪个词比"现代性"这个词的解释更加纷繁多样的了。对此课题颇有研究的汪民安指出,现代意味着与过去断裂,表现出一种新的时间意识。现代性的过程,用韦伯的说法就是"除魔化"的过程,也是一个理性化的过程。现代社会的"除魔化"实践,逐渐在政治、经济、文化、观念以及整个社会层面上表现出了不同于中世纪的独特的现代特征。

学者李怡将日本体验提高到"与中国现代文学的发生有关"的高度。他指出了重视日本文化"体验"的真实场域对现代留日作家的影响,而且这种"深度体验"的影响区别于远距离地从知识和概念的角度接受异域文化的方式。笔者索性短兵相接,直接将这种日本体验插入"性"——"日本性"与"性日本",试图考察日本性体验对当代日华作家的深度影响。

李怡曾分析日本体验的意义:首先,这是一种全新的异域社会的生存,影响是全方位的。其次,这种生存体验往往与具体的"小群体"的生存环境、活动方式

---

① 陈希我、欧亚:《写作是一种变态》,《当代作家评论》2005年第2期。

直接相关,但与抽象的族群整体体验的概括性不同。第三,个体的人生经验与群体构成某种对话与互动的关系,形成不同的"流"与"潮"之关系。除了这些,笔者以为,提出日本性体验的意义在于对现代性批判的深入,现代性问题是20世纪至今社会发展及人文研究之关键问题。

日本的现代化走在亚洲的前列。中国留日学生作为令人紧张的"他者",既惊喜地投入及享用日本的现代性成果,又彷徨于日本现代性进程引发的沮丧、忧郁、焦虑、呐喊和反抗,恰如将现代社会称为"荒原",将日本称为"荒岛"。其中的一种声音表达了肯定的态度,而另一种则表达了否定的态度。几乎所有的留学生最早都有"抗日"情绪,毕竟中国曾经是日本人的"先生",现在竟然成了人家的"学生",成了"弱者",愤愤不平是自然的,"大刀向鬼子的头上砍去"的呼喊也时有发生。作为这一代留日学生的"呐喊",更多的是仰天长啸,痛苦永远新鲜。

陈希我把疼痛写绝了。在《我疼》中,那个女孩挣扎在疼痛中,这是一种极深的肉体体验,而且其深就深在,那个总是感觉身体疼痛、害怕性痛的女孩,居然缠着男人成就她这种痛苦。疼痛成了留日体验者确认自身存在的生命感觉。

陈希我的《抓痒》用赤裸裸的方式,把我们带进日本的性体验。日本现代性产生的性产业为世界瞩目。作为20世纪80年代末涌进日语学校的"就学生",一批中国人,尤其是福建人,近距离走进日本,直面日本的性产业,产生了前所未有的"性荒"。在这里,中国所没有的"红灯区""撕那股""情人旅馆"等等,闪烁着灯红酒绿的诱惑。有敢做"歌舞伎町的案内人"的曾名噪一时,但那不算文学,充其量算"性案内",歌舞伎町里多了去了。陈希我的文学则是认真的,"性"正是陈希我用来打破"媚俗"的一个有力武器。其可怕之处恰在于如此过分而真实地书写"性",然"性"并非作为文学书写策略进入其小说,而是一种生命疼痛意识!那可怕而近乎疯狂的日本性体验,让陈希我小说充满了罪恶般的激情和快感。但陈希我仅仅是在写"性"吗?不!他的"性"赤裸裸,却有某种东西隐伏其中。

"出国"其实就是"我"以"身体"的形式对自己肉体和精神的放逐和流亡。陈希我"流民"式的挣扎以另类的特殊眼光及笔触,真实地道出在日本性与日本性的混杂中,一种似可告别却无以告别的生存状态,道出从"性"到"无性"的日本焦虑。在揭示中国人的精神积弱方面,陈希我确实有着清醒的头脑和锐利的眼光。通过中日"性"的对比,使日本的"性"显得更为触目惊心。他在《风吕》中不无沉痛地写道："一个落后民族的问题，几乎都可以归结到女人的问题。女人牵动着他们的耻的神经。"

陈希我为什么偏偏将这些小说人物放在日本而不是别的国家？除了与作者自身的日本体验有关，更是出于对"中日关系"的历史及现状的深层考虑。陈希我曾说过，中日间看上去一衣带水，但其实鸿沟横隔，误解颇深。在大多数中国民众的意识里，中国从来都是"被推崇者"，日本则是"模仿和跟从者"。可是甲午战争的炮声击碎了这个顺理成章的逻辑。这种深切刻骨的痛，深深地植根在每一个中国人的心中，甚至已融入血骨，成为一种先验的集体共识。"落后就要挨打"的噩梦让我们比任何时候都向往成功。

陈希我的学生陈嫣婧，一位初露锋芒的年轻批评家指出：因着多年留日的经验，陈希我对中日两国的情感都比较复杂，他坦言起初在国内并没有多少爱国心，初到日本时也觉得发达国家什么都好，只是当渐渐体会了异国给他带来的耻辱感，才变得特别爱国，甚至比现在的"愤青"有过之而无不及，这种强烈而偏激的情愫被他称之为"被踢回来的爱国"。可回国后，对国内生活的不适应加之国外生活给他带来的潜移默化的影响又使他生出对日本的怀念。这种"两不靠"的夹缝中的状态便成为陈希我的思维基调，他在《日本向西，中国向东》的序言中写道：

> 也许，这里所谓的"日本"，不过是中国眼中的被指代为"现代化"的日本。所谓的"中国"，也不过是日本乃至"现代"的价值观所参照下的中国。这是两种可疑的眼光，但这并不意味着混乱。它更像分别的两只眼睛，它们除了瞄准正前方，角度也都不相同，经视网膜传到大脑里的影像也就有差距，但聪明的脑子用这种差距制造了立体感。

所以他坦言笔下的日本并非就是"真的日本"，虽然追求"真"是所有自然科学、人文科学乃至文学的本职，可是任何言说都仍然夹杂着情绪乃至偏见，所谓"真"，其实也是虚妄的。既然并不存在绝对的"真"，那么追索这种"真"的过程和方法就显得更为宝贵；同样地，陈希我笔下的"真日本"是不是"真的"也并不重要，因为他看待日本的眼光和思考日本的方式，才是最有价值的。

陈希我曾说他的《大势》是一部探讨遗忘的小说，借此探讨中华民族该如何处理历史的伤痛。《大势》借男性对女性身体的暴力强制，对自我的心灵自戕，延续着百年中国男性面对日本的屈辱感。由于二战的民族创伤性记忆，中国女性身体被作家赋予更复杂的隐喻性，"她是我的家，我的祖国"。郁达夫时代由于青春期性压抑，以及"弱者子民"的屈辱感而导致的自戕自虐行为，到当代留日小说作家陈希我的笔下，转为小说主人公以变态而激烈的方式保护女儿的行为。陈希我让人物在捍卫男人的尊严过程中精神自虐、心理自虐以至濒临崩溃。小说表面上看是一部探讨伦理的作品，实则家国同构，家是国的缩影，用这对父女苦难纠结的命运，探讨中华民族该如何走出历史创伤，走向真正的"大势"，这恰是陈希我"性书写"的潜在意图罢。

留学之初，陈希我经历了生存空间极度逼仄的切身体验。小说中的"阵地"旧公寓混居着"黑人"（非法滞留日本者）或身份低微的日语学校的"就学生"。这群"流民"集中了长期黑暗的底层生存所滋生的劣根性，他们自卑自贱，又自尊敏感。陈希我写"性"的风格，对于私人场景的真实书写，对于触觉、嗅觉的感官运用，以及那些被撕扯开的无所顾忌的性场面，让你在荒谬和虚妄中出一身冷汗。有评论说，他比起我们经验中的任何一位色情作家都更加可恶。

在谈到性体验与性书写时，特别值得一提的是日本文学传统"私小说"的影响。私小说对中国现代文学产生了巨大影响。20世纪初，郁达夫、郭沫若、张资平等在日本留学期间凭借日本开放的窗口，广泛接触和接受了西方先进思想，也受到正在兴起的日本自然主义及私小说的影响。如，郁达夫创作的"自叙体小说"，以直率的自我心迹坦露与内心独白为其特色，心理描写成为主要手段。在郁达夫的小说中，男主人公的压抑更多地表现为青春期的性压抑，男性之间的同性恋被认为是最美的纯一的爱情。到了世纪末的留日热潮，曾经留日及还在留日的华文作家，长期浸淫于日本社会独特的"风吕"文化当中，也有意无意，或多或少受到私小说的影响。显然，它也影响了华文作家的性体验与性书写，使之性书写大胆而细腻，精彩而出彩。

不同于欧美汉语文学的移民心态，日华文学背负着两国沉重的历史，直面中日敏感的现实，彷徨于似近非近的中日文化之间，留下了非凡的创作实绩。陈希我的精彩登场，以实绩在世界汉语文学新格局中画上一个惊叹号：请关注日华文学的独特性与现代性！

四、女作家与"私小说"

纵览日本新华侨华人文学的历程,笔者惊异于女作家与日本"私小说"有着一见如故的亲近感,一见钟情的亲切感,一往情深的执着感,以至于"私小说"成为日本新华侨华人女性书写的一大特色。

"私小说"是20世纪初形成于日本的独特的文学样式。"私小说"的名字是直接用"和文汉读"法出现在中文里的。"私"在日文里是"我"的意思,因为"私小说"多用第一人称写"我"的"物语"(故事)。评论家中村光夫甚至曾在《日本现代小说史》中断言,日本所有的现代作家都写"私小说"。浸淫于日本文化多年的日华女作家在文本中大多体现出了独特的"私小说"式的范式,这也成为日华女作家创作区别于其他地区华人文学的独特标签。

在过去的日华文学研究中,较少涉及对这一特点的深入研究,因此,研究日本新华侨华人女性书写所受的"私小说"影响就有了意义与价值。

在20世纪初东渡留学热潮中,以郁达夫为首的一批文学青年,以及萧红、庐隐等女作家,受到日本"私小说"的影响,在创作中体现"自我"内核的同时,将日本"私小说"中超时代、超社会、封闭的"自我"置换为时代的和社会的"自我";将忏悔的"自我"置换为反省的"自我"。这种"自我"的变异,决定了中国"私小说"不完全等同于日本"私小说",只是受"私小说"影响的中国小说。但,二者在"私"这点上"一拍即合"。

受日本"私小说"影响的小说在中国文坛并不占主流位置,不被关注,甚至受到批判。当改革开放后跨出国门的第二代留学生走进日本,于异国他乡尤其是独特的日本体验中,文学创作体现出了明显的边缘化,而在日华侨华人女性的书写,更呈现出了边缘之边缘的特质。受私小说的"个人日常"的展现所影响,她们将更多的目光聚焦在处于多重边缘状态下的日华女性的个人主题书写。笔者称其"私性",此性自然与"私小说"一拍即合。

黑孩原名狄仁秋,出生于大连。在1992年奔赴日本之前,在国内就已是一个知名作家。她的《父亲和他的情人》"破天荒"地将"情人"这一概念带入小说里,或许如黑孩自己所说,在战火纷飞的年代,母亲年轻时的不幸经历使得自身有着大和民族一半的血液,从小居住的日式房屋与"笑起来像那个日本兵"的哥哥成了她童年的一部分。而受到日本"私小说"与"物哀"文化的浸染后,注重个人体验与女性内心更成为她书写的主要特点。

日本"私小说"或许早已与黑孩结下了不解之缘。从文本中可以看出,黑孩所叙述的故事或多或少有着"私小说"的影子。"我"从小到大的亲身经历贯穿整个小说,"我"所看到的、"我"所想到的,黑孩以一种自我陈述的写作手法将之展现出来。黑孩到日本后发表的中日文小说:日语版《两岸三地》与中文版《樱花情人》,在"私小说"的"私"上表现得更加成熟老辣。小说主要讲了"我"到日本留学,因为寻找工作而结识了台湾的翔哥,并与之成为情人坠入爱河,最终又不得不分离的故事。同时,黑孩也以"我"这名中国留学生的眼睛,观察着横滨中华街的"浓缩型日本社会"。

黑孩通过"自我暴露"式的书写,将自己与身边发生的琐事带入小说里,并在这中间把自己的想法与感受如实地展现在众人面前。"个人日常"的展现、心理"解剖"式的挖掘与"感伤忧郁"式的笔调,这些写作特点恰与"私小说"紧密联系在一起,"私小说"对于黑孩写作起到了潜移默化的影响。

而到了杨逸,她的书写中更蕴含了对整个日本社会中的个体生存状态的观照。20 世纪 90 年代,除了以留学为途径以外,还出现了一批以"国际婚姻者"的身份东渡日本的女性,杨逸首先在小说中揭示了这种"国际婚姻"的悲情。在西方,美国的华人出现过特殊的"纸儿子"现象。而在东方,为了取得日本国籍,一些中国女性选择与日本人结婚,也出现了中日"纸妻子"。在"纸"的婚姻状态下,双方的情感交流几乎为零,这种家庭的冷暴力,对女性的压制,无论对身体还是心灵都造成了双重摧残。女作家杨逸的《小王》和《金鱼生活》,为我们展现的就是这些异类者的"私"生存状态。

艾伦·莫尔斯曾说:"历史证明,女性在文学创作中无所不能。"女性的细腻与敏感度为文学带来了多方面的发展。一直以来,中国"风骨"的传统内在制约了女性话语的表述自主性,而曾经作为中国"转运使"的日本,"物哀"精神则更加具有"亲民性",即"与张扬、激进保持了一定的距离"。父亲的死因成了始终无法解答的谜团,黑孩对于父亲的爱与思念有着一种"哀",这种"哀"与日本的"物哀"有几分相似,即一种对"心性"与"无常"的失落之感。女性天生的细腻观感也使得在书写上更容易受到这种"物哀"之情的影响，这也是为什么新华侨华人女性作家多与"私小说"与"物哀"结下不解之缘的原因吧。

日本新华侨华人女性作家最受"私小说"特征影响的就是心理"解剖"式的挖掘，作为女性作家自身就愿意将目光转移到自我的内心审视，用纤细的笔触来倾诉自己的所思、所悟。而日本新华侨华人女性作家对于这种自我内心的反观更像"解剖"一样，细致而触目惊心。承袭了郁达夫的中国式"沉沦"，这样的心理"解剖"式挖掘不仅仅局限于个人的情感体验，其中渗透出的对身体话语、自我归属感的构建和对人性的反思都是值得我们研究的。

曹惠民曾将日华作家的写作总结为"想象扶桑"和"记忆华夏"两个中轴。在"想象扶桑"的书写中，日本新华侨华人女作家最偏爱的主题便是关于性的叙述，这其中一个很重要的原因是深受日本传统的性爱主义文学思潮的影响。值得注意的是，在这些情感题材的作品中，无论是处于"边缘情境"中的东渡女性，还是委身于日本现代男权社会压制下的日本女性，她们的情感世界都是焦虑的、抑郁的、孤独的，她们用身体话语，大胆地揭露出这种生活状态下的女性性意识。我们从杨逸的《老处女》《光影斑驳》和黑孩的《樱花情人》可以读到，继而探讨她们在对自我身体的感性关注，以及对性爱本质的挖掘时所体现的女性文学的深化。

"纵观我们的全部生命，我们所具有的惟有现在，除此无他。"（叔本华语）然而，对于初期赴海外的华人，由于与母国地理上的割裂，当他们一踏上异乡土地时，他们便开始了长时期的对当下生存的自身归属和文化认同的探讨。当然，这样的归属感和认同感的构建也是复杂、变化的。蒋濮的《东京有个绿太阳》所刻画的是20世纪初留日学生在异质的主流文化面前，所遭遇的边缘人的身份困扰，他们在内心渴望融入却在行为上保持距离。这种状态发展到杨逸的《金字塔的忧郁》便有了鲜明的变化。《金字塔的忧郁》的文本中无论两位主人公最后是留下还是离开，他们在日期间都选择了以积极的姿态来融入日本这个相对保守、排他的社会。当然，这融入当中的艰辛过程，我们在黑孩的《樱花情人》中同样也能略知一二。这些日本新华侨华人女作家在"想象扶桑"和"记忆华夏"之间不断地徘徊，不断地在内心叩问自己到底该何去何从，在文本中一次又一次建构又解构自我的归属感。

日本从温泉到"毛片"，无处不充斥着一种从身体到"性"的解放，大量留日而来的中国留学生，往往最先接触到的就是日本的温泉与"性文化"，黑孩也是如此。从温泉开始的暴露身体再到小说中毫不避讳的"性描写"，《父亲和他的情人》在对待这个问题上还多有拘谨，《樱花情人》则是彻底地将"我"作为女人的感受释放出来。与翔哥的性体验中，"我"感受到前所未有的快乐，意识到前夫零儿只是为了在"我"身上找到快乐，并没有在乎过"我"的感受，而来到日本后，一直受到压抑的身体突然得到快乐的体验，也就是黑孩所说的"那一瞬间"。温泉与"性"治愈了彷徨在日本的人，更激发了女人们放纵自我的本能，这也使得许多女性作家的写作往往充满"私小说"的特点。黑孩在日本的种种体验，成为她小说中最重要的题材。

为什么日本新华侨作家中，尤其是女性作家的写作，喜欢"私小说"的表现方式？黑孩以"我"的身份，是这样描述第一天到日本后的体验的：

> 在日本文化中，"性文化"相比其他东方国家，以一种"前所未见"的形式与欧美一较高下，不同于欧美的"生猛"，日本的"性文化"更追求一种带有变态的美，"我"作为一个常年生活在中国的女孩，来到日本第一天看到的是来自日本的"性"，强烈的新鲜感与刺激感让"我""忽然觉得自飞机起飞时便困扰着我的不安、孤独以及悲伤都不过是一种临时的夸张"。

阿多诺曾说过："离散中的知识分子应培养一种超越哀伤和正视现实的批评意识。离散个体只能在与母国保持距离的情况下才能获得生活的灵感。就此意义来说，与过去发生决裂，固然能使人失去一些实质性的东西，但这种决裂是在所难免的。"在这样的决裂下，海外华侨华人作家便有了足够的距离去反思"记忆华夏"中他们所经历过的创伤。随着写作视野的开阔，日本新华侨华人女作家陈永和开始以女性的视角去回望曾经她们经历过的那段"失语"的岁月。因为"失语"，所以她选择了以精神病患的"心灵控诉"来审视那段历史，正如鲁迅的《狂人日记》，或许这种精神癫狂的人物才是扭曲历史下真正的清醒者。并且通过精神病院这样一种陌生化的生活场域来发觉和铭记这个民族曾经的这段历史记忆。

"私小说"的写作样式为远道而来的日华作家们提供了新的写作视野，在这些人中,女性作家的写作在一定程度上脱离了人们对于女性一直以来的狭隘认知。王向远曾提出,中国"私小说"之"私"是"反省的自我",日本"私小说"之"私"是"忏悔的自我"。① 而常年受到日本文化影响的这些旅日作家,不难看出在他们的作品里融合了这两者的特点,他们不断重新审视自我,塑造出现代女性对于当今生活困境下的体验与思考。

五、女人的爱情"武士道"

值得一提的是,日华女性作家有一部引人注目的人物传记,叫作《日本女人的爱情武士道》,爱情加上武士道,甜里带辣,一如作者的笔名唐辛子。她的网络专栏如此介绍她的笔名:唐辛子,在日文中就是"辣椒"的意思,唐辛子就是"糖辣椒",一个既甜且辣的女人。她本来是湖南长沙妹,不辣才怪。加"糖"想必是到日本后才加的,为了调口味,也为了凸显异国他乡"唐"的身份认同吧。出了国总是更爱国的。《日本女人的武士道》是一部"日本式中毒"的"爱情武士道"。序的作者李长声曰:武士道,女人的,而且爱情的。② 这样的传记自然能吸人眼球:

> 宇野千代是日本知名作家,她曾说过这样一句名言:"对于离去的男人,我从不追赶和挽留,也不计较或拷问男人的负心,这是我的恋爱武士道。"
> 女人可以永远最热烈地去爱一个男人,但却必须永远记住:千万不要将"爱"当成"依赖"。这个世界上,唯一可以依赖的,只有自己。
> 尽管与谢野晶子和香奈儿的情感生活之路截然不同,并且一个在东方,一个在西方,从未见面也并不相识,但她们的确有着惊人的共同点:都是以"自我"为原点,追求自由、独立、自强的女性,都是拥有强大内心的女人,从不被环境左右,也从不为逆境屈服。

---

① 王向远:《文体与自我——中日"私小说"比较研究中的两个问题新探》,《四川外语学院学报》1996年第4期。
② 唐辛子:《日本女人的爱情武士道》,上海:复旦大学出版社2012年版,第1—3页。

唐辛子在这部书中写了五位活跃在日本明治维新年间出类拔萃的知识女性,她们在实现人格独立的过程中所表现出来的品质,与武士道精神不谋而合。该书旨在探索书中的女性是如何在深受武士道精神影响下的男权社会中,实现其自由独立的。这令人想起美国人以"菊与刀"对日本文化做出的评价。《菊与刀》是美国文化人类学家鲁思·本尼迪克特创作的文化人类学著作,首次出版于1946年。《菊与刀》这一评价的经典性至今尚无人可超越。书中作者运用文化人类学的研究方法,以日本皇室家纹"菊"和象征武士身份的"刀"作为一组对比鲜明的矛盾的意象,从他者的角度对日本文化中看似矛盾的方方面面进行了阐释和解说,认为日本文化是一种耻感文化。[1]

看来唐辛子对这种耻感文化"中毒"颇深。为什么选择这些号称"爱情武士道"的日本女人?日本女人不是向来以温顺之美著称于世的吗?唐辛子偏偏选了这些反传统的奇女子,为什么?唐辛子毕竟姓"唐",飒爽英姿的中国女性带有"时代不同了,男女都一样"的中国式认知。与其说她中了"毒",不如说她自身本来就带有"毒"性,即"辣"性。她选的对象也就不"毒"即"辣"了。

作为一名日本新华侨华人作家,唐辛子从1998年起定居日本,深谙日本社会民情;作为一名家庭主妇,她以其独特的女性视角,在《日本女人的武士道》一书中为宇野千代、濑户内寂听、柳原白莲、加藤登纪子、与谢野晶子五位近代至现代日本出类拔萃的女性写传。她们都是经历过明治维新的知识女性,从她们对待人生及情感的态度中,可以找到相同的品质:情义、勇气、真诚、仁慈、尊重,这些品质与日本武士道的德目"义、勇、仁、礼、诚、名誉、忠义"不谋而合。正如唐辛子所言,她写此书的目的,并非为了赞美女性,也并不是要给女性树立楷模,而是为了让读者们知道这五位日本女人是如何成就其独立人格,探索日本明治维新时期的知识女性是如何走向自我解放的过程。

日本明治维新使日本走上了近代化道路,奠定了现代化国家的雏形。这场运动在很大程度上改变了人们的思想观念,日本女性开始思考生存的意义并有了自我的觉醒。然而,明治维新仍然保留浓厚的封建思想,女性作为附属品仍然处于被支配的地位。为达到对女性的利用和统治,男权中心社会抛出一套完整

---

[1] 崔海英主编:《大学生必读名著》,上海:上海辞书出版社2011年版,第66页。

的"贤妻良母主义"思想,"第二性"——女性被牢固地束缚在以"家"为中心的男权体制中。

"大化革新"中,日本汲取中国的儒家思想,"三纲五常""三从四德"对日本妇女的地位影响很深,这使得日本的婚姻制度由招婿婚转变为嫁娶婚。日本17世纪的学者具原易轩曾写道:一个女人必须将其丈夫看作君主,并以最高的宗教感和最深的爱慕为他服务。一个女人最重要的义务就是顺从。而作为呐喊与抗争,如今出现了日本女人的"爱情武士道"——

唐辛子写的第一种是宇野千代的"失恋武士道"。宇野千代一生恋爱无数,失恋无数,无所畏惧,奔放自由。她认为"维系男女之间的那根丝带不是爱情,而是自尊心"。唐辛子认为,千代自由奔放的性格和她的家庭背景有关,同时经济独立也给了她勇敢追求的底气。

第二种是濑户内寂听的"放浪武士道"。日本当代著名尼僧作家,在自我与世俗的认同之间,她遵循自己内心的引导,墓碑铭要这样写:爱过,写过,祈祷过。

第三种是柳原白莲的"义勇武士道"。柳原白莲是娜拉式的叛逆女子,这是对男权体制正式公然的宣战,是久经迫害和屈辱的女性觉醒后的呐喊,是对封建体制束缚的控诉。

第四种是加藤登纪子的"自由武士道"。真正的爱不是妥协,不是为对方放弃什么,而是彼此独立,互相尊重、互相成就,最好的爱便是互相包容、给对方自由。这是女性意识的巨大飞跃,也是女性社会地位提高的表现。

第五种是与谢野晶子的"情热武士道"。这一部分表现了女性对新式婚恋的追求,在日本诗坛刮起了一股"情热"之风。

日本明治维新时期是日本女性自我觉醒的时期,这一时期她们为自己的权利和自由呐喊、抗争,勇敢地向封建男权体制发起挑战,并开始追求实现自己的真实价值。当代日本社会女性的参政权、女性在家庭中掌握经济管理决定权,显示了日本女性社会地位的显著提高,这是社会发展的结果,是女性主义不断普及的结果,更是女性不断抗争的结果。然而,虽然人们的观念在不断进步,但传统的思想仍占据着相当重要的位置。如妇女在政党、团体中难以进入领导阶层、代表权不充分的现象还是普遍存在的,日本的性别角色分担意识并未完全消失,这些都制约着人们的生存方式和社会活动,阻碍了真正意义上的男女平等。而颠覆"男主外，女主内"观念的日本女性要承担更多的责任，除了家庭、育儿，还要承受来自事业方面的压力……诸如此类的问题都有待于女性主义的完善。

唐辛子不仅把日语资料翻译成中文，更重要的是把日本女性精神"翻译"过来，并将之概括为"爱情武士道"。可以说，这个概括是精彩的，所以书一出版就在中国当代文坛引起轰动。

既然"菊与刀"是对日本文化的经典评价，那日本女人也会有"菊与刀"两种风格，甚至在一个女人身上，就包容"菊与刀"两种风格。如果说唐辛子是"日本式中毒"，不如说她是中了一身含"菊与刀"两种风格的日本女人之"毒"。唐辛子用"既甜且辣"的两性情爱的成功叙写，"翻译"了这种"毒"，表达了对美好人性的文化伦理诉求，同时隐含着对日本历史上"武士道"精神的反思，值得我们细读。

六、"东洋镜"媒体：以东洋为镜，以镜照东洋

在20世纪初至世纪末，日本华人的媒体社会已经初步形成。"东洋镜"便是其活跃的媒体之一，它"以东洋为镜，以镜照东洋"，成为一个反映旅日华人生活、思考和写作的"家园"。从这个"集合华人百家写手，荟萃东洋万种文字"的"多维网"中，我们可以看到日华文学的兴奋点、彷徨度及其问题所在。

据《华声报》报道：由在日华人写手、电脑工作者陈骏倡议发起、精心制作的"东洋镜"网站，于1998年5月开通。"东洋镜"得到了华人朋友的热心支持和帮助。第一批上榜名单的数量和质量超过了最初的预料，其中大多数是活跃于日本中文媒体前线的记者编辑和专栏作者，成员在不断增加。有老牌作家李长声，网络写手林思云、九哥、刘大卫、亦夫，《中文导报》"三家村随笔"的杨文凯、张石、杜海玲，曾留学日本的大陆作家陈希我、孔明珠，长期坚持专栏写作的王东、阮翔、万景路，中日文杂志的主编段跃中、刘燕子，颇具特色的女性作者林祁、邓星、郭向宣，新老报人赵海成、孙秀萍、陈梅林、黄文炜、李莹等。

从"东洋镜"的活跃可以看出"网络无国界"，网络良好的公开性以及互动性，使得身处异国他乡的海外游子很容易从中找到共鸣，进而产生相当的凝聚力和吸引力，使其逐渐成为相互交流的主要媒介。而共同的"中文"载体以及对"母语"的渴望，更促进了对这一块"文化特区"的开辟。一种发自内心的亲近感，加

速了海外汉语写作的迅速发展。

"反日"与"哈日",可以说是日华文学的一个兴奋点。陈骏在《笑谈旅日华人的尴尬》一文中指出:"有人说旅日华人在对峙的中日关系中是尴尬一族。且不说那些中日合资的家庭,即使全家是国产的,不止一人对我说过,万一中日交战了,真是里外不是人啊,日本人根本不会把你当自家人,中国人则认定你是汉奸了,到时候只好奔第三国了。哈哈,真的有这么尴尬?"

老唤在《日本人的背影》一书中写过:说到我们的东邻日本,我们的交往不可谓不久,我们的认识不可谓不深。然而日本又总像一团难解的"谜",促使我们不断地产生新的兴趣,不断地重新认识、研究并有所警惕。

这里可以引入一个关于日本文化的新概念,或者说是"常识",剖析日本文化中两个非常独特而重要,同时又不常为人或不屑为人提及的现象:大众化的嫖和赌。嫖和赌当然并非日本所独有,但透过这两种现象,作者的确成功地为读者勾画了日本文化中的一个侧面,或者如题目所言,一幅"日本人的背影"。作者写作此书的目的当然不是猎奇,也不仅仅是揭露和批判日本社会的阴暗面,而是帮助读者更深刻、更全面地了解日本,这对中日之间今后的交流无疑有其现实的意义。

也许是事出有因,在网络论坛上,国内"愤青"和旅日华人的是非观点往往是大相径庭,阵线分明。应了那句"物以类聚,人以群分"的话,似乎吃了"煞西米"睡了"榻榻米",就具有"汉奸"的素质了。而这些所谓的"汉奸文学"却不那么文学,似乎继承了留日先辈鲁迅的文风,不平则鸣,鸣里带讽。扯到中日关系的话题,实在是太大了。"东洋镜"的写手主张超越爱国主义,提升爱"球"主义的情操,即爱我们共同拥有的一个地球。可以这样说,这就是"东洋镜"的"简单法"。

"漂流感"是海外文学的共同特点,但在日本,它有更加独特的内容。因为日本是一个严重排外的岛国,它把加入日本国籍的行为称为"归化",而这些"归化"了的人,还是不被当作"自家人"对待,总是难以取得日本人的认同。"归而不化"的无根感觉,没有归宿的恐慌心态是在日华人的特征。而且,和取得美国国籍被国人羡慕所不同的是,取得日本国籍就像戴上汉奸帽子似的,心里多少揣着不安。在"东洋镜"经常可以看到这类感慨:你说,这是一种什么样的情怀呢? 是一种"孤儿心态"。日本可以给你金钱和自由,却不可能给你血缘,不可能认你为自家人。看周围"归化"的友人,"归化"者其实无处可"归",又该"化"向何方呢?

不知为什么,在中国流行的观念中,你可以爱美国、加拿大、澳大利亚……想方设法混他们的国籍,生"香蕉崽",养混血儿,就是别爱日本别"归化",即便"归化"了也请少说为佳。中国民众向来不喜欢日本,何况中日关系正处于冰冻时期。所以即便开着日本车,用着日本电器,也绝不说自己"哈日"。在他们眼里,"哈日"是什么?

"哈日"的"哈"本来源自台湾地区的说法。以"哈日"在台湾"风光"的大有人在,比如女流作家"哈日杏子",以洋洋自得的口吻,大书特书庆幸自己患了"哈日症"。港刊对台湾"哈日"的解释是:对日本事物痴迷沉疴,甚至幻想自己是日本人。用他们自己的话说:"本地对日本流行文化、娱乐、精品(如日剧、漫画、电子游戏机)及时尚打扮(如 Baby-G 手表、PN 化装风)的追捧,到了'一波未平,一波又起'应接不暇的地步。"那么,在大陆"哈日"该如何注释呢?

东京博士在《暧昧的日本人》一文中写道:

> 其实,日人自古以来就把暧昧当作爱美,中国也是。到了现代中国,暧昧成了作秀,暧昧成了资产阶级的虚伪,是披着羊皮的狼,暧昧成了抹煞阶级界限的罪名,中国大地在刀枪棍剑下,彻底地把这种暧昧之美扫进了牛鬼蛇神的垃圾桶,收起刀枪时,却发现我们的社会像生锈的齿轮,想要快速运转,到处碰撞。伤痕累累的一个齿轮对另一个齿轮吼着:"你干吗碰我?滚远点。"另一个齿轮回敬道:"是你先咬我的,你给我滚远点!"……

东京博士是学理工的,文风却颇为老道,信手拈来,嬉笑怒骂,皆成文章。他的"粉丝"不少。他的长篇小说心理描写细致,分析入木三分。

张石的文笔特别老练。他在《中国女作家"自恋"溯源》中写道:"哈!我是宝贝我怕谁呀!"到此读者自然随之开怀一笑,但作者继而将我们引往文化的深层:由此可见自恋正在中国形成一个"潮流"。而人们都认为,自恋的原型来自希腊神话中美男子那喀索斯,他不爱任何一个少女,而有一次,在一山泉饮水,见到水中自己的影子时,便对自己产生了爱情。当扑向水中拥抱自己影子时,他淹死了,而灵魂便与肉体分离,化为一株漂亮的水仙。

那喀索斯的神话具有很深湛的内涵,他不仅是自恋的原型,而且还说明了西方美学的一个本质的特征,那就是美和爱的核心是"本质的力量对象化",即在爱的对象中实现自身的本质,如果爱不能在对象中实现,或者爱的对象非为对象而是自己,那么爱与美就无法实现,就会像那喀索斯那样,不是淹死就是发生灵魂与肉体分离。

在"东洋镜"你可以读到不少轻松的随笔,使读者在一笑二笑之后三思。特别一提的是文笔老到的李长声。且不论他大量的文化随笔,仅看他在《风来坊闲话》的自我介绍就可以看出其文笔之随意、老练:"自由撰稿人。无专业,无所属,无偏好,江湖上人称长老。"表现的自由带来了文风的随意、文思的开阔。

由于在日本的中国人太忙,在日本的忙人们也就习惯于短文随笔之"快餐文化"。称之为特色的同时,必须意识到它的局限。毕竟,文学必须是"静"下来的艺术。

第四章
"放题"于中日之间的文学(2005—2016)

"放题"为日语,意为自由、自助,此乃"和文汉读"也。旨在探讨自由与不自由之间的日华文学。笔者称其为"间性"文学。

第三阶段为中日"间性"文学的丰富期(第三个十年:2005—2016)。

这一阶段为日本新华侨书写的丰富期。这一异质文化的特点是多元的,也就带来各种形式的丰收。

这时期标志性的成果是获得日本著名的"芥川奖"的华人作家杨逸的日语小说。双语写作无疑拓宽了新华侨书写的场域。这一异质文化的特点是多元的,也就带来各种形式的丰收,特别是中长篇小说。陈永和反映创伤记忆的《一九七九年纪事》荣获"钟山文学奖"也是一个大惊喜。她以身体性忏悔的冷静,对当今社会具有现代性意义的问题进行深入探讨。值得一提的是,《湘潭大学学报》特辟专栏,探讨女性书写如何从各自的日本体验出发,介入了当代女性问题的思索,呈现对中日两个国度复杂的社会与文化、历史与现实的多向度思考。

特别值得关注的是,从"抗日"到"哈日"到"知日"的日本体验中,我们听到了"知日长声"。这种"知日随笔",是不同于西方移民文学而特别富有"日本味"的文学样式。

回顾近代以来中国文人写日本——自清末黄遵宪始,到鲁迅、周作人、丰子恺、戴季陶、陶晶孙、钱稻孙、郁达夫,不仅奠定了现代日本文化研究的基石,言说者自身也时常成为两岸中国当代作家想象日本的中介。而今所谓的"知日派",

赶上中日邦交正常化和20世纪80年代的出国热，30余年零距离的日本考察，30余年"菊与刀"式的"田野"功夫，不"反日"亦不"哈日"，强调知性、智性乃至中性的立场，尽管写来仍不免一副刚硬严肃的面孔。进入21世纪，愈演愈烈的全球化、频繁的"代际切换"，使中国与日本的文化联结呈现出空前复杂的面貌。"日本三书"（《五轮书》《武士道》《菊与刀》）之外，更添"四书五经"，一版再版，鱼龙混杂；当周作人等"第一期"文化名人与日本的交流成为佳话之时，国人写日本的题材和语调也发生了变化。在日有年的学者作家文化人，以纸媒为中心，批量生产文化随笔，题材从社会学观察、业界趣闻、小资游记到家长里短的平民生活，无所不包，成为日本言说的最大"股东"，原汁原味的"日本"鲜见，旅日学者的"所见"汗牛充栋：《冰眼看日本》《别跟我说你懂日本》《哈，日本：二十年零距离观察》《看不透的日本：中国文化精英眼中的日本》《拨云见日》《梅红樱粉》《樱雪鸿泥》《左手中国人右手日本人：洞察中国日本国民性的经典范本》《落花一瞬：日本人的精神底色》《与"鬼"为邻》……

　　从这些富有"意味"的标题中，不难揣摩出编辑者（不一定是作者）的某种"噱头"心态。以刘柠《"下流"的日本》为例，此"下流"，乃为取日文的汉字意思，意指社会等级，近似于中文的"下层"或"底层"。而以此为题，利用"误解"在某个词上制造"磕绊"的意图便不言自明——面对日本时，我们应该具有某种复杂心境。

　　以《知日文丛》的李长声、姜建强、张石、王中忱、刘晓峰为代表，加之刘柠、李兆忠、董炳月、靳飞、毛丹青、萨苏等，这些"知日派"强调写作的中间姿态，具有更强的"文学"自觉。他们常热心担负起中日文化交流中的"桥梁"角色，如毛丹青为莫言、李锐和大江健三郎等人"牵线"，靳飞为歌舞伎名家坂东玉三郎搭桥，以及李长声与诸多日本文化名人之间的交往等。

一、贯穿三十年的"知日长声"

　　近年来，中国出版界一直不温不火地煲着"中日文化汤"。日本作家的"中国行记"被一一挖掘，歌舞伎、能乐、浮世绘等文化普及本琳琅满目，而其背后的"推手"，正是日本新华侨华人"言日者"，以随笔或接近论文的形式，悄悄"形塑"着全球化时代中国读者空前复杂的日本想象。

在旧历史的阴影下，我们内在地需要言说日本，无论视其为友邦抑或对手。翻译的脚步相对滞后，"知日者"的"转述"便显得至为重要。2004年以来，海峡两岸暨香港地区出版界纷纷打出"知日牌"，如秦岚主编的《知日文丛》，苏静、毛丹青主编的《知日》，傅月庵主编的《日本馆·文化风》等。《知日文丛》的作者之一写作主体多为文学学者、编辑、艺术评论家或出版人，其特色在于学有专攻，将目光对准日本本身，强调写作的中间姿态，与电视媒体人白岩松，香港的蔡澜、汤祯兆等相似而具有更强的"文学"自觉。

《知日文丛》中作者的文化姿态不尽相同，如张石的《樱雪鸿泥》，情感论的倾向颇重，动辄以小事而直接挂钩"国民性"，先入为主的预设性较为明显。相较而言，留日资历长、严谨又幽默练达的李长声无疑是"知日派"的重镇人物。

李文以"闲话"著称，下笔有春秋之气，颇具知堂遗风。其《日下闲谈》开篇即说逛东京的胡同是随笔，而繁华的表面则是散文。李长声本人无疑是以随笔自谓的。从《东游西话》《浮世物语》《日知漫录》《日下书》到《日边瞻日本》的一系列随笔中，似以《四帖半闲话》最为厚重，而《日下闲谈》等则较为轻松。长期的专栏写作，自觉的文化意识，使李长声形成了一种独特的说书人文体，端稳亦悠然，其精妙处在于对历史、政治与文化的配比难题常有善巧方便之法，内中既有对日本"弹丸之地"的调侃，亦有对自己"大国心态"的轻嘲。同样说梅说樱，李总能从常见的文化比较框架中，见出细节之新意——"日本有一句谚语：梅与樱，两全其美。如果让我从中选一个来爱，那我还是选中梅花。因为它不仅可观，而且可食——中国人到底是讲究实用的。"（《梅花与梅干》）

"以夏目漱石为例，似乎我们更多些理由厌恶日本，当然也可能出于自卑感。说不定因此能确保不当周作人，只是别忘记，对英国的反感使夏目漱石成其为夏目漱石。"（《作家的自卑》）李长声文字的特色与功力，进退有度的弹性语调，既符合国人欲"知日言日"的微妙心理，又不乏文化底蕴与智识创见。

与李长声语调相类的还有"资深意见人"刘柠，刘柠在《南方周末》《南方都市报》《凤凰周刊》《南风窗》等报刊上开设专栏，著书撰文，受到广泛的好评。李长声褒赞其《穿越想像的异邦——布衣日本散论》："不是小说家的浪漫游记，不是近乎钻牛角尖的学者论文,其特色有三:布衣的立场、散论的广度、穿越了想象的真知灼见。没有国人谈日本所惯见的幸灾乐祸、嬉皮笑脸,对世态人情的关注是热忱的,对政经及政策的批评充满了善意。他自称一布衣,走笔非游戏;不忘所来路,更为友邦计;立言有根本,眼界宽无际,穿越想象处,四海皆兄弟。"北大博士卢冶认为,这段文字极其精到,堪为"知日派"的宣言。

然而,不能不看到,文化随笔这种既"严谨"又"放松"的体裁,有一种天然的"盲区",即其引用材料和观点的方式,较学术批评要灵活得多。特别是讨论那些"标志性"的日本文化主题,如艺伎、樱花、过劳……之时,经验材料、二手甚至三手的材料,或隐或显地穿梭其中,难免鱼龙混杂。文化随笔和网络平台本身的性质,又极大地掩盖了这种"传递"过程中的"翻译机制"。如董炳月、刘柠和刘晓峰在讨论艺伎的文章中,均借章子怡主演的电影之风潮,引用了电影的原著——美国记者高顿的纪实文学《艺伎回忆录》。他们引用其"二手"的日本读解,并节选日本文学片段为证,认为这些外国学者发掘到了日本文化的深层。

事实上,为说明这种"情色"乃是日本文化中的典型特征而引用的高顿文本本身曾受到其受访原型——岩崎峰子的激烈批驳,并被告上公堂。峰子更借势写出"真正的《艺伎回忆录》",极力强调艺伎与"娼妓"无关,乃是一个贵族化的艰苦行业,根本不涉及性服务。比起"日本是一个性开放的国家",这才是日本人更加希望树立的国际形象。不论这种反驳是否符合"实况",至少代表了一种有别于"中国式理解"的向度,和文化随笔的某种话语"空隙"。

在"知日派"中,萨苏属后来居上者。其人兼具多重身份:留日十年的中国工程师和外企管理层;在日本娶妻生女落户的北京侃爷;资深军事迷。举凡医疗系统的运作、政治选举的裙带关系、邻里街坊的交往、色情业的规矩,和一个军事上长期受压抑的国家的隐痛和烦恼,萨文一一道来,既有《国破山河在——从日本史料揭秘中国抗战》的血泪控诉之作,又有《与"鬼"为邻》等对"日本日常生活"的评价。将"政治的日本"与"百姓的日本"分开,将个人与集体分开,将历史与现实分开,是萨苏最得意的姿态。一些读者拥护他轻松调侃又敢于判断的态度,也有些颇怀微词,因其笔下的日本人不无漫画化的意味。萨文总是从日本人的"轴"入手,然后调侃几句历史和名人,予人道听途说之感。他创作出一种"短语式"描述法,如"一根筋""内向拘谨""上品暧昧"的性格,等等。幽默调侃之中,往往有一种不无"小恶"的揶揄口吻。萨苏乐于书写文化差异中日本人闹的各种"笑话",与李长声的嘲弄与自嘲不同,萨苏当然也调侃自己、调侃中国人,其性质和面向却并不平衡。他笔下的"小日本",很像中国小品中的东北人:自身严肃,却引人发笑。

卢冶指出:值得注意的是,"文化日本"的写作姿态本身具有一个"左右逢源"的位置,因为从文化角度言说日本,时常成为政治压力的隐喻和转移的对象,同时,这一角度也常常是使问题激增的关键领域。笔者以为,"左右逢源"有可能左右踩不到"岸",一不小心就掉到狭缝里呼喊不得。对于这种"危险"李长声早有清醒认识。而恰恰是"危险"逼使问题意识每时每刻清醒着,冒险使创造的激情澎湃不息。

随笔日本的日本随笔层出不穷,成为日本新华侨华人写作的一大特色。曾活跃在"腾讯·大家"的"东瀛丛谈"专栏作者,就有一批日本的"知日派"作家。关于随笔,权威辞书《辞海》的诠释如下:"散文的一种。随手写来,不拘一格,故名。中国宋代以后,凡杂记见闻也用此名。'五四'以来十分流行,……形式多样,短小活泼。优秀随笔以借事抒情、夹叙夹议、语言洗练、意味隽永为其特色。"

在中国,"随笔"一词最早出现于南宋洪迈《容斋随笔》自序中:"予老去习懒,读书不多,意之所之,随即纪录,因其后先,无复诠次,故目之曰随笔。"此后,中国对随笔的认知一般都认同洪迈的界说。在日本,随笔产生在平安中期,以清少纳言的《枕草子》的诞生为标志,与鸭长明的《方丈记》、吉田兼好的《徒然草》被并称为"日本三大随笔"。

而近现代世界随笔的鼻祖,公认是16世纪法国思想家蒙田,他在1580年出版了《随想录》,创造了"Essai"这一名称,英文写为"Essay"。"Essay"一词在日语中直接用片假名音译为"エッセイ",但日语中仍保留传统意义上的"随笔(ずいひつ)"一词。在日本"随笔"与"Essay"大致相同,但也有一定区别。传统意义上的随笔,比如《枕草子》,是片断性地记述日常生活中对自然的观察和对人生的感受。对"Essay"这种新式随笔的特点,日本著名的文艺评论家厨川白村在其《走出象牙之塔》中有所论述:"如果是在冬天,便坐在暖炉旁边的安乐椅上,倘若在夏天，便披浴衣，啜苦茗，随随便便，和好友任心闲话，将这些话原样移在纸上的东西就是 Essay……所谈题目，天下国家大事不必说，也可以是市井杂事、书籍评论、熟人之间的传闻以及自己对过去的追忆，把所思所想当作天南海北的话付诸即兴之笔……它最重要的条件是笔者要浓重地写出属于自己的人格色彩。"

对于现代随笔（Essay）的审美特征，中国学者黄科安在其专著《知识者的探求与言说——中国现代随笔研究》中，认为"随笔具有三个方面的美学特征，即：兴之所至与任心闲话；个性精神与人格色彩；信笔涂鸦与雕心刻骨，尤其抓住了'个性精神与人格色彩'这个随笔美学的核心内涵，由此引申出随笔创作的五个方面的艺术表现形态，即：非系统、闲笔、机智、反讽和诙谐"。如果通俗一点，正如在日华人随笔作家李长声所说的："中国的随笔，用今天的话说，特色在于掉书袋，抖机灵。这也是日本人的随笔概念。"

但随笔的写作也并非轻松之事，日本作家内田鲁庵说过，小说是画，即便不好，情节也能读得津津有味。而随笔是字，不好就连狗都不吃。所以，李长声总结说："没有三分洒脱和二分嘲讽不能写随笔，而且懒人不能写随笔，只耽于一事的人也不能写……"

所谓"知日派"随笔作家，就是对日本的社会、文化等有深刻的思考与客观的理解，兴之所至，用灵活、闲适、机智、反讽、诙谐等艺术手法，记录自己对日本事情的有个性精神与人格色彩的认知与看法。越境的文化随笔，核心就是比较文化，两国之间传统与现代的文化比较。这种随笔作品的价值大小，就在于这种比较的深度，在于比较视角的独特性，其艺术含量也在于作家在一种生存状态下对自身的独特体验的一种生动表述。

日本当代新华侨华人"知日派"随笔作家及其主要的著作成果有：

一度活跃在"腾讯·大家"的"东瀛丛谈"专栏作者，主要有李长声、毛丹青、姜建强、万景路、唐辛子与张石等几位。

李长声是其中成就最高的随笔作家，被媒体誉为"周作人之后的文化知日第一人"。他著书颇丰，不算译著，光是随笔专著至少有 25 种，从 1994 年敦煌文艺出版社出版的《樱下漫读》到 2015 年译林出版社出版的《昼行灯闲话》，洋洋洒洒积累了上百万的文字。毛丹青一直从事双语写作，日语的随笔代表作有《日本虫眼纪行》，此作于2009年获得日本第28届蓝海文学奖，中文随笔作品主要有《狂走日本》《孤岛集》。致力于日本哲学与文化研究的姜建强已出版7种专著，其中随笔作品有《山樱花与岛国魂——日本人情绪省思》《另类日本文化史》《岛国日本》等。自由撰稿人万景路曾为数家华文报刊撰写散文、随笔十余年，著有《扶桑闲话》《你不知道的日本》等。女作家唐辛子，出版有随笔集《唐辛子in日本——有关教育、饮食和男女》《日本式中毒》和人物传记《日本女人的爱情武士道》。张石的随笔专著有《寒山与日本文化》《空虚日本》等，不一而足。

前述几位随笔作家中，毛丹青与唐辛子都是早前在博客和微博流行时，将对日本的见闻思考诉诸文字后发在自己的博客上，随着阅读点击量渐增，成为人气博主，博客文章也不时被相关媒体转载，在"知日"方面逐渐有了话语权。

毛丹青于1985年从北京大学毕业，进入中国社会科学院工作。1987年赴日本留学，博客名曾为阿毛，在日本做过远洋渔业的国际贸易，后弃商从文，现为神户国际大学教授，专攻日本文化论，是《知日》前主笔、《在日本》主编。毛丹青自述写日本选择了两个角度：一个是气味，另一个是色彩。他随笔里记述的人物接近修禅，因为崇尚日本的仪式感。他喜欢写周边的小人物小故事，由此为大时代提供一些现场可思考的元素，他认为日本是中国的一面镜子，这点跟前述陈舜臣的日本观一致。

唐辛子的博客名为"辛子IN日本"，博客名下注明了博客的内容与性质，即"用眼睛与镜头记录一个图文的日本"。她把记录日本见闻的博客归类整理出来，结集为《唐辛子in日本——有关教育、饮食和男女》一书出版。唐辛子主要是通过中日比较，从女性视角来看日本孩子的教育、高品质的生活以及最流行的时尚文化，也有关于历史的反思。其内容丰富，文笔流畅，轻松有趣，给读者展现了一个多维度多方位的富有时代气息的日本。而本文将要重点分析的作家李长声、姜建强与万景路三人的随笔写作，主要是从报刊专栏起家，不同于毛、唐二人早期对网络媒体的运用与经营。

1. "知日"作家李长声的"闲话"创作

李长声移居日本之前，在国内曾任《日本文学》杂志编辑与副主编，因对日本文化、出版业感兴趣，于1988年自费赴日留学。90年代初，李长声接受北京《读书》杂志主编沈昌文邀约,开设专栏"东瀛孤灯",侧重介绍日本文化。后来上海、广东、台湾等地的报刊邀他写随笔专栏。李长声自励"勤工观社会,博览著文章",后来把不同阶段的随笔文章陆续结集在国内出版,是当下在日华人著书最多的作家之一。著名学者陈子善对李长声的评价很高:"在我看来,长声兄是当下国内状写日本的第一人,就像林达写美国,恺蒂写英国,卢岚写法国一样,尽管他们的视角和风格各个不同。"诚然,李长声对日本文化的认识与书写,不仅涉猎广泛(尤其对日本出版文化十分熟悉),又有自己的独特思考。他跟周作人一样喜欢借助大量阅读文学作品来比较中日之间的异同,推崇并秉承周作人的随笔写作模式,注重知识性与趣味性,即讲究有益与有趣,其文笔于轻松幽默中凸显老到睿智。

李长声在25种随笔著作中,冠于书名最多的词语是"闲话",比如《居酒屋闲话》、《风来坊闲话》、《日和见闲话》、《四方山闲话》、《长声闲话》(五卷本)、《瓢箪鲶闲话》、《昼行灯闲话》等等。李长声自嘲说:"闲话,无济于'世',于事无补。即便自己很当回事的话,别人听来也像是扯淡,用日本话来说,那是'昼行灯'。"虽然"闲话"是表明随笔写作的不拘一格,兴之所至,诙谐幽默,但其背后的语境并非等闲,而是渗透着作家对所写事物的人文关怀与自身的人格色彩、真知灼见。例如李长声谈及日本人自己的日本论时,他指出"日本论的最大缺陷是无视亚洲",他认为"日本文化在很大程度上是通过贬低、否定、破坏中国文化来建立的",他还揶揄日本人把《菊与刀》奉为经典,他说:"本来美国人写给自己看的,日本人却从中看见了自己,看的是自己在美国人眼里什么样。原来日本文化还有个型,作为'耻文化'与西方的'罪文化'相对,平起平坐,哪里还能有这么长志气的呢?从此日本人更爱日本论。"再如,对日本每年的赏樱活动,李长声指出这几乎是日本文化的一个符号,世界上无处不赏花,唯有日本赏得匪夷所思。一般人都从生命短暂的樱花之美来谈大和民族的物哀精神,李长声却拿出自己好酒的豪爽、洒脱与嘲讽之力,把樱花喻为泼妇,哗地开了,又哗地落了,他在随笔中写道:"樱花的一哄而起、一哄而散最符合大众的脾气。似乎江户人在世界上也是最好起哄的民众,樱花的暴开暴落像打架、着火一样打破日常,特别让他们昂奋。赏花是由头,喝酒是主题。没有酒,樱花算个屁。"

在李长声随笔作品中,不难发现,汉诗功底厚实为其另一特色,几乎在他的每篇随笔里都能读到汉诗,或引用或自创,信手拈来,出口成章。例如,谈到《菊与刀》里的二重性被视为日本人一大特性时,他指出:"这种二重性,中国人早在唐代就指出了:野情偏得礼,木性本含真(包佶《送日本国聘贺使晁巨卿东归》)。"李长声曾说自己在"文革"时是"逍遥派",当时学校罢课,他每天待在家中读书、写毛笔字、作古体诗,他那时偏爱魏晋文学,而诗赋是魏晋文学的主要成就。他对日本的短歌、俳句、川柳都有研究,在随笔中有几篇文章专谈这些,如《俏皮的川柳》《滑稽的汉俳》《芭蕉的俳号》《几只蛤蟆跳水塘》《连句与团队精神》《君若写诗君更好》等等。他写道:"拿俳句打油就变成川柳,不像俳句那样拘泥于季语,好用应时口语,跟生活脸贴脸。俳句与川柳都带有滑稽,但俳句的滑稽须不失雅趣,而川柳的滑稽多乐在嘲讽。"即使不懂日本文化的读者也会觉得浅显易懂,颇多受益。

2. 随笔"黑马"姜建强的"另类"写作

作家姜建强可以说是近十年杀出的一匹"黑马",是当下日华文学圈里有名的随笔作家之一。他 20 世纪 90 年代留学于日本东京大学,出国前曾在大学任教 10 年,现为日本华文文学笔会会长,东京《中华新闻》主编,曾是"腾讯·大家"的"东瀛丛谈"专栏作家,致力于日本哲学、历史与文化的研究,除了前述七部专著外,近年来还在《东方早报》《上海书评》《南方都市报》《书城》等发表了数十篇文章。

显而易见的是,在姜建强的著作题名中高频出现的词语是"另类"。不同于李长声的"闲话"系列,"另类"的基本义是思想或行动跟传统理念或方式不符,表现出独特、个性或新意。姜建强的《另类日本文化史》《另类日本史》《另类日本天皇史》等著作不同于传统意义上的史作,作者运用自己独特的思考力另辟蹊径,为读者提供了一个新视角、新文本。《另类日本史》洋洋洒洒 38 万余字,它实际上是围绕着日本史上一些人物与事件进行深层解读,运用随笔体为读者解答了"十万个为什么"。而 33 万余字的《另类日本文化史》呈现给读者的是一本意象的文化史,所谓意象,属文艺美学的概念,指客观物象经过作者独特的情感活动而创造出来的一种艺术形象,可以说作者是为了让读者更好地理解,将文化信息通过抽象、升华达到更有深度的诠释,换言之,《另类日本文化史》不是传统意义上的日本文化史料的照搬性译介书写,而是作者从种种意象诸如樱花、艺伎、相扑、寿司、武士道、浮世绘、动漫、美少女等等,以全新、另类的视角对日本文化进行了解读,文笔优美,深入浅出。

姜建强是哲学专业出身,所以他的随笔往往哲理性很强。他认为日本人也讲"无"的文化哲学:"何谓'无'?日本人说,剥去所有的虚饰即是'无'。'无'就像茶,茶是'无'的艺术,是无须语言论理的艺术。所以也是无言的艺术。"姜建强也因雄厚的哲学功底,对事物的看法总是一针见血,准确到位。比如他说:"我们看到了一条清晰的因果链:俳句的艺术原点是脱俗;和歌的本质是草庵思想;茶道是在空无一物的贫寒的小屋里完成了精神的洗礼;花道是在去繁去艳去色的基础上插出了原本'生花'的'清'与'贫';枯山水则是用最经济最原始的几块石粒再造了一个无穷大的自然的小宇宙。"另外,姜建强随笔善于紧紧抓住社会现实热点,对流行元素或时代信息的敏感度很强,比如村上春树长篇小说《杀死骑士团长》的问世,日本喜剧歌手 Pico 太郎创作的神曲 *Pen－Pineapple－Apple－Pen*,山下英子首提的在收纳界异军突起的"断舍离"概念等,让读者感到他的随笔活在当下,与读者同思考共呼吸。但正因为姜建强的哲学思考,其随笔偏于长文写作,也因为思想深刻,就少了些许有趣与诙谐,易让当下浮躁的读者错过或放弃阅读。

3. 随笔新秀万景路的"碎片"书写

万景路是典型的专栏撰稿人,1989 年赴日定居后,出于对母语写作的天生爱好与不离不弃,一直为日本数家华文报刊撰写散文、随笔。之所以称其为随笔新秀,是因为万景路直到 2016 年才将自己发表在报刊上的随笔作品结集出版,而且几乎同时在国内出版了两本著作,给人耳目一新的感觉。万景路目前仍在为多家媒体撰写专栏文章,比如在《中文导报》有他的"亥鼻东瀛"专栏,《日本新华侨报》有他的"坐景谈天"专栏,笹川日中友好基金的微信公众号"一览扶桑"有他的"日景寻路"专栏。

如果说李长声着重读书札记,姜建强着重史料思考,那么可以说,万景路着重生活碎片的拾遗。正如姜建强所说的那样:"在一个失去意义的时代,章节目式的宏论已经式微,取而代之的是碎片书写的'颠三倒四',在不经意间将历史的大珠和文化的小珠落入玉盘,倒也呈现出世界和生命的切切声响和多重色彩……有时,意义就在玉盘转动的不经意间生出,给予启迪和不枉然。毫无疑问,万景路这本书的意义也在这里——启迪和不枉然。"万景路随笔写作的最大特色,是对日本生活细节处的真实还原、素朴有趣,紧要处又不乏对日本文化的辛辣讽刺与黑色幽默。《灰暗的日本人》一文中,他指出日本的武士道说穿了就是死道,随时要为主子赴死的,因此说:"武士心理就难免阴翳,所以我们在电视里也几乎很少看到武士的笑容。如此种种,也都影响到日本人的心理趋于灰暗了。"再如他谈到日本女子和服恰到好处的"藏"与"露"时,他认为"是牵系住日本男性那颗不安分之心的最好的灵丹妙药,'女为悦己者容',在日本应该改为'女为悦己者色'才恰如其分"。他得出结论是"一藏一露,也再证了日本文化中那份浓郁的暧昧成分"。可能与移居日本时间较长有关,万景路随笔的中文表述中时常夹杂着日语表达,例如:"从音乐方面来看《君之代》,也说明了这样一个道理,它虽然没有中国、美国国歌那种激越与亢奋,但却在日本人贯穿古今的'知伤感之心'的'我慢'中,孕育出了无穷的生命力,并将其转化为决绝的意志。"这么精到的解读,却因为日语"我慢"让那些不懂日语的读者感到理解上的困惑,即便是文章的前半部分对该词已做了补充说明,但在这里仍需要做注释,这些都应该从读者的需求上对文本语言再做准确调整。

由于是文化随笔,这些知日派作家作品的共同特点是很明显的,各自选取在日本感兴趣或擅长的领域,或讲述文化知识,或评析世态人情,兴之所至,笔随心动,闲适轻松,睿智幽默。同时又因为他们是越境写作,呈现出多元文化兼容状态的同时,边缘化写作状态也凸显出来,不仅有着生存的边缘性,也有着文化上的边缘性,思考与写作在母国与所在国之间游离。《寻找身份——全球视野中的新移民文学研究》一书写到,日本《新华侨》杂志曾组织在日华人作家李长声、靳飞就所谓新移民文学进行座谈,这些作家痛切地指出了新移民游离于中国、阻隔于日本、封闭于华侨社会小圈子的现状,用在中国和日本"两边不是人"来形容这种多重性的边缘处境。这种边缘性,不仅体现在日华小说的创作上,还体现在散文、随笔的创作上。

武汉大学张益伟的博士论文《1990年以来日华文学的叙事学研究》,从正面意义上分析李长声的边缘性写作:"对日本知识和文化的剖析不是每一个在日华人作家都能做到的。就像李长声说的,'侨日不等于知日',表面上的走马观花在他看来都不是对日本文化的恰到好处的把握,只有从细微处和深层次中看日本,才能捕捉日本文化之所以是这般的奥妙'深义'。由此可以看出李长声的边缘文化立场,他完全是站在一种独立知识人的位置上看待日本和中国,这样,在他笔下的中国既需要不断地自我批判,而日本也并非是中国人想象中的天堂。"但从另一面来看,尽管是成熟稳健的独立知识人形象,但摆脱不了边缘文化身份的干系,因此,随着中日关系的不断变化,他们的立场与思想多少都要受到冲击与影响。这些微妙变化之处,就体现在他们对日本某些文化或事物赞许的同时,总不忘在最后添加一笔对日本的挑剔或揶揄,毕竟他们著作的消费主体在母国,无论如何在他们心里装着的仍然是母国的读者。当然,这些随笔作家们在正常的国与国的关系下,都会尽最大可能保持客观态度,去审视日本文化或中日之间的文化比较。

随着全球性数字时代与消费时代的到来,"知日派"随笔创作又受到快餐文化的冲击与影响。尤其是现代生活节奏加快,当下浅阅读成了主流阅读方式,网络媒体为顺应这种潮流,逐渐推进快餐文化模式,随笔的创作在内容上、篇幅上与思想上越来越迎合读者的口味,甚至媒体在标题上做文章,比如前述姜建强的《下流日本为何成了中国有钱人的后花园》一文,作者用的原标题是《一个失去30年的国家又为何成了中国有钱人的后花园》,网络编辑的"标题党"行为,就是在网络中故意用较为夸张、耸动的标题以吸引读者点击观看文章的一种行径,这当然不是作家的初衷与意愿,但媒体对作家的要求是这样存在的。这种短平快的文化快餐式随笔,难以在艺术上精雕细琢,缺少文学作为一门艺术的那种厚重感,但好处是能拉近文学与读者的距离,同时也提高了随笔作家观察生活的敏感度,增强作家对现实生活的关注度,提高作家对流行元素的快捷反应,激发作家的创作灵感与欲望,同时也增加了文学的多样性,强化了文学的时代性。前述随笔作家万景路的写作趋于这种模式,比如西方情人节来临之际,他在专栏就写下《日本是怎么把情人节巧克力变成职场文化的》。但因为还有姜建强与李长声的那些稍有长度或厚度的随笔,所以短时期内"知日派"随笔将呈现出多元并存的模式,读者可以按需选读。

综上所述,无论是"文化知日第一人"李长声的"闲话"创作,还是随笔"黑马"

姜建强的"另类"写作及随笔新秀万景路的"碎片"书写,这些活跃在当代日本的华人"知日派"随笔作家作品,是中日文化关系下的一种有着历史经验的文学产物,是其他语种诸如英语、法语等国家的移民文学(越境文学)中不多见的一种文学现象。成果丰硕的在日华人"知日派"作家将引起世界汉语文学界的关注与重视,同时他们的边缘性写作与快餐式写作也将成为学界进一步探讨的话题与焦点。

二、中日之间"距离"与美的徒劳

杨逸的闪亮登场,在中日之间立起一座文学的灯塔。华人用日语写作,在异国获得最高文学奖项,其价值不仅在于"跨"语言的实践业绩,更具有"跨"文化的理论意义。而且,其作品所提出的问题,是"跨"时间的。正如杨逸曾对笔者说:"我们当时完全不明白的事情,时间和历史都会告诉我们答案。"

日本文学振兴会2008年1月7日公布了第138届"芥川奖"和"直木奖"候选作品,中国人杨逸因其在2007年12月《文学界》上发表的作品《小王》而获提名。

在谈到杨逸的《小王》时池泽夏树说:关于《小王》是否获奖,评委们一直到最后还在争论,杨逸把日本文学中所没有的素材,把我们不知道的文化,或者说我们已经忘却了生存方式,从中国带到了日本文学中。总之,主人公小王的生存方式,她的执着和充满朝气,在我们这里似乎已经不存在了。而中国农村的贫困和结婚的成立过程,也是我们已经忘却的存在,在这里,文化的比较也历历在目,这是非常重要的。如果作者不是超越了国境和文化,到我们这里来,学会日语,这些重要的东西就不会传达给我们。从情节来看,也充满了戏剧性。另外,对各种微妙的人间关系的描写也非常出色。可以说,这部作品把一股清新的气息吹进日本文学中。

为什么这部作品会把一种"日本人已经忘记的""清新的气息"吹入到日本文学中呢?这与作品在中日文化的对比中选用的新鲜素材,两种文化在接近与冲撞中产生出来的距离感,以及距离感中衍生出来的"距离的美学"有着直接的关系。

在这部作品中,小王奋不顾身地投入"距离",而新的"距离"使她不仅不能成为一个真正的妻子,也使她无法在日本成为一个独立的人。她陷入寂寞与孤独的精神荒漠中。她和"距离"苦斗,身姿笨拙而执着,她用一种可能实现的外在的形式,与内在难以消除的"距离"拼搏,正像那些穿着中国马褂和运动鞋的日本新郎,拉着黄牛上盖着火红盖头的新娘,走进幻觉般的乌托邦,再走进21世纪的日本一样,距离和鸿沟是难消除的。小王在日本的婚姻中既没有得到由性所肯定的婚姻的实质,也没有作为妻子在经济上的安全感。她在介绍中日婚姻的过程中爱上了开蔬菜店的土村,她觉得他粗糙的、带着泥土气息的大手,有一种深笃的安全感。然而也正是小王自己制造了她和土村永远的距离,她一手操办了土村与吴菊花的见面与婚礼,她完全没想到她在这次介绍国际婚姻得到的75万日元,其实是用来制造她爱情坟墓的费用。

小王在克服爱与性的距离的模拟中,发现了克服这种距离的可能性,但是她用自己的手,在这种可能性和她自己之间制造了新的距离。她试图逃离客观现实的距离的陷阱,同时又用自己的手为自己制造了新的距离的陷阱。距离对于她这种生活在两种文化的交界处的边缘人来说,是一种永远的宿命,无论她是渴望还是憎恶。

距离不仅构成了这部作品的内在的张力,在语言与表现上也构成了一种"距离美学"。笔者所理解的所谓"距离美学",就是从作家与所表现的人与事物之间一个适当的距离中产生的美学效果。苏轼诗云:"不识庐山真面目,只缘身在此山中。"作家如果过于被一种文化同化,失去了与这种文化的距离,往往会失去对于这种文化以及在这种文化中成长的人的客观与全面的视点,容易产生偏袒或者嫌恶的感情。另一方面离这种文化的距离太远,就难以看清这种文化与在这种文化中成长的人的具体形象,而处于这个遥远的距离中的作家,要描写这种文化与在这种文化中成长的人时,就只有用自己凭空的想象来弥补视界的模糊和力所不及,当然,这种描写不可能是客观且公平的。

到目前为止,作者杨逸的人生一半在中国度过,一半在日本度过,这使她十分了解中日文化及在这两种文化中成长的人的个性,但是却没有被其中的某一种文化过度同化的倾向。她站在一个恰到好处的距离并运用具有"距离的美感"的语言,描写在中日文化中生活着的两国的典型人物。语言直率而毫无拖沓的演进,使内容获得了极大的丰富性。《文学界》的总编船山千雄先生对笔者说,杨逸的《小王》是在1 700多篇应募作品中脱颖而出的,作品很有深度,也很有意思,在日语表现上也很有特色。一般日语的表现比较委婉,而杨逸的日语表现比较直接,这样反而更有力度。

在日本文学中,无论是诗还是叙事文学,都强调描写的精确与自然,日本文学的长处在于,最精心地截取一段最富有表现力的自然与人文景观,然后最自然而平实地加以描写。他们不习惯于李白"白发三千丈"式的夸张,而对芭蕉"古池呀,青蛙跳水的声音"式的平淡情有独钟。而《小王》的表现可以说更接近于"芭蕉式"。它选取的素材非常精彩,但是它的叙述非常自然、宽容,不带有中国人对日本人的偏见,也没有日本人对中国人的轻视,它毫不夸张地描写中日两国人物的可爱、滑稽和人性中固有的清爽与黏稠,自私与热忱,自轻自贱和自不量力,但是没有来自站在两国特殊文化视角的偏颇,而只有一个对人性深切而毫无偏见的关怀的自然视角。这使作者笔下的人物,从中日两国的生活呼之欲出。

为了逃离伤痛而渴望"距离"又陷入"距离"的深渊而和距离苦斗,和"距离"搏斗而又制造了新的"距离"——小王像每天周而复始地在推动巨石的希腊神话里的西西弗斯,她的奋斗是一种徒劳。然而尽管是徒劳,她仍然用尽全力地活着,用尽全力地工作,这正像西西弗斯,徒劳而永不休止,这徒劳本身就是一种悲壮,这也可能就是池泽夏树所说的《小王》的意义所在。

西方人所表现的徒劳,往往带有非常浓重的悲剧性。有趣的是,在东方的文学与宗教中,也有很多典型的有关"徒劳"的表现,但往往体现了与西方式徒劳完全不同的意境。如担雪填井,纯粹就是一种"徒劳"。解释这个公案的人说,这是对一种永不完成、无始无终的宇宙精神的体认,正是这种摒弃世俗的目的性的"徒劳",才能使人体认生命,融于宇宙精神的无限的广延性,正像雪融于水一样。而目的性本身没有"无限的广延性",是一个"终止符"。

在传统的日本文学中,徒劳往往也是一种美。日本作家川端康成所写的小说《雪国》,可以说表现的就是一种"徒劳"之美。然而在川端康成看来,这虚无中的爱是极美的,它"虚无得像一朵濡湿的花"——不是为了其他的目的而开放,而是为了开放而开放。花的美在于它为花而红,而黄,不在于它会结出有实用价值的果实和种子。虚无的爱正像花一样,爱本身就是价值,虽然它是不能实现其他目的的徒劳,然而它是美,是生命之花鲜活的美,美的价值在美本身,而不在于实现某种功利。

《小王》也是如此,逃离伤痛而渴望"距离",又陷入"距离"的深渊而和"距离"苦斗,和"距离"搏斗而又制造了新的"距离"——她的奋斗从结果上看是一种徒劳,但这个过程却是执着而充满朝气的,是拼命地活着,这种生存的方式本身就是美的。

2008年7月15日晚,第139届"芥川奖"揭晓。继中篇小说《小王》获得文学界新人奖以后,中国籍作家杨逸又以小说《浸透时光的早晨》摘取了"芥川奖"的桂冠,这是中国人首次获此殊荣。日本"芥川奖"设立70多年,100多位获奖者中,杨逸是唯一的母语非日语获奖者。"芥川奖"评委高树信子认为,获奖作品是一部细腻描绘人生苦恼与悲喜的青春小说,它以"触手可及的新鲜度"写出了一个人拼命生活下去的强烈意愿,这种感觉只有跨越国境的作家才能体会得如此真切。这是一部出色的"个人史",最近20年以来,日本作家已经没有人完成这样出色的"个人史"了。

这部作品描写两个从偏远农村考入大城市的秦都大学的梁浩远和谢志强,"完全像是从黑白电影,一下子跳进了彩色电影的银幕中似的",进入了色彩斑斓的校园生活,使他们兴奋地在早晨来到校园里的湖畔大声喊叫,由此获得了"向着寒空嚎叫的二狼"的"雅号"。而校园生活中最使他们兴奋的是文学,最使他们崇拜的是中国文学系的年轻教授甘凌洲老师,他那"在流动空气的节奏中震颤"的读诗的声音,使整个大讲堂鸦雀无声,呼吸骤停,戴望舒那"寂寞的秋的清愁",渗透了两个在黄土、黄房、黄土墙的"黄一色"中生长的梁浩远和谢志强的心扉,使他们完全沉醉于诗那缥缈与美丽的梦境中。

就在这时一场"风波"掀起,他们的偶像甘凌洲老师成为这个城市中的运动领袖,他抑扬顿挫的声音在市政府的广场响起,无尽的浪漫正在演变为崇高的悲壮,把"二狼"带入浪漫的诗之梦境的甘凌洲教授,自然也把他们带入了"为民族献身"的悲壮之中,更何况在甘教授的身旁一直陪伴着美丽的、有着"像在清泉里摇动的大葡萄粒"似的美丽眼睛的女生白英露,就像年轻的宋庆龄永远陪伴孙中山。这使悲壮中更渗透了美丽的爱情浪漫和历史的芳香,在浩远和志强心里沸腾着的,是"比血更浓的东西,完全像喷火的油一样,幼年和少年时代所读过的令人憧憬的革命英雄故事在脑海中浮现,被杀害的刘胡兰,手举炸药包去炸敌人碉堡的董存瑞,为祖国奉献出自己的生命的无数英雄们的雄姿,像电影画面一样在脑海中流过,要把自己的一切奉献给祖国,这个时刻现在到来了"。

他们相信美丽的浪漫与崇高的悲壮一定会结出美丽与崇高的果实,正像美丽的花朵一定会结出芳香的果实一样。

然而运动过去了,他们都因为与"污辱民主运动"的市民殴斗被开除学籍。谢志强流落在打工的民工队伍里,而梁浩远由于与战争遗孤的女儿结婚来到日本。

梁浩远是一个知行合一的人,来到日本后他坚持参加民主派的活动,但是每次集会都使他无限失望。一切悲壮都变成了面对生存的无可奈何的叹息,有气无力的挣扎,用尽心机的经营,没有浪漫,没有理想,曾在民主大旗下呼号的悲壮在生存和时间中泛黄、风化,风化得斑驳陆离,面目全非。在这美丽、浪漫与崇高的悲壮凄楚的风化中,作者暗示了个人与民族在历史悖论中的徘徊、疑惑和艰难的选择。

首先,悲壮能否创造历史?悲壮是个人道德完成还是献身祖国?悲壮有时会永远地留在历史中,但是它对新的历史并不一定有真正的意义。如果悲壮有时只是一种个人人格的完成,那么一个无法养活自己和身边的人,无法让他们生活得更好的悲壮的革命家,和一个兢兢业业为自己和家庭生活得更好而小心翼翼生活着的普通人,哪个更有意义?从小处着眼,这是个人与革命的命题,从大处着眼,则一个国家究竟是先富强还是先民主的问题。作者在作品中巧妙地用细节暗示这一点,使她的作品在不经意的点染中具有了历史的厚度。

笔者认为,也许这是这篇小说的价值所在,从微观着眼,它体现了一个"知行合一"的正直的中国知识分子,在个人生存和国家命运的历史波涛中遇到的艰难悖论,同时也暗示一个国家在世界潮流与历史波涛中的艰难选择。

梁浩远劝儿子明天早晨去看朝日,告诉他朝日是无比美丽的。这就是"浸透时光的早晨",新的时光托起了美丽的早晨。杨逸曾对笔者说过:我们当时完全不明白的事情,时间和历史都会告诉我们答案。

浩远对故乡的思念仍然不失浪漫与悲壮,但是他已经不为悲壮的错位、风化与不可承传去愤怒和痛苦,他没有去纠正儿子,坚持是美的,但是变化也许更美。世界在变化,他和儿子理应有不同的故乡,他凝视着儿子的脸,微笑着说:"回家吧!"

也许,儿子也是"浸透时光的早晨"吧?

三、弥生:日籍华人的中国形象

2016年,现代出版社出版了日本华人弥生的诗集《之间的心》。《之间的心》抒写的是游走于中日之间的痛苦体验。作为一名女性诗人,弥生的心格外敏感,乡愁在她笔下浓得化不开。其实,那是人类共有的乡愁。那记忆里的中国形象,经过时间与距离的风雨,发生了什么变化? 亲切而陌生,沧桑而美丽,热烈且深沉。虽是"微诗",价值不微,由此亦可看出华人作家作品研究的价值。

关于弥生,诗集扉页上有所介绍:弥生,原名祁放,山东大学中文系毕业,日本中央大学文学硕士,自20世纪80年代起追随朦胧诗派,进行诗歌创作。兼任日本东京外国语大学中文系讲师,日本华文文学笔会理事。

弥生的诗集中有大量的"微诗"。她与她的朋友们在日华文学圈里常进行"微诗"活动。弥生在《之间的心》后附的随笔《"微诗"给我的温馨》中这样写道:"关于微诗,国际华文微诗群定义为:以微信为主要载体,发表和传播的四行诗。至于为什么是四行,说是因为微信朋友圈显示一般都是六行,除了题目、作者名,不用读者再去点读全文,最方便阅读。"

《之间的心》第一首诗《之间》便是一首微诗:

  扒在字与纸的缝隙里张望
  坐在水跟石的碰撞处冥想
  何时已成为面包夹着的火腿
  在口水里　无奈历史的悠长

诗人通过这首微诗解释了"之间"二字,即身为海外华人,夹在两个文化之间,夹在过去与现在之间,夹在历史与现实之间,夹在两种性别之间,诗人一直徘徊在一个无奈又矛盾的状态中。这部诗集是诗人作为在日华侨,立于"之间"对中国作了一次诗意的回望。

诗集一共收录了117首诗,其中出现次数最多的是描写中国乡村图景和回忆母亲的诗。从对家乡的回望和对母亲的追忆中,可以找到诗人心目中的中国形象。诗人的独特身份带来的独特视角使得诗人的作品有着不一样的研究价值。

旅美散文家王鼎钧曾说"乡愁是一种美学"。安土重迁的传统思想,使每个离家的中国人都有乡愁,隔着一道道海峡的海外华人的乡愁尤其浓烈。余光中的《乡愁》仿佛刻到了我们每个中国人的骨子里,经典的句子随时都能背诵出来。弥生在《之间的心》的最后,将一首诗献给了余光中——《在美丽的地方遇见你——致余光中》:

> 曾遥远地仰望你
> 不只是北方到南方的距离
> 当你的船票已经泛黄
> 上面隐藏了
> 我咸咸的泪滴
> 海峡曾是天涯
> 我把你的乡愁刻在背上
> 为离你近些
> 走进飘散的樱花里

《之间的心》中多次出现了乡村生活图景的描写,如《劳动》:"烈日下拣麦穗是童年的记忆/每一粒都与革命相关/妈妈的面袋已瘪成旗帜/孩子收获的是书记的称赞"。诗中还原了一个年代背景,含有多少辛酸苦辣!

弥生在诗集中总共有10篇提到了自己的母亲,其中《记忆母亲》的第一节这样写道:"那一年蜡梅开着/清晨的那声啼哭/让疼痛的女人变成母亲"。诗人用"蜡梅""清晨的啼哭""疼痛的女人"几个词语直接塑造出了一个坚强的母亲形象。诗人啼哭着降生了,疼痛的母亲是诗人的原风景。第二节与第三节写的是:"你温暖的笑颜抓住我/也抓住一个柔软的童年/没有苍老没有皱纹/你始终美丽/一支粉笔/写满了你生命的黑板"。母亲的温暖笑颜是诗人童年的美好回忆,母亲的美丽刻印在诗人的心里,粉笔在这里代表着母亲的智慧。到这里,一个温柔、美丽、坚强、充满智慧的母亲形象呈现在读者眼前。

在《归宿》一诗中，诗人用了"匆忙"二字描述母亲的离世："那一天母亲走得匆忙/留下半句话让我想象……他们就这样和土地一起迎着日出/野花成为唯一的守望/家在那儿画了句号/一条河界隔开儿女情长/失眠在夜深人静/也会在熙熙攘攘的街上彷徨/我归向何处/我如何思想/风或许知道/云也故意躲藏/所有的人都不告诉我答案/我只好一直在路上"。母亲的离世，让诗人感到迷茫无所适从，不知归处。母爱的缺失，催促诗人踏上了前行的道路。1984年，在一股留学浪潮下，诗人揣着自己的诗奔赴日本。

《彷徨日本——在日中国人写真》中也写到弥生这段经历。那时从"文革荒原"上"崛起"的一代诗群有北岛、舒婷们。那诗群里有我，有你，多好啊，我们开始响亮地呼唤爱情，张扬自由。然而，不承想这"自由"竟成了"资本主义自由化"，招致批判。弥生首当其冲。

残阳如血。黄河涛声呜咽。黄河边少女徘徊。弥生说她那时死的心都有了，但终究没死，也许就是因为黄河，也因为母亲。在这里母亲不只是一个"人"那么简单，母亲还成了诗人的原风景，以母亲为界，母亲的离世便是诗人踏上他国土地的开始。在后面的人生经历中，母亲形象与祖国形象难以分离。1977年，上海电影制片厂制作的电影《祖国啊，母亲》使广大人民群众对"祖国"一词与"母亲"一词的连用产生了巨大的认同。这种母亲与祖国形象的置换，也与时代背景有着很大的关系。母亲形象的构建从五四时期开始的尽力"神性"的精神化到20世纪40—70年代被推崇到极致，母亲成为祖国、党、人民的代称。特别是"文革"时期，人性被极度地压缩，于是，祖国与母亲互相置换的表述，就无法从这代文人身体里分离了。"文革"的历史给舒婷这一代女诗人们太多的烙印，"小我"必须融入"大我"的重负，使她们没有足够的力量与勇气将母亲形象真正还原为个体女人。与舒婷同一时期开始追随朦胧诗的弥生，自然跳脱不出这个时代的框架，《之间的心》中，母亲般慈爱、包容的中国形象跃然纸上。

弥生所处的海外华侨的位置，让"母亲"一词与"祖国"一词更加贴近。作家们常常会试图通过讲述母亲的故事还原祖国。美国华裔作家谭恩美在作品《灶神之妻》中，将母亲和女儿分别同东方与西方画上了等号。母亲的故事就是母国的文化，是历史的记忆。小说中母亲讲述自己的故事，就是在给女儿传达着一个属于中国的形象。母女之间的相互冲突就是东西方文化之间的冲突,母女之间最终相互理解,指向的是东西方文化相互理解与融合①。

诗人频繁地纪念母亲,便是诗人在他乡对故土、故人的反思。诗人已距离母亲的时代很远,从诗人的角度回看母亲,已经有些陌生,或许有些事情已然忘记。同样,诗人眼中的中国,自远离她起,就开始变得陌生。

诗人站在远离中国的他国土地上,以他者的视角回看中国,比起别人多了一分冷静,多了一分对中国的忧虑。

弥生在诗集后的散文《敞开的心》中坦言:自己或多或少、自觉不自觉地,会去用别的文化的长处去比较中国文化的短处,用别的社会的文明去抨击中国社会在发展过程中所呈现的弊端,用别处的风景去讥讽国内因建设而产生的破坏。这种心态受到了当今世界的中国形象的影响。弥生站在外面看中国,同时看到了中国因飞速成长的经济带来的崛起和经济过快增长产生的不平衡现象。这种心态是海外华侨无法避免的,然而弥生仍情不自禁地回归乡土,寄情乡愁,从逐客浪子的心态最终转变为回归精神原乡的情感。许多海外华侨都不约而同地选择了这样的道路,这也是当代海外作家的乡愁能打动人的原因,也使得弥生这样的日华作家有着特殊的研究价值。

李怡曾在《"日本体验"与中国现代文学的发生》中提到:"如果说留学英美的中国知识分子主要是为我们带回了一系列自成体系的西方文化资源,那么留学日本的中国知识分子却常常陷入一种难以言述的文化纠缠于生存纠缠中。"我们读到日本国籍与中国原乡的矛盾,造成了弥生在身份认同上难以排解的彷徨与焦虑,游走于中日之间的痛苦与自由,弥生的诗歌实践是相当有意义的。我们期待她的突破与收获。

四、哈南:中国记忆与日本形象

哈南,本名徐金湘,男,1949 年 10 月出生于福建省莆田市,"文革"中上山下乡,1978 年考入福建师范大学福清分校中文专业,毕业后留校执教,1984 年调莆

---

① 谭恩美:《灶神之妻》,张德明、张德强译,杭州:浙江文艺出版社 1999 年版。

田市委宣传部工作。他1988年赴日本,先就读于东京王子日语学校,1990年进日本国立琦玉大学大学院修中国文学研究,1992年就职日本东洋电机株式会社,2001年取得日本永久居住权。现住北京和东京两地。1978年开始文学创作,在《厦门日报》和《福建文学》上发表短篇小说,两次获"福建文学奖",1980年加入福建省作协,1988年发表的《唐平县委有两个秀才》入选《小说月报》。赴日后曾停笔,进入21世纪后重新开始写作,陆续在《收获》《上海文学》《钟山》等文学刊物发表一些中篇小说,小说入选多种年度选本及《中篇小说选刊》。

近年来,周宁的《天朝遥远:西方的中国形象研究》以形象学为方法问世并影响着学界,李怡的《"日本体验"与中国现代文学的发生》将"日本体验"上升到与中国现代文学的发生有关的高度,而曹惠民的《华人写作在日本》指出"想象扶桑"和"记忆华夏"是旅日作家创作的两个中轴。日本新华侨在异国思乡,记忆里的中国包含创伤与反思。创伤记忆是一种深刻的文化记忆。记忆中的中国是一种想象的中国。

哈南的《北海道》是一部旅日华人的中篇小说集。作者以海外的视角来观察世界,叙说了在日华人的生活及其怀乡情结。《北海道》题材广泛,视角新鲜。比如写留学生,不写漫长东瀛路的艰辛,而写他们站稳了脚跟之后所面对的茫然,以及与他们在日本出生的"日化"孩子之间的"代沟"。写嫁给了日本人的华人女性,她们自以为把曾经有过的情感留在了国内,生活已经有了重中之重,可是没想到有时候那轻盈的一缕也会漂洋过海,成为不速之客。哈南的笔下有时候是回国和在日本生活穿插进行,有时候则被国内变革的大潮所吸引,海归而流连忘返。

文化的融合与碰撞从来都是小说诞生的重要因素。《猫红》(《钟山》2016年长篇小说A卷)是一篇"与时俱进"的长篇小说,它深度介入当代变动中的中国,揭示当代旅日华人跨界生存的生存模式及其"之间"的精神状态。停薪留职到日本的机关干部成之久非法滞留,从事古董中介生意。他的生活始终笼罩在老家人与事的"影响"下。成之久在家乡和日本之间的关系,就是他在妻子和惠久美之间关系的平衡,他所有的努力就是为了"维持现状"。在办理与家乡妻子假离婚、与日本相好"假"结婚的过程中,哈南将"侨乡"不可为外人说道的出国经验、流程细节以及"侨乡"留守的另一半、"侨乡"民众的心理细细道来。"侨乡"的舆论,"侨乡"的道德是"宽容"而有弹性的,"侨乡"的价值观是扭曲的。妻子和乡民用"合理的"想象建构着成之久的日本生活,成之久活在妻子和乡民不容置疑的"无理的"想象中,无法为自己辩解。"你们看,那个在日本生了个孩子的男人回来了",和寄钱回老家盖别墅一样,都值得夸耀,并成为一种"美谈""时尚"。作为"大老婆"的身份则是必须坚持的,穿正红的衣服见日本女人,要"认"这个日本女人,来一个全家福,挂在"咱们"这新居的大厅里。"过房"是老家一件头等大事,妻子在老家风风光光地"办了该办的"。成之久虽然不在场,可是那座新居让老家所有的人有目共睹。尤其是当人们听到房产证上写的是家乡妻子的名字时,开头脸上稍微现出点惊讶,可紧接着便换上了肃然起敬的表情来……而成之久只能是隔山隔水地意淫了,想象自己也到了场,被众多的乡亲簇拥着。比这更惬意的是妻子也给了他好看的脸色,是夫妻恩爱的那种。

在哈南的小说中,日本人往往显露出精明、狡诈、虚伪的一面,他觉得"日本人进口了那么多的外来语,大概已经忘记了他们的祖先是怎样给这种天经地义的行为下定义的","日本人赤裸裸的";小说中的天斌"从来没有得到过一个日本工头的赏识。在日本人的眼中,他是一个典型的东亚病夫","那个日本人一开始就令天斌那样地生厌,用那张脸去扮演一个穷凶极恶的日本兵是再合适不过的"。对于日本的恨,他们往往会联想到"抗日战争",这种对日本的刻板印象与现今抗日题材的电视剧有着异曲同工之处。

即便小说中那些日本人有着虚伪狡猾的一面,但对哈南而言,日本又有可"爱"之处。虽同样作为东方国家,但是两国在处事方式上有着截然不同的风格。至少日本人在表面上是含蓄的,不喜欢出风头。如《猫红》中苏国强与吴元华二人来到新宿的歌舞伎町想找个小姐,买了门票后苏国强对卖门票的说"本番(意为动真格的)……",吴元华在旁边用英语补充"sex(性)……",遭到卖门票的谩骂。

在哈南黑色幽默的笔下,这些中国人对于自己的过去只字不提,正如他对自己及自己小说所评价的:"总是在躲着什么。"在日本死不松口生怕说中国话暴露自己的身份,而在过海关时中国话脱口而出并且"十分标准"。早已舍弃的中国身份在重新踏回中国的土地时被拾起,"有时候一个人的语言会比护照更能够证明自己的身份"。

五、陈永和：身体语言与性的忏悔

日本新华侨女作家陈永和以"女扮男装"的"我"叙述历史，通过"身体"书写特殊时期底层人物的命运，审视身体与身份、权力、性的重重纠葛，特别是揭示了从性虐到享虐的女性悲剧。不同于往常灵魂深处闹革命的《一九七九年纪事》（发表于2015年《收获》杂志，2016年获"中山文学奖"），以身体性忏悔的冷静，对当今社会具有现代性意义的问题进行深入探讨。

20世纪以来，对"身体"的关注成为现代和后现代的一个重要议题，哲学领域对身体的重新发现引发文学的深层探讨。福柯对身体研究的最突出贡献是，明确了身体"是文化性的，联系着丰富复杂的社会文化和意识形态话语"，成为"一种被分裂与规训的肉体"。可以说，身体承载着历史印记，并诠释着被历史摧毁的过程。陈永和的长篇小说《一九七九年纪事》揭示的就是身体被历史摧毁的这个过程。1979年，经历过"文革"的人还来不及痛定思痛，历史就已急转弯；1979年，有位老人在春天的南海边画了一个圈，中国经济从此神话般地崛起。这部书成稿于20世纪80年代，后几易其稿才定格于《一九七九年纪事》这一看似简单的题目，实则含有深意。

作者陈永和借男性的"我"叙述历史，却并未改变她的女性主义视点。也许这种"女扮男装"，不失为一种高明的写作策略。由于是男性，20岁的"我"才可能被安排在火葬场工作，才可能爱上一个被迫躲在精神病院，美丽绝伦的"梅娘"。作者将小说的"场"设在"火葬场"和"精神病院"，背景是"疯狂时代"。出场或不出场的人物，皆逃不脱疯或半疯的命运。

而"我"一次次努力对他人的"拯救"，都使"我"陷入更深的迷惑和崩溃，都使《一九七九年纪事》具有深刻的现代性意义。

陈永和成长于福州，之后留学日本，目前两栖于北海道和福州。作家陈希我谈及陈永和时讲到：地域是精神概念。这里谈及的"精神"，是"精神病性"，是"精神黑暗"，是"人性黑暗"。那"地域"又是什么？1979年的三坊七巷与台江三保，在福州是两个完全不同的街区，蕴含着"身份"的差异，以及身份背后的"精神黑暗"。陈永和主动离开故乡又时常返回故乡。故乡是身体生生死死的地方，是

"生死场"。在"生"的故乡看"死"的火葬场,从"精神病院"求生或求死。这种清醒而冷静的生死意识,使这位女作家驱笔深沉,不乏哲理。

作为一名日本新华侨女作家,在经历两种文化的冲击与熏陶之后,面对历史、面对人性、面对生存等现代性问题的思考,产生了不同于本土作家的角度和深度。这种独特的角度和深度,使文本更具有文学价值。一方面,作为"文革"的见证者和经历者,促使她对这一疯狂年代进行深刻的历史批判与反思;另一方面,作为长期旅居日本的作家,异国文化的感染与碰撞,使她能够尽量以国际性的文化视野来反思现代社会。在现代性语境下,我们该如何重新看待历史,如何面对现代性的焦虑与困境?站在日本这似近非近的彼岸,站在今天审视那并不遥远的历史,独特的空间与时间距离产生独特的视点,使其作品具有不同于一般作家的清醒与冷峻。

福州的文化遗产三坊七巷,是当年的达官贵人聚集居住的地方。陈永和小说中的重要人物芳表姐就属于这里。阶级的身份,使与生俱来的身体发生可怕的分裂。小说一开始就揭示了这一分裂,指出这种看似因外在身份的矛盾带来的不相容,实则是身份背后所代表的文化、心理和精神的不相容。林家驹自认为属于工人阶级,政治身份的优越性让他自负又自傲,这种人性的扭曲和黑暗通过"身体"暴露无遗。

尼采之所以提出对一切价值进行重估,就在于他发现了"身体"的奥秘——"权力意志"。他写道:"我们的物理学家创造上帝和世界的那个无往而不胜的'力'的概念,仍必须加以充实。因为,必须把一种内在的意义赋予这个概念,我称之为'权力意志',即贪得无厌地要求显示权力,或者作为创造性的本能来运用、行使权力,……动物具有的一切欲望,也可以说成是'权力意志'派生出来的;有机生命的一切动能来自同一源泉。当人拥有权力,就可随时脱下文明的外衣,显示动物的本性;权力通过对身体进行规训、禁闭、压迫,使之驯服,产生异化。我们看到,权力一旦彰显和扩散,人性便被扭曲了。"

小说中的儒谨被关在一间满是老鼠的屋子,在书里写满"老鼠"的字样,每一页每一行每一个缝隙。因为眼前满是老鼠,心里充满老鼠,到最后儒谨也变成老鼠了。与老鼠做伴,与老鼠为伍,只有把自己变成老鼠,才能在老鼠的世界中待下去。我们不无恐怖地看到,"身体是在世界上存在的媒介物,拥有一个身体对一个生物来说就是介入某一确定的环境,参与某些计划和继续置身其中";"身体以及一切与身体相关的食物、气候、土壤等元素,都是源头兴起之所在"。儒谨身处老鼠的世界,从身体到精神丧失了自己,不得不变成老鼠。陈永和借助老鼠,来批判权力对人的统治。在满是老鼠的世界里,儒谨能做什么?他只能机械地把他头脑里的老鼠重复地写下来,所以他的书,有空的地方就全是老鼠了。最后,异化成老鼠的儒谨,也成了权力的犬儒,成了政治的身体。

政治身体被福柯看成是"一组物质因素和技术,它们作为武器、中继器、传达路径和支持手段,为权力和知识关系服务,而那种权力和知识关系则通过把人的身体变成认识对象来干预和征服人的身体"。统治者通过对政治身体的塑造达到政治目的,即"通过对被统治阶级身体的规训,使他们的身体变得驯服。对身体的规训过程,就好像是对野兽驯化的过程,被统治者的身体成为权力的玩物"。而且,"现代刑罚的对象不再是身体,而是非身体的人的灵魂,身体的痛苦相对于精神的痛苦而言,是短暂的、易逝的,而精神的痛苦则是触及人的灵魂的,是一种更为长久、更令人难以忍受的折磨"。儒谨就是如此,他活着,但真正的儒谨早已"死去",那个有血有肉有温度的作家,灵魂早已灰飞烟灭。

在火葬场停尸房里,疯了的儒谨把铁床上的尸体扛起来靠墙站队,口里喊着:"银棣,你起来!""你们这些牛鬼蛇神,站好了!""现在轮到你了,关根!别以为你是个哑巴,就可以逃过人民的审判。跪下!"此时,疯了的儒谨以关根曾经对待他的方式对待尸体。如果说"疯癫所涉及的与其说是真理和现实世界,不如说是人和人所能感觉的关于自身的所谓真理"。陈永和借儒谨的异化,批判了权力对身体以及精神的摧残与迫害。这是作品中最怪诞、最恐怖、最惊心动魄也是最深刻之处。

显然,陈永和的《一九七九年纪事》持有一种讽刺性的距离。但是,面对性压迫、性虐待,她的女性主义立场使之不得不反抗,不得不短兵相接,直指要害。

米兰·昆德拉在《不能承受的生命之轻》中写道:"最沉重的负担压迫着我们,让我们屈服于它,把我们压到地上,但在历代的爱情诗中,女人总渴望承受一个男性身体的重量。于是,最沉重的负担同时也成了最强盛的生命力的影像。负担越重,我们的生命越贴近大地,它就越真切实在。相反,当负担完全缺失,人就会变得比空气还轻,就会飘起来,就会远离大地和地上的生命,人也就只是一个半真的存在,其运动也会变得自由而没有意义。"①年少无知的"我",自认为要拯救痛苦中的梅娘,却根本不懂女人,更不明白一个女人想要的幸福是什么。甚至,恰恰是因为自认为的拯救,让芳表姐终生处于痛苦之中。陈永和"女扮男装"的写作策略,到此"图穷匕见"般地呈现在我们眼前。

"我",作为整个故事的参与者、推动者及叙述者,肉体与内心也经受着煎熬及惩罚,"身上布满绳索,遍体鳞伤"。"我"想挣脱,想洗净身上的绳痕,"愿意去当个时间的纤夫,要是时间能够倒流的话。那我将重新选择一次我"。可是,时间无法倒流,人生无法重活,"我"最后选择"出国",但是,"出国"能够拯救"我"么?忏悔能够让自己的内心得到安宁么?多年后回国的"我",在离开福州的前一天,把梅娘那把别针埋在精神病院后山的土里,"过去走了,可是将来并没有来。我的将来都已经埋葬在那堆土里了。土干了,地碎了,我的生命也就完了。我愧对梅娘、芳表姐和儒谨。要是我能够,我愿意把我的以后全部献给他们"。"我"必须也只能通过一辈子身与心的忏悔,来弥补过去、拯救自己。精神无处安放,肉体也会随时毁灭。"出国"其实就是"我"以"身体"的形式对自己肉体和精神的放逐和流亡。

"我"的这种自我放逐和流亡,充满"俄狄浦斯式"的悲剧意味。其悲剧性表现在:芳表姐、梅娘、儒谨这些人的命运不会通过"我"的任何努力而得以救赎,"我"愈是想要带他们逃脱,却愈是向命运的深渊靠近,甚至到最后"我"也身处其中无法挣脱。这种人生被命运折磨而又无力逃避的巨大痛苦,使《一九七九年纪事》有不同于其他"文革"作品的"悲剧性"。更深层的悲剧性还在于:"我",恰恰因自己所认为的"强大""知识""智慧",使自己陷入了宿命;"我",从一开始认为自己有义务和责任、有正义和勇气,必须来拯救芳表姐和梅娘,可以凭借万能的知识——"马克思主义""萨特"的指导,可以通过自我选择帮助芳表姐和梅娘摆脱命运的牢笼,走向自我解放和自由。可恰恰是,因为我的这种"智慧",在不知情的情况下犯下了让他人和自己走向死亡、疯癫和流亡道路的罪行。由此我们看到:"我"借这种"俄狄浦斯式"的悲剧形式,折射出对人类惨伤命运的哀痛,以及对人类自身认识能力的无限恐惧与无可奈何。

---

① 米兰·昆德拉:《不能承受的生命之轻》,许钧译,上海:上海译文出版社2010年版。

最后,我们不得不反思:这个"我"究竟是谁?从哪里来?要到哪里去?

我们亦不难看出,作品中的"我"有陈永和的影子:经历"文革",旅居日本,现在于福州和日本两栖。这些都与作品中的"我"相似。作为"文革"的见证者和经历者,这个"我"的创伤之痛,也是永和的痛。永和与"我"一样,有着两种文化身份。"我"在离国前,选择把"过去、将来、心的一部分,包括生命"与梅娘的发卡一同埋葬在土里,这能显示出多年后此刻的"我"孤独、悔恨、绝望,以至灵魂依旧无处安放;福州已经不属于"我","过去已经过去,将来没有到来",那么,"我"只能是"过去"的"我","我"只能从过去来,也要回到"过去"里去。这都反映出双重身份的"我"对自己身份的迷茫和归宿的不确定。永和也一样,在经历了两种文化的熏陶和洗礼,在两个空间之间的辗转,日华作家的双重身份,让永和"游走于中心与边缘"。正如演员因扮演了多重角色才能真正成为伟大的演员一样,"跨文化作家"因有机会扮演多重角色,"有更多的机会体验现代性语境下的多重创伤,这决定了他们作品的深刻性和现代意识"。"游走于中心与边缘"的华侨女作家永和的作品亦如此。

综上所述,陈永和向我们展示了在"文革"背景下,被迫混合在一个"桶"中的各个阶层、各个人物的交错命运。作品通过身体性异化的独特描写,批判和讽刺了荒唐年代的荒唐身体。她的回忆和故乡福州联系在一起,她离开福州留学日本,思故乡回故乡是所有游子所走的回忆之路。因为故乡就是回忆的源头。但我们发现,故乡不仅是出生地,也是身体的源头。身体是天生的与生俱来,从故乡出发;回忆是后天的源源不断,回归故里。这种出发与回归,既是时空意义上的,更是情感和精神意义上的。

日本新华侨女作家陈永和的回归之路,有别于创伤文学的"赎罪"书写(通过赎罪人的心灵得到净化、矛盾得到化解)。其通过身体性忏悔的这种回归,具有更为深刻的现代性意义,冷静而清醒。我们只能从身体的出生地、从我们的历史和传统而不是"心灵"中寻找救赎的资源和希望。这是《一九七九年纪事》不同于其他跨文化作家的创伤书写之处,也是日本汉语文学对中国文学所奉献的一点"收获"。

六、从"无性"到"性无"——母女两代作家

继日本新华侨作家孟庆华的小说《告别丰岛园》（2012 年出版）之后，其女清美《你的世界我不懂》（2015 年出版）接踵而来。母女两代人皆以汉语执笔，皆以自述体长篇小说，反映了战争遗孤——被祖国日本遗忘的特殊人群的特殊命运。孟庆华为战争遗孤的配偶，持日本永住者身份；清美是战争遗孤的女儿，持日本国籍，但母女两代皆为"另类日本人"。母亲"无性"的叙述和女儿遭遇的"性无"，皆以"另类女性"的特殊眼光及笔触，真实地道出在战争记忆与现代性的混杂中，一种似可告别却无以告别的生存状态，道出"你所不懂的世界"里的日本焦虑。

两位在日本的母女作家的闪亮登场，不仅见证了日本新华侨华人文学 30 余年的艰难历程，而且以实绩在世界华文文学新格局中画上一个惊叹号：请看这块被"你的世界"有意无意遮蔽或忽略的"丰岛园"，请关注日本汉语文学的独特性与现代性。

相对于政治，文学是一种更为深入社会和民心的文化因素，文学固然受制于政治，但又可以超出政治的种种限制，这种超越最典型地体现在更加关注日常生活、血缘情感、异域经验的日本新华侨华人文学身上。他们的写作是介于两种或两种以上的文化之间的，可与本土文化对话，又因其文化上的"混血"特征而跻身于世界移民文学大潮。它无疑为中华文化提供了新的视界与新的空间。从离家产生的乡愁，到身份认同的困境，直至走向精神家园的回归，这种日本华侨华人的心路历程，其实是各国华侨华人以及华裔的普遍历程。

在日本新华侨华人作家们的笔下，对中日历史的一再涉及，已成为小说创作中最具实绩的部分。与同时期中国内地文学中对这段历史的书写相比，日本汉语文学具有明显的"他者"特征，这不但表现为作品中的主要人物都是被历史边缘化的人物，他们远走海外，或从历史的创造者转为历史的遗忘者，或从历史的参与者变为历史的旁观者，而且还表现在作者对这一领域进行处理时流露出一种强烈的"他者"意识。

《告别丰岛园》中的"我"作为中国人，是日本这个国家的"他者"；作为中国知识分子，是日本文化的"他者"；作为女性，又是男人的"他者"；作为母亲，有一半

日本血统的女儿,依然是"他者"的"他者",和她一样站在边缘的边缘,一样用华文书写"他者"的焦虑、迷茫、受伤、感伤。

多重的"他者"身份,使孟庆华的母亲之笔顾不上性别写作,因为面临国家认同,背负战争记忆,她首先是人,作为大写的女人,她甚至比男人更厉害,更尖锐,更尖刻。就这样站在中日之间,她"无性"的叙述却直逼男权社会,成为一道独特的风景线。

母亲为女儿《你的世界我不懂》一书作序,曰:"当有一天,作为日本人的丈夫,要回他的祖国寻根时,我们也只好带着孩子,来到了这个陌生而又繁华的东京,看似风光无限的路,有时也不得不让我们,人前欢笑,人后落寞……"女儿感受得更多,写得更多的恰是"人后落寞"。母女俩同为国家的"他者",但书写内容及风格并不相同。母亲的文本所探讨的侧重点是国家、历史与个人的关系,女儿的文本则直接进入个人与个人之间,侧重无性婚姻与网恋风行的日本。如果说母亲的《告别丰岛园》像一个无以告别的感叹号,那女儿的《你的世界我不懂》则似一串"不懂"的大问号,直指现代"性"。

清美《你的世界我不懂》写的是一个38岁的日本女性洋子在经历了一段"无性"婚姻后,开始在网络上寻找爱情的故事。洋子的父母是在中国成长的日本战后遗孤,20世纪70年代携全家回到日本。看似他人的故事,实则讲的是作者的亲身经历。也许亲临"性无"的遭遇,用第三人称更方便于叙述吧。

母亲是女儿的影子。清美(洋子)随母亲迁居日本,也像母亲一样嫁给日本人,不同的是母亲嫁的是中国养大的日本人,而她嫁的是本土的日本人,竟然遭遇了无性婚姻。"你的世界我不懂"。曾几何时,日本以"好色"著称,而当今的日本居然有三分之一无性家庭!这是怎么啦?有人说日本的节奏太紧张,日本男人是闻名于世的"工作狂",没时间做爱,或者说日本人总怕麻烦别人,把自己束缚得太紧,以至于连做爱都嫌麻烦。莫非这就是所谓的"现代病",严重的日本"性"问题?

真实生活中的她,居然悄无声息地经历了十年的无性婚姻。终于离婚的她,又走进了一个更为难懂的世界——网恋。在形形色色的性"交易"中,爱情早已粉身碎骨。经历无性婚姻后走进似乎自由开放的网恋,洋子碰到各式各样的各国的男人,把浅薄男人的心理看得透透的。那么,女人的出路何在?没有性也能幸福吗？小说的开放式结尾，如梦如幻，没有归宿，不仅留给读者思索不尽的阅读空间，还昭示出作者无从抉择、心怀期冀的复杂心态："洋子眼睛亮亮地凝视着远方，身旁是飒飒作响的法国梧桐。"莫非换成法国的世界你就能懂了？

清美（洋子）无以回答，只是把这些不懂真实地一一道出，于是有了这部长篇处女作："你的世界我不懂，我的世界不但要精彩，更要精致。我的世界的大门已经打开。我在我的世界里等你。等到樱花盛开时。"

也正是在这个意义上，写作成为她，成为华人女性的救赎之路。母亲欣喜地为她的书写序《天遂人愿》，曰："清美长大了，她用她的作品在说：人的一生，不要让错过变成过错。无论时间让我们失去什么，永远都不要失去你自己就好！"

母女两代虽然同为在日本的女性，但面临的日本现状有所不同。母亲在中日历史的不可承受之重下，以"无性"的叙述直逼男权政治；而女儿在现代日本不可承受之轻下，遭遇十年"性无"的婚姻而质疑"你的世界"，两代人作为不同历史时期的女性，书写共同的女性的历史。

性是人类生生不息的根本，是各国文学永恒的主题。所不同的是，在母亲的文本里，对以往历史的深切关注，特别是对中日特别纠结的历史的特别关注，成为重要的书写领域。她"无性"的书写并非无性生活。而女儿遭遇的十年"性无"是真实的无性生活。女性本身对性爱的敏感与渴求，迫使她直面日本"性"问题，也使她的作品具有先锋的现代意义。

清美在《你的世界我不懂》中指出："日本人的私生活是非常隐私的，除非自己想说，一般情况下你不说，也不会有人问的，就是在心里乱猜，也不会明挑。"

也许恰恰是这种非常隐私的私生活，促成日本"私小说"的发展。"私小说"是日本文学的一个传统。它是表达日本民族审美情趣、价值取向、文化心理的一种特殊方式。从这个意义上说，理解"私小说"不仅是认识日本文学的有效途径，也是理解日本文化传统、民族心理的一种方式。日语的"私"翻译过来就是"我"的意思。"自我"可以说是日本"私小说"的灵魂，"私小说"目的就是如实地再现自我；不着眼外部事件的描写，而注重对个人心境的披沥，带有十分浓郁的抒情色彩；在行文结构上有极其明显的散文化倾向。

似乎不同于母亲的"抗日情绪"，女儿对日本更多的是惊讶与思索，是进入与融入。但她毕竟是中国母亲的女儿，作为"家有爱女初长成"的她，生于中国，长于日本。虽然身份属于日本人，但在父母的影响下还是惯用中国人的思维模式看待问题，还能够用汉语流畅地写出《你的世界我不懂》，在看似简单的故事中影射了日本社会的形形色色，其中看似"洋子"实则作者自己的中日比较式感悟，使简单的故事看上去有趣且意味深刻，使平实的语言时而透出思考的力量。

不同于母亲的"无性"叙述，女儿清美的"自述体"漫溢着性压抑。那种类似于"私小说"的性压抑，也令人想起郁达夫创作的那些"自叙体小说"。她在日本以汉语长篇似乎更能自由自在地自说自话，那种絮絮叨叨的内心独白，甚至使篇章结构更加趋于散文化。

有一点值得探讨：在郁达夫的小说中，男主人公的压抑更多地表现为青春期的性压抑，男性之间的同性恋被认为是最美的纯一的爱情。而清美（洋子）却把与丈夫的无性生活归结于"同性恋"而加以憎恶。且不论是否该憎恶"同性恋"，就说简单地把无性婚姻归罪于"同性恋"也过于草率了吧，至少我们在书中并没有看出丈夫的"同性恋"倾向。他为什么婚而"无性"，日本为什么有约三分之一的无性家庭，又为什么网恋能流行呢？这些尖锐的问题的提出，使这部女性自叙体小说一下就站到了现代性的前沿，惹人关注，引人深思。

细读日本新华侨华人母女作家的自述体小说，可以看出从"无性"叙述到"性无"体验，其实直逼日本"性"问题，这也是女性危机的展现，既然性爱无以救赎，也许女性写作，特别是在日本的汉语写作，就是一种自我救赎的方式吧。

著名学者李欧梵从个人的切身体验出发，对此有自己一番独到的见解和看法。他自言身处异国，常常要扮演两种不同的角色，一种是"寻根"，一种是"归化"。但他认为这不再是一种两难的选择。他深有感触地说："我对于'漂流的中国人'和'寻根'作家的情绪上的认同固然是因为其中包含的共有的边缘性，只是我在面对中国和美国这两个中心时，我的边缘性是双重的。"[1]正因如此，"战争遗孤"母女作家的、日本新华侨华人两代人的自述体小说，具有了独特的价值与意义。

有人曾以"拯救与逍遥"概括中西方诗人面对同一困境的不同选择，并从拯救与逍遥这两个维度向我们描述了为人类提供巨大精神支撑者——总是那些与

---

[1] 李欧梵：《徘徊在现代和后现代之间》，上海：上海三联书店2000年版。

现实世界格格不入的绝望者。而绝望者之所以绝望,是因为他真正地热爱生活。在无情的谎言世界里,也许只有绝望才是真实的。在绝望与希望之间,我们选择什么?可以看出,日本新华侨华人母女作家正在从出生和成长的中日之间、从性别历史和现实之间、从内心寻找救赎的资源和希望。她们试图从切入女性生命体验的、浸透记忆和想象的日常生活出发,对国家的"他者"、历史的女性、性爱之救赎等进行深入的探讨,从而获得自述体小说的历史纵深与现实意义,也为世界华文文学提供了新的视界与空间。

女性主义研究进入中国已逾 20 年,当女性(主义)研究成为一个"话题"而逐渐丧失其问题性时,研究者需要寻求研究视角以及参照体系的更新。中国女性主义的发展往往以西方女性主义为参考系,普适性追求与差异性存在一直是当代中国女性主义研究试图突破的现实困境。如何调整、获取女性主义新的活力源,成为一个问题。相对而言,日本的女性主义发展在接受西方理论影响的同时,强调与本土的"物哀"传统对接,体现更多的本土"亲民"性,而与张扬、激进保持了一定的距离。

与此同时,日本新华侨华人文学创作从 20 世纪 80 年代以来也已 30 多年,但在世界汉语文学的格局中仍属有待开发的新土。日华作家的写作受日本性别文化的深层影响,其独特的性别意识与书写为当下女性主义研究提出了一些新的问题与讨论思路。

七、从《女神》到藤田梨那

藤田梨那是郭沫若的孙女,翻译了《女神》,还亲自参与创立了日本郭沫若研究会,身体力行地推动近代以来日华文学的研究发展。

藤田梨那在 1980 年夏天东渡日本,开始了留学生活。她从小就接触日本文化,日本的儿歌是她最喜欢的歌曲。她 8 岁开始学习日语,用日语讲儿童故事。由于这样的因缘,她终于决心留学。到日本后,她考入二松学舍大学学习日本文学和中国古典文学,接受了系统的学术研究训练。多年来她一直致力于学术研究,写一些散文随笔,在报刊上发表过自己在日本生活的随笔,如《人已远,心未远》和《樱花之美》;学术研究成果有《郭沫若的异域体验与创作》《中国现当代文学中的跨文化书写》等。

藤田梨那在人生经历和日本生活体验上也有自己的苦恼和矛盾。首先是在日本生活自然会有种种问题，如文化上的摩擦、民族歧视、性别歧视等。与在国内不同的是，在日本有苦恼却没人可以商量，时常处在孤独的状态中，所以有时会写一些作品宣泄自己的苦闷。日本学者厨川白村说过：文学是苦闷的象征。①另一方面，日本的文化自然会带给藤田梨那一些启发，丰富她的人生观。日本的文学作品也给了她很多精神营养。日本古代的和歌，夏目漱石、三岛由纪夫、川端康成的作品也是藤田梨那很喜欢的。

藤田梨那对写作的想法十分简单而又纯粹，就是想满足内心对自我主体性的追求，也想达到自然与内心世界的呼应。在写作上，藤田梨那采用中文与日文双语写作，用语尽量平易，是她喜欢和歌贴近自然的写法。

日华文学在某种程度上是几代留日学生用自己的青春与生命体验写就的。在日留学的体验新鲜却又痛苦，由此却形成了在华文文坛上一支特殊的队伍。藤田梨那认为："作为世界华文文学中的一部分，日本华文文学一直处于被遮蔽的境地。"

在写作和研究中，藤田梨那感到亚洲的知识分子对近两个世纪以来发生在亚洲地区的人与文化的流动所导致的后果倾注了极大的关注，问题散落在不同的角落，但最终都围绕着一个原点：文化主体性的再建构，回归性的或扩散性的展开。

作为跨域的知识分子，学术关注会不约而同地回归到相应的学术命题，那就是对社会与文化的关注。跨域知识分子对漂泊母题的喜爱与表现，是中国现代作家比较普泛而持久的精神现象。由于这一母题所表现出来的思想意蕴与现代中国社会的求索精神息息相关，它的构成本身也就具有了相当重要的文学史意义。

日本作为中国留学生漂泊的一片土壤，给了跨域写作以灵感与机遇，同时身在日本的生活又时刻提醒着他们身在异乡。双重刺激之下的日华文学在夹缝之中坚强地生存成长。

在藤田梨那"终于决心留学日本"的背后，也是一些中国留学生决心赴日的心态，其中隐藏着某种对"家"的叛逆。正是这份心气让许多在日本的新华侨甘

---

① 参阅王向远：《厨川白村与中国现代文艺理论》，《文艺理论研究》1998年第2期。

于漂泊,同时又是这种原因与心理机制,在某种程度上给了中日当代文学某些特定的文化蕴涵与叙事意象。这是对自我精神内在超越的重视与自觉,日华作家坚韧的探索,构成了日华文学独特的美学特征。

漂泊的生活给在日本的留学生们一种远离家乡环境的陌生感和新鲜感。在日本的生活,心灵变得敏感而又易受到打动。来到日本,藤田梨那对樱花有了独特的感受。落樱不是无情物,樱花似乎是日本的美好与美丽的一个重要象征,在藤田梨那的留日生活里,她对樱花有着非同一般的感受。在《落红》诗中,她写道:"樱花盛开的四月/到处是淡红的花簇/似云/似霞。"

她小时候就能够背诵日本的童谣:"樱花呀,樱花,山野里、村庄里,是霞?是云?"樱花告诉人们春天来了,催促人们快来赏花,于是乎,男女老少成群结队,携酒肴来花下,唱歌跳舞,每每要欢乐到夜半。日本各地都有赏花的名胜之地,东京有上野、飞鸟山、千鸟渊等。每年春天樱花将开的时候,这些地方就会有很多由各公司派来占据赏花地盘的人,他们携卷席带铺盖,通宵守着阵地,待第二天傍晚樱花开放时,公司的上下职员都来花下,一场欢宴便开始了。

日本人喜爱樱花,人们珍惜短暂开放的樱花,在樱花烂漫的几天中来赏花,尽情地喝酒跳舞。日本人爱樱花盛开的美,更爱樱花飘落的美。这种独属于日本的物哀美学,一下子跃然纸上。樱花在日本人的心里除了盛开之际的美外,飘落之际的美占的分量更大。飘逝的樱花联结着日本人的无常观、生死观,表示着一种消逝的美。它们美丽的飘落令人爱惜。这里表现了日本民族的一种联结精神的审美观。

藤田梨那认为大多数日华女作家的作品多是中文写作,并多涉及中国文化,形成一种对中国历史、文化的反思。也有一些关注日本文化的作者,极力介绍日本的自然、社会、风俗等,但相同之处是具有双重视角。她认为中文写作可以继续发展,日文写作也当进一步推进,海外作家的文学作品进入异国文学界是可以期待的。

文学中的游子心绪不仅仅是一个个体的漂泊,而是与之前几代的留日中国留学生一起,体味着相同的天涯况味,一起安慰彼此。几代人最终做出的留日选择,以及这种选择的无可回避的命运感,赋予日华文学以深刻厚重的历史内涵,使日华文学于传统的凄切情调之外,在审美特质上更添了一份独有的悲壮与苍凉。

藤田梨那将中日之间的视角和独特的个人情感带入自己的研究中。她出生在天津,兼任天津外国语大学客座教授,熟悉中国文化;她现为日本国士馆大学文学院教授,长期生活在日本,深谙日本文学。这种身份本身赋予藤田梨那教授"椭圆形的双焦点透视"的特长,使她能够在比较思维下认识中日两国文化的关联、转借和差异。在此基础上,她以比较思维的视野拓宽至中国、日本、朝鲜、韩国,以东亚视点观照中国现当代文学,因而拥有了超越单一国别文学研究的从容自如的学术风采。

藤田梨那不仅具有宏观的观察视角,研究文学问题也旁征博引,跨越多个学科。她秉持着日本学者的严谨态度、缜密思维,重视文本的考证性研究、文学理论的运用,即依各个作品的不同性质,关联具体的时代背景、事件、政治动向、文学思潮与作者的思想,挖掘酝酿作品产生的史料、信息。正是因为她兼备了宏观视野和扎实的史料功夫,以及敏锐的文本细读能力,因而在走近作家心理、还原文学现场的工作中成果卓著,准确地发掘和评价了那些为人们忽略的作家作品,从而为中国现当代文学的研究打通了一个贯通东亚的新领域。

第五章
结语:第三空间文化

零距离观察日本和日本新华侨及其文学,经历风风雨雨,走过从"抗日"到"哈日"及至"知日"的心路历程,笔者发现,日本新华侨华人文学的风格,正形成于风骨与物哀之间,所谓"第三空间"文化。

物哀美学为日本文化之精髓。日华作家以其独特的身份去发现与表现"物哀",探求中日文化的渊源关系和日本文化的独特魅力,表现出对人类家园的担忧和人类生存问题的终极关怀。在两种文化的碰撞中,他们的笔下既有"物哀式"的清婉与哀愁,又不失中国传统的"风骨"之豪迈,如华纯的散文集《丝的诱惑》"俯拾日本文明符号",宁静致远。这种日华的宁静不同于美华的热烈,虽然不乏寂寞。例如,弥生的诗集《之间的心》,永远新鲜。这种清新的美与俳句精神相互交融。又如,哈南的小说集《北海道》体现了川端康成《雪国》般的宁静,具有一种日本独特的美。

这些异文化体验者,在努力寻求自己的美学符号。笔者试图将其定位于"风骨"与"物哀"之间。

中国的汉字传到日本,我们称其为"汉文和读"。这不仅仅指文字上的汉译日,而是一种更广泛更重大的文化翻译。伴随20世纪现代化进程,很多政治和经济用语又从日本逆输入而来,诸如"电脑""文学""革命"甚至"社会主义"等。明治时期,日本的确吸收了不少西方先进文化的"硬货",并用日式汉语直接将西方词汇翻译过来。近年来,随着"日式亚文化"在中国的蔓延,国内更是出现了一系列"日式汉语词",例如"宅急便""写真""御宅族""萌""便当""达人""萝莉""正太""御姐""案内人""暴走""人气""刺身""攻略""告白""逆袭"等。

现代汉语中的日语"外来语",数量是很惊人的。据统计,我们今天使用的社会科学和人文科学方面的名词、术语很多是从日本输入的,这些都是日本人对西方相应语词的翻译,传入中国后,便在汉语中"牢牢扎根"。

其实当初中国对好多西方来的词汇(包括西亚、古印度来的阿拉伯文、梵文)也有翻译,但就是竞争力不够强,文字太过深奥,最后不少就被日语翻译取代了,为什么?日本人的翻译通俗易懂,而以严复为代表的中国的翻译,过分强调"信、达、雅",反而不被人接受。举几个简单例子:"物理",我们过去的翻译叫"格致";"电话",我们过去的翻译叫"德律风";"资本",我们过去的翻译叫"母财";"经济",我们过去的翻译叫"计学";"同情",我们过去的翻译叫"善相感";"进化",我们过去的翻译叫"天演"……从中日对西方词汇的翻译可以看出当时中日之间的区别,一个追求复古,一个讲求实用。比较一下,就会知道为什么最后日本翻译会被中国接受了。

当然,这正好说明汉字的组词能力强、生命力强,也说明中国当年的中国知识分子不够平民化,翻译得过于文雅了,同时确实也说明日本接受西方资讯比中国早,中国转而从日本那里再接受先进技术的同时,自然也就接受了他们的译法。比如现代人常用的"电脑"一词,并不比"计算机"更准确,但是大家容易理解,日本人利用汉字的实用价值造出的词,意义很浅显,不用考虑文雅,却正好迎合了这个文化环境不断"平民化"、沟通方式不断"扁平化"的社会,所以适用。就像今天我们还会接受部分来自港台的通俗说法一样。

我们注意到2009年2月16日《北京晚报》登载的《"共产党"一词翻译自日文》中,提及1960年6月21日毛泽东和周恩来在上海接见日本文学代表团(团长是野间宏)时说了这样一句话:"马克思主义的传播日本比中国早,马克思主义的著作是从日本得到手的,是从日本的书上学习马克思主义政治经济学的。"毛泽东说出了一个实情:马克思主义最初是从日本传入中国的。

1906年1月,同盟会党人朱执信在东京出版的同盟会机关报《民报》上摘要翻译了《共产党宣言》,这是最早介绍到中国的马克思主义。他转译所依据的原本,就是1904年幸德秋水和界利彦合译的日文版《共产党宣言》。他的转译使"共产党"一词在中国第一次出现。日本的幸德秋水和界利彦把它翻译为"共产党",中国的朱执信方便地再照搬过来。一个后来有无数人为之抛头颅、洒热血的名词,就在中国大地上产生了。

日本著名花道艺术家吉田泰巳在《花道的美学》里写道:从中国传来的汉字在日本这块土地上经过酿造逐渐变容于日本独特的东西,产生出新的文字"片假名"与"平假名"。"片假名""平假名"再加上汉字,三种文字的组合拓宽了文字表现的范围,形成了今天的日本文字。在平安时代,日本就已经有用"汉字假名混合体"写成的文字,到15世纪的室町时代,这种"汉字假名混合体"开始在日常生活中广为运用。日本人的特点就是汲取外国文化,再创造出更出色的东西来。"片假名""平假名"与汉字的混合使用,在世界上是独一无二的。这种混合运用也运用在花道方面,创造出极具日本特色的生活与艺术。

可以用"汉文和读"与"和文汉读"来阐释这种语言文化现象。比如,在日本常听说"读空气","读空气"就可以和文汉读,讲的是日本人际关系的微妙,从空气就可以读出人心,善解人意达到如空气一般微妙的境界。空气看不到却无所不在,感觉不到却分秒也不可缺。日本人是与生俱来就善于"读空气"的民族,善于发现大自然之大如空气无所不在,又必须体贴入微才能感知它的存在。

"读空气"读的是空寂之气息。如同日本唱歌讲究用气声一样,日本花道也讲究"气插",用心气插自然之气。草木在雨露的滋润下,在风雪的摧残中,生长出不同姿态,这种为生存与大自然搏斗的毅力,足以激发人类的共鸣,足以给我们带来心灵上的安宁。可惜当今社会的繁忙功利,每每让我们失去了欣赏大自然的感性。是时候了,"久在樊笼里,复得返自然",复得"读空气"。花道的回归不仅是回归大陆或回归中华,更是在这个意义上的回归,即回归人与自然。

日本新华侨华人作家就在双语之间,既"汉文和读"又"和文汉读"地创造这世上独有的变异美学。"放题"即其一,意为自由、自助,笔者将之用于"和文汉读",用之于来去家园的此岸彼岸之间的"放题","放题"于中日文化之间。这种漂流的诗文不属于此岸也不属于彼岸,因为有踩不到"岸"的恐慌,自由又不自由。这是一片宽阔的汹涌澎湃的海域,漂流是华文作家的生活与创作状态。漂流的海外汉语文学,且"放题"于今天与明天之间。

韩国编　国际化、多元化的汉语新文学

　　韩国，一个与中华文化渊源深厚，交流互通一千多年的韩国；一个曾受日本殖民统治35年，百姓被迫创氏改名或大批流亡他乡的韩国；一个光复不久又卷入内战，几度焦土一片的韩国；一个与同胞各分南北，划线而治的韩国；一个历经民主化斗争洗礼，用血肉和生命抵抗威权，搏出民主体制的韩国……具有如此经历和悲情的韩国，其国民的文化心理和行为方式必然带着一种韩国人特有的文化气质：一种多元的，混合的，杂糅着飘荡不定、滞重敏感、坚定执着等多重情感特征的气质。在这样的国土上诞生的韩国汉语新文学，也必然携带着离散、沉重、孤独、坚定、奋进等多重色彩，它的产生与发展呈现出与其他地区汉语文学生态迥然不同的特点。

　　一般来说，域外汉语文学基本由移民海外的华人华侨及华裔承担，但事实上，汉语新文学还有一批非华裔、非母语的创作者，他们的存在证明了汉语新文学并不一定是华人的专属。韩国汉语新文学的发展提供了一个典型的例外，它从萌芽、产生、发展至今，一直由土生土长的韩国人撑起半边天，他们是研究域外汉语新文学时不容忽视的特殊群体。这一群体的存在和发展证明了汉语新文学的国际化和多元化特征，理所当然地属于国际汉语新文学的重要组成部分。我们在此研究范畴里，梳理韩华文学的曲折历史，探讨它在国际汉语新文学中的特殊地位和不俗贡献，并展望韩华文学的未来。

第一章
韩国汉语新文学的发展脉络

一、半壁江山:韩国人谱写的汉语新文学

1. 1945年前的韩国汉语新文学

众所周知,韩国是古代汉字文化圈的主要国家之一,汉字汉文在相当长的时期内,是韩国人表情达意的唯一书写形式。因此,韩国历史上汉字文学相当发达,曾涌现出崔致远、李齐贤、李奎报、郑若庸、许兰雪轩、朴趾源等汉学名家。但这些汉字文学一般被称为韩国的"汉文学",不能与中国五四新文化运动以后的汉语新文学混为一谈。

1910年日本吞并朝鲜半岛前后,一大批流亡中国的韩国文人在中国期间写下不少汉诗和汉文,如金泽荣的《闻义兵将安重根报国仇事》、申圭植的诗集《儿目泪》、申采浩的《赠别期堂安泰国》等汉诗,大多表达国破家亡的苦痛和反日复国的斗争志向。韩国独立运动烈士安重根、尹奉吉也都以汉文诗歌书写报国遗志。如朴殷植的泣血之作《韩国独立运动之血史》,可谓谈史论今、文气沛然的汉文政论著作。这些作品是韩国传统汉诗、汉文的延续,又加入了反帝反殖民的现代思想,可谓韩国汉语文学由传统走向现代过程中承上启下的篇章。

而真正开启韩国汉语新文学的则要从接受五四新文化运动的来华留学生及坚持独立斗争的韩国知识分子算起。身历战乱、多处漂泊的韩国人,仓皇匆忙的背井离乡和艰难的生计挣扎,使他们在跨国生存中,仍抹不去对祖国浓浓的怀恋和对抗日复国的强烈愿望。在华韩国人将这种愿望投入文学活动之中,他们有

的积极翻译汉语新文学作品,以中韩文字进行双语写作,有的则加入中国的抗日战线,办刊写稿,创作话剧,主办演出,最大限度地向中韩读者揭露日本的侵略本质,呼吁中韩联合抗日。这两类作者中,前者以柳树人、金山为代表,后者以朝鲜义勇队的抗日业余诗人群体为主。

柳树人(1905—1980),本名柳基石,笔名柳絮,因受鲁迅(周树人)思想影响,仰慕鲁迅而以"树人"自名。他在1927年翻译了鲁迅的《狂人日记》,还不时把中韩两国的现状介绍给韩中读者。他不仅用汉语发表时评,还以理论文章积极加入中国文坛的文学论争,是真正参与到中国现代文学场域的少数韩国人之一。他在华参加独立运动和中国革命30余年,这些经历后来都被他写入中文回忆录《三十年放浪记》(写于1960年到1968年间)[1]。这部自传性的传记文学文笔优美流畅,兼具故事性和可读性,是一本不可多得的中韩两国同舟共济、命运与共、交流互助的真实历史记录,也是韩国汉语新文学的重要成果之一。

另一位在中国进行独立运动并加入中国革命的金山(张志乐)[2],也是韩国汉语文学领域中不可忽视的特殊一员。金山曾以北星、炎光、荒野等笔名发表汉语诗歌、小说和文论。他曾参加1919年朝鲜半岛为争取民族独立的"三一"反日示威游行,因而被日本人拘留,在重获自由后寻机来到中国,参加在东北和上海的朝鲜独立运动组织。1927年被选为朝鲜革命青年联盟中央委员。他是参加广州起义的150多名朝鲜人之一,又在1929年去沈阳、安东(今丹东),为当地的朝鲜共产党与中共组织建立联系做出努力。

这个颠沛在中朝两国的反法西斯战士,两度遭国民党军警逮捕、引渡给天津日本领事馆,再被遣送回朝鲜受审,经历了严酷的拷问,终因缺乏证据而在几个月后获释。他又历尽艰辛,秘密潜回中国,继续参加革命斗争。1936年8月,金山作为朝鲜民族解放联盟和朝鲜共产党人推举的赴西北苏区代表,只身前往陕北。他是继美国著名记者斯诺之后,第二个穿越封锁线抵达陕北苏区的外国人。

因缘巧合的是,金山后来结识了刚到延安不久的斯诺前妻尼姆·威尔斯,在深入交谈中,金山给身为记者的尼姆·威尔斯留下了深刻印象。在尼姆的眼里,

---

[1] 柳树人:《三十年放浪记》,任元彬译,世宗:韩国国家报勋处,2010年版。
[2] 金山(张志乐),1905年3月10日生于朝鲜平安北道,曾用张志洛、张北星、张北辰、张志鹤、张明、刘清华、刘锦明、刘锦汉、刘寒山、刘汉平、柳子才、李铁庵、于致和等名字从事革命活动。

金山是这样一个人:在大悲剧的炽热中锻造成形,这些大悲剧构成了朝鲜和中国的近代史;也是这样一个人:从炼狱中出来,不仅在意志和决心方面锤炼得像一副钢铸工具,而且也是一个活生生的富有感情和良知的人。①

金山成了尼姆·威尔斯的重点采访对象,在两个月的时间里,两人先后交谈达22次,访谈内容记满了7个笔记本。金山详细讲述了一个流亡革命者颠沛流离、曲折动荡的生命历程,他的爱与恨、失意与孤独、苦闷与坚持。1941年,忠实记录这些访谈内容的传记文学《阿里郎之歌》以英文出版②,署名为金山和尼姆·威尔斯两人。这部书对美国人了解朝鲜半岛独立运动起了相当大的作用,据尼姆·威尔斯的《阿里郎·韩文版序》介绍,美国罗斯福总统对朝鲜半岛抗日独立运动的了解就是通过《阿里郎之歌》形成的,也受此影响,在日本战败后,由罗斯福主导的《开罗宣言》即订立了这方面的内容。

此外,金山曾用白话文写作短篇小说《奇妙的武器》和汉语新诗,内容都与独立运动和革命经历有关。1930年3月他在北京写下纪实小说《奇怪的武器》③,记述他的战友,独立志士吴成伦、金益相和李钟岩等人1922年刺杀日本陆军大将的事件。小说怀着民族独立的热切情怀,高度赞美对殖民者实施以命相搏、以弱敌强的义烈斗争的英雄气概,是一篇不可多见的在华韩人汉语小说。这篇小说前三章介绍了参与暗杀行动的三个义士的出身背景,深情回望原本安定、平和、美好的朝鲜故土,抒发日本侵略下失去自由的故乡的悲哀,接着以一首抒情长诗《黄浦江呵》,表达作者民族主义的激情和基督教的救赎情怀。全诗共分五个段落,每次都以"黄浦江呵!黄浦江呵!/我们最亲爱的黄浦江呵!我们永远不能忘的黄浦江呵!"开头,以"黄浦江"这一意象,与第六章的题目"上海,流亡者的母亲"相对应,象征在上海法租界成立的"大韩民国临时政府"这一韩国独立运动的圣地。诗人决计做黄浦江的"忠实而勇敢的信徒",要"向着那毒龙的巢穴猛烈地扑去,淹没得他一个干干净净",表达了投身独立运动、与"毒龙"般的日本帝

---

① 参见朴宰雨、金英明:《通过韩国革命家金山的华文作品看其思想的变奏》,《中国现代文学论丛》第10卷第1期,南京:南京大学出版社,2015年版。
② 中文版《阿里郎——在中国革命队伍里》1977年在香港首次出版。韩文版《阿里郎》于1984年由韩国东方出版社出版。朝文版《白衣同胞的影子》于1986年出版。简体中文版《阿里郎之歌:中国革命中的一个朝鲜共产党人》于1993年由新华出版社出版。
③ 炎光(张志乐):《奇怪的武器》,《新东方》1930年第1卷第4期。

国主义进行不屈斗争的坚定意志。这首诗可谓最能体现金山的汉语驾驭能力与诗歌创作天赋的佳品。

此外，金山还创作过几首汉语诗歌，如《东校场的人性》，这是他在1927年4月18日目睹国民党军警杀害女青年团员罗柳梅后，含泪写下的一首诗。《吊韩海同志》则是为哀悼在狱中病逝的韩国革命同志韩海而作。《同志啊，斗争吧》一诗，则强烈表达了一个国际共产主义战士的革命斗志。这些作品写作时期不同，却都真切反映了一位抗日独立运动家和国际革命战士的思想与情怀，是韩国汉语新文学中极其珍贵的作品，具有历史与文学的双重价值。

韩国汉语新文学中的"抗日业余诗人"指的是在中国发行的刊物上集中发表抗日诗歌的韩国作者。如朝鲜义勇队①在1939年1月21日创办的中文机关刊物《朝鲜义勇队通讯》，在总共42期的刊物中，集中发表了不少分析抗日形势、宣传联合抗日，争取俘虏返正等内容的诗歌和文论。作为战时宣传的一部分，这些作品为中国的抗战和韩国的独立做出了不小的贡献。

韩国人在华发行的刊物，还有1937年底成立的韩国青年战地工作队发行的《韩国青年》，1941年初成立的韩国光复军发行的《光复》《光复纯汉文本》等。这三个刊物上都有中韩作者发表的汉语文学作品。以诗歌为例，在目前已发现的30篇中，韩国人写的就有18篇。载于《韩国青年》的，计有《鸭绿江》②《这正是我们复兴祖国的时候》③《北行者》④《也别重庆》⑤《忆母亲》⑥《献给韩国青年》⑦等6篇。刊载于《光复纯汉文本》的，则有《送光复军同志赴敌后》⑧《起来大韩民国的

---

① 1938年10月10日，在国民政府军事委员会的支持下，由朝鲜民族革命党、朝鲜青年前卫同盟、朝鲜民族解放同盟和朝鲜革命者联盟四个党派共同创建，在汉口成立。由朝鲜民族革命党总书记金若山任义勇队队长。中文版的刊物中，最有影响的就是1939年在桂林创办的《朝鲜义勇队通讯》。它是义勇队的中文机关刊物，于1939年1月21日在桂林创刊，自1939年至1942年，一共出版42期，主要撰稿人是李贞浩、李斗山、朴孝三、金若山、韩志成等。
② 白痴：《鸭绿江》，《韩国青年》第1卷第1期（1940年7月15日）。
③ 吕田：《这正是我们复兴祖国的时候》，《韩国青年》第1卷第1期（1940年7月15日）。
④ 雪原：《北行者》，《韩国青年》第1卷第2期（1940年10月15日）。
⑤ 忆白：《也别重庆》，《韩国青年》第1卷第3期（1941年6月10日）。
⑥ 云青：《忆母亲》，《韩国青年》第1卷第4期（1941年9月1日）。
⑦ 静霞：《献给韩国青年》，《韩国青年》第1卷第4期（1941年9月1日）。
⑧ 光生：《送光复军同志赴敌后》，《光复纯汉文本》第1卷第3期（1941年5月21日）。

国民——咱们站在同一条战线》①等2篇。收入《朝鲜义勇队通讯》的诗歌最多，目前确定的有《你是义勇的战士——给前方朝鲜义勇队同志们》②《我要回到金刚山》③《献给前线的同志们》④《扬子江——敬赠中国的战士们》⑤《八二九》⑥《一年来的成长》⑦《积累的血债要在此时归还：奉文，为纪念三一而作》⑧《民族解放的先锋队》⑨《1941年进行曲》⑩《悼四将士》⑪等10篇。⑫ 这18首汉语抗战诗歌内容激情动人，充满不屈不挠的战斗意志。虽然与专业诗人比起来，这些诗歌在艺术性上稍逊一筹，但在特定历史时期留下的这些非母语写作的汉语诗歌，无疑是韩国汉语新文学史上独特而又珍贵的历史记录，理应得到挖掘和珍视。

2. 光复后的韩国汉语新文学

二战结束后，朝鲜半岛迎来了光复的曙光。可惜好景不长，一场使朝鲜半岛骨肉分离，又裹挟进十余个国家参与的朝鲜战争爆发了。半岛在血雨腥风中从此南北敌对几十年。但即使在战争期间，热爱汉语文学的韩国作者仍不乏其人。

代表韩国汉语新文学创作最高成就的许世旭(1934—2010)便是其中典型的一位。他自幼受到良好的汉学教育，战争动荡中，停课在家的他用数年时间博览群书，埋头熟读四书五经、唐诗宋词，从而打下了扎实的中文根基，积淀了深厚的汉语文学素养。1960年许世旭赴中国台湾求学，次年即开始发表汉语新

---

① 陈国治：《起来大韩民国的国民——咱们站在同一条战线》，《光复纯汉文本》第1卷第4期(1941年6月20日)。
② 李斗山：《你是义勇的战士——给前方朝鲜义勇队同志们》，《朝鲜义勇队通讯》第6期(1939年3月11日)。
③ 若曦：《我要回到金刚山》，《朝鲜义勇队通讯》第10期(1939年4月21日)。
④ 为和：《献给前线的同志们》，《朝鲜义勇队通讯》第15期(1939年6月11日)。
⑤ 金维：《扬子江——敬赠中国的战士们》，《朝鲜义勇队通讯》第19、20期合刊(1939年8月1日)。
⑥ 重光：《八二九》，《朝鲜义勇队通讯》第24期(1939年9月11日)。
⑦ 为和：《一年来的成长》，《朝鲜义勇队通讯》第25、26、27期合刊(1939年8月1日)。
⑧ 作者未详：《积累的血债要在此时归还：奉文，为纪念三一而作》，《朝鲜义勇队通讯》第33期(1940年3月1日)。
⑨ 王辉之：《民族解放的先锋队》，《朝鲜义勇队通讯》第37期(1940年9月13日)。
⑩ 继贤：《1941年进行曲》，《朝鲜义勇队通讯》第39期(1941年1月1日)。
⑪ 文靖珍：《悼四将士》，《朝鲜义勇队通讯》第42期(1941年3月1日)。
⑫ 朴宰雨：《韩国现当代华文文学的历史与现状》，见《中华文化与华文文学的新视野》，长春：长春出版社2018年版。

诗,先后出版了汉语诗集《雪花赋》[1]《东方之恋》[2]《一盏灯》[3],散文集《城主与草叶》[4]《移动的故乡》及诗歌散文合集《藏在衣柜里的》[5]等;此外还有代表性作品选集《许世旭自选集》[6]和《许世旭散文选》[7]等。

许世旭在中国台湾地区报刊发表的大多是现代派诗歌,也因此与痖弦、商禽、郑愁予、洛夫等诗人结为同道。祖国破碎和民族分裂的痛楚,使他的诗歌带有浓浓的民族情怀和"失乡民"的离愁与孤绝。所以他对当时台湾诗坛中的军中诗"情有独钟",这些军中的乡愁诗怀着与他相似的家国处境和民族情怀,联结起他们相通的灵魂纽带,交织着时代、政治、乡愁与人生的况味。许世旭对中国的感情,就如同他的散文《移动的故乡》那样,他事实上就是将中国当作自己"移动的故乡",一种"文化的故乡"。他用汉语诗文抒发自我的高丽情怀,把热爱韩国与中国的情感交织在韩汉两种语言的写作中。

在学成归国后,他进入韩国外国语大学,以传承中文文学为其毕生事业。当时在韩国还少有系统介绍中国现当代文学的书籍,他就将20世纪70年代末到80年代初在韩国发表的研究论文汇集成册,于1982年出版了专著《中国现代文学论》。书中介绍了五四新文学运动及鲁迅、朱自清、郁达夫等现代作家,又用更多的篇幅介绍了改革开放后的大陆文学。

尤其值得一提的是,许世旭是韩国学界有意识关注和研究国际汉语新文学的第一人。在《中国现代文学论》中,他以"放逐者之歌""新大陆的流亡作家群""华侨文坛的形成与方向""在美作家团的中国访问""亚洲地区的中语作家会谈"等为题,研究视线几乎涵盖了活跃于中国大陆(内地)以外汉语文学界的所有名家,如於梨华、聂华苓、谢冰莹、纪弦、夏志清、白先勇、叶维廉、杨牧、郑愁予、琦君等人,此外还广涉菲律宾、中国香港、马来西亚、印度尼西亚、泰国、越南、新加坡、美国等各地区的汉语文学。

----

[1] 许世旭:《雪花赋》,台北:联经出版事业股份有限公司,1985年版。
[2] 许世旭:《东方之恋》,北京:生活·读书·新知三联书店1994年版。
[3] 许世旭:《一盏灯》,天津:百花文艺出版社2005年版。
[4] 许世旭:《城主与草叶》,台北:林白出版社1988年版。
[5] 许世旭:《藏在衣柜里的》,台北:林白出版社1971年版。
[6] 许世旭:《许世旭自选集》,台北:黎明文化公司1981年版。
[7] 许世旭:《许世旭散文选》,天津:百花文艺出版社1991年版。

3. 中韩建交后的韩国汉语新文学

国际汉语新文学的研究既包括作家、作品、社团、文学评论，也涵盖学术交流、翻译推介等文学活动。在韩国汉语新文学的发展过程中，社团、文学评论和文学交流活动占有重要分量，这是与其他地区汉语文学发展的重要区别之一，也是研究韩国汉语新文学不可忽视的一部分。

如果说许世旭在创作和研究上让国际汉语文学界关注到韩国一脉，那么，朴宰雨教授就是向世界全面展示韩国汉语新文学及世界汉学之韩国面貌的重要推手。他不仅身兼创作者、评论家、翻译家、组织策划者等多重角色，同时还培养了一大批积极参与世界汉语文学研究的学术新人，使韩国外国语大学成为国际汉语新文学研究的学术重镇。

早在2004年初，朴宰雨就在韩国外国语大学组织韩国、中国台湾与香港以及海外华人文化研究会，并在当年11月举办的第三届东亚现代中文文学国际学术研讨会上，以"东亚文化里的中国台湾、香港文化与韩国"为题，开始进行世界汉语新文学的多方位研究。

在朴宰雨的引领下，韩国连续举办了多次中国内地（大陆）与海外汉语文学作品研讨和演讲会。除莫言、余华、刘震云、钱理群、陈思和、陈公仲等大量内地（大陆）作家和学者外，会议还邀请了北岛、高行健、严歌苓，中国香港的也斯（梁秉均）、潘耀明、陶然以及中国台湾的朱天文，德国的刘瑛，马来西亚的戴小华、朵拉，美国的陈瑞琳、吕红，加拿大的陈浩泉等著名作家，又吸引了世界各地著名学者齐聚韩国，如美国的王德威、王斑、白睿文（Michael Berry），澳大利亚的寇志明（Jon Eugene von Kowallis）、刘再复、唐小兵，加拿大的梁丽芳，德国的顾彬（Wolfgang Kubin），斯洛伐克的高利克（Marian Galik），意大利的达德（Patrizia Dado），瑞士的洪安瑞（Andrea M. Riemenschnitter），奥地利的李夏德（Richard Trappl），瑞典的罗多弼（Torbjorn Loden），印度的海孟德（Hermant K. Adlakha），日本的藤井省三、山口守、藤田梨那，新加坡的王润华、许福吉，中国香港的李欧梵、陈国求，中国澳门的吴志良、朱寿桐，中国台湾的陈光兴、李瑞腾、柳书琴、李癸云等，不胜枚举。

多元化的学术视野和学术观点的碰撞，拓展了海外汉学研究的交流平台，提升了国际汉学研究的学术境界,同时也加深了韩国学界对于世界汉语文学界的进一步了解。这些研究成果大多刊登于朴宰雨主编的韩国核心期刊《韩中语言文化研究》中。

除这些学术活动外,朴宰雨还在各地中文期刊发表了《海外华文文学在韩国:认识、创作、翻译、研究、定位》《韩国的台湾文学研究的历史与特点》[1]《香港文学在韩国:认识、翻译、研究、定位、展望》[2]等重要学术论文。

学术研究之外,他还积极撰写各类散文作品,在中国大陆(内地)、台湾及香港等地的书刊发表。他的散文以悼怀文居多,如《怀念东亚鲁迅学巨人丸山昇先生》[3]《怀念推广韩国文学于海外的许世旭先生》[4]《我还能听到也斯的大笑声》[5]等。也有充满情趣的小品文与游记散文,如发表在《香港文学》的《你还在咖啡飘香里开夜车吗》(2016年11月)、《南怡岛、金裕贞文学村和我的苦恼》(2019年3月),以及在香港《文综》发表的《春日普洱行》(2018年6月夏季号)等。此外,还有记叙学术活动和学术感怀的《鲁迅和我的初衷》[6]《我的香港情缘》[7]《太平洋的此岸与彼岸:以文会友》[8],以及序跋类散文《韩文版〈香港当代作家作品合集〉序言》[9]《汉江论彦火文学,汉拿谈耀明情怀》[10]等。其作品情感深沉,内容丰厚,注重纪实,也兼顾文采。

韩国汉语学界既勤于笔耕,又专于学术活动的学者,还有釜山大学中文系的金惠俊教授。他由研究香港文学出发,逐渐扩大到世界汉语文学。他的中文论文《试论华人华文文学研究》[11]和《韩国的台湾文学翻译情况——以2000年以后

---

[1] 朴宰雨:《韩国的台湾文学研究的历史与特点》,韩国《中国现代文学》第32号(2005年3月)。
[2] 朴宰雨:《香港文学在韩国:认识、翻译、研究、定位、展望》,《文学评论》2011年第2期。
[3] 朴宰雨:《怀念东亚鲁迅学巨人丸山昇先生》,《鲁迅研究月刊》2007年第2期。
[4] 朴宰雨:《怀念推广韩国文学于海外的许世旭先生》,见《支撑木》,首尔:China House 2010年版。
[5] 朴宰雨:《我还能听到也斯的大笑声》,《香港文学》第340期(2013年2月)。
[6] 朴宰雨:《鲁迅和我的初衷》,《上海鲁迅研究》2005年第4期。
[7] 朴宰雨:《我的香港情缘》,《城市文艺》第4卷第8期,总44期(2011年7月)。
[8] 朴宰雨:《太平洋的此岸与彼岸:以文会友》,《香港文学》第362期(2015年2月)。
[9] 朴宰雨:《韩文版〈香港当代作家作品合集〉序言》,《香港文学》第344期(2013年6月)。
[10] 朴宰雨:《汉江论彦火文学,汉拿谈耀明情怀》,《香港文学》2019年8月号。
[11] 金惠俊:《试论华人华文文学研究》,《香港文学》第341期(2013年5月)。

为中心》①是韩国学者研究世界汉语新文学的重要论著。他还主持中国现代文化研究团队，积极推动中国台湾、香港地区和海外汉语文学作品的韩译，计有香港西西的《我城》、刘以鬯的《酒徒》、台湾施叔青的《她名叫蝴蝶》，以及香港诗人也斯的《后殖民食物与爱情》（和宋珠兰合译）、台湾赖和的《蛇先生》（和李高银合译）等共16种以上，发表的研究论文近20篇，对世界汉语文学在韩国的推广功不可没。他的团队还重视资料收集和整理工作，编写了韩国学界对中国现代文学（包括世界汉语文学）进行翻译研究的各种资料。他还常在《香港文学》等杂志发表中文散文，是韩国又一位用非母语写作的汉语新文学作家。

此外，韩国外大教授兼诗人朴南用博士也发表了《新加坡华文诗歌的文化认同感》②《许世旭文学在华文文学上的地位和意义》③等论文。池世桦亦有《中国对华文文学之研究动向与认识态度的考察》④《海外华文文学研究中所呈现的文化视角的特性考察》⑤等研究成果。

韩国的中文学教授在研究之外，还不时有汉语作品在中国的文学期刊上发表，如釜山庆星大学教授李琮敏曾有韩文诗集《雪人的怀抱》（2006），他将其中的《妻子的手》《白发》等6首诗译成中文诗作发表；朴南用也曾将自己的韩文诗译成中文，在文学活动中朗诵并在期刊上发表，这些无疑都是韩国汉语新文学的成果之一。

二、在韩华人华侨的汉语新文学

相比于韩国人对韩国汉语新文学的诸多贡献，在韩华人华侨的汉语新文学成果则相对薄弱。从中国新文化运动开始至中韩建交前的相当长时间里，华人华侨因战乱和生计所迫，始终处于社会底层。尤其是1931年日本在东北挑起"万宝山事件"，受日本殖民者挑唆，朝鲜半岛曾爆发有计划的排华运动。作为日

---

① 金惠俊、文晞祯：《韩国的台湾文学翻译情况——以2000年以后为中心》，《东华汉学》2014年第20辑。
② 朴南用：《新加坡华文诗歌的文化认同感》，《韩中语言文化研究》，2009年第21辑。
③ 朴南用：《许世旭文学在华文文学上的地位和意义》，《世界文学评论》2015年第4辑。
④ 池世桦：《中国对华文文学之研究动向与认识态度的考察》，《中国学研究》2008年第46辑。
⑤ 池世桦：《海外华文文学研究中所呈现的文化视角的特性考察》，《中国研究》2011年第51辑。

本敌对国的中国,其移民的政治地位和经济地位可想而知。

二战结束后没几年,韩国又于 1950 年陷入朝鲜战争的血雨腥风,战后在军政府的严厉统治下,华侨在贸易、居留、土地、入籍和教育、文化等方面深受限制。华侨生计沉重,很多人转而选择留学海外或移居他国。据不完全统计,到 1996 年前,在韩华侨人数始终在 2 万人以下徘徊。[①] 华侨在韩生存不易,自然少有文学创作的余裕,也就难有整体的文学创作力量出现。

倒是偶有公务来韩短期旅居的教授,将居韩期间的文化考察和反思感悟等写成散文流传,成为解读韩国历史和文化心态的重要散文。如 1927 年 4 月到 1928 年 8 月在韩国京城帝国大学(今首尔大学)教书一年半的魏建功,便撰写了《侨韩琐记》14 篇,后在《语丝》上连载。作者敏锐地抓住中国对韩认识中的误区和自我中心、缺乏自省的自大心态,在设身处地、推己及人、平和理性的行文中,进行了抽丝剥茧、论理有据的自我审视。魏建功的这 14 篇散文无论在当时还是现在,都不愧是观点犀利、论说深刻,且胸怀开阔、见地独到的文化散文,是中国有关中韩跨文化解读和反思的重量级之作。

反观在韩华侨,在相当长的时间里迁出的多,迁入的少,人口逆向流动的后果是侨界组织松散,派系林立,内耗甚多,这也影响了韩华文学的组织形成和创作热情。中韩建交之前,虽然在韩侨社达 48 个之多,但大多类似行会组织,缺乏政治、经济和文化的发言权,连办刊都得借韩国人的名义。因此,在缺乏适度的写作环境和出版途径的局限下,韩华文学无法发展也就不足为奇了。这种情况直到中韩建交,从祖国大陆前去工作或留学的人士不断增多后,情况才有较大改变。

尽管如此,一些华社还是绕开政策限制,以韩国人的名义出版发行了不少华文报刊。在韩国制作发行的,先后有《汉城华文报》《侨声月刊》《韩中日报》《中国天地》(后改名为《韩华天地》)等;在美国制作发行的,则有《韩华春秋》《韩华通讯》《糊涂人杂志》《韩华思潮》《山东乡情》《华城园地》《韩华团契》《韩华之声》等。这些刊物是韩华文学的重要载体,刊载了不少游记、杂文、散文、诗词等文学作品。有的报纸还辟出专栏,定期连载大陆和台湾的小说以弥补创作数量的严重不足。

---

① 参见朱慧玲:《韩国华侨社会的变迁与特点》,《华侨华人历史研究》1996 年第 2 期。

尤其值得介绍的,是 1949 年 10 月创办《汉城日报》华文版的华侨韩晟昊。他曾作为秘密使者,为中韩建交做出了特殊贡献,也因此成为首位获得"大韩民国国民勋章"的外国人。韩晟昊在主持华文版《汉城日报》时,先后用"东北风""东北虎""钓龙翁"等笔名撰写风格犀利的时评,"篇篇揭露华侨中国城的嫖赌毒现状,其笔伐之矛头直指个别侨领",以"其报道之迅速,证据之充分,揭批之深刻,文笔之犀利,令华侨界震撼,令韩国文化界瞩目"。他还支持其他华文媒体的发展,又在后来主持的《韩华天地》里发表了不少文章,如大陆游记《中秋佳节在承德,饱尝祖国民族情》,带回的是暌违多年的祖国的信息,宽慰了不少华侨思乡的挚情。

中韩建交后,大陆游记是最受韩侨欢迎的文体,因而被华文报刊登载最多。这些游记讲述韩侨在隔绝多年后踏上中国大陆的亲身感受。不但展示了大陆充满魅力的风土人情,也传回了祖国快速发展的实况。以《韩华天地》为例,就有不少脍炙人口的旅游小品,如《一脚踏三省的白浪街》①介绍了地处鄂豫陕三省交界处的白浪街的有关传说和风俗人情;《不到长城非好汉》②介绍金山岭长城的修筑史和有关的人文典故;《中秋佳节在承德 饱尝祖国民族情》③描述作者访问承德市并在此地欢度中秋的多重回想;《黄河口有个植物天堂》④一文,则妙趣横生地介绍黄河三角洲的珍禽异兽和奇异植物。

檀国大学中文系许庚寅教授就是在韩华人。他曾在游历广州后,以"一位韩国来客愣眼看羊城"为题,在《羊城晚报》发表了好几篇系列游记散文。如《我们曾操同一乡音——一位韩国来客愣眼看羊城》《垂涎岭南美味——一位韩国来客愣眼看羊城》《我就这样活了几百年——一位韩国来客愣眼看羊城》⑤,以及在韩国《韩华通讯》上发表的《愣眼看羊城——一个韩国来客的遐思》⑥等文。作者听乡音,品美食,看山河变迁,抒游子阔别母国的激动与感慨。他的历史散文《朴

---

① 李生林、许华敏:《一脚踏三省的白浪街》,《韩华天地》1997 年 10 月刊。
② 靳晋:《不到长城非好汉》,《韩华天地》1998 年 2 月刊。
③ 弃民、韩晟昊:《中秋佳节在承德 饱尝祖国民族情》,《韩华天地》2000 年 10 月刊。
④ 钟嘉、张俊:《黄河口有个植物天堂》,《韩华天地》1999 年 6 月刊。
⑤ 此三篇散文分别发表于《羊城晚报》2005 年 5 月 27 日、6 月 1 日、6 月 2 日。
⑥ 许庚寅:《愣眼看羊城——一个韩国来客的遐思》,《韩华通讯》2008 年 2 月 14 日。

趾源的中国情结》①《韩国华社国族认同的心路历程》②等,也都兼有文化眼光和艺术风采,是在韩华侨华人中为数不多的汉语文学写作者之一。

文章频频见诸报章的华侨衣建美,是报纸《韩华通讯》文化栏《衣建美文集》的主笔。从2010年至今,她常年在专栏发表文章,谈古论今,从日常中了悟人生,在回忆里带出历史沧桑。她关注韩华的在韩生活,回忆从中国台湾赴韩的侨生经历(《心系何处——韩国华侨社会风貌》)③。她向读者介绍中华文化的精神与魅力,通过文学尽着接续传统文化,传承中华精神,转达华侨乡情的责任(《远去的缅怀》)④。当她踏上母国母土,"荡漾在那华夏历史的长河里"⑤时,对华夏大地历史文化的眷恋,对中华文化的孺慕之情,便转化成传承文化气脉,超越不同理念的中华情。衣建美的文章观点平正,行文流畅,没有地域、党派之隔阂,却贯穿华夏历史文化这一全球华人共同的文化密码。她表现韩国华侨精神风貌和社会风貌的多篇散文,是了解韩国华侨文化心态变迁的重要参考,颇有研究价值。

此外,还有出生、求学都在韩国的在韩华侨第二代,他们用汉韩双语发表作品,有的作家还登上了韩国主流文坛,如韩国首位出版散文集的华侨作家于梅玲,在2013年即以回忆童年的《馒头》一文,获韩国文艺杂志社"创作随笔社"的"第86届登坛赏征文比赛"新人奖。此后其创作热情愈发不可遏,一直定期发表诗歌、散文等作品。她毕业于韩国放送通信大学中文系,父亲是山东潍坊人,母亲是韩国人。按照韩国的习惯做法,华侨女性与韩国男性结婚后可取得永久居住权,且数年后(一般三年后)便可加入韩国国籍。但华侨男性与韩国女性结婚,则很难入韩国籍,也不易获得永住权(韩国华侨多无永住权)。⑥ 所以,尽管于梅玲出生、成长、受教育都在韩国,但她的身份认同却与其他人不同。她出版于

---

① 许庚寅:《朴趾源的中国情结》,《书城》2005年第6期。
② 许庚寅:《韩国华社国族认同的心路历程》,《韩华学报》第3集(2004年12月)。
③ 衣建美:《心系何处——韩国华侨社会风貌》,美国华文报《世界日报》1999年。
④ 衣建美:《远去的缅怀》,《韩华通讯》第177期(2017年3月)。
⑤ 衣建美:《高山仰止》,《韩华通讯》第182期(2017年8月)。
⑥ 因此,一般的做法是韩国女性加入中国籍,子女上华侨学校。直到1994年韩国修改并实施新的"关于外国人取得土地及管理的法律",规定1992年及以后在韩国出生的华侨年满18岁时,可选择成为韩国公民或取得中国国籍,对华侨入籍的控制才有所放松。

2016年6月的散文集《父亲和糖葫芦》,就刻画了父母辈流转于原乡和侨居地的复杂心境,以及他们的痛苦与挣扎。

《朝鲜月刊》1991年9月号刊登了杂文《中国人为什么只会卖炸酱面》[①],剖析了在韩华侨的生存现状。文章感情充沛,淋漓痛快,乃韩华评论中的典范之作。文章发表后被多家华文报刊转载,引起了华侨们的强烈共鸣,由此也大大增强了华侨争取政治权益的意识。

从那时算起,近三十年时光倏忽而过,当大邱华侨高中的学子迎来三十年后的重聚首时,五十多岁的贰华在他的散文中感叹"只怪时间太瘦,指缝太粗,去来的匆匆"。[②] 与三十多年前相比,韩国早已争得民主化运动的胜利,中韩建交后全方位日益紧密的关系,也使华侨的生存和发展环境大大改观。我们从贰华的散文《大时代的故事:侧写父亲二三事》[③]便能管窥老华侨们从二战结束后一路走来的心路历程。作者以87岁老父亲的回忆,带出了韩华群体的动荡经历:1949年国内战事正酣,怕被抓壮丁的父亲与弟弟一起坐船到韩国。不久他们又经历了另一场战争——朝鲜战争,此后相继经历了逃命、空袭、饥饿、奇遇等狂风巨浪,也曾遇到韩国好心人的相助。作者记叙父亲动荡的一生,并没有声泪俱下的控诉,而是着眼于大时代里小人物卑微的快乐,以及度尽劫波后的淡然与平和。他从"静守一身的往事,欲语还休"的父亲身上,体味"所有的大风大浪,至今都是微尘"的人生感悟,娓娓述说中透出的是历史的深度与况味。

韩国第三代华侨和新移民作者中,朝鲜族华侨占有相当比例。如韩国外大专任讲师金英明曾在美国《珍珠港》等华文报刊发表别致的韩国叙景散文,如《独具风格,魅力无穷的首尔》《韩国的春天》《雪岳山的秋天》等,又在香港《文综》杂志发表介绍韩国饮食文化的散文,兼具文采和吸引力。此外还有朝鲜族年轻学者奇英在《香港文学》上发表散文《韩国文化的象征 Seoul Station》,初出茅庐,值得期待。

---

① 原题如此,有"标题党"之嫌。
② 贰华:《2017,邱中,我们回来了!——邱高第十届返校记事》,《韩华通讯》第180期(2017年6月)。
③ 贰华:《大时代的故事:侧写父亲二三事》,《韩华通讯》第183期(2017年8月)。

三、旅居文人及新移民的汉语新文学创作

从1948年到1992年,中韩"隔绝"四十多年,两国在完全不同的体制下发展,各自经历民族的辉煌和伤痛。中韩建交后,因留学或工作原因去韩国的人员不断增多。时光流转,不少人已在韩国生活多年,有的人缘聚情生,与韩国人结成连理,成为这里的新移民。他们在生活方式、思维习惯和行为逻辑上都与此前的华侨有很大不同,他们一般都在国内接受完整的高等教育,自信而又独立。因此,反映这些华人新生活新风貌的作品,便具有了鲜明的地域色彩和自我反省意识。他们的写作既有本土特色,又承载着两相比较、彼此碰撞与融合的反思性。他们的作品既有母体文化的特征,又带着"异"文化的特质,在与住在国文化的双重对话中,呈现出不同于任何国家和地区的韩国特色的文学图景。如在韩生活工作十多年的"韩国媳妇"王乐、彭朝霞就是其中的佼佼者。王乐善于从中韩文化比较的视点切入,敏锐感知韩国社会的热点问题,无论是针砭还是褒扬,都不乏理性的分析。她由电影《寄生虫》的热播,谈及韩国文化产业的发展,赞赏政府和行业的包容性政策,给中国读者以有益的启迪(《一部超越韩国的电影》)。她从韩国抗疫的经验总结,概括出韩国人的行事风格和性格特点(《韩国Style》)。[①]她的文章视野开阔,信息丰富,后劲十足。彭朝霞的随笔总是以轻快活泼的文笔描写生活的繁忙和沉重,又在这繁忙沉重中贯穿一种乐观、勤奋和自强不息的精气神。同时,她笔下所呈现的有关婆媳关系、子女教育、求学和职业生涯中的中韩比较、艰辛与快乐、沟通与谅解等亲身经历,也是妙趣横生,颇值一读。[②]

在韩国高校讲学或教汉语的"交换教授",他们一般在韩国工作一到两年,有的居住时间更长。在他们初来乍到时,总有韩国师生陪同在侧,有中国教授联合会组织的文化采风和在韩感悟的交流,使这些中国教授能较快切入韩国人精神生活的主要核心,也相对更易深入接触和了解韩国人的日常生活、历史文化、礼仪习俗等。再加上将观感自觉融进文化研究的学术自觉,使他们能快速进入韩国社会文化的实质,其跨文化经历往往比在此居住多年的一般移民更加丰富。

[①] 两篇文章分别发表于香港《明报月刊》2019年3月号及5月号。
[②] 彭朝霞的系列博文可参见网易博客"彭彭的日志"。

因此,有人说在异地起码居住三五年以上才能称为海外华文作家的说法就不能一概而论了。笔者以为,只要是介入"住在国"的社会文化,书写"住在国"的跨文化经历、作品中渗透韩国的体验与感悟,即使不是在韩国发表,但作品的主要内容与作者的韩国经历、韩国观感、韩国体验密切相关,就不应被排除在韩国汉语新文学的视线之外。像许道明的《木槿花的传说:走进韩国》[1]、孔庆东的《独立韩秋》[2]、姜燕的《我在韩国365日》、石晓枫的《无穷花开——我的首尔生活》[3]等作品,还有收录在散文集《从俗如流》中的朱寿桐的相关散文[4],这些反映旅居韩国时观察韩国社会文化或叙写韩国生活的散文作品,以母体文化的眼光,对韩国与韩国文化进行个人化解读,以个人经验反观中韩的文化差异,在冲突中感悟文化包容之必要,笔之所及,无不关涉中韩两国的文化、历史与未来。这些都属于中国文人旅居韩国的散文作品,理应在国际汉语新文学的视域中看待和研究。

　　许道明的专题系列散文集《木槿花的传说:走进韩国》[5],以作者见闻为出发点,用凝练而情理并茂的文字描述韩国秀丽的湖光山色,在追溯其悠久历史之余,又由古及今,从生存环境和历史脉络的双重视角,挖掘和展示当今韩国极富个性的人文景观。全书在鲜明的文化自省基础上,贯穿着对中韩民族文化差异的比较与思考,不乏思想性与可读性兼具的佳篇。如《"笔战"风云》书写了身为老师的"我"与韩国学生间的"笔战",从中折射出两种观念、两种立场和两种性格的不同。最后,中韩师生在相互撞击、相互摩擦、相互宽容中达到了理解和沟通,读来趣味盎然。

　　长期在成均馆大学任教的中国人李安东教授对韩国文化具有相当深刻的了解和体会,曾在内地或香港发表华文散文,《许世旭的韩国心、中国情》便是其中之一。作者以几个细节、几段琐事,便把一个热爱汉语文化、具有诗酒豪情的韩国诗人写活了。文中介绍了他与许世旭在首尔和上海的多次交往,叙述了许世旭的趣事点滴。这篇文章一改哀悼文常见的沉重和叹息,而是将悼亡怀念之情

---

[1] 许道明:《木槿花的传说:走进韩国》,上海:东方出版中心1999年版。
[2] 孔庆东:《独立韩秋》,北京:京华出版社2002年版。
[3] 石晓枫:《无穷花开——我的首尔生活》,台北:文学生活杂志出版有限公司2011年版。
[4] 朱寿桐:《从俗如流》,北京:作家出版社2015年版。相关篇章有《最高学府的魅力》《韩国人的母校情结》等。
[5] 许道明:《木槿花的传说》,上海:东方出版中心1999年版。

寄托于轻松风趣的事例中,为韩国汉语文学界提供了难得的中韩文人跨文化交流的历史纪录。

此外,还要提到在韩国留学 8 年,毕业于韩国外国语大学的徐榛博士以"木鸢"笔名发表在中国澳门、马来西亚的散文。虽然他 2019 年回国在厦门大学执教,但韩国元素及中韩比较的特色仍鲜明地体现在他优美细致的多篇散文中,如《咖啡有毒》纵论中韩、中西的咖啡文化;《那是一只绿瓶子》,则是散论中韩酒文化的佳作①。

---

① 两篇文章分别刊于澳门《艺文》杂志 2019 年 10 月刊和 12 月刊。

第二章
韩国汉语新文学的创作和运行

韩国汉语新文学由韩国人和在韩华人华侨的汉语文学共同组成,其中,韩国人的汉语文学活动占据主流位置,这是世界汉语文学界所仅有的现象。韩国汉语新文学为我们提供了一个可以超越国族、区域和各种以国家意识形态为基本范畴的概念体系,让我们看到一个真正"超越国家板块和地域分割,挣脱各种政治变数的制约"[①]的典范。它"弥平了由国家板块、政治疏离和地域分布带来的各种人为裂痕与人造鸿沟",而使国际汉语新文学真正融合于世界汉语文学共同体之中。

在韩国汉语新文学的发生、发展过程中,韩国人一直居于主流地位,这主要缘于三方面:一是中韩紧密联系的历史因缘,二是韩国文人对中华文化和汉字文学的热爱,三是韩国汉学家对推广汉语文学的强烈责任感。此外,逐渐"登坛"的中国大陆新移民作者,也将成为一股不容忽视的新生力量,引人注目。

一、中韩紧密联系的历史因缘

韩国汉语新文学以流亡来华的韩国人撰写的汉语文学作品开始。无论是柳树人、金山,还是抗日业余诗人群,他们都因民族的苦难命运而与中国结缘。他们面对着中韩两国读者,以韩汉双语写作,一方面让中国读者了解日本殖民韩国的惨状,同时也向韩国读者阐明中国文坛及中国革命的情况,呼吁中韩联合抗

---
① 朱寿桐:《汉语新文学概念建构的理论优势与实践价值》,见《汉语新文学通史》(上卷),广州:广东人民出版社2010年版,第18页。

日,一起投身世界反法西斯统一战线。这段特殊的历史因缘是中外文学交流史上十分罕见的现象,也是国际汉语新文学史上弥足珍贵的一页。

尽管历经战争磨难、南北敌对等历史变故,韩国汉语新文学的创作和译介活动依然在努力挣脱政治鸿沟的制约,以汉语文学联结起中韩文化的历史情缘。20世纪60年代以后,许世旭积极参与中国台湾现代诗派的创作活动,表达漂泊、寻根、思乡等共同情怀,并向韩国读者译介中国文学,撰写中国文学史和文学作品评论。

20世纪80年代从台湾大学学成归国的朴宰雨,正逢韩国民主化运动风起云涌之时。面对全斗焕军政府对民主变革运动的严厉打压、对海外进步书籍和文学作品的严密管控,富有挑战精神的朴宰雨冒着政治风险翻译毛泽东、鲁迅、茅盾等充满革命色彩的"被禁作品",有意引进中国现当代具有抵抗精神和民主启蒙思想的文艺作品,在韩国民治变革运动和反法西斯军政权的斗争中发挥了借鉴作用。

比如,朴宰雨组织翻译了陈独秀的《文学革命论》、瞿秋白的《论大众文艺》、郭沫若的《"民族形式"商兑》、毛泽东的《在延安文艺座谈会上的讲话》等具有革命性的文艺理论著作。当时"毛泽东"三字在韩国是被"特级禁止"的对象,朴宰雨巧妙选用毛泽东的字"毛润之"来替代作者名"毛泽东",又仿照鲁迅取母亲之姓做笔名的方法,给自己取了"赵星"的译名蒙混过关。就此,《延安文艺座谈会上的讲话》等七篇文艺理论作品的译介,对当时渴求民主革命文学理论的青年产生了相当大的影响。

朴宰雨还有针对性地翻译了茅盾的小说《腐蚀》,用国民党监视进步抗日运动的小说影射韩国情报机关,借以抨击政府为镇压民主运动不择手段的黑暗现实。为了通过审查,他给茅盾起笔名"玄珠",自己以"姜永"为译者名,又把作品改名为《雾季的悲歌》,终得出版发行。就这样,在充满禁忌的政治语境下,朴宰雨为斗争中的韩国民众译介中国的文学作品,真可谓煞费苦心,甚至冒着受罚被捕的危险。这种冲破禁区、勇于挑战的勇气委实令人钦佩。正因为中韩两国在摆脱独裁统治、追求民主和现代化的过程中,曾经有过相似的境遇和精神上的契合,中国的文学作品才会被韩国的中文学界发现并"拿来",为韩国的民主变革运动提供有用的精神资源。

进入 21 世纪,朴宰雨又以汉语散文频频亮相于各种中文期刊。如果说许世旭的诗是古典的、田园的、温情的,那么,朴宰雨的文章则是有棱角、有锋芒、有激情的,带着强烈的抵抗性和进取心。他从韩国的民主化运动中来,能与他产生精神相通感和现实指导意义的是中国现代文学,尤其是像鲁迅那样提倡改造国民性、反封建、反专制的思想家,更是他认识世界、反抗强权、参与民主化运动的精神导师。所以,他的散文除了怀念去世的文学同道者如许世旭、也斯以外,大多是《鲁迅与尹奉吉的精神会合》《在槟城联想孙中山的革命历程》《韩流与汉风》等直面现实、观点鲜明、反思性强的作品。

二、对汉语和华夏文化的热爱

韩国人对汉语新文学的热情,一大部分是缘于对汉语文化传统的热爱,另外也是缘于对汉文化载体的汉字的深刻认识。就如许世旭所言:"汉字是中华文化的结晶,也是世界文明的标志。所以当作书面文字者,取其保留记忆之作用,又所以当作艺术文字者,取其绘画性、整齐性、和谐性、简洁性等。"[①]可见,他对汉字的精髓了如指掌。

他高度评价汉语在世界文学中的地位和魅力,认为"华文是宜于写诗宜于抒写东方情怀的工具……东方的仁爱的、无为的、伦理的、耕读的情怀,便宜于形象的、含糊的、客观的、内向的、单独的,又是短小的、不抽象的、往往是不很逻辑的,不很系统的方法。当然这种情怀与方法,是以华文为主,而且是传统诗歌为主,但她的范围,也可以应用到韩日等儒家文化圈,以及华文现代诗。最后笔者希望世界上各个角落的诗人,包括非华人,不妨试试用华文写诗,尤其是汉字文化圈的诗人"[②]。是汉语的魅力,让许世旭以拥抱和融入"文化中国"的姿态,从韩国人的视角写出自己的中国经验。

他的诗歌熔铸着对中国诗学的独特感悟和对中国文化的深深眷顾。他诚挚地倾诉:

[①] 许世旭:《华文是宜于抒写东方情怀的方法》,《亚洲华文作家》1995 年第 46 期。
[②] 同上。

> 我的中文诗,是韩中"混血儿",借中国的文字和模型,抒我自己高丽的情怀。……我在写中文诗的过程中老隔不开中国旧诗的营养与影子,因为我原本自那边来的,而且我也以为并没有必要把传统彻底隔开。①

平实的话语透出他对汉语文学的深深眷恋。他在新诗《追随东方——考察欧洲汉学有感》中写道:

> 爬上了阿尔卑斯
> 却想朝遥远的东方引吭长啸
> 能叫潜龙翻身醒来飙飙升起么。
> 每逢走尽了青砖的城砦
> 听着蟋蟀般的古筝
> 每逢摩抚了雄伟的石柱
> 疑是远自黄河跳来的龙身。②

身处欧洲的诗人,感受着西方的文化,内心却沸腾出汩汩涌动的东方情怀,这是来自汉语文化、儒家文化的"东方",是有着"古筝""黄河""龙身"等中华文化符号的"东方",是诗人无法割断的文化之源。诗人将自己的"中国经验"和"中国想象"融汇在诗中,在"汉语文化的精神认同"和"高丽情怀的民族认同"中,超越了"韩国人"或"中国人"的视野局限,而成为一个文学和精神的"世界公民",成为世界汉语文学共同体中的重要一分子。

许世旭深得中国古典文学的熏陶,诗中亲近自然,倡导率真的生活体验,对于语字的选择,意象的塑造,感情的抒发,形式的设计,都以一种简洁、浓缩的文法表现出来。同时,他又带着强烈的使命感,将汉语文学和中华文化传承给更年轻的后辈,正如他在《邮差》中的诗句:"每一个爷爷,曾嘱咐邮差。/请把他的遗信,投给他的孙儿。"这个连接爷爷的时代与孙儿时代的邮差正是将传统和现实有机衔接起来的许世旭的自况。许世旭就像一个"渡者",在长期的文化隔绝乃

---

① 许世旭:《东方之恋》自序,北京:生活·读书·新知三联书店1994年版,第1页。
② 同上书,第1—2页。

至文化敌对之后,以他对两国共同文化基因的寻找,做着接续传承的文化纽带的工作,他使沉寂了数十年的韩国汉语写作得以复兴。

如果说许世旭是连接中韩文学交流的文化邮差的话,那么,朴宰雨则是将汉语文学活动推向深广的开拓者。经历了从中韩分隔到中韩建交的巨大历史转变,两国在各自的历史发展中形成了更独特更鲜明的文化色彩。中韩彼此文化上的差异成了在交流中实现多元文化互补与整合的文化资源。朴宰雨在与中国大陆、港澳台及海外各地域的汉语文学圈的交往中,自觉意识到打破某些研究领域的隔阂的重要性,他以多种形式的学术交流活动,给不同政治背景下的研究者提供互相对话交流的平台,为国际汉语文学的互通、对话和交流,进行着架桥筑路的工作。当新媒体迅猛发展之时,他又第一时间建立了横跨"世界汉学""中国现当代文学""世华文学""国际鲁迅研究会"[①]等五六个近300人或500人的微信群,让世界各地、不同国家的学者、作家、文人相聚在同一平台,彼此分享、争论、研讨,从而将交流由偶然变为常态,将对话由平面引向深入,让视野从中韩扩大到世界。

三、对推广汉语文学的责任心

韩国人对世界汉学圈加强交流的热心,还缘于他们对推动世界汉学整体发展的巨大责任心。不论是从台湾学成归国的许世旭和朴宰雨,还是从香港回韩的金惠俊都在大学中文系教学和研究,他们不仅自己热爱汉语文学,还尽力向韩国读者推广译介中国的文学作品。正是这种推介汉语文学的热诚,使这些学者在韩华文学史上留下举足轻重的地位,他们在中韩文化交流史上的贡献同样卓然可观。

朴宰雨就是这样一位典型的代表,多年来,他坚持不懈地做着翻译、评论、创作及文学文化的交流活动。在2007年中韩建交15周年之际,朴宰雨参与组织

[①] 2011年在绍兴成立的国际鲁迅研究会(朴宰雨教授任创会会长),到目前为止,已举办了第一届北京论坛、第二届新德里论坛、第三届哈佛大学论坛、第四届首尔丽水论坛、第五届苏州论坛、第六届杜塞多尔夫论坛、第七届尼赫鲁大学论坛、第八届维也纳论坛、第九届吉隆坡论坛共九届会议。其在世界上推动鲁迅研究,普及鲁迅精神的贡献值得一书。

了韩国文化艺术委员会和大山文化财团主办的与中国作家协会的大规模互访和交流,中韩顶级作家的定期互访由此步入轨道。2008年9月他又参与组织第一届韩中日东亚文学论坛,首次实现东亚三国顶级作家在韩国的相互交流。此后2010年、2015年和2018年他又分别在日本、中国、韩国轮流组织举办了四次论坛,为三国作家间逐渐走向深入的交往并保持常态化做出了很大的贡献,其影响可谓深远。这都缘于他对推广汉语文学的责任和热情。

多年来,他还主编多家文学刊物,担任与汉语文学相关的职务,如由中国社会科学院主办的《当代韩国》的韩方主编、韩国核心期刊《韩中语言文化研究》主编。作为"韩国文学翻译院"的理事,朴宰雨在中国文学作品的推介上可谓举足轻重。他在韩国组织翻译了包括铁凝、莫言等13位创作成就丰硕的作家的获奖中短篇小说,以《吉祥如意》(韩文译名"万事亨通")之名,于2008年5月由韩国权威出版社"民音社"发行。这本小说合集在韩国深受欢迎,被读者视为能在深广度上进一步解读当代中国社会及文学变化的优秀小说集,至今已连续发行三版。笔者认为,文学的双向翻译其实是国与国之间人心互通的重要桥梁,通过这些翻译作品,韩国的读者得以多角度多方位地了解中国的社会历史文化,更贴近地感知中国人的内心世界,更好地把握快速发展的中国变化。

不仅如此,朴宰雨还针对中国读者的关注热点,有针对地采访韩国的著名作家和文化官员,让中国读者了解真实的韩国文学生态及中韩互动交流的成果,充分体现了他对深化中韩文化交流的远见与责任。

一个外国人,却对汉语文学的翻译、创作和研究乐此不疲,还热心主办汉语文学的国际学术会议,组织世界汉学方面的文化活动。这样不竭的精力和能量,来自他对汉语文学始终不渝的热情,来自他的学术眼光、组织能力以及凝聚各方学人的智慧。他不是汉语新文学的客串者或参与者,而是起到巨大连接作用的组织者,也是推动世界汉学交流的重要角色。

四、华人华侨作者:由默默发声到走向前台

相比于韩国人在汉语文学的主流地位,在韩华人华侨的创作力量则相对薄弱,华人华侨的创作多在散文和诗歌,且篇幅短,数量少,这主要与韩华的历史境

遇及由此形成的政治、经济和社会地位有关,也与国共在韩政治力量的交锋和转换有关。

我们可以在韩侨韩晟昊的杂文中对这种交锋一窥端倪。韩晟昊在1996年9月1日创办《韩华天地》的"创刊声明启事"中,针对在韩侨社帮派林立,自立山头,人为划界,制造台湾与大陆分裂的情况拍案而起,指出自己办刊的目的是"言论保国,文化保侨"。他认为"只有'歪嘴人'的'斜说',没有'斜眼人'的'歪论',就不是好言论。只有态度的鬼影邪风,没有反态度的民族正气,就不是好民族。……只有物质的谣言的散播,没有是非善恶的辩证,就不是好社会。只有沉默,没有声音,就不是一个好韩华天地"。其文笔辛辣,文气酣畅,大有鲁迅杂文那种匕首投枪式的战斗力,从中也可一窥在韩华侨的社会状况和文学发展的局限。

随着1992年中韩建交,中国大陆去韩国的人数逐年增多,在韩华人的组成结构和文化生态随之发生了不小的变化。进入21世纪后,中国大陆在韩国的新移民数量倍增,也为韩华文学输入了新鲜血液,华人新移民文学开始走向前台。韩国新移民文学不同于老一代华侨文学的思亲、怀乡,以及亲赴大陆旅游走访的兴奋和感叹,而是更加深入反映韩国人的社会心理和生活日常,在作品题材上有了更深广的开拓。

与较多关注中西方文化冲突的北美、欧洲新移民文学不同,韩国新移民文学所描写的跨文化差异相对较小。中韩文化的相近,是其他任何地区都无法相比的。同处"儒教文化圈",韩国在日常行为上的儒家伦理体现得比中国更加鲜明、牢固。这种礼仪的保存,既有尊重师长、恭敬有礼的一面,也有男尊女卑的社会角色定位,以及更甚于中国的对等级权威的敬畏和服从。这就决定了韩华文学所反映的文化冲突更多的是传统与现代观念的冲突。

曾经在中国名校完成本科,之后来韩工作和学习,在攻取博士学位后分别进入韩国高校任教的王乐、彭朝霞等,就不约而同关注韩国的女性地位。由王乐撰稿并主播的《笼中之鸟,〈82年生的金智英〉》[①]就揭示了韩国女性在家庭、职场的不平等地位、她们的辛酸与悲哀,以及"笼子"何以形成的原因。她的目的就是要

---

① 王乐撰稿并主播的韩国 TBS eFM(首尔交通广播)节目"温知识36.5",目前已入驻中国著名的有声广播平台"喜马拉雅",这是其中的一篇广播稿。

把韩国每天司空见惯的歧视展现出来,代默默无声的韩国女性发出理性的抗议。另一篇《济州海女的故事》则对勇敢无畏、搏击风浪,独立坚强的济州海女作了深情的介绍,并对日益减少的海女所受到的冷落和歧视充满关切之情。

彭朝霞的散文抒发了一位接受过妇女解放、女性独立教育的中国女性在为学业、事业打拼时,面对韩国文化中女性乃家庭从属地位的观念冲突。她的作品交织着奋斗中的自我激励和因事业难以兼顾家庭的愧疚心理,还有轻轻带出的韩国大家庭里的微妙关系、偶尔流露的委屈,以及对含辛茹苦的婆婆的同情和帮衬。作者以通达的态度、体谅的心态坦然面对,娓娓道来,作品中渗透着东方文化圈共通的伦理之情、温暖之爱,其中的情感已无国别之分,而是中韩乃至众多亚洲女性都会面对的问题。

这两位后来居上,势头强劲。又以切身经历观察和体悟,可谓起点高,思考深,后劲足,是逐渐登坛的韩华文学新生力量。

此外,新移民文学还体现出文化比较的自觉和对世界共同面对的问题的关注。王乐的多篇文章以文化性和时新性见长,她立足韩国文化现象,在事件挖掘中解读韩国的社会和人情。电影《寄生虫》获奖后,她应香港《明报月刊》之邀立即写出特稿《一部超越韩国的电影》[1],分析这部"自揭家丑"的电影为何获得韩国和国际社会的如潮好评,谈及韩国的文化立国之策和对电影工业的包容性,对韩国文化产业的成功发展充满欣喜之情。在世界抗疫的紧要关头,又以《韩国Style》[2]一文介绍韩国的防疫经验,用"快"和"狠"二字,揭示韩国人的行为特色。她有文化比较的敏锐,善于以文化在场者和观察者的视角,破解和传递韩国的文化密码,对韩国的社会结构、家庭问题、两性关系等进行描述和思考,让中韩文化彼此观照,达到相互了解与文化沟通的效果。

---

[1] 王乐:《一部超越韩国的电影》,香港《明报月刊》2020 年 3 月。
[2] 王乐:《韩国 Style》,香港《明报月刊》2020 年 5 月。

第三章
韩国汉语新文学的历史地位

一、丰富了汉语新文学的国别和视野

韩华文学的发展,体现了一个文化圈、两种文化丛的密切关联。在艰难曲折的发展历程中,由外国人挑起组织和推广的重任,聚集起创作、翻译和研究三方面的力量,积极推动韩国汉语新文学的发展,这样的特例是世界汉语文学界所少见的。韩华文学提供了由非华人、非母语创作的汉语文学之特殊景观,为"华文文学""华人文学""国际汉语文学"等概念范畴提供了进一步审视的特例。

一方面,韩国的汉语新文学曾经在相当深的层面上参与了中国文学。

早期流亡中国及在华抗日的韩国作家诗人们,他们用汉语写作时,既面对在华韩侨读者,更面对中国的受众,直接进入到中国的文学场域,显示了对现实的强烈参与感。

世界汉语文学有一个共同的内在特征,即身处移居国而自然产生的"移民"心态,作品展现的是如何面对身份认同的困惑,如何克服文化差异,或在文化冲突的对峙中逐渐取得理解,最终达成和解的过程。但早期韩华文学却与之不同,它反映出的是特定时代背景下某种"流亡文学"的特征。如果说"移民"行为是主动选择的结果,那么,"流亡"则是完全被迫的迁徙。这种被迫的选择必然影响到写作角度、作品内容及受众的选择。韩华文学作者把写作看成是独立运动的组成部分,因此,一方面,他们坚持在中国,用中国的题材、中国的资源,面对中国的受众写作。他们的思考更多的不是"小我",而是民族的"大我",是传递中韩心灵沟通、民族联合的心声。他们生活在中国,反映的也是中国的生活,理所当然可以进入中国文学研究的视野。

另一方面,对于非母语写作者来说,他们必然也同时面对自己的母语、母国及母国的读者,因此,他们是以双重语言,持双重视点,在进行中韩的双重关照。

这种写作样态超越了"华文文学"的概念范畴,让约定俗成的"华人创作的华文文学作品"不再理所当然。更确切地说,这应该属于国际汉语新文学的范畴。我们可以断定,韩华文学是国际汉语新文学圈中用非母语写作人数最多的区域。韩华文学以这样一种独特的形态发展到今天,已经是具有韩国特色的,超越国族、政党和地域限制的独特板块,是游刃有余地汇聚国际汉语文学精英,真正体现国际汉语新文学的意义和价值的重要板块。

二、将东方的古典意蕴注入现代生活

由于中韩两国悠久的历史和文化渊源,韩国人对中国古代文学有一种天然的熟悉和亲近。而能将东方的古典意蕴与现代生活无缝对接,并由此衍生出令人眼前一亮的新意象和细情思,则并非易事。曾参与台湾现代诗派的韩国教授许世旭先生,就是这样的佼佼者。

许世旭非常善于将唐诗中的经典意象与现代生活相结合,经常从别人熟视无睹的细小事物中洞见古代汉文化的遗迹和历史背影,再加以典雅的意象组合。如"山寺风磬,叮当响/烧茶沸腾,雨潇潇/月下有客,跫音长"[1],这首《流向地心的脉流》既典雅细腻、古色古香,又散发出扑面而来的现代意趣,整饬对仗的句式,也深得中国古诗的堂奥。唐诗宋词于他而言,是随手拈来、心手相应的巧妙工具。于是,写海上浪花,就有了"细语的浪花/是离离的原上草"(《亥冬日海滨》);写雪花,就是"少小离乡的浪子/老大回家,就想跟着星星的母亲/抱头痛哭一夜"(《雪花赋》);写西伯利亚的荒凉、悲苦与孤寂,就成了"如果雪拥鹿车鹿不前,/找一块前不见后不见的荒原,/千山鸟绝的荒原"(《与刘伶同行西伯利亚铁路》);等等。又如《花不溅泪》化用人们耳熟能详的唐诗"感时花溅泪,恨别鸟惊心",反拟人化地写出"花不会笑,更不会溅泪,/当浪子心飘飘的时候,/你才是一

---

[1] 许世旭:《东方之恋》,北京:生活·读书·新知三联书店1994年版,第74页。

朵花"①的诗句,更加凸显了思乡情切的诗人内心的感情煎熬。这种鉴往知今的慧眼,对于过度强调与古典断裂的中国现代诗歌而言,具有不容忽视的启示意义。

在韩国文化中,至今还处处保留着东方儒家的传统美学。这些文化遗存,可以清晰地在许世旭的诗作中寻到。如《花不溅泪》《化石》《夜墙》《月声》等写景诗,就很好地体现了东方美学的境界,不仅蕴含虚实互动、有无相生的道家美学,还透出物我交融、欲语忘言的幽眇禅意。此外,儒家美学中的孝悌之德、仁义之道、敦睦之和等美学境界,也是贯穿许世旭作品的核心旨趣。他有好几篇作品表达了对故乡、父母、童年等美好过往的怀念,尤其是散文《移动的故乡》对慈亲的孝悌与怀念之情令人动容,因而被中国台湾诗人痖弦称之为"韩国的《背影》"。许世旭对台湾同道,尤其是军中诗的感同身受,也无不体现其儒家美学和人文关怀的人格魅力。

此外,对现代中国文化命运的深切关注,也是许世旭作品中的重要内容。许世旭在书本上无数遍阅读和熟悉的中华大地,因政治阻隔一直无法踏足,只能依稀在梦中远眺。直到二十多年后的1988年,他才终于有机会踏入这片梦中的土地。在到达上海的第一夜,他激动得无法入眠,挥笔写下了《第一个大陆夜》:

> 天啊!你怎么不亮呢?
> 我急着想着窗外的风,
> 这吹自炎黄来的五千年风
> 到底苍老没有。
> ……
>
> 我带来了第一把钥匙
> 正要打开锁住了四十多年
> 冷酷了四十多年的门。
> 我是来自黄海那端

---

① 许世旭:《东方之恋》,北京:生活·读书·新知三联书店1994年版,第217页。

曾经听过龙的吟啸的宾客，

曾经向往了李白

近四十年的小侠。①

在诗人急切而又澎湃的诗句中，浓缩了中韩两国近四十年的曲折关系，以及许世旭对文化中国的深切之爱。

三、文化交流与学术传承的双重意义

要了解一国的文学发展史，除了研究文学文本之外，举凡文学评论、文学刊物、出版、社团和重要文学活动等都是不应忽视且不可偏废的环节，是它们共同构成了独特而鲜活的文学生态。韩华文学的价值不仅体现在创作和评论，也体现在频繁多样的学术、出版和文学交流活动中。

韩华文学界有一特殊而有趣的现象，那就是组织者和写作者大多为各高校的中文系教授。这一便利使韩华文学在成立之初便能顺利组织与世界各地区顶尖作家学者的学术活动，开展交流。许世旭教授在高丽大学和韩国外国语大学执教期间，已在世界汉语文学的理论建树上有过开创性的论述，在爱荷华国际笔会上与来自中国的作家相交甚欢，中韩学界的双向交流不断。他与中国台湾现代诗派代表人物纪弦、洛夫、郑愁予等关系密切，是台湾现代诗的见证人和参与者。台湾"黎明文化公司"出版了一百多种当代中国作家的自选集，许世旭先生以一个外国人的身份进入此集，实已被视为台湾新诗史的一部分。许世旭与中国大陆的诗歌界、学术界也有广泛的交流，中国现代文学馆设有"许世旭文库"，这么多年来，能得此殊荣的外国人仅三四人而已，可见许世旭对世界汉语新文学的影响。

此外，许世旭先生还以中韩双语互译的方式亲身实践着中韩文学的交流。早在1962年，他就将韩国的小说名著《春香传》译成中文出版。此后还有《韩国诗选》《徐廷柱诗集》《初黄金良植诗选》等。被他译成韩文的则有《庄子》《中国名诗选》《中国现代诗选》《中国现代散文选》《阿Q正传》等。尤其是1972年他在

---

① 许世旭：《东方之恋》，北京：生活·读书·新知三联书店1994年版，第195—197页。

父亲去世一个星期后翻译的朱自清的《背影》，在韩国《随笔》杂志发表后产生巨大反响，韩国教育部很快将它收入中学教材，并一直保留至今。许世旭先生在文化交流和学术传承上的贡献大大提升了韩华文学在世界汉语新文学的地位。

另一位全身心投入文化交流和学术传承的代表人物就要数韩国外国语大学的朴宰雨先生。在韩国正式成立"韩国世界华文文学协会"之前，他就一直热心韩中之间、韩国与世界汉学界的学术交流。2004年，朴宰雨教授创立韩国、中国台湾与香港以及海外华人文化研究会，标志着韩华文学真正登上世华文学舞台。十年后，朴教授又在此基础上成立了"韩国世界华文文学协会"，进一步以他的团队为中心，扩展延伸成中韩混合，集创作、出版、翻译、研究和大小各类型文学活动相结合的华文文学社团，其后来居上之势，令人刮目相看。从2010年至今，共举办"中华名作家邀请国际文学论坛"十一次，"韩中诗歌朗诵会"九次，韩国"世界华文文学国际论坛"五次。其中的"余华文学与东亚""东亚与北美华文文学""高行健文学研讨会""严歌苓文学与世界的对话""潘耀明文学事业研讨会"等学术会议，聚集海峡两岸、港澳地区及欧美东亚各国的中文研究学者和作家诗人，在国际学术研讨、国际文化与文学交流方面硕果累累，也使韩国成为中国之外联结世界汉语文学的一个重要板块。

研究团队的建立对于汉语文学的推广意义重大。朴宰雨的身边就凝聚了一批热心研究汉语文学、翻译汉语文学作品、进行汉语写作的专家学者，如研究张爱玲的金顺珍、研究臧克家的朴南用、研究李锐的裴桃任、研究张承志的王乐、研究高行健与刘震云的金英明，以及研究香港作家刘以鬯的梨花女大中文系洪昔杓教授指导的博士等。翻译方面，有沈揆昊、裴桃任、金顺珍、朴南用、金伦辰、金英明等。创作上，他自己带头发表多篇散文，学生们紧追其后：朴南用以韩汉双语撰写诗歌，王乐、彭朝霞、金英明、徐臻、奇英、崔银化、林雪琪等都有散文作品发表，他们的发展潜力值得期待。

2019年11月底，韩国华文文学专刊《韩华文学》试刊本《济州游记——召唤济州的记忆》(朴宰雨策划，沈揆昊执行主编)正式出版，收录了"潘耀明与世界华文文学"会议期间，各国作家学者撰写的济州游记美文，也包括朴宰雨、严英旭、沈揆昊、朴南用、彭朝霞、金英明、林雪琪等韩华文学骨干的作品。《韩华文学》的出版，标志着韩国华文文学有了一个集中发表的园地，相应地，也聚集了一批热心韩华文学的有生力量。为凸显跨语种书写的意义和价值,《韩华文学》特地推出双语版,直接面向中韩两个语种的读者。全球化时代的跨语种文学创作不仅促进了写作者对自身文化的再认识,对不同国家间的文化沟通也意义重大。正如朴宰雨教授所说:"这不但对韩国文化与中国文化的深层次沟通发挥积极作用,而且对中国文学的世界化也将有所贡献。"[1]双语版《韩华文学》的出版,不仅是文学交流的成果,同时也是文化传承的继续。

---

[1] 参见白杨、刘嘉任:《东亚汉学研究的新收获》,《华文文学》2016 年第 4 期。

后　记

　　汉语文学考察的主要对象就是华文文学。但我们还坚持采用汉语文学乃至于汉语新文学的概念，除了我以前在相关论述中进行的论证以外[①]，主要是因为汉语文学可以与汉语文化紧密联系在一起，从而构成一个整体的观察平台。诚如我在本书绪论部分所申述的那样，将汉语文化引入汉语文学的观察视野，立刻扩大了汉语文学的认知范围，至少可以将那些海外华人用其他语言书写的、旨在传载汉语文化理念的文学作品，例如在法国的华人作家用法语所进行的写作，在美国的华人作家用英语所进行的创作，都可以框定在广义的汉语文学学术范畴。由汉语文化的表现通向汉语文学的建设，再通过汉语文学相对于世界文学所构成的文学大地块效应，汉语文学与汉语文化作为世界文学文化现象的一种独特呈现，其历史的影像和形态的具象便越来越突出。在人类文明的价值构成中，有一种重要成分是以汉语承载的，这便是汉语文学与汉语文化；当汉语文化借助于其他语言进行转道呈现的时候，其在世界文学结构形态下所体现的仍然是汉语文学形态。加上在相当多的国际文学平台上，都会有非华人或者非汉语母语使用人进行汉语写作的例子，这样的创作同样成为汉语文学的一种呈现，而且归属于汉语文化的价值显示，于是，从汉语文学和汉语文化的整一性进行相关研究，我们的国际汉语新文学探讨有了更多的可能，更加广阔的余地，更加切实的意义。

　　当我们将汉语文学在相对于世界文学的意义上当作一个统一的文化大地块，当作汉语文化与汉语文学的综合表现体时，这样就可以避免因不同政体政制

[①] 参见朱寿桐：《汉语新文学通论》，北京：生活·读书·新知三联书店2018年版。

的分割、不同国度地域的分别而人为地将这个文化整体割裂为不同国度和不同地域的文学,从而出现那种明明是"我们的"文学却要忍痛割舍为他国或异域的文学的怪异、别扭的现象。当年胡适曾对活跃在美国的"白马文学社"给出这样的肯定性评价:这是"中国文学"的第三个中心。在胡适的心目中,另两个中心显然是中国大陆和台湾。胡适使用的"中国文学"概念显然是喻指"汉语文学",这个资深的外交家和文学史家当然不可能不知道美华文学在地域和政治归属上不应该称为"中国文学",但他认定这是"中国"的文学文化现象。他早已有了一个将世界所有汉语文学视为一个整体的学术意识。采用"汉语文学"而不是"中国文学",更易于清晰地、准确地、逻辑地表述这种汉语文学文化整一性的学术认知。

毫无疑问,这种关于"汉语文学"的整一性思维体现了世界文学的宏观视野,体现了文学文化一体化的自觉意识,在这样的视野和意识状态下审视世界范围内的"华文文学",就有必要弄清世界范围内的汉语文学,特别是以五四新文化和新文学运动成果为基础的现代白话文学,在非常必要的意义上简单地表述为"汉语新文学",在这个汉语文学整一性的呈现中所处的地位,所显示的特质和特色,以及所做出的贡献,这就是《国际汉语新文学史》的学术旨趣和学术任务,也是这本书的价值与意义之所在。这部书差不多十年前在澳门立项,并同时邀集同好加盟,组成研究团队。我们这个团队成员基本上按照"世界华文文学"的地理结构确立各自研究的空间范围,采取史论与评论相结合的方法,就不同区域汉语新文学相对于汉语文学整体的特质特色进行阐述和论证,从而在世界文学的宏观视野和汉语新文学的整体性框架中审视各区域汉语文学的历史与现状,价值与贡献。

为了论述的统一与完整,各区域汉语新文学的研究基本上邀请一位专家作为主要承担人。北美部分的承担人为陈瑞琳,欧洲部分的承担人是计红芳,大洋洲部分的承担人是庄伟杰,东南亚部分的承担人为金进。其中,大洋洲部分的第六章、东南亚部分的第四章,为朱寿桐补撰。东亚部分则分别由林祁主研日本板块,由吴敏主研韩国板块。这些承担人虽然不能说是该地区汉语新文学研究的不二人选,但肯定是我能够找到的最合适的专家。他们都曾在不同的时间点造访过澳门,与本项目负责人进行当面切磋,也都在其他研究和写作工作非常繁忙的情况下出色地完成了本项目的研究任务。

本书的绪论部分以及各卷前小序由朱寿桐撰拟。

本项目的研究与本书的编著得到了不少学者朋友的关注与支持。汪应果教授是我多年的良师益友,朴宰雨教授、藤田梨那教授一直是我学问上的异国同道,卢新华先生、张翎女士在近些年的学术交往中与我结成了兄弟般的情谊,他们是著名的汉语文学作家,同时又特别关注国际汉语文学的研究。他们对这项研究的重视和支持,是成就我们这本书的重要因素。

每个大区域的汉语文学有自己特别的历史,更有自己特别的形态,研究的切入点和论述的重点以及学术呈现的方式都不能强求一律。不过在尊重各位撰稿人学术个性的情形下,我们还是要求论述风格的趋近,以及全书书稿表述规范的一致。其中当然还留有许多需要进一步磨合的空间,但大家都从把握汉语新文学发展的"主流"角度切进自己的学术传述,这样的旨趣是明确的。唯其是"主流"的概述,这本书不能理解成是各个区域各个时代汉语新文学史的完整阐述。但是,如果要写一部国际汉语新文学通史,本书当然可以成为一个具有特别参考价值的学术文本。

此记于壬寅、癸卯之交,特殊的年份,多事的时刻,当此之际,言说文学,都未免奢侈,但为学术计,又不得不认真对待,其中多所尴尬,甘苦自知。

朱寿桐

2023 年 1 月